古典文獻研究輯刊

四 編

曾 永 義 主編

第 27 冊

政論與史論演變研究
——以北宋中至南渡初期爲例

鄭 芳 祥 著

國家圖書館出版品預行編目資料

政論與史論演變研究——以北宋中至南渡初期為例／鄭芳祥
著 — 初版 — 新北市：花木蘭文化出版社，2012〔民101〕
目 6+316 面；19×26 公分
（古典文學研究輯刊　四編；第 27 冊）
ISBN：978-986-254-776-2（精裝）
1. 宋代文學　2. 散文　3. 文學評論　4. 史學評論
820.8　　　　　　　　　　　　　　　　101001750

ISBN-978-986-254-776-2

9 789862 547762

古典文學研究輯刊
四 編　第二七冊　　　　　　　ISBN：978-986-254-776-2

政論與史論演變研究
——以北宋中至南渡初期爲例

作　　者　鄭芳祥
主　　編　曾永義
總 編 輯　杜潔祥
出　　版　花木蘭文化出版社
發 行 所　花木蘭文化出版社
發 行 人　高小娟
聯絡地址　新北市永和區中正路五九五號七樓
　　　　　電話：02-2923-1455／傳眞：02-2923-1452
網　　址　http://www.huamulan.tw 信箱 sut81518@ms59.hinet.net
印　　刷　普羅文化出版廣告事業
初　　版　2012 年 3 月
定　　價　四編 32 冊（精裝）新台幣 52,000 元　　　　版權所有·請勿翻印

政論與史論演變研究
——以北宋中至南渡初期爲例

鄭芳祥　著

作者簡介

鄭芳祥，一九七八年生，國立成功大學中國文學研究所博士。曾為中華民國僑務委員會僑教替代役教師，於菲律賓從事華語教學，現為實踐大學高雄校區應用中文系短期專任助理教授。關注宋代文化各領域，撰有博士論文「北宋中至南渡初期政論與史論演變研究」，專著《出處與死生──蘇軾貶謫嶺南文學作品主題研究》，以及論文〈歐陽脩「以文為四六」探析〉等。

提　要

　　北宋中至南渡初期政論與史論的演變現象何在？南渡初期之總體特色為何？文學史地位又為何？以上是本文所欲解答的問題。

　　筆者由影響政論與史論創作之因素、作者、作品等方面，考察演變現象。政論與史論的發展，於北宋中期為極盛，於北宋晚期為低谷，於南渡初期時再造高峰，於高宗後期則再度走下坡。簡言之，呈現著：「極盛→低谷→高峰→低谷」的演變格局。

　　政論與史論創作總體來說是相當繁榮的。但由北宋中至南渡初期，卻也因不同因素而有高低起伏的變化。因為靖康之難的刺激與下詔言事的推動等緣故，使得南渡初期成為北宋中期後新的創作高峰。

　　就作者主要身分而言。北宋中期以「應舉者」為主，北宋晚期以「遷謫退居者」為主。至南渡初期，除以上兩者外，則尚可見「上言者」的身分，因而有別於前期。

　　就作品內容與手法而言。南渡初期作品所論，可歸結為「中興」議題。其對於漢高祖與光武帝，有著異口同聲的極高推崇。而直截了當的論述策略，激憤濃烈的情緒渲洩，以及比興寄託的抒情方式，則為其常運用的寫作手法。以上種種，皆與前期不同。

　　綜合以上演變現象，本文認為：南渡初期的政論與史論，在各方面有別於前代而獨具特色，是繼北宋中期之後又一創作高峰。要之，是以直截、激憤、興寄的筆調，力主宋室中興的時代之音。

凡　例

第一章　緒　論 ……………………………………… 1

　第一節　研究動機：演變現象何在？ …………… 1

　　一、分期 ……………………………………… 2

　　二、分體 ……………………………………… 5

　　三、演變現象 ……………………………… 10

　第二節　研究對象與方法 ……………………… 11

　　一、研究對象 ……………………………… 11

　　二、研究方法 ……………………………… 12

　第三節　研究回顧 ……………………………… 23

　　一、宋代政論與史論的研究成果 ………… 23

　　二、南渡初期政論與史論的研究成果 …… 24

　第四節　研究前瞻 ……………………………… 27

第二章　宋代政論與史論的創作背景 …………… 29

　第一節　政論與史論創作繁榮的因素 ………… 29

　　一、士大夫「同治天下」的政治觀 ……… 29

　　二、「經世致用」的文學觀 ……………… 32

　　三、史學特盛、資鑑意識 ………………… 33

　　四、印刷文化 ……………………………… 34

　第二節　政論與史論創作進展／衰退的關鍵因素 … 36

　　一、北宋中晚期 …………………………… 37

　　　（一）北宋中期：進展因素 …………… 37

　　　（二）北宋晚期：衰退因素 …………… 45

　　二、南渡初期：進展因素 ………………… 49

　　　（一）靖康之難 ………………………… 49

　　　（二）「詔群臣言事」頻繁 …………… 50

　第三節　小結 …………………………………… 56

第三章　北宋中至南渡初期政論與史論作者身分
　　　　演變考索 ………………………………… 59

　第一節　北宋中、晚期：應試者、遷謫與退居者 … 59

　　一、北宋中期：應舉者為主 ……………… 59

　　　（一）以「制科策論」為主的應試者政論
　　　　　　與史論 ………………………… 60

（二）非應試者的政論與史論 …………… 64

二、北宋晚期：遷謫與退居者為主 …… 67

（一）作者多為遷謫與退居者：蘇軾、唐
庚、李新、蘇轍、周行己 ……… 67

（二）作者多與蘇氏、蘇門有淵源：唐庚、
李新、周行己、周紫芝 ………… 71

第二節　南渡初期：增加上言者的身分 ……… 74

一、作者身分及其時代特色 ……………… 75

（一）應舉者：范浚、胡銓 ……………… 75

（二）退居者：李綱、王庭珪、李彌遜、
劉子翬 …………………………… 77

（三）上言者：胡安國父子、李綱、張浚、
王庶、程敦厚 …………………… 82

（四）其他：蘇籀、綦崇禮 …………… 90

二、作者間的交遊關係 …………………… 91

（一）胡銓、王庭珪、李彌遜 ………… 92

（二）胡銓、張浚 ……………………… 94

（三）李彌遜、李綱 …………………… 95

（四）胡安國、胡寅、胡宏、劉子翬 …… 97

（五）其他個別的交遊關係 …………… 99

三、作者的師承與淵源關係 …………… 100

（一）私淑二程 ………………………… 100

（二）學習二蘇 ………………………… 100

（三）其他 ……………………………… 102

第三節　小結：兼論作者身分與政論、史論寫作的
關聯性 ………………………………… 103

第四章　北宋中至南渡初期政論與史論主要議題
演變現象──以「對外關係」為主的觀察
……………………………………………… 105

第一節　北宋中期論「對外關係」的政論與史論 · 107

一、仁宗天聖至慶曆年間之政論：尹洙、張方
平等作家作品 ………………………… 107

二、仁宗嘉祐至英宗治平年間之政論與史論：
蘇洵、蘇軾等作家作品 ……………… 110

三、哲宗元祐年間政論：秦觀諸作 …………… 115
第二節　北宋晚期論「對外關係」的政論與史論· 116
一、北宋晚期前段的政論與史論：蘇轍、唐庚
　　等作家作品 ……………………………… 116
二、北宋晚期後段的政論與史論：李新、李綱
　　等作家作品 ……………………………… 121
第三節　中興：南渡初期論「對外關係」的政論與
　　　　史論 ………………………………… 126
一、定都建康，積極抗金：李綱〈迂論·論西
　　北東南之勢〉等作家作品 ……………… 127
二、設險防衛，內修政事：王庶、程敦厚等作
　　家作品 …………………………………… 132
第四節　中興：南渡初期論其他議題的政論與史論
　　　　………………………………………… 139
一、軍事議題：李綱、胡宏等作家作品 ……… 139
二、治盜議題：李綱、王庭珪等作家作品 …… 145
三、濫賞議題與經濟議題：范浚、劉子翬等作
　　家作品 …………………………………… 150
第五節　小結 ………………………………………… 154
第五章　北宋中至南渡初期政論與史論對特定君
　　　　主評價的演變現象 ………………… 157
第一節　由褒貶互見到齊聲推崇——創業君漢高
　　　　祖評價的演變 ……………………… 158
一、北宋中晚期受到褒貶互見的評價：三蘇、
　　周紫芝等作家作品 ……………………… 158
二、南渡初期受到異口同聲的推崇：李綱、范
　　浚等作家作品 …………………………… 169
三、唐太宗：另一個評價改變的例子 ……… 179
第二節　由受到冷落到齊聲推崇——中興君漢光
　　　　武帝評價的演變 …………………… 180
一、北宋中晚期受到冷落 …………………… 181
二、南渡初期受到異口同聲的推崇：胡安國、
　　胡宏等作家作品 ………………………… 185
三、晉元帝：另一位中興君主 ……………… 190
第三節　漢高祖與光武帝特殊的當代意義 ……… 192

一、漢高祖特殊的當代意義 …………………… 193

二、漢光武帝特殊的當代意義 ………………… 197

三、朝野不同調——高宗景仰的君主 ……… 199

第四節　兼論奏議、詩、詞對漢高祖與光武帝的評
　　　　價——以李綱作品爲主的討論 ………… 201

一、李綱之奏議與詠史詩、詠史詞 ………… 202

二、其他南渡初期作家之奏議 ……………… 207

第五節　小結 ……………………………………… 210

第六章　北宋中至南渡初期政論與史論寫作手法
　　　　的演變現象 ……………………………… 213

第一節　轉爲直截——南渡初期政論與史論寫作
　　　　特色之一 ………………………………… 213

一、北宋中晚期政論：曲折、多變、隱微 … 214

二、南渡初期政論：直截了當 ……………… 219

第二節　轉爲激憤——南渡初期政論與史論寫作
　　　　特色之二 ………………………………… 223

一、李綱 ……………………………………… 224

二、胡安國、胡宏父子 ……………………… 228

三、王庭珪 …………………………………… 230

四、范浚 ……………………………………… 231

五、王庶 ……………………………………… 232

第三節　比興寄託——南渡初期政論與史論寫作
　　　　特色之三 ………………………………… 234

一、李綱 ……………………………………… 234

（一）寄託「君臣遇合」之意 …………… 235

（二）期待人主納言 ……………………… 239

（三）其他 ………………………………… 243

二、其他作家 ………………………………… 245

第四節　南渡初期作家個別寫作手法特色 ……… 248

一、李綱 ……………………………………… 249

（一）比較人君 …………………………… 249

（二）比較人臣 …………………………… 250

（三）比較地理形勢 ……………………… 251

二、胡安國 …………………………………… 251

（一）運用《春秋》學 ……………………… 252

（二）以聯鎖法破題 ……………………… 255

三、范浚 ………………………………………… 256

（一）以轉折法寫政論 …………………… 257

（二）以參差排比句寫史論 ……………… 259

四、胡宏 ………………………………………… 261

五、胡銓 ………………………………………… 262

第五節　小結 ……………………………………… 264

第七章　結論 ………………………………………… 267

一、綜論北宋中至南渡初期政論與史論特色 ……… 267

二、本文研究成果 …………………………………… 270

三、未來研究展望 …………………………………… 273

附　論　北宋中至南渡初期政論與史論讀者現象
　　　　演變考察一隅——以蘇軾作品為主的討
　　　　論 ……………………………………………… 277

一、前言 ……………………………………………… 277

二、北宋中期 ………………………………………… 278

三、北宋晚期 ………………………………………… 284

四、南渡初期 ………………………………………… 285

五、結語：由顯而隱，再而大顯 …………………… 288

參考書目 ………………………………………………… 291

附錄一：宋南渡初期政論與史論作家、作品表 …… 309

附錄二：北宋晚期政論與史論作家、作品表 ……… 313

附表、附圖

附表一：現存北宋制科進卷詞業詳目表 …………… 40

附表二：詔群臣言事次數表 ………………………… 51

附表三：宋南渡初期詔群臣言事表 ………………… 52

附表四：現存北宋制科進卷作者應舉時間表 ……… 63

附圖一：宋金形勢圖（附南渡初期政論與史論所論重
　　　　要城市）……………………………………… 156

凡　例

一、引用宋南渡初期政論與史論作品時，本文依據以下順序，選擇最佳的版本。第一，今人之精校本。第二，依祝尚書《宋人別集敍錄》所記載之較佳版本。第三，祝氏於該書各版本未有優劣論斷時，則依《全宋文》校勘時所選用的底本。第四，以上皆未得見時，則依《全宋文》。若非本文研究對象之作品，除少部分有精校本出版者外，皆依據《全宋文》。

二、本文屢次徵引之重要書籍以簡稱代之，諸著詳細資料如下：

簡　稱	作　者	書　名	出　版　項
《長編》	宋・李燾	《續資治通鑑長編》	北京：中華書局，2004.9，2 版
《繫年要錄》	宋・李心傳	《建炎以來繫年要錄》	上海：商務印書館，1937 年，國學基本叢書本
《宋會要》	清・徐松	《宋會要輯稿》	臺北：新文豐出版公司，1976 年
《別集敍錄》	祝尚書	《宋人別集敍錄》	北京：中華書局，1999 年 11 月

三、徵引宋人詩、詞時，除非必要情況，則徵引《全宋詩》、《全宋詞》。徵引《全宋文》時，本文略之以「《全宋文》冊數/頁數」。《全宋詩》、《全宋詞》亦同。諸書詳參：

曾棗莊、劉琳主編：《全宋文》（上海：上海辭書出版社，2006 年 8 月）

傅璇琮主編：《全宋詩》（北京：北京大學出版社，1991 年）

唐圭璋編：《全宋詞》（北京：中華書局，1998 年 11 月初版 7 刷）

四、本書之注釋以章為單位，隨文附於頁末。所引用之文獻，於該章首次出現時，均詳注作者、書名（篇名）、出版項、頁數，以便稽核。

第一章 緒 論

第一節 研究動機：演變現象何在？

宋代散文的研究，長久以來存在著過於偏重北宋六大家，而忽略其他作家的情形。特別是對於南宋的探討，一直未受到應有的重視。〔註1〕所幸在諸多倡言呼籲下，學者們已逐漸投注目光。較之於以往，僅僅在散文史、文學史中隻言片語的介紹，目前已有許多進展。〔註2〕特別是在《全宋文》甫出版之際，過往文獻未經整理而散亂的情形，已得到初步解決。〔註3〕如今，確實是開展宋代，特別是南宋散文研究的時機。

北宋六大家的創作成績，被視為宋代，乃至於古典散文史上的高峰。衡諸六大家作品，各體散文中皆有堪稱典範之作傳世。歷來的推崇，並非溢美。然而，筆者卻也要問，北宋六大家的高峰之後，宋代散文又是如何演變發展的呢？特別是在較少研究者涉及的南宋時期，散文創作又搖身一變為什麼樣的風貌？要之，北宋至南宋散文的演變現象何在？是筆者關心的問題。

為了對前述問題展開初步探討，本文擬以「分期」、「分體」的方式，將兩

〔註1〕 在諸多回顧二十世紀中國古代散文研究情形的專著中，南宋的部分幾乎闕如，甚至未見專節論述。由此可見南宋散文在上個世紀，未受合理的重視。詳參陳飛主編：《中國古代散文研究》（福州：福建人民出版社，2005年6月）。黃霖主編、寧俊紅著：《20世紀中國古代文學研究史·散文卷》（上海：東方出版中心，2006年1月）。

〔註2〕 進入二十一世紀後，有數部詳論南宋散文、散文選本的著作問世。較之於上個世紀，顯然取得較大的成績。此處未能詳列，僅舉去年（2008年）正式出版者為例，詳見馬茂軍：《宋代散文史論》（北京：中華書局，2008年4月）。

〔註3〕 曾棗莊、劉琳主編：《全宋文》（上海：上海辭書出版社，2006年8月）。

宋散文演變現象這個大課題，再「切割」出大小、難易適當的區塊。職是之故，在「分期」上，選擇以「南渡初期」爲主，「北宋中晚期」爲參照對象；在「分體」上，選擇「政論與史論」。最後，北宋中至南渡初期政論與史論演變現象何在？南渡初期之總體特色爲何？文學史地位又爲何？是本文所欲解答的問題。

以下即由「分期」、「分體」、「演變現象」三方面，分別說明本文問題意識形成的過程。

一、分　　期

誠如前述問題，宋代散文在六大家的高峰過後，呈現什麼樣的光景？對此，去古未遠的南宋四大家之一陸游（1125～1210）已有所觀察，我們以之爲例說明。陸游悼念同爲四大家的尤袤（1127～1194）之〈尤延之尚書哀辭〉云：

> 帝藝祖之初造兮紀號建隆，煥乎文章兮躔揖遜之遐踪。詔冊施于朝廷兮萬里雷風，灝灝噩噩兮始掃五季之雕蟲。閱世三傳兮車書大同，黃麾繡仗兮駕言東封。繼七十二后于遼古兮勒崇垂鴻，吾宋之文抗漢唐而出其上兮震耀無窮。柳、張、穆、尹、歐、王、曾、蘇，名世而間出兮巍如華嵩。雖宣和之蠱弊與建炎之軍戎，文不少衰兮殷殷窿窿。太平之象與六龍而俱東。余自梁益歸吳兮愴故人之莫逢，後生成市兮摘裂剽掠以爲工。（《全宋文》223/289）

該文原爲陸游爲尤袤所撰之悼念哀辭，內容體現兩人深刻情感，且文氣疏盪自由，有別於一般句式工穩的應酬之作。除此之外，前引此段實亦陸游對宋開國以來至所處的南宋中期，兩百餘年間文章創作發展的觀察。文字雖然不長，卻頗見提要鉤玄之效。值得本文注意的，即是陸游於北宋中期，「歐、王、曾、蘇」諸名家之後，特別論及北宋晚期（宣和，徽宗年號之一）與南渡初期（建炎，高宗年號之一）的文章創作，並稱許其雖在政治黑暗與兵馬倥傯之際，卻也能「文不少衰」。除了稱許之意外，由陸游此段評述觀之，吾人也可隱約見出作者對兩宋文章的「分期」觀念。北宋晚期與南渡初期這段時間，似已被視爲一個整體，而有別於「巍如華嵩」的北宋中期，以及有後生「摘裂剽掠」之弊的南宋中期。最後，或許南渡前後時期文章創作，在蘇文流行的當時已不太受人重視，陸游此番稱許，也頗有喚醒世人注意力的意味。〔註4〕

〔註4〕　南宋時期，特別是孝宗以後，蘇軾文章廣受世人所喜愛。詳參曾棗莊等著：《蘇軾研究史》（南京：江蘇教育出版社，2001年3月），頁80～88。此外，要特

　　若論及當今學者論兩宋文章分期，則可略分為三種說法。茲分述如下：

　　第一種說法，可謂與陸游觀點遙相呼應。楊慶存認為，兩宋散文可分為五期，分別是：「北宋前期」、「北宋中葉」、「南渡前後」、「中興時期」、「南宋末期」。〔註5〕楊氏所謂的「南渡前後」期，指的是「自蘇軾逝世（1101）至李清照逝世（1155）為宋文發展的第三時期，其間以南宋建國（1127）界為兩段」，〔註6〕亦即是宋徽宗、欽宗，以及高宗朝大部分時間。此與陸游之說，可謂相去不遠。朱迎平論兩宋文章分期，也持同樣的主張，並特別指出「不應將其（筆者案：宋朝）截然割裂為北、南兩段」。〔註7〕要之，此說主張不受政權變遷的影響，特別重視將徽宗至高宗朝視為一個整體。

　　第二種說法，則主張將南宋與北宋區分開來，並分作「南宋前期」、「南宋後期」兩者。論兩宋文章分期時，程千帆、吳新雷分為「宋初文學的因革」、「歐陽修與北宋中葉的詩文革新」、「蘇軾在文學史上的傑出貢獻」、「北宋後期的文壇風貌」、「南宋前期的文學」、「南宋後期的詩文」等六章。〔註8〕劉一沾、石旭紅未將北宋分期探討，論南宋時則分為「南宋前期作家」、「朱熹」、「南宋末期作家」等三節。〔註9〕劉衍則分為「北宋前期的散文」、「歐陽修和北宋新古文運動」、「蘇軾及北宋後期散文」、「南宋前期的散文」、「南宋後期的散文」等五章。〔註10〕要之，以上諸家在北宋的分期上雖不盡相同，但皆主張將南宋獨立於北宋之外，並且分作南宋前、南宋後兩期探討。

　　第三種說法，則將兩宋文章分為七期討論，以郭預衡為代表。郭氏所分的七期，分別是：「北宋初期」、「慶曆新政前後」、「熙寧變法前後」、「北宋之末」、「兩宋之際，南宋初期」、「南宋中期」、「南宋後期，宋元之際」等。〔註11〕與

　　別說明的是，陸游另一篇寫於辭世前一年，即寧宗嘉定二年（1209）的作品〈陳長翁文集序〉（《全宋文》222/355～356），表達了與〈尤延之尚書哀辭〉（1194 以後）非常相近的看法。由此可見，對於宋代文章的寫作傳統，陸游晚年觀念似乎未曾轉變。

〔註5〕楊慶存著：〈第三章　宋文流派繹述〉，王水照主編：《宋代文學通論》（高雄：高雄復文圖書出版社，2000 年 6 月），頁 206～240。

〔註6〕《宋代文學通論》，頁 226。

〔註7〕詳參氏著：〈宋文發展整體觀及南宋散文評價〉，《宋文論稿》（上海：上海財經大學出版社，2003 年 10 月），頁 132。

〔註8〕程千帆、吳新雷：《兩宋文學史》（上海：上海古籍出版社，1991 年 2 月）。

〔註9〕劉一沾、石旭紅：《中國散文史》（臺北：文津出版社，1995 年 6 月）。

〔註10〕劉衍：《中國古代散文史論稿》（海口：南方出版社，2005 年 4 月）。

〔註11〕郭預衡：《中國散文史（中）》（上海：上海古籍出版社，2000 年 3 月）。

前說相同，此說亦將南北宋區分開來，不同的是將南宋析爲三期詳論。譚家健的主張，與郭氏相近。〔註12〕

以上諸說，皆在爲宋代散文整體發展現象分期。然而，本文要討論的，並非宋代散文的全部內容，而僅僅只是其中一種文體——論說體——而已。孫立堯曾專論宋代史論之分期，認爲：「第一時期爲北宋初中期，這是史論由唐至宋的轉型期」、「第二時期從仁宗朝開始，直到南宋初期」、「第三個時期開始於南宋中期」。孫氏分期，容於下文論之。

以上對宋代散文的各種分期，不盡然符合論說體散文的發展現象。雖然如此，諸家主張仍舊非常值得本文參考。其中最需要注意的，莫過於郭預衡對南宋初期的觀察。其文云：

> 國難臨頭，幾乎人人言事論政。北宋初年以來的文人好發議論的傳統，這時得到了進一步發揚。
>
> 在一個時期裡，這類文章作者之多，超過了以往任何時代。例如在宗澤、李光、趙鼎、趙綱等人的文集中，主要都是言事論政之文。現存的宋文選本如《南宋文範》中，這類文章也占多數。這是空前的歷史現象，在一個時期裡，言事論政，是群眾性的，是前所未有的。〔註13〕

文中所謂的「國難」，即是指靖康之難。郭氏謂南宋初期「言事論政」之文的繁榮現象，前所未見。這些作品，有一部分即屬於本文所論的論說體。易言之，郭氏分期中的「南宋初期」，對本文的研究來說，是很重要的歷史階段。前引第一種說法，將南渡前後視爲一個整體，與本文研究對象的發展現象不相符合。第二種說法，雖將南宋前期獨立看待，但對本文來說，在時間的下限方面，卻也失之過寬、過晚。若謂靖康之難後的高宗朝建炎元年（1127）爲本文研究對象的創作時間上限，那麼時間下限又應定在何時呢？郭預衡的說法，仍可作爲參考，其文云：

> 宋金達成和議。……秦檜當權，上疏請禁「私史」。文禁甚嚴，人多恐懼。……兩宋之際，建炎年間的那種放言無忌的文章不多了，那種據事紀實的文章也不多了。〔註14〕

〔註12〕譚家健：《中國古代散文史稿》（重慶：重慶出版社，2006年1月）。
〔註13〕郭預衡：《中國散文史（中）》，頁395。
〔註14〕《中國散文史（中）》，頁601。

據郭氏說法,紹興十一年(1141)和議之後,此前言事論政的文章創作,熱潮不再。郭氏未以此年為界,再劃出新的分期,而仍舊視之為南宋初期。郭氏若再加以細分,此舉可能使得其分期主張,遭來「過細」乃至「支離破碎」之譏。然而,郭氏此說卻有助於本文安排時間下限的問題。筆者對主要研究對象的觀察,也正與郭說吻合。因此,紹興十一年可視為本文主要研究對象創作時間的下限。

綜上所論,由宋高宗即位建炎元年至宋金和議紹興十一年(1127～1141)間的作品,即是本文主要研究對象。為求行文簡潔,且與政治局勢相吻合,筆者謂此期為「南渡初期」。而北宋中晚期的作品,則是筆者用以比較突顯南渡初期作品特色的重要憑藉。故在詳論南渡初期後,仍需說明北宋中晚期之時間起迄。據筆者觀察,北宋中期約由仁宗天聖年間開始,並約以哲宗紹聖年間為結束,與北宋晚期為界。北宋晚期則以紹聖年間開始,以靖康之難為結束,下接南渡初期。〔註 15〕結合北宋中晚期與南渡初期作為本文為討論時間斷限,如此與前引孫氏「第二時期」頗有重疊之處。

要言之,本文以南渡初期為主要研究時間,另以北宋中晚期作為比較參照的對象,統稱之為「北宋中至南渡初期」。

二、分 體

面對豐富的散文創作傳統,歷來學者嘗試過各種不同的分類方式,試圖將之理出頭緒。儘管分類的標準很多,但學者皆認為,依舊以「文體」標準最為重要。〔註 16〕誠如此言,歷來以文體為散文(甚至包含所有文學作品)進行分類的著作,以及各家所作的分類項目,皆可說不勝枚舉。以之為研究對象,早已形成了「文體學」的專門學科。本文非專門研究宋代文體學,只須借鑑學者對於宋代散文文體分類的研究成果。這方面最有代表性者,應為《全宋文》主編曾棗莊。〔註 17〕曾氏將宋代散文分為十五類,而本文所要討

〔註 15〕關於北宋中晚期的時間斷限,詳參本文第二章第二節之討論。

〔註 16〕馮書耕、金仞千謂有「文體、性質、作法、時代、作者」等五種分類方式,詳見氏著:《古文通論》(臺北:國立編譯館,1979 年 4 月,三版),冊中頁 817。張高評在此五種之外,另外增補了「地理、風格」兩種,詳見氏著:〈中國散文之種類〉,中華文化復興運動推行委員會主編:《中國散文之面貌》(臺北:中央文物供應社,1984 年 5 月),頁 35。以上諸家皆主張,以文體分類最為重要。

〔註 17〕曾棗莊對於宋代散文分類的研究,詳參氏著:〈論《全宋文》的文體分類及其

論的，即是其中的「論說體」。前述南渡初期盛行的言事論政之文，有一部分即屬於此類。

在論說體作品之下，學者尚分有幾個子目。對於這個問題，本文有必要稍加說明。其實，劉勰早已進行此工作。其於《文心雕龍‧論說》云：

> 詳觀論體，條流多品：陳政則與議說合契，釋經則與傳注參體，辨史則與贊評齊行，銓文則與敘引共紀。〔註18〕

由此可見，劉勰已將「論體」依內容重心，區分爲「陳政」、「釋經」、「辨史」、「銓文」四類。劉勰以後，尚可見歷代學者之各種意見。〔註19〕明人徐師曾將「論」分「八品」，則似乎過於繁雜。〔註20〕

民國以來，就筆者所見，首位分析論說子目的學者，應爲張相。其於《古今文綜》中云：

> 昔者彥和詮論，曰：「彌綸羣言，研精一理。」載繹其誼，「彌編羣言」，則作法也；「研精一理」，則體製也。文事流別，析而彌增。體製之分，代孳異說。要之彥和政、經、史、文之別，卓哉名言，弗可易矣。茲約以今名，曰論理、曰論文、曰論政、曰論史。抑著軌有不得而圓者，爲之歸餘，曰雜論。凡類五。〔註21〕

由張相夫子自道，及其分類立目可知，其服膺於劉勰對於論說體的分類，只是在名稱上稍加改動，並增加「雜論」一項，以概其餘。民國以後，像徐師曾那般，提出更細、更多的分類者，似未得見。據筆者所見，將各家分類，依著作出版時間爲序，臚列如下：

編序〉，《四川古籍整理出版通訊》，1987年5期。該文另收錄於《全宋文》360/240～275。

〔註18〕〔梁〕劉勰著，王更生注譯：《文心雕龍讀本》（臺北：文史哲出版社，1997年10月初版6刷），冊上頁332～333。

〔註19〕今人關於前人將論說文劃分爲若干種類的研究頗多，例如褚斌杰：《中國古代文體學》（臺北：臺灣學生書局，1991年4月），頁342。

〔註20〕徐師曾自謂綜合劉勰《文心雕龍》、蕭統《文選》的分類，將「論」析爲八品，分別爲：理論、政論、經論、史論、文論、諷論、寓論、設論等等。詳參氏著：《文體明辨序說》，合刊於《文體序說三種》（臺北：大安出版社，1998年6月），頁86。

〔註21〕張相：《古今文綜》（臺北：中華書局股份有限公司，1962年7月，臺一版），冊1論著類，頁1上。該書首次刊行時間不詳。書首〈綴言〉所記時間爲「民國四年十月」，所記地點爲「上海中華書局」，或應於是時是地。故正文謂之應爲民國以來「首位」研究者。

　　褚斌杰：政論、史論、學術論文〔註22〕

　　陳必祥：政論、史論、哲理性論文、文論〔註23〕

　　萬　陸：政論、史論、理論、文論〔註24〕

　　姜　濤：政論、史論、理論、文論〔註25〕

　　章必功：政論、史論、理論〔註26〕

以上諸家所分諸子目，皆屬平行關係，未見有學者說明其排序有任何意義。故筆者爲求一目瞭然，將諸家排序稍作更動。綜論性質的說法外，曾棗莊專論宋代論說體的分類，則析之爲「政論、史論、經論、雜論」。〔註27〕由此可見，學者們對於論說類子目的分類，部分已形成共識。本文特別注意的是，在各家分類之中，「政論」、「史論」兩項，始終有著穩定的地位與名稱。可見學界對兩者之內容、作法、整體風格，乃至於歷代名篇佳作，都有著較明晰的認識。本文認爲，所謂的「政論」，即「陳政」之論。而所謂的「史論」，即「辨史」之文。〔註28〕政論、史論在所有論說體作品中，應有其重要性。

　　結合政論、史論進行研究，實因此二種有密切的關係。論及史論，陳寅恪曰：

> 史論者，治史者皆認爲無關史學，而且有害者也。然史論之作者，或有意，或無意，其發爲言論之時，即已印入作者及其時代之環境背景，實無異於今日新聞紙之社論時評。若善用之，皆有助於考史。故蘇子瞻之史論，北宋之政論也；胡致堂之史論，南宋之政論也；王船山之史論，明末之政論也。今日取諸人論史之文，與舊史互證，當日政治社會情勢，益可藉此增加瞭解，此所謂廢物利用，蓋不僅能供習文者之摹擬練習而已也。〔註29〕

〔註22〕《中國古代文體學》，頁342。是書原於1984年，由北京大學出版社出版。

〔註23〕陳必祥：《古代散文文體概論》（臺北：文史哲出版社，1987年10月），頁121。是書原於1986年，由河南人民出版社出版。

〔註24〕萬陸：《中國散文美學》（鄭州：中州古籍出版社，1989年6月），頁54。

〔註25〕姜濤：《古代散文文體概論》（太原：山西人民出版社，1990年6月），頁5。

〔註26〕章必功：《文體史話》（上海：同濟大學出版社，2006年9月），頁120。

〔註27〕〈論《全宋文》的文體分類及其編序〉，《全宋文》360/259。另外，曾氏於《宋文通論》中，論及「宋代的論說文」，曾立專節介紹政論、經論、史論。詳參曾棗莊：《宋文通論》（上海：上海人民出版社，2008年12月），頁577～626。

〔註28〕曾棗莊依據《文心雕龍·論說》的說法，而有如此簡明的界說。詳參氏著：《宋文通論》，頁577、612。

〔註29〕陳寅恪：〈馮友蘭《中國哲學史上冊》審查報告〉，《金明館叢稿二編》（北京：

陳氏所論，旨在提出「史論」反映「作者及其時代環境背景」，故「有助於考史」。簡而言之，實爲「史論即政論」。可見史論雖專論古人古事，但仍有可能針對時政時事而發。

反觀政論，作者則非單就時政時事大發議論。而是常常旁徵博取，援引古人古事，作爲支持其論點的論據。此舉雖非宋人所獨有，但若與唐人相較，在數量上則顯然要多出許多。何寄澎特別指出，宋人時政論作，數量龐大的現象。〔註30〕張高評則認爲，宋代雕版印刷的盛行，改變了知識傳播的方式、速度，對於文學創作、評論，以及其他文化活動，都造成空前的影響。此現象在南宋以後，因爲印本文化的完全成形而更爲明顯。張氏並以陳普詠史組詩爲例，作爲文學、史學、文獻學三者會通化成的證據。〔註31〕南宋詠史詩因印本文化而得到發展，史論亦然。而同樣援引古人古事立論的政論，又何嘗不是如此？故本文認爲，在印本文化之下的南宋政論，雖以時人時事爲主要論述對象，卻有著濃厚的歷史底蘊，而與史論密切相關。

基於以上密切的關係，學者已提出結合政論、史論之說。王水照云：

> 引證不單是作爲邏輯論證中的論據出現，而且有助於造成精細嚴整的布局、汪洋恣肆的文勢，成爲文章結構和風格的重要手段，并表示出政論和史論結合的傾向。〔註32〕

王氏說法，雖主要闡示「引證」於文章中所產生的美感效果，卻也兼及此寫作法使得政論作品中充滿古人古事，導致政論和史論「結合」的傾向。孫立堯論史論、政論時說：

> 在政論之中，實有無數的史事爲之作支持；而史論之中，以一種隱約的方式來論時政的，同樣不可勝計。從這個意義上來說，二者本是一體。〔註33〕

學者們主張史論與政論密切相關，「二者本是一體」，有「結合的傾向」。基於

生活・讀書・新知三聯書局，2001年7月），頁280～281。

〔註30〕 何寄澎：《北宋的古文運動》（臺北：幼獅文化事業公司，1992年8月），頁38。

〔註31〕 張高評：〈印刷傳媒與宋代詠史詩之新變——以宋末元初陳普詠史組詩爲例〉，《印刷傳媒與宋詩特色——兼論圖書傳播與詩分唐宋》（臺北：里仁書局，2008年3月），頁487～500。

〔註32〕 王水照：〈宋代散文的技巧和樣式的發展——宋代散文淺論之二〉，《王水照自選集》（上海：上海教育出版社，2000年6月），頁424。據作者文末所記，該文原載於《光明日報・文學遺產》1963年3月31日。

〔註33〕 孫立堯：《宋代史論研究》（上海：上海人民出版社，2009年4月），頁18。

這層緊密的關聯性，本文擬兼重政論與史論，結合兩者展開討論。

在前述政論與史論結合的前提下，本文研究除著重於作品文學性的探討外，將不免濡染較爲濃厚的史學色彩。孫立堯綜觀宋代史論，認爲：

> 宋代史論的基本精神可以表現爲史學的、文學的和理學的。〔註34〕

孫氏說法，大體可從。據此，則本文研究將難免較注意具史學意義的史論，而擱置理學化的史論。所幸，在本文探討的重心──南渡初期中，理學化史論重要性較低，唯見劉子翬作品爲數較多。〔註35〕此類作品眞正的繁榮發展，要等到呂祖謙、朱熹等南宋中期的理學家從事創作後了。

要特別說明的是，本文不將奏議體作品視爲研究對象。奏議的內容，不外乎是議論朝政國事。論述同時，作者爲加強說服效果，也會援引古人古事爲證。若純粹由寫作內容觀之，確實與政論有許多相似之處。然而，基於以下理由，本文將奏議體作品屛除於研究對象之外。其一，此類作品名目、數量皆相當繁多，應另立研究課題。〔註36〕其二，此類作品於宋南渡初期雖有佳作，前述郭預衡所謂「言事論政」之文，有部分即屬於奏議體。但不可否認的是，絕大多數作品的史料價值遠大過於文學價值。論者屢屢徵引爲例的，也是僅是少數佳作，例如胡銓〈戊午上高宗封事〉即爲顯例。其三，筆者將本文定位爲古典散文研究中，「分體散文史」的課題。因此，擬純粹討論論說體作品。最後，「策」文雖常被視爲奏議作品。但文後所論及的制舉「進策」，筆者將之與「進論」二者，視爲應考制科時，進繳「詞業進卷」的整體，一併歸入論說體。

與本文嚴格的界說不同，林紓認爲「論之爲體，包括彌廣」。其文云：

〔註34〕《宋代史論研究》，頁59。

〔註35〕劉子翬作有〈聖傳論〉，其所論包括：堯舜、禹湯、文王、周公、孔子、顏子、曾子、子思、孟子等人。由所論咸爲儒家道統重要人物觀之，很明顯的是理學化的史論。而有趣的是，劉氏尙有探討民生經濟問題的重要政論作品〈維民論〉三篇傳世。充分表現宋代學者豐富多元的面象。詳參本文附錄一：宋渡初期政論與史論作家、作品表。

〔註36〕曾棗莊論奏的各種名目，認爲宋人文體中有「奏、奏箚、奏疏、奏議、奏章；狀、申狀、奏狀、議狀、狀箚；章、章奏；疏、章疏、書疏；箚、箚子；封、封事；上書、彈文等等不同稱謂，或名異實同，或小異大同……」由此可見名目之繁。詳參氏著：〈論《全宋文》的文體分類及其編序〉，《全宋文》360/252。若謂數量，學者已指出宋人奏議數量繁多的現象。詳參朱迎平：〈科擧文體的演變和宋代散文的議論化〉，《宋文論稿》（上海：上海財經大學出版社，2003年10月），頁34～37。

> 論之爲體，包括彌廣。議政、議戰、議刑，可以抒己所見，陳其得
> 失利病。雖名爲議，實論體也。釋經文，辨家法，爭同異，雖名爲
> 傳注之體，亦在在可出以議論。至於正史傳後，原有贊評之格。述
> 贊非論，仍寓褒貶。既名爲評，亦正取其評論得失，仍論體也，不
> 過名稱略異而已。且唐宋人之贈序、送序中語，何者非論，特語稍
> 斂抑。而文集、詩集之序，雖近記事，而一涉詩文利弊，議論復因
> 而發。歐公至於記山水、廳壁之文，亦在在加以憑弔。憑弔古昔，
> 何能無言，有言即論，故曰：論之爲體廣也。〔註37〕

林紓所言，確實將各種文體（包括：奏議、傳注、史贊、贈序、書序、記體
等）有可能運用「論」的情形說得很詳盡。但本文界說「論說」體時，卻不
以之爲標準。林紓的說法，似將「論」視爲一種寫作方式，而非文體名稱。
如此一來，實在失之過泛。

論及「分體散文史」，譚家健對當前研究成果的觀察相當精當。其文云：

> 綜觀以上各種分體散文史，幾乎都存在一個共同問題，就是都想擴
> 大所論文體的地盤，從而造成了不少交叉重疊現象。這恰恰表明散
> 文文體研究之不足。〔註38〕

本文所要強調的，正是避免「擴大」論說體的「地盤」，而將之與奏議這類「相
鄰文體」，作出明確的區分。本文對於文體的嚴格劃分，正呼應譚氏之說。儘
管如此，筆者仍將奏議乃至於詠史詩、詠史詞等，凡此同樣議論古人古事，
與政論與史論有若干近似處的作品，作爲本文的旁證資料。

本文並嘗試超越「排列作家作品」的論述局限，呈現出北宋中期至南渡
初期，政論與史論各方面的演變現象。這在文後將會詳述。

三、演變現象

誠如前述，歷來皆以北宋中期六大家，爲散文史上難以超越的高峰。在
各體散文之中，政論與史論尤以三蘇父子作爲代表，留下諸多典範之作。三
蘇之後的北宋晚期，以及本文所欲詳論的南渡初期，政論與史論的創作又呈

〔註37〕 林紓：《畏廬論文等三種》（臺北：文津出版社，1978 年 7 月），頁 13 上～下。
案：是書將《畏廬論文》、《畏廬文集》·《畏廬續集》合刊。

〔註38〕 譚家健：〈近 20 年中國散文史著作及選本舉要〉，《中國古代散文史稿》，頁
614。該文乃譚氏據其舊作，增補近年資料而來。詳參氏著：〈近十年中國古
典散文史研究著作述要〉，《書目季刊》31 卷 4 期，1998 年 3 月，頁 90～99。

現什麼景況呢？

　　筆者所欲探討的，即是南渡初期政論與史論作品，較之於北宋中、晚期，呈現著什麼樣的演變現象。本文將以南渡初期作品爲主要研究對象，北宋中期、晚期作品爲參照、比較對象，旨在突顯南渡初期有別於前代的特色何在？亦即其演變現象何在？在觀察演變現象時，自然會兼及促使現象發生改變的各種因素，以求「知其然亦見其所以然」。這也是筆者所關注的。〔註39〕若由北宋中期天聖年間算起，至南渡初期紹興和議爲結束，約有一百一十餘年的時間。筆者所論，並非僅僅侷限於宋南渡初期十五年（1127～1141），而是前述百餘年間的政論與史論演變現象。研究對象的主從關係及時間起迄，是最後要說明的。

　　總而言之，本文所要解答的問題是：北宋中至南渡初期政論與史論演變的現象何在？

第二節　研究對象與方法

一、研究對象

　　誠如前述，本文最主要研究對象，即爲「宋南渡初期政論與史論」。依出生先後排列，主要作家包括有：胡安國（1074～1138）、王庭珪（1080～1142）、綦崇禮（1083～1142）、李綱（1083～1140）、李彌孫（1089～1153）、蘇籀（1091～？）、張浚（1097～1164）、胡寅（1099～1157）、范浚（1102～1151）、劉子翬（1101～1147）、胡銓（1102～1180）、胡宏（1105～1161）、王庶（？～1142）、程敦厚（？～？）等十四人。以上諸家之作品，則詳見文末「附錄一：宋南渡初期政論與史論作家、作品表」。

　　爲突顯宋南渡初期之特色與散文史地位，本文亦論及北宋中期、晚期。其中北宋中期作家作品豐富，前人研究成果亦夥。選擇比較對象時，本文主要以蘇洵（1009～1066）、蘇軾（1036～1101）、蘇轍（1039～1112）父子三人爲主。三蘇父子被視爲唐宋八大家中，最用心於政論與史論寫作的代表。清人劉開說：

〔註39〕王夢鷗論漢魏六朝文體變遷，認爲以往學者僅論及變遷現象，而未能關注現象發生之原因。本文借鏡王氏說法，在觀察宋政論與史論變遷現象同時，亦探討變遷原因。詳參氏著：〈漢魏六朝文體變遷之一考察〉，《傳統文學論衡》（臺北：時報文化出版企業有限公司，1991年4月，版初2刷），頁67～130。

> 至昌黎始工爲贈送碑誌之文，柳州始創爲山水雜記之體，盧陵始專
> 精於序事，眉山始窮力於策論。序經以臨川爲優，記學以南豐稱首。
> 〔註40〕

劉氏分別指出八大家所擅長的文體，論及三蘇父子，則主張三人長於策論。策論之中，絕大多數即爲政論與史論。〔註41〕三蘇以外，另亦兼及尹洙（1001～1047）、張方平（1007～1091）、秦觀（1049～1100）等人作品。而其他如歐陽修（1007～1072）、曾鞏（1019～1083）、王安石（1021～1086）等作家，則作爲作品本身以外，其他方面的比較之用。

北宋晚期作家作品，鮮見相關研究成果。除二蘇兄弟外，其餘作家受到關注者不多。如李新（1062～？）、周行己（1067～？）、劉安節（1068～1116）、唐庚（1071～1120）、王庠（1071～？）、葛勝仲（1072～1144）、周紫芝（1082～1155）等，皆有作品傳世，卻未見學者探討。本文對諸家政論與史論本身及其他相關問題，有較全面的研究。以明北宋中期以後之發展歷程，與作爲比較之用。因此期研究者較少，故亦製表呈現作家作品。詳見文末「附錄二：北宋晚期政論與史論作家、作品表」。

要言之，本文主要研究宋南渡初期政論與史論。但爲探討散文史發展過程，北宋中晚期作品也是本文關注的對象。

最後，簡要說明筆者選用作品版本的原則。引用宋南渡初期政論與史論作品時，本文依據以下順序，選擇最佳的版本。第一，今人之精校本。第二，依祝尚書《宋人別集敍錄》〔註42〕所記載之較佳版本。第三，祝氏於該書各版本未有優劣論斷時，則依《全宋文》校勘時所選用的底本。第四，以上皆未得見時，則依《全宋文》。若非南渡初期作品，除少部分有精校本出版者外，皆依據《全宋文》。

二、研究方法

選擇研究方法，必須要能符合研究對象的性質，並能妥善地解答欲研究的問題。爲了要解答前文所提出，北宋中至南渡初期政論與史論演變現象何

〔註40〕 〔清〕劉開：〈與阮芸臺宮保論文書〉，《劉孟塗集·文集》（上海：上海古籍
出版社，1997，《續修四庫全書》影印姚氏檗山草堂刻本），卷四，頁 5 下。
〔註41〕 詳參本文第二章第二節的討論。
〔註42〕 祝尚書：《宋人別集敍錄》（北京：中華書局，1999 年 11 月）。

在的問題，筆者運用以下幾種研究方法。茲分述如下：

（一）「變遷」的歷史意識

1. 歷史的研究

對於「變」的強調，自古以來即是中國傳統哲學的重要思維方式。《周易·繫辭傳下》：「窮則變，變則通，通則久」的明訓，已揭示事物所以能可大可久的關鍵，即在於能「變」。而在史學方面，司馬遷標舉「究天人之際，通古今之變，成一家之言」的理念撰寫《史記》。就本文所關注的「通古今之變」而言，已成為歷代史家著述時，所遵循的最高指導原則。太史公以降，劉知幾《史通》、杜佑《通典》、司馬光《資治通鑑》、鄭樵《通志》、章學誠《文史通義》等歷代著名史家，其著作體例雖各有不同，或為紀傳體、編年體、制度史、史學理論等等，但皆能體現「通古今之變」之要義。〔註 43〕一直到今日，史學家仍視「通古今之變」為圭臬。周樑楷說：

> 歷史意識就是人們自我察覺到過去、現在和未來之間總是不斷流動的，而且在這種過程中每件事物都一直在變遷之中。
>
> 歷史意識就是變遷的意識。
>
> 運用歷史意識，最起碼人們能在思考問題時，能以時間的面向加深縱度，從現在到過去，同時也從現在到未來。〔註 44〕

對於「變遷」意識的強調，顯然是和史公「通古今之變」的理想一脈相承的。

2. 文學史的研究

歷史的研究強調「變遷」，文學的研究亦然，特別是研究文學史，更是須與不離於斯。柯慶明認為，在《文心雕龍》之中雖未明言，然劉勰已顯露出文學史敘事的意識。其文云：

> 以各別文類、文體等的「古今之變」為重心的「文學史」書寫，如《文章流別論》、《文心雕龍》及《詩品》等，雖盛行於六朝，卻往往只被視為是「詩文評」而非「文學史」。

〔註 43〕 林時民論「通古今之變」時，不限於史公一人之說。而就此說之影響與傳承，展衍與變化多加著墨。文中列舉諸史家，林氏認為其著作皆能體現此說要義。詳參氏著：〈第三論　通古今之變〉，《統帥與鑰匙：中國傳統史學十五論》（臺北：稻鄉出版社，2005 年 8 月），頁 31～53。

〔註 44〕 周樑楷：〈歷史意識是種思維方式〉，《思想》編輯委員會：《歷史與現實》（臺北：聯經出版公司，2006 年 7 月），頁 160～161。

> （筆者案：《文心雕龍》）就其對各種文類作「原始以表末」與「選
> 文以定篇」的敘述之際，本身已是該文類的「文學史」敘事了。而
> 其「釋名以章義」、與「敷理以舉統」的部分，亦往往具文學「觀念
> 史」的意涵。所以，從另一種角度看，《文心雕龍》，其實正是一部
> 賅備眾體的「文學史」與「文學理論」合璧的作品。〔註45〕

《文心雕龍》一般被視為文學理論的著作。然而柯氏卻認為，不妨視之為「分
體文學史」。《文心雕龍》上篇中，包括〈明詩〉至〈書記〉等二十篇文體論，
在「原始以表末」等四項寫作原則之下，其實就是各體文學「古今之變」的
具體而微呈現，亦即文學史敘事的呈現。由此可見，早在齊梁時代，雖未見
文學史著作，但「文學史」敘事的觀念已隱然成形。

　　《文心雕龍》中論「變」之名作，當為〈通變〉篇。然該篇所要強調的，
是創作者如何繼承傳統，如何推陳出新的問題。是作者面對前人豐富文學遺
產，為求通求久，主動地「通變」以尋求創作出路的問題。本文所關注的，
則是文學史意義中的變遷現象。作者求新求變，是文學史變遷現象的重要動
力。但不可否認的，作者主觀求變意志之外，尚有其他原因牽動著文學發展
的演變。筆者所論，乃文學史變遷現象，而非作者主觀求變的問題。

　　時至今日，各種文學史著作早已汗牛充棟。隨之而來的，反省文學史寫
作之討論同樣蔚為風氣。本文研究宋代散文演變現象，實屬於文學史研究中，
斷代散文史的課題。筆者應如何進行研究？正可借鏡前人對於散文史的反
省。郭預衡〈《中國散文史》序言〉說：

> 寫這部中國散文史，曾有三點奢望：一是不從「文學概論」的定義
> 而從漢語文章的實際出發，寫出中國散文的傳統。二是不從「作品
> 評論」或「作品賞析」的角度，而從史的發展論述中國散文的特徵。
> 三是不要寫成「文學史資料長編」，但也避免脫離作品實例而發令人
> 不知所云的長篇大論。〔註46〕

郭氏所說的「三點奢望」，即其對散文史研究、寫作原則的反省，實值得本文
取法。關於第一點，本文以論說體中的政論與史論為研究對象。由漢代賈誼

〔註45〕柯慶明：〈關於文學史的一些理論思維〉，國立臺灣大學中國文學系編：《臺靜
　　　　農先生百歲冥誕學術研討會論文集》（臺北：國立臺灣大學中國文學系，2001
　　　　年12月），頁201～202。
〔註46〕郭預衡：《中國散文史（上）》（上海：上海古籍出版社，2000年3月），〈序言〉
　　　　頁1。

〈過秦論〉以下，政論與史論佳作不絕，誠爲中國散文的優良傳統之一。關於第三點，本文爲符合現代學術規範的研究論文，亦當於引證與論述之間取得平衡。特別值得注意的，應是其中的第二點。郭預衡論文學史的寫作原則，可與之合觀。其文云：

> 在編寫文學史的時候，就不應僅僅限於作品分析的範圍，而是應該
> 把一部作品放在全部文學史發展的長河中，看它究竟比前代的作品
> 有了哪些新的成就、新的特點。〔註47〕

正如郭氏於〈《中國散文史》序言〉所說，這雖然是多年前的「老話」，但今日看來，仍有其意義。郭氏不只一次強調，要由「史的發展」論述中國散文，不能「限於作品分析」，要指出其有別於前代的「新的成就」、「新的特點」。這些主張，旨在申說文學史敘事中，藉由比較以「通古今之變」，具有指導性的意義。儘管如此，今日我們也不能僅以此泛論爲滿足，而需尋求呈現作品「新的特點」的具體方法。

（二）由「文學四要素」探討演變現象

本文強調「演變」的散文史觀。旨在改善以往散文史寫作，僅僅按照生卒年先後，排列作家並進行介紹的習見方式。此「錄鬼簿」式的敘述，實難見文學變化的眞實與精彩。然而，以比較明變遷，這似乎是顯而易見的道理。我們要再深入地探問，闡明文學史演變，應如何進行比較研究？

郭英德認爲，應注意描述文學演變過程中的縱向與橫向聯繫。提出「作家與作家」、「作品與作品」、「文體與文體」、「作家創作與作品傳播」、「作品的文學藝術價值與作品在歷史發展上之價值」、「文學史發展的結局與過程」等，六種尋求文學史聯繫的方面。〔註48〕袁行霈於《中國文學史・總緒論》中，則以九個視角觀察文學發展變化，分別是：「創作主體」、「作品思想內容」、「文學體裁」、「文學語言」、「藝術表現」、「文學流派」、「文學思潮」、「文學傳媒」、「接受對象」。袁氏以之觀察文學史發展，而有「三古七段」的主張。

〔註47〕郭預衡：〈談談文學史教科書的編寫問題——讀游國恩等同志主編的《中國文學史》中《秦漢文學》一編〉，《郭預衡自選集》（濟南：山東文藝出版社，2007年1月），頁569。

〔註48〕郭英德論「文學史的敘述方法」時，曾論及此六種聯繫。詳參氏著：〈論文學史敘述的原則、對象和方法——以中國古代文學史的撰寫爲中心〉，輔仁大學中國文學系、中國古典文學研究會主編：《建構與反思——中國文學史的探索學術研討會論文集》（臺北：臺灣學生書局，2002年7月），冊上頁45～48。

〔註 49〕以上種種，皆爲學者以比較研究探討文學演變現象時，幾個可行的途徑。郭、袁兩人的分析，皆可謂細膩綿密，照顧到文學創作的各個層面。而本文研究散文演變現象，應選擇何種途徑？

為求周全而不失繁複，本文選擇以「文學四要素」作爲途徑。美國學者M.H.艾布拉姆斯在其名作《鏡與燈：浪漫主義文論及批評傳統》主張，與一項藝術作品整體情形有關的四個要素，包括：作品、藝術家、世界和欣賞者。其論「藝術批評的諸座標」時說：

> 每一件藝術品總要涉及四個要點，幾乎所有力求周密的理論總會在大體上對這四個要素加以區辨，使人一目了然。第一個要素是作品，即藝術產品本身。由於作品是人爲的產品，所以第二個共同要素便是生產者，即藝術家。第三，一般認爲作品總得有一個直接或間接地導源於現實事物的主題——總會涉及、表現、反映某種客觀狀態或與此有關的東西。這第三個要素便可以認爲是由人物和行動、思想和情感、物質和事件或者超越感覺的本質所構成，常常用「自然」這個通用詞來表示，我們却不妨換用一個含義更廣的中性詞——世界。最後一個要素是欣賞者，即聽眾、觀眾、讀者。作品爲他們而寫，或至少會引起他們的關注。〔註50〕

「作品、藝術家、世界和欣賞者」這樣簡要卻又周全的概括，得到相當大的回響，成爲眾人思考藝術問題的重要指引。艾氏所稱之藝術作品，自然包括了文學作品。本文單純研究文學作品，於是以「作者」代替「藝術家」，以「讀者」代替「欣賞者」。〔註51〕至於「世界」一詞，正如同艾氏所說，其含義至大至廣，幾乎所有在作品、作者、讀者之外的問題，皆可以涵蓋其中。職是之故，筆者以之探討影響政論與史論創作的各種因素。

最後要說明的是，本文在諸多因素之下，將「讀者」一項之考察列爲「附論」而未列於正文。〔註52〕

〔註49〕 袁行霈、轟石樵、李炳海等著：《中國文學史》（北京：高等教育出版社，2003年7月），頁12。

〔註50〕 〔美〕M.H.艾布拉姆斯著，酈稚牛、張照進、童慶生譯，王寧校：《鏡與燈：浪漫主義文論及批評傳統》（北京：北京大學出版社，1989年12月），頁5。

〔註51〕 劉若愚借用艾氏學說研究中國文學理論，亦曾進行一些必要的轉化工作。筆者對於艾氏說法的改變，亦借鏡劉氏而來。詳參劉氏著，杜國清譯：《中國文學理論》（臺北：聯經出版事業公司，1998年9月初版5刷），頁12～13。

〔註52〕 未列入正文的原因，請參閱「附論：北宋中至南渡初期政論與史論讀者現象

（三）「資鑑」的歷史意識

中國傳統史學的資鑑精神，早已爲梁啓超等學者所強調，而成爲歷史之重要目的。〔註53〕政論與史論作爲文學作品，爲史學與文學聯姻下的產物，也具有相同目的。而本文要區分的是，「資治」有別於「資鑑」而有其特殊含意。鄭鶴聲論曰：

> 任公謂：「史之目的，在得其因果關係以爲現代一般人活動之資鑑者也。」資鑑範圍，較資治兩字意義爲寬廣。資治者，爲治之資，其主旨全在政治方面著想，即歐西所稱爲政治史觀者也。〔註54〕

鄭氏所論，指出「資治」一詞之內涵，較側重於「政治方面」，與資鑑有範圍大小之分。杜維運更深論曰：

> 資治是歷史最實際的一種功用。中國史學家爲歷史下定義，立界說，往往以資治爲第一義。……「歷史是過去的政治，政治是現在的歷史」一類的論調，用在中國，比用在西方，尤爲適合。……在中國，歷史是政治知識與政治智慧（political wisdom）的淵源，更不容置疑。……〔註55〕

文中所論，認爲「資治」與「政治知識」、「政治智慧」關係密切，此說和鄭氏相去不遠。另外，則特別指出此實爲中國史學有別於西方之重要特色。要之，「資治」著眼於「治天下之道」，而非個人之立身處世。〔註56〕政論與史論爲本文研究對象，其內容不外乎是歷史與政治。可以想見的，此種文章所具備的功用，自然是「資治」的。在具體解讀作品時，筆者將運用「資鑑」的歷史意識，探討作品在援引古人古事以論時政時，如何有效地發揮「資治」的功用。

以「變遷」的歷史意識，觀察散文發展的整體流變；以「資鑑」的歷史意識，探討作品資治的個別作用。「變遷」與「資鑑」兩者，同時爲解答本文

演變考察一隅——以蘇軾作品爲主的討論」的「前言」部分。

〔註53〕論「資鑑」者甚眾，例如梁啓超：《中國歷史研究法五種》（臺北：里仁書局，1982 年 1 月），頁 45～46；189～190。其餘各說可參陽平南之整理。氏著：〈資鑑精神釋義〉，《〈左傳〉敘戰的資鑑精神》，（臺北：文津出版社，2001 年 10 月），頁 13～17。

〔註54〕鄭鶴聲：〈讀王船山先生《讀通鑑論》、《宋論》〉。收錄於〔清〕王夫之，《讀通鑑論》（臺北：里仁書局，1982 年 2 月），冊下，頁 1195。

〔註55〕杜維運：《史學方法論》（臺北：三民書局，1995 年 9 月，13 版），頁 325～326。

〔註56〕梁啓超另有資鑑在「社會活動」、「個人活動」的意義，可參《中國歷史研究法五種》，頁 189～190。

問題重要的歷史思考方式。〔註57〕

（四）以史證文，文史互證

本文強調溝通文學與史學，政論與史論更是兩者交融後的產物。職是之故，筆者必須取法「詩史互證」的研究方式。陳寅恪的《元白詩箋證稿》，無疑是此研究法的代表作。〔註58〕研究陳氏「詩史互證」法的學者很多，汪榮祖可爲其中代表。汪氏闡釋「詩史互證」時說：

> 一方面以詩爲史料，或糾舊史之誤，或增補史實闕漏，或別備異說；
>
> 另一方面以史證詩，不僅考其「古典」，還求其「今典」，循次披尋，
>
> 探其脈絡，以得通解。〔註59〕

「詩史互證」應可謂之爲「文史互證」。其中的「文」，自然是包括詩的所有文學作品。若專就本文來說，指的則是政論與史論。本文作爲文學作品的研究，取法較多的，自然是以史證文（詩）的方法。陳寅恪《元白詩箋證稿》中，隨處可見陳氏以各種歷史知識箋釋詩作，甚至到了「力求甚解」（汪榮祖語）地步的例子。以陳寅恪淹博之學識，這些歷史知識，也可說包羅萬象。汪榮祖略舉幾項，包括有：「藏文」、「音樂」、「地理學」等等，以及各種的「歷史事實」。〔註60〕陳氏可說以各種以史證文的實例，做出最好的示範。除諸多實例外，陳氏也直陳，詩文必須與「現存之史籍參證並讀，始能得其眞解」。又說：「今之讀白詩，而不讀唐史者，其瞭解之程度，殊不能無疑。」〔註61〕這寥寥數語，可謂陳氏「以史證文」的畫龍點睛之筆。

若論歷史知識對政論與史論的重要性，清人焦循有云：

> 不學則文無本，不文則學不宣。余十三歲讀三蘇文，即解爲論、序。
>
> 見東坡文〈范增〉、〈鼂錯〉諸論，思擬而效，苦於不諳史事。乃閱

〔註57〕 胡昌智曾謂「以歷史爲鑒戒的事例，或以歷史爲發展的過程」，是兩種不同的歷史思考方式。此外，文中亦引述西方史家論歷史敘述的類型。詳參氏著：〈由鑒戒式的歷史思想到演化式的歷史思想——一個中國近代史學史的初步觀察〉，國立中興大學歷史系中國通史教學研討會編輯：《中西史學史研討會論文集》（臺南：久洋出版社，1986 年 1 月），頁 141。

〔註58〕 陳寅恪：《元白詩箋證稿》（臺北：里仁書局，1981 年 1 月）。

〔註59〕 汪榮祖：〈第八章　爲不古不今之學——詩史互證〉，《史家陳寅恪傳（增訂版）》（臺北：聯經出版事業股份有限公司，2006 年 11 月，二版 4 刷），頁 141。

〔註60〕 《史家陳寅恪傳（增訂版）》，頁 145。

〔註61〕 《元白詩箋證稿》，頁 141、229。

《漢書》、《三國志》，及《南北史》、《唐書》、《五代史記》。又思不
明地理，何以作〈水經序〉。〔註62〕

焦氏所論揭示作文之法，首在讀書積學，儲備寫作所需相關知識。作政論與
史論如此，讀之更是如此。政論論時人時事之外，常引古人古事爲證。若非
熟悉當時局勢（今典）及文中所引例證（古典），是無法徹底了解其意涵的。
因此，運用宋代及宋以前的歷史知識解讀作品，成爲最重要方法。史論包括
純粹就史論史者，亦有借古以論今者。政論論時事之意易求，史論藉古諷今
之意則難通。況且，尋求史論喻今之深意，常常淪爲過度詮釋。此舉將原爲
就史論史的作品，勉強詮釋爲影射映發今人今事之作，而失之於「鑿」。對於
史論，本文用以史證文的方式探討時，當藉重於前人對該篇作品「今典」所
指的評論，並加以判別。若該說爲是，則嘗試爲之發幽闡微，明確指出「古
典」與「今典」間的隱晦聯繫。反之，則亦提出批評。此舉雖有「爲人作嫁」
之嫌，卻也較爲穩妥。此外，尚且結合作者身世背景，嘗試探求在引史、論
史的表面，是否隱藏著其幽微的個人感懷。要之，運用一切歷史知識，以求
「以史證文」，是筆者研究時不斷採用的方法。〔註63〕

（五）尋求政論與史論美感的方法

學者由史學的觀點出發，常對史論這類文學與史學結合的作品，提出諸
多批評。如梁啓超論史評中的「批評史蹟」說：

> 批評史蹟者，對於歷史上所發生之事項而加以評論。蓋《左傳》、《史
> 記》已發其端，後此各正史及通鑑皆因之。亦有淴爲專篇者，如賈
> 誼〈過秦論〉、陸機〈辨亡論〉之類是也。宋明以後，益尚浮議；於
> 是有史論專書，如呂祖謙之《東萊博議》、張溥之《歷代史論》等。
> 其末流只以供帖括勦說之資，於史學無與焉。〔註64〕

〔註62〕〔清〕焦循：《里堂家訓》（上海：上海古籍出版社，1997年，《續修四庫全書》
　　　　本），卷下，頁6上～下。

〔註63〕胡可先研究唐代歷史與文學，借鏡陳寅恪詩史互證的方法，並轉而專門針對
　　　　文學進行研究。胡氏說：「陳寅恪先生的研究，側重於文學對於歷史的觀照，
　　　　落腳點在於政治史與風俗史兩個方面，……以重大歷史事件爲中心，展開對
　　　　文學關係的研究，將落腳點置於文學方面，也就成爲具有重大意義的文學史
　　　　研究課題。」胡氏同樣較爲側重「以史證文」的研究。詳參氏著：〈緒論　唐
　　　　代文學演進的政治歷史視角〉，《唐代重大歷史事件與文學研究》（杭州：浙江
　　　　大學出版社，2007年12月），頁5。

〔註64〕《中國歷史研究法五種》，頁68。

如牟宗三論「歷史的必然性」時說：

> 不可隨便濫用「如果」這種假設語氣的，這是作八股文章，講歷史
> 是不可以這樣的。歷史是不能用「如果」之擬議來辯的。……假定
> 你說，如果當初不是這樣那不就很好了嗎？這種話都是不負責任的
> 風涼話，不了解歷史艱難。所以我不喜歡唐宋八大家的文章，就是
> 這個道理。蘇東坡論史的那些文章就專門說如果，假定怎麼樣怎麼
> 樣，你那來那麼多的假定呢？這不是眞正可以論史的，這只是做文
> 章，做文章和做學問是不同的。〔註65〕

如杜維運說：

> 蘇軾、呂祖謙等則又效縱橫家言，任意雌黄史蹟。西方漢學家認爲
> 中國之史論作品，係根據道德觀點，對歷史事件所下之泛論，應屬
> 於政治性與倫理性之解釋。〔註66〕

蘇軾等名家所作之史論，受到以上諸位文史哲學界重要學者的嚴屬批評。雖
然如此，吾人仍應重視其意見。錢鍾書曾謂：「中肯之譏彈固勝於隔膜之譽讚。」
〔註67〕本文認爲，諸家中肯的批評，卻也正巧指出史論所以異於史學著作的
特殊處，也就是其美感的來源所在。牟宗三所說的「如果」假設語氣，正是
文章用來開拓文意的方法。而杜維運所說的「縱橫家言」，與「政治性」、「倫
理性」的解釋，更是史論的美感所在。

　　早由《昭明文選》開始，蕭統已注意到政論與史論作爲文學作品，應有
其獨具之美感特質，以此與史學作品區分。《文選》將「史論」獨立視爲一類，
其中收錄篇章爲史書之論贊。另外，尚有「論」類，收錄作品即包括本文所
謂的單篇獨立的政論與史論。柯慶明認爲，《文選》選文及序文，已呈現「論」
的美感特質。而云：

> 這些「論」作（筆者按：即《文選》選文）證明了，不僅是其表現
> 修辭的華采輯比手法，可以提供形式的美感，内容上一旦涉及了史
> 實或傳聞上的天下與個人興亡成敗的命運，即能與一切的「敘事」、
> 「抒情」的作品一樣的引發深沉的人性共鳴，達到一種靜觀諦視卻

〔註65〕牟宗三：《中國哲學十九講》（臺北：臺灣學生書局，1997年1月初版7刷），
　　　　頁12。

〔註66〕杜維運：〈貳、王夫之與中國史學〉，《清代史學與史家》（臺北：東大圖書股
　　　　份有限公司，1984年），頁16～17。

〔註67〕錢鍾書：《管錐編》（北京：中華書局，1999年11月，再版7刷），頁390。

又感懷不已的美感效應。……〔註68〕

柯氏由《文選》著手，揭示論、說，乃至「涉及了史實或傳聞上的天下與個人興亡成敗的命運」作品之美感特質。這些「論」，其實包括了政論與史論。由南朝發展至宋代，政論與史論之美感效應自然不同。柯氏總結地說：

中古階段重在以文辭的形式美感來達成這種效果；近古的『古文』，則更重視虛構敘事，作經驗的對照呈現與自然引出或涵蘊其間，作者個人情性感懷之表露。〔註69〕

中古著重於「文辭的形式美感」，近古則「更重視虛構敘事」，儘管營造形式美感的修辭手法有所不同，然「抒情」性，或「個人情性感懷」等內容所生之美感效應，兩者則相去不遠。有別於中古，論及近古史論之修辭手法，柯氏認為：「強烈的修辭效應取代了實質問題的論證，但卻成了論述的主要說服效果。」〔註70〕接續柯氏的思考，筆者曾論及政論與史論異於史學作品之處。指出幾近縱橫家言的修辭效應，以及富「言志」、「抒情」、「懲惡勸善」意味的歷史解釋，此二者實為政論與史論獨具之美感特質。〔註71〕

論及政論與史論之美感，李紀祥的研究亦可參考。李氏認為中國史學中有兩種「實錄」傳統，其文云：

我們至此似乎已經可以為「實錄」區分出兩種型態：一是以揚善貶惡為主的「鑑式實錄」；另一種則是以寫盡歷史人物的生命淋漓，以現實生命中的盡性、不平處去照見歷史真實的「興式實錄」。前者的歷史，是令人作鏡以知鑑；後者的歷史，則讀來讓人盪氣不忍，心生感懷……〔註72〕

李氏指出，「鑑式」、「興式」是史學兩種實錄傳統。史家藉撰寫史書，或以之

〔註68〕柯慶明：〈「論」、「說」作為文學類型之美感特質的研究〉，臺灣大學中文系、成功大學中文系「六朝唐宋學術研討會」編輯小組編輯：《遨遊在中古文化的場域——六朝唐宋學術研討會論文集》（臺北：里仁書局，2004 年 11 月），頁30～31。

〔註69〕〈「論」、「說」作為文學類型之美感特質的研究〉，頁61。

〔註70〕〈「論」、「說」作為文學類型之美感特質的研究〉，頁26。

〔註71〕拙作〈論「『君臣遇合』期待的文學性表達——兼論史論文異於史學作品處」，〈李綱〈迂論〉「君臣遇合」議題探析〉，《宋代文學研究叢刊》15 期，2008年 8 月，頁431～436。筆者於舊作所謂的「史論文」，即本文之「政論與史論」。

〔註72〕李紀祥：〈中國史學史的兩種「實錄」傳統〉，《漢學研究》21 卷 2 期，2003年 12 月，頁 383。

垂鑒後世，或以之興發個人感情。史著如此，政論與史論亦然。就讀者而言，閱讀政論與史論，除能藉文中所論之歷史興衰、人物得失，獲得到資鑑的知性美感外，也能藉之貼近作者內心幽微之處，而興起無盡感懷的美感經驗。

要言之，借鏡李氏論「興式」實錄，柯氏論個人情性呈現，本文在具體分析作品時，亦將嘗試挖掘政論與史論作者之幽微心曲。此外，論及作品之形式美感與修辭效應時，則可借鏡修辭學〔註73〕、章法學、篇章結構學〔註74〕的方法。

（六）其他方法

除了以上幾種綜觀散文史發展過程，以及分析個別作品所運用的方法之外，筆者尚採用其他方法進行研究。首先，在分析作品時，最需要採「知人論世」的方法，考察整體時代背景，以及作者的創作緣由、寫作時間、生平際遇等等，方能適切地了解政論與史論眞正意涵。與此同時，累積了眾多作者之相關資料後，筆者亦能藉之觀察各期作者主要身分的演變現象。再者，在探討讀者的相關問題時，筆者需要藉重接受美學的知識。亦需要從目錄學、出版文化等等視角，了解讀者現象。最後，筆者以歸納法呈現作品之主要議題，以比較法突顯研究對象之特色，以統計數字表格列出史料數據。凡此種種，皆是本文將採行的研究方法。

何寄澎論臺靜農先生之文學史方法論，曾提出臺先生的幾個主張，分別是：「深入了解作者生活中的事態，以及種種事態與其作品的關係」、「不斷致意譜主之社會環境及文學環境」。最後總結的說：「臺先生的文學史方法論，其前提絕然在『歷史』的研究法」。〔註75〕筆者以之爲師法對象。本文的研究，探討宋朝各種時代風氣，如何促進政論與史論創作；建立南渡初期作家，彼此間相互重疊的交遊關係網絡；考察作者生平事蹟，嘗試爲其創作繫年，從而辨別作者身分；研究科舉、詔群臣言事等政治制度對創作的關鍵影響。以上種種，都是以「歷史」的研究法爲前提。此外，誠如前述，對於個別作品

〔註73〕研究修辭學的著作，例如：沈謙：《修辭學》（臺北：國立空中大學，1996 年 11 月，修訂版 2 刷）。

〔註74〕研究章法學的著作，例如：仇小屛：《文章章法論》（臺北：萬卷樓圖書股份有限公司，1998 年 11 月）、陳滿銘：《篇章結構學》（臺北：萬卷樓圖書股份有限公司，2005 年 5 月）。

〔註75〕何寄澎：〈敘史與詠懷──臺靜農先生的中國文學史書寫〉，《典範的遞承：中國古典詩文論叢》（臺北：文史哲出版社，2002 年 3 月），頁 55。

的解讀詮釋，更需要運用大量歷史知識。此雖非臺先生文學史方法論所強調，但或亦屬於另一種歷史的研究方法。

　　要言之，本文結合文藝學、文獻學、史學中的各種方法，進行綜合性的研究。

第三節　研究回顧

　　本文研究宋代政論與史論演變現象，以南渡初期作品為主，以北宋中晚期作品為參照。因此，本節回顧前人研究時，同樣著重說明南渡初期的成果。

一、宋代政論與史論的研究成果

　　宋代政論與史論的研究成果，集中於北宋中期三蘇父子之作。特別是其少數名篇，如〈六國論〉、〈留侯論〉、〈刑賞忠厚之至論〉等，在民國以前即已累積了可觀的評論資料，一脈相承地形成所謂「接受史」的學術現象。〔註76〕而今人對這些名篇的研究，亦頗豐富。〔註77〕若謂整體研究三蘇史論之專著，當以陳秉貞之「三蘇史論研究」為代表。〔註78〕陳氏論三蘇史論作品，分別由「歷史觀」、「人物論」、「政治制度論」、「取材與論證方式」、「文學美感」等方向展開，可謂相當全面。其他論個別作家者，則有謝敏玲、郭宗南、吳叔樺、朱乃潔等人。〔註79〕以上三蘇政論與史論的研究成果，皆是本文了解北宋中期主要

〔註76〕如〈刑賞忠厚之至論〉即是顯例。筆者曾撰文探討此現象，詳參拙作：〈蘇軾《省試刑賞忠厚之至論》闡釋史一隅〉，《東方人文學志》，1 卷 3 期，2002 年 9 月，頁 139～156。

〔註77〕對於三蘇名篇，乃至於總體研究成果的回顧，當屬謝佩芬用力最勤。詳參氏著：〈三蘇研究論著目錄（上）（1913～2003）〉，《書目季刊》38：4，2005 年 3 月，頁 43～128。〈三蘇研究論著目錄（下）（1913～2003）〉，《書目季刊》39：1，2005 年 6 月，頁 51～94。另見沈章明的補充，氏著：〈二十世紀以來蘇洵研究論著目錄補遺〉，《書目季刊》40：2，2006 年 9 月，頁 45～54。

〔註78〕陳秉貞：「三蘇史論研究」（臺北：國立臺灣師範大學國文研究所博士論文，2006 年）。另，尚見有白瑞明：「三蘇史論初探」（南昌：南昌大學中國古代文學專業碩士論文，2005 年 5 月）。

〔註79〕謝敏玲：《蘇軾史論散文研究》（臺北：萬卷樓圖書有限公司，2000 年 5 月）、郭宗南：「蘇轍史論文研究」（臺南：國立成功大學中國文學研究所碩士論文，2003 年 6 月）、朱乃潔：「蘇洵政論散文研究」（臺北：臺北市立師範學院應用語言文學研究所碩士論文，2003 年 6 月）、吳叔樺：《蘇轍史論散文研究》（臺

作家、創作情形，並以之參照南渡初期作家作品的重要基礎。學界對北宋晚期的研究專著，目前則尙付之闕如。

孫立堯之《宋代史論研究》是今年（2009）甫出版之新著。〔註 80〕孫著最重要的論點，乃是主張宋代史論具有史學、文學、理學等三方面的意義，並謂北宋有「史論的文學化」，南宋則有「史論的理學化」，兩項重要的變化現象。孫說宏觀地觀察宋代史論，筆者已於前論徵引其說作爲研究基礎。

二、南渡初期政論與史論的研究成果

專門針對宋南渡初期政論與史論的探討，目前相當少見，僅見零星單篇論文。除筆者曾撰文討論李綱作品外，幾乎未見任何成果。〔註 81〕職是之故，本文對於前人研究的回顧，無法直接就宋南渡初期政論與史論的研究成果著手，而不得不由其他較爲宏觀的討論展開，並特別關注其論南宋、南渡初期之處。此節與前論「分期」的部分，雖偶有重疊，卻也各有側重。以下擬由三個層次；第一，中國散文史專著；第二，宋代文學通論／宋代散文通論專著；第三，重要單篇論文等，逐一討論。

（一）中國散文史專著

今所見中國散文史專著中，有部分對南渡初期，甚至是整個南宋的作品，皆未立有專節討論。吾人對這類散文通史的著作，雖不應過度求全責備，但此現象也顯然與歷史事實不符。儘管如此，早在第一部散文史專著——陳柱《中國散文史》〔註 82〕中，即可見專論南宋作品，甚至指出的南渡初期特色的論述。陳氏論「民族主義派之散文」時，認爲這類作品充滿「忠義之情」、「愛國之心」。並爲之溯源，認爲：「後世民族主義之文學，蓋莫不本於《春秋》。」陳氏所徵引的例證，皆爲南渡初期與宋元之際，兩個對外戰事頻繁時期的作家作品。南渡初期作品，只選了岳飛的〈五岳祠盟記〉。這些論述，可說是民國以來學者，首次對南渡初期散文作品的研究。〔註 83〕

北：萬卷樓圖書有限公司，2007 年 11 月）。
〔註 80〕同注釋 32。
〔註 81〕同注釋 70。
〔註 82〕陳柱：《中國散文史》（北京：東方出版社，1996 年 3 月）。是書原於 1937 年在上海，由商務印書館出版。
〔註 83〕陳柱：《中國散文史》，頁 262～277。

陳氏著作後，一直要到二十世紀八十年代中期，方有同類作品問世。〔註84〕時至今日，散文通史著作已遠較以往豐富。但可惜的是，後繼者論及宋南渡初期作品，論點實與陳氏半世紀前的看法相去不遠。不外乎主張，此期作品突出地表現，「愛國」、「抗戰」、「民族」等等之「主義」、「精神」或「意識」云云。此外，亦偶見所謂「民族矛盾」的陳述。我們甚可以將這幾個辭彙，任意地組合、拼貼、調整、代換，而幾乎不影響作者原意。論者所引例證，雖較陳氏為多，但也僅限於宗澤、李綱、胡銓諸家之特定作品。要之，從主要論點到引證作品，都有因襲之嫌。

在眾多散文通史中，實以郭預衡《中國散文史》、譚家健《中國古代散文史稿》兩部著作較佳。特別是郭著，最為學界所稱道，對本文研究亦最有助益。郭氏對兩宋散文分期，兩宋之際南宋之初散文作品，乃至於散文史、文學史寫作的各種看法，筆者已徵引於前，並視之為重要憑藉。而譚氏對於南宋散文的概括，除了也由題材內容上，指出以「表達愛國激情」者為主外。也從文體看，認為「議論文最發達」；從風格看，認為「趨向平正質直，通俗淺易」。論點可說較為周詳深刻。〔註85〕

（二）綜論宋代文學／宋代散文專著

幾部綜論宋代文學的專著，皆論及南宋散文的特色。孫望、常國武《宋代文學史》，論宋金和議後有明顯的變化。〔註86〕程千帆、吳新雷《兩宋文學史》，認為南渡初期政論之作風與思想，一直貫串到南宋末年，成為整個南宋鮮明的特色。〔註87〕以上觀點皆有助於本文研究。王水照主編之《宋代文學通論》，〈宋文流派繹述〉的部分由楊慶存撰稿。誠如前述，楊氏將北宋徽宗至南宋高宗朝視為整體，謂之「南渡前後」，並認為此期有「文采派」、「抗戰派」兩者同時發展。楊氏所謂的「抗戰派」，與其他學者相去不遠。而「文采派」，則以汪藻與李清照為代表作家。〔註88〕此主張有別於其他論者，頗見慧眼。只可惜，這方面的研究對本文幫助有限。

〔註84〕據譚家健考察。詳參氏著：〈近 20 年中國散文史著作及選本舉要〉，《中國古代散文史稿》，頁 604。

〔註85〕《中國古代散文史稿》，頁 397～398。

〔註86〕孫望、常國武：《宋代文學史》（北京：人民文學出版社，1996 年 9 月），冊下頁 5～6。

〔註87〕程千帆、吳新雷：《兩宋文學史》，頁 266。

〔註88〕王水照主編：《宋代文學通論》，頁 226～228。

幾部綜論宋代散文的專著，以楊慶存《宋代散文研究》爲最早。〔註89〕楊書對於南宋的論點，與前引相同。此書則詳論文采派中的李清照，抗戰派作家所論不多。繼之，則有朱迎平《宋文論稿》。朱氏著作論南宋散文，有豐富的成果。特別是〈南宋散文四十家述評（附錄：三十家簡述）〉，可說全面地爲南宋散文作家提要鈎玄。朱氏對於南渡初期作品的看法，則與前舉學者相近。馬茂軍《宋代散文史論》論及諸多南宋散文流派，包括：永嘉文派、江湖文派、閩學文派、江西散文、嶺南散文三家等等。〔註90〕許多節目、流派名稱，乃至於作家作品，都是作者全新的創發。只可惜，馬氏未能論及南渡初期作品，本文無法直接借鏡參考。

（三）重要單篇論文

王綺珍〈南宋散文評價中的幾個問題〉，是二十世紀最早的一篇南宋散文專論。〔註91〕王氏對於南宋散文的分期，屬於前論第三種說法的系統。比較特別的是，王氏除指出南渡初期以議論文尤多之外，更進一步認爲此類作品：「富於鼓動性，又富於邏輯性，有很強的藝術感染力。較之北宋大家們刻意爲之的策論，在藝術成就上是有過之而無不及的。」〔註92〕王氏不只將南渡初期作家與北宋大家相提並論，更謂「有過之而無不及」。此論點可說是相當大膽。只可惜，在學界似乎未能得到什麼回響。〔註93〕

郭預衡〈南宋詩文的時代特點——《南宋文範》校點本序言〉，〔註94〕是郭氏發表於專著《中國散文史（中）》前，研究南宋散文的重要論文。郭氏於論文與專著中皆主張，南渡初期以「言事論政」散文爲主的基本觀點。值得一提的，是郭氏於論文中，言及宋南渡初期此現象，實繼承了唐初、北宋初文人干預時政，議論時事的傳統，且與官方廣開言路有關。此論點雖未見於後出的專著，但對本文卻很有啓發。〔註95〕

〔註89〕楊慶存：《宋代散文研究》（北京：人民文學出版社，2002年9月）。

〔註90〕馬茂軍於〈第四章　南宋散文流派研究〉諸節，研究正文中所引諸文派。詳參《宋代散文史論》，頁193～498。

〔註91〕據陳友冰考察。詳參氏著：〈中國大陸宋文研究綜論（1979～2006）〉，《漢學研究通訊》26卷1期（總101期），2007年2月，頁6。

〔註92〕王綺珍：〈南宋散文評價中的幾個問題〉，《文學遺產》1988年4期，頁79。

〔註93〕詳參本文第七章「一、綜論北宋中至南渡初期政論與史論特色」的討論。

〔註94〕郭預衡：〈南宋詩文的時代特點——《南宋文範》校點本序言〉，《歷代散文叢談》（太原：中西教育出版社，1991年10月，再版），頁576～601。

〔註95〕詳參本文第二章第二節。

最後，張高評、張海鷗、陳友冰分別作有綜論宋代散文研究成果的論文。〔註96〕對於筆者此節回顧前人研究，無疑有很大的助益。

綜上所述，目前學界對於宋南渡初期政論與史論的研究並不豐富，多數成果呈現於散文通史、斷代文學史、斷代散文研究專著中。諸家基本的看法是，南渡初期以體現抗戰愛國情緒的言事論政作品為主。筆者認為，此論點代表著前輩學者，對於宋南渡初期散文創作的宏觀判斷，實已簡要地呈現此期作品內容特色。然而，吾人自然不能以此為滿足。完整的文學創作，尚包括其他諸多方面的問題。對此，目前僅偶見零星看法，而留給後人相當大的探討空間。本文即在此基礎之上，繼續深化作品內容的研究，並展開背景因素、作者身分、讀者現象的討論，嘗試由各個方面探討南渡初期政論與史論的總體特色，及其於宋代散文史的地位。

第四節　研究前瞻

總結上節討論可見，學界對於南渡初期政論與史論的研究，已見最初步的成果，而值得吾人再進一步深入。筆者希望藉由本文的研究，能達到以下幾個成果。

首先，筆者欲從史學、文學的角度，研究南渡初期政論與史論。當時社會上存在著和戰爭議、軍事困境、內部動亂、亡國危機、政治風氣、民生問題等諸多議題。本文將討論，作家如何藉由政論與史論，藉由以古鑑今的方式，呈現對以上問題的思考。此外，在深究作品內容同時，亦探討寫作手法與美感特色。期能在「寫什麼」與「怎麼寫」兩者間，不偏廢任何一方。

再者，筆者將以北宋中晚期作為比較對象，以了解政論與史論由北宋中期至南渡初期的演變發展歷程。筆者將由「文學四要素」：世界（影響創作的各種因素）、作者、作品、讀者等各方面，作出較全面的觀察。在探討每個方面時，將不斷地以南渡初期現象，與北宋中晚期反覆對照。期能從眾多的對比之中，辨別異同，突顯差異，真正尋求出宋南渡初期政論與史論的總體特色與散文史地位。

〔註96〕陳友冰文已見前引。另見張高師校讀，陳致宏、林湘華整理：〈民國三十五至八十五年臺灣地區宋代散文研究目錄〉，《古典文學通訊》29 期，1997 年 5 月，頁 7～12。張海鷗：〈宋文研究的世紀回顧與展望〉，《文學評論》2002 年 3 期，頁 49～58。

第二章　宋代政論與史論的創作背景

　　宋代的政論與史論創作，整體來說是相當興盛的。其所以整體興盛的原因為何？與宋代之政治、文學、歷史分別有什麼關係？此外，在昌盛的整體榮景之下，創作成績卻也有高低起伏之分。造成這些波瀾的原因何在？直接左右政論與史論創作的關鍵因素何在？以上是本章所要討論的問題。

第一節　政論與史論創作繁榮的因素

一、士大夫「同治天下」的政治觀 [註1]

　　論宋代士大夫得以與皇帝「同治天下」的問題，必須先由士大夫政治地位說起。宋代士大夫的政治地位，高於前後各朝代，此為國史中很特殊的現象。《宋史·文苑傳》云：

> 自古創業垂統之君，即其一時之好尚，而一代之規橅，可以豫知矣。藝祖革命，首用文吏而奪武臣之權，宋之尚文，端本乎此。太宗、眞宗其在藩邸，已有好學之名，作其即位，彌文日增。自時厥後，子孫相承，上之為人君者，無不典學；下之為人臣者，自宰相以至令錄，無不擢科，海內文士彬彬輩出焉。[註2]

〔註1〕 本段主要依據余英時〈宋代「士」的政治地位〉、〈「同治天下」——政治主體意識的顯現〉兩篇研究成果。以下徵引余氏原文時，僅於其後標頁碼，以省篇幅。全文詳見氏著：《朱熹的歷史世界——宋代士大夫政治文化的研究》（臺北：允晨文化實業股份有限公司，2003 年 6 月），冊上頁 271～312。

〔註2〕 〔元〕脫脫：《宋史·文苑傳》（北京：中華書局，1997 年 6 月初版 4 刷），卷

〈文苑傳〉中將宋代尙文治，歸之於太祖開國時「用文吏而奪武臣之權」的作爲。之後，更造成「海內文士彬彬輩出」的盛況。雖然余英時研究「尙文治」之歷史源頭時，徵引聶崇岐論著，認爲：「宋太祖『用文史奪武臣之權』主要是爲了使趙宋王朝不致重蹈晚唐、五代的覆轍，並非出於『一時之好尙』」（頁273）。但余氏論斷宋代士大夫政治地位卻也指出：「宋代皇帝尊士，前越漢、唐，後逾明、清，史家早有定論。」（頁273～274）而政治地位在宋初的逐漸抬昇，「給宋代士大夫與皇帝『同治天下』的局面奠定了制度性的基礎」。（頁285）

在此基礎上，宋代士大夫體現與皇帝「同治天下」的政治主體意識。北宋中期范仲淹於其〈岳陽樓記〉中，那爲眾人所熟知的名句——「先天下之憂而憂，後天下之樂而樂」。這種「以天下爲己任」的精神，即是當代，士大夫們政治主體意識的表現。這不僅僅是范氏突出的個人特徵而已，而是整個宋代士大夫的普遍意識。余英時爲這主體意識溯源時，認爲原因之一，在於宋代士大夫的社會性格產生轉變。這個轉變，又是由於唐代門第制度消亡而來。這使得宋代不再有如唐代「子弟」與「寒士」的身分差別，「所以宋代的『士』，特別是在取得進士身分，成爲『士大夫』之後，對於國家與社會所承擔的責任與享有的權利都是相同的。」（頁299）

士大夫這種「以天下爲己任」的精神，在宋代政治文化中，是以「士大夫同治天下」的特殊形態呈現。余英時以神宗、文彥博與王安石之間的一次廷爭，作爲此特殊性的具體事例。《長編》載：

> 彥博又言：「祖宗法制具在，不須更張以失人心。」上曰：「更張法制，於士大夫誠多不悅，然於百姓何所不便？」彥博曰：「爲與士大夫治天下，非與百姓治天下也。」上曰：「士大夫豈盡以更張爲非，亦自有以爲當更張者。」安石曰：「法制具在，則財用宜足，中國宜彊。今皆不然，未可謂之法制具在也。」（卷二二一，「熙寧四年三月戊子」條）〔註3〕

余氏指出，此段值得注意的是，「文彥博『爲與士大夫治天下』一語也是神宗和王安石共同承認的前提。」（頁301）從神宗的回答看來，其相當重視士大夫支持或否定「更張」的態度。可見神宗確乎是認同此前提的。透過余氏細膩的觀察與詮釋，此段不只是君臣爭辯新法的記載，更是「同治天下」成爲

四三九，冊37頁12997。
〔註3〕 《長編》，卷二二一，「熙寧四年三月戊子」條，冊9頁5370。

神宗君臣間共識的隱微呈現。承擔著「治天下」的責任，不僅是士大夫以之自詡，就連君主亦給予認同。〔註4〕

宋人這樣的政治觀，與好發議論的時代精神相表裡。陳植鍔論宋人議論之盛的政治背景時說：

> 一方面是統治者出於鞏固中央集權而救「內重」之弊的需要大開言
> 路、鼓勵直諫，一方面是應了這種世運變化而復興儒家傳統文化的
> 薰陶，使儒家知識分子本來就相當突出的批判意識和參與意識在這
> 一時期得到空前的高漲，蔚為從政治生活開始進而貫徹到社會文化
> 各個層面的時代精神，以及由它派生的懷疑精神、創造精神和實用
> 精神等等。〔註5〕

陳氏所謂，儒家知識分子「批判意識與參與意識」的「空前高漲」，應可與余氏所謂的士大夫「同治天下」政治觀相參。這樣的政治觀，確實能使得宋人有好發議論的傾向。郭預衡論歐陽修門下作家政論文章創作時說：

> 當時出於歐陽修門下的幾個作家，如曾鞏、王安石以及蘇氏父子，
> 都是長於議論，而且是長於論政之文的。尤其是熙寧年間推行新法
> 之初，各派作者都曾比較自由地發表政治主張。王夫之《宋論・仁
> 宗》說：「蘇氏父子掉儀秦之舌」，「王安石之徒習申商之術」。這話
> 雖然不是專就文章而言，但由此卻也可以看出當時政治形勢是頗有
> 利於政論文章的發展的。〔註6〕

郭氏指出，北宋六大家皆長於論政之文。眾人得以自由地暢所欲言，則要歸因於「當時政治形勢」。郭氏所謂的政治形勢，應即是在「同治天下」政治觀下，政壇所普遍存在的直言論政風氣。陳氏與郭氏之說，皆旨在指出較為寬鬆的政治環境，有利於議論精神的發揚。

〔註4〕 余氏於文中言及，張其凡的研究可以參照。張氏由「皇權與相權」來思考問題，認為宰相為士大夫之代表，「其（筆者案：宰相）權力與皇權是相輔相成的。所謂共治天下，乃是最為恰當的解釋。」本文論同治天下的政治觀，指的是宋代士大夫普遍積極參與、討論政事的風氣。與張氏說法略有不同。其間當可再深入辨析，然非本文所能論及，故附記於此。詳參張氏著：〈北宋『皇帝與士大夫共治天下』略說〉，《宋初政治探研》（廣州：暨南大學出版社，1995年10月），頁62～68。

〔註5〕 陳植鍔：《北宋文化史論》（北京：中國社會科學出版社，1992年3月），頁51～52。

〔註6〕 郭預衡：〈北宋文章的兩個特徵〉，《社會科學戰線》1985年3期，頁306。

　　要之，余氏認爲，宋代士大夫在政治上，擁有著較高的地位與「同治天下」的主體意識。這是促成宋代政論與史論創作的背景因素之一。

二、「經世致用」的文學觀

　　除前論政治觀念外，宋代文學觀念必然影響著文章創作。對此，則不得不論及北宋古文運動，這影響宋代甚至於宋以後文章創作深遠的重要事件。如何對「文道觀」進行闡述，是北宋古文運動的重要課題，其亦左右著日後散文作家的寫作觀念。

　　論北宋古文運動家的文道觀，屢屢爲學者所徵引的，是歐陽脩〈與張秀才第二書〉，其文云：

> 君子之於學也務爲道，爲道必求知古，知古明道，而後履之以身，
> 施之於事，而又見於文章而發之，以信後世。其道，周公、孔子、
> 孟軻之徒常履而行之者是也；其文章，則六經所載至今而取信者是
> 也。其道易知而可法，其言易明而可行。……〔註7〕

歐陽脩此書對「文（言）」、「道」兩者，皆有明確的主張。「道」當是「易知而可法」的，是能夠切身履踐的，即文中所謂「周公、孔子、孟軻之徒常履者」。而並非是那些古奧難明，「務高言而鮮事實」之理。對歐陽修的「道」，何寄澎認爲：「亦仍然歸返於政教」；〔註8〕祝尙書更認爲：「若用現代術語表達，就是國家日常的政治、經濟、外交、文化活動及其法規條令。」〔註9〕「文」當是「易明而可行」的，是平易、淺明且容易表達的，亦即文中所謂「六經所載至今而取信者」。此段話中，歐陽脩雖然簡單論及「文」的審美標準，但最重要者，仍是主張「文」是用來「載道」的。

　　歐陽脩並非不重視文采，對之要求也很高，因而有「事信言文」的主張。〔註10〕但整體來說，歐陽脩認爲文章仍應以教化治道爲主要內容與作用。我們可以說，這是一種「經世致用」的文學觀。此觀念隨著古文運動的發展而逐漸確立，成爲延續於兩宋，重要的文章創作、編選指導原則。何寄澎認爲：

> 呂祖謙編《皇朝文鑑》，其意在「專取有益治道者」，所錄北宋文章……

〔註7〕　〔宋〕歐陽修著，李逸安點校：《歐陽修全集》（北京：中華書局，2001 年 3 月），冊 3 頁 978。

〔註8〕　何寄澎：《北宋的古文運動》（臺北：幼獅文化事業公司，1992 年 8 月），頁 75。

〔註9〕　祝尚書：《北宋古文運動發展史》（成都：巴蜀書社，1995 年），頁 158。

〔註10〕　詳參《北宋的古文運動》，頁 49。《北宋古文運動發展史》，頁 164。

　　皆有關治道之作，便一方面可知北宋文章所受致用精神影響之一
　　斑；一方面亦可從而了解宋人此種關心國是，一切作爲指向實用的
　　精神，即使降及南宋也未嘗稍變。〔註11〕

要之，兩宋以來未曾改變的「經世致用」文學觀念，是促成政論與史論創作
另一個背景因素。

三、史學特盛、資鑑意識

　　清末民初以來，王國維、陳寅恪、錢穆、鄧廣銘諸位知名史學學者，皆
主張華夏文化極盛於宋代，且認爲近代學術多以之爲發端。如是說法，早已
爲後繼者所廣爲徵引，成爲研究時的重要基礎。〔註12〕而宋代學術中的史學
成就，自然是至關重要的部分，亦是本文最爲關注者。

　　中國史學如何極盛於宋代？學者亦有研究。王德毅論宋代史學特盛之原
因，析爲五項，分別是：重文輕武的政風、經世致用的學風、金石學與目錄
學之發達、疑古惑經的文風、朝廷的獎勵等等。〔註13〕杜維運則認爲：

　　憂患的世紀，往往是史學的黃金時代；而在憂患之中，須有喘息的
　　安定環境；政府開明，崇尚文治，社會富庶，書生奮勉，更是史學
　　蓬勃的要素。稽之宋代，與此數者，無不相合。這是中外歷史上很
　　少出現的情況。〔註14〕

由多位現當代史學家的研究看來，宋代當是中國史學相當昌盛的時期。

　　「資鑑」意識，由《左傳》「懲惡勸善」的觀念開始，即是中國傳統史學
的重要內涵。這個傳統淵遠流長，一直到清末民初才逐漸式微，演化式歷史
思考方式則於此時漸趨穩固。〔註15〕於史學特盛的宋代，資鑑意識依舊維繫

〔註11〕《北宋的古文運動》，頁39。
〔註12〕近來屢見研究者於其著作伊始，援引文中列舉個別學者之說，作爲自己論述
　　　　的基礎。張高評則曾匯整諸家學說，便於綜覽。詳見氏著：〈第四章　古籍整
　　　　理與北宋詠史詩之嬗變──以《史記》楚漢之爭爲例〉，《自成一家與宋詩宗
　　　　風──兼論唐宋詩之異同》（臺北：萬卷樓圖書股份有限公司，2004 年 11 月），
　　　　頁 150。
〔註13〕王德毅：〈宋代史學的教學〉，趙雅書主編：《宋史教學研討會論文集》（臺北：
　　　　國立臺灣大學歷史學系，1993 年 4 月），頁 127～132。
〔註14〕杜維運：〈第十五章　宋代史學的蓬勃發展〉，《中國史學史（第三冊）》（臺北：
　　　　杜維運出版，三民書局經銷，2004 年 6 月），頁 1。
〔註15〕胡昌智將「以歷史爲鑒戒的事例」、「以歷史爲發展的過程」視爲兩種不同的

於不墜。不論是官方或個人在修撰史書時，每每揭示資鑒意識爲其著作的重要宗旨所在。司馬光之《資治通鑑》，無疑是官修史書最好的例子。司馬氏在〈進資治通鑑表〉云：

> 專取關國家盛衰，繫生民休戚，善可爲法，惡可爲戒者，爲編年一書，使先後有倫，精粗不雜。（《全宋文》54/172）

由此可見，司馬光修撰時對史料取捨的標準，全在乎「可法」、「可戒」而已。此洵爲「最可垂法千古者」。〔註16〕個人私修史書，則以歐陽脩《新五代史》爲顯例。歐陽脩〈答李淑內翰書〉中，曾表明修撰原則，文云：

> 然其銓次去取，須有義例，論議褒貶，此豈易當。〔註17〕

清代史學家趙翼評此書云：

> 不閱《舊唐書》，不知《新唐書》之綜核也。不閱薛史，不知歐史之簡嚴也。歐史不惟文筆潔淨，直追史記，而以春秋書法，寓褒貶於紀傳之中，則雖史記亦不及也。〔註18〕

由此可見，歐陽脩以「春秋書法」的高標準期許《新五代史》。而姑且不論《史記》與《新五代史》的高下優劣，在趙翼看來，歐陽脩實無愧於自己所定下的寫作原則。而「寓褒貶於紀傳」的史家書法，作用即在懲惡勸善，即體現了史家的資鑒意識。這兩部重要史籍作者的自道之語，確爲時代精神的代表，可知宋代當維持著傳統史學的資鑑意識。〔註19〕

四、印刷文化

　　眾所周知，於宋代逐漸成熟完備的印刷術，改變了原以鈔寫爲主的圖書製作、流傳方式，從而造就了「印刷文化史」的時代。〔註20〕這跨時代的變革，

歷史思考方式。詳見氏著：〈由鑒式的歷史思想到演化式的歷史思想——一個中國近代史學史的初步觀察〉，國立中興大學歷史系中國通史教學研討會編輯：《中西史學史研討會論文集》（臺南：久洋出版社，1986 年 1 月），頁 176。
〔註16〕《中國史學史（第三冊）》，頁 92。
〔註17〕《歐陽修全集》，冊 3 頁 1004。
〔註18〕〔清〕趙翼著，王樹民校證：《廿二史箚記校證（訂補本）》（北京：中華書局，2001 年 11 月初版 2 刷），卷二一「歐史書法謹嚴」條，冊下頁 460。
〔註19〕王德毅主張，「史書中的義理觀念」爲宋代史學的特點之一。王氏所論「義理觀念」，即爲懲惡勸善之意。詳參氏著：〈宋代史學的教學〉，頁 133～134。
〔註20〕詳參張高評：〈印刷文化史之探討　學科整合之研究（自序）〉，《印刷傳媒與宋詩特色》（臺北：里仁書局，2008 年 3 月），頁 I～VII。

帶來古籍整理、知識傳播、讀書方式、文學創作等等一系列的改變。就古籍整理而言，北宋在官方主持之下，整理與印行的書籍種類很多，前代史書是重要的一部分。張富祥進一步指出，在眾多官方刊行書籍中，「尤其是正經、正史屢經校刻，不斷改版，這是宋以前未曾有過的現象。」〔註21〕不只是經史，學者指出四部著作應皆經過仔細的校刻，質量十分精良，是北宋版本最重要的意義所在。〔註22〕這也無疑體現了官方的重視。經校刻之諸史籍中，即包括了《史記》、《漢書》、《後漢書》、《唐書》等，凡此皆是南渡初期政論與史論最常引證論述者。以《史記》為例。據學者研究，《史記》最初刊刻於北宋太宗淳化五年（994）。而整個北宋朝，有四次校刊《史記》的記載。若校刊後皆印行出版，則最少有四種《史記》版本。〔註23〕在宋以前的寫本文化時期，這確實是未能得見的現象。陳樂素論北宋政府整理古籍之意義時說：

> 北宋諸帝和儒臣，留意經史古籍的整理印行，為使讀書人較易得書，
> 得讀善本書，通過科舉考試，選出有用人才參與政治，這是他們的
> 主觀意圖。〔註24〕

承平時期之北宋，出版文化的發展整體情形如此。論及兵燹頻仍的南渡初期，自然無法有此榮景。對此，李心傳記載道：

> 監本書籍者，紹興末年所刊也。國家艱難以來，固未暇及。九年九
> 月，張彥實待制為尚書郎，始請下諸道州學，取舊監本書籍，鏤板
> 頒行。從之。然所取諸書多殘缺，故胄監刊《六經》無《禮記》，正
> 史無《漢》、《唐》。二十一年五月，輔臣復以為言，上謂秦益公曰：
> 「監中其它闕書，亦令次第鏤板，雖重有所費，蓋不惜也。」繇是
> 經籍復全。〔註25〕

由李氏記載可知，南渡初期正值國家艱難之時，圖書文獻保存、出版不易。就連北宋最為重視，刊印最多的正經正史書籍，戰火之下亦無得完全。此時只好

〔註21〕張富祥：《宋代文獻學研究》（上海：上海古籍出版社，2006年3月），頁112。
〔註22〕〔日〕尾崎康著，陳捷譯：《以正史為中心的宋元版本研究》（北京：北京大學出版社，1993年7月），頁14。
〔註23〕張玉春：《〈史記〉版本研究》（北京：商務印書館，2001年7月），頁106～109。
〔註24〕陳樂素：〈北宋國家的古籍整理印行事業及其歷史意義〉，《宋元文史研究》（廣州：廣東人民出版社，1988年9月），頁70。
〔註25〕〔宋〕李心傳撰，徐規點校：《建炎以來朝野雜記》（北京：中華書局，2000年7月，《唐宋史料筆記叢刊本》），冊上，頁114～115。

採取權宜之計,「取舊監本書籍,鏤板頒行」,以解燃眉之急。此情況直到紹興二十一年,高宗示意秦檜後才得到改善。北宋末南宋初,宋廷爲解決圖書缺乏問題,曾覆刻北宋景祐年間所刊之「三史」,即是《史記》、《漢書》、《後漢書》。〔註26〕北宋中、晚期作家創作政論與史論,當時所出版之史籍自然是寫作憑藉。而在「正史無《漢》、《唐》」的南渡初期,不論是閱讀當時的北宋覆刻版,或是有幸保存的北宋原版書,都必須藉重質量具佳的北宋出版品。

不只是官方的主觀意圖,知識傳播、讀書方式的改變,亦是重要問題。日本學者清水茂認爲,印刷術不只使書籍的數量增加,知識傳播更加廣泛快速,裝訂方式由「卷本」變爲「冊本」,更使翻閱檢索成爲可能。這些改變,都是普及宋代學問的推手。〔註27〕而文學創作如何改變,就更值得本文注意。張高評師在廣徵博引兩宋史籍出版的研究成果後,結合詠史詩的創作立論。文云:

> 圖書流通之質量愈大,閱讀活動以之開發遺妍,以之別闢谿徑。圖書流通之質量愈大,閱讀活動相對頻繁、精深;宋代史學既空前繁榮,宋代史書自然目不暇給;尤其印本圖書之傳播,化身千萬,無遠弗屆,造成宋代詩人有更多機會閱讀史書。何況,總結歷史之盛衰、成敗、禍福、得失,爲宋代資鑑史學最關注之課題,隱然形成士大夫閱讀接受之主潮。〔註28〕

張師認爲宋代詠史詩,藉著史學繁榮、史著流通,以及資鑑意識發揚,而得以取得豐沛的創作成績。詠史詩如此,本文所論的政論與史論自然不應例外。

綜上所論,本節論及宋代政論與史論創作之繁榮,奠基於四個背景因素之上,分別是:士大夫「同治天下」的政治觀;經世致用的文學觀;史學特盛、資鑑意識;印刷文化。

第二節 政論與史論創作進展／衰退的關鍵因素

在認識推動宋代政論與史論創作的背景因素後,本節要專門探討的是,

〔註26〕尾崎康指出,歷來被誤認爲景祐刊本的三史,實爲北宋末南宋初的刊本。詳見氏著:《以正史爲中心的宋元版本研究》,頁15～23。

〔註27〕〔日〕清水茂著,蔡毅譯:〈印刷術的普及與宋代的學問〉,《清水茂漢學論集》(北京:中華書局,2003年10月),頁88～99。

〔註28〕張高評:〈第九章 史書之傳播與南宋詠史詩之反饋——以楊萬里、范成大、陸游詩爲例〉,《印刷傳媒與宋詩特色》,頁444～445。

究竟是什麼關鍵因素，直接左右北宋中期至南渡初期的政論與史論創作發展。

一、北宋中晚期

（一）北宋中期：進展因素

北宋中期政論與史論的創作相當繁盛。而所以促進作品在質、量兩方面成長的直接因素，應莫過於科舉考試。宋代科舉考試的種類名目甚多，「進士科」、「制科」二者，與政論與史論創作最有關係。應考兩科所有的細節與流程中，「考試內容」無疑與本文所論最為密切相關。考試領導學習，古今皆然。進士科與制科的考試內容，主宰了士子的學習與創作。進士科為宋代最重要的科舉考試，歷來研究者甚眾。制科雖不如進士科受到眾人關注，但亦見研究成果。以下論述兩科制度梗概，則主要側重在考試內容的部分。

1. 進士科

關於進士科考試內容的研究成果甚眾。如金中樞、何忠禮等人，梳理各種史料後作有翔實的表格，以之呈現考試內容的演變過程。甯慧如則有專著討論之。〔註29〕金氏認為，自真宗咸平、景德以後，試藝「由重詩、賦而趨於重論、策。」在仁宗天聖年間，則首次以策論擢高第。雖然如此，金氏亦說：「真、仁一再下詔兼取策、論，而終未能成為定制者，是又證明其時重策、論，仍不如重詩、賦耳。」最後，「至（仁宗）嘉祐二年（1057）以後，策論始浸浸見重，其時解、省試增試時務策三條。」甯氏則在此基礎上，引用蘇軾言論認為，歐陽修嘉祐年間變革文體一事，乃策論的地位「由隱至顯」的關鍵。〔註30〕神宗熙寧變法時期，罷詩、賦、帖經、墨義，改用經義、論、策取士。到了哲宗元祐時期，舊黨領政，反對新法，改採經義、詩賦并行的方法取士。哲宗紹聖以後，新黨倡紹述之說，則又有罷詩賦、黜史學，專用經義取士的措施。〔註31〕

〔註29〕金中樞：「進士諸科之解試（附省試）試藝變遷表」，〈北宋科舉制度研究續（上）〉，《宋史研究集》13輯，1981年10月，104～125。何忠禮：「附錄三：宋代進士科省試試藝內容變遷表（殿試附）」，《宋史選舉志補正》（杭州：浙江古籍出版社，1992年3月），頁304～309。甯慧如：《北宋進士科考試內容之演變》（臺北：知書房出版社，1996年10月）。

〔註30〕《北宋進士科考試內容之演變》，頁112。

〔註31〕進士科於北宋的演變過程，論者甚多，此處僅舉筆者所見時間較早，內容亦詳盡者為例。詳見金中樞：〈北宋科舉制度研究〉（上），《宋史研究集》11輯，1979

　　本文關注焦點，在於「策論」作爲考試內容的情形。前引史學研究者的考證論述與表格雖然翔實，但對本文來說，若直接徵引則顯得過於龐雜，反而無法突顯關注焦點。所幸，朱迎平已注意到這點。朱氏論進士科考試文體（即本文所謂的「考試內容」）時，製有較簡要的表格。〔註32〕徵引如下：

時　期	分科	第一場	第二場	第三場	第四場	備　注
太祖、太宗、眞宗	／	詩、賦各一首	<u>論一首</u>＊	<u>策五道</u>	帖經十帖、墨義十條	逐場去留，以詩賦進退
仁宗前朝	／	詩、賦各一首	<u>論一首</u>	<u>策五道</u>	帖經十帖、墨義十條	并試四場，通校工拙；參考策論，以定優劣
仁宗後期	／	<u>策三道</u>	<u>論一首</u>	詩、賦各一首	／	罷帖經、墨義、專以論策升黜
神宗熙寧變法	／	經義（大經） 共十道	經義（兼經）	<u>論一首</u>	<u>策五道</u>	罷詩賦、帖經、墨義，變聲律爲議論，變墨義爲大義
哲宗元祐更化	詩賦科	本經義二道，語、孟義各一道	詩賦各一首	<u>論一首</u>	<u>子史、時務策二道</u>	紹聖初再罷詩賦，專習經義
	經義科	本經義三道，論語義一道	本經義三道，孟子義一道			
高宗朝至宋末	詩賦科	詩、賦各一首	<u>論一首</u>	<u>策三首</u>	／	紹興中曾合科，紹興末復立兩科，並成爲定制
	經義科	本經義三道，語、孟義各一道				

＊筆者將策論加以粗底線，以求醒目。

　　將朱氏表格與前引金氏、何氏表格加以比對，可知朱表省去細微的變化，保留了各場所試內容，比較符合本文的需求。亦誠如朱氏於表後的整體觀察，進士科考試內容「主要趨勢是『變聲律爲議論』」、「所使用的文體，是以策論

　　　　年7月，頁1～71。〈北宋科舉制度研究〉（下），《宋史研究集》12輯，1980年7月，頁31～112。金作原爲香港新亞書院研究所碩士論文，1960年7月。
〔註32〕詳見氏著：〈科舉文體的演變和宋代散文的議論化〉，《宋文論稿》（上海：上海財經大學出版社，2003年10月），頁23～24。

爲中心的」。〔註33〕

　　接下來要確定的是，進士科所試之「策論」屬於本文所謂的政論與史論。最好的辦法，應將現存進士科策論詳加表列，以便逐一檢視。然而，吾人較難判定《全宋文》所收錄的作品中，何者確實爲進士科策論所作，且統計下來數量勢必相當龐大。爲了解進士科策論的內容性質，以蘇軾〈謝梅龍圖書〉一文作說明，不失爲執簡御繁的方法。其文云：

> 古之所以取人者，何其簡且約也。後之世風俗薄惡，漸不可信。孔
> 子曰：「今吾於人也，聽其言而觀其行。」知詩賦之不足以決其終身
> 也，故試之論以觀其所以是非於古之人，試之策以觀其所以措置於
> 今之世。而詩賦者，或以窮其所不能，策論者，或以掩其所不知。
> 差之毫毛，輒以擯落。後之所以取人者，何其詳且難也。〔註34〕

該文爲蘇軾於嘉祐二年進士及第後，所上數篇謝知貢舉書其中之一，旨在稱美梅贄之取人，古風猶存。而前引此段，則旨在分辨古今「所以取人」的方式有所不同，並批評今日之失。值得本文注意的，是蘇軾對所以試策論的概括：「試之論以觀其所以是非於古之人，試之策以觀其所以措置於今之世」。雖然今世有「掩其所不知」的弊端，但以「論」議古人古事，以「策」議當世之政的區分，則應大體可從。〔註35〕這個概括，由甫結束進士科考試的蘇軾道出，也更具說服力。不僅僅是嘉祐二年如此，整個宋代策論應皆如此。

2. 制　科

　　關於制科考試的研究，較之於進士科明顯少得許多。制科考試內容的研究，無疑是其中重要的部分。〔註36〕林瑞翰的說法，較能簡要地說明此問題。

〔註33〕《宋文論稿》，頁26。

〔註34〕〔宋〕蘇軾著，孔凡禮點校：《蘇軾文集》（北京：中華書局，1999年7月初版五刷），冊4頁1424。

〔註35〕今人論策論之考試目的時，亦引此段爲證，然未見詳論。參祝尚書：〈論宋代科舉時文的程式化〉，《宋代科舉與文學考論》（鄭州：大象出版社，2006年3月），頁212；朱迎平：〈科舉文體的演變和宋代散文的議題化〉，《宋文論稿》，頁24。

〔註36〕對宋代制舉有過詳盡研究者，依時間順序分別有以下諸家：聶崇岐〈宋代制舉考略〉，《宋史叢考》（臺北：華世出版社，1986年），頁171～203。該文初刊於《史學年報》2卷5期，1938；〔日〕荒木敏一：〈第七章　北宋時代の制科〉、〈第八章　制科と黨爭との關係〉，《宋代科舉制度研究》（東京：東洋史研究會，1969年3月），頁403～433；林瑞翰：〈宋代制科考〉，《國立臺灣大學歷史學系學報》8期，1981年12月，頁67～82；何忠禮：「宋代制舉一覽表」，《宋史選舉志補正》（杭州：浙江古籍出版社，1992年3

其文云：

> 制科試程，先令應舉者繳進詞業，較其善否，合則召赴秘閣，試以
> 六論，中格則於殿試制策一道。淳熙間，監察御史潘緯言制科不過
> 三事，一繳進詞業，二試六論，三對制策是也。〔註37〕

要之，「詞業」、「六論」、「制策」是應舉制科的三道關卡，且皆以策論爲其內
容。當中的「詞業」，對於本文最爲重要。詞業策論作品，其內容究竟爲何？
是否屬於政論與史論？由下表可以窺知一二。

　　附表一：現存北宋制科進卷詞業詳目表

編號	作　者	應制科時間	進　　論	進　　策
1	夏竦	眞宗景德四年 1007	／	〈議職官策〉、〈愼爵祿策〉、〈議選調策〉、〈過權要策〉、〈退巧宦策〉、〈制流外策〉、〈議國用策〉、〈去冗制策〉、〈省錫賚策〉、〈均賦斂策〉、〈順時令策〉、〈禁淫祀策〉、〈賤商賈策〉、〈論將帥策〉、〈計北寇策〉、〈復塞垣策〉、〈禁宦寺策〉
2	張方平	仁宗景祐元年 1034	（原無）	〈政體論〉五篇、〈主柄論〉五篇、〈選舉論〉五篇、〈官人論〉五篇、〈宗室論〉三篇、〈禮樂論〉五篇、〈刑法論〉五篇、〈武備論〉四篇、〈食貨論上〉五篇、〈食貨論下〉五篇
3	＊李覯	仁宗慶曆二年 1042	（原無）	〈富國策〉十篇、〈強兵策〉十篇、〈安民策〉十篇
4	陳舜俞	仁宗嘉祐四年 1059	（原無）	〈太平有爲策・利用〉五篇、〈太平有爲策・厚生〉五篇、〈太平有爲策・敦化〉五篇、〈太平有爲策・崇德〉五篇、〈太平有爲策・經制〉五篇

　　　月），頁 318～320；祝尚書：〈宋代制科制度考論〉，《宋代科舉與文學考論》
　　　（鄭州：大象出版社，2006 年 3 月）頁 125～157。諸家研究皆包括有考試
　　　內容的部分。

〔註37〕林瑞翰：〈宋代制科考〉，頁 71。

5	蘇軾	仁宗嘉祐六年 1061	〈中庸論〉(上、中、下)、〈大臣論〉(上、下)、〈秦始皇帝論〉、〈漢高帝論〉、〈魏武帝論〉、〈伊尹論〉、〈周公論〉、〈管仲論〉、〈孫武論〉(上、下)、〈子思論〉、〈孟軻論〉、〈樂毅論〉、〈勞卿論〉、〈韓非論〉、〈留侯論〉、〈賈誼論〉、〈晁錯論〉、〈霍光論〉、〈揚雄論〉、〈諸葛亮論〉、〈韓愈論〉	〈策略〉五篇、〈策別課百官〉五篇、〈策別安萬民〉五篇、〈策別厚貨財〉二篇、〈策別訓兵旅〉三篇、〈策斷〉三篇。
6	蘇轍	仁宗嘉祐六年 1061	〈夏論〉、〈商論〉、〈周論〉、〈六國論〉、〈秦論〉、〈漢論〉、〈三國論〉、〈晉論〉、〈七代論〉、〈隋論〉、〈唐論〉、〈五代論〉、〈周公論〉、〈老聃論〉(上、下)、〈禮論〉、〈易論〉、〈書論〉、〈詩論〉、〈春秋論〉、〈燕趙論〉、〈蜀論〉、〈北狄論〉、〈西戎論〉、〈西南夷論〉	〈進策·君術〉五篇、〈進策·臣事〉十篇、〈進策·民政〉十篇
7	李清臣	英宗治平元年 1064	〈論略〉、〈易論〉(上、中、下)、〈春秋論〉(上、下)、〈禮論〉(上、中、下)、〈詩論〉(上、下)、〈史論〉(上、下)、〈四子論〉(上、下)、〈唐虞論〉、〈三代論〉、〈秦論〉、〈西漢論〉、〈東漢論〉、〈魏論〉、〈梁論〉、〈隋論〉、〈唐論〉、〈五代論〉	〈策旨〉、〈法原策〉、〈勢原策〉、〈議刑策〉(上、下)、〈議兵策〉(上、中、下)、〈議戎策〉(上、下)、〈議官策〉(上、中、下)、〈重計策〉、〈實備策〉、〈明責策〉、〈勸吏策〉、〈固本策〉、〈厚俗策〉、〈廣助策〉、〈養材策〉、〈審分策〉、〈慎柄策〉、〈解蔽策〉、〈辨邪策〉
8	孔文仲	神宗熙寧三年 1070	〈舜論〉、〈漢文帝論〉、〈唐太宗論〉、〈唐明皇論〉、〈唐文宗論〉、〈伊尹論〉、〈周公論〉、〈李訓論〉	／

9	呂陶	神宗熙寧三年 1070	〈論略〉、〈易論〉（上、中、下）、〈詩論〉、〈春秋論〉（上、中）、〈洪範論〉、〈孟軻論〉、〈荀卿論〉、〈揚雄論〉、〈唐虞論〉、〈三代論〉、〈秦論〉、〈西漢論〉、〈東漢論〉、〈魏論〉、〈晉論〉、〈隋論〉、〈唐論〉、〈五代論〉	／
10	＊秦觀	哲宗元祐三年 1088	〈晁錯論〉、〈韋玄成論〉、〈石慶論〉、〈張安世論〉、〈李陵論〉、〈司馬遷論〉、〈李固論〉、〈陳寔論〉、〈袁紹論〉、〈魯肅論〉、〈諸葛亮論〉、〈臧洪論〉、〈王導論〉、〈崔浩論〉、〈韓愈論〉、〈李泌論〉、〈白敏中論〉、〈李訓論〉、〈王朴論〉	〈序篇〉、〈國論〉、〈主術〉、〈治勢〉（上、下）、〈安都〉、〈任臣〉（上、下）、〈朋黨〉（上、下）、〈上材〉、〈法律〉（上、下）、〈論議〉（上、下）、〈官制〉（上、下）、〈財用〉（上、下）、〈將帥〉、〈奇兵〉、〈辯士〉、〈謀主〉、〈兵法〉、〈盜賊〉（上、中、下）、〈邊防〉（上、中、下）
11	＊侯溥	哲宗元祐六年 1091	〈雅樂論〉、〈用材論〉、〈勵節論〉、〈郡守論〉（上、下）、〈小臣論〉、〈將臣論〉、〈相臣論〉、〈樂禁論〉、〈考課論〉	／

說明：1.「＊」指該人該年制科未能及第。2.「／」指《全宋文》中未見收錄任何作品，諸文或已亡佚。

朱迎平以蘇軾、葉適制科策論爲例，嘗試分辨進策與進論的不同，其觀察云：「進策的論述對象主要是時政，其內容廣泛涉及政治、經濟、軍事、法律、教育、人事等各方面；進論則主要包括經論、史論、子論幾類，其中尤以史論（又有人物論、朝代論、史著論等）占的比重爲大。」〔註38〕如今本文擴大調查範圍，以現存於《全宋文》的北宋制科策論觀之，更可知朱氏所論不虛。吳建輝則曾專論制科策論中的進論，認爲「進論在寫作的過程中，經和史的比重可以根據個人的擅長或愛好自由確定。」〔註39〕觀察上表，吳

〔註38〕 詳參〈科舉文體的演變和宋代散文的議論化〉，《宋文論稿》，頁32。另外，朱氏另由「題材之別」、「體制之別」兩方面，辨明宋代「試論」、「試策」的差別。詳參〈宋代科舉試論考述〉，《宋文論稿》，頁56～57。
〔註39〕 吳建輝：「宋代試論與文學」（南京：南京大學中文系，中國古代文學專業博

氏說法可從。雖然經、史比重不拘，但「尤以史論占的比重為大」則是可以
肯定的。易言之，大多數制科進卷詞業，應屬於本文所謂的政論與史論無疑。

　　以上是北宋現存制科進卷詞業作者與作品。其實尚可見諸多僅保存在目
錄中，今人無法一睹全貌的作品。個人別集如劉度《進卷》十卷，〔註40〕總
集如楊上行《宋賢良分門論》。〔註41〕藉由此表，再輔以北宋制科罷置演變情
形的研究，尚可得以下幾項觀察。其一。扣除屬於北宋初期的夏竦，上表列
有十位作家，共三百餘篇作品。凡此，皆為北宋中期政論與史論重要的作家
與作品。其二，在仁宗天聖七年（1029）制科確定繳納進卷詞業的制度，並
且其性質漸向「常科」靠攏後，使得開科時間穩定許多。如此一來，確實大
大刺激了策論寫作。據林瑞翰考察，仁宗以前曾開制科五次。然而，似僅有
夏竦作品得以保存。〔註42〕而表中現存作品，則皆作於天聖以後。特別是仁
宗朝，保留了最多作品。其三，神宗於熙寧七年（1074）詔罷制科，進卷策
論寫作想必隨之沈寂。連就現存作品觀察，亦可見由熙寧三年（1070）至元
祐三年（1088）間十八年的創作「空窗期」。其四，哲宗朝時曾復置制科，然
在其親政後，又於紹聖元年（1094）詔罷制科。北宋制科進卷的寫作，也就
隨之終止。一直要到南宋紹興年間重新開科，才又有新的創作問世。然而，
較之於北宋，制科於南宋時期顯得更加冷清了。〔註43〕

　　制科的置罷興衰，以及進卷詞業制度的確定，可說是影響政論與史論寫
作的兩項最關鍵因素。宋初三帝時期，制科尚屬特科而不常舉行，進卷詞業

　　士論文，2005 年 6 月），頁 71。吳氏又說：「進論在制科的發展過程中，經學
　　的內容在加重。一方面可見儒學在宋代的發展，另一方面，隨著制科制度的
　　完善，進論的內容也在程式化。」對此，筆者有不同看法。其一，就北宋的
　　情形而言，經學的比重似乎並沒有逐漸「加重」，而是如同吳氏所言，是由作
　　者「自由確定」的。其二，制科策論中論述經學，即是其「程式化」的呈現？
　　這點則有待商榷。何不謂大量同類型議論古人古事的史論，也走入了程式化
　　的窠臼裡？本文專論政論與史論，與經論相關的議題非筆者所能詳論。僅能
　　提出若干疑問，以就教於學者方家。

〔註40〕〔宋〕陳振孫著，徐小蠻、顧美華點校：《直齋書錄解題》（上海：上海古籍
　　　　出版社，2005 年 8 月），卷十八，頁 553。

〔註41〕《宋史・藝文八》，卷二〇九，冊 16 頁 5407。祝尚書曾論及此類書籍，視之
　　　　為「時文類科舉用書」。詳參氏著：〈宋代科舉用書考論〉，《宋代科舉與文學
　　　　考論》，頁 275。

〔註42〕〈宋代制科考〉，頁 74～75。

〔註43〕以上對於宋代制科罷置情形的考察，詳參祝尚書：〈宋代制科制度考論〉，《宋
　　　　代科舉與文學考論》，頁 125～157。

制度又尚未確立。仁宗朝可說是制科最爲興盛穩定的時期，再加上進卷詞業制度確定，使得政論與史論得到較高的發展。現存作品亦以此時期爲最多。神宗朝悉罷制科，哲宗朝復置後再罷，政論與史論創作似乎亦隨之起伏不定。最後，北宋制科在紹聖元年劃下句點。創作動因消失，創作量也就隨之大減。此時距離徽宗朝，也只剩下六年的時間。

　　綜上所論，策論無論是在進士科或制科，皆屬於重要的考試內容。而這些策論作品，又以政論與史論爲大宗。因此我們可以說，進士科與制科是推動政論與史論創作的直接因素。本文將於第三章進一步辨明，兩者對促進寫作，有著不同的效果，帶動起不同的作者群。〔註44〕

3. 天聖年間對於政論與史論創作的意義

　　對於進士科與制科，尚有一項觀察附論於此。筆者隱約發現，元祐天聖年間，對於政論與史論創作似乎有著重要意義。前論進士科考試內容時，曾謂天聖年間，首次以策論擢以高第。其文見於《宋史‧葉清臣傳》，文云：

> 天聖二年，（筆者案：葉清臣）舉進士，知舉劉筠奇所對策，擢第二。
> 宋進士以策擢以高第，自清臣始。〔註45〕

《宋史》明確地記載此事件的時間與相關人物，學者亦特別強調此爲策論地位提升的關鍵性指標。〔註46〕

　　前論制科考試內容時，亦曾謂天聖七年確定了應考制科繳納詞業進卷的制度。天聖七年閏二月，仁宗下詔，《宋會要》載云：

> 令復置賢良方正能直言極諫、博通墳典明於教化、才識兼茂明於體用、詳明吏理可使從政、識洞韜略運籌決勝、軍謀宏遠材任邊寄六科。應內外京朝官不帶臺、省、館閣職事，不曾犯贓及私罪輕者，並許少卿、監已上上表奏舉，或自進狀乞應上件科目。仍先進所業策、論五十首，詣閤門或附遞投進，委兩制看詳，如詞理優長，具名聞奏。〔註47〕

此詔書除明令復置制科外，也同時規定了進繳「所業策、論五十首」，並有「詞理優長」的審查標準。

〔註44〕詳見本文第三章第一節。
〔註45〕《宋史‧葉清臣傳》，卷二九五，冊28頁9849。
〔註46〕詳參《北宋進士科考試內容之演變》，頁106。
〔註47〕《宋會要‧選舉》，一○之一六。

以上兩則記載，相當巧合地都發生在仁宗天聖年間。由是看來，這段時間似乎對於推動政論與史論創作，有著關鍵性的重要地位。誠如前論，政論與史論是宋人在寬鬆政治環境下，議論精神發揚的產物，可說是宋學精神的體現之一。陳植鍔曾特別指出仁宗朝對宋學發揚的重要性。其文云：

> 凡是與宋學產生有關的政治、制度、經濟、文化方面的措施，大體
> 上都形成或有大發展於仁宗一朝，尤其是 11 世紀 40 年代的慶曆時
> 期。拙稿縱觀兩宋學術文化發展史，把北宋仁宗初期作為儒學復興
> 和宋學創立的開始，正有見及於此。〔註48〕

據本文觀察，政論與史論於天聖年間逐漸取得較高的地位。此一現象，亦可為陳氏綜觀宋學創立時間的判斷，提供文學創作上的例證。陳說與筆者觀察，正可相互發明。

（二）北宋晚期：衰退因素

北宋晚期是政論與史論創作的低谷。在這段時間，不論是作者或作品方面，整體表現皆遠不如前期。而所以使此期政論與史論創作衰退的直接因素，筆者認為有以下兩者。茲分述如下：

1. 罷廢制科

哲宗朝期間，制舉經過了復置到再度停開的起伏命運。元祐二年（1087），制舉於神宗熙寧七年停開後，重新開科取士。未料，哲宗於紹聖元年親政後，盡反元祐政策，再度下詔罷廢制科。《宋會要》載云：

> （筆者案：紹聖元年九月）十二日，三省言試制科張咸、吳儔、陳
> 暘三人第三等推恩，上曰：「前日觀所試策，亦與進士策何異？先朝
> 嘗罷此科，何時復置？」章惇等對曰：「先朝初御試進士策，即罷制
> 科。元祐二年復置，誠無所補。初舉得謝悰，次舉得王當、司馬櫄
> 等，聞極疎謬。」上曰：「極不成文理。」李清臣對曰：「在漢亦不
> 設科，遇選獲異材，或因材，或因災異，策問大事，即臨時特召。」
> 上曰：「今已復進士殿試策，此科既無異進士策，況進士策其文理有
> 過於此者。」鄭雍對曰：「顧其人何如爾。然自來多言時政闕失。」
> 上曰：「今進士策亦可言時政闕失。」因詔罷制科。〔註49〕

〔註48〕《北宋文化史述論》，頁 58～59。
〔註49〕《宋會要・選舉》一一之二○。

觀察此段哲宗君臣間，關於制科的諸多討論，可以明白制科所以遭到罷廢，主要基於兩個理由。其一，在內容上，哲宗認爲制科策與進士策無異，兩者皆在指出「時政闕失」。其二，在寫作上，哲宗認爲制科策的「文理」，甚至不及進士策。此兩個理由，於前段引文中皆不只一次出現。可見既然制科策在內容與寫作兩方面，皆無法取代進士策，哲宗即認爲應當罷廢，而且態度頗爲強烈。

紹聖元年罷廢制科後，進卷詞業的創作終止。刺激政論與史論寫作，乃至於養成這方面大手筆的最重要因素消除，此期自然少見與前期同樣水準的作品。

2. 查禁詩賦、史學

北宋晚期蔡京等新黨黨人專權，極力恢復熙豐新法，全盤否定舊黨政治主張。除了政治之外，更在學術上排斥非我族類者。職是之故，朝廷遂有尊崇王安石學術，並展開查禁「元祐學術」的各項措施。後者猶以詩賦、史學之禁，最爲重要。

施行詩賦與史學的禁令，自然大大削減政論與史論的創作。從宋以來，關於此禁令的記載與評論即相當豐富，亦見今人藉之論述徽宗朝的學風、文風的敗壞。〔註50〕以下擇要舉出幾則史料，以明其梗概。

早在哲宗紹聖年間，史學的地位已岌岌可危。《長編》紹聖四年四月，記載陳瓘的事蹟曰：

> 瓘爲太學博士，薛昂、林自之徒爲正錄，皆蔡卞之黨也。競推尊安石而擠元祐，禁戒士人不得習元祐學術。卞方議毀《資治通鑑》板，瓘聞之，用策士題，特引序文，以明神考有訓。於是林自駭異而謂瓘曰：「此豈神考親製耶？」瓘曰：「誰言其非也？」又曰：「神考少年之文爾！」瓘曰：「聖人之學，根於天性，有始有卒，豈有少長之異乎？」林自辭屈愧歉，遽以告卞，乃密令學中置板高閣，不復敢議毀矣。
>
> 瓘又嘗爲別試主文，林自復謂蔡卞曰：「聞陳瓘欲盡取史學而黜通經之士，意欲沮壞國事而動搖吾荊公之學。」卞既積怒，謀將因此害瓘而遂禁絕史學，計畫已定，惟候瓘所取士，求疵立說而行之。瓘

〔註50〕如祝尚書：〈北宋後期科舉罷詩賦考〉，《宋代科舉與文學考論》，頁233～241；林岩：〈第六章北宋晚期（1094～1125）黨禁中的科舉與文學〉，《北宋科舉考試與文學》（上海：上海古籍出版社，2006年12月），頁230～257。

固預料其如此，乃於前五名悉取談經及純用王氏之學者，卞無以發。
然五名之下，往往皆博洽稽古之士也。瓘常曰：「當時若無矯譎，則
勢必相激，史學往往遂廢矣。故隨時所以救時，不必取快目前也。」
〔註51〕

這段記載的前半段，已屢爲後人所引證論述。主要藉之說明，《資治通鑑》一
度遭到蔡卞等人毀版的危機，幸賴陳瓘巧妙運用神宗「聖序」作保護，方才
化解之。後半段似少見人徵引，文謂陳瓘爲護持史學不絕，不得以「矯譎」
行事，「隨時所以救時」。在取士的名次上動了手腳，使得長於史學之士也能
順利錄取。由這兩件事蹟，可見陳瓘之機智言語與靈活手腕。亦可見出早在
紹聖年間，史學即在蔡卞等人的打壓下，顯露出危機。

　　徽宗崇寧年間，正式下詔查禁詩賦與史學。《通鑑長編紀事本末》載曰：
詔三蘇、黃、張、晁、秦及馬涓文集，范祖禹《唐鑑》、范鎮《東
齋記事》、劉攽《詩話》、僧文瑩《湘山野錄》等印板，悉行焚毀。
〔註52〕

此段主要在說明崇寧二年四月，下詔禁毀詩賦、史學等元祐學術。其中范祖
禹的《唐鑑》，專門以唐代故事作爲當戒鑑取法之用，是典型「以古鑑今」的
史學著作。該書與元祐黨人詩文作品，同在禁毀之列。南宋洪邁概括此時學
風時說：「自崇寧以來，時相不許士大夫讀史作詩。」〔註53〕

　　徽宗政和年間，蔡嶷等人曾經試圖挽救史學地位，無奈在李彥章的阻撓
下無功而返。《能改齋漫錄》載曰：
先是，崇寧以來，專意王氏之學，士非三經字說不用。至政和之初，
公議不以爲是。蔡嶷爲翰林學士，慕容彥逢爲吏部侍郎，宇文粹中
爲給事中，張琮爲起居舍人，列奏欲望今後時務策，並隨事參以漢
唐歷代事實爲問。奉御筆：「經以載道，史以紀事，本末該貫，乃稱
通儒。可依所奏。今後時務策問，並參以歷代事實。庶得博習之士，
不負賓興之選。」未幾，監察御史兼權殿中侍御史李彥章言：「夫詩
書周禮，三代之故。而史載秦漢隋唐之事。學乎詩書禮者，先王之

〔註51〕《長編》，卷四八五，冊19頁11531～11532。
〔註52〕〔宋〕楊仲良：《通鑑長編紀事本末》（臺北：臺灣商務出版社，1981年，影
印《宛委別藏》本），卷一二一〈禁元祐黨人上〉，頁13下～14上。
〔註53〕〔宋〕洪邁著，孔凡禮點校：《容齋隨筆·四筆》（北京：中華書局，2005年
11月），卷一四「陳簡齋葆真詩」條，冊下頁804。

學也。習秦漢隋唐之史者，流俗之學也。今近臣進思之論，不陳堯
舜之道，而建漢唐之陋。不使士專經，而使習流俗之學。可乎？伏
望罷前日之詔，使士一意於先王之學，而不流於世俗之習。天下幸
甚。」奉御筆：「經以載道，史以紀事。本末該貫，乃為通儒。今再
思之，紀事之史，士所當學，非上之所以教也。況詩賦之家，皆在
乎史。今罷黜詩賦而使士兼習，則士不得專心先王之學，流於俗好。
恐非先帝以經術造士之意。可依前奏，前指揮更不施行。」時政和
元年三月戊戌也。〔註54〕

文載蔡嶷、慕容彥逢、宇文粹中、張琮等人，對當時專崇王學的現象感到不
滿，奏請徽宗「今後時務策，並隨事參以漢唐歷代事實為問」。由史料看來，
徽宗最初是應允蔡嶷等人所奏的。但徽宗卻又因為李彥章的進言，最後收回
成命。其原因有二，李彥章於進言中，將宋以前歷代之史，一律批評為「流
俗之學」，有妨害「先王之學」的疑慮。徽宗的批評似乎沒有這麼強烈地。他
認為史並非不可學，只是「非上所以教」。言下之意，是令讀書人自學即可。
此其一。徽宗謂「詩賦之家，皆在乎史」，似主張詩賦與史學同流。如此一來，
沒有理由在罷黜詩賦的同時，卻開放眾人兼習史學。此其二。徽宗令人自學
史籍，而不將之列入時務策的考試。舉子為應付考試，此舉成效趨向低落，
是可想而知的。我們可說，自學云云只是徽宗虛應蔡嶷等人的遁辭。此外，
徽宗對於詩、史關係密切的闡述，應可用來解釋，何以崇寧之初打擊元祐學
術時，要同時兼禁詩賦、史學兩者的原因。

　　欽宗朝時，朝廷諸臣議論紛紛，皆在檢討徽宗朝朋黨與學術之爭。罷廢
史學對文章創作所帶的危害，時人有所批評。同樣生活在兩宋之際的張嵲
（1096～1148）為人作序，曾兼論此問題。文云：

自熙寧、元豐以來，崇尚經術，文章以醇粹近道為右。士子不能奉
承茲意，故其弊也，失於頹靡不振，不能上下古今為深博。好文之
士，頗或病之。其後有司因循故習以取士，其弊滋甚。（《全宋文》
187/181）

文中所謂「其後有司因循故習以取士」，衡諸文意，所指應即徽宗朝力主紹述
的新黨黨人。張嵲把徽宗朝士子，缺乏史學素養，「不能上下古今」之文弊，

〔註54〕〔宋〕吳曾：《能改齋漫錄》（臺北：新興書局，1988年，《筆記小說大觀》本），
　　　　卷十二「罷史學」條，頁15上～下。

追溯到熙豐新法，專尚經術所致。此外，《宋史·選舉志》記載曰：

> 崇寧以來，士子各徇其黨，習經義則詆元祐之非，尚詞賦則誚新經
> 之失，互相排斥，羣論紛紛。欽宗即位，臣僚言：「科舉取士，要當
> 質以史學，詢以時政。今之策問，虛無不根，古今治亂，悉所不
> 曉。……」〔註55〕

欽宗時朝中臣僚批評，當時不以史學、時政取士之非。由崇寧以降至欽宗即
位，前後已二十餘年，雖然期間詩賦與史學之禁，並非一直保持在最嚴格的
狀態，而是有所起伏變易。但是，長期以來不重史學的學風，卻也使得「今
之策問，虛無不根，古今治亂，悉所不曉」，對文章創作，特別是政論與史論
創作的不良影響，由是不難想見。

3. 紹聖年間對於政論與史論創作的意義

綜上所論，罷廢制科與查禁詩賦、史學，成為北宋晚期使政論與史論創
作衰退的直接因素。制科於紹聖元年罷廢。詩賦、史學雖然遲至崇寧二年，
始正式遭禁。但早也紹聖四年，陳瓘即需面對蔡卞黨人廢史學的威脅。易言
之，紹聖年間史學似已漸漸走向禁廢的危機，政論與史論創作由盛轉衰的關
鍵，或在斯時。

正如前論天聖年間的特殊意義一般，筆者對紹聖年間特殊意義的論斷，
尚待更多的證據支持。本文就所見史料，提出兩個政論與史論寫作興衰的時
間關鍵點，以就教於讀者。

二、南渡初期：進展因素

南渡初期是政論與史論創作的又一次高峰。不論是作家或作品，與北宋
晚期相較，皆有極大幅度的成長。而所以促進此時期創作的直接因素，筆者
認為有以下兩點。茲分述如下：

（一）靖康之難

誠如首章所論，文學史雖自有其發展演變的脈絡可尋，但不可否認的是，
中國古代文學史的發展，常與重大政治歷史事件密不可分。解讀文學作品，
我們常需要「以史證文」。〔註56〕前文所考察，北宋中晚期時，諸多改變政論

〔註55〕《宋史·選舉三》，卷一五七，冊 11 頁 3669。
〔註56〕關於「以史證文」的研究方法，詳參本文第一章第二節的討論。

與史論發展的直接因素，無論使之進展或衰退，其實無不屬於政治歷史事件。
而若論及南渡初期，什麼是促進政論與史論發展的最直接因素？本文認為，
非「靖康之難」莫屬。

郭預衡論宋代散文發展時，即指出靖康之難對南宋初期文章創作，有決
定性的影響。郭氏云：

> 正當朝政腐敗已達極點之時，金人大舉南侵，於是發生了「靖康之
> 變」。這對於上層統治者，是一次浩劫；對於廣大士庶，是一次災難。
> 當此危難之際，朝政混亂不堪。上自朝臣，下至百姓，無不紛紛議
> 論。人們平日積累的怨憤，這時也就一涌而出：指責權奸，要求抗
> 戰，士庶同聲，輿論一律。形於文學，便產生了大量的言事論政之
> 文。〔註57〕

詳讀郭氏著作，其所謂的「言事論政之文」，若以文體分類學中的歸屬論之，
則大多數屬於奏議類，包括奏、疏、札子、封事等等，其中亦可見屬於論說
類之作。郭氏認為，靖康之難大大推動了言事論政之文的創作，其中即包括
了本文所論的政論與史論。

史學家劉子健在研究南宋言官時，間接地指出南宋士大夫言事論政的風
氣。劉氏說：

> 南宋教育比北宋更發達，儒學影響也更為龐大。但言官始終沒有力
> 量。雖然有少數士大夫反對和議，有好幾次太學生掀動政潮，發表
> 政治主張，但這都反證旁人起來說話，而言官本身反倒是「在其位，
> 不謀其政。」〔註58〕

劉氏主要研究南宋言官沒有力量，不積極言事的原因。依劉氏觀察，南宋主要
的言事論政者，並非言官臺諫，而是其他對國家興亡感到悲憤憂心，卻又「不
在其位」的士大夫。而促使士大夫積極言事論政的直接原因，當然是靖康之難。

（二）「詔群臣言事」頻繁

促進南渡初期政論與史論寫作的另一個直接因素，應是高宗頻繁地「詔群
臣言事」。這點其實與前項因素密不可分，高宗所以頻繁地下詔求言，即導因於

〔註57〕 郭預衡：《中國散文史（中）》（上海：上海古籍出版社，2000年3月），頁
567。
〔註58〕 劉子健：〈南宋君主和言官〉，《兩宋史研究彙編》（臺北：聯經出版事業公司，
1997年4月初版2刷），頁12。

靖康之難。而眾人應詔上言的作品，就包括政論與史論，且以政論為大宗。

論者雖已注意到史料中，南渡初期廣開言路的現象，如郭預衡說：

> 從唐宋兩代古文的傳統來看，唐代初年最富時代特點的文章是諫疏，
> 當時魏徵等人「以隋為鑒」，曾替李唐王朝出謀進策，知無不言。宋
> 代初年，最有時代特點的文章是論政。從柳開、王禹偁到穆修、尹洙，
> 都好議論時事。這樣的傳統到了南宋初期都得到了發揚。〔註59〕

錢建狀說：

> 南渡政府幾乎是完全重建的政府，它須集思廣益，方能在南方立足，
> 尤其在南方局勢穩定之前更是如此。這從《建炎以來繫年要錄》各
> 卷中「詔求直言」記錄可以明顯看出來。〔註60〕

郭氏之說，指出唐初、北宋初、南宋初三個時期，有著一脈相承諫疏發達的
現象。可見這類開國之初，論政作品增加的現象，非宋南渡初期所獨有。這
都要拜朝廷廣開言路之賜。錢氏之說則點出史料中，高宗頻繁「詔求直言」
的現象。但錢氏著作專論南渡詞壇，故未見詳論。而此即為本文所關注者。

其實，在《宋會要》的「帝系」門中，已見輯錄兩宋歷朝「詔群臣言事」
的若干資料。僅僅就此書所輯，已可見南渡初期詔群臣言事的頻率，確實高
過於前後時期。北宋仁宗、英宗、神宗、哲宗元祐朝，北宋中期前後 71 年間，
計下詔求言 28 次。哲宗紹聖以後、徽宗、欽宗，北宋晚期前後 33 年間，計
下詔求言 13 次。高宗建炎、紹興十一年以前，南渡初期前後 15 年間，計下
詔求言 17 次。高宗紹興十二至三十二年，姑且謂之高宗後期 21 年間，計下
詔求言 7 次。茲製簡表如下所示：

附表二：詔群臣言事次數表

時　　期	時間（年）	下詔求言次數	平　均　值
北宋中期	71	28	2.5 年/次
北宋晚期	33	13	2.5 年/次
南渡初期	15	17	0.8 年/次
高宗後期	21	7	3 年/次

〔註59〕 郭預衡：〈南宋詩文的時代特點——《南宋文範》校點本序言〉，《歷代散文叢
　　　　談》（太原：山西教育出版社，1991 年 10 月），頁 580。

〔註60〕 錢建狀：《南宋初期的文化重組與文學新變》（廈門：廈門大學出版社，2006
　　　　年 10 月），頁 137。

　　由是表可見，南渡初期與其他時期比較，詔群臣言事的頻率明顯高出許多。不僅高過於政論與史論較不發達的北宋晚期，亦高過於同樣屬於創作高峰的北宋中期。這更可以說明，君主下詔求言，是帶動南渡初期創作發展的獨特因素，這是北宋中期所未見的。由這個簡單的統計數據，已可見南渡初期之特色。

　　然而，筆者並不以此簡要統計為滿足，原因有二。第一，《宋會要》的輯錄對本文研究來說雖稱便利，卻也不盡周全詳備。信手翻檢之後，即可見到不少未收於是書的資料。第二，計算次數、年數、平均值，雖然不失為簡要說明問題的方法，但其實非常機械與生硬。每個個案，在經過齊頭平等地簡化後，成為表格中的數字、次數。如此一來，很容易就忽略了每次「詔群臣言事」，當有其時代意義與特殊性。

　　基於以上理由，本文重新整理了南渡初期下詔求言的情形。筆者以《宋會要‧帝系九》「詔群臣言事」作為基礎，另外考察《繫年要錄》、《北盟會編》兩部史書。兩書是南宋初期重要的編年史料，學術價值可說與北宋編年史《長編》鼎足而三。此外，筆者也考察了較晚出的《宋史‧高宗本紀》。在卷帙浩繁的史料中，盡可能地披沙揀金，拾遺補闕。除此之外，為突顯每次下詔求言個案的時代意義，並逐次補上簡要的下詔事由。作有「南渡初期詔群臣言事表」如下：

附表三：宋南渡初期詔群臣言事表 [註61]

編號	時　　間	簡　要　事　由	備　　考
建炎年間			
1	元年（1127）五月一日	監司州縣違法賦斂，涉於掊克。	A24 C746～2 D443
2	元年十二月三十日	下詔言舉措過差、軍旅財用闕失、人情逆順、政事否臧、號令不便、法制無益	A24～25 B11/261

〔註61〕表格中「備考」一欄，注明史料來源。A 代指《宋會要‧帝系》九，「A24」代指「《宋會要‧帝系》九之二四。B 代指《繫年要錄》，「B11/261」代指「《繫年要錄》卷 11 頁 261」。C 代指《三朝北盟會編》，「C746～2」代指「《北盟會編》頁 746 下欄」，「C899～1」代指「《北盟會編》頁 899 上欄」。D 代指《宋史‧高宗本紀》冊 2，「D443」代指「《宋史‧高宗本紀》冊 2 頁 443」。〔宋〕徐夢莘：《三朝北盟會編》（上海：上海古籍出版社，1987 年 10 月，影印清光緒許涵度刻本）。其餘各書出版訊息，詳見凡例、前文中說明。

3	二年（1128）四月十三日	下詔言靖康以來，棄城逃遁者、保城力守者功罪賞罰	A25 B15/312
4	三年（1129）二月十四日	下詔罪己，求直言	B20/401 C889～2 D461
5	三年二月十九日	謀慮之士咸願獻陳，往往無路達于朝廷	A25 B20/403
6	三年二月二十七日	下詔罪己，舉事失當，知人不明。許中外士民直言	A25 B20/408 C899～1 D461～462
7	三年五月十六日	下詔從官條具利害	C936～2
8	三年六月二日	久陰霖雨不止，下詔言政事失當、百姓疾苦	A25～26 B24/492 D466
9	三年六月十六日	下詔罪己，並令侍從臺諫條具闕失	C943～2
10	三年閏八月一日	下詔論駐蹕地，建康、鄂岳、吳越三者之安危利害	A26～27 B27/529
11	四年（1130）正月二十八日	下詔論如何處置金人或進或退，及將來何處駐蹕。	A27 B31/605 C989～2 D476
12	四年六月一日	下詔論駐蹕事宜	B34/657 D479
紹興年間			
13	元年（1131）二月二十六日	下詔論如何保民、弭盜、遏虜寇、生國財	A27 B42/771～772 C1050～2
14	元年九月二十八日	下詔求還兩宮之策	A27 B47/852 C1077～1 D491
15	元年十二月十五日	慧出會稽，許臣民實封言事	B50/888 D493
16	二年（1132）五月二十七日	下詔論可以省費裕國、強兵息民之策	A28～29 B54/960～962 D498

17	二年九月四日	慧出大赦，許中外臣民直言時政	B58/1004 D500
18	三年（1133）二月二十八日	下詔守臣至官半年，先具民間利害邊防五事來上	B63/1075 D503
19	三年八月二十二日	比者雨暘弗時，幾壞苗稼，又復地震蘇、湖。下詔求言。	A28 B67/1139 D506
20	四年（1134）十二月二十五日	來年正旦日食，下詔講求闕政，察理冤獄，詢問疾苦，舉遺逸，求直言。	A28 B83/1369 C1195～1 D514
21	五年（1135）正月五日	大儀鎮大捷後，從趙鼎之請，下詔前宰執論攻戰、備禦、措置、綏懷之策。	B84/1374 D517
22	五年正月十三日	北江敵馬已退	B84/1377 C1195～1
23	五年十月十一日	張浚平湖賊後，高宗召對便殿	B94/1555 C1217～2 D522
24	六年（1136）六月十三日	地震，趙鼎請下詔求言	A28 B102/1668 D525
25	七年（1137）二月九日	以日食求直言	B109/1764 D529
26	七年七月二十三日	久旱，命中外臣庶實封言事	A29～30 B112/1818 C1288～1 D531
27	八年（1138）十一月十九日	下詔論金國遣使入境，欲高宗屈己就和事	B123/1989 C1336～1 D537
28	九年（1139）四月四日	河南新復州軍，許監司守臣等官及士民言事	A29 B127/2067
29	十年（1140）閏六月十五日	下詔順昌府官吏軍民，言民間利害	A29 B136/2193 C1470～1 D545

觀察前列表格，可得幾個現象。第一，據《宋會要·帝系》九「詔群臣

言事」所記載，南渡初期共計下詔求言 17 次。經過筆者考察後，另外尋獲 12 次記錄。分別是表中編號 4、7、9、12、15、17、18、21、22、23、25、27 等。由此可見，《宋會要》仍有再補闕的空間，更可見南渡初期下詔言事的極為頻繁，在宋代幾乎超過其他任何時期。第二，本文第三章所論的應詔上言者的政論，也能在此表中得到應證。如李綱之〈中興至言〉，為應表中編號 21 詔舊宰執言事之令所上。張綱之〈中興備覽〉，則是表中編號 23，受詔對便殿時的作品。程敦厚的〈經國十論〉，乃為編號 24 之地震後求直言詔所上。第三，觀察每次下詔言事的事由，幾乎與南渡初期歷史大事相互呼應。建炎三年，國外有金人大舉南侵，國內又遇到苗、劉叛亂。高宗流亡江南，一度渡海避難，可說是時局最為危急的一年。該年下詔言事的次數，就多達七次。此外，紹興五年大儀鎮大捷、平定湖賊，八年金使入境議和等等，凡此都是當時的重大事件，高宗也都曾下詔言事。就連發生雨旱災等「異象」，皇帝照例要「下詔罪己」時，也能在詔令中見到與時局相應的論述。〔註62〕

　　姑且不論高宗詔群臣言事的作為，是否真心願意傾聽諫言，或只是虛應故事，或另有政治意圖，這是史學研究所要關注的問題。〔註63〕但是南渡初期，國家政權之存亡續斷，危在旦夕。這正是君王下詔求言，士大夫紛紛應詔上言，帶動政論創作的時刻。

　　最後，本文仍必須指出，考察士大夫應詔上言的作品，在文體分類學上，傳世之作大多數屬於奏議類，而非論說類。這個現象，讓本文主張君主下詔求言，帶動政論創作的說法，產生些許動搖。本文所論的政論，應屬於論說類作品，而奏議類。若純就內容來說，奏議在論述時政同時，亦屢見以古鑑今處，此和政論頗為接近。論說、奏議兩種文體，確實有其相似、相近之處，不易斷然二分。職是之故，筆者依舊認為，在高度頻繁詔群臣言事的刺激下，帶來言論界廣泛言事論政的風潮，是有助於推動政論創作的。〔註64〕

〔註62〕表格中記載有因日食、地震、久雨、旱災、慧星等「異象」，高宗下詔求言的事蹟。分別見於編號 8、15、17、19、20、24、25、26，共計八次。

〔註63〕例如，宋史學者楊宇勛論宋代布衣上書，得到「統治策略」、「統治者利益」兩方面的結論。詳參氏著：〈宋代的布衣上書〉，《成大歷史學報》27 號，2003 年 6 月，頁 1～54。

〔註64〕本文屬於「分體散文史」的研究，故將論說體與奏議體區分開來。關於此，詳參本文第一章第一節的討論。而此處卻又將帶動奏議寫作的「詔群臣言事」，同樣視為推動政論寫作的原因。既強調區分又合而觀之，如此一來，似乎有自相矛盾之嫌。然而，亦誠如前章所言，奏議與論說是兩種「相鄰」的文體。正因

如前「詔群臣言事次數表」所示，頻繁詔群臣言事的情形，於紹興和議底定，秦檜當權後就已經結束。高宗晚期平均每三年才下詔求言一次，甚至比北宋中晚期的頻率還要低。除此之外，秦檜專權期間，更羅織了多起文字之禍，〔註65〕以及展開查禁野史的文化整肅。〔註66〕文禍與史禁再度興起，政論與史論的創作受到波及，也就再度走入低潮了。

綜上所述，推動南渡初期政論與史論創作的直接因素，本文雖分爲「靖康之難」與「頻繁地『詔群臣言事』」兩項討論。但很顯然的，兩者無法斷然分割，且前者爲後者之根本原因。

第三節 小 結

本章旨在討論影響宋代政論與史論創作的各種因素，經上述討論後，可得結論如下：

本章第一節奠基在前人研究基礎上，說明宋代政論與史論創作的背景因素。筆者認爲可析作三項討論，分別是：士大夫「同治天下」的政治觀、經世致用的文學觀，以及史學特盛的學術環境。宋代士大夫取得比以往更高的政治地位，並且於君臣之間，存在著士大夫「同治天下」的共識。這樣的政治地位與觀念，使得士大夫得以積極地言事論政。此其一。政治觀外，文學觀念自然影響著文章創作。兩宋以來未曾轉變的經世致用文學觀，以古鑒今的政論與史論是其最佳的實踐。不僅是作家創作量豐富，亦可見以致用爲宗旨的選本。此其二。華夏文明極盛於宋代，而史學又是其中重要組成之一。在史學特盛的環境下，資鑑意識同樣發皇。又輔以印刷術漸趨成熟，史籍刊行出版數量大增，爲知識界帶來一系列改變。受印刷文化成形的沾溉，詠史詩、政論與史論等史學與文學聯姻後的創作形式，方得以走向繁榮。

第二節討論北宋中晚期至南渡初期，直接左右政論與史論創作的關鍵因素。研究後發現，促進北宋中期創作的因素，應爲進士科與制科的考試內容。兩科考試皆考策論，特別是制科考試，更爲後世留下政論與史論的典範作品。

爲兩者有不少相似之處，才會產生如此無法斷然二分，相互影響的現象。

〔註65〕 胡奇光：《中國文禍史》（上海：上海人民出版社，2006年10月），頁66～83。

〔註66〕 何忠禮、徐吉軍：《南宋史稿（政治軍事和文化編）》（杭州：杭州大學出版社，1999年4月），頁146～147；安平秋、章培垣主編：《中國禁書簡史》（臺北：竹友軒出版有限公司，1992年2月），頁105～115。

此外，筆者也發現了仁宗天聖年間、哲宗紹聖年間，對於政論與史論創作似乎皆有著特殊意義。唯需要再廣泛舉證，深入詳論。而所以使北宋晚期創作衰退的因素，即在於制科停開，以及當時對詩賦、史學的學術禁令。這讓此期的創作走向低谷。南渡以後，政論與史論（特別是前者）創作重新來到高峰，促進寫作的因素，應是靖康之難所帶來的國仇家恨，迫使有識之士將滿腔熱血，以及對時政的各種具體主張，化爲一篇篇的政論。當然，在上位者頻繁地詔群臣言事，正是士大夫表達己見的機會，刺激此時的政論創作。重大的政治歷史事件，除了改變政局、時勢之外，亦牽動著文學作品的發展。

第三章　北宋中至南渡初期政論與史論作者身分演變考索

　　為了要較深刻地認識南渡初期政論與史論作者，本文必須將之置於文學史之中，與北宋中、晚期作者進行比較。本文將先考察各期作者身分，乃至於交遊、師承的大致樣貌，再嘗試觀察由北宋中期至南渡初期，呈現著什麼樣的演變現象。此外，亦應回答如下問題：北宋中至南渡初期作者主要身分的差異，如何左右政論與史論的寫作，使之呈現各期不同的特色？易言之，作者身分與政論與史論創作，兩者間有什麼關聯性？

　　要補充說明的是，諸位作者生平事蹟豐富多變，本不應以任何特定身分（案：如文後所謂的「應試者」、「遷謫與退居者」、「上言者」等等）加以概括限定。然而，為求突顯論點起見，仍舊採取此作法。唯本文所謂的「作者身分」，僅限於其創作時之身分而言，並非用以統括該作者所有生命歷程。

第一節　北宋中、晚期：應試者、遷謫與退居者

　　本節旨在考察北宋中、晚期政論與史論作者，究竟以什麼身分進行創作的。歸納出北宋中、晚期作者身分之特色後，以之作為與南渡初期比較的基礎。

一、北宋中期：應舉者為主

　　觀察目前所見北宋中期政論與史論作者之創作身分，因科舉考試（特別是制科考試）扮演致關重要的地位，故本文分為應試者與非應試者兩端，展開討論。茲分述如下。

（一）以「制科策論」為主的應試者政論與史論

「制科」與「進士科」兩科的考試內容，是宋代各種科舉考試中，與策、論創作關係最為密切者。應試者所作之政論與史論，無不由應考此二科而來。然而必須辨明的是，雖同樣為創作提供助力，但「制科」與「進士科」所產生的效果卻也有所不同。以下分別說明之。

1. 制　科

史學界學者，對兩宋制舉的開科次數與得士人數，做過詳細的統計。〔註1〕據何忠禮考察，北宋開設制科且得士者，共計有十九次，三十九人。為簡要呈現何氏考察，筆者作簡表如下：

朝　　代	開科次數	錄取人數	在位年數
太祖	1	1	17
太宗	0	0	21
眞宗	4	11	25
仁宗	9	15	41
英宗	1	2	4
神宗	1	3	18
哲宗	3	7	15
徽宗	0	0	25
合計	19	39	166

這樣的開科次數與錄取人數，與進士科相較之下，眞是遠遠的瞠乎其後。〔註2〕《宋史‧選舉志二》論制科時即曰：「宋之得才，多由進士，而以是科應詔者少。」〔註3〕已指出兩科人數差距極大的現象。

〔註1〕 轟崇岐、林瑞翰、何忠禮考察所得數據不盡相同，其原因涉及制科分科判定等細節，非本文所能詳論。所幸，如此所造成的差距不大，並不影響文後與進士科的比較結果。為與文後一致，此處依據何忠禮的考察。詳參轟崇岐〈宋代制舉考略〉，《宋史叢考》（臺北：華世出版社，1986年），頁191～194。該文初刊於《史學年報》2卷5期，1938；林瑞翰：〈宋代制科考〉，《國立臺灣大學歷史學系學報》8期，1981年12月，頁74～79；何忠禮：「宋代制舉一覽表」，《宋史選舉志補正》（杭州：浙江古籍出版社，1992年3月），頁318～320。

〔註2〕 進士科的開科次數與錄取人數，將於文後詳論。

〔註3〕 〔元〕脫脫：《宋史‧選舉志二》（北京：中華書局，1997年6月初版4刷），卷一五六，冊11頁3645。

　　誠如前章所述，應舉制科者必須通過「一繳進詞業，二試六論，三對制策」等三種考試內容，方才完成所有程序。〔註4〕就應考者與當時眼光看來，第二關所謂的「閣試六論」最爲困難，幾乎是「窮以所未知，強以所不能」，足讓應試者卻步。〔註5〕而早在眞宗朝即開始，後在仁宗天聖年間確立的「進詞業」制度，使得創作五十篇策論，讓有關部門先行委官「看詳」，成爲應制科者最初門檻。〔註6〕而就現今眼光看來，「詞業」所進之五十篇策、論，無疑是制科考試中，創作數量最豐，最具有文學性，最能體現作者平日積學識見，亦絕大多數屬於政論與史論的作品。

　　對本文的研究來說，雖然制科人數遠不及進士科，卻是比較重要的部分。

2. 進士科

　　前謂進士科開科次數與錄取人數，遠遠超過制科。關於這方面數據資料，有多位學者曾進行研究統計，並製作表格呈現。〔註7〕其中則以何忠禮的作法較爲明晰簡要。何氏表格〔註8〕如下所示：

朝代	開科次數	進士人數	諸科人數	在位年數	每年平均取士	
					進士	諸科
太祖	15	188	161（缺11舉）	17	11	9
太宗	8	1487	4315	21	71	205
眞宗	12	1760	3590	25	70	144

〔註4〕　關於制科考試制度的討論，詳參本文第二章第二節。

〔註5〕　祝尚書論四項制科之弊，其中即包括閣試六論強人所難的問題。詳見氏著：〈宋代制科制度考論〉，《宋代科舉與文學考論》（鄭州：大象出版社，2006年3月），頁152。

〔註6〕　〈宋代制科制度考論〉，頁138。

〔註7〕　僅列舉重要學者如下，〔日〕荒木敏一：「宋代科舉登第者數及び狀元名表」，《宋代科舉制度研究》（東京：東洋史研究會，1969年3月），頁450～461；李弘祺：「宋代登科人數表」，《宋代官學教育與科舉》（臺北：聯經出版事業股份有限公司，1994年6月），頁315～319；張希清：〈北宋貢舉登科人數考〉，《國學研究》2卷，1994年7月，頁393～425；〔美〕賈志揚：「歷年省試及格者和授予的學銜」，《宋代科舉》（臺北：東大圖書股份有限公司，1995年6月），頁284～288。諸家皆詳列所有開科年度與取士人數，非本文所需，故不取。

〔註8〕　詳參何氏：〈北宋擴大科舉取士的原因及與冗官冗吏的關係〉，《科舉與宋代社會》（北京：商務印書館，2006年12月），115～116。何氏表格原有注語云：「引自拙文〈試論北宋科舉制的特點及其作用〉（載《宋史研究論文集》，河南人民出版社1984年版），并略有修正。諸科因缺載太祖的十一次取士人數，其總數與每年平均取士人數皆不確。」

仁宗	13	4561	4952	41	111	121
英宗	2	518	258	4	130	90
神宗	6	2395	1395	18	133	78
哲宗	5	2667	283	15	178	19
徽宗	8	5495	無	25	220	無
合計	69	19071	15054	166	155	91

僅由表格最末的合計可知，進士科的各項數據，確乎大幅超過制科。登科及第者尚且為數眾多，那麼全數應考考生之數量想必更加龐大。

進士科同樣推動著宋代政論與史論的創作，其考試內容亦是最關鍵的因素。誠如前章所論，仁宗天聖年間開始，進士科更明確地由重詩賦轉向重策論。而至此之後，論者對進士科考試內容的論爭，則由「詩賦、策論之爭」轉變為「詩賦、經義之爭」。期間不論是詩賦或經義占上風，抑或是兩者兼重，以政論與史論為主的「策論」始終站穩地位，為進士科重要的考試內容。〔註9〕

3. 制科與進士科對促進政論與史論寫作，產生不同效果

制科與進士科兩種考試，對於政論與史論寫作都有推動作用。但本文必須明辨的，是兩種制度所帶動的作者群，有著極大的差別。

一如前述，進士科應舉、登第人數較制科多得多，其所引領的寫作風潮，勢必更為盛大。然而，今日較引人注目之作品，卻集中於應舉、登第人數相較之下相當少的制科。造成這種落差極大印象的原因，應有以下幾點。其一，就篇數來說。單一舉子進繳制科進卷有五十篇的規定，就算有未及五十篇的例子，也至少有數十篇。這在數量上遠較應進士科的零星篇章為多。如前例蘇軾應進士科所作之策論，就僅有六篇，遠少於應制科時的五十篇。其他諸年之進士科策論篇數亦相去不遠。其二，舉子常為制科策論設定主題，如張方平之〈芻蕘論〉、陳舜俞之〈太平有為策〉等。明確的主題與大量的篇數，皆使得制科策論較為醒目。但最重要，應還是需要回到文學價值的基本面來論。進士科策論的文學性較低，其對文學創作有著「促退」的反效果。以下借祝尚書的研究說明這點。

祝尚書論進士科考試與文學發展關係時，特別標舉出「君子事業」與「舉子事業」的不同。祝氏說：「景德條制實行後，科舉中那些促進文學發展的因

〔註9〕 關於進士科考試內容的討論，詳見本文第二章第二節。

素已消失殆盡，剩下的只有『舉子事業』。」「景德條制」所帶來的是制度面的公平，而對於士子文學創作來說，則是有負面影響。正因如此，進士科成為舉子競逐的場所。考試制度雖然帶動了包括政論與史論及詩賦等文體的創作，但對真正的文學創作來說，卻是「促退」的。故謂：「南宋後期，作為『君子事業』的傳統文學（詩歌、古文）全面衰落，原因雖複雜，但科舉考試難辭其咎。」「宋代文學的發展與繁榮，不能到科舉考試中去尋找原因。」然而，祝氏也不忘強調：「舉業對培養文學基本功（如用韻、對仗、謀篇布局等）和藝術審美能力，仍然有積極作用。」對於文學創作來說，舉子事業應仍有其正面意義。〔註10〕

　　基於以上認識，吾人可回頭檢視前章「現存北宋制科進卷詞業詳目表」。略加考察表中作家生平資料後發現，不論中制舉與否，絕大多數皆接受過進士科考試的洗禮，並且在登第之後方才應考制科。如下表所示。

　　附表四：現存北宋制科進卷作者應舉時間表

編號	作　　者	應進士科時間	應制科時間
1	夏竦（985～1051）	未應考	真宗景德四年 1007
2	張方平（1007～1091）	未應考	仁宗景祐元年 1034
3	李覯（1009～1059）	未應考	仁宗慶曆二年 1042
4	陳舜俞（？～1075）	仁宗慶曆六年 1046	仁宗嘉祐四年 1059
5	蘇軾（1036～1101）	仁宗嘉祐二年 1057	仁宗嘉祐六年 1061
6	蘇轍（1039～1112）	仁宗嘉祐二年 1057	仁宗嘉祐六年 1061
7	李清臣（1032～1102）	仁宗皇祐五年 1053	英宗治平元年 1064
8	孔文仲（1038～1088）	仁宗嘉祐六年 1061	神宗熙寧三年 1070
9	呂陶（1029～1105）	仁宗皇祐四年 1052	神宗熙寧三年 1070
10	秦觀（1049～1100）	神宗元豐八年 1075（前兩次不第）	哲宗元祐三年 1088
11	侯溥（生卒年不詳）	（不詳）	哲宗元祐六年 1091〔註11〕

〔註10〕此段所論，咸見於祝尚書：〈「君子事業」與「舉子事業」——論宋代科舉考試與文學發展的關係〉，《宋代科舉與文學考論》，頁 412～429。祝氏此文題名雖稱「宋代科舉考試」，然討論對象則針對進士科考試。筆者於本文中逕論之。

〔註11〕現存侯溥生平資料較為缺乏。筆者所見對於侯溥應舉經歷的記載，僅有《國朝二百家名賢文粹》目錄，登記其於元祐六年中賢良制科。是否應舉進士科或其他，則不詳。〔宋〕佚名輯：《新刊國朝二百家名賢文粹》（上海：上海古

李心傳（1167～1240）於南宋考察北宋制科「舊制」，論及應舉資格時，已見「不拘已仕、未仕」之說。〔註12〕在近人聶崇岐對應舉資格的研究中，同樣是不論有官無官，皆得應舉制科。於古今學者的研究，皆未見應制科須先通過進士科考試的規定。〔註13〕雖然如此，表中作家卻大多數在應舉制科之前，皆曾經應舉進士科。對於這個現象，本文認爲，應是需經過進士科詩、賦、策論、經義等等考試內容對文學基本功的養成，舉子方得以向更高難度的制科挑戰。進士科中不論詩賦與經義之爭如何發展，始終重視策論寫作。是故，舉子對其之關注自然不曾減低。在長期的訓練之下，培養一群擁有策論寫作基本能力的隊伍。在進士科所奠下的廣大與厚實基礎下，個中翹楚者方得以應舉制科，創作進卷詞業、閣試六論、殿試制策等，篇數既多、難度且高的策論。而在這些作品中，當然以進卷詞業五十篇最富文學性。

本文認爲，進士科所奠定的，是讀書人普遍重視策論寫作的時代風氣，其帶動的作者群是龐大的，但其作品絕大多數是科舉程文，文學價值不高。制科則是在進士科所奠下的基礎上，帶動少部分策論寫作的高手，其作品（特別是詞業策論）較具文學價值，成爲政論與史論的典範。

（二）非應試者的政論與史論

雖然應試（特別是制科）者創作出許多政論與史論，其中二蘇兄弟之作更成爲典範作品。但較全面地考察後，卻尚可見許多作者於非應試時的創作。吾人對之亦不可不注意。分別論述如下。

北宋中期在朝者創作政論與史論，本文以尹洙（1001～1047）、王安石（1021～1086）爲例說明。先論尹洙。尹洙作有〈叙燕〉、〈息戍〉等政論，是北宋中期初的重要作家。尹洙政論之寫作時間，時人已有明確記載。韓琦於至和元年（1054）爲尹洙所撰之墓表曰：

> （尹洙）知河南府伊陽縣。時天下無事，政關不講，以兵言者爲妄
> 人。公乃著〈叙燕〉、〈息戍〉等十數篇，以斥時弊，時人服其有經
> 世之才。（《全宋文》40/78）

籍出版社，1995～2002，《續修四庫全書》影印宋書隱齋刻本）

〔註12〕〔宋〕李心傳：《建炎以來朝野雜記・甲集》（北京：中華書局，2006 年 3 月初版 2 刷），卷十三，頁 154。

〔註13〕聶崇岐：〈宋代制舉考略〉，「三、應制舉者之資格及看詳事例」，《宋史叢考》（臺北：華世出版社，1986 年），頁 175～179。

由此可知，尹洙諸政論作於知伊陽縣期間。再論王安石。嘉祐四年（1059），
王安石由提點江南東路刑獄召還朝廷，任命為三司度支判官。此時寫下了〈上
仁宗皇帝言事書〉的鴻文，明確提出變法主張，可說是其熙寧年間推行新法
的綱領。與此同時，王安石還作有〈興賢〉、〈取材〉、〈委任〉、〈知人〉、〈風
俗〉、〈進說〉等篇。〔註14〕諸篇內容與〈上仁宗皇帝言事書〉相關，皆代表
著王安石的政治思想，因此被視為同期之作。〔註15〕其中〈興賢〉先論商、
周、漢之因任賢而興，因棄賢而衰。再論「況今太寧」，仁宗更當任賢使能。
全文以古證今，是標準的政論。其餘諸篇，性質亦與是篇相近。凡是，皆為
王安石在朝時所作。

　　北宋中期遷謫退居者的政論與史論，經考察後發現，在作者、作品數量
上，應較在朝者為多。本文以曾鞏作品為例說明。

　　曾鞏仕宦之途不是相當順遂。慶曆二年（1042）由太學選拔參加禮部試，
然不幸落第。之後歸居撫州。慶曆四年（1044）居撫州，作有〈太學〉、〈議
茶〉、〈議酒〉、〈財用〉、〈兵乘一〉、〈議錢上〉、〈議錢下〉、〈議倉〉、〈廢官〉、
〈黃河〉等篇。〔註16〕慶曆五年（1045）居臨川，作有〈國體辨〉、〈邪正辨〉、
〈問堯〉等篇。〔註17〕皇祐元年（1049）在南豐丁父憂，此時更作有〈本朝
政要策〉，包括〈考課〉、〈訓兵〉等五十篇。〔註18〕以上諸作，絕大多數為政
論。值得注意的是曾鞏丁憂時的作品，清人何焯（1661～1722）評曰：「讀此
卷乃知南豐史才」，又說：「以上諸策皆真得其要，而其無不出入漢之西京，
此固《五朝國史》諸志之椎輪也。」〔註19〕其中如〈訓兵〉，先綜論上古、戰
國、漢、唐、五代各朝訓兵得失。再以之為基礎，論當時「簡練之網遂疏，
黜廢之法益恕」的弊端。綜觀各篇及何氏評論可知，〈本朝政要策〉誠為政論。

〔註14〕　〔宋〕王安石：《王臨川全集》（臺北：世界書局，1988 年 10 月），卷六九，
　　　　　頁 438～441。
〔註15〕　李德身、張祥浩、魏福明皆主此說。李著：《王安石詩文繫年》（西安：陝西
　　　　　人民教育出版社，1987 年 9 月），頁 127。張、魏著：《王安石評傳》（南京：
　　　　　南京大學出版社，2006 年 6 月），頁 83。
〔註16〕　諸作見〔宋〕曾鞏著，陳杏珍、晁繼周點校：《曾鞏集》（北京：中華書局，
　　　　　2004 年 11 月初版 3 刷），冊下頁 742～754。繫年則見李震著：《曾鞏年譜》（蘇
　　　　　州：蘇州大學出版社，1997 年 12 月），頁 79。
〔註17〕　諸作見《曾鞏集》，冊下頁 689～693。繫年則見《曾鞏年譜》，頁 86。
〔註18〕　諸作見《曾鞏集》，冊下頁 653～679。繫年則見《曾鞏年譜》，頁 131～132。
〔註19〕　〔清〕何焯著，崔高維點校：《義門讀書記》（北京：中華書局，2006 年 6 月
　　　　　初版 3 刷），卷四四，冊中頁 844、851。

可見曾鞏雖非平步青雲、身居要津，卻也以豐厚的史學學養觀察時政，創作論衡古今的政論。

除曾鞏作品之外，尚見其他遷謫退居者所作的政論與史論。如慶曆二年時，李覯試制科不第。歸居後於慶曆三年（1043），李覯作有〈慶曆民言〉三十篇、〈周禮致太平論〉五十一篇。〔註20〕楊時於紹聖三年（1096），曾寄程頤所著史論數篇。〔註21〕當時楊時結束丁憂在制（1090～1093），於潭州瀏陽縣任官（紹聖元年1094）。諸篇史論應作於這段時間。

歐陽脩各項學術成就早已爲世人肯定，史學方面就屬獨撰之《新五代史》、合著之《新唐書》最廣爲人知。除此之外，歐陽脩於康定元年（1040）曾撰有〈正統論〉等一系列政論與史論，包括有：〈正統論序〉、〈正統論上〉、〈正統論下〉、〈或問〉、〈原正統論〉、〈明正統論〉、〈秦論〉、〈魏論〉、〈東晉論〉、〈後魏論〉、〈梁論〉。此外，尚有撰有名作〈縱囚論〉。〔註22〕諸作寫作時間在兩部史書成書之前多年，可說體現歐陽脩早期的史學思想。〔註23〕對以上作品，劉子健認爲：「歐陽在史觀或史識上的貢獻，主要的是他的正統論」、「他認爲討論正統問題，則不能盲目的採用道德教條主義而不顧客觀的事實。後日的史家大都贊成他的主張。前於歐陽的正統論，一掃而空。」〔註24〕藉由劉氏之讚譽，更能確立諸作在史學上的地位。

文成當年，歐陽脩正好結束由景祐三年（1036）開始的夷陵貶謫生涯，

〔註20〕〈慶曆民言〉見〔宋〕李覯著，王國軒校點：《李覯集》（北京：中華書局，1981年），頁229～246。繫年則見序言，頁229。〈周禮致太平論〉見是書，頁67～121。繫年則見〔宋〕魏峙編，吳洪澤點校：《直講李先生年譜》（成都：四川大學出版社，2003年1月，《宋人年譜叢刊》本），冊2頁1339～1340。

〔註21〕楊時寄伊川史論事，詳參〔宋〕黃去疾編，刁忠民校點：《龜山先生文靖楊公年譜》（成都：四川大學出版社，2003年1月，《宋人年譜叢刊》本），冊5頁3399。楊時〈藺相如論〉等多篇史論，詳見《全宋文》124/336～357。

〔註22〕以上諸作，今存歐陽修《居士集》，主要版本皆注云「康定元年」作。詳見〔宋〕歐陽脩著，李逸安點校：《歐陽修全集》（北京：中華書局，2001年3月），卷十六，冊2頁266。

〔註23〕歐陽脩與宋祁合著之《新唐書》始於慶曆五年（1045），成於嘉祐五年（1060），凡歷時十七年。獨撰之《五代史記》始於景祐三年（1036），草稿粗具於皇祐五年（1053）。詳參蔡世明編：〈歐陽脩著述表〉，《歐陽脩的生平與學術》（臺北：文史哲出版社，1986年9月，修訂再版），頁263。

〔註24〕劉子健：《歐陽修的治學與從政》（臺北：新文豐出版公司，1984年10月，補正再版），頁52～53。

於六月召還復充館閣校勘。〔註25〕就目前研究看來，尚未能確定諸篇成於是年何月。〔註26〕易言之，吾人未能確知歐陽脩當時身分為何。儘管如此，本文認為以歐陽脩反覆錘鍊字句的寫作習慣，諸篇應於貶謫夷陵時期，即逐漸蘊釀撰寫而成。因為寫作時間的特殊性，以及作品本身的價值，讓歐陽諸作值得附論於此。

綜合前論，就目前所見之北宋中期政論與史論來說，作者能以各種身分角色進行創作。因為北宋科舉制度以策論為主要考試內容的緣故，作者們以應試者的身分創作是最為常見的。其中又以應制科作品中的詞業進卷，具有較高的文學價值。除此之外，其餘作者們可能身居要津、任職地方；亦可能是落第舉子、遷客騷人。要之，北宋中期政論與史論寫作全面地興盛，亦可由作者身分多元窺知一二。而若要說政論與史論最主要的創作隊伍，當屬應舉制科考試者無疑。

二、北宋晚期：遷謫與退居者為主

北宋晚期政論與史論的創作，明顯地較北宋中期冷清許多。據前章所論，最最主要的原因，應是制科於紹聖元年之後廢止所致。制科考試作為刺激北宋中期創作的最重要助力，其罷廢確實讓創作數量因而銳減。此外，當時整個社會，更是瀰漫著輕視史學的學術風氣。在這樣的學風下，整體數量確實減少許多。但就現存作品觀之，依舊可發現幾位創作量比較豐富的作家。

經過筆者考察，北宋晚期政論與史論作者，在仕宦經歷與師承交遊兩個方面上存在著共同點。茲分述如下。

（一）作者多為遷謫與退居者：蘇軾、唐庚、李新、蘇轍、周行己

1. 遷謫與退居者

就筆者考察所及，北宋晚期有限的幾位政論與史論作者，以遷謫或退居者為主。分述如下。

蘇軾於元符元年至三年（1098～1100）貶謫儋州時期，作有〈論武王〉、〈論養士〉等篇。首部蘇軾文章選本，也是南宋推崇蘇文的重要指標《經進

〔註25〕詳參嚴杰：《歐陽脩年譜》（南京：南京出版社，1993 年 11 月），頁 63～89。
〔註26〕嚴杰將諸作繫於是年，未詳何月。劉德清亦然。詳參前注與劉著：《歐陽脩紀年錄》（上海：上海古籍出版社，2006 年 7 月），頁 117。

東坡文集事略》，於卷十二「論」下注云：「自此以下十六篇，謂之志林，亦謂之海外論。」〔註27〕由是可知，諸篇確實作於貶謫儋州時期。〔註28〕

有「小東坡」之稱的唐庚（1071～1120），不僅和三蘇同為眉州人，亦同樣能詩擅文。唐庚元祐七年（1092）於太學就讀，八年（1093）始謁蘇軾。紹聖元年進士及第後，開始其仕宦生涯。唐庚曾在各州轉徙，擔任包括利州治獄掾、閬中縣令、綿州錄事參軍、鳳州教授等職。於大觀四年（1110），則因受張商英賞識而首度赴闕，任宗子博士。殊料，未及一年，即在張商英罷相之前貶謫惠州。唐庚大觀四年至政和五年（1115）謫惠期間，作有〈名治論〉、〈存舊論〉、〈辨同論〉、〈禍福論〉、〈辨蜀論〉、〈正友論〉、〈察言論〉、〈憫俗論〉、〈議賞論〉等政論。〔註29〕〈察言論〉主張謹慎用兵，〈存舊論〉、〈辨同論〉兩篇，則隱微地批評王安石新法之失。

李新（1062～？）是另外一位於遷謫時期，作有史論傳世的作者。李新元豐七年（1084）入太學就讀，元祐五年（1090）進士及第。元符三年（1100），作有〈上皇帝萬言書〉（《全宋文》133/335）。李新於上書中，「謹條當今急務，析為十事」。其中包括了「責任不及宰相」、「朋黨之風熾」等項，論及宰相與朋黨議題。事後，卻因此次上書坐元祐黨籍。《宋史翼》記載曰：

> 崇寧初，入黨籍，邪等尤甚，羈管遂州。大觀三年三月赦書，與韓維等九十五人同出黨籍並敘官。宣和癸卯，累官貳郡，流落以終。
>
> 〔註30〕

由此可見，李新於徽宗朝因坐陷黨籍的緣故，仕宦經歷並不順遂，最後甚至落得「流落以終」的悲慘下場。李新之〈西晉論〉、〈孫武論〉感慨朋黨誤國之深，應即作於入黨籍之後。而在遷謫流落期間，李新似不曾忘懷功名利祿，作有不少趨附時局，以求遷除之作。如《四庫提要》認為，李新作〈韓長孺論〉以「陰解滅遼之失」；作〈武侯論〉以「陰解和金之辱」。由所論「滅遼」、「和金」事觀之，應作於宣和四年（1122），遼國中京被金所破以後。

〔註27〕〔宋〕蘇軾著、郎曄注：《經進東坡文集事略》（臺北：世界書局，1992 年 3月，三版），冊上頁 163。

〔註28〕孔凡禮對蘇軾海外諸論中少數篇什，有不同的看法。但不影響蘇軾曾於儋州作有史論一事。詳參《蘇軾年譜》，冊下頁 1333。

〔註29〕唐庚之仕宦經歷，以及諸政論寫作時間繫年，皆見於馬德富編：《唐庚年譜》（成都：四川大學出版社，2003 年 1 月，《宋人年譜叢刊》本），冊 6 頁 3594～3620。

〔註30〕〔清〕陸心源輯撰：《宋史翼》（北京：中華書局，1991 年 12 月），卷六，頁 29 下。

　　除了遷謫者所寫下的政論與史論之外，亦見退居不仕者的作品。而最具代表性的，莫過於蘇轍於晚年退居潁川所作的系列史論——〈歷代論〉45篇。蘇轍於紹聖元年哲宗親政後遭貶，最遠曾至雷州。元符三年遇赦北歸，遂寓居於許昌潁水之濱。〈歷代論引〉爲系列文章之序言，其文云：

> 父兄之學，皆以古今成敗得失爲議論之要。以爲士生於世，治氣養心，無惡於身，推是以施之人，不爲苟生也。不幸不用，猶當以其所知，著之翰墨，使人有聞焉。予既壯而仕。仕宦之餘，未嘗廢書，爲《詩》、《春秋》集傳，因古之遺文，而得聖賢處身臨事之微意，喟然太息，知先儒昔有所未悟也。其後復作《古史》，所論益廣，以爲略備矣。元符庚辰，蒙恩歸自嶺南，卜居潁川。身世相忘，俯仰六年，洗然無所用心，復自放圖史之間。偶有所感，時復論著。〔註31〕

由此可知，蘇轍寫作〈歷代論〉的時間，是元符三年（庚辰，1100）至崇寧四年（乙酉，1105），地點則是隱居地潁川。文章內容則承襲父兄家學，以議論古今成敗得失爲主。我們可以藉著序文，確實地掌握〈歷代論〉創作背景。

　　周行己（1067～？）退居時期也作有史論。周行己元豐六年（1083）入太學就讀，元祐六年進士及第。崇寧、大觀年間，曾任溫州、齊州州學教授。然於大觀三年（1109），爲毛注彈劾而罷官。周行己隨後回歸溫州，政和年間築有浮沚書院，講學授徒。〈兩漢興亡〉等策論、策問、經解諸文，應皆作於退居溫州講學期間。〔註32〕

　　以上二蘇兄弟、唐庚、李新、周行己等人，皆爲北宋晚期政論與史論的重要作者。在考察諸家作品之創作背景後，吾人可以發現，不在朝爲官而在野，是他們最爲相似之處。不論是遷謫流徙於宦途之中，抑或是退居著述講學，這類作者成爲北宋晚期創作政論與史論的主力。在爲數不多的作家與作品中，形成較爲鮮明的一群。

　　洪本健論北宋士大夫貶謫時期的散文創作，曾總結地說到：

> 貶謫時期的創作，就體裁而言，與在朝時有很大的不同：居廟堂之上，多參政議政之作，如詔誥、奏疏、策議、政論等；而處江湖之

〔註31〕〔宋〕蘇轍著，陳宏夫、高秀芳點校：《蘇轍集》（北京：中華書局，1999年7月初版2刷），冊3頁958。

〔註32〕周行己之仕宦經歷，以及史論寫作時間繫年，皆見於周夢江：〈周行己年譜〉，收錄於〔宋〕周行己著，周夢江箋校：《周行己集》（上海：上海社會科學院出版社，2002年12月），頁268～286。

　　　　遠，多雜記、書信、序跋、隨筆等。〔註33〕

洪氏所言，大體不差。詔誥、奏疏等，確實只能是作者位居要津時，才能創
作的文體。然而，經過本文討論，我們也必須指出，文士於貶謫、退居時期，
也有可能創作屬於論說體的政論與史論佳作。蘇軾於儋州作有「海外論」十
餘篇，蘇軾於潁川作有〈歷代論〉四十餘篇。二蘇兄弟應是很好的例子。

2. 其他作家

　　誠如前章所論，徽宗朝時雖大行三舍法，但卻也未廢除科舉取士。如同北
宋中期，北宋晚期的進士科考試內容中，論、策依舊占著重要地位。舉子應試
自然又留下許多政論與史論。劉安節（1068～1116）於元符三年進士及第。時
人許景衡（1072～1128）爲劉安節撰有墓誌銘，文中言及劉氏少年求學歷程云：

> （筆者案：劉安節）少與從父弟、今徽猷閣待制安止相友愛，皆以
> 文行爲士友所稱。既冠，游太學。元符三年，擢進士第，調越州諸
> 暨主簿。（《全宋文》144/112）

可見劉安節少年時期即有文名。而《左史集》中的〈兵策〉、〈州郡立學皆置
學官策〉等篇，應及作於及進士第前後。周紫芝（1082～1155）年幼時雖善作
科舉時文，但本身卻不熱衷此道。其〈太倉稊米集自序〉曰：

> 昔余爲童子，未冠入鄉校，方學科舉文。文成，掌教者善之，于是
> 長者稍從而稱其能焉。余曰：「是足以得名，不足以名世也。」乃喜
> 誦前人之文與其詩，往往爲之廢業，而前日之稱其能者悉咍之不齒
> 也。（《全宋文》162/168）

由周紫芝生卒年，以及前引夫子自道推算，可見早在徽宗建中靖國元年
（1101），周氏弱冠以前，其已憑藉著論、策等「科舉文」展露頭角，並受時
人稱道。雖然，時年尚幼的周紫芝對之表現出鄙薄的態度，但他依舊留下〈漢
高帝論〉等爲數不少的史論。周氏曾二度赴禮部試，可惜未能及第。〔註34〕
這些作品應即爲應舉當時或之前所作。

　　李綱（1183～1140）是北宋晚期最後一位重要的政論與史論作者。人們對
他的印象，多在於其南渡初期積極抗金的諸多事蹟，以及其〈十議〉、〈迂論〉

〔註33〕洪本健：〈北宋士大夫的謫宦遷徙與散文創作〉，莫礪鋒編：《第二屆宋代文學
　　　　國際研討會論文集》（南京：江蘇教育出版社，2003年6月），頁649。

〔註34〕周紫芝二度應舉未第事，據曾棗莊主編：《中國文學家大辭典：宋代卷》（北
　　　　京：中華書局，2004年9月），頁580。未詳其所本。

等作品。其實李綱於北宋晚期，亦作有作品傳世。〈制虜論〉、〈禦戎論〉兩篇，分別論朝廷對遼與西夏應採取何種策略，當作於北宋晚期無疑。其餘〈三帝論〉、〈三教論〉、〈理財論〉（上、中、下）等篇，雖不詳其確實寫作時間，然就論述內容與方式觀之，與南渡之後作品大異其趣，應亦作於此期。可惜的是，筆者在僅能大致推求諸篇創作時間的限制之下，亦就無法確知李綱究竟以什麼樣的身分進行創作了。

（二）作者多與蘇氏、蘇門有淵源：唐庚、李新、周行己、周紫芝

　　觀察上述幾位作者的交遊與師承關係，本文另有發現。作者們大多數與蘇軾或蘇門諸子，有著或深或淺的過從。唯有劉安節與李綱兩人，目前未能見及相關記載。二蘇本人不消多作說明，以下略論其他諸人與蘇軾、蘇門的淵源。

　　諸人中與蘇門淵源最為深厚，留下最直接記錄與相關評論者，當屬周紫芝。周紫芝曾致信李之儀，內容除言及對其的崇敬之情外，亦歷述多年來欲親炙蘇門諸子而未果的經過。其〈見李端叔書〉云：

> 元祐之末，張右史守宛陵，於某為鄉郡，是時年方十餘歲，駭不解事，不得以童子見，然已知誦其詩而樂聞其言矣。又十五年而黃太史當塗，與吾邦壤地相接，某家甚貧，方竭力以奉親，欲裹糧以趨之，而公輒罷去，不得一拜於其庭。又數年則閣下相繼而來，實家於此，雖未得奉几杖於周旋之間，而翰墨歌詞，流風遺韻固已得於交遊中為不少矣。如是者又二三年，而始得望見閣下之門，猶未敢自以得聞教於席下，於是敢卜一見於今日也。（《全宋文》162/85）

周紫芝為宣州宣城（今安徽宣城）人。張耒於紹聖元年至三年間〔註35〕謫知宣州（筆者案：即文中的「宛陵」）。黃庭堅則於崇寧元年（1102）六月，謫知太平州（筆者案：即文中的「當塗」，今安徽當塗），九日後旋罷。〔註36〕而李之儀則亦於崇寧元年獲貶太平州，崇寧五年（1106）始移居金陵。〔註37〕

〔註35〕考察年譜後得知，張耒於紹聖元年被命守宣，並於紹聖三年罷守。周紫芝文中謂「元祐之末」張耒守宛陵，不詳何故？詳參近人邵祖壽：《張文潛先生年譜》（成都：四川大學出版社，2003 年 1 月，《宋人年譜叢刊》本），冊 5 頁 3250～3254。

〔註36〕鄭永曉：《黃庭堅年譜》（北京：社會科學文獻出版社，1997 年 8 月），頁 369。

〔註37〕曾棗莊：《李之儀年譜》（成都：四川大學出版社，2003 年 1 月，《宋人年譜叢刊》本），冊 5 頁 3139～3142。

宣州與太平州緊緊相鄰，即周氏文中所謂「壤地相接」，兩地於北宋晚期皆屬江南東路。考察張耒、黃庭堅、李之儀，乃至於周紫芝本身之仕履過程後，吾人方得對周氏此封求見李之儀的書信，建立起更清楚的認識。周氏文中自道，雖然張耒曾親臨宣州，黃庭堅謫守的太平州又「壤地相接」，卻仍舊因自己年紀尚輕或時間倉促，兩度與蘇門諸子擦身而過，並對之悔恨不已。而今日，周紫芝則不願再度錯失機會，極欲求見同樣獲貶太平州的李之儀。

周紫芝自幼誦讀蘇門諸子作品，即長後又得以謁見李之儀，可見其與蘇門過從甚密。這樣的學習經歷，自然對周氏文學創作多所啓發。後人對此亦有評論，孫覿〈竹坡詞序〉曰：

> 竹坡先生少慕張石史而師之，稍長從李姑溪游，與之上下其議論，於是盡得前輩作文關紐。其大者固已掀揭漢唐，凌屬騷雅，燁然名一世矣。〔註38〕

孫氏此文雖爲周紫芝詞集作序，然卻特別論及周氏從張耒、李之儀學文，並謂之「盡得前輩作文關紐」。《四庫全書總目·竹坡詞》（筆者案：以下簡稱《四庫提要》）亦曰：「（孫）覿序稱其少師張耒，稍長師李之儀者，乃是詩文之淵源，非詞之淵源也。」〔註39〕由此可見，後人皆已注意到周紫芝文學作品，特別是詩、文，與蘇門淵源甚深。

周行己雖是洛學學者，但卻也雅好蘇軾詩文。《四庫提要》論曰：

> 又有〈上祭酒書〉云：「十五學屬文。十七補太學諸生，學科舉。又二年讀書益見道理，於是學古人之修德立行」云云。觀所自敘，其生平學問梗概，可以略見。則發爲文章，明白淳實，粹然爲儒者之言，固有由也。且行己之學雖出程氏，而與曾肇、黃庭堅、晁說之、秦觀、李之儀、左譽諸人皆相倡和。集中〈寄魯直學士〉一詩，稱「當今文伯眉陽蘇，新詞的爍垂明珠」。於蘇軾亦極傾倒，絕不立洛、蜀門戶之見。故耳擩目染，詩文亦皆嫺雅有法，尤講學家所難能矣。〔註40〕

《四庫提要》除對周氏詩文讚賞有加，更特別指出其傾慕蘇軾，並與蘇門諸子及其親人有過唱和。除文中〈寄魯直學士〉詩外，考周行己尚有〈五月二

〔註38〕 〔宋〕周紫芝：《竹坡詞》（臺北：臺灣商務印書館股份有限公司，1983，《四庫全書》本），〈竹坡詞〉原序，頁 1 上。

〔註39〕 〔清〕永瑢等撰：《四庫全書總目》（北京：中華書局，2003 年 8 月初版 7 刷），卷一九八，冊下頁 1814 欄上。

〔註40〕 《四庫提要·浮沚集》，卷一五五，冊下頁 1341 欄上。

十五日晚自天封還，呈秦少章（筆者案：秦觀，觀弟，字少章）〉詩、〈走筆問訊晁以道（筆者案：晁說之，補之弟，字以道）〉詩、〈敬贈李方叔膺〉詩等作品。〔註41〕

此外，《四庫提要》中未言及，卻也頗爲重要的，是周氏早年曾受知於晁補之。其〈晁元升（筆者案：晁端中，補之叔，字元升）集序〉曰：「行己應舉開封，幸中有司之選，而無咎（筆者案：晁補之）實主文事。」〔註42〕由是觀之，周氏確實不僅傾慕蘇軾，與蘇門諸子往來，亦與諸子親人過從。「絕不立洛、蜀門戶之見」一語，所言不虛。除此之外，周氏對文章的喜好，可由其自述求學經過看出。其〈上祭酒書〉曰：「蓋見古人文章，浩浩如濤波，纚纚如春華，于是樂而慕之，又學爲古文。上希屈、宋，下法韓、柳，見自古文人多不拘爾，謂誠若是也。」〔註43〕由此可見一斑。

李新與蘇軾、蘇門諸子交遊的相關記載不多。李新曾經謁見過蘇軾，《宋史翼》記曰：

> 李新，字元應，四川仙井人。自號跨鼇先生。元祐五年進士。劉涇嘗薦于蘇軾，命賦墨竹。口占一絕，立就。〔註44〕

《四庫提要》同樣言及李新受知於蘇軾事，但卻更著眼於李新之後的「背叛」。其文曰：

> 新受知蘇軾，初自附於元祐之局。故其所上書，詞極切直。然一經挫折，即頓改初心。作〈三瑞堂記〉以頌蔡京。〈上王右丞書〉以頌王安石。〈上吳戶部書〉至自咎「前日所言，得疾迷罔，謂白爲黑」。其操守殊不足道。〔註45〕

雖然李新「頓改初心」、「操守殊不足道」，但其曾受知於蘇軾卻也是事實。

號稱「小東坡」的唐庚，似乎應與二蘇或蘇門諸子過從甚密，但其實不然。所以會有這個稱號，實因唐庚爲眉山人，又曾獲貶惠州，在仕宦經歷上與蘇軾相近。此外後人亦認爲，唐庚詩文創作與蘇軾有若干相似之處。以下

〔註41〕諸作皆見於〔宋〕周行己著，周夢江箋校：《周行己集》（上海：上海社會科學院出版社，2002 年 12 月）。與李廌詩，見頁 159。與秦觀詩，見頁 172。與黃庭堅詩，見頁 175。與晁說之詩，見頁 184。

〔註42〕《周行己集》，頁 71。

〔註43〕《周行己集》，頁 91。

〔註44〕《宋史翼》卷六，頁 7 下。

〔註45〕《四庫提要·跨鼇集》，卷一五五，冊下頁 1343 欄上。

是兩則比較有代表性的例子。劉克莊《後村詩話》曰：

> 唐子西諸文皆高，不獨詩也。其出稍晚，使及坡門，當不在秦、晁
> 之下。〔註46〕

馬端臨《文獻通考》引諸家評語曰：

> 鷯湖李氏曰：唐子西文采風流，人謂爲小東坡。劉夷叔曰：唐子西
> 善學東坡，量力從事。雖少，自成一家。……竹溪林氏曰：唐子西
> 學東坡者也。〔註47〕

由是觀之，宋代評論者普遍認爲，唐庚生不逢時而未能及於蘇門，故僅能私
淑蘇軾。雖然，清人曾有過不同的意見，但本文暫依宋人見解。〔註48〕

以上所論諸家，除李新之外，周紫芝、周行己、唐庚三人皆明確地以蘇
軾或蘇門爲詩文創作上的學習對象。

綜觀前論，北宋晚期政論與史論作者們應有著兩個共同點。首先，作者
多以遷謫或退居者的身分創作。再者，不論或深或淺，作者們皆與二蘇或蘇
門有些淵源。在諸作者中，蘇轍、李新、周行己、唐庚四人同時符合這兩個
現象，周紫芝符合第二點，李綱與劉安節則未見與其他作者相似的身分。在
這個大致的歸趨中，李、劉兩人顯得較爲特殊。

本節旨在考察，北宋中、晚期政論與史論作者身分所呈現的樣貌，以做
爲與南渡初期比較的對象。作者的主要身分，由北宋中期的「應舉者」，轉變
而爲北宋晚期的「遷謫與退居者」，是這段時間最爲主要的變化現象。

第二節　南渡初期：增加上言者的身分

在對北宋中、晚期政論與史論作者身分有基本認識後，本文將接續考察南
渡初期的現象。以下分作三項說明之，分別爲「作者身分及其時代特色」、「作

〔註46〕〔宋〕劉克莊撰，王秀梅點校：《後村詩話》（北京：中華書局，1983 年 12
　　　　月），前集卷二，頁 25。

〔註47〕〔元〕馬端臨：《文獻通考》（杭州：浙江古籍出版社，2000 年 1 月），卷二三
　　　　七，頁 1887 欄中。

〔註48〕明末清初的王士禎對唐庚的文章淵源提出質疑，謂其「宜其不爲眉山之徒
　　　　歟」。詳見〔清〕王士禎著、張宗柟纂集，戴鴻森校點：《帶經堂詩話》（北京：
　　　　中華書局，1982 年 11 月初版 2 刷），卷六，冊上頁 142。隨後《四庫提要》
　　　　則更進一步，直接批評《後村詩話》與《文獻通考》兩書相關的記載。詳見
　　　　《四庫提要・唐子西集》，卷一五五，冊下頁 1342 欄上～下。

者間的交遊關係」、「作者的師承與淵源關係」。在論述同時，兼與前期進行比較。

一、作者身分及其時代特色

前節論述北宋中晚期政論與史論作家身分時，筆者曾將「應舉者」、「遷謫與退居者」特別突顯出來，認為較之於其他身分，此兩者實更為重要。筆者繼續考察南渡初期作家，發現作者以這兩種身分創作的現象猶在。除二者之外，則更增加了「上言者」的身分。此似乎是南渡以前所未見。誠如前章所論，南渡初期的宋廷，處在靖康之難後的危急存亡之秋。朝廷真為救亡圖存也好，只是虛應故事，拉攏人心也罷，「詔群臣言事」是當時相當頻繁的現象。比較之後可發現，其頻繁的程度，是宋朝其他時期所未見的。而與之相應而生的，即是眾多「上言者」所創作的政論與史論。而觀察此期應舉者與退居者之創作心態與作品，吾人也能發現，這兩類身分雖已見於前期，但兩者間卻有存在著差異。揭示應舉者、退居者、上言者三種作者身分的時代特色，是此段之要務。

為清楚南渡初期政論與史論作者的創作背景，作為本文往後討論基礎，以收「知人論世」之效。本節論述時，將與前節舉要論證不同，而是全面地引證考察到的所有作者。以下分別說明，南渡初期作家，「應舉者」、「退居者」、「上言者」等三種主要身分。

（一）應舉者：范浚、胡銓

誠如第二章所言，制科考試在北宋紹聖年間停開後，於南渡後紹興二年（1132）重開，但南宋整體應舉情形卻遠不如北宋。儘管如此，南渡初期仍有相關記載。范浚（1102～1151）與胡銓（1102～1180）於紹興年間皆曾應制科考試，且留有作品多篇。以下分別說明之。

與范浚應制科考試相關的記載有兩則。明人童品〈香溪范先生傳〉曰：

> 兄弟多居膴仕，而先生（范浚）絕無仕進意，讀書之餘，時綴文辭，與兄弟子姪或游山水，弄月吟風，長篇短歌，追綜古作，互相唱和，以舒情懷。雖簞屢空，晏如也。高宗紹興元年，詔舉賢良方正，當時名公卿若樞密富公等，咸以先生應詔，先生力辭，又不忍遺世遠引，嘗撰策略二十餘篇，皆當時經國之切務，然以秦檜當國，終不屑以干時。〔註49〕

〔註49〕童品：〈香溪范先生傳〉，《范香溪先生文集》（上海：上海書店，1985 年 2 月，

《四庫提要·香溪集》卷一五八曰：

> 宋范浚撰。浚字茂名，蘭溪人。紹興中舉賢良方正，以秦檜柄政，辭不赴。然浚雖不仕，實非無意於當世者。其〈書曹參傳後〉，則隱戒熙寧之變法。其〈補翟方進傳〉，則深愧靖康之事雠。其〈讀周禮〉一篇，亦為王安石發。而〈進策〉五卷，於當時世務尤言之鑿鑿。非迂儒不達時變者也。〔註50〕

以上兩則記載，皆言及范浚曾於紹興年間，應制舉賢良方正科，但因秦檜當國而不赴。秦檜於南渡初期首次任相，在紹興元年八月年至二年八月間，時間正好與紹興二年重開制舉重疊。雖最後並未赴任，但就《四庫提要》的記載看來，范浚應仍依據北宋制舉繳納進卷的慣例，作有〈進策〉五卷。翻檢《四庫全書》中所收錄的〈進策〉可知，諸作即是童品所說的「策略二十餘篇」，亦是本文所論的政論。范浚曾應紹興二年制科，並留有詞業進卷，當無疑義。此外，吾人除能從資料中得知范浚的仕履過程，以及將其作品繫年。更重要的，莫過於感受到一股剛正不阿的士人氣節。明清兩代人記載范浚事蹟，無不對其於秦檜當權時，義不赴任，不屑干時之舉大加讚揚。對范浚〈進策〉數卷，則謂之「皆當時經國之切務」、「於當時世務尤言之鑿鑿」，可說讚譽有佳。而范浚也非就此遁入山林，不問世事。由《四庫提要》所載，范浚始終關心世事，未曾因不仕而稍有減損。如此事蹟，就現存史料而言，實未見於北宋中晚期應舉制科者。

胡銓應舉制科的時間，記載於《宋會要·選舉》一一之二四，其文云：

> （紹興）七年二月九日。詔曰：……呂祉舉選人胡詮（筆者案：應為「銓」之誤），汪藻舉布衣劉度。上即日除銓樞密院編修官，而度不果召。〔註51〕

胡銓既然曾受呂祉推薦應制科，依慣例即應作有詞業進卷。然由胡銓「即日」除官看來，考試制度進行的過程似有待商議。林瑞翰考察南宋制科時即說：「紹興七年，呂祉舉選人胡銓，汪藻舉布衣劉度，銓即日除樞密院編修官而度不果召，皆未經閣試及對策。」〔註52〕可見南渡初期雖依舊開制科，但制度運作並不很確實。胡銓沒有經過閣試、對策的關卡，那麼其受推薦時，是否也

《四部叢刊續編》本），〈傳〉頁8下。

〔註50〕《四庫提要·香溪集》，卷一五八，冊下頁 1364 欄下。

〔註51〕《宋會要·選舉》，一一之二四。

〔註52〕〈宋代制科考〉，頁 79。

曾繳交詞業進卷，確實值得存疑。

雖然如此，本文據以下兩點理由，認爲胡銓曾作有詞業進卷，並留下若干作品。首先，紹興二年恢復制舉時，未見取消詞業進卷的記載。〔註53〕胡銓雖未曾應閣試、對策，但確實受薦於呂祉。爲求推薦，胡銓當時應曾進繳詞業。再者，觀察胡銓諸篇政論與史論，如〈漢高帝論〉、〈漢宣帝論〉、〈漢相論〉、〈吳楚論〉、〈水戰論〉、〈禁衛論〉等等，從論題、形式到內容，皆與其他作家傳世的詞業進卷很相近。在未能找到其他文獻證據之前，本文暫且認定胡銓諸篇，即爲其應舉制科時所進繳之詞業。

（二）退居者：李綱、王庭珪、李彌遜、劉子翬

1. 退居作家之寫作背景

相較於應舉者的作品，南渡初期退居者所作之政論與史論，在作者與作品數量上顯然豐富的多。分別有李綱〈迂論〉十卷七十二篇、王庭珪〈盜賊論〉兩篇、李彌遜〈議古〉三卷四十四篇、劉子翬〈維民論〉三篇。以下依次論之。

李綱〈迂論〉諸篇的寫作背景，清楚記載於其夫子自道之語。〈迂論序〉云：

> 梁谿病叟，當建炎初，待罪宰相才兩月餘，……天子度不可留，從之，以觀文殿大學士領洞霄宮，將歸老于梁谿之上。……閑居杜門，謝絕賓客，念恩省咎之外，無所用心，則取古之君臣賢士大夫，與夫姦邪佞諛亂臣賊子，其所施爲，是非成敗，治亂興亡之跡，可以垂鑒于後，而今之事宜，所當變通于昔者，極其理而論之。其意以謂身既廢放，不得展盡底蘊以濟國家之急，姑以智慮所及載之空言，以俟後之君子，亦不爲無補。……余之論固迂矣，安知後世無拙如我者，有取于其說，而反不以爲非乎？……建炎戊申歲仲秋朔日序。〔註54〕

〔註53〕關於制科的興廢置罷，詳見本文第二章第二節的討論。

〔註54〕祝尚書認爲，收於《四庫全書》中的李綱《梁溪集》，較之於其他版本「總體稍佳」。《別集叙錄》，冊下頁776。然而，因《梁溪集》之《四庫》本，爲符合清廷的文化專制措施，受到編輯者諸多刪削。特別是涉及「賊」、「虜」、「夷狄」等李綱對金人的稱呼，更無不受到竄改。筆者若以《四庫》本研究李綱對金態度，顯然不宜。今人王瑞明注意到這個問題。其所點校的《李綱全集》，集中諸篇什附有校勘記，應較能呈現《梁溪集》各本樣貌。該書以橫排簡體出版，容易產生其他問題，但筆者徵引李綱作品時，仍選擇此版本。王氏論

這段序文透露許多訊息，包括李綱簡要的仕宦經歷，以及〈迂論〉寫作動機、內容、時間與思維方式等等。李綱〈迂論〉的寫作時間，約在建炎元年（1127）年八月遭罷相後，歸老梁谿（今江蘇無錫）時，並且在隔年（1128）秋天寫下序文。李綱遭罷相後，因人微言輕，無法參與國是的擬定。只好轉而寫作評騭歷代「治亂興亡之跡」的政論與史論，並以研究《易》學所養成的「變通」思維進行思考，〔註55〕目的在期待後世「拙如我」的知遇者。由此不難想見，〈迂論〉的寫作和李綱獲貶有密切關係。另外，李綱尚有五古〈著《迂論》有感〉一首。全詩以聖賢前哲自許，並訴說有待千載後知音的寫作心境。〔註56〕由此可見，就李綱本身的創作來說，十卷〈迂論〉實有別於其他零星作品，而爲有意識寫作的一系列政論與史論。

王庭珪（1080～1142）〈盜賊論〉上下兩篇的寫作背景，於胡銓所撰墓誌銘中有明確交待。〈監簿敷文王（庭珪）公墓誌銘〉云：

> 宣和末，公見禍根已萌，葺草堂，退居瀘溪之上。時年未四十，〔註57〕棄官却掃，教授鄉里，執經登堂者肩摩，人不稱其官，曰瀘溪先生。紹興初，……初，江西盜猖，公著論二篇，言招安之害，李丞相帥隆興，欲行其言，會罷去。（《全宋文》196/137）〔註58〕

此外，胡寅（1098～1156）曾爲王氏兩文作有題跋，內容亦詳載寫作背景。文

《梁溪集》《四庫》本之失，詳見〔宋〕李綱著，王瑞明點校：《李綱全集》（長沙：岳麓書社，2004年5月），冊上〈點校說明〉頁2～3。〈迂論序〉則見是書，卷一三七，冊下頁1315～1316。

〔註55〕 李綱對《易》頗有研究，「綱有著《易傳》內篇十卷、外篇十二卷」。詳見《宋史·李綱下》，卷三五九，冊32頁11273。

〔註56〕〈著《迂論》有感〉詩云：「身窮言乃彰，貽範有前哲。周文拘羑里，《易》、〈象〉乃成列。仲尼道不行，褒貶代賞罰。屈原困椒蘭，澤畔采薇蕨。〈離騷〉體〈風〉〈雅〉，光可爭日月。虞卿罷趙相，梁魏頗屑屑。世亦傳《春秋》，端爲窮愁設。……會有知我人，玩味爲擊節。安知千載後，觀樂無季札。」詩長，不全徵引。詳見《李綱全集》，卷十九，冊上頁253。

〔註57〕 王庭珪生於元豐三年（1080），徽宗宣和年間（1119～1125）之末，應至少有四十歲。胡銓謂王氏「時年未四十」，應爲偶誤。另，周必大在其〈左承奉郎直敷文閣主管台州崇道觀王公庭珪行狀〉（《全宋文》232/205）中，亦謂「宣和末，公年未五十」。由周說亦可得見。

〔註58〕 胡銓文集未見今人精校本。據《別集敘錄》，《胡澹菴先生文集》有「六卷本」、「三十二卷本」兩種版本傳世，然而「無論六卷本、三十二卷本《澹菴集》，皆非原帙，且兩本文字頗有出入。胡氏佚文散見於《歷代名臣奏議》、《永樂大典》等書中者尚多，已輯入《全宋文》。」由是觀之，各本應以《全宋文》本爲最佳。今從之。

云：

> 王民瞻嘗以〈盜賊論〉獻江西大帥李相公，盡得盜賊根柢蹊遂，大
> 帥欲用其言，而以宮祠去矣，時紹興七年也。〔註59〕

王庭珪生於江西廬陵，退居地「瀘溪」即在其鄉邑。〔註60〕據墓誌銘所言，
王氏於宣和末年即已退居，之後亦未再出仕。〈盜賊論〉兩篇，即作於退居時
期。此外，正如胡寅題跋所言，若結合李綱任江南西路安撫使兼知洪州的時
間，〔註61〕兩篇應作於紹興七年（1137）前後。

李彌遜（1089～1153）〈議古〉諸篇寫作背景，見於樓鑰（1137～1213）
為李氏文集《筠溪集》所作之序文中。〈筠溪集序〉云：

> 竟請祠以歸。隱福之連江西山凡十六年，不復有仕宦意。哦詩自娛，
> 筆力愈偉。居閒憂世，著〈議古〉數十篇，雖泛論古事，而皆關於
> 當世利病，深切著明，有范太史《唐鑑》之遺風。乃心王室，惜乎
> 用之之不盡也。（《全宋文》264/109）

除此之外，《筠谿集》所附之〈筠谿李公家傳〉，亦能幫助吾人理解。其文云：

> （紹興）九年春，公凡再上疏懇歸田里，以徽猷閣直學士知筠州，
> 改知漳州。……十年請祠，歸隱連江西山，榜其別業曰：「筠莊」，
> 自號「筠谿真隱」。……公去國十五年，不通時宰，不請磨勘，不乞
> 任子，不序對爵，終其身焉。二十三年二月三日，公終於寓居蕭先
> 寺。〔註62〕

由樓鑰〈筠溪集序〉，可知李彌遜〈議古〉諸篇的寫作時間，當在其隱居連江
西山十餘年間。另由「有范太史《唐鑑》之遺風」的讚美，更可知諸篇「以
古鑑今」的內容與特色，當屬本文所論之史論。而由〈筠谿李公家傳〉，則得
以了解李氏退居事蹟。李彌遜於紹興九年即退居漳州，十年請祠，隱居連江

〔註59〕 胡寅此則題跋未見於其文集與《全宋文》，本文轉引自《中華大典》工作委員
　　　　會、《中華大典》編纂委員會：《中華大典·文學典·宋遼金元文學分典》（南
　　　　京：江蘇古籍出版社，1999年9月），冊2頁280。
〔註60〕 據周必大所撰王庭珪行狀，《全宋文》232/205。
〔註61〕 李綱於紹興六年四月到洪州任，八年正月還次長樂。詳見趙效宣：《宋李天紀先
　　　　生綱年譜》（臺北：臺灣商務印書館股份有限公司，1980年6月），頁189～218。
〔註62〕 詳見〔宋〕李彌遜：《筠谿集》（臺北：臺灣商務印書館股份有限公司，1983，
　　　　《四庫全書》本），附〈筠谿李公家傳〉，頁8上～9下。另要說明的是，李彌
　　　　遜文集《四庫全書》本作《筠谿集》，而非《筠溪集》。本文徵引《四庫全書》
　　　　本時，皆作「谿」。

西山。最終於二十三年過世。〈議古〉諸作，即當作於李氏紹興九年至二十三年間的退居時期。〔註63〕

劉子翬（1101～1147）〈維民論〉三篇的寫作時間，未見有如前論諸家的直接記載，而必須由其生平事蹟與作品內容間接推知。關於劉子翬之生平，當以朱熹（1130～1200）〈屏山先生劉公墓表〉記之最詳。其文云：

> 先生少負奇才，未冠遊太學，聲譽出等夷。以父任補承務郎，辟眞
> 定幕府。旋屬禍亂，忠顯公薨京師。先生痛憤家國非常之變，執喪
> 過禮，哭墓三年。服除，通判興化軍事。秩滿，以最聞，詔還蒞故
> 官。先生始以哀毀致贏疾，至是自以不復堪吏責，遂丏閒局，主管
> 武夷山冲佑觀以歸。世家屏山下潭溪之上，有園林水石之勝，於是
> 俯仰其間，盡棄人間事。……如是者蓋十有七年，……以紹興十七
> 年十有二月丙申卒。〔註64〕

而由〈維民論〉三篇觀之，其內容皆爲南渡以後事，並專論如何減輕人民賦稅，而未曾一語言及與金和議事。職是之故，本文確信三篇作於南渡後劉子翬退居屏山時期，並推測應作於宋金和議之前較爲可能。

2. 南渡初期退居作家有別於北宋晚期處

以上四位退居作者所撰寫之政論與史論，想必因爲時空背景、個人識見、寫作習性等等的差異，使作品之側重點與呈現樣貌因而有所不同。例如：王庭珪特別重視所在地盜賊問題，劉子翬則重視經濟議題，李綱、李彌遜則創作出篇幅眾多之系列作品。而需特別指出的，是眾人在退居時仍心繫時事，並積極撰寫政論與史論，試圖在當世乃至於後世，發揮其影響力。這是前述諸人異中有同之處，也與北宋晚期作者不盡相同。

最能呈現前述差異的，是兩篇系列作品之序文。蘇轍爲〈歷代論〉45篇作有〈歷代論引〉，李綱爲〈迁論〉72篇則作有〈迁論序〉。兩人又同時爲北宋晚期、南渡初期諸作者中，最爲重要的一位。本文以此兩人序文爲例，應能突顯北宋晚期與南渡初期之差異。兩篇序文已部分徵引於前，爲方便比較

〔註63〕紹興九年至二十三年爲李彌遜退居時期，應即爲家傳中所載「去國十五年」。
樓鑰序文卻謂李氏「隱福之連江西山凡十六年」，未詳何故。雖李氏〈議古〉
寫作時間，僅有三年屬於本文所謂的「南渡初期」。爲求「全」起見，本文仍
不忍割愛，將之視爲研究對象，並於徵引舉證時斟酌運用。

〔註64〕〔宋〕朱熹著，郭齊、尹波點校：《朱熹集》（成都：四川教育出版社，1997
年5月初版2刷），冊8頁4586～4587。

起見，再度引用如下。蘇轍〈歷代論引〉曰：

> 元符庚辰，蒙恩歸自嶺南，卜居穎川。身世相忘，俯仰六年，洗然
> 無所用心，復自放圖史之間。偶有所感，時復論著。

李綱〈迂論序〉曰：

> 其意以謂身既廢放，不得展盡底蘊以濟國家之急，姑以智慮所及載
> 之空言，以俟後之君子，亦不爲無補。……余之論固迂矣，安知後
> 世無拙如我者，有取于其說，而反不以爲非乎？

此處所徵引，皆是作者於序文中自道寫作用意的部分。兩兩對照後，可以很
明顯體察兩位作家創作心態之極大差異。蘇轍創作〈歷代論〉，似乎只是「自
放圖史之間」的讀書筆記。而李綱的〈迂論〉，則是在其「身既廢放」之際，
依舊欲「濟國家之急」的具體作爲。李綱於序文中甚而兩度強調，自己當時
看來似「迂」的偉構宏圖，有待後世知音者，此舉更是將其熱切濟世之心表
露無遺。

　　不僅僅是李綱，其他作家亦然。言及王庭珪，胡寅謂之：「嘗以〈盜賊論〉
獻江西大帥李相公，盡得盜賊根柢蹊遂」。王氏退居鄉邑，卻仍向李綱進獻治
盜良策。最後雖未實行，卻是濟世熱情化爲具體行動的最佳例證。言及李彌
遜，樓鑰謂之：「居閒憂世」，又說：「著〈議古〉數十篇，雖泛論古事，而皆
關於當世利病，深切著明，有范太史《唐鑑》之遺風。乃心王室，惜乎用之
之不盡也。」〈議古〉應爲李氏「憂世」之心行諸筆墨而來。言及劉子翬，雖
無任何隻字片語記載其退居時濟世憂世心境，但由三篇專論民生經濟問題的
〈維民論〉，似已見一般。要之，李綱等前論南渡初期諸作家，不論是藉夫子
自道，或是他人爲之揭開心曲，皆強調雖然退居，卻未曾忘懷人事甚至極欲
濟世之心境。

　　最後，要補充說明的是，北宋晚期遷謫退居之政論與史論作家，並非就
全然忘懷人事，自放山水之間。於出處進退間，士人未能受到重用時，其出
仕進取之心常以「伏流」之姿，隱藏於作品字裡行間。〔註65〕北宋晚期遷謫
退居之作家，諸如蘇轍、唐庚等人亦不例外。只是相較之下，南渡初期退居

〔註65〕筆者曾探討蘇軾嶺南時期文學作品，認爲在眾多表現處隱情志的作品中，
　　　　潛藏著出仕精神之伏流。筆者雖專論蘇軾，然此「處顯出隱」狀態，似亦
　　　　見於其他士人，而成爲普遍的文化現象。詳參拙作：《出處死生——蘇軾貶
　　　　謫嶺南文學作品主題研究》（成都：巴蜀書社，2006 年 8 月），頁 109。

作家表現其濟世之心，就顯得直接熱切許多，確乎超過「伏流」姿態，而成
爲其退居時期重要的心境。

（三）上言者：胡安國父子、李綱、張浚、王庶、程敦厚

以上論及南渡初期政論與史論作家身分，可見應舉者與退居者兩種。這
是在北宋中晚期皆能得見的。除此之外，筆者發現另一種身分——「上言者」，
則未見於前兩期，可稱爲本期所僅見之特殊現象。以下分別論述諸家。

1. 胡安國、胡寅、胡宏

胡安國（1074～1138）曾上〈時政論〉諸篇言事，關於其寫作背景，則
以其子胡寅（1099～1157）的記載最爲翔實可信。胡寅〈先公行狀〉云：

> 紹興元年十二月，除中書舍人兼侍講，公辭，因致書參政秦檜曰：
> 「……」朝廷不許公辭，又遣使至所居，公遂行，以〈時政論〉先
> 獻之。……（筆者案：〈時政論〉諸篇內容）其言覆甚詳，此其大略
> 也。論既入，上即命再遣使促召。未至，復除給事中。
>
> 二年七月，入對於臨安行在所，上曰：「聞卿大名，渴於相見，何爲
> 累召不至？」公再拜辭謝，進曰：「臣聞保國必先定計，定計必先定
> 都，建都擇地必先設險，設險分土必先遵制，制國以守，必先恤民。
> 夫國之有斯民，猶人之有元氣，不可不恤也。除亂賊，選縣令，輕
> 賦斂，更弊法，省官吏，皆恤民之事也。而行此有道，必先立政，
> 立政有經，必先核實，核實者，是非毀譽各不亂眞，此致理之大要
> 也。是非核而後賞罰當，賞罰當而後號令行。人心順從，惟上所命，
> 以守則固，以戰則勝，以攻則服，天下定矣。然致此者，顧人主志
> 尚何如耳。尚志，所以立本也。正心，所以決事也。養氣，所以制
> 敵也。宏度，所以用人也。寬隱，所以明德也。具此五者，帝王之
> 能事備矣。乞以核實，而上十有六篇，付宰臣參酌施行。」上勞問
> 甚渥，公退而就職。〔註66〕

據胡寅所言，〈時政論〉諸篇作於紹興元年至二年間，當時胡安國勉予同意
受秦檜推薦，擔任中書舍人。胡氏先以〈時政論〉進獻，後卻又不應詔。直
到二年七月，才入對面聖。而此時的進言，則大體概括並連貫〈時政論〉諸

〔註66〕詳見〔宋〕胡寅著，容肇祖點校：《崇正辯‧斐然集》（北京：中華書局，1993
年12月），冊下頁534～550。

篇要旨，可視爲系列作品之序文。進言中論及定計、建都、設險、制國、恤民、立政、核實、尚志、正心、養氣、宏度、寬隱諸項，實即爲〈時政論〉諸篇之目。由胡寅的記載可以明確地得知，胡安國曾於任新職前上言〈時政論〉諸篇。

有趣的是，胡安國應詔就任新職所作之〈時政論〉，在當時似乎於其父子間引起不小的波瀾。更有甚者，此波瀾且延續了數年時間。胡寅曾作有〈中興十事家君被召命子姪分述所見〉一文。〔註67〕胡寅此文文題，明白呈現其寫作時間、作品內容，以及最重要的，一個家庭會議的場景。

胡安國與胡宏（1105～1161）父子及家屬，於建炎三年（1129）初冬，避居於湖南碧泉。而建炎四年（1130）四月，胡寅亦從朝中歸來。胡安國父子三人於是團聚。〔註68〕胡寅於紹興二年五月，除知永州。〔註69〕胡宏則終身不仕，始終優游於衡山之下。〔註70〕由此可見當胡安國於紹興元年末接獲詔命時，三人皆避居碧泉而尚未分離。胡安國命述其所見之子姪，亦即前文所言的家庭會議成員，就應包括胡寅、胡宏兩人。

這次家庭會議，除了催生胡安國〈時政論〉諸篇、胡寅〈中興十事家君被召命子姪分述所見〉外，胡宏亦有作品傳世。其〈中興業〉諸篇，當應作於此時。可惜的是，翻檢與胡宏相關的諸多資料後，不論於作者本人或後人言論，實難發現關於〈中興業〉諸篇確切寫作時間的記載，筆者僅能由一條細微的線索推測之。〈中興業・知人〉云：

> 主上即位，雖當艱難之時，然泝天下，今五年矣。〔註71〕

由此句可知，該篇應作於高宗即位後五年，亦即紹興元年前後。而其餘諸篇，由論述內容觀之，實亦與紹興元年時局吻合。如〈中興業・定計〉對於定都與設險防衛的主張，即與其父胡安國〈時政論・建都〉相近。〔註72〕因此本文認爲，胡宏〈中興業〉諸篇應作於紹興元年前後。

〔註67〕《崇正辯・斐然集》，冊下頁644。

〔註68〕關於胡安國父子三人建炎三、四年間事蹟的綜合論述，可參王立新：「航湖入湘，定居碧泉」，《開創時期的湖湘學派》（長沙：岳麓書社，2003年4月），頁9～12。

〔註69〕《宋史・胡寅傳》，卷四三五，冊37頁12920。

〔註70〕王立新：「優游於衡山之下」，《胡宏》（臺北：東大圖書公司，1996年2月），頁8。

〔註71〕〔宋〕胡宏著，吳仁華點校：《胡宏集》（北京：中華書局，1987年6月），頁214。

〔註72〕詳參本文第四章第三節。

　　紹興元年以後，胡安國〈時政論〉對子姪持續發揮影響。紹興二年五月，胡寅曾作有〈應詔言十事疏〉，應爲此次家庭會議討論內容的具體呈現。〔註73〕直到紹興五年，胡安國仍與胡寅言及〈時政論〉。《繫年要錄》「紹興五年二月丁亥」條云：

> 安國聞詔問舊宰執攻戰等四事，以書遺其子起居郎寅曰：「此詔問舊宰執，即是國論未定，正要博謀。若贊得國是，其績不小。汝勉思之。吾有〈時政論〉二十篇，雖未詳，大綱舉矣。諸葛復生，不能易此也。」〔註74〕

文中「詔問舊宰執」與「國論未定，正要博謀」，即是紹興五年正月，高宗從趙鼎之請，於對金戰事大儀鎮大捷後，下詔前宰執論攻戰、備禦、措置、綏懷等事。當時受詔言事的舊宰執有十九人之多，是由趙鼎倡議的一次重要求言詔令。〔註75〕求言對象雖未及胡寅，但胡安國亦命之把握機會。深切期許之情，由是得見。由引文末胡安國語，亦頗能見出對〈時政論〉的自負。〈時政論〉諸篇在胡安國父子間所引起的效應與波瀾，可說既深且遠。

　　要言之，胡安國因此次應詔任職，創作〈時政論〉諸篇以上言。胡寅、胡宏受到引發而也作有政論，雖未見以之上言，也一並附論於此。

2. 李　綱

　　李綱之政論作品，除見於退居時期所作〈迂論〉中，尚有〈中興至言〉十篇以上言。相當可惜的是，目前我們僅能見及序文，十篇內容皆已亡佚。序中明言寫作背景，李綱〈中興至言序〉云：

> （高宗）臨御以來，迄今十年。……昨者被奉詔旨，條具邊防利害，雖竭愚慮以塞清問，猶未能盡其區區所欲言者。夙夜精思，至忘寢食。謹以己見撰成〈中興至言〉十篇，輒敢繕寫投進，以塵乙夜之覽。……〈明本要篇〉第一……〈修政事篇〉第二……〈治軍旅篇〉第三……〈理財賦篇〉第四……〈審形勢篇〉第五……〈備器用篇〉第六……〈察機權篇〉第七……〈尚謀策篇〉第八……〈議恢復篇〉第九……〈議奉迎篇〉第十……昔賈山作〈至言〉，借秦爲喻，以感

〔註73〕是文未見於《崇正辯‧斐然集》。據李文澤考證，胡寅曾於紹興二年五月應詔上論十事疏。詳見《全宋文》189/233。
〔註74〕《繫年要錄》卷八五，頁 1396
〔註75〕南渡之後，朝廷頻繁地詔群臣言事。相關的研究詳參本文第二章第二節。

悟文帝，班固稱其言正而善指事意。今臣此書，持論不敢太高，惟
務可行；立議不敢激訐，惟務當理。引古以證今，自下以及上，竊
自比爲賈山，故以〈中興至言〉命篇。〔註76〕

文謂高宗即位已十年，又謂「被奉詔旨，條具邊防利害」，可知〈中興至言〉
數篇，乃應前論紹興五年正月下詔求言事而作。當時李綱名列十九位受詔對
象之中。由序文來看，〈中興至言〉諸篇應是其對於昔日之進言有所補充，並
再度「繕寫投進」的上言作品。具體寫作時間雖未見李綱詳記，但由其對「未
能盡言」惶惶不安的自白看來，應作於紹興五年正月下詔後不久。要之，我
們可以確信，〈中興至言〉系列政論，乃李綱所上言的作品。可惜的是，今人
僅能由〈中興至言序〉中，遙想其十篇的完整規模，以及條析南渡初期紛亂
國事的深思熟慮。〔註77〕

3. 張　浚

張浚（1097～1164）曾作〈中興備覽〉四十一篇政論。其〈中興備覽序〉
云：

左宣奉大夫、守尚書右僕射、同中書門下平章事、兼知樞密院事、
都督諸路軍馬臣張浚上進。臣恭被聖訓，令臣以所見聞，置冊來上，
用備乙夜觀覽。顧惟遭逢之盛，無愧古人，謹齋戒沐浴，條列大綱，
百拜以進，目之曰〈中興備覽〉第一。〔註78〕

僅由序文即可知，〈中興備覽〉諸篇應是張浚任相時用以上言的作品。《繫年
要錄》將張浚此次上言，繫於紹興五年十月庚戌日。〔註79〕張浚甫於同年二
月除尚書右僕射，與趙鼎同登相位。六月，以招安爲主要方式，平定盤據洞
庭湖多時的巨寇楊么。隨後，則會諸大將論防秋之計。解決宋廷心頭大患外，
又成爲諸軍事力量的領袖，張浚聲望可謂如日中天，高宗即在此時將之召回

〔註76〕《李綱文集》，卷一三九，冊下頁1330～1331。
〔註77〕李綱〈中興至言序〉尚能見出其「比興寄託」的寫作手法，詳參本文第六章
　　　　第三節的討論。
〔註78〕張浚文集已佚。據《全宋文》張浚作者小傳（《全宋文》187/294），今僅見《中
　　　　興備覽》三卷傳世，有《涉聞梓舊》本。作者小傳謂傳世諸本不足觀，故今
　　　　從《全宋文》所錄，見《全宋文》188/102。另，作者小傳謂《中興備覽》所
　　　　收爲「奏議四十一篇」，然編輯時卻將之置於「論說類」的位置，兩者頗有矛
　　　　盾。本文仍將之視爲論說類作品。
〔註79〕《繫年要錄》卷九四，頁1555。

行在。〔註 80〕更深入了解張浚〈中興備覽〉的創作背景後，可知何以高宗對之如此重視，令其上言見聞，「用以備乙夜觀覽」。

4. 王　庶

王庶（？～1142）曾作〈定傾論〉十八篇政論，其寫作背景明載於《繫年要錄》之中。該書「紹興六年三月乙未」條云：

> 左通議大夫提舉江州太平觀王庶知鄂州。初，庶召還未見，先獻論十六篇論時事。其〈論先計後籌〉略曰……〈論先計後籌〉略曰……〈論賞罰〉曰……〈論行法令〉曰……〈論虛實用度〉曰……〈論敵人強弱〉曰……〈論擇相〉曰……〈論戰守〉曰……〈論政事本末〉曰……〈論兵〉曰……〈論形勢〉曰……。〔註 81〕

由《繫年要錄》記載可知，王庶於除知鄂州之前，曾獻數篇政論。文後所節錄之十一篇作品，即爲今存十八篇〈定傾論〉的部分內容。由是觀之，《繫年要錄》此條所記，確乎爲王庶上言〈定傾論〉之始末。至於現存作品篇數與記載篇數上，有著「十六」與「十八」的不相稱，則或爲偶誤的緣故。〔註 82〕

5. 程敦厚

程敦厚（生卒年不詳）曾作有政論〈經國十論〉。要了解其寫作背景，我們依舊必須在《繫年要錄》中尋求線索。該書「紹興六年八月乙丑」條之後，亦即該卷最末云：

> 左宣教郎遂寧府府學教授程敦厚應詔上書，且獻所注〈經世十論〉。曰：〈畏天〉、〈恤民〉、〈量敵〉、〈覈實〉、〈正俗〉、〈練兵〉、〈生財〉、〈專任〉、〈廣聽〉、〈審慮〉。大略言：「敵勢方堅，吾寧未復於兩河，而不忍輕用於民力。願汰冗兵，節浮費。」又言：「宰相有好功之志，非社稷之福，願陛下加意審慮。寧拙而遲，無速而悔。」又〈上趙鼎書〉言：「今日之事，戰未必爲是，而和未必爲非。要不可令敵執其權，而反以制我。」鼎極稱之。張浚曰：「姑試而用未晚也。」乃

〔註 80〕 張浚任相、平盜、上言等事蹟，詳見楊萬里〈張魏公傳〉（《全宋文》240/5～7）另，張浚平定洞庭湖亂事，日人寺地遵稱之爲「的確是劃時代的大事」。詳參氏著，劉靜貞、李今芸譯：《南宋初期政治史研究》（臺北：稻禾出版社，1995年7月），頁 111。

〔註 81〕《繫年要錄》卷九九，頁 1633。

〔註 82〕《繫年要錄》偶誤之說，乃參考《全宋文》校勘記而來。詳見《全宋文》184/343。

除通判彭州。敦厚，之元孫也。

李心傳於夾注中，特別說明所以將此則置於是卷最末的用意。其文云：

敦厚上書，以文集行狀修入，而不得其時。按今年六月下詔求言，八月張浚始自行府還朝。且附此月末，當考。〔註83〕

由《繫年要錄》正文中，得見出〈經國十論〉之梗概。只可惜，現今僅有〈量敵〉、〈正俗〉、〈練兵〉、〈生財〉四篇傳世。更重要的是，《繫年要錄》所徵引的段落，已如實呈現程氏批評時相趙鼎、張浚，反對積極對金用兵的主張。而夾注所言，則是李心傳推斷程氏〈經國十論〉與〈上趙鼎書〉寫作時間的過程。關於李氏推斷，有幾點需要說明。

首先，李心傳修撰《繫年要錄》時，似尚可見程敦厚之文集與行狀。藉由這些資料（其中應以行狀較為重要），李氏得以為〈經國十論〉作品繫年。然而，程氏之《金華文集》早已亡佚。〈經國十論〉傳世的四篇作品，散見於《國朝二百家名賢文粹》中。〔註84〕程氏之行狀，不幸亦已亡佚。再者，李氏認為，程氏將應詔上書與〈經國十論〉合並進獻。這即涉及程氏所應何詔的問題。李氏指出，程氏所應當為紹興六年六月，趙鼎「請下詔求言」之詔令。〔註85〕故諸文當作於六月以後。再次，據李氏所記，張浚對程氏所進言論頗為認同，有「姑試」之建議。紹興六年八月，張浚由討伐偽楚劉豫的戰事還歸行在，〔註86〕方得見到程氏進言。基於以上原因，李氏將程氏〈經國十論〉置於紹興六年八月最末，並詳加說明寫作背景與繫年依據，以備後人詳考。藉此，今人方能得知程氏〈經國十論〉實為上言之作。

以上諸家皆曾以政論進獻高宗，吾人視之為南渡初期作者身分之重要特色，並謂之為「上言者」。儘管如此，前論諸作者進獻言論時的身分，卻仍舊各有不同，不宜簡單地混為一談。職是之故，在以「上言者」概括其同後，仍需明辨其同中有異之處，以求作到更加細緻的討論。茲據諸人應詔上言之相關事蹟，製簡表如下：

〔註83〕正文與夾注，皆見於《繫年要錄》，卷一○四，頁 1703～1704。
〔註84〕〈正俗〉見於卷三六，〈練兵〉、〈生財〉見於卷三七，〈量敵〉見於卷三八。詳見是書。
〔註85〕紹興六年六月戊申，趙鼎曾經「請下詔求言」，高宗稱「甚善」。見《繫年要錄》卷一○二，頁 1668。
〔註86〕張浚討伐劉豫事，見楊萬里〈張魏公傳〉（《全宋文》240/7）。

作　者	當時身分	政論篇名	寫作時間	下詔事由、寫作背景
胡安國	居湖南碧泉。除中書舍人兼侍講，辭之。	〈時政論〉十二篇	紹興元年至二年間	朝廷不許胡氏辭，又遣使至所居。胡氏遂行，以〈時政論〉先獻之。
李綱	居福建長樂，提舉西京崇福宮	〈中興至言〉（亡佚，僅存序文）	紹興五年四月	同年正月九日，高宗下詔求言
張浚	尚書右僕射同中書門下平章事	〈中興備覽〉四十餘篇	紹興五年十一月	張浚平湖寇，高宗召對便殿
王庶	左通議大夫提舉江州太平觀	〈定傾論〉十八篇	紹興六年	王庶召還未見，先獻論十六篇論時事。
程敦厚	居遂寧，左宣教郎、遂寧府府學教授	〈經國十論〉（今存四篇）	紹興六年八月	同年六月，趙鼎請下詔求言

藉由此表的統整，實較能精簡地呈現前文所述，諸家創作政論時生平經歷之梗概。比較後可知，諸作家雖皆以政論進獻，可統括為「上言者」，但其身分背景卻仍有相當大的差異。若以政治地位高低而言，諸作家中以張浚為最高，時任尚書右僕射同中書門下平章事，即當時宰相。其餘諸家，程敦厚則任地方府學教授，李綱、王庶兩人皆提舉宮觀。胡安國父子與其家屬，則避亂於湖南碧泉。李、王、程、胡四人於創作政論時的政治地位，似皆不高。雖然存在如此差異，但諸人除程敦厚因生平資料較為欠缺而無從稽考外，其餘胡、李、王三人，其實皆頗受朝廷的重視。

首先，胡安國於宣和末年至紹興之初，曾多次辭謝朝廷除官詔令。在紹興元年十二月，辭謝中書舍人兼侍講的詔令，並進獻〈時政論〉多篇之前，胡安國就曾於宣和末年、靖康元年、建炎元年、建炎三年，辭退朝廷諸多任命。〔註87〕在國家危難之際，胡安國受到如此禮遇，可想見朝廷對之相當倚重。再者，論及李綱，其在建炎元年短暫任相後遭罷，隨後四處流徙，足跡曾至鄂州、澧州、邵武軍、潭州、長樂等地，甚至也曾渡海至萬安軍，可說踏遍半個南宋。〔註88〕直到紹興五年正月，趙鼎請詔十九位前宰執言事。歸居福建長樂的李綱兩度上言，其中即包括有〈中興至言〉十篇。朝廷以「攻戰之利、備禦之宜、措置之方、綏遠之略」四事求言，凡此皆是當時軍國大

〔註87〕 胡安國生平事蹟，以前引胡寅〈先公行狀〉記之最詳。另可參王立新的研究，見氏著《開創時期的湖湘學派》，頁6～15。

〔註88〕 李綱於罷相後事蹟，詳參《宋李天紀先生綱年譜》，頁102～182。

事。〔註89〕看來李綱等人雖非時相，卻似又重新得到重視。在同年十月，李綱即除江西路安撫制置大使兼知洪州。最後，論及王庶，其於紹興五年間，曾知南宋邊境重鎮興元府、利夔路制置使，最後卻遭彈劾落職。所幸隔年，再除湖北安撫使、知鄂州，並得以陛見高宗。〔註90〕王庶〈定傾論〉十餘篇，即進獻於應詔之前。

由是觀之，本文所論之「上言者」，在渠等創作之際，仍存在著政治地位高低的差異。儘管如此，胡安國、李綱、王庶諸家，雖未如張浚位居宰相，卻也皆在重新得到重視之際，進獻政論。仔細區分諸上言者之政治地位後，讓人對其政論作品，能對政治局勢產生多少實質作用不無疑問。然而，政論之「效果」，是否隨著官位、政治影響力、受重視程度等等因素，而有所高下不同？這似乎是史學考察的範疇，本文就無法詳論了。

誠如前章所論，建炎元年至紹興十一年的南渡初期，宋廷正處風雨飄搖、危急存亡之秋。不論是真為了廣納諫言也好，或只是為了收攏人心也罷，高宗確實以各種理由下詔求言，此期的次數相較於其他時間要多出許多。而由現存作品可知，下詔求言確實推動了政論寫作。但不可否認的是，人們應詔上言時所選擇的文體，應仍以「奏議體」為主，諸如奏、議、狀、箚子、封事等等。較往常頻繁的下詔求言，所直接刺激的應是奏議體文章的寫作。儘管如此，我們卻也可以發現為應詔上言所創作的政論。在尋求促進南渡初期政論與史論寫作之動力時，朝廷頻繁的下詔求言，應仍可視為間接促進政論寫作的因素。

關於上言者的討論，最後要補充關於「布衣上書」的問題。觀察前論上言作家，或者位居要津（案：張浚），又或者只是閒職小官（案：李綱、王庶、程敦厚），都有官職在身。除了這些官員上言之外，南渡初期尚存在著較頻繁的「布衣上書」現象。有關宋代布衣上書的問題，學者楊宇勛論之甚詳。楊

〔註89〕《繫年要錄》「紹興五年正月己酉」條載曰：「宰相趙鼎奏：『敵騎遁歸，皆自陛下聖畫素定，然善後之計，當出群策。願詔前宰執各條具所見來上，斷自聖意，擇而用之。』上曰：『朝廷能採眾論，則慮無不盡。雖芻蕘之言，儻有可采，猶當用之。況前宰執嘗在朕左右，必知朝廷事。』沈與求曰：『國有大議，就問老臣，乃祖宗故事。』於是賜呂頤浩、朱勝非、李綱、范宗尹、汪伯彥、秦檜、張守、王綯、葉夢得、李邴、盧益、王孝迪、宇文粹中韓肖胄、張澂、徐俯、路允迪、富直柔、翟汝文等詔書。訪以攻戰之利、備禦之宜、措置之方、綏遠之略，令悉條上焉。」詳見是書卷八四，頁1374。

〔註90〕王庶紹興五、六年間事蹟，詳見本傳。《宋史》卷三七二，頁11547。

氏作有詳盡表格，呈現宋代布衣上書全貌。在分析表格時，楊氏指出：

> 以時間而論，北宋二十七起，南宋二十九起；高宗朝最多，計有十
> 一起；孝宗朝次之，計有七起。〔註91〕

其實，若再觀察高宗朝十一起布衣上書事件，則不難發現其中有七起發生在紹
興十一年和議之前，亦即本文所謂的南渡初期。〔註92〕結合學者的研究，可見
南渡初期上言上書情形，較之於宋代其他時期是更加頻繁的。不論是官員或布
衣，在南渡初期皆屢屢上書言事，奏議、論說等作品自然隨之蓬勃發展。

（四）其他：蘇籀、綦崇禮

以上，筆者理出南渡初期政論與史論作家的三種主要身分。少數不屬於
前述諸項者，附論於斯。

蘇籀（1091～？）曾作有〈雜著〉八篇，今人幸能見其全貌。關於其寫
作時間，舒大剛考之甚詳，認爲當作於紹興七年九月之後，隔年三月之前。
〔註93〕另據舒氏所編〈蘇籀年譜〉，紹興三年至七年間，蘇籀於京師任大宗
正丞。〔註94〕據《宋史‧職官志》載，大宗正丞隸屬於「宗正寺」，「中興後，……
以文臣充，掌糾合宗室而檢防訓飭之。」〔註95〕若僅就蘇籀當時職掌觀之，
似無需撰寫〈雜著〉這類政論。吾人雖可知〈雜著〉寫作時間，但若論及蘇
籀寫作的眞正動機、背景，尚未能詳考。

綦崇禮（1083～1142）曾作有多篇「進故事」，諸作皆旨在以古鑒今，可
謂之史論。這些作品作於綦氏任侍讀官時，是爲高宗講讀經史時所用的講義。
寫作、進獻「故事」，是經筵制度中侍讀官的重要職責。〔註96〕《四朝名臣言
行錄‧別集下》記載：

> 紹興二年，復爲吏侍權直院，丐他局移兵侍進直院，俄除翰學兼侍

〔註91〕 楊宇勛：〈宋代的布衣上書〉，《成大歷史學報》27號，2003年6月，頁48。
〔註92〕 詳參楊氏〈宋代的布衣上書〉「附表」，頁45～46。序號27至32的布衣上書
事件，共計七起。
〔註93〕 詳參舒大剛：〈蘇籀與《雙溪集》〉，《三蘇後代研究》（成都：巴蜀書社，1995
年12月），頁142～144。另，舒氏明言〈雜著〉之寫作時間上限，而至於下
限，則是筆者由舒氏論述脈絡自行推斷而來。特此說明之。
〔註94〕 舒大剛：〈蘇籀年譜〉，《三蘇後代研究》，頁313～319。
〔註95〕 《宋史‧職官四》，卷一六四，冊12頁3888。
〔註96〕 筆者所見關於經筵制度的研究，以朱瑞熙爲代表。氏著：〈宋朝經筵制度〉，《壃
城集》（上海：華東師範大學出版社，2001年8月），頁267～309。關於「進
故事」，可參該文「五、經筵講讀的內容和『講義』、『故事』等教材的編寫」。

　　　讀兼史館修撰。引疾在告，丐去不允。〔註97〕

由此可見，諸篇當作於紹興二年以後。綦氏任侍讀官時所作的講義與故事，
受到相當的好評。楊萬里〈北海先生文集序〉云：

　　　記覽極其博，亂章極其麗，而正君定國，扶世立教，根於自然。其
　　　進言也曰畏天，曰愛民，曰法祖宗，曰務學，曰從諫，曰進賢退不
　　　肖。其說經也，探聖賢之本指，別訓詁之是非，取正而舍奇，尚通
　　　而惡鑿，以今準古，據舊鑒新，皆正心修身，齊家治國平天下之要。
　　　〔註98〕

由楊萬里對綦氏「進言」、「說經」的贊許，特別是「以今準古，據舊鑒新」
看來，其所作進故事諸篇確乎為史論。〔註99〕

　　　綜上所論，南渡初期政論與史論作家之身分，實與北宋中晚期有著顯著
的不同。首先，南渡初期增加了「上言者」。此類新的作家身分，未見於北宋
中晚期，且成為當時之重要作者。再者，與北宋中晚期相同，南渡初期亦見
應舉者與退居者。不同的是，兩者皆有別於前期，而有獨特的表現。如南渡
初期退居者展現出熱切積極的濟世精神，即是顯例。要之，不論是全新或舊
有的身分，南渡初期政論與史論作家都呈現著與以往不同的樣貌。

二、作者間的交遊關係

　　　前節論及北宋晚期作家，諸人或有幸親炙，或私淑甚久，在文學創作上皆
與蘇軾、蘇門或深或淺有些淵源。這是在文學史上「歷時」的聯繫。然而，在
幾經檢視後，筆者卻很難尋獲這些作家之間較為密切的互動關係。幾乎未見作
者們彼此酬贈、唱和的作品傳世，亦未見後人追記諸人交遊的記錄。易言之，
北宋晚期作家雖然與前期有歷時的聯繫，但其與處於同樣時空的其他作家，似
乎就缺少「共時」的聯繫。然而在這個現象上，南渡初期作家卻與之恰恰相反，
兩者形成鮮明的對比。以下分別論述，南渡初期作家幾個緊密的交遊關係。

〔註97〕〔宋〕李幼武撰：《四朝名臣言行錄》（北京：北京圖書館出版社，2006，《宋
　　　　代傳記資料叢刊》影印清道光元年洪氏續學堂刻本），卷七，頁6上。
〔註98〕〔宋〕楊萬里著，辛更儒箋校：《楊萬里集箋校》（北京：中華書局，2007年
　　　　9月），冊10頁5308。
〔註99〕南渡初期，尚可見其他寫作〈進故事〉傳世的侍講官，如廖剛、劉一止、程
　　　　俱、張綱、胡寅、衛博、胡銓等人。本文於第五、六章僅徵引綦崇禮作品為
　　　　例，故於此處亦僅以之作為代表，餘不詳論。

（一）胡銓、王庭珪、李彌遜

南渡初期的胡銓、王庭珪、李彌遜三人，彼此之間有許多交遊事蹟。其中最爲重要的事件，當屬胡銓於紹興十二年（1142）獲貶新州一事。紹興和議之後，秦檜爲了整肅政敵，製造多次文字獄，成爲比和議、殺岳影響更爲深遠的政治作爲。〔註100〕據統計，紹興九年（1139）至二十五年（1155）秦檜由重登相位到病死期間，竟有四十餘起文字獄或言語之禍，可以想見當時政壇、文壇的緊張氛圍。〔註101〕胡銓所以獲貶新州，即因秦檜羅織罪名所致。而王庭珪與李彌遜，則是在此次事件中給予胡銓支持的重要人物。前人對此事件的記載頗多，楊萬里所撰〈宋故資政殿學士朝議大夫致仕廬陵郡開國侯食邑一千五百戶食實封一百戶賜紫金魚袋贈通議大夫胡公行狀〉（筆者案：以下簡稱〈胡銓行狀〉）應較具代表性。〔註102〕其文曰：

> （案：紹興）七年十一月，宰相秦檜決策暨金人平。王倫誘致虜使，以偽詔來，責禮異甚，中外洶洶。公獨奏封事，其略曰：「……孫近附會檜議，遂得參知政事。檜曰虜可講和，近亦曰可和，檜曰天子當拜，近亦曰當拜。嗚呼，參贊大政，充位如此，有如虜騎長驅，能折衝禦侮耶？臣謂檜、近亦可斬也。」……十二年，御史中丞羅汝楫彈公，以奉議郎除名，謫新州。同郡王庭珪以詩贈行，有「癡兒不了公家事，男子要爲天下奇」之句，爲歐陽識所告，王坐貶辰州。新州太守張棣告公訕上，再謫吉陽軍。〔註103〕

胡銓早在紹興八年（戊午，1138）時，即因〈戊午上高宗封事〉反對和議、乞斬秦檜事而獲貶。十二年則再度受到彈劾，遠貶新州（今廣東新興）。當眾人爲求自保，對胡銓及其事避之爲恐不及時，王庭珪卻以〈送胡邦衡之新州貶所〉詩二首贈行。殊料，王庭珪的義舉卻使自己同樣陷入文字獄的迫害，因而獲貶辰州（今湖南沅陵）。以下略舉王氏贈詩與胡氏和詩各一首，以明兩人情誼之篤。王氏贈詩曰：

〔註100〕黃寬重：〈秦檜與文字獄〉，《宋史叢論》（臺北：新文豐出版社，1993 年 10 月），頁 42～43。

〔註101〕統計資料詳見錢建狀：「南渡初文字獄情況分析」表，《南宋初期的文化重組與文學新變》（廈門：廈門大學出版社，2006 年 10 月），頁 186～190。

〔註102〕關於此事始末，今人引證諸多史料，論之甚詳。本文自不掠美，僅點到爲止。詳見沈松勤：《南宋文人與黨爭》（北京：人民出版社，2005 年 3 月），頁 409～410。

〔註103〕《楊萬里集箋校》，冊 8 頁 4498～4500。

大廈元非一木支，欲將獨力拄傾危。癡兒不了公家事，男子要爲天
下奇。當日姦諛皆膽落，平生忠義只心知。端能飽喫新州飯，在處
江山足護持。（《全宋詩》25/16794）

胡氏作有〈和王民瞻送行詩〉，詩曰：

士氣從來弱不支，逢時言行欲俱危。不因湖外三年謫，安得江南一
段奇。非我獨清緣世濁，此心誰識只天知。萬牛回首須公起，大廈
將顛要力持。（《全宋詩》34/21587～21588）

王氏詩末以「努力加餐飯」方能「護持江山」勸勉胡氏，胡氏詩末則以「力
持大廈」的豪情回應王詩。在面對遷謫惡運時，王、胡兩人以詩唱和，似乎
未見半點自怨自艾的悲傷情緒，反而滿是肩負國家興亡，誓言東山再起的壯
志。紹興二十六年（1156），秦檜卒後胡銓得以量移衡州。王庭珪於胡銓北歸
時，亦作有〈胡邦衡北歸先寄詩二首次韻迎之〉（《全宋詩》25/16821）。胡銓
於王氏身後，更爲之作〈盧溪先生文集序〉（《全宋文》195/269～271）、〈監簿
敷文王公墓誌銘〉（《全宋文》196/136）。兩人情誼既深且篤，由這些往來唱和
的詩文亦可見一斑。

　　關於胡、王兩人，今人論之已詳。然而，在胡銓獲貶新州時，除了王庭
珪之外，尚有其他人給予支持。其中之一，即是本文所論的李彌遜。〔註104〕
李彌遜襄助胡銓獲貶事蹟，見於〈筠谿李公家傳〉。其文曰：

初，胡忠簡之貶也，人雖高其節，皆憚權臣，莫敢與通。公獨至其
家，爲之經紀其行，且書十事以贈。其言曰：「有天命有君命，不擇
地而安之。」曰：「唯君子困而不失其所亨。」曰：「名節之士，猶
未及道，更宜進步。」曰：「境界違順，當以初心對治。」曰：「子
厚居柳，築愚溪；東坡居惠，築鶴觀。若將終身焉。」曰：「無我方
能作爲大事。」曰：「天將任之，必大有所摧抑。」曰：「建立功名
非知道者不能。」曰：「太剛恐易折，須養以渾厚。」曰：「學必明
心，記問辨說皆餘事。」〔註105〕

胡銓起程前，李彌遜與王庭珪同樣以言相贈。與王氏情溢紙面的贈詩相較，

〔註104〕詞人張元幹（1091～約1175）於胡銓被貶時，亦曾作〈賀新郎・送胡邦衡謫
　　　　新州〉詞送行。然張氏未有政論與史論作品傳世，無法列入本文討論對象之
　　　　中。張元幹該詞作與相關事蹟，見胡奇光：《中國文禍史》（上海：上海人民
　　　　出版社，2006年10月），頁69。
〔註105〕《筠谿集》附〈筠谿李公家傳〉，頁10上～下。

李氏所贈之「十事」，則多了面面俱到的叮嚀。其實早在紹興五年，胡銓即曾為李彌遜撰寫〈二友堂記〉（《全宋文》195/358）一文。李彌遜時知吉州，在成功治理當地饑荒難題後，建有「二友堂」告慰百姓，並以之自號「松竹主人」。堂名所謂的「二友」，指的即是松與竹。胡銓先謂松竹其德至剛，曰：「蓋不虐不慾可以言剛，惟剛乃能行仁。公獨有取松竹焉者，非以其德全於剛耶！」最後，再藉之謂李彌遜曰：「豈惟無愧二友，實丘壑夔龍之友。」對於李氏，胡銓可說是推崇有加。

　　以上所論作品，主要是由於胡銓獲貶新州事所創作的，包括王庭珪、李彌遜的諸多贈別詩文。此外，亦兼及諸作者間其他時期的文字交往活動。由是觀之，諸人交往的時間頗長，並非僅在紹興十二年而已。此外更重要的是，胡銓因忤秦檜、反和議事遭貶，王、李兩人於此時給予友誼上、實質上的支持。事後，兩人雙雙亦遭貶斥。王庭珪因贈詩坐貶辰州（今湖南沅陵），已見於前引胡銓行狀。關於李彌遜，則亦可見〈筠谿李公家傳〉。其文曰：

> （筆者案：紹興十二年）十一月，言者論在宰執則趙鼎、王庶，在侍從則曾開、李某。是四人者同心併力，或因求對，或緣上章，必欲力沮和議，於是公與曾公開并落職。公處之裕如，初無幾微忿懟之意。〔註106〕

文謂落職原因在於諸人「力沮和議」。然就李彌遜而言，此事在胡銓獲貶前後，當與之亦脫離不了關係。胡銓因〈戊午上高宗封事〉乞斬秦檜、反對和議後，屢遭貶斥。而王庭珪、李彌遜則因以詩文聲援之，亦慘遭落職。由是觀之，胡銓、王庭珪、李彌遜三人交遊關係所以形成，「反和議」實為重要因素，亦是諸人的共同理念。

（二）胡銓、張浚

　　胡銓在獲謫命時，有前述王庭珪、李彌遜兩人的友情支持。而於謫居期間，則與張浚之過從甚密。楊萬里〈胡銓行狀〉曰：

> 二十六年，檜卒，公量移衡州。三十一年正月，公與忠獻公（筆者案：張浚）偕命自便。時忠獻謫零陵，公自衡造焉，館於讀易堂。忠獻從容謂公曰：「秦太師顓柄二十年，成就邦衡一人耳。」
> 〔註107〕

〔註106〕《筠谿集》附〈筠谿李公家傳〉，頁9上。
〔註107〕《楊萬里集箋校》，冊8頁4501。

由楊萬里的記載可知，紹興二十六年秦檜卒後，胡、張兩人曾有比較密切的來往。更重要的是，由張浚對胡銓的稱許觀之，兩人貶謫多年之後，亦不改反和議、反秦檜之初衷。關於胡張交遊，楊萬里尚有〈跋張魏公答忠簡胡公書十二紙〉。其文云：

> 此十二帖紙，皆紫巖先生魏國忠獻張公答澹庵先生忠簡胡公手書也。紹興季年，紫巖謫居於永，澹庵謫居於衡，二先生皆六十矣。此書還往，無一語不相勉以天人之學，無一念不相憂以國家之患也。〔註108〕

相當可惜的是，此則題跋中張浚寫給胡銓的十二封書信，今日似皆未能得見。對於胡張兩人於謫居時期，相濡以沫，相勉相憂的堅定情誼，後人也只能由楊萬里跋文中略知一二了。

雖然前述十二封書信早已亡佚，所幸胡銓寫給張浚者得以保存下來。今日可見者有九篇，關於這些作品，周必大〈跋張德遠與胡邦衡帖〉論道：

> 右張忠獻公與胡忠簡公帖。或在廟堂，或居邊謫，或罹憂患，無不勸人以學，潛心於天，所謂造次顛沛必於是者。今忠簡公家集亦有與忠獻九帖往往相應。（《全宋文》231/32）

今讀胡銓此九篇書信，確如周必大所言。然本文未能遍舉，僅舉其一，以概其餘。胡銓〈與張丞相小簡六〉云：

> 某頌繫屏居，日與學生泳、澥、浹讀《禮記》、《春秋》，間有一二生執經相從，亦不敢倦。幼年讀梅直講「老與諸生開反切」之句，竊笑其窮如此，今自不免，相聞之亦粲然也。（《全宋文》195/177）

胡銓於書信中，自述謫居講學、讀書生活。更以梅堯臣〈送杜挺之郎中知虔州〉詩中「老與諸生開反切」句自嘲，自己的晚年生活，恰恰淪落於年少時所最不屑一顧的窮困情景。胡銓欲以此自嘲詩文，博得張浚千里一笑。兩人真摯情誼，由此不難得見。

（三）李彌遜、李綱

李彌遜與李綱定交的時間，應早在宋室南渡以前。李綱〈次韻李似之秋居雜詠十首〉之引文曰：

> 予素有高世之志，家梁谿上，田園足以給伏臘，泉石足以供吟哦，

〔註108〕《楊萬里集箋校》，冊7頁3820。

歸自謫所，藉此就閒。而巨寇方起，干戈相鄰，聞諸弟奉親挈族旅
泊淮甸，田園、泉石皆未可保，慨然感懷，過金陵邂逅李似之，出
〈秋居雜詠〉十篇，因次韻和之。攄情言志，不必以秋爲興也。(《全
宋詩》27/17632)

宣和二、三年（1120～1121）間，李綱由謫居地沙縣（今福建沙縣）北歸，曾
途經金陵（今江蘇南京）。由引文對次韻組詩寫作背景的記載，可知李綱應於
是時與李彌遜結識。[註109] 與此同時，李綱尚作有〈同李似之遊蔣山〉（《全
宋詩》27/17628）、〈次韻奉酬李似之見贈〉（《全宋詩》27/17628）等作品。可
見在兵興以前，兩人於金陵一帶有過密切的來往。此後，兩人的詩文往來沈
寂好一段時間。李綱一直要到紹興三年，方才作有〈送李似之舍人歸連江舊
隱二首〉（《全宋詩》27/17796）傳世。反觀李彌遜，其贈予李綱詩作傳世者似
乎不多，翻檢後僅見〈次韻李丞相送行二首〉（《全宋詩》30/19296）與〈次韻
李伯紀丞相遊賢沙鳳池之作二首〉（《全宋詩》30/19292）而已。除上述詩作外，
二李亦有數首唱和詞作傳世。如李彌遜作有〈水調歌頭・橫山閣對月〉（《全
宋詞》2/1049），李綱則和有〈水調歌頭・和李似之橫山對月〉（《全宋詞》2/903）。

李綱與李彌遜兩人唱和之詩詞作品，經過以上的粗略統計，約有近三十
首，實可謂豐富。這些作品所呈現的，多爲遊覽、閒居、歸隱等生活內容爲
主。本文以二李之唱和詩爲例說明。李綱〈送李似之舍人歸連江舊隱二首〉
之一曰：

羨君卜築粵江濱，去作林間適意人。環揖溪山供勝賞，剩栽桃李占
芳春。養生有主身長健，與物無心道轉親。一曲鑑湖歸賀老，可能
分半乞比鄰。(《全宋詩》27/17796)

李彌遜作有〈次韻李丞相送行二首〉相和，其一曰：

三年袖手臥江濱，著眼終成出世人。筆下風雲作時雨，胸中丘壑作
陽春。買山塵外曾相見，瀹酒愁邊情更親。惜取風騷等閒句，他時
密膝詠臣鄰。(《全宋詩》30/19296)

由這組唱和詩觀之，特別是兩首詩的最後兩句，相互邀約比鄰隱居，明顯呈
現兩人對歸隱生活的期望。前論紹興十二年胡銓獲貶時，胡銓與王庭珪的離
別唱和詩充滿著壯志豪情。此處所論作品，爲李綱送李彌遜歸隱詩及和詩，
離別情境與前論大不相同，內容自然不同。儘管如此，吾人卻也未能見到其

[註109] 另可參《宋李天紀先生綱年譜》，頁33～41。

餘二李酬贈詩詞作品中，比較明顯地呈現出與「中興」、「反和議」有關的內容。這點應與作品創作時間有關。誠如前述，李綱於宣和年間，留下較多與李彌遜唱和之作，此刻兩人作品自然不會涉及「反和議」等問題。而在其他未能考知寫作時間的詩詞中，則亦未能得見。

二李在「反和議」上的聯繫，未見於酬唱詩詞中，但可以在李彌遜為李綱所寫的祭文中發現。李彌遜〈祭李伯紀丞相文〉曰：

> 建炎龍飛，公位冢臣，誅鋤逆徒，王道以尊。視彼寇讎，弗與共戴，
> 義在必報，一置成敗。嗚呼公乎！有國有君，以身衛之；有社有民，
> 以身任之；有兵有戎，以身令之。姦回憸佞，退而抑之；忠鯁端毅
> 之士，則爬羅剔抉，進而激之。（《全宋文》180/376）

悼祭文字雖不免淪為歌功頌德之作，前引此段亦恐遭如此質疑。但李彌遜特別著重、稱美李綱於「建炎龍飛」時的表現，則應具深意。李綱於建炎初年短暫任相時的各種作為，如上奏〈十議〉，薦宗澤知開封府，主張高宗應巡幸襄、鄧，以示不忘恢復中原之意。〔註110〕凡是，皆是主張積極抗金的具體行動。李彌遜特別標舉之，並大力頌揚，確乎是因與李綱有同樣的理念所致。

（四）胡安國、胡寅、胡宏、劉子翬

胡安國、胡寅、胡宏父子三人同屬湖湘學派的重要學者，其緊密聯繫無須贅述。在「反和議」主張上的聯繫，又有前論胡寅的〈中興十事家君被召令子姪輩分述所見〉為明證。在血緣、學術、政治主張各方面，皆可見其間關係密不可分。此處要詳論者，則為與胡氏父子三人皆有交往的劉子翬。

三人中與劉子翬過從最密者，當非胡寅莫屬。兩人留下為數眾多的唱和詩詞。本文僅試舉諸例如下：胡寅作有〈春日幽居示仲固彥沖十絕〉（《全宋詩》33/20998），劉子翬則和有〈次韻明仲幽居春來十首〉（《全宋詩》34/21454）。劉子翬作有〈感白髮〉（《全宋詩》34/21380）、〈胡明仲潭溪三日飲〉（《全宋詩》34/21385），胡寅則和有〈和劉彥沖白髮〉（《全宋詩》33/20939）、〈和彥沖三日飲〉（《全宋詩》33/20939）。兩人的唱和詞，則僅見劉子翬〈滿庭芳·和明仲木犀花詞〉（《全宋詞》2/1241）傳世，胡寅原作似已亡佚。由前舉諸例與其他未能言及者看來，兩人往來可說密切頻繁。亦誠如這些作品題名所示，胡劉兩人的唱和詩詞內容，多數是日常生活、游覽之作。雖然如此，我們在少數作品中，

〔註110〕《宋李天紀先生綱年譜》，頁89～102。

仍然可見兩人在「反和議」主張上的互動。如胡寅〈遊將軍岩〉詩曰：

> 初識後亭山，一賞北岩秀。更聞將軍隱，飛策過雲岫。何爲英烈姿，
> 石壁寄門竇。得非馬力竭，依險聊自救。無乃棄長弓，一念希不漏。
> 餘情尚慳滯，嗔客來徑篠。唏雲翳凡木，涕雨滑酸鵞。以君智慧鎧，
> 與我忠信胄。才刃及詩鋒，勝客雜前後。懸崖雖仡仡，有進寂寞闘。
> 山靈方恫悔，斂迹祈恕宥。坐令蒙蔽景，倏變清明晝。前峯霄漢近，
> 蟲蟲駭猱狖。絕澗雲練明，宛宛出篆籀。奇觀固難值，況復有清酎。
> 不須待重九，菊蕊已堪糅。（《全宋詩》33/20943）

綜觀全詩，實以寫景記遊爲主要內容，最末「奇觀固難值，況復有清酎」句，
應是記錄了遊賞將軍岩奇景之後，同遊諸人小酌一番作爲結束的適意。劉子
翬是當時同遊者之一，作有和詩〈次韻明仲遊將軍巖〉，其詩曰：

> 樂哉今日游，結友盡英秀。山靈欣客來，閣雨開雲岫。步屣出煙嵐，
> 聲呼答岩竇。輕生快險奇，一墜那復捄。崇林翳地幽，長湍瀉天漏。
> 精廬記舊經，密徑迷新篠。將軍隱高寒，古井餘荒鵞。自注：巖有
> 將軍井。當年百戰疲，蟻蛭生戎胄。心存巢許間，功豈韓彭後。慨
> 然望中原，毒手方交闘。曷不生斯辰，天驕過難宥。妖氛六合昏，
> 長夜何時晝。尊周感獲麟，懷楚歌啼狖。世變莽難如，如瞽窺篆籀。
> 置之勿重論，大白引醇酎。幽禽靜一聞，寒芳晚三嗅。方虛接勝懷，
> 日轂轉何驟。山南山北奇，腳力倦尋究。良游易蹉跎，澹境難宿留。
> 詩囊歸倒懸，瓊琚羨君富。（《全宋詩》34/21375）

劉氏和詩同樣不乏對遊覽奇景的描繪，由「山靈欣客來」至「古井餘荒鵞」皆
是。最末幾句，則亦以眾人飲酒作結。而除此之外，其他部分卻有著與胡詩較
不相同的內容。和詩描述了外族入侵，中原戰爭不斷，六合因此宛如長夜。並
渴望大將再世，天地方得重見光明。劉詩內容很重要的一部分，無疑是將恢復、
中興，乃至於「反和議」的主張，傾注到此次遊賞紀行的和詩中。「置之勿重論」，
除了將全詩轉入眾人小酌作結外，更富涵無力回天的感傷。由是觀之，和詩已
不是單純的遊賞之作。而在此時此刻寄託感傷，劉氏必然認定能在胡寅與其他
同遊者中得到回響。這也能說明「反和議」，應是劉胡兩人的共識。

　　劉子翬除了與胡寅交情甚篤外，亦對其父安國有無限的景仰之情。只是
就目前所見，劉子翬僅在胡安國過世後，才有相關作品傳世。劉氏〈觀胡文
定公手墨因求別本〉（《全宋詩》34/21389）中，因見胡安國墨跡而想見其爲人，

首句即稱美曰：「溫溫文定公，至道夙所欽。」而在〈胡文定公挽詩三首〉（《全宋詩》34/21437）中，除了同樣表達景仰外，更自注曰：「丙辰（筆者案：紹興六年 1136）歲蒙公勉勵，賜以手書。」留下了胡安國與劉子翬交遊的珍貴記錄。

劉子翬尚與另一胡氏家族成員過從匪淺，即胡安國從子胡憲（1086～1162）。胡憲曾從胡安國學，亦是湖湘學派的重要成員。〔註111〕劉子翬作有〈送原仲之荊南〉詩（《全宋詩》34/21402）為胡憲送行，胡憲則在劉氏過世後，作有〈屏山文集序〉（《全宋文》176/179）及〈祭劉子翬文〉（《全宋文》176/182）。除此之外，朱熹於〈屏山先生劉（子翬）公墓表〉〔註112〕中曾自道幼時庭訓，其父朱松謂務必向胡憲、劉子翬、劉勉之等三人問學。墓表中亦對三人「道義交」的情誼著墨不少。由這些記載，可見劉子翬與胡憲兩人關係甚深。

（五）其他個別的交遊關係

以上所論四組人物之間，並非阻隔著一道道無形的高牆，使得作者們僅與其同組的人物互動。易言之，除了前論較為密切的交遊關係外，四組人物之間亦是有所往來，廣泛地互相交遊的。胡銓、李彌遜同時屬於兩組交遊關係，即是顯例。其他如王庭珪曾作〈送向宣卿往衡山兼寄胡（安國）康侯侍講〉（《全宋詩》25/16734），胡安國則曾嘆賞王庭珪解《易》之精深。〔註113〕劉子翬曾作〈和李（彌遜）似之秉燭觀梅詩〉（《全宋詩》34/21382）、〈李（綱）丞相挽詩三首〉（《全宋詩》34/21439）。李綱與張浚起初雖有不合，但之後卻也盡棄前嫌，留下多篇往來書信。〔註114〕胡安國於曾作〈叢實論〉，為李綱遭貶抱不平。〔註115〕這些例子都能證明，四組作者間仍有交遊關係。本文所以突顯的以上四組，實因由現存作品與後人記載觀之，渠等確實並非「泛泛之交」，其間的情誼似乎更加堅定、深刻。

〔註111〕胡憲何時從胡安國學的問題，王立新有過一番討論。王氏認為應從林之奇的說法，「胡憲受學胡安國的時間是離開太學之後」。詳見氏著：《開創時期的湖湘學派》，頁194。

〔註112〕《朱熹集》，冊8頁4585。

〔註113〕〔宋〕李幼武：《四朝名臣言行錄》，卷六四，頁5上。

〔註114〕李淑芳曾論李綱與張浚的交遊，詳參氏著：〈李綱之生平、交遊、著述〉，「李綱詩詞研究」（高雄：國立高雄師範大學國文研究所碩士論文，1994年6月），頁20～21。其他李綱交遊網絡的研究，則可參王兆鵬：《宋南渡詞人羣體研究》（臺北：文津出版社，1992年3月），頁17～21。

〔註115〕《繫年要錄》卷四六，頁837。

綜上所論，南渡初期政論與史論作家呈現著較爲緊密的交遊關係。在作者們的酬唱作品之中，以生活、遊賞、隱居、悼念等內容爲大宗。作者們在政論與史論暢談的反對和議、恢復中興等主張，於這些酬唱之作雖偶有見及，但分量實在不多。然而，這些看似日常瑣事、無關宏旨的交遊唱和，卻必須要奠基在作者間共同的政治立場之上。少了這層基礎，彼此自然話不投機，甚至成爲針鋒相對的政敵。如此一來，自然很難留下交遊作品。而對本文所論諸家而言，這層基礎即是反對和議，主張恢復中興的政治理念。相同的政治理念，又支持著彼此之間的友誼。這兩層關係，應爲互相依傍，互爲表裡的。

三、作者的師承與淵源關係

前節論及北宋晚期政論與史論作家，多與蘇軾、蘇門有些淵源。那麼南渡初期作者們，在學術或文學的師承與淵源，又呈現何種樣貌？以下分別論述之。

（一）私淑二程

胡安國、胡寅、胡宏父子三人，被後人視爲湖湘學派，其學術思想淵源於二程。這方面的研究已相當豐富，本文實無需再蛇足。僅以《宋元學案・武夷學案》序錄中的話說明，其文曰：

> 祖望謹案：私淑洛學而大成者，胡文定公其人也。……南渡昌明洛
> 學之功，文定幾侔于龜山，蓋晦翁、南軒、東萊皆其再傳也。〔註116〕

由全祖望的論斷，胡安國學術淵源於二程洛學明矣。而其子胡寅、胡宏二人，則自幼從其父學，成爲開展湖湘學派的重要學者。要之，胡氏父子三人可說與二程洛學有深厚淵源。

（二）學習二蘇

除了私淑二程之外，南渡初期作家亦有學習二蘇者。學習蘇軾者，王庭珪是很好的例子。楊萬里對於王庭珪少年求學經過，有一段相當鮮活的記載。〈杉溪集後序〉曰：

> 自王公（筆者案：即王庭珪）游太學，劉公（筆者案：即劉才邵）
> 繼至，獨犯大禁，挾六一、坡、谷之書以入，晝則度藏，夜則繙閱。
> 每伺同舍生息燭酣寢，必起坐吹燈，縱觀三書。逮暇，或哦詩句，

〔註116〕〔清〕黃宗羲原著、全祖望補修，陳金生、梁運華點校：《宋元學案・武夷學案》（北京：中華書局，1986 年 12 月），卷三四，頁 1170～1171。

　　或續古文，每一篇出，流布輦轂，膾炙薦紳，紙價為高。〔註117〕
劉才卲有《樅溪居士集》傳世。〔註118〕楊氏後序主要由元祐學術的興盛與傳
續，為劉才卲撰寫序文。由文中可見王庭珪、劉才卲於崇寧時期入太學後，
甘犯大不韙，夜讀歐、蘇、黃之書的情形。胡銓所撰王庭珪墓誌銘與周必大
所撰之行狀，同樣言及此事。可以說明王、劉事蹟在南宋當時，已在文壇間
流傳而廣為人所知。〔註119〕這則記載除了說明王庭珪的創作學習對象外，也
經常被作為徽宗時期禁止元祐學術的最佳例證。〔註120〕

　　不僅僅在文學創作上學習蘇軾，在人格境界上王庭珪同樣以之為師。李
東〈跋王盧溪手簡〉曰：

　　　　彭君夢協於公為外孫，家藏有墨蹟，乃貶夜郎時往來書問，言語鄭
　　　　重，字畫端正，可以為法矣。至其自處，謂如東坡先生在黃州時，
　　　　又謂處此泰然，無毫髮可慮之事，則又知其所守之定，雖困沮無聊
　　　　而不變也。〔註121〕

李東所跋王氏手簡，為其因聲援胡銓而貶謫辰州（案：即文中的「夜郎」）時
之家書。由此不難見出王庭珪於出處進退之際，亦以蘇軾為師。

　　李彌遜是另外一位學習蘇軾的作家。關於這方面的記載，其夫子自道之
語應最有代表性。其〈跋筠溪圖後〉曰：

　　　　李子倦游，歸自秣陵，至連江，曰：「吾祖之舊隱也。」遂家焉。……
　　　　富如可求，執鞭為之；如不可求，從吾所好。柳子厚依愚溪，東坡
　　　　依觀，皆將終身焉。予何人也，請從其後。（《全宋文》180/275）

此則題跋為李彌遜於紹興十年後歸隱連江的作品。文中表達對柳、蘇兩人雖
然謫居，卻依舊自在適意的精神境界，有著無比的嚮往，進而願意「從其後」。
其實，李氏不只一次流露出同樣的崇敬之情。前論李氏於紹興十二年胡銓貶
謫新州時，曾贈以「十事」勸勉之。其中之一即包括：「子厚居柳，築愚溪；

─────────────

〔註117〕《楊萬里集箋校》，冊6頁3351。
〔註118〕《四庫全書》所收為《樅溪居士集》，《楊萬里集箋校》則作《杉溪集》。
〔註119〕胡銓：〈監簿敷文王公墓誌銘〉（《全宋文》196/136）周必大：〈左承奉郎真敷
　　　　文閣主管台州崇道觀王公廷珪行狀〉（《全宋文》232/204）由於楊萬里的記載
　　　　最為詳盡，故以之為例說明。
〔註120〕北宋晚期政論與史論創作走向低谷，徽宗朝詩賦、史學等元祐學術的禁令是
　　　　導致此現象的主因。詳參本文第二章第二節的討論。
〔註121〕〔宋〕王庭珪：《盧溪文集》（臺北：臺灣商務印書館股份有限公司，1983年，
　　　　《四庫全書》本），附錄，頁14下。

東坡居惠，築鶴觀。若將終身焉。」若與蘇軾譎儋言論合觀，吾人當更能體察其深意。蘇軾於儋州時與友人程全父通信，曾謂僅攜陶潛、柳宗元兩人文集渡海，並視之爲「二友」。〔註122〕蘇軾將柳宗元與陶潛並觀，可見兩人同爲其譎居時的精神寄託。李彌遜承襲了蘇軾對柳宗元的重視，並兩度並稱柳、蘇，不僅以他們譎居時期的達觀超然自勉，亦以之勉人。

除了人生境界外，在文學創作上李彌遜亦以蘇軾爲師。《四庫提要‧筠溪樂府》曰：

> 其長調多學蘇軾，與柳、周纖穠別爲一派，而力稍不足以舉之，不及軾之操縱自如。〔註123〕

此則雖針對李氏詞作而言，並非本文所研究的政論與史論，且對之學蘇作長調多所批評。但卻也提供了李彌遜試圖在人生境界、文學創作等，多方面學習蘇軾的考察線索。

蘇籀應是南渡初期諸作家中，唯一有機會親炙二蘇者。蘇籀在《欒城遺言》夫子自道云：

> 籀年十有四，侍先祖穎昌，首尾九年，未嘗暫去侍側。〔註124〕

蘇轍由徽宗建中靖國元年至政和二年（1112）過世，期間皆於穎昌隱居。此時蘇轍諸子姪及其他家屬，皆居穎昌。以蘇轍爲首的蘇氏家族，可以說平靜地渡過這十餘年。蘇籀當時正值少年時期，從蘇轍學習《春秋》等經典，想必由此奠定了日後作文論政論史的基礎。〔註125〕

（三）其 他

關於其他作家師承的記載，似不多見。李綱父李夔與楊時友善，自己亦曾向之問學。〔註126〕論及范浚，朱熹曾作〈范浚小傳〉考察其生平事蹟，但對於師承方面，卻僅僅謂其「初不知從何學，其學甚正。」〔註127〕爲後人留

〔註122〕蘇軾〈與程全父十二首之十一〉：「流轉海外，如逃空谷，既無與晤語者，又書籍舉無有，惟陶淵明一集，柳子厚詩文數策，常置左右，目爲二友。」詳見《蘇軾文集》，冊4頁1627。

〔註123〕《四庫提要‧筠溪樂府》，卷一九八，冊下頁1812欄下。

〔註124〕〔宋〕蘇籀：《雙溪集》（臺北：華聯出版社，1965年，《粵雅堂叢書》本），遺言，頁9下。

〔註125〕關於蘇籀生平事蹟，舒大剛論之甚詳。詳參〈蘇籀與《雙溪集》〉，《三蘇後代研究》，頁136～139。

〔註126〕詳參《宋南渡詞人羣體研究》，頁21。

〔註127〕《朱熹集》，冊9頁5701。

下疑惑。至於劉子翬、王庶、胡銓、張浚等諸人，於所見之各種資料中，對其師承的記載皆付之闕如。

綜上所論，若由師承、淵源方面來看，目前可以考知的南渡初期政論與史論作家，在學術、政治上皆較傾向元祐黨人。

在探討南渡初期政論與史論作家的交遊與師承後，筆者所發現的幾個現象，實與同期詞人所呈現的樣貌相去不遠。王兆鵬的研究指出，「南渡詞人」在群體關係上，有著「仕同進退」、「學稟元祐」、「詩詞酬唱」三種互動關係。〔註128〕後兩者與本文所論，極爲相近。若將王氏「南渡詞人」與本文「南渡初期政論與史論作家」，兩者名單加以比對，可以發現僅僅只有李綱、李彌遜、胡銓三人重出。〔註129〕由此可見，不論從事長短句或文章創作的作家，在交遊與師承所表現的特徵上，頗有相似之處。這兩種特徵，是否即可視爲當時文壇的普遍現象，尚需要更廣泛的考察。

第三節　小結：兼論作者身分與政論、史論寫作的關聯性

第一節考察北宋中、晚期政論與史論作者創作身分後，發現兩期大體情況如下。北宋中期因創作鼎盛的緣故，作者身分相當多元。雖然如此，相較之下仍以應舉制科者的作品，不論在質或量上的表現都更爲突出。北宋晚期則因創作走向低潮的緣故，作者人數大幅減少。在爲數不多的作者中，卻呈現著與蘇門有淵源之遷謫與退居者的大致歸趨。

第二節考察南渡初期政論與史論作者身分後，發現此期除了應舉者、退居者等類型，更多了上言者。南渡初期，宋廷處在兵馬倥傯、危急存亡的時刻，高宗或爲積極奮起，或爲鞏固地位、拉攏人心，頻繁地下詔求言。此舉也促進政論創作，使得上言者成爲此期新的作家身分。而應舉者、退居者等舊有身分，也呈現出不同以往的時代特色。此外，本期作家與北宋晚期相近，

〔註128〕《宋南渡詞人群體研究》，頁17～26。
〔註129〕王兆鵬所謂的「南渡詞人」，包括：葉夢得、徐俯、李光、朱敦儒、李清照、呂本中、向子諲、李綱、趙鼎、李彌遜、陳與義、王以寧、張元幹、鄧肅、胡銓等十五人。本文所論的「南渡初期政論與史論作家」，則主要包括：胡安國、王庭珪、蔡崇禮、李綱、李彌遜、蘇籀、王庶、張浚、胡寅、范浚、劉子翬、程敦厚、胡銓、胡宏等十四人。其中李綱、李彌遜、胡銓三人重出。

大多學宗元祐黨人。但其間所呈現的緊密交遊關係，則又是前期所未得見的。

經過本章考察，筆者以南渡初期爲例，嘗試回答於本章伊始所提出的問題：作者身分與政論、史論創作，兩者間有什麼關聯性？

其一，就南渡初期作者身分而言。此期作者增加了「上言者」的身分。因爲胡安國父子等上言者的緣故，使得本期政論的創作量遠大過於史論。而實際上，幾位退居者也寫作不少政論。如王庭珪〈盜賊論〉兩篇、劉子翬〈維民論〉三篇，以及李綱〈迂論〉中部分篇章。職是之故，本期政論的數量較史論多得多。

其二，就南渡初期作家交遊而言。本文所論諸家彼此交遊頻繁緊密，且在政治立場上又有反對和議的共同傾向。交遊緊密與反對和議這兩層關係，應互相依傍、互爲因果。因反對和議題的共同政治立場，使得作者們交遊緊密；而交遊緊密的作者們，也能在政論、史論中表達出共同心聲。儘管在作者們交遊酬唱之作中，吾人少見直接關於反對和議的討論。

其三，就南渡初期作家師承與淵源而言。本文所能考知的諸家，不論學程、學蘇，多數學宗元祐黨人。若要論此現象如何左右諸家政論與史論創作，則尚待更多佐證。

最後，若要簡明扼要地概括政論與史論作者主要身分，由北宋中期至南渡初期的演變過程。筆者認爲，北宋中期至晚期，呈現由「應舉者」演變而爲「遷謫退居者」的趨勢。而到了南渡初期，則以「上言者」的表現最爲突出。

第四章　北宋中至南渡初期政論與史論主要議題演變現象
——以「對外關係」爲主的觀察

靖康之難，帶給宋室空前的災難，自不待言。而此一政治鉅變，其影響所及，除國計民生之外，學術、文化乃至於文學創作，亦爲之產生巨大改變。詩詞如此，散文中的政論與史論更是如此。南宋初期士大夫關心國事、參與政治，撰寫政論與史論是直接方式。其主要議題，無非是士大夫們念茲在茲者，並如實地呈現動盪時代中，各項宋廷所面對的棘手問題。而這樣的內容，自然是前兩期所未見，而具時代意義與特色的。

王夫之於《宋論》中，對於南宋內部政局、對外關係，有一簡要的研判，文云：

> 宋自南渡以後，所爭者和與戰耳。〔註1〕

誠如王夫之所言，對北方外族或和或戰的問題，確實在南宋政局引發相當多的爭論。關於南宋初期的政治局勢，今之歷史學界已有相當研究成果。日本學者寺地遵，曾歸納出南宋政權確立時所面對的五項政治課題。分別是：

1. 結束與金之間的戰爭狀態，並建立安定的相互關係。
2. 原有軍事力量全由皇帝統制，軍事權全歸皇帝掌控。
3. 諸政治勢力向繼承政權靠攏，並予以支持。

〔註1〕〔清〕王夫之：〈寧宗〉，《宋論》（北京：中華書局，2003年11月）卷十三，頁234。

4. 江南地域及南宋政權內部各種反亂的收拾、鎮壓。

5. 重整亂上加亂的統治機構，尤其是國家與鄉村紐帶關係的回復。〔註2〕

　　寺地遵同時認爲，前兩項的重要性，高過於其他三項。黃寬重則由「生存與發展」的角度，指出南宋立國以來兩個政治難題。其文云：

> 和戰與接納抗敵民眾這二個問題，又是南宋立國以來，關係政權「生存與發展」最主要的政治課題。〔註3〕

歷史學者爬梳史料後，總體概括南宋初期政治課題，對於研究此期政論與史論內容所關注的主要議題，產生很大的助益。以上兩家所論時間斷限，應與本文所論相去不遠。誠如本文首章對於研究時間的界定，所謂的「南渡初期」，乃指高宗即位至宋金簽定紹興和議，亦即建炎元年（1127）至紹興十一年（1141）之間。

　　前文所引王夫之、寺地遵與黃寬重的研究，皆不約而同的將和戰問題，視爲南宋政治最重要課題。由是觀之，古今中外學者對此有著高度共識。職是之故，本文考察南渡初期政論與史論的內容，當以和戰問題所代表的「對外關係」爲主要對象。

　　在縱的歷時發展上，爲了理清歷史脈絡，本文將北宋中晚期論「對外關係」的作品納入討論，作爲與南渡初期參照的對象。在橫的共時整體上，爲了通盤理解當時局勢，則將南渡初期論其他議題的作品納入討論。藉由縱、橫兩方向的探討，本文研究當能更加全面與深入。

　　最後，要補充說明的是，本章因研究對象的選擇，而所必然產生的侷限性。本章以政論與史論爲文本，探討其中所體現之以「對外關係」爲主的各種宋代歷史現象。若欲專門研究宋代對外關係，史學家所運用的文獻必然不僅僅限於政論與史論，反而是窮盡一切可能地「上窮碧落下黃泉」。但是，本文畢竟仍屬斷代分體散文史的研究，而非斷代對外關係史的研究。僅就政論與史論研究宋朝對外關係，是不得不然的結果。而這樣的研究，主要目的仍是在說明，政論與史論作品內容的演變現象。這在分體散文史上，應仍具有價值。而在史學研究上，亦或可聊備一說。

〔註2〕 詳參〔日〕寺地遵著，劉靜貞、李今芸譯：《南宋初期政治史研究》（臺北：稻禾出版社，1995年7月），頁23～24。
〔註3〕 詳參黃寬重：〈從和戰到南北人──南宋時代的政治難題〉，《史事、文獻與人物──宋史研究論文集》（臺北：東大圖書公司，2003年9月），頁3。

第一節　北宋中期論「對外關係」的政論與史論

　　誠如第二章所論，本文所謂的「北宋中期」，乃是由仁宗天聖年間（1023〜1031）開始，一直到哲宗紹聖年間（1094〜1097）。這段時間的宋廷與外族，維持了相當長一段較爲穩定、和平的關係。

　　首先，就宋遼關係而言。在景德二年（1005）簽定澶淵之盟後，一直到北宋末徽宗聯金滅遼，大舉進攻遼國之前，宋遼之間維持著長期的友好關係。於此和平期間，宋遼有「增幣交涉」、「宋遼夏三角交涉」、「畫界交涉」等重要交涉協議，所幸兩國最終都能達成協議，未曾大動干戈、兵戎相見。〔註4〕

　　再者，就宋夏關係而言。就緊接著宋遼之後，在景德三年（1006）宋夏亦簽定和約，或謂之「景德和約」。在此之後，於仁宗寶元、慶曆年間，宋夏發生了三次戰役。於熙豐年間，則有神宗與王安石所主導，對進取西夏的軍事行動。〔註5〕相較之下，宋夏邊境戰事似乎多於宋遼。

　　北宋中期的對外關係，及所衍生的國內問題，於此期之政論與史論中皆有忠實體現。以下據諸家作品寫作時間先後爲序，依次論述如下：

一、仁宗天聖至慶曆年間之政論：尹洙、張方平等作家作品

　　在先後與遼國、西夏國簽定和約後，宋朝對外關係維持穩定。直到仁宗寶元元年（1038）慶曆二年（1042）年間，宋夏間方發生「三川口之戰」、「好水川之戰」、「定川寨之戰」三次戰役。易言之，由景德二年至寶元元年的三十餘年裡，宋朝的邊境可說相當平靜。

　　而就在這段三十餘年和平時間的尾聲，天聖朝結束後不久，吾人可見對「對外關係」發表看法的政論。首先，本文以尹洙爲例說明。尹洙喜談兵事，在天下承平期間，即撰文發表對於西北邊事的看法。這點早已爲時人所注意。歐陽脩與韓琦，無疑是最爲重要的兩人。

　　歐陽脩爲尹洙所撰之〈尹師魯墓誌銘〉，於後世享有盛名。後人的諸多討論，集中於對尹洙「簡而有法」的評價上。本文所關心的，則是歐陽脩對尹

〔註4〕　陶晉生：《宋遼關係史研究》（臺北：聯經出版社，2002年7月初版5刷），頁23。陶晉生、黃寬重、劉靜貞：《宋史》（臺北：國立空中大學，2004年12月），頁131。

〔註5〕　游彪：《宋史——文治昌盛與武功弱勢》（臺北：三民書局股份有限公司，2009年1月），頁425〜427。

洙好論兵的記載。其文曰：

> 師魯當天下無事時獨喜論兵，爲〈叙燕〉、〈息戍〉二篇行於世。自
> 西兵起，凡五六歲，未嘗不在其間，故其論議益精密，而於西事尤
> 習其詳。〔註6〕

此篇墓誌撰於慶曆八年（1048），而韓琦於至和元年（1054）所撰之墓表中，
亦可見類似的記載，其文云：

> （尹洙）知河南府伊陽縣。時天下無事，政闕不講，以兵言者爲妄
> 人。公乃著〈叙燕〉、〈息戍〉等十數篇，以斥時弊，時人服其有經
> 世之才。（《全宋文》40/78）

兩段文字實有互相補足、強調之處，故皆徵引之。歐、韓兩人皆點出當時「天
下無事」，此實前論最佳佐證。而在此時論兵者已屬異數，韓琦更直言尹洙受
到「妄人」的譏評。由歐陽脩之說得知，尹洙對於西夏事獨具隻眼，導因於
其親身參與了寶元、慶曆間宋夏戰事。而由韓琦之說得知，〈叙燕〉、〈息戍〉
諸篇爲天聖八年（1030）至明道二年（1033）間尹洙知伊陽縣時所作。〔註7〕
兩段相同之處，很明顯的是雙雙指出〈叙燕〉、〈息戍〉在當時之重要性。

　　筆者進一步認爲，這兩篇名作又以〈息戍〉篇，最能體現三十年以來「天
下無事」的歷史時空。尹洙〈息戍〉曰：

> 國家割棄朔方，西師不出三十年，而亭徼千里，環重兵以戍之。雖
> 種落屢擾，即時輯定，然屯戍之費，亦已甚矣。

> 西戎爲寇，遠自周世，西漢先零，東漢燒當，晉氏、羌，唐禿發，
> 歷朝侵軼，爲國劇患。興師定律，皆有成功，而勞弊中國，東漢尤
> 甚，費用常以億計。孝安世，羌叛十四年，用二百四十億。永和末，
> 復經七年，用八十餘億。及段紀明，用裁五十四億，而剪滅殆盡。

> 今西北四帥涇原、邠甯、秦鳳、鄜延，戍卒十餘萬。一卒歲給，無
> 慮二萬，平騎卒與冗卒，較其中者總廩給之數，恩賞不在焉，以十
> 萬較之，歲用二十億。自靈武罷兵，計費六百餘億，方前世數倍矣。

〔註6〕　〔宋〕歐陽脩著，李逸安點校：《歐陽修全集》（北京：中華書局，2001 年 3
　　　　月），冊 2 頁 433。

〔註7〕　關於尹洙〈叙燕〉、〈息戍〉等政論寫作時間與背景，另參考祝尚書：《尹洙年
　　　　譜》（成都：四川大學出版社，2003 年 1 月，《宋人年譜叢刊》本），頁 783～
　　　　784。

　　平世屯戍，且猶若是，後雖有他警，不可一日輟去，是十萬眾，有
　　增而無損期也。國家厚利募商入粟，傾四方之貨，然無水漕之運，
　　所輓致亦不過被邊數郡爾。歲不常登，廩有常給，頃年亦嘗稍匱矣。
　　儻其乘我薦饑，我必濟師，饋餉當出於關中，則未戰而西邊已困，
　　可不慮哉？

　　爲今之什，莫若籍丁民爲兵，擬唐置府，頗損其數。……（《全宋文》
28/10）

全文旨在批評「屯戍之費，亦已甚矣」的重大問題。首段提出問題後，尹洙
仔細地比較，東漢與北宋兩朝在西北邊境上的花費。據其計算，於宋夏和議
後，每年西北邊境戍卒的花費約十億。三十年間，共計六百餘億。這個天文
數字，讀之令人不禁瞠目結舌。也正因爲尹洙這段有如國家帳簿式的計算，
吾人方知當時天下無事的代價竟然是如此驚人，時間又是如此的長久。爲了
解決此問題，故尹洙主張「息戍」，亦即結束邊境軍隊的屯戍，而師法唐代兵
制，改以兵農合一的府兵制代之。

　　除了尹洙之外，張方平之政論亦是很好的例子。景祐四年（1037）時，
宋朝西北兩邊境仍維持著和平局勢。張方平於此年準備應舉制科考試，依規
定需撰寫詞業進卷五十篇。〔註8〕張方平將此次進卷題名爲〈芻蕘論〉，內容
有〈政體論〉等十組政論。〈武備論〉爲其中一組，包括有三篇政論，包括：
〈民兵〉、〈任將〉、〈兵器〉等等。由是即可見〈武備論〉系列作品，實爲張
氏論兵專文，能體現其對當時軍事兵務的整體思考。〈武備論〉有長序一篇，
其論及宋朝當時局勢時說：

　　又況宅天下之大，而可以忘武備乎？故預備不虞，古之善政，不教
　　民戰，是爲棄之。……今我治朝丕迪皇道，海寰一統，神旗無指伐
　　之行，戎虜稱和齋鈇息，受成之命，化平治定，三紀於茲。是以衣
　　冠搢紳不道軍旅之事，貔貅士卒罔知戰陣之容，天下安於隆平，郡
　　國頗以無備。夫天生五材，民并用之，廢一不可，誰能去兵？故兵
　　可無用，不可無備，善師不戰，備之謂也。（《全宋文》38/95）

由此序文可知，儘管是天下隆平已「三紀於茲」，張方平仍極力主張武備。而

〔註8〕　關於張方平寫作〈芻蕘論〉十卷五十篇之時間與背景，依據王智勇：〈張方平
　　　　年譜〉，《宋代文化研究（第三輯）》（成都：四川大學出版社，1993年11月），
　　　　頁152～153。

文中「丕迪皇道……郡國頗以無備」云云，雖不無歌功頌德之嫌，卻也忠實記載當時天下無事的局勢。

此後，宋夏戰事發生，隨即牽動著政論的寫作。李覯爲應慶曆二年制舉，而作有〈富國策〉、〈強兵策〉、〈安民策〉諸篇。〔註9〕其中〈強兵策〉言及當時邊事，曾謂：「師興三歲，未獲振凱。雖天衷勤恤，而軍事惟煩。或以財賦，或以力征，元元無知，頗或愁愁，而西方尤甚矣。」〔註10〕由此線索可知，李覯〈強兵策〉諸篇，主要即爲當時宋夏交戰而作。

藉著尹洙與張方平諸篇作品，吾人能見宋金、宋夏分別達成協議後，十一世紀前三十餘年間，宋朝對外關係的和平與穩定。而宋夏戰爭展開，也隨即反應在李覯應試諸政論之中。

二、仁宗嘉祐至英宗治平年間之政論與史論：蘇洵、蘇軾等作家作品

日後，北宋更有所謂「百年無事」的安定局勢。而最爲人所熟知的篇章，莫過於王安石於神宗熙寧元年（1068）四月，應詔問對所上之〈本朝百年無事箚子〉。文中最突出的論點，在於「天下無事，過於百年，雖曰人事，亦天助也。」〔註11〕旨在提醒神宗，天下承平無事的現狀，實得自於「天助」，萬萬不可耽溺其中而不自知。

本文認爲，時間早於王氏〈本朝百年無事箚子〉，即有政論與史論已論及，國初以來「百年無事」穩定局面下所帶來的各種警訊，其中尤以怠惰苟且的不良風氣爲甚。而具體言及透露警訊之處，則又以「對外關係」爲大宗。文中所援引的歷史事件、人物，亦隨此兩大議題而來。茲分述如下。

北方邊釁雖平息已久，其實並未徹底解決。前段所言的苟安心理，三蘇父子對之十分憂心，並極力批評諫言，以求國家力圖振作。關於對外關係，蘇洵的主張集中見於至和元二年（1055）前後所作的〈審敵〉。〔註12〕蘇洵對

〔註9〕 李覯應制科的時間，詳參〔宋〕魏峙編，吳洪澤點校：《直講李先生年譜》（成都：四川大學出版社，2003年1月，《宋人年譜叢刊》本），冊2頁1338。

〔註10〕 〔宋〕李覯著，王國軒校點：《李覯集》（北京：中華書局，1981年），頁152。

〔註11〕 〔宋〕王安石：《王臨川全集》（臺北：世界書局，1988年10月），卷四一，頁242～243。

〔註12〕 蘇洵政論〈審敵〉、史論〈六國論〉之寫作時間繫年與寫作背景，詳參〔宋〕蘇洵著，曾棗莊、金成禮箋注：《嘉祐集箋注》（上海：上海古籍出版社，2001

北宋以歲幣賂敵換取和平的作法，感到相當不以為然。文中曾以西漢初七國之勢為喻，論當時夷狄之勢。蘇洵曰：

> 當今夷狄之勢，如漢七國之勢。昔者高祖急於滅項籍，故舉數千里之地以王諸將，項籍死，天下定，而諸將之地因遂不可削。……以及孝景之世，有謀臣曰鼂錯，始議削諸侯地以損其權。天下皆曰：諸侯必且反。錯曰：「固也。削亦反，不削亦反。削之則反疾而禍小，不削則反遲而禍大。吾懼其不及今反也。」……今日匈奴之強不減於七國，而天下之人又用當時之議，因循維持以至於今，方且以為無事。而愚以為天下之大計不如勿賂。勿賂則變疾而禍小，賂之則變遲而禍大。〔註13〕

蘇洵論邊患，主要是由國內「因循維持」心態展開批評，並強烈反對以歲幣賂夷狄。提出漢代七國之亂前，鼂錯「削之」的言論，實為自己「勿賂」的主張尋求理論依據。仔細觀察不難發現，鼂錯「削之則反疾而禍小，不削則反遲而禍大」、蘇洵「勿賂則變疾而禍小，賂之則變遲而禍大」，兩人所言幾乎如出一轍。除此之外，蘇洵於其名篇〈六國論〉中雖未明言，然該文實亦為力主宋廷勿賂夷狄的言論。文曰：

> 六國破滅，非兵不利，戰不善，弊在賂秦。賂秦而力虧，破滅之道也。
>
> 然則諸侯之地有限，暴秦之欲無厭，奉之彌繁，侵之愈急，故不戰而強弱勝負已判矣。
>
> 夫六國與秦皆諸侯，其勢弱於秦，而猶有可以不賂而勝之之勢。苟以天下之大，下而從六國破亡之故事，是又在六國下矣。〔註14〕

文首直指六國之失在「賂秦」，此已不禁令人聯想到北宋賂敵政策。文末則更是指桑罵槐，表面上未明指，但全然針對坐擁天下卻厚賂夷狄的北宋而發，毫不客氣地批評當朝「又在六國下矣。」歷來評論家，多數皆持此觀點。例如：明人何景明（1483～1521）曰：

> 老泉論六國賂秦，其實借論宋賂契丹之事，而卒以此亡，可謂深謀先見之識矣。〔註15〕

年4月初版2刷），頁19、27。
〔註13〕《嘉祐集箋註》，頁16。
〔註14〕《嘉祐集箋註》，頁62～63。
〔註15〕何氏語轉引自高步瀛選注：《唐宋文舉要》（上海：上海古籍出版社，1999年

六國所以亡於秦，以及鼂錯主張削弱七國勢力，箇中原因想必相當複雜。而蘇洵徵引「六國賂秦」、「漢初因循」兩項史事，勢必以其帶有「偏見」的眼光，在眾多史料中「選擇」所需。著重在「賂秦」、「因循」兩層意義上詮釋的結果，符合蘇洵反對北宋歲幣外交的主張。蘇洵這兩篇政論與史論，特別是其堅決反賂的論點，實爲所處時代環境與其個人識見揉合下的產物。

蘇軾應制科考試，於嘉祐六年（1061）作〈進論〉、〈進策〉等共 50 篇。〔註16〕時間距宋太祖趙匡胤建國，正值一百年。在蘇軾〈策略〉一～五之中，屢屢言及「天下百年無事」，可見其所處之穩定社會環境。蘇軾對於邊境二虜的意見，散見於進策二十五篇中，而尤以〈策斷〉一～三最爲集中。〈策斷二〉、〈策斷三〉先後論述對西戎與北狄用兵之道，而〈策斷一〉的性質則近似總論。值得注意的是，同樣討論邊患問題，亦同樣徵引六國與秦進行論證，蘇軾的意見與其父顯然大異其趣。〈策斷一〉曰：

> 蓋嘗聞之，用兵有權，權之所在，其國乃勝。……昔者秦嘗用此矣。開關出兵以攻諸侯，則諸侯莫不願割地而求和。諸侯割地而求和於秦，秦人未嘗急於割地之利，若不得已而後應。故諸侯常欲和而秦常欲戰。如此，則權固在秦矣。且秦非能強於天下之諸侯，秦惟能自必，而諸侯不能。是以天下百變，而卒歸於秦。諸侯之利，固在從也。朝聞陳軫之說而合爲從，暮聞張儀之計而散爲橫。秦則不然，橫人之欲爲橫，從人之欲爲從，皆使其自擇而審處之。諸侯相顧，而終莫能自必，則權之在秦，不亦宜乎？……欲權之在中國，則莫若先發而後罷。示之以不憚，形之以好戰，而後天下之權，有所歸矣。今夫庸人之論，則曰勿爲禍始。〔註17〕

此文旨在由「權」，即掌握用兵的時機與主動權，來論述宋廷與邊患的關係。

---

5 月初版 3 刷），冊中頁 965。其餘尚有多家評論資料，亦論及類似的觀點，可參《中華大典》工作委員會、《中華大典》編纂委員會：《中華大典・文學典・宋遼金元文學分典》（南京：江蘇古籍出版社，1999 年 9 月），冊 1 頁 894。將《嘉祐集箋注》、《唐宋文舉要》、《中華大典》所收評論資料略作比較後，發現何景明所論，似爲諸多說法中較早者，故舉之爲例，以概其餘。然而，究竟何人最早提出此說，則非本文討論重心，故未即詳論。

〔註16〕 蘇軾應舉制科考試的時間，以及寫作詞業進卷 50 篇，受楊畋推薦的始末經過，具見孔凡禮：《蘇軾年譜》（北京：中華書局，1998 年 2 月），冊上頁 84～93。

〔註17〕 〔宋〕蘇軾著，孔凡禮點校：《蘇軾文集》（北京：中華書局，1999 年 7 月初版 5 刷），冊 1 頁 282。

蘇軾文中引用秦與六國交鋒故事，著眼於秦所以勝六國，關鍵在「權固在秦」。
蘇軾認爲，因秦「常欲戰」，故總是處在主動位置，由是能滅諸侯而一天下。
反觀北宋當時，輿論卻有「勿爲禍始」的苟且主張。蘇軾主張，當務之急應
是重新奪回發動戰事的主動權。待「權」歸之於我，當能平二虜之患。〔註18〕

　　我們也能在蘇軾史論中，隱約見出與前論相近，對時人「勿爲禍始」謬
論的批評。蘇軾史論名篇〈鼂錯論〉曰：

　　天下之患，最不可爲者，名爲治平無事，而其實有不測之憂。坐觀
　　其變，而不爲之所，則恐至於不可救。起而強爲之，則天下狃於治
　　平之安，而不吾信。唯仁人君子豪傑之士，爲能出身爲天下犯大難，
　　以求成大功。此固非勉強期月之間，而苟以求名者之所能也。天下
　　治平，無故而發大難之端，吾發之，吾能收之，然後有以辭於天下。
　　事至而循循焉欲去之，使他人任其責，則天下之禍，必集於我。

　　昔者鼂錯盡忠爲漢，謀弱山東之諸侯。山東諸侯並起，以誅錯爲名。
　　而天子不察，以錯爲說。天下悲錯之以忠而受禍，而不知錯之有以
　　取之也。

　　古之立大事者，不唯有超世之才，亦必有堅忍不拔之志。昔禹之治
　　水，鑿龍門，決大河而放之海。方其功之未成也，蓋亦有潰冒衝突
　　可畏之患，唯能前知其當然，事至不懼，而徐爲之所，是以得至於
　　成功。

此篇旨在主張，鼂錯所以見殺於七國之亂時，在於其「不自將而爲居守」，「錯
之所以自全者，乃其所以自禍」，亦即引文中「錯之有以取之」意。此說實「尋
一破綻作議論」，爲後人所稱道。此外，全文雖論鼂錯，卻以天下之大患，在
於「名爲治平無事，而其實有不測之憂」爲開頭。這種「先虛後實」的寫法，
亦是變化多端。這些文章作法上的傑出表現，今人論之已詳。〔註19〕

　　本文要提出的，〈鼂錯論〉不僅就史論史，更是藉古寓今之作。〈鼂錯論〉
所以能「寓宋」，實表現在以下兩方面，其一，前論蘇軾於此篇開頭，對於天
下大患的見解。其二，雖然對鼂錯有所微辭，蘇軾卻似乎肯定其「發大難之

─────────────────

〔註18〕反觀蘇軾於晚年之作《東坡志林》中的〈論秦〉，同樣言及六國與秦，但卻認
　　　　爲「秦并天下，非有道也，特巧耳，非幸也。」可見蘇軾不同生命階段史觀
　　　　的轉變。〈論秦〉，《蘇軾文集》頁141～142。

〔註19〕詳參謝敏玲：《蘇軾史論散文研究》（臺北：萬卷樓圖書有限公司，2000年5
　　　　月），頁175～178。

端」的功勞。而對鼂錯能「發之」，卻未能「收之」，似也感到惋惜。蘇軾如
何藉論歷史人物，寄託對時局之主張。如何藉這兩點「寓宋」？清人浦起龍
（1679～1761 以後）於《古文眉銓》認為：

> 吾讀《應詔集》諸論至此，蓋悟公之為此，直自成一家言，而古人
> 特借以為資而已。當積弛忘患之日，恬愉處堂，憚不敢發，發又懼
> 不能收，率用鼂錯「喜事殺身」以自解。公故切切然以「堅忍矢志」
> 望之，而非直為昔者詬病也。推此以觀諸論，則惢懣冰釋。起幅雄
> 深渾灝，獨冠群篇。由其借錯為影，直刺時局，自發議論。與〈思
> 治〉、〈策略〉等相參，故能憑空橫騖如此。要于題事，仍統體籠舉
> 也。〔註20〕

浦起龍直言，蘇軾此次應制科所作系列史論，實為「自成一家言，而古人特
借以為資」。而蘇軾於〈鼂錯論〉中的「一家言」，即如浦氏所言「借錯為影，
直刺時局」。浦氏認為：蘇軾隱微地指出，鼂錯雖有「能發而未能收」之譏而
見殺，但至少其有發漢朝不測之憂的功勞。反觀時人，則個個偷安苟且，「憚
不敢發，發又懼不能收」。不僅如此，這些苟且分子甚至以鼂錯「喜事殺身」
自我開解、警惕，謂多事足以亡身，則不如偷安少事以保身。時人怕事、偷
安如此，何以能發宋之憂？易言之，浦氏認為蘇軾此篇「非直為昔者（鼂錯）
詬病」，而是影射時局而來的。

　　不僅僅是蘇軾父子，其他作家也憂心百年無事後，時人苟安偷惰的問題。
李清臣於英宗治平元年（1064）應制科，作有〈論略〉等 25 篇、〈策旨〉等
25 篇。〔註21〕〈論略〉中的〈五代論〉（《全宋文》78/374～375），即表達出
如是憂心。是篇名為論「五代」，但卻以極大的篇幅論宋。李清臣認為：「五
代之大亂，天所以開聖宋也。」很明顯的，論五代之亂，主要為論宋代之長
治久安而來。而對此問題，作者卻說：「居治之久而未知所以變，此非今之可
憂者歟？」作者認為五代亂極而治，同樣的，宋朝也可能「治極而亂」。李清
臣批評宋廷：「朝廷之涓特為媮且，欲以循循而格萬世之安」。論點顯然與蘇
軾父子相近，皆在針砭當時媮惰風氣。

〔註20〕轉引自《曾棗莊、曾濤編：《蘇文彙評》（臺北：文史哲出版社，1998 年 5 月），
　　　　頁 155。

〔註21〕聶崇岐曾製表統計宋代制舉。據聶氏考證，李清臣於治平元年九月應制科。
　　　　詳參聶氏：〈宋代制舉考略〉，《宋史叢考》（臺北：華世出版社，1986 年），頁
　　　　193。

三、哲宗元祐年間政論：秦觀諸作

　　神宗朝期間，一改眞宗、仁宗以防禦爲主的策略，積極對西夏用兵。主要戰略包括：奪取西夏西廂橫山地區，占領熙湟鄯地區，派遣王韶開闢熙河等等。宋夏之間戰事，由熙寧三年（1070）前後開始，一直持續到元豐六年（1083）宋夏講和爲止，歷時十四年。〔註22〕反觀宋遼之間，卻依舊維持和平穩定的狀態。吾人可說，宋神宗時期對西夏的戰爭，是當時最主要的對外關係。

　　如此局勢亦反映在政論上。秦觀於哲宗元祐三年（1088）應舉制科考試，元豐至元祐年間作有〈策論〉五十篇。〔註23〕而其中的〈邊防〉系列政論共三篇，所論即是西夏問題。其文云：

> 臣嘗以爲方今夷狄之患，未有甚於西邊者。夫契丹強大，幾與中國抗衡；党項遺種假息之地，不當漢之數縣。而臣以爲夷狄之患未有甚於西邊者何也？蓋大邊自景德結好之後，雖有餘尊，金帛綿絮他物之賂，而一歲不過七十餘萬。西邊自熙寧犯境以來，雖絕夏人賜予；熙河蘭會轉輸飛輓之費，一歲至四百餘萬。北邊歲賂七十餘萬，而兵寢士休，累世無犬吠之警。西邊歲費四百餘萬，而羌虜數入，逆執事如雁行，將吏被甲胄而臥。以此言之，北邊之患孰與西邊之患重乎？〔註24〕

秦觀文中所言，正是熙、豐年間北境穩定，西方邊境卻戰事頻仍的對外關係。故引文末方才得出，西邊之患較北邊爲重的最後結論。於論邊患三篇，秦觀提出以五路輪流出兵進擾西夏的策略。姑且不論秦觀此策是否具體可行，前引應有助吾人理解熙豐時期宋夏局勢。〔註25〕

　　本節透過三個階段，觀察北宋中期政論與史論中論「對外關係」的議題。尹洙與張方平於承平時關心對外武備，蘇軾父子、李清臣則憂心時人苟且媮怠之風，李覯、秦觀於不同時期分別爲解決西夏問題獻策。本文認爲，外交

〔註22〕此段論宋熙豐年間與西夏之關係，參考《宋史——文治昌盛與武功弱勢》，頁428～431。

〔註23〕關於秦觀寫作策論的時間與背景，詳參〔宋〕秦觀撰，徐培均箋注：《淮海集箋注》（上海：上海古籍出版社，2000年11月），頁496。

〔註24〕《淮海集箋注》，頁655。

〔註25〕朱剛認爲，秦觀〈邊防〉三篇所獻之計，乃至於王安石與宋神宗經略西夏的軍事行動，實爲了迴避更加強大之遼國而來。此外，也批評秦觀五路輪番對西夏進兵之策，其實並不可行。詳參氏著：〈論秦觀賢良進策〉，《新宋學》1輯，2001年10月，頁54。

與內政問題的變化，於北宋中期之政論與史論中皆有忠實體現。

第二節　北宋晚期論「對外關係」的政論與史論

　　北宋中期的對外關係，主要在於面對北方契丹人的遼國，與西北党項人的西夏國。遼與西夏兩邊患，在北宋晚期依舊存在，而崛起於契丹東北隅的女眞人，則在完顏阿骨打的帶領下，於金收國元年（宋徽宗政和五年，1115）稱帝建國。加入金國後，原本所呈現的三角關係局勢，轉變成爲宋、遼、夏、金的四方關係。

　　據觀察發現，吾人當以金國之建立爲界，將北宋晚期分爲前段與後段。北宋晚期前段，即徽宗崇、觀年間與政和五年以前。北宋晚期的後段，即徽宗政和五年後及宣和年間。北宋晚期之前段與後段，朝廷對外關係政策有著全然不同的重心。與之相應的是，政論與史論的關注焦點亦發生變化。

　　北宋晚期複雜的邊境、國防、外交等等對外關係問題，於政論與史論中皆有所呈現。以下據本文對於諸家作品寫作時間的考察，依先後順序論述如下：

一、北宋晚期前段的政論與史論：蘇轍、唐庚等作家作品

　　蘇轍於徽宗崇寧年間，退居潁川，著有系列史論〈歷代論〉45 篇傳世。〈歷代論引〉是系列文章的序文，已詳論於前文。〔註 26〕由夫子自道之語，本文得以清楚認識〈歷代論〉創作背景，有助於以下的討論。

　　蘇轍曾於〈歷代論〉中表達對於國防問題的看法。〈漢文帝〉一文，推崇文帝「以柔御天下」治國方針。文曰：

> 老子曰：「柔勝剛，弱勝強。」漢文帝以柔御天下，剛強者皆乘風而靡。尉佗稱號南越，帝復其墳墓，召貴其兄弟。佗去帝號，俯伏稱臣。匈奴桀敖，陵駕中國。帝屈體遺書，厚以繒絮。雖未能調伏，然兵革之禍，比武帝世，十一二耳。〔註27〕

隨後言及漢「七國之亂」事，則專門針對鼂錯主張大加批評。文曰：

> 錯言：諸侯強大，削之亦反，不削亦反；削之，反疾而禍小，不削，

〔註26〕詳見本文第三章第一節。

〔註27〕〔宋〕蘇轍著，陳宏夫、高秀芳點校：《蘇轍集》（北京：中華書局，1999 年 7 月初版 2 刷），冊 3 頁 966。

反遲而禍大。世皆以其言爲信，吾以爲不然。誠如文帝忍而不削，
濞必未反。遷延數歲之後，變故不一，徐因其變而爲之備，所以制
之者，固多術矣。……爲天下慮患，而使好名貪利小丈夫制之，其
不爲鼂錯者鮮矣！〔註28〕

綜觀全文，雖未一言談及北宋當時的外交國防問題，但卻似乎意有所指。清
代儲欣（1631～1706）已有類似見解，其《唐宋十大家全集錄‧欒城先生全
集錄》卷四曰：

恨安石、王韶之開邊，而歷數漢文帝之柔勝，爲萬世法。〔註29〕

儲欣所言「安石、王韶之開邊」事，即是王安石變法期間最重要的軍事成就
——斷西夏右臂的河湟之役。熙寧四年（1071）至七年（1074）間，雖然遭
到文彥伯等人的反對，但王安石依舊全力支持王韶用兵河湟。〔註30〕儲欣認
爲，蘇轍〈漢文帝〉即是反對王安石、王韶「開邊」之作。未即於隱居潁川，
蘇轍於元祐元年（1086）七月所上之〈再論蘭州等地狀〉，〔註31〕已有與〈漢
文帝〉相近的看法。文中論西夏遣使入宋，群臣則有蘭州等地或棄或守之爭。
蘇轍力主棄之，並以漢文、景兩帝對七國之亂禍首吳王劉濞的不同態度立論。
〈再論蘭州等地狀〉、〈漢文帝〉前後兩文相較，蘇轍援引同樣歷史事件，皆
推崇文帝「忍而不削」，批評景帝、鼂錯「不能忍」。因此，本文認爲，〈漢文
帝〉一文名爲論漢朝故事，實爲論北宋對西夏的外交、國防政策。由是觀之，
蘇轍由在朝到退居近二十年間，對於國防問題所採取的態度相當一致。要之，
在於「以柔克剛」。〔註32〕

蘇轍於文中，組合漢文帝對南越、匈奴的懷柔手腕，以及對吳王劉濞「賜
之几杖」的恩隆兩歷史事件，再輔以與景帝「不能忍」的形象對比，藉此主

〔註28〕同前註。
〔註29〕〔清〕儲欣：《唐宋十大家全集錄‧欒城先生全集錄》（臺南：莊嚴出版社，
　　　　1997 年 6 月，《四庫全書存目叢書》本），卷四頁 3，集部冊 405 頁 599。王韶
　　　　（1030～1081）深得宋神宗、王安石賞識，在熙寧年間於西北邊境頗有戰功。
〔註30〕關於王安石支持王韶招討西夏事，詳參鄧廣銘：《北宋政治改革家王安石》（石
　　　　家莊：河北教育出版社，2001 年 5 月初版 2 刷），頁 242～251。鄧氏認爲，
　　　　二王對於此次軍事行動的目標相同，即是「斷西夏右臂」。
〔註31〕《蘇轍集》，冊 2 頁 688～690。另見《長編》卷三八二，冊 15 頁 9304。
〔註32〕茅坤論〈漢文帝〉云：「此等見解，子由晚年還潁上，歷世故多，故能爲此論
　　　　如此。」詳見高海夫主編：《唐宋八大家文鈔校注集評》（西安：三秦出版社，
　　　　1998 年 9 月），卷一三二，《潁濱文鈔》八，頁 6189。然經由以上考察，未待
　　　　晚年隱居潁上，蘇轍中年在朝時即有同樣見解。茅坤此說，似待商榷。

張文帝不論對內、對外，皆「以柔御天下」的論點。並以之隱微地表達，對於王安石、王韶，乃至於北宋朝廷進取西夏政策的不滿。

蘇轍這類近乎反戰的主張，另見於〈歷代論〉中的〈燕薊〉。文中甚至直言，後晉石敬塘割讓燕薊，以及北宋歲幣政策對於本朝之利。其文曰：

> 真宗皇帝親御六師，勝虜於澶淵。知其有厭兵之心，稍以金帛啗之。虜欣然聽命，歲遣使介，修鄰國之好。逮今百數十年，而北邊之民，不識干戈。此漢、唐之盛，所未有也。古者戎狄迭盛迭衰，常有一族為中國之敵。漢文帝待之以和親，而匈奴日驕。武帝御之以征伐，而中原日病。謂之天之驕子，非一日也。今朝廷之所以厚之者，不過於漢文帝，而虜弭耳馴服。則石氏之割燕、薊利見於此。……吾無割地之恥，而獨享其利，此則天意，非人事也。〔註33〕

本文旨在論割燕薊之利，蘇轍由肯定宋遼澶淵之盟說起。蘇轍認為，宋遼邊境百餘年的和平，全要歸功於澶淵之盟。而盟約中最要重要者，莫過於歲幣政策。引文最末，對於能無前代割地之恥，於今卻享歲幣之利，看來蘇轍頗為自豪。將之與其於嘉祐年間應制科考試所作，極力反對歲幣的〈北狄論〉相較，前後主張相去之遠，不啻天壤。不僅如此，蘇轍對漢文帝的看法，在〈漢文帝〉、〈燕薊〉兩文亦有差距。誠如前述，蘇轍於〈漢文帝〉中極力推崇和親政策。而在〈燕薊〉，則似對之頗有微詞。〔註34〕

雖然，在表達反戰主張上，〈漢文帝〉、〈燕薊〉兩文口徑一致。但有趣的是，在運用漢文帝相關史實上，兩文卻有不同的作法。〈漢文帝〉中花了不少筆墨，特別強調文帝的懷柔手腕。而〈燕薊〉則以輕描淡寫地方式，批評文帝的和親政策。兩相比較看來，對史料採取相異的選擇、重組等敘事方式，確實為同一歷史人物——漢文帝，帶來不同的評價。我們常見作者因「不同」立意的需求，而以同樣歷史知識，透過各種手法建立不同的論點。在這裡，我們卻見到在「相同」立意（反戰主張）下，對歷史人物也有不同的詮釋。

唐庚於徽宗大觀四年（1110）至政和五年（1115）遷謫惠州，其間作有〈察言論〉等政論九篇。〔註35〕由唐庚（唐庚弟）、唐文若（唐庚子）、鄭總、呂

〔註33〕《蘇轍集》，冊3頁1012～1013。

〔註34〕陶晉生認為：「宋人一般來說，都對宋朝沒有割地給外國和沒有和外國和親兩件事十分滿意。」這段話應可用來說明蘇轍於〈燕薊〉中，對北宋未曾割地頗感自豪的態度。詳參《宋遼關係史研究》，頁101。

〔註35〕此九篇分別為，〈名治論〉、〈存舊論〉、〈辨同論〉、〈禍福論〉、〈辨蜀論〉、〈正

榮義、鄭康佐等時人，爲唐庚詩文集所做之諸篇序跋看來，唐庚於當時頗富
文名。〔註36〕不僅如此，稍晚於前述諸人之後，南宋孝宗時期的王稱，〔註37〕
於其名著《東都事略》中，曾特別稱許唐庚之政論。文曰：

> 庚爲文精密，通於世務，作〈名治〉、〈察言〉、〈閔俗〉、〈存舊〉等
> 篇，學者稱之。〔註38〕

除了稱許之外，清人汪亮采對於唐庚政論有進一步看法，汪氏曰：

> 子西弟庚、子文若，或溯其少作，以迄邊謫；或述其懲世而作，於
> 時事憂深不怨。噫！此皆子西所以埋光晦迹，幾無有傳之者。〔註39〕

此段所謂的「懲世」之作，應即爲唐庚謫惠時所作的政論。汪氏認爲，正是
這些甘冒天下大不韙的作品，使得唐庚文名險些不傳。由此觀之，後世論者
皆認爲謫惠政論爲唐庚重要作品，此自不待疑。

以上諸篇序跋，本文特別注意唐文若〈書先君集後〉，其文曰：

> 故其于文，率皆懲世漫靡，多所矯拂，扶雅黜鄭，不爲苟作。當是
> 時，如操南風之絃以遊北里，雖濫吹雜然，眾寡莫敵，而平和雅淡
> 之音厭服于人心者且久而愈信也。今其傳如〈存舊〉、如〈辨同〉，
> 寔熙、豐以來黨事以之；如〈議賞〉、如〈察言〉，寔崇、觀以來邊

友論〉、〈察言論〉、〈憫俗論〉、〈議賞論〉。繫年據馬德富：〈唐庚年譜〉，《宋
人年譜叢刊》（成都：四川大學出版社，2003 年 1 月），冊 6 頁 3620。

〔註36〕 鄭康佐〈眉山唐先生文集跋〉（《全宋文》207/217），記當時所見唐庚詩文「鄭
總藏本」、「《寓公集》本」、「閩本」、「蜀本」四種版本。世人將蘇軾、唐庚謫
居時著述合刻爲《寓公集》，更可見對唐庚之推崇與重視。由其他序跋如鄭總
序（《全宋文》173/16）、呂榮義序（《全宋文》173/4）、唐庚序（《全宋文》146/101）
看來，在唐庚死後，其文章始具知名度與影響力。本文認爲，鄭氏跋文較能
呈現唐庚文學地位，故論之較詳。

〔註37〕 舒仁輝考察王稱的家世和生平時，曾引述何忠禮的意見，認爲王稱「大致生
活在高、孝、光、寧四朝，與朱熹（1130～1200）幾乎處於同一時代」。本文
從其說。詳見舒氏：《〈東都事略〉與〈宋史〉比較研究》（北京：商務印書館，
2007 年 1 月），頁 21。

〔註38〕 〔宋〕王稱：《東都事略》（臺北：文海出版社，1979 年 7 月，《宋史資料萃編》
本），卷一一六，頁 5 下，冊 4 頁 1802。王稱之外，陳振孫與脫脫也有類似的
說法，唯在舉證唐庚文章篇目時，三人略有不同。其中《東都事略》成書最
早，故以之爲例，以概其餘。詳參〔宋〕陳振孫著，徐小蠻、顧美華點校：《直
齋書錄解題》（上海：上海古籍出版社，2005 年 5 月初版 2 刷），卷十七，頁
518。〔元〕脫脫：《宋史》（北京：中華書局，1997 年 6 月初版 4 刷），卷四四
三，冊 37 頁 13100。

〔註39〕 轉引自《中華大典·文學典·宋遼金元文學分典》，冊 3 頁 150。

> 釁以之。宣和中朝京師，燕薊始事，公因作〈韓忠惠公傳〉斥其非，
> 幾以身殉焉。是又豈空言哉！〔註40〕

唐文若稱揚其父爲文，「不爲苟作」的態度。隨後，更具體提到唐庚〈存舊〉、〈辨同〉、〈議賞〉、〈察言〉等政論，乃至於爲「名重北方，而聞於契丹」的韓粹彥（韓忠惠公）作傳，〔註41〕諸篇實是針對時局而發，絕非「空言」。前述王稱謂唐庚作品「通於世務」，所舉作品中亦見〈存舊〉、〈察言〉兩篇與唐文若所論相同。可見王稱說法內涵與唐文若相近，或即淵源於此。唐文若此番有的放矢的推崇，讓本文研究得到著力點。

此處先討論〈察言論〉。〔註42〕唐庚主張謹慎用兵，亦較傾向反戰。其文曰：

> 古之人臣，抵掌緩頰，說人主以用兵者，其言未嘗不引義慷慨，豪
> 健俊偉，使聽者踴躍激發，奮然而從之。至考論其心，則有爲國計
> 者，有爲身謀者，是不可以不察也。……嗟乎！秦漢以來，說人主
> 以用兵者多矣，或勝或不勝。要之，爲國計者至少，爲身謀者如此
> 其多途也。可不鑒哉！可不戒哉！〔註43〕

此文旨在強調，人主應詳查主戰臣僚之居心，不可爲其言論所惑。全文以「平側」法撰寫。〔註44〕首先，平提總說主張用兵者，「其心」可析爲二：「爲國計者」、「爲身謀者」。隨後，列舉史上將領爲論據時，則側重「爲身謀者」，共舉出八人爲例，遠較「爲國計者」兩人爲多。〔註45〕文末，以連兩次呼告語氣作

〔註40〕 唐文若：〈書先集後〉（《全宋文》199/44），見於〔宋〕唐庚：《眉山唐先生文集》（臺北：臺灣商務印書館股份有限公司，1975，《四部叢刊三編》本），書後，頁 3 上～下。此〈書先集後〉未見於宋刊本，故另行徵引。又見於《全宋文》199/44。

〔註41〕 語見唐庚：〈資政韓公家傳〉，《唐先生文集》（北京：書目文獻出版社，1988，《北京圖書館古籍珍本叢刊》影印宋刻本），卷六，頁 1 下。唐庚別集以宋刊本最佳，據《別集敍錄》，頁 675。

〔註42〕 〈議賞論〉一文，本文目前未能明確闡釋其與唐文若所謂「邊釁」的關係。爲避免牽強附會，失之過「鑿」，故未能論及。

〔註43〕 《唐先生文集》，卷四，頁 9 下～頁 10 下。另見《全宋文》139/352。

〔註44〕 所謂「平側」法，是「平提側注」法的省稱。作法是先「平提」所要論述的所有項目，再「側注」其中要強調的部分。詳見仇小屏：《文章章法論》（臺北：萬卷樓圖書有限公司，1998 年 11 月），頁 333。

〔註45〕 「爲身謀者」八人分別爲：臧宮、馬武、陳湯、甘延壽、楊國忠、竇憲、桓溫、劉裕。「爲國計者」兩人分別爲：張華、裴度。此段篇幅甚長，未免煩瑣，未能徵引全文。

結，感慨爲國計者少而爲身謀者卻多。作者運用平側法，很能夠有效地組織歷史材料，以之做爲有力論據，提出將領多爲自私自利之徒的論點。唐庚最後人主當以之戒鑑的浩嘆，顯然直指宋廷而來，頗具深沈、悲憤的感染力量。

二、北宋晚期後段的政論與史論：李新、李綱等作家作品

金國建立後，北宋晚期進入另一個階段。對於此階段宋廷最重要的外交策略——「聯金滅遼」，作者曾藉史論與政論表達意見。

李新，字元應，自號跨鼇居士。本文的討論，擬由《四庫全書總目》（筆者案：以下簡稱《四庫提要》）對李新其人其文的評價說起。《四庫提要·跨鼇集》曰：

> （李）新受知蘇軾，初自附於元祐之局。故其所上書，詞極切直。
> 然一經挫折，即頓改初心。作〈三瑞堂記〉以頌蔡京。〈上王右丞書〉
> 以頌王安石。〈上吳戶部書〉至自咎「前日所言，得疾迷罔，謂白爲
> 黑」。其操守殊不足道。且所作〈韓長孺論〉，譏其馬邑之役，沮前
> 日之議，敗今日之功，所以陰解滅遼之失也。作〈武侯論〉，謂其當
> 結魏以圖存，所以陰解和金之辱也。無非趨附新局，以冀邊除。公
> 武但記其上書得罪，而不詳其後事，亦未免考之未審也。〔註46〕

此段文字之重點，當在於責備李新「操守殊不足道」。《四庫提要》對李新於新舊黨爭間，特別是徽宗朝新黨當權時，爲趨炎附勢所撰的諸篇作品，感到相當不恥。〔註47〕諸作包括記、書、論等各文體，而最引本文注意者，即史論〈韓長孺論〉、〈武侯論〉兩篇。

《四庫提要》認爲，李新作〈韓長孺論〉以「陰解滅遼之失」；作〈武侯論〉以「陰解和金之辱」。由此可知，其認爲兩文皆爲開解北宋晚期「聯金滅遼」的錯誤外交政策而作。雖然此說言之鑿鑿，但本文卻對論〈韓長孺論〉「譏其馬邑之役」〔註48〕的部分，並不全然認同。〈韓長孺論〉曰：

〔註46〕〔清〕永瑢等撰：《四庫全書總目》（北京：中華書局，2003 年 8 月初版 7 刷），
　　　　卷一五五，冊下頁 1343 欄上～中。
〔註47〕現今可見李新的生平資料不多，吾人未能明確考知其卒年，更遑論爲其作品準
　　　　確繫年。而就《四庫提要》所論諸篇而言，應已認定其皆作於徽宗時期。至於
　　　　〈韓長孺論〉、〈武侯論〉兩篇，似更將之視爲遼朝滅亡（宣和四年，遼國中京
　　　　被金所破）之後所作。在沒有其他繫年資料下，本文暫從其說，以作後續討論。
〔註48〕韓安國（？～B.C.127），字長孺，西漢景帝、武帝時名將。韓安國所領軍的

若夫馬邑之役，自將天子三十萬兵，無一騎之得，咫尺百里，單于
之頭已在掌握，而乃伸指緩臂，使之脫去。且諸侯之軍皆屬護軍，
無功而還，誰任其責？沮前日之議，敗今日之幾，歸罪王恢，不亦
冤乎？〔註49〕

〈韓長孺論〉旨在表達「士不能騁其才」的遺憾。李新感慨韓安國不能盡其
「智」、「寬」的長才，認爲「然非才之罪，亦非其才有所不逮也。長孺固多
才，特用長孺者非是。此固可弔也。」文中「馬邑之役」的部分，李新認爲
漢軍的失敗不應歸罪於王恢，而應怪罪於當時「護軍」將領韓安國的「不智」。
而這「不智」亦非韓安國之失，而是「用長孺者非是」。要之，李新援引韓安
國事蹟，在主張戰爭的失敗，其過在於用才之人主而非將領。若要如《四庫
提要》所說，李新以此文「陰解」宋廷滅遼之失，似乎不太合理。畢竟，李
新此文點名批判的，是當時「用長孺者」的漢武帝。換言之，李新此文若確
實影射時政，則應是用來批評當朝天子徽宗。這顯然無所謂「陰解」之理。

　　《四庫提要》的說法究竟立足點爲何？就《史記》所載，漢軍於「馬邑
之役」敗給匈奴，實爲非戰之罪。本文推測，《四庫提要》或許認爲李新以「非
戰之罪」爲由，「陰解」北宋在滅遼戰事中的兩度失敗。〔註50〕綜觀全文，本
文認爲《四庫提要》「陰解滅遼之失」的主張，頗有斷章取義之嫌。〔註51〕

　　《四庫提要》論〈武侯論〉，認爲該文「所以陰解和金之辱」。其立論依
據，應爲李新爲諸葛亮提出「事魏之策」在「資魏事漢」一段。其文曰：

「馬邑之役」以及其他事蹟，詳載於《史記‧韓長孺列傳》，卷一〇八，冊 9
頁 2861～2863。

〔註49〕 李新《跨鼇集》今僅存《四庫全書》本，據《別集叙錄》，頁 647。〈韓長孺論〉
見〔宋〕李新：《跨鼇集》（臺北：臺灣商務印書館股份有限公司，1983，《文
淵閣四庫全書》本），卷十四，頁 10 下～14 下，冊 1124 頁 509～511。另見
《全宋文》134/106。

〔註50〕 徽宗宣和四年（1122），宋軍出師攻打燕京，曾兩度爲遼所敗。詳參陶晉生：
〈對於北宋聯金滅遼政策的一個評估〉，《宋遼關係史研究》，頁 208。

〔註51〕 本文原依據《四庫提要》之說，爲李新〈韓長孺論〉粗略繫年，而隨後卻批
評該說「斷章取義」。本文批評似已間接地否定《四庫提要》的繫年，從嚴來
說〈韓長孺論〉理應不列入討論。但基於以下兩點，本文仍爲持目前的討論
內容。其一，《四庫提要》對〈韓長孺論〉、〈武侯論〉兩文「陰解」當時聯金
滅遼之失的論斷，實爲二而一的整體，應一並觀之。其二，本文對於〈韓長
孺論〉的繫年，亦未能提出新的說法。因此，在未能全盤認同《四庫提要》
之說的情形下，本文在作品繫年上仍從其說。

然則事魏之策奈何？……然仲謀雖知所以事魏，而不知資魏以事
漢。至乃奉書稱臣以媚於操。此所謂得其一而未得其二者也。方操
脅帝以制下，先主以帝室之英，勢有漢蜀，武侯曷不爲先主謀，使
盡夫尊事獻帝之禮，乃通好於操，無暴其罪，僞推其勳，明告天下
曰吾今與孟德戮力除兇以奉漢宗廟，操雖欲不吾從，不可得矣。吾
屈身卑節以奉於操，正朔號令之稟於操，子女玉帛以歸於操，使操
欲絕我而不能，伐我而不可，漢天子將賴我以爲固，操將若之何？
於是修仁行義，休息衣食乎漢蜀之民。捐數十萬金，奉口舌之士，
以乘操猜忌多疑之間，疏隔其君臣之歡。且吾跡就內附則凡謀皆易
行，假之數年，可以得志。是我外無犯漢之名，陰有謀魏之實，此
爲蜀之上計也。〔註52〕

〈武侯論〉旨在提出劉備未能統一天下的原因，即在於任用了「輔臣」而非
「謀臣」的諸葛亮。李新認爲，「創業之君，寧無輔臣，不可以無謀臣」。在
敘述漢末諸葛亮爲劉備謀畫經營的史實後，便指出其正是「拙於用權」的輔
臣。更有甚者，「曷不爲先主謀」以下，李新則進一步設身處地爲諸葛亮著想，
提出所謂「資魏事漢」的權宜作法。此段李新展現了自己對於三國局勢的理
解，以及足智多謀之外交手腕。不論此「後見之明」是否正確可行，是否光
明正大，前引文字爲全文最重要部分，應無疑異。

　　若由文章作法的觀點論之，本文認爲李新「設身處地」爲諸葛亮著想，
這類「虛實」法的寫作，實與蘇洵、蘇軾父子作品合轍。宋人謝枋得評蘇軾
作史評云：「東坡作史評，必有一段說萬世不可磨滅之理。使吾身生其人之時，
居其人之位，遇其人之事，當如何處置。此作論妙法，從老泉傳來。」〔註53〕
李新在「實」寫漢末史實後，緊接著以設想的方式，「虛」寫自己居諸葛亮之
位時可以有的作爲。這種利用「假設與事實」相生的「虛實」法寫作，〔註54〕
確實能在評價古人得失功過之外，另闢史論新意。

　　本文認爲此段虛寫之法，亦是「創造」歷史事實的作法。誠如前論，李新

〔註52〕　《跨鼇集》，卷十四，頁 13 上～頁 14 下。另見《全宋文》134/109～111。
〔註53〕　明人唐順之引宋人謝枋得語，詳參〔明〕唐順之：《稗編》（臺北：臺灣商務印
　　　　　書館股份有限公司，1983，《文淵閣四庫全書》本），卷七七，頁 6 下～7 上。
〔註54〕　關於「虛實」法以其中「假設與事實」類的許多前人論述，仇小屏曾以「理
　　　　　論」、「例證」爲目做過完整的整理。讀者可參《文章章法論》，頁 222～231，
　　　　　273～278。

於此段之前，已利用歷史事實的選擇、重組，將諸葛亮塑造成拙於權謀的輔臣形象。此段則再「無中生有」，創造出歷史上從未出現過的，一個主張「資魏事漢」，甚而能因此改寫三國歷史的諸葛亮。本文認爲，與〈韓長孺論〉相比，《四庫提要》對於〈武侯論〉的批評較能言之成理。所謂的〈武侯論〉意在「陰解和金之辱」，應即是李新於文中重塑甚而創造，關於諸葛亮全新歷史事實的目的。李新眼中，諸葛亮若能善用權謀，表面上委屈求全地積極與曹魏通好，暗地裡卻時刻整軍經武、充實國力，則「假之數年，可以得志」。蜀漢能如此，宋廷何嘗不能取法借鏡呢？若答案是肯定的，則北宋晚期「聯金滅遼」，與金國友好的政策，即在李新此番隱微言事地「陰解」下，成爲「北宋之上計」。

這段時間裡，筆者認爲李綱之政論值得一提。李綱以南宋抗金名相著稱於世，其堅定不移的對金抗戰精神，深受後人所推崇。早在南宋中期的朱熹（1130～1200），即給予極高的讚揚。朱熹〈丞相李公奏議後序〉論及李綱奏議時曰：「其言正大明白，而纖微曲折，究極事情，絕去雕飾而變化開闔，卓犖奇偉。前後二十餘年，事變不同，而所守一說，如出於立談指顧之間。」〔註55〕所言二十餘年不變者，即是李綱堅決抗金的主張。而正因如此，歷來對李綱於宋室南渡以前的事蹟討論不多。然而，李綱除了對抗金議題有豐富的論述外，對於北宋時遼、西夏兩大外患，也留下了值得令人注意的言論。分別是論遼的〈制虜論〉，與論西夏的〈禦戎論〉。〈制虜論〉約作於政和七年（1117）至宣和四年（1122）間。〔註56〕全文甚長，節錄如下：

> 夷狄之爲中國患也，惟北虜爲最甚。蓋其天性忿鷙，怙氣負力，逐水草，便騎射，習攻戰，強引難屈，眞中國之堅敵，非三陲之比也。
>
> 自昔制禦之術，縉紳之儒則守和親。介胄之士則言征伐，皆偏見一時利害，未有得全策者。
>
> 請借西漢以明之。……由此觀之，終西漢之世，其與匈奴有修文而和親者，有用武而克伐者，皆非全策。至於威服而臣畜之，則非天

〔註55〕〔宋〕朱熹著，郭齊、尹波點校：《朱熹集》（成都：四川教育出版社，1997年5月初版2刷），冊7頁3974。

〔註56〕關於〈制虜論〉寫作時間繫年，筆者乃依據以下線索推知。對於北方外患，時人倡議聯金滅遼的策略。李綱不以爲然，認爲：「借使與之（筆者案：女眞人，即金朝）結約，共亡契丹，能保女眞之不爲患乎？」宋人聯金滅遼之議，最早始於政和七年（1117）。金人攻入遼中京，則在宣和四年（1122）。因此，李綱發表反對聯金的意見，當在此五、六年間。宋金交涉過程，詳參陶晉生：〈對於北宋聯金滅遼政策的一個評估〉，《宋遼關係史研究》，頁204～207。

時人事若合符節，未有能也。

得制禦夷狄之全策，惟我本朝爲然。……賴寇準力爭，遂定親征之
謀。天助神相，巨弩潛發，殲其渠帥，於是契丹震怖，通使請和。……
（宋眞宗）乃許之盟，詔諸將勿追，而契丹得以全師出塞，戴德慴
威，誓不復叛。……謹守盟約，雖傳至萬世可也。故曰得禦夷狄之
全策，惟本朝爲然。

或者曰：契丹桀黠，與中國抗衡，有志之士未嘗不爲之扼腕。今幸
其種族之離叛，畜牧之凋耗，人卒之羸弱，北有女眞以爲彼擾，東
有高麗以爲我援，因時制變，一舉破之，復中國之舊制，成祖宗之
宿志，此千載一時，不可失也。則將應之曰：不然。昔漢高遣使使
匈奴，匈奴匿其精壯，示以疲乏，使者還報，以爲可擊。高祖聽之，
故有平城之困。今契丹自澶淵之役以來，涵養亦百餘年，不有謀者，
其能國乎？種族之離叛，畜牧之凋耗，人卒之羸弱，間牒之言，未
可信也。往年女眞嘗爲之梗，尋即底定。借使與之結約，共亡契丹，
能保女眞之不爲患乎？自古與夷狄共事者，未有無患者也。至於高
麗地接虜境，畏其威而服屬之，我雖待之者厚，安可必其背彼而助
我哉？夫百年養之爲不足，一日壞之爲有餘；動而擾之則易，靜而
安之則難。從子之策，吾懼契丹之黌結，而北陲之不復安，舉未必
勝，雖勝而不能無後患也。〔註57〕

〈制虜論〉旨在主張，在得以使敵人畏懼的堅強軍力爲基礎上，方能與之訂
定盟約。這是與夷狄和平相處的最好辦法。李綱全文詳細地引述漢、宋兩朝
對外策略，包括西漢文帝和親之策、武帝征伐之策，以及北宋眞宗親征契丹
後定盟之策。讀後發現，李綱顯然是推崇當朝作法，故於文中兩度亟稱「得
禦夷狄之全策，惟本朝爲然。」全文徵引漢、宋史實，比較優劣得失後，認
爲北宋末當取法宋初與鑑戒西漢。這是政論常見的作法。

　　另外值得留意的，即是文中「或者」所提出的論點，以及李綱所回應的
內容。或者所提出的，即爲趁遼國內部問題浮現之時，採取「聯金滅遼」乃
至於「聯高麗滅遼」的策略，以完成祖宗滅遼之志。李綱顯然很反對此意見。
首先，引證漢高祖中匈奴計困於平城的事例，認爲遼國衰敗實爲誘敵假象，

〔註57〕〔宋〕李綱著，王瑞明點校：《李綱全集》（長沙：岳麓書社，2004 年 5 月），
　　　　卷一四三，冊下頁 1365。

不可輕信之。〔註58〕再者，也是筆者要強調的，對於聯合金國與高麗，李綱表示了高度的懷疑。對於聯金，謂「能保女眞之不爲患乎？」對於聯合高麗，則謂「安可必其背彼而助我哉？」要之，聯夷以制夷的手段，李綱大表反對之意。最後，則仍以謹守盟約，「靜而安之」爲對外關係的最高原則。

除內容主旨外，李綱所施展的寫作手法亦值得留意。包括前引在內，李綱全文以兩次「或者曰」、「將應之曰」這類一問一答的方式寫作，篇幅幾占全文二分之一。可說是該篇重要技巧。前人認爲，這是議論文中拓展己意的良方。清末民初的吳曾祺稱此法爲「設問」，並論曰：「古人欲有所作，恐己意不伸，則設爲賓主問答之辭。先爲難端，然後徐出己意。有一之不已，至於再三者，其體皆歸於詘賓而伸主。……惟議論之文，中間遇文勢窮處，間入一二段，亦足以爲展局之法。」〔註59〕此外，此處虛寫的「或者」，或許根本無此人，其功能僅在文章中突顯作者論點；又或許眞有此人，只是受到作者刻意隱沒而其名不彰，故常常爲讀者所忽略。若是眞有其人，則兩造雙方必然有場爭辯。李綱於建立論點時，援引高祖平城之圍爲例證。「或者」必然也將於歷史資料庫中，尋找有利於自己的事例。如此看來，文中李綱與「或者」的爭辯，實隱微呈現了兩造在當時國家外交策略、過往歷史事件詮釋的兩重爭奪。

本節以金國建立（徽宗政和五年，1115）爲界，分「前」、「後」兩個階段觀察北宋晚期之政論與史論。以上所論蘇轍、唐庚、李新、李綱等人之政論與史論，無非皆是在評騭古人古事時，寄託對北宋晚期對外關係事務的主張。蘇轍與唐庚主張謹愼用兵，此或針對神宗用兵西夏而來。李新與李綱對於「聯金滅遼」的外交策略，則有全然兩極的看法。

第三節　中興：南渡初期論「對外關係」的政論與史論

本章一開始即論到，「和戰」抑或謂「對外關係」，是南渡初期最爲重要，甚至是關乎國家存亡的政治課題。不論古今中外的學者，對此皆有著相當的

〔註58〕匈奴匿其精兵，漢高祖中計困於平城事，見〔漢〕司馬遷撰，〔南朝宋〕裴駰集解，〔唐〕司馬貞索隱，張守節正義：《史記‧匈奴列傳》（北京：中華書局，2003 年 7 月，2 版 18 刷），卷一一〇，冊 9 頁 2894。

〔註59〕〔清〕吳曾祺著，楊承祖點校：《涵芬樓文談》（臺北：臺灣商務印書館股份有限公司，1998 年 6 月，臺二版），頁 95～96。

共識。諸臣對於和戰問題的論辨，除體現在奏議這類正式的公文書外，亦保存在政論與史論之中。若論及這些作品的討論內容，高宗應選擇何處作爲駐蹕之所，無疑是焦點之一。由政論、史論來觀察南渡初期和戰問題，似不失爲另一個視角，或可補前賢之不足。〔註60〕

　　南渡初期建炎年間，在金人武力威脅下，爲求自保，高宗其實處於近似「逃亡」的狀態。高宗於江南一帶都留有足跡，建炎三年（1129）時，甚至曾經流亡海上，在國史上留下了難堪的記錄。期間群臣對於駐蹕地問題，有不少爭論，學者歸納高宗主要有三個選擇，分別是建康、吳越與蜀地。並認爲駐蹕地的選擇，又與對金和戰政策密切相關。〔註61〕紹興元年（1131）十一月，高宗下詔「移蹕臨安（今浙江杭州）」，次年正月抵達。此地日後也成爲南宋正式的國都。〔註62〕以下所論，爲涉及高宗駐蹕之地，與對金和戰政策的政論、史論。各種不同的意見，約可區分爲兩大類，即：（一）定都建康，積極抗金；（二）設險防衛，內修政事。而這兩類意見，據考察應與當時對金局勢的進展相吻合。分別論述如下：

一、定都建康，積極抗金：李綱〈迁論・論西北東南之勢〉等作家作品

　　李綱於建炎元年五月高宗即位後，隨及被任命爲宰相。但因爲對金積極主戰的立場，受到汪彥伯、黃潛善等人的反對，李綱於七十五日後即遭罷黜。〔註63〕李綱不論在朝在野，積極抗金、北返中原的主張並無二致。謫居梁溪期間，曾作有〈迁論〉十卷。〔註64〕其中有數篇作品，體現了李綱對於當時地理形勢與駐蹕之地的看法，〈迁論・論西北東南之勢〉即是顯例。文云：

〔註60〕黃寬重曾提倡南宋史尚須擴展、充實的三個課題，其中即包括「和戰問題」。觀察近年研究成果，筆者似未見由政論、史論的記載論述和戰問題者。詳參氏著：〈南宋史研究與教學的幾個議題〉，《宋史叢論》（臺北：新文豐出版公司，1993年10月），頁295～296。

〔註61〕《南宋初期政治史研究》，頁82。

〔註62〕兀朮率金兵南侵，以及高宗接受呂頤浩海上避難建議的經過。高宗流轉江南各地，下詔移蹕臨安，到正式定都臨安府的過程。皆可參何忠禮、徐吉軍：《南宋史稿（政治軍事和文化編）》（杭州：杭州大學出版社，1999年4月），頁27～34。

〔註63〕詳參趙效宣：《宋李天紀先生綱年譜》（臺北：臺灣商務印書館股份有限公司，1980年6月），頁86～102。

〔註64〕李綱〈迁論〉的寫作背景，詳參本文第三章第二節的討論。

自古帝王興于西北者，多能兼并東南；而宅于東南者，不能制服西北。故秦據雍州，以蠶食諸侯，卒并天下；漢都關中，破趙取代，服燕定齊，而卒亡楚。晉承曹魏而平吳，隋承後周而滅陳，唐起晉陽取長安，遂定海內；本朝都汴，先得西北，而後下江湖，嶺、蜀服，閩、浙如拾地芥。東晉宅江表，卒不能復中原。其後劉裕乘勢電掃，得洛，得關中，而亦不能守也；宋、齊、梁、陳因之，僅足自保，竟不能以跬步進，豈非地勢、人事使之然歟？

蓋天下形勢，西北高而東南下，故戰國之兵，皆仰關而攻秦。說者謂：自關中下兵，如建瓴水而下，是以王者不得不王，霸者不得不霸；東南皆江湖沮洳，非用武之地。此地勢然也。……此劉敬所以脫輓輅以建金城之安，留侯贊之，高祖即日駕西都關中而不疑也。
〔註65〕

本文旨在論西北形勢優於東南。繼三國時期魏與吳、蜀，南北朝時期北方異族與南方東晉、南朝之後，金朝與南宋，呈現國史上第三度政權南北對峙的地理形勢。在南北對峙局勢尚未明朗前，李綱有鑑於歷史上，南方政權長期以來處於劣勢，最後通常爲來自北方的力量兼併，故主張北方較南方具優勢。李綱分別由「地勢」、「人事」兩方面，論西北形勢之勝。爲了說明旨意，作者在徵引、安排史料時，運用正反對比的方式。先是援引歷代由北方兼併南方的朝代爲正面例證，如：秦、漢、晉、隋、唐，乃至於宋朝亦是「先得西北，而後下江湖」的。再者，則言及南方受到兼併的反面例子，如：東晉、宋、齊、梁、陳。在正、反相對比較的寫作手法經營之下，作者很容易地建立中國歷來「西北形勢勝於東南」，或是「中國帝王興於西北者兼并天下」的論點，並興起讀者取法秦、漢，鑑戒東晉、南朝的意識。文末，作者徵引劉敬得到張良支持，諫請劉邦定都關中一事，亦頗具深意。〔註66〕

在綜論各代所據形勢之外，李綱亦論個別君主對於形勢的取捨判斷。〈迂論・論形勝之地〉曰：

自古帝王之興，必先據天下形勝之地以爲根本。故高祖保關中而守之以蕭何；光武保河內而守之以寇恂，皆深根固本爲不拔之基以制

〔註65〕《李綱全集》，卷一五一，冊下頁1421。
〔註66〕此處涉及李綱〈迂論〉中「比興寄託」的重要寫作手法，詳參本文第六章第三節的討論。

天下。利則伸而進，可以勝敵；鈍則蟠而退，可以堅守。雖有困敗，
而終濟大業者，其建策然也。曹操之起，荀彧勸其先定兗州；唐高
祖之起，太宗勸其先趨長安。故能卒有中原而定天下，豈非以高祖、
光武為法乎？至于不立根本而浪戰，雖力勝兵強，百戰百勝，一跌
則失之矣。此項羽、李密之所以敗也。〔註67〕

由首句的概括可知，全文旨在論帝王之興，當取決於其所據之地。李綱先是
援引漢高祖、光武帝為例，說明前述主張。再者，則謂曹操與李淵所以興起，
應即以漢高祖、光武兩人「為法」。其實，曹、李未必正如李綱所說，是效法
漢高祖、光武兩人，而得以成就其霸業。但全文著眼點在提供宋室，甚或是
後世取法對象。漢高祖、光武，乃至其後的曹操、李淵，作者將之徵引、組
合，旨在主張據形勝之地，方能興帝王之業。李綱文中雖然以反詰的疑問語
氣行文，但其想必是肯定曹、李曾經取法兩位漢帝的。由是觀之，為了使論
據更加充份，以增強文章說服力，以強化文章主要論點，李綱敘述時不惜「臆
測」甚至「虛構」此則歷史事件。文末對於項羽、李密等失敗的個案，作者
雖僅輕描淡寫的點到為止，但卻也同樣形成正反對照，褒貶自現的效果。

　　前文謂李綱主張北方形勢優於南方，故帝王興於西北者，多能兼并東南。
而對於南方如何自保，李綱亦有一番論述。〈迂論·論江表〉云：

江表自孫氏三世經營之，然後能立國。以權之智勇，因父兄之資，
能駕馭豪傑而得士。有周瑜、魯肅、呂蒙之徒以為腹心；有甘寧〔註
68〕、凌統、黃蓋之徒以為爪牙。據有荊、楚、閩、粵之地，稱帝
最後，而享國最久。故能抗魏連蜀，成鼎峙之勢，至晉而後亡。
其後晉元帝因之，興于江左，有王導以為謀主，有顧榮、賀循、
紀瞻之徒以從民望；有郗鑒、陶侃、溫嶠之徒以處方鎮。凡荊、
揚、閩、鄂要害之地，悉置重鎮、擇名帥、屯銳兵以控扼之，故
能保有東南。中原雖紛亂，而一方晏然；強臣雖屢叛，而卒以平
定……今朝廷既舍中原不復料理，而又不為保東南之計，考按古
跡，命帥屯兵以為藩籬。而區區偷取目前之安，緩急則南渡，恃
江以為固；及廹則又遠徙以避之。以此為策，雖保一隅，未見其

────────────

〔註67〕《李綱全集》，卷一五二，冊下頁1427～1428。
〔註68〕《四庫》本、《全宋文》本作「甘卓」。查甘卓（？～322）為東晉初年將領，傳
　　　　說為甘寧之後。此處顯然應作「甘寧」為是，《四庫》本、《全宋文》本恐誤。

可，而欲坐享六朝之利，蓋亦難矣。而況大於此者乎！〔註69〕
全文引三國時代，孫氏三世經營江表之例，謂「然後能立國」，說明國家地處江表時，應如何求得自保之道。李綱認爲，南宋當時應以三國時期孫氏父子的東吳，及南北朝時期晉元帝的東晉爲師法對象。論及具體作法，即是文中所謂「要害之地，悉置重鎮、擇名帥、屯銳兵以控扼之。」綜觀文中援引東吳、東晉兩朝史事，可發現作者著重在兩朝以名帥銳兵置於重鎮的描述，對於其他偏安江南的自處之道，則完全略而不提。李綱藉此提出的論點，即爲東吳、東晉所以能自保，全在於其軍事策略得當。這也是李綱認爲，當時宋廷最需要取法學習之處。作者倡議朝廷應「考按古跡，命帥屯兵，以爲藩籬。」其中「考按古跡」的部分，更能體現李綱主張借鑒東吳、東晉軍事經驗的企圖。

湖湘學派的開創者胡安國，主張定都建康（今江蘇南京，詳參本章文末附圖），對金抗戰。胡安國的意見，在其紹興元年的〈時政論·建都〉一文中，有具體之表白。〔註70〕文云：

> 臣聞有家者必作室，立國者必建都。必據形勢，握輕重之權；必居要津，觀方來之會。……昨者鑾輿時邁，狩于吳越，則王導所謂望實俱喪，而晉不果遷之地也。三省百司，寓于南昌，則李煜避周，徒自秦淮，卒不能振之所也。國勢一統不可以數分，國都一定不可以數動，與匈奴居穹廬，逐水草，無城郭宮室市朝之禮者異矣。今敵國憑陵，叛臣僭竊，瀕海諸郡，僻在東隅，宜還都建康。比關中、河內爲興復之基，環諸路而中持衡焉，則人心不搖，大事可定矣。〔註71〕

全文旨在以「先立後破」的方式，由各個層面論何以要定都建康。屬於「立」的部分，爲胡安國分別由歷史、地理、經濟、交通等各方面，闡述定都建康的理由。此段可謂詳盡周延，足以服人。但因涉及廣泛，作者非聚焦於歷史層面論述，故本文略而不論。文後，亦即前文所引之處，作者用以駁斥高宗之「狩于吳越」，以及隆祐太后之「寓于南昌」，乃屬於「破」的部分。〔註72〕此段分

〔註69〕《李綱全集》，卷一五二，冊下頁1428。

〔註70〕關於胡安國〈時政論〉系列作品的創作背景，詳參本文第三章第二節的討論。

〔註71〕胡安國著有文集十五卷，今佚。〈時政論〉諸篇，《全宋文》錄自〔明〕黃淮、楊士奇編：《歷代名臣奏議》（上海：上海古籍出版社，1989年10月，影印永樂本），卷四七，頁2上～下。另見《全宋文》146/109。

〔註72〕「狩于吳越」，指的即是高宗爲躲避金人，流竄於江南一帶事。而「寓于南昌」，指的是建炎三年七月，隆祐太后在楊惟忠護衛下走避洪州（今江西南昌）事。詳見〔元〕脫脫：《宋史·高宗本紀》（北京：中華書局，1997年6月初版4

別由取法與鑑戒，兩個不同方向運用歷史事件。值得取法的，是東晉王導曾舌戰溫嶠等人，力排遷都豫章、會稽等主張，將國都維持在建康。事見《晉書‧王導傳》。〔註73〕反之，足資鑑戒的，則是南唐元宗李璟爲走避後周侵略，由金陵遷都南昌。遷都不久後，南唐隨亡於宋。事見《十國春秋》。〔註74〕組合東晉與南唐關於遷都的歷史事件，胡安國旨在主張定都建康者興，遷出建康者亡，以之駁斥當時持其他意見者的說法。配合對於建康各方面優勢的詳盡論述，胡安國以有立有破，先立後破的論述方式，建構自身主張。

范浚同樣積極主張北返，恢復中原。在紹興元年，范浚因秦檜任相而力辭應詔賢良方正。雖然如此，但他卻也作有〈策略〉等一系列有關高宗中興事業的政論。〔註75〕其中〈形勢下〉，表達對形勝之地的重視，且情緒似乎更爲激切。文云：

> 嗟夫！天下形勝之地，異時皆吾有也，有之而不知守，失之而不知復，失一邑則棄一邑，失一郡則棄一郡，隨失隨棄，以至于今。惟異時棄之也甚易，故今日收之也甚難。昔漢靈帝時，以兵亂不解，司徒崔烈欲棄涼州，議者不可，曰：「涼州天下要衝，國家藩衛，若使左袵之虜得居此地，士勁甲堅，因以爲亂，此天下至憂，社稷深慮也。」向令爲國家守土地者以天下至憂、社稷深慮爲念，必不輕棄郡邑，雖力不足而棄去，必思即復取之。惜其棄而不即復取，遂使左袵之虜盜據士勁甲堅之處，爲亂迄今而勢尚強。嗟夫！往者不可悔，而可以爲今之戒也。〔註76〕

范氏爲〈形勢上〉作補充，〈形勢下〉專論中原形勝之地，以及據其地後要能用之，且要能取得先機等諸多問題。前文所引，爲〈形勢下〉的最末段，作

刷），卷二五，冊2頁467。

〔註73〕 王導論定都建康時曰：「一旦示弱，竄於蠻越，求之望實，懼非良計。」此即胡安國文中「望實俱喪」所出。詳參〔唐〕房玄齡等撰：《晉書‧王導傳》（北京：中華書局，1974年11月），卷六五，冊6頁1751。

〔註74〕 據載，主張由建康遷都豫章（案：即南昌）的，是元宗李璟，而非後主李煜。此處胡安國何以偶誤，原因不詳。參見〔清〕吳任臣撰，徐敏霞、周瑩點校：《十國春秋》（北京：中華書局，1983年12月），卷十六，冊1頁232。

〔註75〕 范浚〈策略〉諸篇寫作背景、時間，詳參本文第三章第二節的討論。

〔註76〕 祝尚書僅敘述范浚《范香溪先生文集》版本流傳，並未論斷何者爲佳。詳參《別集敘錄》，冊下頁888～892。《全宋文》點校是集所用底本爲《四部叢刊續編》本，今從之。〔宋〕范浚：《范香溪先生文集》（上海：上海書店，1985年2月，《四部叢刊續編》本），卷十三，頁7上～下。另見《全宋文》194/96～97。

者用以再次強調形勝之地對藩衛國家至關重要。文引東漢靈帝時，崔烈與傅燮對於涼州是否應棄守的論辯。其中反對崔烈棄守涼州，主張該地爲「天下要衝、國家藩衛」的「議者」，指的即是傅燮。傅燮力陳棄守涼州之害，靈帝最後接受其意見。事見《後漢書・傅燮傳》。〔註77〕范浚讀史至此，想必感慨甚深。北宋所據有的形勝之地，因爲「棄之也甚易」的緣故，亡失大半，使得當今南宋只能偏安江南。范浚此段，即謂宋廷當以「隨失隨棄」爲鑑戒，並取法傅燮、漢靈帝「不輕棄郡邑」的決定。

「向令」以下，范浚運用假設語氣，設想一個堅守國土的宋廷，這顯然與事實不符的想像，更加深文末所發感慨。由范浚〈形勢〉上下兩篇觀之，其論形勝之地的諸多主張，實不僅僅欲鞏固南宋偏安局勢而已，而更是要「滅胡醜而復境土」、「思即復取之」。

其他如胡安國的〈時政論・設險〉謂：「臣竊以謂欲保江左，必都建康，欲守建康，必有荊峽」，也是主張定都建康之作。〔註78〕范浚的〈形勢上〉謂：「吳、蜀、襄陽者，取勝之資也」，所指無他，實爲成功北伐的憑藉。〔註79〕

二、設險防衛，內修政事：王庶、程敦厚等作家作品

力主抗金者定都建康的意見雖頗爲強烈，但高宗並沒有多作理會。而就在紹興二年正月，胡安國父子寫作〈時政論〉、〈中興業〉之後，駐蹕臨安府（今浙江杭州，詳參本章文末附圖）。一直到紹興八年（1138）正式定都臨安之前，高宗僅於紹興七年（1137）短暫移蹕建康。紹興二年至八年間，臨安在名義上雖未成爲國都，但卻已有其實。相較於建炎年間的流轉逃亡，這段時間顯然是相對穩定的多，此實有賴於宋廷國力的逐漸精實壯大。

黃寬重認爲，在建炎四年（1130）張俊明州之捷與韓世忠黃天蕩之捷後，宋廷「明顯的扭轉了頹勢，使高宗開始了解能戰而後能和，於是對金的政策上，由消極避敵改而採取守勢」。〔註80〕在國都隱然確立，國力逐步提升，國策也由避敵改爲防守的局勢下，政論與史論中關於地理形勢的論辯，亦轉爲如何爲臨安設險防衛的問題上。

〔註77〕〔漢〕班固撰，〔唐〕顏師古注：《漢書・傅燮傳》（北京：中華書局，1996年5月初版9刷），卷四八，冊7頁1875～1876。

〔註78〕《歷代名臣奏議》，卷四七，頁2下～3上。另見《全宋文》146/110。

〔註79〕《范香溪先生文集》，卷十三，頁3上～下。另參《全宋文》194/93～95。

〔註80〕〈從和戰到南北人——南宋時代的政治難題〉，頁4。

王庶於紹興六年（1136）所作之系列政論〈定傾論〉中，[註81] 有兩篇論及為臨安設險議題。〈定傾論・論襄漢〉曰：

> 伏以自東晉至於梁、陳，國於吳越者皆以江南為境，地勢平衍，無大山深谷以為限蔽。據江淮之上流，屯兵宿將以為巨鎮，其地有三：曰襄陽，曰武昌，曰九江。地當孔道，必得其人而後能守。在東晉世，如陶侃、庾亮之徒，相與戮力，以捍蔽一方，北方之兵雖盱熟視而不敢南渡者，以地利所在，勢當然也。伏見鑾輿駐蹕杭越，其以江淮為境者，與古無異。而兵衛所在，復加二焉：曰建康、維陽。雖當盜寇竊發，而旋即平定，人民之富十不減三四。獨有襄陽、武昌、九江三郡，久為盜墟，城邑殘破，百姓屠戮，十不存一。今雖建帥宿兵，而財用殫乏，倉廩艱棘。雖使陶侃、庾亮之流馳騁其間，未能保一日之安也。[註82]

本文旨在論襄陽、武昌、九江三地，特別是襄陽對於臨安駐蹕地的重要性。王庶由歷史上東晉、梁、陳等南方政權為例，論述襄陽對南宋的重要。襄陽即為今日湖北省襄樊市（詳參本章文末附圖）。此觀點與前引胡安國、范浚相近。然而，襄陽一地的情勢已有所不同。襄陽原先為劉豫的偽齊政權所控制，而在紹興四年（1134）七月，則為岳飛順利收復。[註83] 在岳家軍取得勝利後論襄陽的重要，立論的方式自然與以往不同。王庶援引東晉陶侃、庾亮兩位大將為例，主張當時軍事要地有名將駐守，使得南北局勢得到穩定。[註84] 此實值得同樣「以江淮為境」的南宋當局取法。然而，王庶的主張，又不僅如此而已。由文章看來，南宋所面對的困境，似要較東晉來得複雜些。由「久為盜墟，……倉廩艱棘」一段看來，南宋雖成功克復襄陽，但因為此地久為盜賊所苦，故尚存

[註81] 王庶〈定傾論〉諸篇寫作時間繫年與寫作背景，詳參本文第三章第二節的討論。

[註82] 王庶未見文集傳世。據《全宋文》〈定傾論〉校勘記所言，諸篇什具見於《繫年要錄》卷九九，以及《三朝北盟會編》卷二〇九至二一〇，唯兩書在所錄篇數上有差異。前書錄有十一篇，後書則錄有十八篇。為求全備，本文徵引王庶〈定傾論〉作品，乃錄自《三朝北盟會編》。〈定傾論・論襄漢〉，參見〔宋〕徐夢莘：《三朝北盟會編》（臺北：文海出版社，1962 年 9 月，影印清光緒越東集印本），卷二〇九，頁 3 上～下。另見《全宋文》184/329。

[註83]《南宋史稿（政治軍事和文化編）》，頁 89～91。岳飛第一次北伐，收復襄漢的過程，王曾瑜論之甚詳，參氏著：〈岳飛第一次北伐〉，《岳飛和南宋前期政治與軍事研究》（開封：河南大學出版社，2002 年 10 月），頁 103～115。

[註84] 平定蘇峻之亂後，陶侃都督交、廣、寧等七州軍事，鎮守江淮軍事要地。參見《晉書・陶侃傳》卷六六，冊 6 頁 1775。

在著諸多問題有待解決。王庶除援引歷史，以提供陶、庾等取法對象外，亦同時直指古所未見有待解決的時弊。文章雖短，卻頗有見地。

除了襄陽外，王庶亦注意到洋州、興元府一帶。〈定傾論·論形勢〉曰：

> 臣聞立國必處形勢之地，強國必資形勢之利，守國必據形勢之便。處之得其地，則民心歸；資之得其利，則財用足；據之得其便，則軍聲振。蓋形勢者天下之大本，若人之有血氣，木之有根基，水之有源流。謀國者不可不知也。故古人言形勢者，或謂之上流，或謂之襟喉，或謂之腹心，或謂之四肢，其緊慢急緩殆可見矣。今天下十失七八，所謂咽喉、腹心、上流者皆爲敵人所有，區區吳蜀乃一肢爾。尺寸之地，又非昔時之吳蜀也。自古吳皆以壽春、荊、襄爲上流，蜀以漢中、金、洋爲咽喉。故時方用武，則遴選奇英，屯宿重兵，尺寸不假人。今襄陽千里蕭條，有兵不能自養，梁、洋田隴邱墟，置之不復爲意。今日之天下所以守則不固，戰則不勝，惴惴然不自安樂，殆謂此也。〔註85〕

此文與前文相同，依然是專論爲臨安設險防衛的問題。不同的是，王庶將注意力向襄陽西邊延伸，到了宋金邊境上另一重鎮，即文中所謂「梁、洋」一帶。梁州於唐代改名爲興元府，隨後一直沿用到南宋，只是時人仍舊以「梁、洋」並稱。南宋時隸屬利州東路的興元府與洋州，即今日陝西省的漢中市與洋縣（詳參本章文末附圖）。此文值得一提的，是作者以總結的語調，綜論前人論形勢的許多說法。由「立國」、「強國」、「守國」而言，論國家各個階段，形勢皆至關重要。又將「咽喉」、「腹心」、「上流」、「四肢」等，前人對於形勢形象化的比喻並列，說明襄陽、梁洋對於南宋的重要性。要之，王庶以後人之姿，總結前人對於國家形勢的論述與比喻。由寫作創意而論，似乎未見令人驚喜的表現。若由說服力而言，則正因這種廣徵博引的作法，使得文章力量得以呈現。

論及內政，王庶除了正面地由取法乎先王來說，亦由鑑戒歷史人物乃至當時敵對的金朝論之。〈定傾論·論敵人強弱〉云：

> 臣聞楚王奉孫吳以討于陳，曰：「將定而國」，陳人聽命，復遂縣之。繼又誘蔡侯，執之以歸。叔向曰：「失信而再克，必受其咎，弗能久矣。桀克有緡以喪其國，紂滅東夷而喪其身。楚小位下，而亟暴于

〔註85〕《三朝北盟會編》，卷二一○，頁 8 下～頁 9 下。另見《全宋文》184/342～343。

－134－

二王，能無咎乎？天假助不善，非祚之也，必厚其凶而降之罰。」
臣觀金賊瀕海小醜，語言不通，邈在要荒之外，乘二國奸弊，豕突
獸搏，所至輒克，縱毒長惡，惟利是嗜，雖五胡之亂華，莫甚於此。
又無長計遠慮以撫其遺民，仁人君子以謀其社稷。四邊所用，皆鄙
夫餓隸，心既患失，事多曲從，剝膚搥髓，例以爲能，天意謂何，
人心謂何？今僥倖立國十有餘年，一星終矣，衰兆漸萌。……古語
有之：「上策莫如自治。」正今日之急務也。伏惟少軫聖慮，天下幸
甚。〔註86〕

此文要旨，正如前引文末所言，主張「自治」爲南宋之急務。而王庶用以說
明的歷史／當代人物事件，正是未能自治而足資宋廷作爲鑑戒者。作者以春
秋時期的楚國，以及當時的北方「金賊」爲例。首先，叔向答韓宣子問，論
述楚國以不義、失信的方式克陳圍蔡。事見《左傳・昭公十一年》。〔註87〕再
者，則謂金國對外雖攻克二國（筆者案：應即爲北宋、遼國）但唯利是圖，
對內則荒廢國政。由對外、對內兩個方面，極盡「醜化」金國政權之能事。
要之，王庶之文上下古今數千載，選擇、組合桀、紂、楚、金等君主、政權，
即爲主張天雖偶「假助不善」，幫助國家未能自治者，但最後該國終將自取敗
亡。由反面立論，所欲建立者，即是「上策莫如自治」的歷史通則。就文章
寫作角度論，此文以古鑑今，理充辭沛，可謂達到論辯與說服的目的。另外
值得注意的，是作者運用史料的方式。

　　經楊伯峻考察，「紂滅東夷而隕其身」事，有卜辭可證。但對於「桀克有
緡」事，楊氏則語帶保留。雖然上古夏朝歷史，今人確實難以考知，而春秋
時的叔向，又或許能證明確有「桀克有緡」事，但楊氏的考察似乎還是透露，
此事尙存有爭議的空間。〔註88〕也就是說，叔向爲馳騁辭令，不無杜撰史實

〔註86〕《三朝北盟會編》，卷二一〇，頁 1 上～頁 2 下。另見，《全宋文》184/334～
335。

〔註87〕叔向認爲，楚國失信失義克陳圍蔡的行徑，實與桀、紂無二而更甚之，三者
在對外戰爭上雖皆取得短暫勝利，但最後必將自取滅亡。詳參楊伯峻編著：《春
秋左傳注》（臺北：洪葉文化事業有限公司，1993 年 5 月），頁 1323。

〔註88〕楊伯峻於《左傳・昭公十一年》傳文「桀克有緡，以喪其國」後注曰：「《晉
語一》云：『昔夏桀伐有施，有施人以妹喜女焉。妹喜有寵，於是乎與伊尹比
而亡夏。』四年《傳》云：『夏桀爲仍之會，有緡叛之。』餘則未聞。」在楊
氏考證下，未見任何對「桀克有緡」的記載，故謂「餘則未聞」。因此，筆者
認爲楊氏似乎對「桀克有緡」事，語帶保留。詳參前注。

之嫌。在徵引叔向辭令後，誠如前述，王庶似再刻意地極度「醜化」金國政權。在以達說服、論辯目的爲前提之下，我們有理由懷疑王庶所言金朝種種負面事蹟，如同「桀克有緡」一般，並非全然可信。就在叔向、王庶前後千餘年的「接力」下，讀者（包括南宋當時與現代）所接受的，很可能是曲解史實後所型塑的論點。作者費盡心思所撰寫的文章達到效果，作爲現今的讀者，亦能感受王庶力諫宋廷務求「自治」的苦口婆心。

另進言主張不應急於對金用兵者，尚有程敦厚。目前雖難以確知程敦厚（生卒年不詳）〈危言策〉的寫作時間，但由文中內容看來，應作於南渡初期無疑。其文云：

> 今夫議者猥曰醜虜可滅而舊都可復也，願孰不願此？奈何天下有緩急之機，不可不察也。……嘗觀王導之□事而得之。晉室東駕，中原塗炭，宜食不下咽，枕戈待旦，先意於敵，以刷大恥矣；而乃建國都，置宗廟，劃疆斷壤，甘心一隅，曾無恢復之計。深究其故，東晉所以能成中興之隆而垂之累世者，政由王導明緩急之機耳。東晉之敵，堅敵也，其法當緩圖。……今天下誠非不足有爲矣。中原無堅、勒之姦雄，田畝無勝、廣之倔起，然而醜虜則不可謂之脆敵也，其法亦當先意於民。〔註89〕

程氏指出天下之機，有緩急不同的區別，並認爲當時的南宋，應「緩圖」而「先意於民」。程敦厚爲建構此論點，在援引史料進行組合詮釋時，皆由「機」之或急或緩論之。並認爲，所謂「機」之「急」者，即「專意於敵」；「機」之「緩」者，則爲「先意於民」。換言之，「機」之緩急，取決於對敵情、民情的態度。例如，在筆者未及徵引的部分，程敦厚謂漢、唐所以能取天下，即因兩朝能「明其機」在「急乘」，而能「專意於敵」。反之，秦所以亡，則在於「昧其機」當「緩圖」，而「忘意於民」。此處較關注的，是程氏隨後徵引東晉爲例說明。

程氏主張，東晉所以能成其中興大業，皆由於王導能明「其法當緩圖」。

〔註89〕 程敦厚有文集《金華文集》、《外制集》，今已佚。《別集叙錄》因此亦未見著錄。據《全宋文》校勘記，程氏〈危言策〉、〈經國十論〉諸篇政論，皆保存於《新刊國朝二百家名賢文粹》中，今從之。〈危言策〉，見於〔宋〕佚名輯：《新刊國朝二百家名賢文粹》（上海：上海古籍出版社，1995～2002，《續修四庫全書》影印宋書隱齋刻本），卷六三，頁 9 下～11 上。另見《全宋文》194/297。引文中「□」，爲難以辨識字。

誠如前述，王導曾力主建都建康，並與溫嶠等人有過爭論。〔註90〕程氏所以特別強調，王導堅持執行建都等安定人心的作爲。原因無他，即爲主張面對「堅敵」時，當求「緩圖」以穩定內部，如此方能成就中興。由王導領導的東晉中興政局，實爲足資南宋取法的具體對象。然而，作者們所處立場、主張各異，對於同樣的歷史知識，進行選擇、組合等敘述方式不同，隨後所產生的論點自然各不相同。晉元帝與王導君臣的歷史評價，在南渡初期呈現褒貶互見的兩極現象。關於此點，容後文詳論。〔註91〕

程敦厚於紹興六年（1136）八月，上〈經國十論〉。〔註92〕其中〈量敵〉云：

> 今大恥未雪，大難未夷，枕戈嘗膽，以死讎敵，此陛下之職，而亦陛下之責也。臣豈欲陛下忘敵而苟安耶？然敵有堅脆，而時有利鈍，願陛下量敵而相時，苟敵之方堅而時之未利。少忍以遲之可也。……昔東晉之世，石虎既死，庾亮頗欲經營中原，而謝玄淝水之捷，宜可鼓行而席卷，然皆不能有爲者，政以財殫力竭耳。是則養吾之全力而乘敵之既老，一舉以覆之，與夫屢出屢敗，而卒無以快其憤、遂其志者，顧利害其易見也。射幸數跌，不如審發。惟陛下留聽。
>
> 〔註93〕

全文主張人君面對強敵時，當知「量敵」、「相時」。與其積極求戰卻「屢出屢敗」，不如養精蓄銳而「一舉以覆之」。爲論述此主張，程敦厚先是爲自己的立場「消毒」，強調自己絕非「苟安」、「忘敵」之輩。再者，文中將漢高祖、唐太宗描繪成審時度勢、洞燭機先的君主，以供高宗取法。而更重要的是，運用東晉的人物、事件以供高宗鑑戒。同樣偏安江南的東晉故事，對於地理環境相近的南宋，應具較大的說服力。此處特別關注的，正是前文所引的這個部分。

文中引用石虎、庾亮、謝玄等，三位南北朝時期的歷史人物。一般來說，讀者須對政論援引的歷史知識，具備一定程度的熟悉，才能深刻了解作者寫

〔註90〕蘇峻之亂後，溫嶠議遷都豫章，三吳之豪請都會稽，王導則主張定都建康。《晉書‧王導傳》，卷六五，冊6頁1751。

〔註91〕關於晉元帝與王導君臣，歷史評價的兩極現象，詳見本文第五章第二節的討論。

〔註92〕程敦厚〈經國十論〉寫作時間繫年與寫作背景，詳參本文第三章第二節的討論。

〔註93〕《新刊國朝二百家名賢文粹》，卷三九，頁11上～下。另見《全宋文》194/291～292。

作旨意。然而，在查考文引三位人物後，我們卻發現程敦厚徵引史實，乃至敘述其間的時間先後關係時，似乎犯了很大的錯誤。石虎生於晉惠帝元康五年（295），卒於晉穆帝永和五年（349），是北方十六國時期後趙的君主，亦是著名的暴君。庾亮生於晉武帝太康十年（289），卒於晉成帝咸康六年（340），是東晉的軍事將領與外戚。謝玄（343～388）較爲人所熟知，其於晉孝武帝太元八年（383），領導東晉取得淝水之戰的勝利。程敦厚文中謂，在石虎死後，庾亮本有機會「經營中原」而未果，以及謝玄未能於淝水大捷後趁勝追擊。這兩則失敗的例子，皆因自身「財殫力竭」所致。程敦厚對於淝水之戰後，謝安何以未能北伐的論斷，原本即具有討論空間。若在這點上，我們姑且從其所說。但程敦厚無法轉圜的錯誤在於：庾亮卒後九年，石虎才過世，程氏卻說庾亮於石虎死後，未能經營中原。這顯然在時間先後上出現問題。

雖然作者可能爲求達成其寫作目的，而對歷史材料「稍作加工」。但程敦厚何以組織這三個似乎不相關的例子，我們實在不得而知。可以確信的是，這個「過度加工」的錯誤應已爲後人所「視破」，而使得藉以建立的論點，不攻自破。

和戰問題無疑是南渡初期最重要的政治課題。由以上討論看來，和戰問題所涉及者，包括定都、設險等國防軍事課題，亦包括內政、外交等重大國政方針，可說是千頭萬緒。仔細觀察後發現，筆者前論諸家政論，幾乎皆主張對金採取強硬態度，高聲疾呼北返中原、「中興宋室」。不論是積極求戰，或是以能戰求和。若謂將此期政論之重點，化約爲「中興」二字，應無不可。我們幾乎未見一味主和者，如黃潛善、汪彥伯的言論。這應是歷史的選擇所造成，使得史料保存產生極端不對稱、不平衡的情形。

黃寬重認爲，和戰問題在南宋一百五十年間，經歷過三次發展變化。而南北對峙的第一階段中，即由建炎之初至紹興十一年（1141）宋金簽定「紹興和議」間，黃寬重有精要的判定，文云：

> 第一階段，是求生存。先是退避求和，繼之爲「以守求和」、「以戰求和」。其間雖然在策略上由消極趨向積極，國力也由懸殊趨向相當，但在驚濤駭浪的考驗中，終因「能戰」而穩定政局，紹興十一年宋金和約的簽定，正是宋突破生存障礙，獲得生存保證的明證。〔註94〕

〔註94〕〈從和戰到南北人——南宋時代的政治難題〉，頁25。

而前述積極求戰、求和者的言論，或與之恰恰相反，或與之同一步調，也正折射出當時政治風氣，由「退避求和」到「以守求和」、「以戰求和」的轉變。李綱於建炎二年前後力主積極北伐，胡安國、胡宏父子於紹興元年，則主張定都建康，對金抗戰。凡此，顯然是當政治風氣整體趨向「退避求和」時，積極主戰者少數「不合時宜」的意見。而王庶於紹興六年爲臨安設險，以及內修政事爲先的主張，則應是當時風氣已轉向「以守求和」、「以戰求和」，論者轉以安頓內政、民心爲要務。我們應可說，積極抗金者的主張，亦在整體宋金局勢變動不定之下，而有所調整。要之，作家們在撰述政論，以古論今、侃侃而談的同時，不僅表達其主張思想，亦透露出當時的政治局勢。

第四節　中興：南渡初期論其他議題的政論與史論

本章前三節所論，著重由縱的方向，對政論與史論中「對外關係」議題由北宋中至南渡初期進行歷時性的考察。然而，南渡初期仍有許多其他重要議題，包括：軍事議題、治盜議題、濫賞議題、經濟議題等等。凡此，皆與「對外關係」有或多或少的關聯性，值得我們留意。以「對外關係」爲重，另外旁及其他議題，方能較完整地認識南渡初期政論與史論之內容，及作品所體現的當時社會局勢。

一、軍事議題：李綱、胡宏等作家作品

若謂「和戰」是南宋首要的政治課題，那麼與之密切相關的軍事問題，其重要性可想而知。前文所引日人寺地遵所言，五項南宋政權確定的政治課題中，亦見有「原有軍事力量全由皇帝統制，軍事權全歸皇帝掌控」一項，此即爲歷史學界所謂南宋初「收兵權」的課題。除「收兵權」之外，關於其他軍事問題，南宋初期政論亦多所體現。

宋人文章好論兵，已爲學界所注意。郭預衡認爲：「宋人文章論兵之多，也超過了以往任何時代。」〔註95〕儘管如此，南渡初期作者論兵之文，似未能受到學界正視。〔註96〕本文認爲，在兵馬倥傯的南渡初期，論兵之文實已

〔註95〕郭預衡：《中國散文史（中）》（上海：上海古籍出版社，2000年3月），頁381～382。

〔註96〕郭氏主張宋代論兵文章多於前代，應無疑義。但觀察其所提供的作者名單，雖然兩宋兼備，卻未見南渡初期的作家。郭氏之後，有關宋人論兵文章的專

體現當時特殊的歷史時空，反應宋代兵制於戰事頻仍中，所顯露的各種問題，值得加以關注。

（一）兵將分離

宋太祖於唐末五代藩鎮之亂中崛起，深知藩鎮將領權重對政治核心的危害甚鉅。故於北宋初期，即採取許多削弱武人權力的措施。黃寬重論及具體作法，包括在制度上實施分權，設立樞密使和兵部分掌軍政。以及在軍事領導上，採「兵將分離」的辦法。〔註97〕而後者，即是所謂的「更戍法」。

王曾瑜認爲，就宋人的說法，設置「更戍法」有兩項理由。其一，爲使「將不得專其兵」。其二，爲使軍士「均營逸，知艱難，識戰鬥，習山川」。而又以第一條爲主要理由。立法目的在於，「爲防範軍權威脅皇權，必須利用更戍法，造成將不知兵，兵不知將的勢態。」此法雖於神宗時遭廢，但「更戍」的情形卻依舊存在。〔註98〕更有甚者，似乎延續到南北宋之際。對於兵將分離，彼此互不相知的情形，李綱有深刻的描繪。其〈迂論・論將〉曰：

> 昔之善爲將者，必有威信足以服士卒，而恩意足以結之。然後可與
> 冒鋒鏑、同生死，陷堅履危，如手足之捍頭目，而子弟之衛父兄，
> 戡難却敵以邀成功，此非可以一朝夕致也。

> 齊用司馬穰苴爲將，而次舍、井竈、飲食、醫藥，皆身自拊循之，與
> 士卒平分糧食，比其羸弱者，三日而後勒兵。病者皆求行，爭奮赴戰，
> 而燕、晉之帥，聞之解兵罷去，盡得復其故境。魏用吳起爲將，而起
> 與士卒最下者同衣食，臥不設席，行不騎乘，親裹贏糧，與士卒分勞
> 苦；有病疽者，至爲吮之。士皆樂爲之戰，而秦兵不敢東嚮，韓、趙
> 賓從。何則？所以用士卒者，用其力也；欲用其力，而不得其心，力
> 不可用也；欲得其心，而恩意不足以結之，心不可得也。……

> 今朝廷將帥之任取其臨時，兵與將初不相識，未聞有以恩意拊循士
> 卒者；間有效古人之所爲，則又疑其以私恩收士卒心。鳴呼！欲責

論，筆者唯見戴偉華：〈北宋文士與兵學關係述略〉，沈松勤主編：《第四屆宋代文學國際研討會論文集》（杭州：浙江大學出版社，2006 年 10 月），頁 161～172。可惜的是，戴文論述對象仍僅止於北宋，而未見向南宋延伸。

〔註97〕此處論及削弱武人權力的措施，見黃寬重：〈中國歷史上武人地位的轉變：以宋代爲例〉，《南宋軍政與文獻探索》（臺北：新文豐出版公司，1990 年 7 月），頁 393。

〔註98〕王說見氏著：《宋朝兵制初探》（北京：中華書局，1983 年 8 月），頁 55～58。

其成功，不亦難哉！爲今之計，莫若遴擇將帥而任之，使得拊循其
部曲，而一切待之以誠，庶幾其可也。〔註99〕

李綱批評當時將帥任取臨時，兵將互不相識的問題。另外，文中亦透露出當
局對於將領充滿不信任感。由身爲武將的李綱自道，實鮮活地呈現自開國以
來，宋朝「強幹弱枝」、「重文輕武」的家法，以及更重要的是，朝廷對於武
人權力擴張的恐懼。而在南渡初期，宋廷處於危急存亡之秋，實需要武人助
其對外抵抗金人入侵，對內穩定國家局勢。朝廷對於武人的諸多限制與懷疑，
不僅無助於武人發揮所長，更是一道道的阻礙。文中雖未明言，但李綱所批
評的應即是「更戍法」，及其所造成的兵將分離現象。

　　爲了提升宋軍貧弱的戰力，李綱認爲最好的辦法，應是充份地信任將領，
並使之拊循兵士，讓將兵之間養成革命情感。司馬穰苴、吳起兩人，是李綱
心目中最佳將領的典範。文中李綱所言，有關司馬、吳兩位將領與士卒間推
心置腹的諸多事蹟，乃至於司馬穰苴爲齊收復失土，吳起領兵以拒秦、韓的
軍事成就，具見於《史記》之中。〔註100〕對於《史記》的記載，李綱在所選
取的部分，幾乎全文照錄。由此或可見出，李綱對兩人事蹟之深信不移與崇
敬之情。李綱援引這些歷史知識，無非是爲論證引文開始對「善爲將」者所
立下的通則，主張將兵合力方能克敵制勝。儘管此刻李綱正謫居梁谿，其言
論根本無法上及天聽。然這無妨於他主觀地認爲，宋廷爲求抗金，理當取法
前人，而非堅守兵將分離的政策。前引最末段，除再度表達對宋廷錯誤政策
的不滿外，更在提出取法前人的建議。

　　除了前論外，王庶〈定傾論·論先計算〉旨在論南宋中興之業，當先定
其規模。王庶批判當時不合理的現象，主要即針對更戍所導至的「數易將相」
問題。〔註101〕

（二）將領專權

　　相較於實施兵將分離的弊病，更令南宋當局顧慮的，應是「將領專權」
所帶來的問題。南宋政權初期，爲了求得生存，必須借助各地大將對抗金人

〔註99〕《李綱全集》，卷一四九，冊下頁1407～1408。
〔註100〕詳見《史記·司馬穰苴列傳》，卷六四，冊7頁2157～2158，《史記·孫子吳
　　　　起列傳》，卷六五，冊7頁2166。
〔註101〕《三朝北盟會編》，卷二〇九，頁6上～下。另見，《全宋文》184/331～332。
　　　　唯《全宋文》本文題作「論先計後效」，內文除了前注差異外，餘則皆同。

與穩定局勢。這使得將領不再與軍隊分離，反倒更進而掌握駐地軍政、財政、民政大權，形成「外重內輕」的現象。對此，元人馬端臨之說可謂精當。《文獻通考》云：

> 建炎之後，諸大將之兵浸增，遂各以精銳雄視海內。〔註102〕

紹興五年（1135）前後，隨著局勢逐漸穩定，宋廷爲扭轉外重內輕的情形，恢復「強幹弱枝」家法，即展開「收兵權」的政策。而正在這段時間，時人政論對之多所呼應，得見諸多對大將專權的批評。〔註103〕

若論及傾向積極抗金，同時亦主張收兵權者，筆者所見較早的意見，應是紹興元年胡宏的〈中興業·整師旅〉。文云：

> 君者，兵之司命也。相者，兵之心也。將帥者，兵之手足也。君不能爲兵之司命，則孟德專漢、仲達專魏之禍生矣。相不能爲兵之心，則王允見殺于傕、氾，國忠見討于祿山之禍生矣。將不能爲兵之手足，則趙括陷其卒于長平，章邯陷其軍于新安之禍生矣。

> 頃年，維揚渡江，危急之際，諸將握重兵者，擅行不顧，與眾俱遁。昔耿弇爲將，不肯以賊虜遺君父，今乃棄君父而不顧，可乎？

> 夫東南之兵，非關中之勁也；東南之財，非蜀中之饒也。漢高以關中委蕭何，光武以河南委寇恂，咸能遣兵調食，遠資征討。今主上以關、蜀付之大將四年矣，未嘗出一人一騎以增禁旅，未嘗輸尺帛斗粟以益軍費。監司帥守，莫非其人，朝廷徒得空文往來而已。

> 夫一脛之大幾如腰，一指之大幾如股，是以遠則四方之兵知有大將而已，不知有主上也，近則諸將之兵知有大將而已，不知有主上也，上之威令不行矣。若是者，可謂能爲兵之司命乎！

> 苗、劉之變，不可不慮，而思所以拔其根也。今劉豫僭山東，桑仲擅襄漢，馬友駐長沙，孔彥舟在淮南，其餘羣盜，所在剽劫，不以十數。相臣不能建議立謀，遣義士，發文詔，以懷來之，又不能指蹤諸將，武震以慴威之。危而不持，顚而不扶，則將焉用彼相？若

〔註102〕〔元〕馬端臨：《文獻通考》（臺北：臺灣商務印書館股份有限公司，1987 年 12 月），〈兵考六〉，卷一五四，冊 1 頁 1343。

〔註103〕包括下文將論到的胡宏，以及未能詳論的吳伸、張守等人。此段對於南渡初對大將專權與政府收兵權的敘述，參考黃寬重：〈從害韓到殺岳：南宋收兵權的變奏〉，《南宋軍政與文獻探索》，頁 105～112。

是者，可謂能爲兵之心乎！〔註104〕一旦有如催氾、祿山稱兵向闕，
號「清君側」，倒持太阿，授人以柄，不知以何術過之也。

曹翰、曹彬爲將，南征北討，兵不留行，掃滅群雄，旁震海外。今
之諸將，握重權，統大衆，金人欲兩河，則束手而與之兩河，欲二
聖，則束乎而與之二聖。盜賊縱橫，殘破州郡，蒼生被屠戮者，所
在以百萬計。若是者，可謂能爲兵之手足乎！將不知兵，以卒與敵，
一旦勇者有趙括之虞，黠者有章邯之變，不知以何將代之也。

是三禍者，在天下無事之時，苟有一焉，猶至于危亂，況今日耶？
〔註105〕

此處以較長的篇幅摘錄該文，實因其頗能突顯將領專權對諸多方面帶來的危
害，這同時也是全文旨意所在。由寫作法論之，此段以凡目法進行創作。〔註106〕
全文伊始，即援引歷史上數位專權將領事蹟，總說其對於「君」、「相」、「兵」
等三方面的危害。此即謂之「凡」。繼之，則結合歷史事件與當時情勢，以近「今
昔對比」的方式，分別詳說專權將領的各項問題。此即謂之「目」。因凡目法能
使作品兼具有提綱挈領（凡）與條分縷析（目）的雙重優點，這顯然是說明事
理所不可缺少的，故經常見於論說文之中。衡諸胡宏這篇作品，確實因爲運用
今昔對比、凡目法，而讓讀者明瞭將領專權，對君、相、兵三方面危害甚深。

誠如前述，在文章「凡」的部分，作者結合歷史與當時詳論專權將領之
弊。其一，在論「君」的段落，胡宏援引劉邦以關中委之蕭何，劉秀以河南
委之寇恂兩則歷史知識。蕭何守關中事、寇恂守河南事，分別見於《史記·
蕭相國世家》、《後漢書·鄧寇列傳》。在人君創業、中興之時，蕭、寇兩人不
僅能不辱君命，穩守關中、河南兩地。據史所載，兩人更能以根據地之人員、
物產，提供其君後勤補給。由是觀之，蕭、寇實爲高祖創業、光武中興所大

〔註104〕「危而不持，顛而不扶，則將焉用彼相？若是者，可謂能爲兵之心乎！」句，
　　　　《全宋文》標點如是。該句《胡宏集》作「則將焉用？彼相若是者」，餘則相
　　　　同。參校〈整師旅〉相近文句，如「若是者，可謂能爲兵之司命乎！」等，
　　　　則應以《全宋文》爲當。參見《全宋文》198/325。
〔註105〕今人吳仁華有點校本《胡宏集》。且祝尚書謂是書參校傳世《五峰集》多種版本
　　　　而成，詳見《別集叙錄》，冊下頁 909。今從之。〈中興業·整師旅〉見〔宋〕
　　　　胡宏著，吳仁華點校：《胡宏集》（北京：中華書局，1987 年 6 月），頁 216～217。
〔註106〕「凡目」法由陳滿銘所提出，「凡」是指「總括」，「目」是指「條分」。關於
　　　　陳氏說法與凡目法的理論、例證，詳參仇小屏：《文章章法論》（臺北：萬卷
　　　　樓圖書有限公司，1998 年 11 月），頁 341～364。

大倚重。〔註107〕胡宏於是主張，將領鎮守要地且支援人主，有助於開展大業。

反觀南渡初期，同樣處於中興大業未盡全功之時，將領卻專權橫行，不知有主上而獨霸一方。古今對比，雲泥立判。另外值得說明的是，《後漢書》實間接記載了蕭何事蹟。據載，光武帝問鄧禹，何人可以守河南？鄧禹即以漢高祖任蕭何守關中事爲例，說明河南對於光武帝中興事業的重要性，並建議寇恂足擔河內守大任。換言之，在援引蕭何、寇恂事的同時，胡宏雖未明言，卻也隱約結合了鄧禹說光武帝事。鄧禹最後成功說服光武帝，胡宏應也有以之自況自期的用意。

其二，於論「相」的段落，胡宏以東漢末李傕、郭汜聯合殺害王允，唐代安祿山殺害楊國忠爲例。事見於《後漢書·董卓傳》、《舊唐書》。〔註108〕胡宏以之作爲南宋鑑戒，若不能善加控制，則掌握軍事力量的各方勢力，隨時都有可能以「清君側」爲名，進犯王室。其三，在論「兵」的段落，胡宏以長平之戰、鉅鹿之戰爲例。事見《史記·廉頗藺相如列傳》、《史記·項羽本紀》。〔註109〕胡宏以趙括、章邯兩例作爲南宋鑑戒，將領權重不僅會危及王室，更有可能殃及無辜的兵士。雖然胡宏所言及的幾位將領，身分明顯有所不同，似乎不可一概而論。但要言之，組合李傕、郭汜、趙括、章邯事蹟，旨在主張將領權重將禍及王室與百姓。南宋以之爲鑑戒，自然會將政策帶向「收兵權」的道路。

其他作家，如范浚亦對將領專權提出諫言。不同的是，范浚由人主統御

〔註107〕蕭何鎮守關中，在漢王兵敗遁走之際，常能以關中卒補其缺。事見《史記·蕭相國世家》，卷五三，冊6頁2014～2015。寇恂鎮守河內，造矢、養馬、收租以供給光武帝。事見〔南朝宋〕范曄撰，〔唐〕李賢等注：《後漢書·鄧寇列傳》（北京：中華書局，2001年5月初版9刷），卷十六，冊3頁621。另，《後漢書》載寇恂守「河內」，而非胡宏文中的「河南」。以下皆依胡宏文稱作「河南」。

〔註108〕王允與呂布合力誅除董卓後，王允成爲下一位挾天子以自重的大臣。董卓餘黨李傕、郭汜等人聯合起來，攻入長安，問罪王允。王允最後被殺。事見《後漢書·董卓傳》，卷七二，冊8頁2333。楊國忠繼李林甫後任相，安祿山與之不合。天寶十四年，安祿山在范陽起兵，以討楊爲名，發動叛亂。事見〔後晉〕劉昫等撰：《舊唐書·安祿山傳》（北京：中華書局，1975年5月），卷二百上，冊16頁5370。

〔註109〕秦趙長平之戰後，只能「紙上談兵」的趙括，平白犧牲了四十萬人。趙括相關事蹟，參見第四章第二節。秦楚鉅鹿之戰後，章邯率軍投降項羽。項羽擔心降軍生變，便於新安坑殺秦軍二十萬人。事見《史記·項羽本紀》，卷七，冊1頁310。

術的方面立論。其〈御將〉營造出漢帝既能結將領之心，且能折將領之氣，亦即善於運用充滿權謀機變統御術的形象。塑造此形象，以提供極欲掌握將領、收束兵權的宋廷取法之用。〔註110〕蘇籀的〈雜著・論將〉，論及人主御將術，塑造漢帝「善馭」將領的形象。〔註111〕但要辨明的是，「收兵權」與「馭大將」還是有所不同。〔註112〕

　　以軍事爲主要內容的政論，包括：將兵分離、大將專權的議題外，亦見對武人地位、兵法戰略等的探討。〔註113〕凡此皆能呈現南渡初期，在對外或和或戰的國是論爭之下，與之關係最爲密不可分，宋廷必須同時面對的問題。

二、治盜議題：李綱、王庭珪等作家作品

　　前論內容涉及和戰與軍事議題，可謂在南渡初期，北方金人侵略的外患下所產生。而此處所論政論，則是在南渡初期，國內群盜作亂的內憂下所產生。本章伊始所引，日人寺地遵論南宋政權確立的五項課題，其中之一即是「江南地域及南宋政權內部各種反亂的收拾、鎮壓」。據王世宗的統計，南宋高宗朝約有三百三十到四十起變亂。而王氏在進行分析時，則依變亂發生之疏密加以區分，認爲高宗朝三十六年中，以建炎元年至紹興七年期間最常發生變亂，其中又以建炎年間，平均每年多達四十起尤甚。〔註114〕黃寬重更認

〔註110〕《范香溪先生文集》，卷十四，頁3上～4上。另見《全宋文》194/104～105。亦可參本文第六章第四節，對於〈御將〉以「轉折法」撰文的討論。

〔註111〕蘇籀《雙溪集》未見今人精校本，《別集叙錄》亦未見對各版本何者爲精的論斷。《全宋文》校勘時以粵雅堂叢書本爲底本。今從之。又，《叢書集成初編》即以粵雅堂本排印。〈雜著・論將〉見〔宋〕蘇籀：《雙溪集》（臺北：華聯出版社，1965，《粵雅堂叢書》本），卷十，頁11上～13下。另見（《全宋文》183/345～347。

〔註112〕要特別說明的是，蘇籀對於將領專權問題，並非主張「收」其兵權。由蘇籀〈雜著・論將〉：「權任久大，豈易收哉，亦在善馭而已」觀之，提出「善馭」將領之術，實爲收兵權政策無法確實執行下，迫不得以的權宜之計。雖然「收兵權」、「馭大將」這兩種作法，都在加強人君對將領的控制，但仍需明辨其間的不同。

〔註113〕論「武人地位」，如：胡宏〈中興業・練兵〉倡言提升武人，特別是基層士兵的地位。論「兵法戰略」歷代皆有，然而，如：范浚〈廟謨下〉、王庶〈定傾論・論兵〉兩篇，則顯得獨具特色與時代性。

〔註114〕王世宗：《南宋高宗朝變亂之研究》（臺北：國立臺灣大學出版委員會，1989年6月，《文史叢刊》82），頁61～63。王氏將高宗朝大小變亂製表統計，頗爲詳細，讀者可參。

爲，變亂次數應在六百次以上。〔註115〕要之，南渡初期除境外有金人爲患，境內更有盜賊變亂頻仍，成爲南宋當局不得不面對的重要課題。

王世宗認爲，南渡初期的弭盜策略，雖有「以招納爲本」、「先招後討」、「招不如討」、「招討並施」諸說，但總的來說，實不出「招安」、「討伐」兩途。而在建炎與紹興初期，高宗最常使用的，仍是「招安」的方式。〔註116〕諸政論論及治盜議題者，亦皆環繞著「招安」策略，而可略區分爲「傾向招安／反對招安」兩端。以下即分別論述這些立場兩極的政論。

（一）傾向招安者

〈迂論‧論治盜賊〉是李綱論述群盜作亂的作品，頗具文學性。文云：

> 治盜賊者，如醫之治痰涎。夫痰涎，乃吾之眞氣，所以爲津液者也。支體之運動，關膈之升降，皆以津液爲本。至于聚而爲痰涎，則必失于調衛，而外爲邪氣之所傷，內爲寒熱之所薄而致然也。至其甚，則能害人之命。盜賊乃吾之赤子，所以治農桑者也。上下之相治，室家之相保，皆以農桑爲本。至于散而爲盜賊，則必失于拊循，而外爲奸民之所脅，內爲饑寒之所迫而致然也，至其甚，則能亡人之國。良醫之治痰涎，以藥化之，使復歸乎津液，則其身安；而不善治者，一切以毒藥攻之，必有偏廢之患。良吏之治盜賊，以術解之，使復歸乎農桑，則其國寧；而不善治者，一切以兵力勝之，必有凋耗之弊，此不可以不察也。

> 昔者渤海盜賊並起，宣帝選用龔遂爲太守，而謂之曰：「君欲何以息盜賊，而稱朕意？」遂對曰：「海瀕遐遠，不霑聖化，其民困于饑寒而吏不恤，故使陛下赤子盜弄兵于潢池中耳。今欲使臣勝之邪，將安之也？」帝曰：「選用賢良，固欲安之。」遂曰：「治亂民，猶治亂繩，不可急也，惟緩之而後可治。臣願無拘以文法，得一切便宜從事。」上許焉。於是盜賊悉平，民安土樂業。故善治盜賊者，如龔遂可也。雖然，此特盜賊之初，其在郡縣，而良吏得以治之者耳。至于巨盜如漢末之黃巾，唐末之黃巢，則其疾已深，非以毒藥攻之，

〔註115〕黃寬重：〈宋代變亂研究的檢討〉，《南宋軍政與文獻探索》，頁225～226。另外，黃寬重統計民初至1986年以來，以中文發表有關宋代變亂的論著，共計408種。讀者可參氏著：〈宋代變亂研究中文論著索引〉，前揭書，頁269～307。
〔註116〕《南宋高宗朝變亂之研究》，頁121。

不能去也。雖攻而去之，眞氣散，而身亦危矣。故黃巾破，而董卓、
曹操因以亡漢；黃巢敗，而朱全忠、李克用因以亡唐，茲非其證歟。
〔註117〕

〈迂論・論治盜賊〉旨在主張亂民當「緩之而後可治」。雖然有此主張，但李
綱亦補充說明，治盜用「緩」僅適於「盜賊之初」。綜觀全篇，仍是主張人主
選用賢良以安百姓。爲了支持這個論點，李綱運用兩種方法進行論證，即形
象化的比喻論證，及以歷史事件舉例論證。

　　首先，就形象化的比喻論證說明。文章開頭，作者即很明確地說「治盜
賊者，如醫之治痰涎。」緊接著，則以人之眞氣，如何成爲痰涎，痰涎又如
何爲醫所治，分兩個層面，比喻國之赤子如何成爲盜賊，盜賊又如何爲吏所
治。在這段文字中，李綱極盡所能地條析縷分痰涎所以生、所以治，以及盜
賊所以生、所以治的各種細節，並刻意地寫作接近整齊的句子，使得全段呈
現對稱的美感。更重要的是，這整齊與對稱的呈現，使讀者可輕易的發現，
諸如「盜賊／痰涎」、「良吏／良醫」、「毒藥／兵力」等等對應或比喻關係，
增進對全文論點的認識，使得作者能達到比喻論證的效果。這種以醫人喻醫
國的論述，實其來有自。或可往前追溯《國語・晉語》，直到唐代名醫孫思邈，
再將之深入發揮。〔註118〕筆者觀察所及，政論與史論中同類作法亦屬常見。
然綜觀此段比喻論證，可說是相當綿密而細膩，相較之下就顯得少有。雖然
略顯匠氣，而可能招來不夠自然渾成的批評，但也不得不佩服李綱觀察事物
的銳眼、分析事理的細心，和兩兩取譬的妙筆。

　　再者，在頗見精彩的比喻論證後，李綱另以歷史事件作爲論據。所引證
的，乃漢宣帝用龔遂治渤海盜賊事，見《漢書・循吏傳》。〔註119〕李綱引證龔
遂治盜事，顯然是推崇其「安之」、「緩之」的弭盜策略，並爲比喻論證中最
爲關鍵的部分——「良吏如良醫」，在歷史中尋求可供今日取法的具體範例。
綜上所論，該文可謂兼具生動可感的文學性，以及知性的歷史縱深。

〔註117〕《李綱全集》，卷一五二，冊下頁1427。另見，《全宋文》172/148。
〔註118〕徐元誥撰，王樹民、沈長雲點校：《國語集解》（北京：中華書局，2002年
　　　　6月），頁435。〈晉語八〉：「文子曰：『醫及國家乎？』對曰：『上醫醫國，
　　　　其次醫人，固醫官也。』」〔唐〕孫思邈撰，〔宋〕林億等校正：《孫眞人備
　　　　急千金要方》（臺北：臺灣商務印書館股份有限公司，1975年，《四部叢刊》
　　　　三編本），〈序例・論診候第四〉曰：「古之善爲醫者，上醫醫國，中醫醫人，
　　　　下醫醫病。」
〔註119〕《漢書・循吏傳》，卷八九，冊11頁3639。

另外，要特別說明的是，李綱特別強調此舉僅適用於「盜賊之初」，即主張盡早處理日益嚴重的盜賊問題。李綱〈迂論〉系列作品，創作於建炎元年至二年間，正值高宗即位之初。日後盜賊作亂，確實成爲除了金人入侵之外，南渡初期最爲棘手的政治問題之一。由是觀之，李綱所言更顯深刻。

（二）反對招安者

宋高宗以招安作爲弭盜的主要手段，君臣間傾向招安的議論也比較多。然而，此法雖然頗見成效，卻也造成許多弊端，包括軍紀混亂等等。〔註120〕其中最爲嚴重者，莫過於「勸賞盜寇」的問題。〔註121〕爲盜作亂者卻能受到招安而補官，深爲時人批評。〔註122〕這點在政論中亦得到體現，成爲反對招安者的主要理由。

王庭珪，字民瞻，號盧溪眞逸，生於江西盧陵。王庭珪基於養盜爲患的理由，反對宋廷的招安策略。王氏對於盜賊作亂的意見，俱見於〈盜賊論〉上、下兩篇，而這也是目前其所僅見的政論創作。早在南宋當時，這兩篇作品即受到時人推崇。如謝諤（1121～1194）〈盧溪文集序〉云：

> 盧溪先生王公民瞻，江鄉大手，以詩文馳聲者蓋六七十年。……書銘記序諸篇嚴屬有法。而〈上皇帝書〉并〈盜賊〉兩論，其經綸宏傑，不減陸贄、杜牧，豈徒文而已哉！（《全宋文》220/23）

謝諤此篇序文，作於孝宗淳熙十四年（1187），旨在聲明王庭珪除擅長作詩之外，文章創作亦有成就。在諸多作品中，謝諤特別推崇〈盜賊〉兩論，並將之與唐代陸贄、杜牧齊觀。陸、杜兩人爲文章能手，皆以創作直言用世之文著稱。〔註123〕〈盜賊論〉上下兩篇，確實深刻地論述當時盜賊作亂的各種問題。謝序之讚譽，王庭珪應當之無愧。

〈盜賊論〉兩篇附有序文，雖然篇幅不長，卻能突顯兩篇要旨，其文云：

〔註120〕劉子健認爲「南宋以召安爲國策，安撫羣盜，軍紀更不堪問。」這類武人違法作亂的情形，劉氏將之視爲武人對於己身地位低落，所作出的補償行爲。詳參氏著：〈略論宋代武官羣在統治階級中的地位〉，《兩宋史研究彙編》（臺北：聯經出版社，1997年4月初版2刷），頁179～180。

〔註121〕王世宗論招安策略的成效與得失甚詳，並認爲諸害中以「勸賞盜寇」之弊，最爲時人所詬病。讀者可參氏著：《南宋高宗朝變亂之研究》，頁138～145。

〔註122〕苗書梅：《宋代官員選任與管理制度》（開封：河南大學出版社，1996年6月），頁81～82。

〔註123〕郭預衡謂陸贄文章「直言切諫」，謂杜牧文章爲「用世之文」。分別見氏著：《中國散文史（中）》，頁159、287。

盜賊之變不一。江西殘孽歷十年而不討，始用招安為弭亂之計。此
養虎狼、養疽根之術也。使一日出落鈐鍵，必橫突潰裂四出而不可
禦。愚獨憂之，故作〈盜賊論〉焉。〔註124〕

由序文可知，〈盜賊論〉兩篇，即是專門針對宋廷招安弭亂的錯誤策略，提出
批評。另外，文中言及持續十年的江西亂事。要特別說明的是，王氏雖為江
西人，這不僅是其出於感情因素，特別關心自己家鄉而已。據研究指出，江
西確實是紹興年間，群盜作亂最為嚴重的地區之一。〔註125〕據筆者考察，王
氏〈盜賊論〉兩篇應作於紹興七年前後。〔註126〕王庭珪的意見，本文以〈盜
賊論〉上篇為例說明，其文云：

天下之患，莫甚於大盜起而人主不知。……昔秦既滅六國，惟慮宏
奴之為患，使蒙恬北築長城，延袤萬里，而不知陳勝、吳廣起於閭
左之匹夫。宣宗收燕趙，復河隍，威震邊陲，而不知龐勛之亂起於
銀刀之亡卒。然則，其始未必能桀大，惟郡縣蔽匿以幸須臾之安，
養其芽孽，寖以成亂者非一日矣。……二千石既莫能制，且惡其鴟
張而累己也，欲設一奇計而莫知所出，則其計止出於招安，當時江
西大帥亦聽其說而甘心焉。蓋其說以為不數月可以盡消江西之盜，
而使百官入賀於朝。此真誕謾之術，可紓朝夕之患，而非為國長慮
者也。郡縣承其風，往往縱賊不討，悉招其渠率而官爵之。賊利其
然，反跳聚山谷，置魁立伍，而陰結官吏，各稱渠帥，以苟一時之
賞。雖平居未嘗為寇者，亦相時生心，操戈而崛起，不惟能免於死，
而且歆艷爵祿之榮。此豈非誘民以為亂者歟？（《全宋文》158/240）

該文主旨正是全篇首句所言：「天下之患，莫甚於大盜起而人主不知」。而人
主所以不知盜賊群起，其主要原因，即是大將與郡縣地方官，皆縱賊不討、

〔註124〕王庭珪《盧溪文集》未見今人精校本。據《別集敘錄》，是集以明刊五十卷本
為最古，現存嘉靖五年（1526）梁英刻本，舉世僅見九部，取得不易。《全宋
文》整理時即以此為底本，並參校其他多本。今從之。〈盜賊論〉二篇及序文
見《全宋文》158/240～243。

〔註125〕王世宗製表分析高宗朝數百起亂事後，就其發生地區而言，認為：「建炎時期
寇亂為害最鉅的地區在淮河流域。紹興以後寇災最重的是江西，李光說：『本
路（江西）自經金人蹂踐，繼以李成、曹成、劉忠輩驅擄劫掠，十室九空，
其被害比他路尤甚。』（註十）此非盧語。」詳參氏著：《南宋高宗朝變亂之
研究》，頁66。

〔註126〕詳見本文第三章第二節。

姑息養盜所致。論述人主不知盜起而最後亡於盜時，王庭珪援引秦始皇與唐宣宗、懿宗兩個例子。秦政府命蒙恬北防，外患匈奴果眞不敢南犯，但最後卻亡於由陳勝、吳廣等在國內各地發難的「匹夫」群盜。此事廣爲人知。唐宣宗收復河湟，雖是安史之亂後，唐代對外戰爭中少數的勝利。但懿宗咸通九至十年間（868～869），幾乎威脅長安的龐勛之亂，卻是吸收號曰「銀刀」的徐州地方盜賊，而逐漸壯大起來的。事見《舊唐書・懿宗本紀》。〔註127〕組織這兩則歷史事件，即在認爲人主因對大盜蜂起全然無知，故自取滅亡。這也是全文主旨所在。文後筆鋒一轉，接以南渡初期之江西爲例，論述大將與郡縣地方官惟務招安盜賊，不僅未能弭平亂事，卻恰恰適得其反的「誘民以爲亂」。將領與地方官以利誘盜招安，只求粉飾太平。而盜賊則有恃無恐，屢招屢叛。在上下相爲匿的情形裡，唯有朝廷不知盜賊作亂日益嚴重。這即是王庭珪全文著力批評的。而王氏援引秦、唐故事，用意無他，即在以之做爲宋廷鑑戒。

　　王庭珪作品外，范浚〈除盜〉對於招安策略衍生之「勸賞盜賊」弊病，提出肯切地批評。胡安國〈時政論・恤民〉同樣反對招安，但在態度上則較前兩人強硬得多。

三、濫賞議題與經濟議題：范浚、劉子翬等作家作品

　　前論包括和戰、軍事、治盜等等議題，凡此確乎爲南渡初期宋廷最爲棘手的政治難題。而在此之外，高宗所需面對的課題尚有不少。舉出犖犖大者，濫賞議題與經濟議題，應是較受眾人所關注的。以下分別論述之。

（一）濫賞議題

　　洪邁《洪齋四筆》中「討論濫賞詞」條，能很鮮活地呈現南渡初期的「濫賞」問題。此條所記主要內容，爲南渡初期宰相范宗尹，於紹興初建議討論北宋徽宗朝以來濫賞事。〔註128〕恩賞泛濫所帶來最直接的弊病，即是宋朝爲人所熟知的「冗官」問題。

〔註127〕徐州盜寇「銀刀」事、龐勛作亂事，分別見《舊唐書・懿宗本紀》，卷十九上，冊3頁653、663。

〔註128〕全文見〔宋〕洪邁著，孔凡禮點校：《容齋隨筆・四筆》（北京：中華書局，2005年11月），卷十五，「討論濫賞詞」條，冊下頁810。范宗尹事亦記載於《繫年要錄》「建炎四年六月辛巳條」，卷三四，冊3頁664。

　　官員浮冗的現象，自北宋仁宗朝以來即存在，實非南渡初期所獨有的政治現象。然而，今之論者卻也屢屢指出，濫賞問題至徽宗、高宗朝間更加嚴重的事實。〔註129〕對濫賞的諸多討論，在范宗尹之後亦不曾間斷。

　　范浚於紹興初年所作之系列政論中，〈賞功〉一文討論賞賜如何得宜。全文頗長，然論述精彩可觀，筆者不憚繁瑣，節錄部分如下：

> 爵祿，天下之公器，非人君所私有也。是故古者明君之於爵祿，苟不當用，則雖微秩輕賜，未嘗有所虛授；苟不當靳，則雖高位大官，未嘗有所固惜。韓昭侯使人藏弊袴，侍者曰：「君亦不仁甚矣，弊袴不以賜左右而藏之。」昭侯曰：「非子所知，吾聞明主愛一嚬一笑，嚬有爲嚬，笑有爲笑。今袴豈特嚬笑哉？吾必待有功者，故藏之未有予也。」漢高祖擊陳豨，封趙壯士四人各千户，以爲將，左右諫曰：「從入蜀漢伐楚，賞未偏行，今封此何功？」上曰：「非汝所知。陳豨反，趙代地皆豨，吾以羽檄召天下兵，未有至者，今計唯獨邯鄲中兵耳。吾何愛四千户，不以爲趙子弟。」故方其不當用，則韓昭侯一弊袴猶須藏之，必以待有功；方其不當靳，則漢高祖之四千户，雖以封未有功之人，於事爲宜。此古人厲世磨鈍之至術也。方今爵祿，蓋有不當用而虛授，不當靳而固惜者。竊以爲有厲世磨鈍之具而不能用，用而不得其當，則人心有所不服，欲忠之臣有所未勸。爰自軍興以來，賞功所司，初無稽覈，或虛張首功，或增叙勳績，或緣世竇名，或行賂冒奏。斷筋絕骨，先登陷陣，搴旗折馘之人，未必見旌異；殞身喪元，膏流節離，忘私死事之家，未必蒙隱卹。凡所補授，下而至於校尉，上而至於橫行，車載斗量，不可算數，未必皆殊勳異效之人，往往偏濫不公，十嘗五六。彼困無援、貧無資者，雖績用章著，文據顯白，吏方邀索賕謝，難問百緒，彌年累歲，終不霑賞。莫之告語，相與怨歎，使義夫節士遲疑於立功，顧慮於身後，每視叨名冒級者，抵掌憤吒，爲之不平，此天下所以欲忠而未勸也。〔註130〕

〔註129〕苗書梅論宋代冗官問題時，屢言及由徽宗朝以來尤爲嚴重。而其中一個重要的原因，即是補蔭過濫所致。詳參《宋代官員選任與管理制度》，頁112～135。游彪則認爲，高宗朝未能對北宋蔭補制度進行有效的改革。詳見氏著：《宋代蔭補制度研究》（北京：中國社會科學出版社，2001年9月），頁78。

〔註130〕《范香溪文集》，卷十四，頁5下～6下。引文中「虛張首功」句，文集原作

范浚該文主旨置於篇末,謂「臣願明詔有司,精覈功賞,俾無濫被。與其濫被無補之人,不若以報有勞而未論、有屈而未伸者,又不若酬善言以勸策士,則厲世磨鈍之至術也。」由主旨觀之,該文可分作兩個部分。作者主張論功行賞,貴在「精覈」,此其一。而與其精覈功績以行賞,不如在此之前酬賞善言之士,以收嘉謀群策,此其二。筆者所節錄,即是其中的第一部分。

范浚所以主張行賞貴在精覈,筆者認爲,應即是針對當時存在的「濫賞」弊端而來。然而,范浚論述策略較爲全面,不僅僅針對濫賞而言,而是由「不當用而虛授」與「不當靳而固惜」兩方面作出批評。爲論證當時「虛授」、「固惜」兩方面的缺失,范浚未直接批評之,而是改由正反(古今)對比立論。爲了與今日之失作對比,在論述昔日之得時,范浚徵引了兩則相當極端的歷史事件作爲例證。韓昭侯藏弊袴事,見《韓非子‧內儲說上》。〔註131〕以韓昭侯之尊,就連一件破褲也不願賜人。其實並非昭侯吝嗇,而是此時「不當用」。漢高祖封趙四壯士各千戶事,見《史記‧韓信盧綰列傳》。〔註132〕爲平定陳豨亂事,趙國四壯士雖尚未立功,劉邦卻也給予豐厚賞賜,以求激勵、籠絡人心。其實亦並非高祖慷慨,而是此時「不當靳」。很明顯的,韓昭侯的「不當用」事蹟,針對「虛授」而來;漢高祖的「不當靳」事蹟,則針對「固惜」而來。范浚舉例論證了古人善於「用靳」,並給予「厲世磨鈍之至術」的推崇,同時亦即反證當時「虛授」、「固惜」之失。而仔細體會韓昭侯與漢高祖兩則例子,原本不甚相關的歷史事件,卻因爲「用靳」的關係組合起來。此舉除成功地由反面論證當時之失外,更因爲「破褲」與「四千戶」兩種人主賞賜物品間,在價值等各方面極端的反差,而造成讀者的閱讀趣味、美感。由是觀之,這兩則論據就不僅僅具備論證論點的最基本作用,同時更是文章美感的來源之一。范浚取捨寫作素材的用心,亦可見一斑。在描述「虛授」、「固惜」等今日之失的部分,范浚則運用「或」字句等句型相近的排比句,製造出文章連綿不絕的氣勢。讀者懾於這股強盛文氣,很容易爲其所說服。全文論述至此,古今對比後是非立判。人主行賞貴在「精覈」,不應「虛授」、「固惜」的論點,成功地被突顯出來。

「虛張首虜」,今據《全宋文》校勘記逕改。另見《全宋文》194/106~107。

〔註131〕《韓非子新校注‧內儲說上》,卷九,冊上頁565。

〔註132〕《史記‧韓信盧綰列傳》,卷九三,冊8頁2640~2641。要補充說明的是,范浚引述時幾乎照錄了《韓非子》、《史記》的相關記載而未作更動。筆者依舊不避繁瑣地引述,實因此文值得深入論述。

　　紹興初年亦見胡安國的〈時政論・恤民〉，內容論及「恤民以省官吏為先」。文中批評的理由，乃基於南渡後民寡事少，官吏卻不減反增。這顯然不合常理。〔註133〕王庶於紹興六年所作的〈定傾論・論賞罰〉，在倡言馭臣當謹慎賞罰二柄時，同樣側重批評當時濫賞問題。〔註134〕

（二）經濟議題

　　除濫賞議題外，值得注意的尚有國家財政賦稅等經濟議題。創作這類作品者，以劉子翬頗具代表性。其〈維民論〉上中下三篇，專由經濟民生論中興恢復，與同時期其他論者角度較不相同。唯三篇皆屬長篇大論，本文未能盡引詳論，茲選以下段落為例。〈維民論上〉云：

> 政苛與，刑酷與，賦斂重與，徭役數與，有是四者，民必不樂其生，不待聞其怨嗟之聲，見其蹙額之色，時雖幸安，民必叛己。無是四者，時雖甚危，民必附己，不待走閭巷，訪鰥獨，而知其必樂其生矣。……竊惟南渡以來，……愚嘗攷維民之四說焉，政苛無有也，刑酷無有也，徭役之煩無有也，惟賦斂一事，不可謂輕。且今日國家，非有橫給浮費也，特以軍旅之興，資用不可一日闕耳。有司奉承無術，益費增煩，故常稅之外，月有椿，歲有糴，有明耗暗耗，有帶科析科，有和買，有預借。如市庚銀，如貨鹽茗，如賣僧鬻爵，如造甲脩船，其微至皮角竹木之類，一取於民。名之曰和，其實強估，名之曰借，其實不償。以瘡痍之民，供多多之賦，豈易支吾耶？

〔註135〕

該文旨在論南渡後賦斂之重。劉子翬以平提測注的方式論述，首先總說與民密切相關者四，包括政令、刑罰、賦斂、徭役等。再將焦點側重於「賦斂」一項，指出南渡以來，「賦斂重」是最為嚴重的問題。本文特別援引劉氏論賦斂名目的段落，即欲呈現其名目之多，令人目不暇給。黎民黔首所承受的賦稅壓力之重，由是不難想見。劉氏謂：「以瘡痍之民，供多多之賦」，實其來有自。在指出急須解決的問題後，〈維民論〉中下兩篇，即旨在提供解決辦法。

〔註133〕《歷代名臣奏議》，卷四七，頁 11 下～12 下。另見《全宋文》146/119～120。
〔註134〕《三朝北盟會編》，卷二〇九，頁 7 上～8 上。另見《全宋文》184/332～333。
〔註135〕劉子翬著有《屏山集》，未見今人精校本。《別集敘錄》謂，今存以明刊本為最古最善，而《四庫本》即亦明刊本。今從之。〈維民論〉見〔宋〕劉子翬：《屏山集》（臺北：臺灣商務印書館股份有限公司，1983 年，《文淵閣四庫全書》本），卷二，頁 1 下～3 下。另見《全宋文》193/176～177。

包括「講經制之道」、「革科納之弊」、「愼選守令」等等。

除劉子翬特別關注賦稅過重的問題，並立專文論述外，其他作者的意見則散見於其系列作品中。例如，胡安國於〈時政論・恤民〉中，討論到許多關於國計民生的議題，其中包括了「輕賦」、「革弊」兩項。論「輕賦」時主張政府恤民當以輕賦爲先，論「革弊」時，胡氏則具體主張改革鹽法，將鹽利還之於民。〔註136〕范浚〈平糴〉旨在論平抑穀價之重要與方法，認爲穀價波動使得姦民有利可圖。而爲了使穀價平穩，政府當掌握穀物之「輕重斂散之權」。〔註137〕

本章雖以論對外關係的政論與史論爲主要研究對象，除此之外，我們於南渡初期尙發現有軍事議題、治盜議題、濫賞議題與經濟議題等等。凡此皆是當時政局所不可迴避的課題，當然也是「宋室中興」所必然要面對與解決的。由是觀之，考察南渡初期論對外關係以外的其他議題，成爲全面理解當時「中興大業」內容的重要工作。

第五節　小　結

「和戰」問題，爲南渡初期關乎國家存亡的重大課題。本章旨在論南渡初期政論與史論中，論及「對外關係」議題之作，同時亦兼及其他議題。本文以北宋中晚期作品爲參照對象，以在歷時的發展上理清「對外關係」議題之歷史脈絡。另兼及南渡初期論其他議題，以求對當時局勢有全面的認識。

本章第一節探討北宋中期作品。本節透過三個階段，觀察北宋中期的政論與史論，分別是：仁宗天聖至景祐年間、仁宗嘉祐至英宗治平年間、哲宗元祐年間。宋廷於每階段所應處理的對外關係，以及其所派生的國內問題，自然大不相同。於天下無事卅年之際，尹洙與張方平仍關心武備。而於百年無事之時，蘇軾父子則憂心對外關係長久穩定，導致時人苟且媮怠之歪風。承平時期宋夏間較爲頻仍的戰事，則促使秦觀提出解決之道。本文認爲，這些外交與內政問題的變化，於政論與史論中皆有忠實體現。

本章第二節探討北宋晚期作品。本節以金國建立（徽宗政和五年，1115）爲界，分「前」、「後」兩個階段觀察。在北宋晚期前段，蘇轍、唐庚等舊黨

〔註136〕《歷代名臣奏議》，卷四七，頁9上～下。另見《全宋文》146/117。
〔註137〕《范香溪文集》，卷十五，頁5下～6上。另見《全宋文》194/115。

黨人的作品中，筆者發現諸人皆有謹愼用兵，甚至略帶「反戰」傾向的言論。凡此或針對神宗朝進取西夏的戰略而發。在北宋晚期後段，宋廷有爲人所熟知的「聯金滅遼」對外政策。對於此政策，則見李綱極力反對，以及李新設法「陰解之」，如此正反兩面不同看法。

　　本章第三節探討南渡初期作品。經過本節考察，可知政論中對於和戰議題的論述，亦隨著政治風氣流轉變化。黃寬重指出當時政治風氣，呈現由「退避求和」到「以守求和」、「以戰求和」的轉變。而政論的論述主軸，或與之恰恰相反，或與之同一基調，亦能由另一面反應如是變動。甫南渡時，積極主戰者倡言「定都建康，積極抗金」，這顯然與政府「退避求和」的心態不合。而局勢轉爲相對穩定後，爲臨安「設險防衛，內修政事」的意見，則符合當時「以戰求和」政治風氣。不論是積極求戰，或是以能戰求和，我們可以「中興」二字，概括此期論對外關係政論之內容。

　　爲求通盤認識南渡初期，本章第四節則論當時言及其他議題的政論與史論。除對外關係外，我們尚發現有軍事議題、治盜議題、濫賞議題與經濟議題等等。軍事議題與當時對外或和或戰關係密切，自不待多言。而時人政論議此者，則以論將領專權爲大宗。各地盜賊橫行猖狂與金虜外患相當，成爲南渡初期嚴重的內憂。時人論此，多圍繞著「傾向／反對」招安提出主張。恩賞氾濫與賦斂繁重的問題，自北宋以來持續存在，或謂南渡初期特重。對此，時人政論亦多所呈現。凡此種種，皆是南渡初期政局所不可迴避的課題，自然也與對外關係的或和或戰相當，成爲另一個層面的「中興」議題。

　　總而言之，較之於北宋中晚期，南渡初期政論與史論在內容上最大的特色，應可概括爲「中興」二字。

附圖一：宋金形勢圖（附南渡初期政論與史論所論重要城市）〔註 138〕

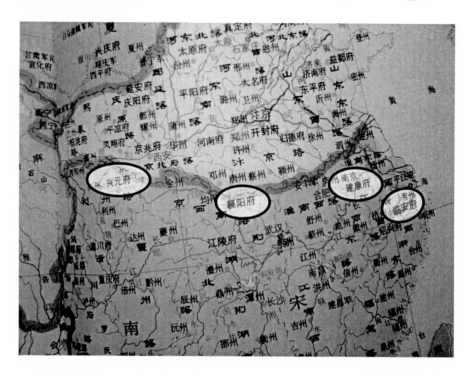

〔註 138〕是圖翻攝自譚其驤：〈金南宋時期全圖（一）〉，《中國歷史地圖集・宋遼金時
　　　期》（北京：中國地圖出版社，1996 年 6 月），頁 42～43。

－156－

第五章　北宋中至南渡初期政論與史論
對特定君主評價的演變現象

　　在前章所論諸多南渡初期政論與史論中，多位君主出現次數相當的頻繁。讀者每每可見渠等爲作者所引證，以論證其觀點。作者或肯定其事蹟，以之作爲高宗仿效的對象；或否定其事蹟，以之作爲高宗鑑戒之用。肯定者如漢高祖、漢光武、晉元帝、唐太宗、唐肅宗等，否定者則如項羽、袁紹等。〔註 1〕而不論何種歷史評價，必定隨著時代流轉而變動不定。作者對於原有的評價，或深化、加強，或弱化、消弭，又或改變、新解，或添加、創生。凡是變動不居的現象，都有可能在我們按照時序觀察歷史人物評價中產生。同樣的人物，眾人不同的評價或側重點，由是而成一幅流動的歷史圖景。本文雖以論南渡初期作品爲主，但欲觀察歷史演變現象，必須將考察時間向前延伸。本章即欲呈現由北宋中晚期至南渡初期，政論與史論對特定君主歷史評價的演變現象。

　　由於可討論的案例頗多，爲了集中焦點起見，本文選擇在南渡初期政論與史論中，兩位最受關注的帝王爲主討論，分別是創業君主漢高祖，以及中興君主漢光武帝。諸作家有相當多作品論及兩人，除了數量上豐富外，眾人亦不約而同地皆給予正面肯定的稱許，我們幾乎很難見到負面的批評。就這兩方面來說，漢高祖與光武帝與其他君主有著顯著的不同。然而，這種豐富而穩定的正面評價，卻不是理所當然與恆定不變的。與北宋中晚期相較，南渡初期的確有所不同。而這層演變，是值得理清現象與嘗試探討原因的。另

〔註 1〕　當然，這種肯定與否定的評價，亦非絕對全然二分的。易言之，我們依舊能在作者們多數傾向肯定的君主中，見到相反的意見。同樣地，反之亦然。做這樣的區分，是以大致傾向與討論方便爲考量，而採的權宜之計。

外，本文亦兼討論唐太宗與晉元帝。這兩位帝王於南渡初期所受到的歷史評價，同樣有別於前期，同樣值得探討。

第一節　由褒貶互見到齊聲推崇——創業君漢高祖評價的演變

漢高祖劉邦與唐太宗李世民兩位君主，無疑受到歷代論者高度的重視，相關討論之豐富，自不待言。謂之「豐富」，不僅就數量上來說，對於兩人作者們各種不同的論述觀點、歷史評價，當更值得注意。本節以漢高祖爲主要考察對象，觀察其所受到的歷史評價，在北宋中晚期至南渡初期間，究竟產生什麼樣的改變？最末，則兼論唐太宗，以之作爲比較對照之用。

一、北宋中晚期受到褒貶互見的評價：三蘇、周紫芝等作家作品

北宋中晚期政論與史論中，在敘述、解釋漢高祖相關事蹟時，呈現褒貶互見的評價。

（一）北宋中期

三蘇父子的政論與史論中，皆可見由各種觀點論述劉邦的作品。而最爲三人所津津樂道的，仍然是劉邦於楚漢相爭中的軍事謀略、知人善任等事蹟。本文先以蘇洵爲例。蘇洵〈權書・強弱〉云：

> 管仲曰：「攻堅則瑕者，堅；攻瑕則堅者，瑕。」嗚呼！不從其瑕而攻之，天下皆強敵也。漢高帝之憂在項籍耳，雖然，親以其兵而與之角者蓋無幾也。隨何取九江，韓信取魏、取代、取趙、取齊，然後高帝起而取項籍。夫不汲汲於其憂之所在，而彷徨乎其不足卹之地，彼蓋所以孤項氏也。秦之憂在六國，蜀最僻、最小，最先取；楚最強，最後取。非其憂在蜀也。諸葛孔明一出其兵，乃與魏氏角，其亡宜也。取天下、取一國、取一陣，皆如是也。〔註2〕

該文旨在論兵有「上、中、下」三權，當善於「處之」，即是用兵者當善用彼己強弱之意。爲論述作戰當「從其瑕而攻」的指導原則，蘇洵敘述時引證了劉邦、秦國、諸葛亮三者事蹟作爲論據。劉邦不與項羽正面爲敵，在掃平其

〔註2〕　〔宋〕蘇洵著，曾棗莊、金成禮箋註：《嘉祐集箋註》（上海：上海古籍出版社，2001年4月初版2刷），頁40。

他勢力後，終能取得天下。事見《史記》〈高祖本紀〉、〈淮陰侯列傳〉。〔註3〕
蘇洵並且認為，秦國所以取天下，即依同樣的道理。而諸葛亮所以失敗，則
是昧於此術所致。要之，蘇洵嘗試解釋劉邦、秦國所以成功，諸葛亮所以失
敗的原因，關鍵即在於是否善用彼己強弱之勢。然而，值得注意的是，曾棗
莊、金成禮指出，在引用秦國取天下事蹟時，蘇洵之說不盡符合史實。秦國
最後一個消滅的國家，並非楚國，而是齊國。〔註4〕為了順利進行論證，蘇洵
不惜稍加曲解，將原本不能成為論據的史實，轉而援為己用。

此外值得注意的是，蘇洵亦詳述了唐太宗善用兵之強弱的言論，成為主
要論據之一。其文云：

> 蓋一陣之間，必有牝牡左右，要當以吾強攻其弱耳。唐太宗曰：「吾
> 自興兵，習觀行陣形勢，每戰視敵強其左，吾亦強吾左；弱其右，
> 吾亦弱吾右。使弱常遇強，強常遇弱。敵犯吾弱，追奔不過數十百
> 步，吾擊敵弱，常突出自背反攻之，以是必勝。」後之庸將，既不
> 能處其強弱以敗，而又曰：吾兵有老弱雜其間，非舉軍精銳，以故
> 不能勝。不知老弱之兵，兵家固亦不可無。無之，是無以耗敵之強
> 兵而全吾之銳鋒，敗可俟矣。故智者輕棄吾弱，而使敵輕用其強。
> 忘其小喪，而志於大得，夫固要其終而已矣。

蘇洵認為，不僅僅是劉邦，李世民亦懂得靈活運用陣中強兵弱兵的道理。唐
太宗這番言論，見於《冊府元龜》。〔註5〕文後，蘇洵更強調老弱之兵在軍隊
中的作用。要之，用兵之道最重要在「忘其小喪，而志於大得」。綜觀全文，
蘇洵援引六則史事為例論證，依次為漢高祖、秦國、諸葛亮、范蠡、季梁、
唐太宗等等。與其他四例相較，漢高祖、唐太宗兩人敘述的篇幅明顯較多較
詳。另外，餘四例或為反證，或為論述的準備，或僅簡要論之，蓋重要性亦
遠不如高祖、太宗。由是觀之，蘇洵該文以劉、李兩人為主，並欲將之塑造
為善於用兵謀略的軍事專家，應無疑義。

蘇軾〈諸葛亮論〉為嘉祐六年（1061）時，應制科考試時所作之〈進論〉
二十五篇之一。雖專論諸葛亮所以失敗之因，但亦兼及對漢高祖君臣的評價。

〔註3〕 蘇洵所言劉邦相關事蹟，散見於〈高祖本紀〉、〈淮陰侯列傳〉中。而曾棗莊、
　　　　金成禮箋註此段甚詳，可參《嘉祐集箋註》，頁41～42。

〔註4〕 同前注。

〔註5〕 據曾棗莊、金成禮考證，蘇洵所引與《冊府元龜・帝王部・多能》所載略有
　　　　出入。詳參《嘉祐集箋註》，頁43。

文云：

> 取之以仁義，守之以仁義者，周也。取之以詐力，守之以詐力者，
> 秦也。以秦之所以取取之，以周之所以守守之者，漢也。仁義詐力
> 雜用以取天下者，此孔明之所以失也。……

> 曹操既死，子丕代立，當此之時，可以計破也。何者？操之臨終，
> 召丕而屬之植，未嘗不以譚、尚爲戒也。而丕與植，終於相殘如此。
> 此其父子兄弟且爲寇讐，而況能以得天下英雄之心哉！此有可間之
> 勢，不過捐數十萬金，使其大臣骨肉內自相殘，然後舉兵而伐之，
> 此高祖所以滅項籍也。孔明既不能全其信義，以服天下之心，又不
> 能奮其智謀，以絕曹氏之手足，宜其屢戰而屢却哉！〔註6〕

該文旨在論諸葛亮取天下所以失敗，原因在於「仁義詐力雜用」。蘇軾認爲，
或純以仁義，或專用詐力，取天下貴在純粹。諸葛亮「雜用」的策略，實爲
自己種下敗因。在論專用詐力得天下時，蘇軾即以漢高祖爲例。劉邦用陳平
之計，以十萬金間疏項羽、范增君臣事，爲人所熟知。此處蘇軾運用「虛實」
的寫法，在實寫曹操死後托孤，丕、植兄弟相殘事後，虛寫爲諸葛亮謀畫，
利用此可趁之機間疏曹丕君臣。這種虛實相生的寫作法，可爲文章開拓新意。
除此之外，這裡蘇軾雖未明言，但在以陳平之計代諸葛亮籌策同時，實已透
露出對劉邦君臣謀略的認同。

在前論長於兵法、謀略之外，絕不可忽略的是關於劉邦知人善任的評價，
此無疑爲其最受歷代論者所推崇。本文以蘇轍〈進論・君術策・第一道〉爲
例說明。該文亦於嘉祐六年，爲應制科考試所作。文云：

> 古之聖人，惟其知天下之情，而以術制之也，萬物皆可得而役其生，
> 皆可得而制其死。……

> 古之聖人驅天下之人而盡用之，仁者使効其仁，勇者使効其勇，智
> 者使効其智，力者使効其力。……

> 昔者秦漢之際，姦宄猛悍之人，所在而爲寇。高祖發於豐沛之間，
> 行而收之。黥布、彭越之倫，皆撫而納諸其中。所以制之者甚備也。
> 玉帛子女、牛羊犬馬，以極其豪侈之心；輕財好施，敦厚長者，以

〔註6〕 〔宋〕蘇軾著，孔凡禮點校：《蘇軾文集》（北京：中華書局，1999 年 7 月初
版五刷），冊 1 頁 112～113。

服其趑趄之懷；倨肆傲岸，輕侮凌辱，以折其強狠之氣。其視天下
之英雄，不啻若匹夫孺子，然皆得其歡心而用其死力。至於元、成
之世，天下久於太平，士大夫生於其間，無復英雄難制之風。天下
之士，皆書生好儒，其才氣勇力無足畏者，俯首下氣求爲之用而不
暇。元、成、哀、平亦欲得天下之賢才而用之，然而不知其情，不
獲其術。賢人君子，避讒畏譏，遠引而去，而小人宦豎，縱橫放肆，
而制其事，此甚可憫也。〔註7〕

該文旨在論人主治天下當得其術，而關鍵當在「知天下之情」，方得「以術制
之」。所「制」的對象，又以「人」爲主。如何能「驅天下之人而盡用之」？
亦即如何用人得其術？是蘇轍具體論述的議題。作者心目中最得用人之術
者，即爲漢高祖。在寫作手法上，文中運用常見的正反對比方式，比較創業
的漢高祖與衰世的漢元帝、成帝。兩兩對照之下，蘇轍成功地突顯了高祖知
人善任上的具體作法，即文中所謂「所以制之者甚備」。由於高祖能「知其情」，
故用人能極其心、服其懷、折其氣，得以開創其事業。反觀元帝、成帝，則
因「不知其情，不獲其術」，導致西漢末年小人宦豎橫行的亂局。

　　三蘇父子這類稱美漢高祖的作品不少，如蘇洵〈衡論・御將〉，〔註8〕謂高
祖能分別將領之志大者、志小者，並給予不同的賞賜。蘇軾〈留侯論〉，〔註9〕
謂高祖所以能忍，得力於善納張良之諫。蘇轍〈進論・三國論〉，〔註10〕謂高祖
在「據地」、「用將」、「忍氣」三方面的突出表現，以成就其英雄地位。凡此，
無一不是由軍事謀略、知人善任等方面稱美高祖，亦是其最爲人所熟知者。

　　儘管如此，三蘇父子對於漢高祖的諸多評價，並非皆爲整齊劃一的讚美，
而其實呈現了多元複雜的樣貌，值得我們更加關注。三人皆有專論漢高祖的
史論，三篇作品各具特色，呈現了各種不同觀點。

　　此三篇分別是：蘇洵的〈權書・高祖〉、蘇軾的〈漢高帝論〉、蘇轍的〈歷
代論・漢高帝〉。首先，本文以蘇洵作品爲例，其文云：

漢高祖挾數用術，以制一時之利害，不如陳平；揣摩天下之勢，舉
指搖目以劫制項羽，不如張良。微此二人，則天下不歸漢，而高帝

〔註7〕〔宋〕蘇轍著，陳宏夫、高秀芳點校：《蘇轍集》（北京：中華書局，1999年
　　　　7月初版二刷），冊4頁1284～1285。
〔註8〕《嘉祐集箋註》，頁88。
〔註9〕《蘇軾文集》，冊1頁103。
〔註10〕《蘇轍集》，冊4頁1251。

乃木彊之人而止耳。然天下已定，後世子孫之計，陳平、張良智之
所不及，則高帝常先為之規畫處置，以中後世之所為，曉然如目見
其事而為之者。蓋高帝之智，明於大而暗於小，至於此而後見也。……
雖然，其不去呂后，何也？勢不可也。昔者武王沒，成王幼，而三
監叛。帝意百歲後，將相大臣及諸侯王有武庚祿父者，而無有以制
之也。獨計以為家有主母，而豪奴悍婢不敢與弱子抗。呂后佐帝定
天下，為大臣素所畏服，獨此可以鎮壓其邪心，以待嗣子之壯。故
不去呂氏者，為惠帝計也。〔註11〕

誠如作品首段所言，蘇洵旨在論高祖「明於大而暗於小」之智，並非表現在
取天下時的謀略，而在得天下之後的「後世子孫之計」。蘇洵以「以太尉屬勃」、
「不去呂后」、欲斬樊噲三事為例，試圖解釋高祖所以如此的原因。藉此論證
高祖以防後患「明於大」之智，在於用盡心機地在生前做好前述三項準備，
以安劉氏子孫。全文內容豐贍，未能全錄。筆者徵引「不去呂后」一段詳論，
在於蘇門六君子之一的李廌，曾有針對此段的評論，其文云：

文字要駕空立意。蘇明允〈春秋論〉揣摩以天子之權與魯之意，作
一段議論；〈高祖論〉揣摩不去呂后之意作一段議論。當時夫子與高
祖之意未必如此。此自駕空，自出新意，文法最高。熟之必長於論。

〔註12〕

歷來對於蘇洵此文的討論不少，見於今人所輯錄時間最早的，應即是李廌這
段評論。〔註13〕李廌此段，旨在推崇蘇洵「駕空立意」的寫作手法，認為「文
法最高」。雖李廌僅以文中「不去呂后」一段為例，然而另外「以太尉屬勃」、
欲斬樊噲兩段，何嘗不也是蘇洵「自出新意」，嘗試「揣摩」高祖心意，設身
處地為之設想而來。此舉亦屬於「虛實」的寫作手法，高祖「不去呂后」為
「實」，但蘇洵所設想「未必如此」的「高祖之意」為「虛」。然而，這又和
為古人籌策的「虛實」法不同。蘇洵所出新意，旨在解釋諸歷史事件間的關
係，屬於歷史解釋的問題。這是必須辨明的。而蘇洵此歷史解釋，是否經得
起考驗，這就是史學層次的問題了。要言之，蘇洵〈權書・高祖〉一文，論

〔註11〕《嘉祐集箋註》，頁72～73。
〔註12〕原見於《百大家評古文關鍵》，轉引自《嘉祐集箋注》，頁77。
〔註13〕詳參《中華大典》工作委員會、《中華大典》編纂委員會：《中華大典・文學
典・宋遼金元文學分典》（南京：江蘇古籍出版社，1999年9月），冊1頁894
～895。

及楚漢相爭之後，漢高祖所以安劉家天下的諸多作爲，並以其多變寫法與新穎立意，引發後世諸多討論。

前論蘇洵作品，關注漢高祖生前爲惠帝所作的謀畫。然而，據載劉邦最寵愛的並非嫡子惠帝，而是庶子趙王如意及其母戚夫人，甚至一度欲「廢嫡立庶」。針對此事，蘇軾對高祖與其臣皆有批評。〈漢高帝論〉亦爲應制科之作，文云：

> 有進說於君者，因其君之資而爲之說，則用力寡矣。……若漢高帝起於草莽之中，徒手奮呼，而得天下，彼知天下之利害與兵之勝負而已，安知所謂仁義者哉？……故當時之善說者，未嘗敢言仁義與三代禮樂之教，亦惟曰如此而爲利，如此而爲害，如此而可，如此而不可，然後高帝擇其利與可者而從之，蓋亦未嘗遲疑。

> 天下既平，以愛故欲易太子，大臣叔孫通、周昌之徒力爭之，不能得，用留侯計僅得之。蓋讀其書至此，未嘗不太息以爲高帝最易曉者，苟有以當其心，彼無所不從，盍亦告之以呂后太子從帝起於布衣以至於定天下，天下望以爲君，雖不肖而大臣心欲之，如百歲後，誰肯北面事戚姬子乎？所謂愛之者，祇以禍之。嗟夫！無有以奚齊、卓子之所以死爲高帝言者歟？叔孫通之徒，不足以知天下之大計，獨有廢嫡立庶之說，而欲持此以卻之，此固高帝之所輕爲也。人固有所不平，使如意爲天子，惠帝爲臣，絳灌之徒，圜視而起，如意安得而有之，孰與其全安而不失爲王之利也？如意之爲王，而不免於死，則亦高帝之過矣。不少抑遠之，以泄呂后不平之氣，而又厚封焉，其爲計不已疏乎？……

> 古之善原人情而深識天下之勢者，無如高帝，然至此而惑，亦無有以告之者。悲夫！〔註14〕

此文旨在批評叔孫通等臣子，在力諫漢高祖不可「廢嫡立庶」時，未能「因其君之資而爲之說」。蘇軾認爲，高祖雖有仁義之名，然實不過是只知利害勝負的草莽英雄。臣子對之進言，唯有分析事情利害得失，方能成功。以「廢嫡立庶」事而言，蘇軾並不認爲叔孫通與張良等人之計爲善。〔註15〕批評之

〔註14〕《蘇軾文集》，冊1頁81~82。
〔註15〕晉國之奚齊及秦國之胡亥，兩人代立爲太子後，兩國或亂或滅，皆未能長治久安。叔孫通諫請漢高祖以晉、秦兩國爲鑑戒。事見〔漢〕司馬遷撰：《史記·

外，更代古人籌策。「盍亦告之以……以泄呂后不平之氣」一段，即是蘇軾以虛寫設想的方式，爲叔孫通所擬定的諫言。主要意見在於，對趙王如意，高祖立之爲害，而抑遠之爲利。叔孫通諫言之事爲實，而作者所設想的諫言內容爲虛。此處蘇軾再次以「虛實」手法，別出心裁，開拓文意。要之，蘇軾雖以批評臣子不善體察人主，不善進言規諫爲主。但在此同時，認爲高祖「彼知天下之利害與兵之勝負而已」，以及「古之善原人情而深識天下之勢者，無如高帝，然至此而惑」。綜觀這些言論，實爲對漢高祖的各種正面評價，諸如：仁義、善體人情、深識大勢等等，給予最深刻的懷疑。

　　與前論三蘇諸篇什相較，蘇洵、蘇軾這兩篇作品，顯然側重點不在劉邦所以取天下的雄才大略，而是其得天下之後，在對於宗室、外戚各方面的作爲。這點前人已有論及，茅坤《蘇文忠公文鈔》云：

> 老泉論高帝，以其能用平、勃；子瞻論高帝，病其易太子而不能保
> 趙王如意；皆非所以論帝王王天下之大端也。〔註16〕

茅坤所論，除了點出蘇洵父子兩篇作品內容外，其實亦呈現另一現象。即歷來論者多熱衷討論漢高祖所以能「王天下之大端」，而忽略其得天下後，亦有不少可讚或可議之處。由茅坤別具隻眼的觀察可知，此二篇在取材上，已異於眾人而別具特色。

　　蘇轍與父兄不同，在專論漢高祖的作品中，同樣對其所以取天下發表評論。雖然如此，其觀點卻不同流俗。〈歷代論·漢高帝〉爲元符三年（1100）至崇寧四年（1105），蘇軾隱居於穎川時所作。〔註17〕其文云：

> 高帝之入秦，一戰於武關，兵不血刃，而至咸陽。此天也，非人也。……
> 邯既北，而秦國內空。至是秦始可擊，而高帝乘之。此正兵法所謂
> 避實而擊虛者。蓋天命，非人謀也。……懷王之遣沛公固當，然非
> 邯、羽相持於河北，沛公亦不能成功。故曰：此天命，非人謀也。
> 〔註18〕

劉敬叔孫通列傳》（北京：中華書局，2003 年 7 月，2 版 18 刷），卷九九，冊 8 頁 2724～2725。張良則受呂后、呂澤所迫，爲惠帝籌策招納「商山四皓」的戲碼。最後，惠帝得以保住太子地位。事見《史記·留侯列傳》，卷五五，冊 6 頁 2044～2047。

〔註16〕高海夫主編：《唐宋八大家文鈔校注集評》（西安：三秦出版社，1998 年 9 月），卷一〇八，《東坡文鈔》十二，冊上頁 5093。

〔註17〕蘇轍〈歷代論〉寫作背景與寫作時間繫年，詳見本文第三章第一節。

〔註18〕《蘇轍集》，冊 3 頁 965。

該文旨在主張劉邦所以能「先入定關中」，全在「天命，非人謀也」。而所謂的「天命」，則具體包括兩件事：其一，章邯破項梁後，遂輕視楚國其他將領，北伐趙國。其二，楚懷王命項羽等人北上救趙。俱見於《史記・高祖本紀》。〔註19〕較之於前論對劉邦在軍事謀略各方面的稱揚，至少在「先入定關中」此楚漢相爭中頗爲關鍵的事件上，蘇轍顯然認爲劉邦所以成功，實靠「天命」之助。茅坤評價此篇曰：「此亦子由獨見其微處。」〔註20〕所謂「微處」，指的應是蘇轍有注意到劉邦入關時，項、章這兩股最大的軍事力量，正在北方相持不下，未能顧及關中局勢。茅坤認爲，此乃蘇轍「獨見」。

　　以上所論三篇三蘇父子專論劉邦之史論，不論是論述的內容與呈現的論點，似皆刻意求新求異。不僅所論與習見的「論帝王王天下之大端」的不同，就算如蘇轍論劉邦先入關中事，亦能獨抒己見，誠如茅坤所言。

　　必須加以強調的是，蘇軾對於劉邦的評價，又可謂父子三人中最豐富多元的。除前論〈漢高帝論〉、〈諸葛亮論〉外，〈論管仲〉、〈論封建〉、〈士燮論〉皆兼論及劉邦，並注意到楚漢相爭及其以外的事蹟。如〈士燮論〉云：

> 由是言之，有天下者，得之艱難，則失之不易。得之既易，則失之亦然。漢高皇帝之得天下，親冒矢石與秦、楚爭，轉戰五年，未嘗得志。既定天下，復有平城之圍。故終其身不事遠略，民亦不勞。繼之文、景不言兵。康太宗舉晉陽之師，破竇建德，虜王世充，所過者下，易於破竹。然天下始定，外攘四夷，伐高昌，破突厥，終其身師旅不解，幾至於亂者，以其親見取天下之易也。〔註21〕

該文旨在論春秋時晉楚鄢陵之戰，卻也兼論及對漢高祖、唐太宗的評價。蘇軾將兩位創業之主得天下之前後加以比較，並嘗試探求其間因果關係。相較之下，蘇軾推崇在轉戰五年艱苦得天下後，與民休息且不事遠略的漢高祖。事見《史記・高祖本紀》。〔註22〕唐太宗則因得天下過易，隨後又對外戰事頻仍，而受到批評。又如〈論管仲〉云：

〔註19〕章邯北伐趙國、項羽北上救趙兩事，俱見於《史記・高祖本紀》，卷八，冊2頁355～356。其他相關細節，亦散見於〈秦始皇本紀〉、〈留侯世家〉等篇。

〔註20〕《唐宋八大家文鈔校注集評》，卷一三二，《潁濱文鈔》八，頁6186。

〔註21〕《蘇軾文集》，冊1頁90。

〔註22〕漢高祖於五年（B.C.202）即位，至十二年（B.C.195）駕崩爲止。國內反對勢力雖不曾間斷，但對外族的戰事僅見於七年（B.C.200）。是年高祖親征匈奴，反而於平城受圍。事見《史記・高祖本紀》，卷八，379～392。

田敬仲之始生也，周史筮之，其奔齊也，齊懿氏卜之，皆知其當有齊國。篡弒之疑，蓋萃於敬仲矣。然桓公、管仲不以是廢之，乃欲以爲卿，非盛德能如此乎？故吾以謂楚成王知晉之必霸，而不殺重耳。漢高祖知東南之必亂，而不殺吳王濞。晉武帝聞齊王攸之言，而不殺劉元海。符堅信王猛，而不殺慕容垂。唐明皇用張九齡，而不殺安祿山。皆盛德之事也。

而世之論者，則以謂此七人者，皆失於不殺以啓亂。吾以謂不然。

七人者，皆自有以致敗亡，非不殺之過也。……〔註23〕

該文旨在論管仲相齊桓公時，不廢有「篡弒之疑」的田敬仲，並認爲此堪稱「盛德之事」。論述主題時，蘇軾歸納歷史中，與管仲事蹟相近且「可以爲萬世法」者七人。作者對他們推崇備至，除反駁世人對七人「不殺以啓亂」的批評，更嘗試逐一重新解釋亂事起因。這七個例子中，即包括了漢高祖不殺吳王濞事。見《史記・吳王濞列傳》。〔註24〕在此事件中，蘇軾將漢高祖與齊桓公並稱，可說稱讚有加。最後〈封建論〉云：

漢高又欲立六國後，張子房以爲不可，世未有非之者。李斯之論，與子房何異。世特以成敗爲是非耳。高帝聞子房之言，吐哺罵酈生，知諸侯之不可復明矣。然卒王韓、彭、英、盧。豈獨高帝，子房亦與焉。故柳宗元曰：「封建非聖人意也，勢也。」〔註25〕

該文旨在論封建之弊。認爲封建乃「時勢」下的產物，今日無法復起。最主要引證論述的史實，是李斯立郡縣以安天下的主張。事見《史記・秦始皇本紀》。〔註26〕而前引張良對於分封諸侯，時而反對時而支持的意見與作法，則見於《史記・留侯世家》。〔註27〕全文除認同李斯言論外，於兼論張良處，其

〔註23〕《蘇軾文集》，冊1頁147。

〔註24〕漢高祖十一年，高祖於沛縣立劉濞爲吳王。詎料，相者謂劉濞有「狀有反相」。高祖後悔莫及，只好口頭警告吳王「慎無反」。事見《史記・吳王濞列傳》，卷一〇六，冊9頁2821。

〔註25〕《蘇軾文集》，冊1頁158。

〔註26〕李斯力斥丞相王綰與群臣，主張立郡縣的言論。見《史記・秦始皇本紀》，卷六，冊1頁238～239。

〔註27〕張良曾反對酈食其分封六國後世的主張，並以「八難」勸諫高祖。使原本已決定分封的高祖，最後怒斥食其，回心轉意。然而，張良卻也主張封韓信爲「假王」，主張與韓信、彭越「共分天下」爲誘餌，解決固陵危機。事見《史記・留侯世家》，卷五五，冊6頁2042。以及〈項羽本紀〉、〈淮陰侯列傳〉的

實亦透露對劉邦的肯定。

三蘇之後，蘇門六君子中的張耒、晁補之，作有多篇史論，亦有論及劉邦事蹟的相關作品。張耒計有〈田橫論〉、〈蕭何論〉諸篇。〔註28〕由文題可知，諸篇皆非專論劉邦之作，但卻於內容中兼及對其之評價。〈田橫論〉認爲，劉邦所以取天下，非因其德義禮樂，而以才勝之而已。〈蕭何論〉認爲，劉邦不應懷疑如蕭何般「謹畏德厚」的君子。其作品同樣除論及漢高祖取天下事外，亦見其他事件。而後者甚至多於前者。另外，晁補之則作有〈西漢雜論〉三卷五十三篇（《全宋文》126/260～305）。而其中論及漢高祖相關事蹟者，僅僅只有兩篇，分別是〈婁敬願上言便宜〉、〈叔孫通制禮儀〉。兩篇則未論及任何與高祖軍事謀略有關的內容。由是觀之，三蘇父子與蘇門諸君子，除了關注漢高祖於軍事謀略上的成就，亦能注意到其他事蹟，並於政論與史論中予之或褒或貶的評價。

（二）北宋晚期

略晚於蘇門六君子，主要活動於北宋晚期的諸多作家。經筆者考察，除了政論與史論創作量減少外，論及漢高祖的作品相對亦少了許多。在僅見的幾個例子中，對於漢高祖則批評多於褒揚。有趣的是，凡此抑揚、褒貶互見的評價，多與另一位開國創業之君——東漢光武帝，結合起來討論。而結合高祖、光武兩帝論述的政論與史論，在南渡初期時也能找到不少例子。更值得注意的是，由北宋晚期至南渡初期，對於兩帝的評價呈現著鮮明的變動。職是之故，此處雖應列舉蘇門之後北宋晚期評價漢高祖的作品爲例，但筆者僅以一篇作品爲代表，餘者將在文後論之。周紫芝於未冠時作有〈漢高帝論〉，〔註29〕文云：

> 高祖由布衣而登帝位，自豐、沛而兼四海，其神武不世之略，秦漢以來一人而已。馬遷、班固之徒相與論述其事，咸謂其寬仁而能愛人，豁達而有大度。余獨以謂不然。高祖之初，天下既定，一時功臣大者南面而王，小者猶不失爲列侯。論功行賞，以次受封，非不足以滿其志願，宜若可以無事矣。乃復叛亂相繼，兵無休日。考之

相關記載。

〔註28〕〔宋〕張耒撰，李逸安、孫通海、傅信點校：《張耒集》（北京：中華書局，2005 年 5 月初版三刷），冊下頁 652～653、655～656。

〔註29〕周紫芝作品繫年及創作背景，詳參本文第三章第一節的討論。

於書，漢之異姓而王者八人，其後舉兵而叛者六國，獨張耳、吳芮僅以智免。此其咎安在哉？高祖無豁達之度以容之故也。夫高祖以大度取天下，而余獨以謂不然。此聞者所以未免於笑也。以余觀之，韓信未嘗反，高祖疑之而反也。其他雖不可以悉舉，大抵皆高祖疑之而反耳。觀信以淮陰一介崛起從漢，曾不旋踵，虜魏王，禽夏說，下井陘，誅成安，脅燕，定齊，摧楚，兵數十萬眾，卒斬龍且，西鄉以報。當是之時，可以唾手而反矣。蒯通說之以叛，至於再而不從。信之言曰：「漢遇我厚，吾豈可以見利而背恩信乎？」由是觀之，信豈有意於反哉？雲夢之遊執信而虜之。高祖始有疑信之心，信亦自是怏怏失意，反狀遂萌。故曰：韓信未嘗反，高祖疑之而反也。……

嗚呼！高祖與光武俱以雄略定亂，而後世之論紛然。雖范曄史家，猶以寇、鄧、景、賈所封不過大縣四。曾不知光武推赤心以置人腹中，而高祖乃懷疑心以激諸將之亂也。曄，其可謂智乎？〔註30〕

此文屬於駁論文，旨在駁斥由司馬遷以下，對於漢高祖「寬仁愛人」、「豁達大度」的稱許。周氏用以駁斥的理由有二。其一，即是高祖取天下後，異姓諸侯王因見疑而反。其二，即高祖誅殺韓信、彭越、英布三位開國功臣。此二事亦可視為一事。在論諸王何以造反時，周氏主張將原因歸究於高祖之「疑」。沒有高祖之「疑」在先，諸王是不會造反的。為證明此論點，周氏詳論韓信、彭越、英布三人見疑的過程。因篇幅過長，本文僅以韓信的部分為例說明。周氏詳述韓信有能力造反而堅決不反，但高祖疑信之心，卻在伐信的「雲夢之遊」中顯露無遺。而韓信對漢之忠誠，此後也就隨之動搖了。〔註31〕周氏論證的策略，皆先證明三人原無反意。繼之則謂渠等實在見疑於高祖後，方才不得已而反。由是觀之，周氏將漢初亂事歸罪於高祖之「疑」，並以之反駁、推翻原本高祖「寬仁愛人」的評價。周氏的用意即在於是。

全文最後，天外飛來一段對於漢光武帝的評論，亦值得注意。周氏於文前

〔註30〕 周紫芝《太倉稊米集》未見今人精校本。據彭邦明所言，是集「以影印文淵閣《四庫全書》本最為通行」。今從之。彭說詳見《宋集珍本叢刊·書目提要》（北京：線裝書局，2004年5月），冊108頁103。〔宋〕周紫芝：《太倉稊米集》（臺北：臺灣商務印書館股份有限公司，1983年，《文淵閣四庫全書》本），卷四四，頁9上～12上。另見《全宋文》162/218。

〔註31〕 蒯通說韓信造反，高祖「雲夢之遊」事，皆見於《史記·淮陰侯列傳》，卷九二，冊8頁2623～2628。

駁斥司馬遷、班固兩人對高祖評價，文末則對范曄評光武帝發表意見。徹底理解范曄的評論後，可以發現周氏對范曄之指責，實有斷章取義之嫌。〔註32〕雖然如此，但周氏欲以光武帝之「推心置腹」，〔註33〕對比高祖之「懷疑心」，於文章結束時再給予高祖一記「重擊」，此用意是很明顯的。

綜觀前論，北宋中晚期不論是三蘇父子、蘇門諸君子，乃至於其後諸作家，於政論與史論中論及劉邦時，不論是援引史實或提出論點，皆呈現多元紛紜的現象。在援引史實時，除高祖開國事蹟之外，也選擇了其得天下後的各種作為。在提出論點時，不再將高祖個人能力視為漢所以開國之最重要因素，同時解釋得天下後各種作為與漢家天下的關係。職是之故，這些作品對漢高祖，即有著褒貶互見、多元紛紜的評價，而非單調一元的意見。

二、南渡初期受到異口同聲的推崇：李綱、范浚等作家作品

南渡初期的政論與史論，在敘述、解釋漢高祖相關事蹟時，眾人異口同聲地對之推崇有加。

據筆者觀察，南渡初期徵引漢高祖事蹟之作，與前論北宋中晚作品相較，實呈現不同的樣貌。此期作品的特點在於，幾乎無一例外地，作者們熱衷討論高祖知人用人的智慧，以及各種軍事謀略，並將之塑造為一位卓越的軍事家、一位英明神武的創業開國君主。所有作者就像事前開過寫作會議，且取得高度共識一般，共同給予高祖極高的評價。以下大體依據作品創作時間，分別探討南渡初期作家，如何在政論與史論中評價漢高祖。

李綱於建炎元（1127）年至二年（1128）間，作有〈迂論〉系列作品。據筆者觀察，討論「君臣關係」，表達對「君臣相遇」的期待，是〈迂論〉的主要議題，而劉邦更被李綱形塑成「君臣相遇」之重要理想典型。〔註34〕李綱給予高祖高度評價，主要的側重點，即在其「知人善任」的人格特質。李綱推崇劉

〔註32〕范曄之語見於《後漢書‧朱景王杜馬劉傅堅馬列傳》之「論曰」。范曄並不曾指責光武帝分封寇恂、鄧禹、耿弇、賈復等人四座大縣之事，反而以之稱許光武帝「至公均被」。詳見〔南朝宋〕范曄撰，〔唐〕李賢等注：《後漢書》（北京：中華書局，2001 年 5 月初版 9 刷），卷二二，冊 3 頁 787～788。

〔註33〕今日所習用的成語「推心置腹」，即語出《後漢書‧光武帝紀》，卷一上，冊 1 頁 17。

〔註34〕詳見拙作：〈李綱〈迂論〉「君臣遇合」議題探析〉，《宋代文學研究叢刊》15 期，2008 年 8 月，頁 421～423。

邦的作品爲數不少，〈迂論‧論創業撥亂之主用人〉頗具代表性，其文云：

> 古之創業撥亂之主，必有一世之英材起而輔翼之。卒然相遇于草昧之中，非知之難，用之爲難，而能盡其用爲尤難也。知而不能用，與不知同；用而不能盡，與不用同。知其材而能盡用之，惟高祖爲然。

> 高祖因蕭何而知韓信，設壇場拜以爲大將，中分麾下之兵，使之定三秦，虜魏豹，擒夏說，破趙二十萬眾，脅燕平齊，卒滅項羽。豈特信之功哉，高祖能盡其用也。因魏無知而知陳平以爲護軍，盡護諸將。捐黃金四萬斤，使間楚之君臣，不問出入，而楚之君臣果以疑疏，遂至于亡，出六奇計而天下遂定。豈特平之智哉，高祖能盡其用也。至于子房、蕭、曹，則高祖素所自知也。何守筦籥，給餽調兵；參從征伐，攻城略池；而子房運籌帷幄之中，決勝千里之外，謀合志從，無不盡其用者。彼韓信、陳平皆嘗從楚，以策干羽，弗能用也。而羽之骨鯁之臣如亞父、鍾離昧之徒，一爲漢所間，遂疑遠之用，而弗能盡也。

> 楚漢之所以興亡，雖其故多端，而大要在此。……若高祖者，其可謂知所以取天下之要歟。〔註35〕

此文論創業人主用人，並以劉邦能盡用韓信、陳平等諸人，項羽未能盡用范增、鍾離昧正反兩例說明。李綱運用「比較」的方式，並列劉邦與項羽用人的相關事蹟。〔註36〕凡此，具散見於《史記》之〈項羽本紀〉、〈高祖本紀〉等等，描述楚漢相爭經過的相關篇章。〔註37〕作者側重於劉邦君臣相遇相合的事蹟，文中三稱高祖能「盡其用」。反觀項羽，不僅敘述時篇幅明顯少於劉邦，最後更謂之「用而弗能盡」。如此謀篇的方式，顯然是欲藉對比見意，強調劉邦之得與項羽之失。最後，李綱總結地建立論點，將楚漢興亡之「大要」，

〔註35〕〔宋〕李綱著，王瑞明點校：《李綱全集》（長沙：岳麓書社，2004年5月），卷一四五，冊下頁1375。另見《全宋文》172/92。另，「彼韓信、陳平皆嘗從楚，以策干羽，弗能用也。」句，《李綱文集》斷句作「彼韓信、陳平，皆嘗從楚以策干，羽弗能用也」，今從《全宋文》本。

〔註36〕李綱〈迂論〉頻繁地使用「比較」方法撰文，是其寫作特色。詳參本文第六章第四節的討論。

〔註37〕李綱此文徵引多位楚漢相爭中重要將領爲例，如劉邦之韓信、張良、蕭何、曹參、陳平，以及項羽之范增與鍾離昧等等。諸人事蹟，除見於項、劉本紀外，更詳載於其本身傳紀。未免煩瑣，筆者未能一一詳舉。

歸諸於劉、項兩人能否盡用其臣。其實，早在作者以對比方式敘述史事時，即已「寓論斷於敘事」，極力推崇劉邦之意，可謂溢於言表。

此外，尚見〈迂論・論非常之功〉，其文云：

> 有非常之人，則有非常之功。非常者，固常之人所不能與也。昔者鮑叔牙薦管仲于桓公曰：「必欲治國家而伯諸侯，非管仲不可。」于是束縛而取之魯，至則三沐而三薰之，饗于廟而問之政，管仲乃為陳所以治國而寓兵者。行之數年，九合諸侯，而齊公以伯。蕭何薦韓信于高祖曰：「信，國士無雙。如欲長王漢中，無所事信；必欲爭天下，非信無可與計事者。」于是設壇場，擇日而拜之以為大將。信乃為陳所以還定三秦、以弱項羽之強者。用其策，卒破楚，而高祖遂有天下。……由是觀之，方艱難時，非有卓犖不群之材，烏足與論非常之功哉！〔註38〕

該文旨意如首句所言，李綱意在論人主有「卓犖不群」的「非常之人」，方得以成就「非常之功」。為支持此論點，李綱於論述時，列舉齊桓公用管仲、漢高祖用韓信、唐太宗用房玄齡與杜如晦，以及劉備用諸葛亮四組君臣為論據。為省篇幅，前引僅以兩組為例。齊桓公因鮑叔牙言而用管仲事，見於《史記・管晏列傳》。〔註39〕漢高祖因蕭何言而用韓信事，見於《史記・淮陰侯列傳》。〔註40〕劉邦有「非常之人」韓信，方得以就成破楚而取天下的「非常之功」。其他齊桓公等三例，亦復如斯。全文雖旨在解釋得「非常之人」以成「非常之功」的因果關係，然而若人主無法「知人善任」，麾下再多的卓犖之士亦是枉然。易言之，全文雖未明言，卻在論證同時，表達了對劉邦「知人善任」的推崇。其他三例，同樣如此。

李綱〈迂論〉中，尚見其他稱美劉邦知人善任的作品，諸如：〈迂論・論君臣相知〉以腹心手足、父子兄弟為喻，論君臣之相知相與。〈迂論・論天下之勢如奕棋〉、〈迂論・論主之明暗在賞刑〉兩文，則將劉邦與曹操並稱，論兩人皆善於知人、善用刑賞。除特別傾心於劉邦知人善任之能外，李綱亦由

〔註38〕《李綱全集》，卷一四八，冊下頁1398。另見《全宋文》172/118。

〔註39〕管鮑之交，歷來傳為美談。鮑叔牙對管仲極度的包容，並將之推薦給齊桓公。最後，管仲得以助桓公稱霸事，見於《史記・管晏列傳》，卷六二，冊7頁2131～2133。

〔註40〕蕭何以「國士無雙」向劉邦推薦韓信，及韓信拜大將後所陳「還定三秦」之計。見於《史記・淮陰侯列傳》，卷九二，冊8頁2611～2612。

其他方面推崇之。如〈迂論・論形勝之地〉謂劉邦能「深根固本」，掌握關中形勝之地。〈迂論・論創業中興之主〉則結合高祖與光武帝，推崇兩人識慮規模、英偉宏遠。綜觀前論，李綱於其政論與史論中，給予漢高祖相當高的評價。〔註41〕

范浚在紹興元年（1131），作有〈策略〉系列政論。此系列作品論中興議題時，同樣對漢高祖推崇有加，不時徵引相關事蹟作爲論據。除證明自身論點之外，最重要的當然是供高宗取法學習之用。由是觀之，實與前論李綱相去不遠。

雖然李、范兩人同樣推崇漢高祖，但本文必須辨析的是，范浚之著重點，在於其軍事謀略方面的成就。就此而言，范浚則與李綱同中有異。相關例子不少，如范浚〈廟謨下〉云：

> 兵法曰：「知彼知己，百戰不殆。」漢高祖深明知彼己之術，故伐魏而知柏直不能當韓信，馮欽不能當灌嬰，項它不能當曹參，因曰：「吾無患矣。」果定魏地。是審彼己之將而知必勝也。黥布之反，高祖召薛公問以布計所從出。薛公對以布出上計，則山東非漢有；出中計，則勝負未可知；出下計，則可以高枕而臥，漢無事矣。布果出下計，高祖遂破之。是審彼己之計而知必勝也。陳豨之反，高祖自往討之，至邯鄲喜曰：「豨不南據邯鄲，而阻漳水，吾知其無能爲矣。」遂破豨。是審彼己之地而知必勝也。故夫決勝之策，在乎察將之才能，審敵之強弱，斷地之形勢，觀時之宜利。今廟堂之謀，能先審彼己，知必勝之道，則何患功之不速乎？〔註42〕

該文旨在論宋廷對於北方外患的數項謀略。全文內容豐富，論述包括「圖功之謀」、「審知彼己」、「用夷攘夷」等謀略。此處僅就「審知彼己」一段來談。范浚此段的主要論點，認爲兵書所謂「知彼知己，百戰不殆」，實爲南宋抗金必勝之道。作者所引爲論據的，即爲高祖相關事蹟。包括劉邦平魏地事，見《漢書・高帝紀》。〔註43〕平黥布造反事，見《史記・黥布列傳》。〔註44〕以

〔註41〕爲免煩瑣，正文所論〈迂論〉諸篇不逐一作注。詳參《李綱全集》，卷一四五至一五四。

〔註42〕〔宋〕范浚：《范香溪先生文集》（上海：上海書店，1985年2月，《四部叢刊續編》本），卷十二，頁4上～5上。另見《全宋文》194/84～85。

〔註43〕漢二年（B.C.205）秋八月，劉邦率韓信、曹參、灌嬰伐魏豹。作戰前，劉邦比較兩軍將領，而有必勝之信心。事見〔漢〕班固撰，〔唐〕顏師古注：《漢書・

及平陳豨謀反事，見《史記‧高祖本紀》。〔註45〕綜觀這些事蹟，可發現彼此間有個共同點，即是高祖陣營不論君臣，在戰爭開始前皆有審知彼己的能力。能在戰前明察我軍、洞悉敵人，無怪乎劉邦在這三場戰役皆能取得勝利。此段對漢高祖軍事謀略的長才推崇不已，而這些用以證明論點的論據，也成為范浚希望高宗取法學習的對象。

　　就此段之章法而言，此段運用凡目法中的「凡目凡」謀篇，亦有可觀之處。〔註46〕首先，作者提出兵書所言「知彼知己」的作戰指導原則。此為「凡」。再者，為詳論前述之「凡」，文中運用高祖事蹟，分「審彼己之將」、「審彼己之計」、「審彼己之地」三項論述如何能「知必勝」。此段為「目」。最後，作者總結「決勝之策」，在乎「察將」、「審敵」、「斷地」、「觀時」四者。此則再為「凡」。由是觀之，由提出原則，分項論述，到總結前論，此段確實運用了凡目法。而值得再關注的，則是作者由原本「知彼知己」的簡單原則，經過舉證論述後，發展成四項「決勝之策」。此四者皆統攝在「知彼己」之下，使此原則之內容更加豐富充實。如此一來，亦令讀者有漸入佳境之感。

　　另一則例子，則可見范浚〈巡幸〉，文云：

> 自古皇居帝宅，未嘗不為居重馭輕之計，其勢若身使臂，臂使指，小大適稱而不悖。唐太宗列置府兵八百所，而關中五百，舉天下不敵關中，則其驗也。今雖悉師討賊，務揚威武，武輦轂之下，兵衛亦安可以不強？甚非居重馭輕之道也。……昔漢高祖與楚戰，出成皋，至小修武。自稱使者，晨馳入張耳、韓信壁而收其軍，兵遂大振。因令耳備守趙地，令信發趙兵未發者擊齊，高祖必先取二人兵以自振，故能使之俯首聽命，維所指使，不然則信、耳萬有一驕蹇不受約束，且無以制之。此實將將之術，安危之機，語之於今，宜留聖慮者也。〔註47〕

　　　高帝紀》（北京：中華書局，1996年5月初版9刷），卷一上，冊1頁38～39。

〔註44〕漢十一年（B.C.196），黥布密謀造反。薛公受漢高祖召見，論黥布之上、中、下三計。黥布謀反所用之計，果然為薛公言中，高祖也因此順利剿滅之。事見《史記‧黥布列傳》，卷九一，冊8頁2604～2606。

〔註45〕漢八年（B.C.199）八月，趙相國陳豨於代地謀反。高祖於九月親征，陳豨因昧於地勢而被滅。事見《史記‧高祖本紀》，卷八，冊2頁387～388。

〔註46〕關於凡目法，本文第四章第四節已有論及。詳參仇小屏：《文章章法論》（臺北：萬卷樓圖書有限公司，1998年11月），頁341～364。

〔註47〕《范香溪先生文集》，卷十三，頁2上～下。另見《全宋文》194/92～93。

該文旨在藉高宗巡幸，論當建都建康以經略中原，以及皇居當「居重馭輕」之計。全文頗長，筆者僅以論後者段落爲例。所謂的「居重馭輕」者，由前引看來，應即指君主當掌握優勢軍力，方得壓制其他軍事力量，以求皇權鞏固。作者列舉四個例子論證此論點，分別是唐太宗、肅宗、德宗，以及漢高祖。筆者僅以唐太宗、漢高祖爲例說明。唐太宗將絕大多數府兵集中於關中，事見《新唐書·陸贄傳》。〔註48〕漢高祖智取張耳、韓信兵權，以壯大本身力量，事見《史記·高祖本紀》。〔註49〕在四則例子中，不論是由篇幅長短、描述詳略論之，皆以劉邦之例最爲豐富精彩。劉邦「自稱使者」，潛入張、韓軍營奪其兵權。此事充滿傳奇色彩，最能突顯劉邦之謀略、膽識。范浚此段改寫自〈高宗本紀〉，更動之處不多，試圖保存「原汁原味」的意圖頗爲明顯。要之，該文除藉漢高祖等四位人君事蹟，論證人主「居重馭輕」，掌握優勢軍力的重要性外，更在引證論述時，流露作者對於高祖長於謀略的推崇之意。

除以上兩篇外，范浚尚有多篇推崇劉邦軍事謀略長才之作。諸如：〈廟謨上〉結合劉邦與曹操，認爲兩人相當重視廟謨之機密性。〈揆策下〉同樣結合劉、曹事蹟，稱美兩人用兵之「奇」，方能以弱持強、以寡持眾。〈封建〉則推崇劉邦與彭越、韓信共天下之舉，認爲其「應變以濟務，馭眾以成功」，方能取天下。〈賞功〉則由當賞則「不當斬」的角度，論劉邦平陳豨之反的謀略。要言之，幾乎范浚所有論及劉邦之政論，無不盛讚其軍事謀略的長才。〔註50〕

同樣於紹興元年，胡安國作有〈時政論〉，其子胡宏則作有〈中興業〉，兩人皆作系列政論多篇。對於劉邦，父子亦是同聲讚揚。首先，以胡安國〈時政論·養氣〉爲例，其文云：

> 凡用兵，勝負係於軍旅之強弱，軍旅強弱係於將帥之勇怯，將帥勇怯係於人君所養之氣曲直何如耳。……紂師如林，陣于牧野，武王數其不事宗廟、賊虐諫輔之罪，則商曲而周直矣，故周勝。項羽兵

〔註48〕唐德宗尚在東宮時，曾以馬燧討賊河北事，下詔問於陸贄。陸贄對曰：「立國之權，在審輕重，本大而末小，所以能固。……太宗列置府兵八百所，而關中五百，舉天下不敵關中，則居重馭輕之意也。」由此可知，其實陸贄即以太宗爲例，詳論人君「居重馭輕」之術。范浚此番主張，實前有所承。〔宋〕歐陽修、宋祁著：《新唐書，陸贄傳》（北京：中華書局，1975年2月），卷一五七，冊16頁4912～4913。

〔註49〕漢三年（B.C.204），項羽圍劉邦於成皋。劉邦與滕公潛入張耳、韓信軍營，奪其兵權，號令二師。見《史記·高祖本紀》，卷八，冊2頁374。

〔註50〕爲免煩瑣，正文所論諸篇不逐一作注。詳參《范香溪先生文集》，卷十一至十五。

　　震天下，咸服諸侯，漢祖數其九罪，與殺義帝之負，則楚曲而漢直
　　矣，故漢勝。凡曲直者，兵家之大要，制勝之先機也。……今欲強
　　中國之兵，鼓將士之勇，使人人知我直彼曲，以作其衰敗不振之氣，
　　更在陛下強於爲善，益新厥德。〔註51〕

此文旨在論戰爭時勝負之關鍵，在於「人君所養之氣曲直何如」，並以「我
直彼曲」，勸諫高宗力求振作。爲證明論點，胡安國選用的論據有二。其一，
滅商戰爭時，周武王列數商紂罪狀，事見《史記·周本紀》。〔註52〕其二，
楚漢相爭時，劉邦細數項羽罪狀，事見《史記·高祖本紀》。〔註53〕這兩則
例證之共同點在於，勝利的一方皆曾列舉敵方各種罪名，以營造胡安國所謂
「我直彼曲」的氣勢，強化我方與戰的正當性，營造「正義之師」的形象。
在南宋以前，周武王早已成爲儒家聖王，其伐紂之正當性不被懷疑，也就更
不需要檢視商紂之「罪狀」是否條條屬實。而對於劉邦所言項羽之罪是否允
當，胡安國自然亦無須深究。胡安國將劉邦與周武王並舉，對其之推崇，眞
可謂無以復加。要言之，全文主要論點在於，「人君氣之曲直」爲戰爭勝負
關鍵：人君氣直則勝，反之則敗，並藉之振奮高宗心志，提供高宗取法。與
此同時，胡安國從軍事上的成就立論，將漢高祖推向與儒家聖王相等的崇高
地位。

　　胡安國尚有推崇漢高祖的作品，如〈時政論·宏度〉將之與春秋時間的
霸王——齊桓公、晉文公並稱，推崇諸君主能「以天下爲度」，臻至「克己」、
「順理」、「隱忍而不遷」的境地。〔註54〕胡宏亦對漢高祖多所推崇，其〈中
興業·易俗〉將高祖與光武帝並稱，推崇兩人能革易前朝不良風俗，「故能以
匹夫而有天下」。〈中興業·定計〉同樣並稱兩人，稱美其能「定都以繫遠近
之心」。〈中興業·知人〉則結合劉邦與曹操，稱許兩人不僅能「知人善任」，
更能「審知彼己」。在審視胡安國父子政論後可發現，兩人爲提出主張而引證

〔註51〕〔明〕黃淮、楊士奇編：《歷代名臣奏議》（上海：上海古籍出版社，1989年
　　　　10月，影印永樂本），卷四七，頁18下～19上。另見《全宋文》146/127。
〔註52〕周武王於商郊牧野誓師，列數商紂王罪狀。同時集結諸侯軍力，準備伐紂。
　　　　事見《史記·周本紀》，卷四，冊1頁122～123。
〔註53〕楚漢於成皋對峙，兩軍相持不下。項羽欲隻身挑戰，劉邦則列數其十項罪狀
　　　　加以回絕。事見《史記·高祖本紀》，卷八，冊2頁376～377。除此之外，於
　　　　義帝死後，劉邦爲之發喪。通告諸侯時，劉邦亦曾宣告項羽之大逆無道，並
　　　　以之作爲結合諸侯王擊楚的理由。見前書，冊2頁370。
〔註54〕《歷代名臣奏議》，卷四七，頁19下～20上。另見《全宋文》146/128。

漢高祖事蹟時，幾乎無一不是對之推崇有加。〔註55〕

蘇籀於紹興年間，對金態度遊走在和戰兩端，其於紹興七年（1137）前後所作之政論——〈雜著〉八篇，則較傾向主戰。諸作之中，亦不乏引證漢高祖相關事蹟者。蘇籀〈民情〉云：

> 自古撥亂而風驅電掃者，得民也；衰世而基扃牢固者，素結人心也。昔漢高帝以仁取天下，恩育秦民故也。謀臣滿朝，可謂至矣，尚孜孜焉訪於側微。故于平九江，則假隨何之辯，問薛公之策；都關中，則納奉春之計。一不用則困於平城。曹參賢相也，治道出于蓋公；淮陰眞將軍也，而師事亡趙李左車。蓋天下之謀，知所以求之則進，不知所以求之則逝矣。仲尼不恥下問，《書》曰：「好問則裕，自用則小。」豈不然乎？嗟夫！今之長國家者，器度足以包之，膂力足以舉之，膽決足以任之。以開濟爲心，興衰爲意，民心固宜輯焉。〔註56〕

此文旨在論治軍治國，在「知天下之情」、「得民」、「結人心」。作者以相當長的文字純粹就理論理，爲省篇幅，筆者未能徵引。而在引證古人古事時，蘇籀所舉五例，則皆爲漢高祖君臣事蹟，其中又以劉邦本人的三則爲最多。分別是：對於九江王英布，劉邦先是接納謁者隨何，使之說服英布背楚與漢。再者，劉邦則依故楚令尹薛公之計，得以平定英布造反。兩事皆見於《史記·黥布列傳》。〔註57〕劉邦採納齊國平民婁敬諫言，定都關中。事見《史記·劉敬叔孫通列傳》。〔註58〕論及劉邦臣子有兩例，分別是：曹參用膠西平民蓋公之言，以清靜治民。事見《史記·曹相國世家》。〔註59〕韓信則聽取敵營敗亡之虜李左車諫言，以伐燕、齊。事見《史記·淮陰侯列傳》。〔註60〕

〔註55〕正文所論〈中興業〉諸篇，詳參《胡宏集》，頁208～215。

〔註56〕〔宋〕蘇籀：《雙溪集》（臺北：華聯出版社，1965，粵雅堂叢書本），卷十，頁3下～5下。另見《全宋文》183/340。

〔註57〕劉邦兵敗彭城後，欲使英布背楚與漢，以牽制楚軍。正當其喝斥左右無能時，謁者隨何自告奮勇。劉邦遂遣隨何，之後果然不負使命。《史記·黥布列傳》，卷九一，冊8頁2599～2600。劉邦平英布造反事，則參見本章注釋44。文謂「隨何之辯」、「薛公之策」即由是而來。

〔註58〕齊國平民婁敬說劉邦定都關中。劉邦從其言，並賜姓劉氏，號爲奉春君。文謂「奉春之計」即由是而來。見《史記·劉敬叔孫通列傳》，卷九九，冊8頁2715～2717。

〔註59〕曹參相齊九年，齊國安集，眾人以賢相稱之。全有賴向膠西蓋公請益，蓋公告之以清靜治國的結果。見《史記·曹相國世家》，卷五四，冊6頁2029。

〔註60〕韓信滅趙後，令兵士勿殺趙廣武君李左車，務必生得之。得李左車後，韓信

　　以上諸例，皆可謂善於察言納諫的事蹟。劉邦這方面成就早已備受讚揚，蘇籀此文又有何特殊之處？筆者認爲，爲論證全文旨意，蘇籀特別選擇劉邦察納地位卑下者的「民言」，而非身旁「臣言」的事蹟加以推崇。了解前述諸項事蹟後可以得知，隨何只是替國君掌傳達事宜的「謁者」，薛公是宿敵舊臣，而婁敬原來更只是個齊國平民。劉邦不以人廢言，不因其人地位卑下，甚至曾效力於敵營，而皆能察納其言。蘇籀文中與劉邦並列的曹參、韓信，與其主有著同樣寬宏的氣度胸襟。要言之，在蘇籀筆下，人主於亂世、衰世中欲成就偉業，首在得民心、知民情。而劉邦所以能創業垂統，原因即在乎是。這是值得高宗取法學習的。

　　論及至此，前引南渡初期諸例中，舉目所見皆是對漢高祖正面肯定的評價。當然，筆者於此期亦能發現少數批評漢高祖的作品，例如胡安國〈時政論・寬隱〉一文，批評高祖對人未能做到「崇高嚴恪」、「柔遜謙屈」各有所施的境地。〔註61〕在這些少數的作品中，胡銓值得我們注意。

　　胡銓對於漢高祖有很強烈的批評，對於漢宣帝則推崇有加。這在南渡初期是很少見的現象。其〈漢宣帝論〉云：

> 善乎！班生之論曰：「孝宣功光祖宗。」愚不暇並舉文、景、武、昭之事，略條陳高帝之成敗而論之，於孝宣竊有所喜，而復有所恨，蓋恨其不如高帝之寬容大度，而喜其功光於高帝者四也。

> 客有過而歎曰：「吁！三王以來，撥亂英雄之主，未有如高帝者也，而以爲孝宣之功過之。咄哉，子之迂也！」愚曰：「然，人能碎千金之璧，不能無失聲於破釜；能搏猛虎，不能無變色於蜂蠆之螫。客不能無怪於吾言似矣，而未知高帝、孝宣所以爲優劣也。夫孝宣何如主也？中興之賢主也。其涵養天下，比高帝爲優；其聽斷之勤，比高帝爲優；其禮貌大臣，比高帝爲優；能使蠻夷慕義而單于降服，比高帝爲優。方嬴秦疲弊天下，漢高起沛，談笑而麾之。入關之日，首以三章約法，斯民始有息肩之望。爲帝計者，正宜除苛解煩，以與天下更始，而猶勤兵不解者連年，則其意不在民而在兵。責以湯武之師東征西怨者，有間矣。至孝宣則不然，方地節初，始親政事，遣使十有二，

東鄉坐以師事之，向其請益討伐燕、齊之法。見《史記・淮陰侯列傳》，卷九二，冊 8 頁 2617～2618。

〔註61〕《歷代名臣奏議》，卷四七，頁 20 上～21 下。另見《全宋文》146/129～130。

循行天下，問民疾苦。今日下詔則恤民，明日下詔則又恤民，詔凡數四，為民而下者半。時則有循吏無酷吏，德政沛然，有成康之風，則其涵養天下，視高帝為何如？……則其聽斷之勤，視高帝為何如？……則其禮貌大臣，視高帝為何如？……則四夷慕義而來降，視高帝何如？」愚故曰：「於孝宣竊有所喜者，此也。」

客曰：「若如所云，則孝宣果中興之賢主也，而謂不及高帝之寬容大度，又何以辨之？」曰：「孝宣所最優者，信賞必罰，高帝所不及也。……然而高帝於賞罰則以寬容大度得之，孝宣則以煩碎苛察失之。……愚故竊有所恨者此也。」

客唯唯，請畢其說，愚於是不復論。〔註62〕

胡銓此文甚長，筆者只能徵引部分段落，然已能體現其於論點。胡銓旨在推崇漢宣帝，此文詳論宣帝之所以優於高祖的原因，並將之細分為四項，比較論述兩帝各種作為。分別是：「涵養天下」、「聽斷之勤」、「禮貌大臣」、「四夷慕義而來」等。而在「涵養天下」一段，胡銓援引兩帝事蹟，分別是高祖於漢元年（B.C.206）入關，雖有「約法三章」之舉，之後卻仍連年征戰，直到駕崩。人民始終無法休養生息。事見《史記·高祖本紀》。〔註63〕以及宣帝於地節年間（B.C.69～66）親政後，頻頻下詔恤民，具體措施包括罷屯兵、假公田、舉孝弟、省徭役、減鹽價等等。事見《漢書·宣帝紀》。〔註64〕高祖與宣帝所處的局勢，自然大不相同。胡銓不顧這層差異，仍舊推崇宣帝。其餘諸項，本文未能遍引詳論。要之，皆以史籍所載比較兩帝，推崇宣帝，貶抑高祖。最後，胡銓卻也指出高祖在「信賞必罰」上，勝於宣帝。在原本一面倒的批評之外，算是對高祖有了平衡的論述。要補充說明的，是此文不僅是推崇宣帝、批評高祖的觀點，在寫作手法上也別具特色。〔註65〕

〔註62〕 胡銓別集，未見今人精校本。據祝尚書考察，《胡澹菴先生文集》有六卷本、三十二卷本傳世，見《別集敘錄》，冊下頁 892～895。祝著作「胡澹『菴』」，和註後所引不同。《全宋文》以清道光十三年胡文思重刊之《胡澹庵先生文集》作底本，是集即屬於三十二卷本。今從之。詳見〔宋〕胡銓：《胡澹庵先生文集》（臺北：漢華文化事業公司，1970 年，影印清道光十三年胡文思重刊本），卷二，頁 12 上～16 下。

〔註63〕 《史記·高祖本紀》，卷八，冊 2 頁 362～392。

〔註64〕 《漢書·宣帝紀》，卷八，冊 1 頁 247～253。

〔註65〕 詳參本文第六章第四節。

最後，要再次強調的是，在南渡初期政論與史論中，與其他齊聲的讚許相較，胡銓這類對漢高祖的負面批評聲音，實在是微乎其微的。

三、唐太宗：另一個評價改變的例子

除了漢高祖之外，唐太宗是另一位普遍受南渡初期作家肯定的君主。與高祖相同的是，太宗所受到的評價，在南渡初期亦有所改變。

其實，在本節前論諸則例證中，已見兼論高祖與太宗的作品。如李綱〈迁論・論非常之功〉，以漢高祖用韓信、唐太宗用房玄齡與杜如晦，論人主用非常之才有非常之功。范浚的〈巡幸〉，則藉兩人論皇居「居重馭輕」之計。凡是諸篇，前論已詳。當然，我們亦可見論述唐太宗，而未與漢高祖合論之作。如范浚〈用奇〉，其文云：

> 兵法曰戰勢不過奇正。奇正之變，不可勝窮。奇正相生，如循環無端，必有獨得於心，不可以智識，不可以情求者，爲能盡之。著唐兵之破霍邑也，建成墮馬，右軍少卻，而宋老生乘之，太宗自南原馳下斷其軍，引兵奮擊，遂敗老生。夫建成陣於城北，是謂正，及其卻而致老生，則向之正變而爲奇。太宗自南原馳下，是謂奇，及其斷老生軍，引兵奮擊，則向之奇變而爲正。太宗得奇正之變，故戰無不勝，攻無不克。〔註66〕

該文旨意誠如文題所言，即范浚主張用兵貴在「用奇」。范浚以唐高祖李淵率領二子：建成、世民，於隋大業十三年（617）攻克由隋將宋老生所守之霍邑爲例。事見《舊唐書・太宗本紀》。〔註67〕在這次戰役中，戰事開端時李淵與建成爲正，而世民爲奇。而當宋老生追出霍邑城外，李世民由側翼襲擊。這時李世民軍則由奇轉爲正。范浚認爲在霍邑之役中，唐太宗部隊體現了兵法奇正相生、變化無窮之法，故特別強調，以供宋廷取法。

結合前論諸篇，筆者認爲這些關於唐太宗的評論，呈現出前所未見的傾向。南渡初期政論中論唐太宗，或論其居重馭輕、審勢量敵，又或論其奇正相生的用兵哲學，凡此無一不涉及軍事謀略。常久以來爲人所津津樂道，唐太宗求言納諫的聖君形象依舊。只是在此一時期，作者們更強調其軍事謀略

〔註66〕《范香溪文集》，卷十二，頁6下。另見《全宋文》194/86。
〔註67〕〔後晉〕劉昫等撰：《舊唐書・太宗本紀》（北京：中華書局，1975年5月），卷二，冊1頁22～23。

方面的長才。這個現象實爲前代所少有。關於這項特色，方震華曾略略言及。方氏以連南夫（1085～1143）於紹興九年（1139）上書反對和議爲例，認爲：「連南夫雖然高唱『堯舜之道』，實際上期望國君達成的，卻是像唐太宗一般的軍事成就。」〔註68〕可惜的是，方氏的研究著重在太宗得天下後的「貞觀之治」，而非取天下前的軍事謀略。故對於前述特色，僅僅點到爲止，並未明確地指出。本文由此受到啓發，經過以上諸例的討論後，更加證明這項特色是可以成立的。南渡初期政論特別重視唐太宗軍事謀略成就的現象，不只符合時代需求，與漢高祖受到關注的重點互相吻合，更可說體現了此期論述前代創業君主典範的時代特色。

　　本節旨在呈現，由北宋中晚期至南渡初期，政論與史論對於漢高祖的評價有著若干變化。由多元趨向一致，由褒貶互見到推崇備至，是這個變化的主要基調。最後結合唐太宗的例子，筆者認爲，兵馬倥傯的南渡初期爲因應時代需要，特別強調創業君主的軍事成就。

第二節　由受到冷落到齊聲推崇──中興君漢光武帝評價的演變

　　誠如前章所論，「中興」無疑是南渡初期政論與史論中最重要的議題。所有作品無不以此爲核心，針對當時宋廷所遭遇的各種難題，包括和戰、軍事兵制、治盜等等，展開多項、多元、多角度的論述。作者們爲匡正時弊、救亡圖存，無不依據歷史經驗提出許多解決之道。這些歷史經驗中值得取法的對象，除前節所論漢高祖這類創業君主外，最多的當然是歷代之「中興君主」。從最早的周宣王開始，其後則有漢光武帝、晉元帝，到距宋較近的唐肅宗、憲宗等等，凡是諸君皆曾受到引證論述。而最廣受眾人引證者，則莫過於是漢光武帝。

　　本節以漢光武帝爲主要考察對象，觀察其所受到的歷史評價，在北宋中晚期至南渡初期產生什麼樣的改變。最末，則兼論晉元帝，以之作爲比較對照之用。

〔註68〕方震華：〈唐宋政治論述中的貞觀之政──治國典範的論辯〉，《臺大歷史學報》40期，2007年12月，頁44。

一、北宋中晚期受到冷落

　　北宋中晚期的作者們，對於漢光武帝似乎並沒有太多興趣。不論是由專論或兼論的篇章觀察，論光武帝的數量都遠遜於論高祖者。以下所論，其實幾乎即為此時期論及漢光武帝的全數政論與史論作品。由此可見一斑。

　　三蘇父子論漢光武之作，與論漢高祖相較，即少得許多。蘇洵幾乎未見對光武帝有任何具體批評。而蘇軾，亦僅見少數篇章言及光武帝，但給予具體評價的作品亦相當少。〈英雄自相服〉是一例。其文云：

　　　　桓溫之所成，殆過於劉越石，而區區慕之者。英雄必自有以相服，
　　　　初不以成敗言耶？以此論之，光武之度，本不如玄德，唐文皇之英
　　　　氣，未必過劉寄奴也。〔註69〕

此篇五十餘字的短文，主要稱許桓溫年少時仰慕劉琨（劉越石）事，兼及批評漢光武與唐太宗。可惜的是，或因篇幅實在太短，筆者較難具體掌握蘇軾對光武帝的批評意見，亦即劉秀之氣度何以不如劉備的問題。其他如：〈思治論〉、〈邵彤漢之元臣〉、〈歷代世變〉諸文，皆僅在論述主題外兼及光武帝而已。

　　蘇轍是三蘇父子中，唯一有專論論述漢光武帝者。其著有〈漢光武上〉、〈漢光武下〉兩篇，本文以〈漢光武上〉為例，其文云：

　　　　人主之德，在於知人，其病在於多才。知人而善用之，若己有焉，
　　　　雖至於堯舜可也。多才而自用，雖有賢者，無所復施，則亦僅自立
　　　　耳。漢高帝謀事不如張良，用兵不如韓信，治國不如蕭何，知此三
　　　　人而用之不疑，西破強秦，東伏項羽，曾莫與抗者。及天下既平，
　　　　政事一出於何，法令講若畫一，民安其生，天下遂以無事。又繼之
　　　　以曹參，終之以平、勃，至文、景之際，中外晏然。凡此皆高帝知
　　　　人之餘功也。東漢光武，才備文武，破尋邑，取趙、魏，鞭笞群盜，
　　　　筭無遺策，計其武功若優於高帝。然使當高帝之世，與項羽為敵，
　　　　必有不能辦者。及既履大位，懲王莽篡奪之禍，雖置三公，而不付
　　　　以事，專任尚書，以督文書，繩奸詐為賢，政事察察，下不能欺，
　　　　一時稱治。然而異己者斥，非識者棄，專以一身任天下，其智之所
　　　　不見，力之所不舉者多矣。至於明帝，任察愈甚。故東漢之治，寬
　　　　厚樂易之風，遠不及西漢。賢士大夫立於其朝，志不獲伸。雖號稱

治安，皆其父子才志之所止，君子不尚者也。〔註70〕

此文旨在論人主之德，在於知人善用。並比較漢高祖、漢光武兩人，對後者給予負面評價。蘇轍以對比的方式敘述，認為漢高祖「知人而善用」，漢光武則「多才而自用」。在解釋兩漢國勢治亂時，蘇轍認為，西漢文景治世實歸功於高祖，故謂乃「高帝知人之餘功」。而東漢之治所以不及西漢，則導因於光武帝「專以一身任天下」。如此一來，就將兩漢開國君主之用人特性，與其後國勢之興衰聯結起來，兩者之間有著密切的因果關係。顯然在知人用人上，蘇轍是較肯定高祖，而不認同光武帝的。

前文筆者已提到，北宋晚期政論與史論多結合高祖與光武帝一起討論，並以周紫芝為例說明。以下所論作品，同為此期兼論兩人者。劉安節〈論名節〉曰：

> 愚嘗評天下之節有二槩焉，有上節者，有下節者。……中人之性，進之則上，排之則下，進之可使盜跖為伯夷，排之可使伯夷為盜跖，此勢之必致者也。胡不觀兩漢之間乎？西漢之士非固不好義也，而挺名節者一何少耶？排之故也。東漢之士非固好議也。而挺名節者又何多耶？進之故也。

> 蓋嘗攷高祖以馬上得天下，首喜功名而薄仁義，士之自好者，固已遁商山而不出矣。逮至孝武，所謂好儒者也，奈何強明自任，恥於見屈，一時賢士誅戮殆盡，其間獲全以終其身者，類不過乎公孫弘、石慶之順從而止而，東方朔、司馬相如之談諧而止爾。其君所上如此，幾何不使天下之士崇勢利而羞仁義者乎？

> 光武之興也，列侯名將相與戮力以成一代之業者，有若寇、鄧、耿、賈之儔，其豐功偉績有足褒重者，固亦多矣，不此之顧，而獨勤勤以身先於故人之子陵，而又侯湛、卓茂之徒亦非素有顯赫之功也，一互加之列侯之上，曾不少貳。於是天下曉然知勢利之為卑，而道德之為尊矣，更相崇尚，遂以成俗。

> 然則為今計者奈何？亦稽諸兩漢而已。稽西漢所以失，則柔媚之徒沮之可也；稽東漢所以得，其廉節之士勸之可也。……今也誠能本之學校以鼓舞之，而輔以勸沮之法，愚將見在位之人皆節儉正直，

〔註70〕《蘇轍集》，冊3頁971～972。

有如文王之時者也，區區黨錮之餘又何足道？〔註71〕

本文旨在論述，士人名節所以有上下之分，全然在於人君的「勸沮之法」。並針對新舊黨爭所帶來的後遺症，即「廉節」、「柔媚」之士相混不分的情形，提出解決之道。其方法誠如文末所言，乃爲「勸沮之法」與「學校」制度，而前者實爲全文論述重心。劉安節於援引歷史事件時，刻意設計了「正反對比」的效果。在劉氏筆下，因爲西漢高祖與武帝「排之」，故使天下「崇勢利而羞仁義」，而挺名節者少。因爲東漢光武帝「進之」，則使天下「知勢利之爲卑，道德之爲尊」，而挺名節者多。「排之」與「進之」之間，劉氏認爲關鍵實在於是否能勸廉節、沮柔媚。光武帝無疑是能善用「勸沮之法」的君主，高祖與武帝則反之。

在寫作技巧上，劉安節將寫作材料分爲正反兩部分，使之形成鮮明強烈的對比。如此正反相較以進行說理，未等作者明言，其中的曲直是非似早在讀者心中成形。劉安節援引了正反兩面的事例，讀者可由此得到「取法」、「鑑戒」雙重效果。劉安節面對前人所遺留下關於高祖、武帝、光武帝的眾多史料，爲了符合全文旨意，刻意地選擇高祖時商山四皓等賢士隱居不出，武帝時倡優東方朔卻受到寵信，以強調兩人未能勸沮得宜。〔註72〕而反觀光武帝，則選擇進用卓茂等賢士的事蹟，以稱美其善得勸沮之法。〔註73〕兩兩組合之後，正反、高下、優劣立判，對於漢代諸帝給予了新的歷史評價。劉安節認爲宋廷解決黨爭問題，應在現有的學校制度基礎之上，特別加強勸沮之法。作者重新評價漢代士風形成原因，將之歸因於帝王之「勸沮」。這樣一來，對於解決當前問題的主張，就顯得頗能自圓其說。

下個例子，可見周行己政和年間於浮沚書院講學時，曾作的〈兩漢興亡〉。〔註74〕其文云：

〔註71〕〔宋〕劉安節：《劉左史文集》，清光緒二年（1876）瑞安孫氏詒善塾刊本，卷四，頁 5 下～7 下。《全宋文》題作〈論名節〉，另見《全宋文》137/235～237。

〔註72〕高祖時商山四皓隱居不出事，見於《史記・留侯世家》，卷五五，冊 6 頁 2046～2047。武帝寵信東方朔事，見於《史記・滑稽列傳》，卷一二六，冊 10 頁 3205～3208。

〔註73〕光武帝進用卓茂等賢士事，見於〔南朝宋〕范曄撰，〔唐〕李賢等注：《後漢書・卓茂傳》（北京：中華書局，2001 年 5 月初版 9 刷），卷二五，冊 4 頁 869～873。

〔註74〕周行己策論寫作時間繫年及寫作背景，詳見本文第三章第一節。

愚嘗謂國家之興亡天也，非人所能爲也，一歸于人不可也。雖然，因是人之言而興，則是人之功也；因是人之言而亡，則是人之罪也，一歸于天不可也。考諸兩漢之興亡，則斷可知矣。……

夫漢興之初，劉、項雌雄之未判，高祖猶豫而未決，得韓信一言，遂任武勇，封功臣，決策東向，傳檄而天下定矣。世祖方得二郡之助，而眾兵未合，議者欲因二郡之眾，建策入關。向使從其言，是委成業而臨不測，漢之爲漢未可知也。邳彤廷爭，光武一悟，而大功立矣。夫二京之興，是二人之力也。……故曰由是人之言而興，則是人之功也。由是人之言而亡，則是人之罪也，一歸于天者非也。……

高祖非有祖宗積累之休、德澤施于民之久也，然而奮衣提劍，七年而成帝業。成功之速，抑何由而致之哉！新室之亂，盜賊強梗，群聚山谷，磨牙搖毒以相噬螫。世祖之興，語其才，非若高祖之英雄也；語其謀，非若高祖之洪遠也。然而奮臂一呼，四方響應，昆陽之役，一舉而天下爲漢，宜陽之師，不戰而赤眉束手者，此豈一人之力哉！……故曰國家之興亡，天也，非人之所爲也，一歸于人不可也。〔註75〕

該文旨在論國家興亡之因素，不應片面地歸諸於「人」或「天」。爲論證此論點，周行己以「兩漢之興亡」作爲論據，前引即爲文中論及兩漢之所以「興」的段落。高祖因採納韓信諫言，方得以「決策東鄉，爭權天下」事。見《史記・高祖本紀》。〔註76〕光武帝因採納邳彤諫言，取消原本「西還長安」的計畫，方能擊破王郎軍。見《後漢書・邳彤列傳》。〔註77〕周行己認爲，兩帝所以成就其功業，人臣諫言起了關鍵性的作用。此外，高祖所以能「七年而成

〔註75〕〔宋〕周行己著，周夢江箋校：《周行己集》（上海：上海社會科學院出版社，2002年12月），頁39～40。據《別集敘錄》，周行己之《浮沚集》久佚，今存《永樂大典》本。詳見是書，冊上頁656。周夢江箋校之《周行己集》，以《敬鄉樓叢書》第三輯《浮沚集》九卷、補遺一卷爲底本，並參校眾書而成。詳見是書〈校箋說明〉，頁1。今從之。

〔註76〕項羽自立爲西楚霸王後，分封天下，立劉邦爲漢王。在遷徙過程中，韓信向劉邦諫言：「不如決策東鄉，爭權天下。」劉邦從之。詳見《史記・高祖本紀》，卷八，冊2頁367。

〔註77〕劉秀在北征邯鄲王郎時，曾遭到很大的困難，議者曾主張「西還長安」。劉秀於信都受邳彤兵力上實質幫助外，更聽從其諫言，取消西還計畫。詳見《後漢書・邳彤列傳》，卷二十一，冊3頁758。

帝業」，〔註78〕光武帝所以能在昆陽、宜陽之戰取得勝利。〔註79〕在周行己看來，皆非高祖、光武帝一己之力所以能致，而應歸之於天。要言之，周行己論國家興亡，無論是由於人臣之深謀遠慮，抑或是上天冥冥之中的幫助，凡此皆爲高祖與光武帝所以開創帝業的原因，而君主個人特質的重要性則相對減低許多，甚至幾乎沒有著墨。周行己雖未明言，但似也不甚肯定兩帝個人能力。易言之，該文純粹由「臣」或「天」兩因素解釋兩漢之興，這使得吾人所見到的高祖與光武帝，也就與習見之英勇神武的創業中興君主形象，有著顯著的不同。

　　綜上所論，北宋中晚期政論與史論中對於漢光武的各種評價，與前論漢高祖相較，顯得稀少許多。漢光武帝在此時期作家心目中，重要性應遠遜於高祖。就三蘇父子而言，唯蘇轍有兩篇史論，蘇軾則僅僅在早年的〈思治論〉與晚年幾篇史評略略涉及。而在蘇洵作品中，更是幾乎不見光武帝蹤影。北宋晚期，原本作品即不多，而亦未見專論漢光武帝之作。偶有言及者，則也幾乎清一色與高祖合論，甚至作爲與高祖參照比較的配角而已。

　　本文認爲，光武帝與高祖相較之下，在北宋中晚期是不被重視的。然而此情形在南渡初期有了相當大的轉變。

二、南渡初期受到異口同聲的推崇：胡安國、胡宏等作家作品

　　與北宋中晚期相較，南渡初期政論與史論論述漢光武帝者，在文章篇數上呈現跳躍式的發展。在歷代君主中，光武帝由原本不受特別重視的一般地位，搖身一變成爲諸作家津津樂道的論述重點。更有甚者，除了熱烈的論述風尚外，作者們似乎異口同聲地對之推崇備至，此情形與諸人對於漢高祖的極高評價，如出一轍。值得注意的是，我們依舊發現許多結合漢高祖、光武帝兩人一並分析討論之政論與史論。

　　論南渡初期對於漢光武帝的諸多評價，筆者依舊由寫作時間最早的李綱論起。其〈迂論・論創業中興之主〉曰：

　　　　自古創業中興之主，必有包舉天下之度，運動天下之材，其識慮規

〔註78〕周行己所謂的「七年」以成帝業，應指劉邦於沛縣立爲沛公（秦二世元年，B.C.209），至滅楚後正式即位（漢高祖五年，B.C.202），前後約七年的時間。

〔註79〕更始元年（23），光武帝於昆陽大破王尋、王邑百萬大軍。建武三年（27），於宜陽赤眉軍遣使向光武帝乞降。事見《後漢書・光武帝紀》，卷一上，冊1頁4、32。

模，英偉宏遠，然後股肱心腹之臣，得展盡底蘊，因而翼之，以成其功，蓋與繼體守文之君，一切資于輔相者不同。

高祖由布衣仗三尺劍破秦，而與項籍爭衡。方其就封漢中也，蕭何追韓信之亡而薦之，其言曰：「王欲長王漢中，無所事信，必欲爭天下，非信無可與計事者，顧策安決？」高祖曰：「吾亦欲東耳，安能鬱鬱久居此乎！」遂以信為大將，還定三秦，與楚戰于滎陽、成皋、京索間。高祖軍敗，脫身跳者屢矣，而志不衰，下馬踞鞍，問張良曰：「吾欲捐關以東棄之，誰可與共功者？」良言：「九江王布、彭越、韓信，捐之此三人，楚可破也。」高祖用其策，卒破楚垓下。其後陳豨、黥布反，高祖皆親將以討之。天下即定，命蕭何次律令，韓信申軍法，張蒼定章程，叔孫通制禮儀，其識慮規模，不亦英偉宏遠歟！

光武由宗室起南陽，親破尋邑百萬之眾。既持節渡河，時躓燕、趙之間，屢困而志益屬。攻拔樂陽，舍城樓上披輿地圖，與群臣論所以定天下者。其後征赤眉、銅馬之屬，皆身臨行陣間，破而降之，既圍隗囂于天水，敕岑彭曰：「兩城若下，便可將兵南擊蜀虜。人苦不知足，既平隴，復望蜀。」後竟禽公孫述，而天下遂定。自隴、蜀平，知天下凋耗，不復議兵，總攬權綱，明慎政體，退功臣，進文吏，量時度力，舉無過事，而海內治。其識慮規模，不亦英偉宏遠歟！〔註80〕

該文旨在推崇漢高祖、光武帝兩位創業中興之主，認為兩人之「識慮規模」堪稱「英偉宏遠」。筆者不憚煩瑣，以較長的篇幅徵引李綱作品，即欲呈現作者對兩位君主無以復加的推崇、景仰。李綱詳述兩人起於田畝、征討四方的作戰過程，到最後取得天下、安邦定國的深謀遠慮。〔註81〕雖在〈迂論序〉中，李綱已明言其說甚「迂」，而不求見用於當世，唯俟後世知我之君子。然而不可否認的是，李綱主觀地盼望高宗借鏡師法兩人功業。文中三度言及創

〔註80〕 《李綱全集》，卷一四六，冊下頁 1386～1387。案：此篇王氏點校本錯字、斷句錯誤處頗多，如文中「攻拔樂陽」句，王氏本作「攻拔洛陽」，顯然有誤。餘者未能一一詳述，逕改之。

〔註81〕 李綱作品中詳述漢高祖、光武帝兩人諸多事蹟，本文若逐一指出事件原委，恐失之過煩。讀者可詳見《史記・高祖本紀》、《後漢書・光武帝紀》，及其他相關篇章的記載。

業中興主「英偉宏遠」的識慮，李綱對漢高祖、光武帝可說讚許備至。

　　李綱其餘稱美漢光武帝的作品，如〈迂論・論盜〉結合漢光武帝、曹操、唐太宗論述，認爲三人皆善於藉用盜賊之力以成就其功業。又如〈迂論・論形勝之地〉則亦合論高祖、光武帝，認爲兩人皆能據形勝之地以取天下。〔註82〕而在其他作品中，筆者實亦未見李綱對光武帝有過半點微辭。綜上所論，李綱對光武帝的推崇，應無疑義。

　　李綱之後，范浚政論亦見結合漢高祖與光武帝共同論述者。其〈募兵〉曰：

> 古者兵法起於井田，故有寓兵，無募兵。後世兵農兩分，則兵不足而募，亦其宜也。漢高祖與楚相距五歲，數失軍已眾，而蕭何常從關中遣士卒補其處，至發老弱未傳者悉詣滎陽。耿弇謂光武曰：「吏士死亡者多，願居上谷，益發精兵以集大計。」因與吳漢北收幽州十部兵，從光武擊破銅馬等。高、光定天下，皆益兵以成功。今方克復土宇，用兵伊始，宜廣召募，以備戎行之闕。〔註83〕

該文旨在建議南宋當局，面對極需用兵的局勢，應擴大召募兵源。范浚徵引兩個例子證明論點。其一，漢高祖用蕭何所提供之關中士卒事，見《史記・蕭相國世家》。〔註84〕其二，光武帝據耿弇之計，不僅未理會更始帝罷兵要求，反而盡收幽州兵力。事見《後漢書・耿弇列傳》。〔註85〕在解釋高祖與光武帝何以皆能成就其事業時，范浚認爲應歸因於兩人「皆發兵以成功」。而當今亦值用兵之時，宋廷實應取法兩漢帝。范浚在另一篇作品〈除盜〉中，主張平定各地盜賊時，「宜以晉元帝、唐肅宗爲戒，而以漢光武爲法。」〔註86〕總之，范浚政論亦極爲推崇漢光武帝。

　　與范浚諸篇創作時間相近，胡安國〈時政論・定計〉曰：

> 臣聞自昔撥亂興衰者，必有前定不移之計，而後有舉必成，大功可就。修內政，張四維，率師不遣上卿，伐國不動大眾，教民懷生，

〔註82〕〈迂論・論盜〉見《李綱全集》，卷一五〇，頁　1416～1417。〈迂論・論形勝之地〉見同書，卷一五二，頁 1427～1428。

〔註83〕《范香溪文集》，卷十四，頁 10 上～下。另見《全宋文》194/110。

〔註84〕此事前論已詳，參見本文第四章第四節。

〔註85〕光武帝破邯鄲、誅王郎之後，威聲日盛。更始帝對此感到不安，欲遣使罷光武帝兵。耿弇力諫光武帝，不可從之。此後，更與吳漢北發幽州十郡兵，助光武來南破銅馬軍。事見《後漢書・耿弇列傳》，卷十九，冊 3 頁 705～706。

〔註86〕《范香溪先生文集》，卷十五，頁 10 下～11 下。另見《全宋文》194/119～120。

示信討貳，此齊侯、晉文前定之計也。取關中，據河內，大封同姓
以懲孤立，減省官吏以息百姓，抑制將帥，保全功臣，此高帝、光
武前定之計也。斬高德儒，叱宇文士及以遠佞人，賞孫伏伽，禮王
魏以開言路，宣示好惡，使民嚮方，薄賦輕徭，選用廉吏，此唐太
宗前定之計也。其成霸王之業宜矣。……伏望特命大臣，條具方今
撥亂興衰之策，各盡底蘊，畫一進呈。先示臺諫從臣，許令疏駁。
仍集凡百執事議于朝堂，詢謀僉同，靡有異論。然後斷自宸衷，定
爲國是。〔註87〕

該文要旨誠如引文文末所言，即在諫請高宗廣開言路、採納諫言，方得以在
收集各方意見後，「斷自宸衷，定爲國是」。爲了證明「定計」之舉確實有助
君王成就霸業，胡安國列舉史上五位「撥亂興衰」者爲例，分別是：齊桓公、
晉文公，漢高祖、光武帝，以及唐太宗。胡氏認爲，前述五位皆因「前定不
移之計」，最後才能「有舉必成，大功可就」。胡氏除將光武帝與高祖並稱外，
更加上了齊桓、晉文兩位春秋霸主。由此觀之，對其之推崇不可謂不高。

胡宏亦見合論漢高祖、光武帝之政論，〈中興業‧易俗〉曰：

國家之敗，必有壞亂，不起之處，深知其處。大變革之者，其功大；
小變革之者，其功小；不變革者，必淪胥以亡。

夫風俗者，人主之所自出、士大夫之樞而政事之影也。……

昔秦政、王莽以酷急煩苛而亡。漢高、光武深達權變，知救弊之理，
革之以寬簡，故能以匹夫而有天下。及西晉尚清談，棄禮義，中原
塗炭，琅琊南度，因循不能大變，雖名賢輩出，僅能扶持不絕宗廟
之祀。其間憑恃強眾，自以爲能，不知救之之道，隨流波靡，功幾
成而亡者，不可以概舉。

夫已往之事，當今之覆轍也。人君鑑乎此三者，知當今之務在乎革
易風俗。……臣之於君，下之於上，實有子弟衛父兄之志，何兵不
彊？何賊不殄？何強暴不治？而中興之業成矣。〔註88〕

此文旨在論爲救國家之敗，首在變革風俗。爲證明論點，胡宏以正反對比的
方式進行論證。正面的例子，爲漢高祖、光武帝兩人。而反面例證，則是東

〔註87〕 《歷代名臣奏議》，卷四七，頁 1 上～2 上。另見《全宋文》146/108。

〔註88〕 〔宋〕胡宏著，吳仁華點校：《胡宏集》（北京：中華書局，1987 年 6 月），頁
208。

晉開國君晉元帝司馬睿。胡宏比較的焦點，即在人君「變革風俗」與否。高祖、光武能變革前代「酷急煩苛」劣風，轉而施民以「寬簡」，故能取天下。反觀晉元帝，則未能變革前代清談歪風，故僅能維持半壁江山。胡宏所謂高祖待民「寬簡」，應就入關中後與民「約法三章」事而言。〔註89〕而論及光武帝，則應就其即位後所頒諸項詔令而言。〔註90〕說到兩晉，胡宏抱持西晉「清談誤國」的主張，且批評東晉玄風卻未曾稍衰。經過此番比較論述，胡宏強調取法高祖、光武，鑑戒元帝的重要。而與此同時，對於光武帝的推崇自然不言而喻。

除此之外，此文尚有其他值得注意之處。文章最末，言及南宋若能革風易俗，君臣上下當有「子弟衛父兄之志」，此實別具深意。眾所周知的是，高宗之父兄──徽、欽二帝此時正淪落北方，成為敵人階下囚。胡宏雖隱微言事、點到為止，然期許高宗恢復中原，迎回二帝的意旨實明。

王庶於〈定傾論·論詔令切要〉中，亦力陳宋高宗應師法漢光武帝。其文云：

> 臣惟國家方撥亂反正，號令所行，務于審諦而得情，使卓然見吾威福設施所向，以推服其心，則奸雄不敢萌惡，為善者不敢不勉，賢於誅罰用兵遠矣。光武帝賜河西之詔，勉以齊晉輔周之功，而戒以尉佗制七郡之計。竇融等以為天子明見萬里之外，網羅張立之情，益懷忠欵。……臣願陛下廓日月之明，慎雷霆之令，臨照遠邇，使制詔所及切其機要，消患折難於未兆、未形之中，則中興之業，實為有力。此自古明聖之主駕馭英雄之術也。〔註91〕

該文旨在主張，人君施行號令，當「審諦而得情」。而若能如此，則當能成就中興事業。為了證明此說，王庶徵引漢光武帝賜竇融璽書以召降事，見《後漢書·竇融列傳》。〔註92〕在這次事件中，光武帝所以不費一兵一卒召降竇融，

〔註89〕漢高祖與關中父老「約法三章」事，廣為人知。詳見《史記·高祖本紀》，卷八，冊2頁362。

〔註90〕漢光武帝於建武元年（25）六月即位，由二年開始即多次頒布詔令，內容皆可謂待民寬簡。例如：建武二年（26）三月乙未，大赦天下，詔令議省刑法。同年五月癸未，詔令嫁妻賣子得還。餘者尚多，僅舉兩例以概之。詳見《後漢書·光武帝紀上》，卷一上，冊1頁22～30。

〔註91〕《三朝北盟會編》，卷二〇九，頁3下～4上。另見《全宋文》184/330。

〔註92〕兩漢之際，竇融據地河西，隗囂、公孫述分別割據隴、蜀。光武帝即位後，為平定各地勢力，遣使為竇融分析當時情勢，提出〈定傾論·論詔令切要〉

這封遠至河西之詔書發揮相當大的作用。正因爲詔書中顯示，面對漢與隴蜀兩股勢力，當時竇融三種可能的動向。河西一帶雖地處偏遠，然定都洛陽的光武帝卻對之瞭若指掌。此萬里之外的明見，使得竇融心悅臣服，遂遣使上書請降。王庶以爲，此事值得同樣面對各地武裝勢力割據的高宗學習。故諫請高宗當愼於詔令，務必使之「審諦而得情」。若能收光武降竇融之效，駕馭各路英雄，自然有助於中興事業。

王庶另在〈定傾論・論賞罰〉中，稱許光武帝「行賞不妄」。在〈定傾論・論兵〉中，則讚光武帝用兵尙「精」。由是觀之，王庶同樣對漢光武帝推崇不已。

其他如張浚〈中興備覽・議名器〉主張效法光武，以名器激厲將士。蘇籀〈任將〉推崇光武帝能使俊傑之士「大知而大受」。周紫芝在其一則〈策問〉中，更主張明辨國史中四位「中興之主」功業，並對名列其中的光武帝最爲肯定。〔註93〕以上諸文，皆爲南渡初期政論與史論讚揚漢光武帝的具體例證。

誠如前節論及漢高祖一般，筆者亦能在此期政論與史論中，發現批評漢光武帝者。無獨有偶地，同樣是胡安國〈時政論・寬隱〉一文。而對於光武帝的批評觀點，亦與高祖相同。由此可見，南渡初期給予高祖、光武兩位帝王負面評價的政論與史論，確實相當少有。

三、晉元帝：另一位中興君主

除了漢光武帝外，南渡初期政論與史論尙論述其他中興君主，其中包括了東晉開國之主──晉元帝。然而與光武帝相比，晉元帝所受到的評價，似乎顯得較爲多元，甚至可說呈現兩極對立的現象。傾向肯定立場者，如李綱於〈迂論・論江表〉說：

> 其後晉元帝因之，興于江左，有王導以爲謀主，有顧榮、賀循、紀瞻之徒以從民望；有郗鑒、陶侃、溫嶠之徒以處方鎮。凡荊、揚、沔、鄂要害之地，悉置重鎮、擇名帥、屯銳兵以控扼之，故能保有東南。中原雖紛亂，而一方晏然；強臣雖屢叛，而卒以平定……今

中所謂「齊晉輔周之功」等三個策略。竇融原即心向漢室，加上此封「萬里明見」的詔書，與「黃金二百斤」的利誘，故歸順光武帝。事見《後漢書・竇融傳》，卷二三，冊 3 頁 795～800。

〔註93〕張浚文見《全宋文》188/106。蘇籀文見《雙溪集》，卷十，頁 18 上～21 下。另見《全宋文》183/352。周紫芝文見《太倉稊米集》，卷四八，頁 11 上～12 下。另見《全宋文》162/207。

> 朝廷既舍中原不復料理，而又不爲保東南之計，考按古跡，命帥屯
> 兵以爲藩籬。而區區偷取目前之安，緩急則南渡，恃江以爲固；及
> 迫則又遠徙以避之。〔註94〕

李綱對晉元帝與王導「保有東南」的策略大加讚賞，認爲宋廷當多所取法。
其具體作法，即是文中所謂「置重鎮、擇名帥、屯銳兵」。其他如程敦厚〈危
言策〉中，更認爲宋廷當效法東晉王導，面對北方「堅敵」當採取「緩圖」
的策略。〔註95〕凡此，皆是肯定晉元帝的例子。

　　若論及傾向否定晉元帝的例子，則如程敦厚〈經國十論·正俗〉。其文云：

> 臣聞國之有風俗，猶人之有元氣，元氣固則人不斃，風俗正則國不
> 亡。……昔西晉之亂，由夫天下一溺於清虛放蕩之習，姦者得以弄
> 其惡，而庸者可以濟其欲，禮法棄減，而夷狄交橫，國祚中絕。元
> 帝渡江，披蓁莽而置淪鼎，可以懲創矣。而王導、謝安之流，其所
> 以躬行者，猶前日之故，莫能力正既壞之風俗，以圖善治，卒於中
> 原不復，寖以衰微，而遂至於亡。臣讀書至此，未嘗不廢卷而歎也。
> 今朝廷之禍，尤烈於西晉，而風俗之壞，實自於崇、觀，公道塞而
> 清議廢，富貴重而名節輕，小人得志，君子失職，三綱五常，靡不
> 陵蕩。陛下亦既東駕矣，而濁惡偷險之習炎炎日侈，曾不少止，風
> 俗如此，其何能國乎？〔註96〕

爲論證風俗不正，「中原不復」的論點，程敦厚援引東晉元帝、謝安、王導爲
例。程氏認爲，東晉所以不能恢復中原，關鍵即在於王導、謝安等人，不僅
未能革風易俗，更因襲了西晉「既壞之風俗」。程氏以東晉爲鑑戒，認爲南宋
爲避免重蹈覆轍，應當力求「正俗」。

　　其他作品，如：范浚〈除盜〉批評晉元帝「遵養時賊」，而有「賞盜」之
譏；胡宏〈中興業·易俗〉批評晉室南渡後，劣風依舊而「因循不能大變」。
〔註97〕

〔註94〕《李綱全集》，卷一五二，冊下頁1428。

〔註95〕〔宋〕佚名輯：《新刊國朝二百家名賢文粹》（上海：上海古籍出版社，1995
　　　　～2002，《續修四庫全書》影印宋書隱齋刻本），卷六三，頁9下～11上。另
　　　　見《全宋文》194/297。

〔註96〕《新刊國朝二百家名賢文粹》，卷三六，頁11下～12上。另見《全宋文》194/292
　　　　～293。

〔註97〕范浚文見《范香溪先生文集》，卷十五，頁10上～12上。另見《全宋文》194/119
　　　　～120。胡宏文見《胡宏集》，頁208～209。

比較後可以發現，同樣論及晉元帝與王導，或對推崇其「保東南之計」，或批駁其因襲前朝歪風，評價可謂兩極。雖然正反雙方所論晉元帝相關事蹟大不相同，有不同的評價似乎也是可以想見的。但這兩種極端的觀點，仍舊引人注意。與晉元帝相較，光武帝作爲「中興英主」而值得高宗效法的歷史評價、地位，顯然要穩固的多。

以上所論主要在呈現，由北宋中晚期至南渡初期，政論與史論對於漢光武帝的評價存在著若干的變化。由「隱」至「顯」，由受到冷落到齊聲推崇，是這個變化的主要基調。最後本文認爲，光武帝作爲中興君主而受眾人推崇的地位，要比晉元帝或其他君主穩固的多。

第三節　漢高祖與光武帝特殊的當代意義

前兩節所論，旨在呈現漢高祖、漢光武帝兩人的歷史評價，由北宋中晚期至南渡初期，有著顯著的變動現象。總結來說，兩帝在南渡初期咸爲眾人所齊聲推崇。然而，必須加以明辨的是，這些讚美的聲音中，實有幾個特殊的例子。

王基倫論史論之「當代意義」時說：

> 文學家是以他特殊的歷史視角（現今的視域）來理解「歷史事實」（初始的視域），「以古爲鑑」、「古爲今用」就是他面對歷史本事的態度。於是他可以順著時代需求流轉，面對同樣的「本事」，可以依時空環境變遷而詮釋出不同的意義。換言之，討論史事的文章是把之前的歷史重新詮釋，建構出有用的當代意義。〔註98〕

論者所謂的「當代意義」，即爲作者所創造「有用的」新論點。前論南渡初期諸例，不論是以之作爲當時之取法或鑑戒之用，作品無一不是以舊歷史事實，賦予對當代有用的意義。作者新意義、新論點所以產生，是透過對史實剪裁、取捨、組織等手法而來的。例如，漢高祖「知人善任」與光武帝「寬簡待民」的評價，乃至於兩人的軍事謀略事蹟，在《史記》、《後漢書》中即存在。南渡初期作者只是因應時代的需求，將這些事蹟與評價組織起來。

然而，筆者亦能發現有少數特殊的例子。作者爲使史事符合其作品旨意，

〔註98〕王基倫：〈蘇軾對史事本意的追求——從《刑賞忠厚之至論》談起〉，《長江學術》2007 年 1 月，頁 88。

有意「新解」或甚「曲解」歷史記載。歷史「本事」未變，然而卻有符合作者意圖的「新意」產生。這些特殊的當代意義，在一番新解、曲解後產生，即與史籍原有評價不同，頗有「大翻其案」的意味。對於翻案手法，以及宋代翻案詩，學者論之甚詳。〔註99〕以下所討論的，即是南渡初期政論與史論中，對於漢高祖、光武帝原有評價，大翻其案的作品。

一、漢高祖特殊的當代意義

　　漢高祖歷來享有知人善任的美名，這點受到南渡初期作者一致推崇。然而，不可諱言的是，漢高祖取天下之後，卻有誅殺功臣的作為，背負著兔死狗烹的罪名。這似乎與前論知人善任的形象背道而馳。對此，司馬遷早已運用「互見法」，在《史記》中隱微批評之。吾人今日所以對高祖有兔死狗烹的負面印象，其實即藉此手法而來。〔註100〕

　　值得注意的是，南渡初期作者對劉邦這類事蹟，卻有著極大的「包容力」。眾人不僅對此少有著墨，偶有言及，卻也極力為劉邦辯護。更有甚者，亦見有對此舉同樣稱許備至的論調。如此一來，就連漢高祖原本最為人所詬病的缺陷，在南渡初期作者的重新詮釋、評價下，竟然也成為宋高宗值得「取法」的對象。這近似「美化」的過程，以下試舉數例為證，李綱〈迂論・論共患難之臣〉曰：

> 句踐以甲楯三千棲于會稽，用范蠡、大夫種之策，行成于吳，而卒報之。越既滅吳，范蠡泛五湖，而遺書大夫種曰：「越王之為人，長頸而鳥喙，可與共患難，不可同安樂。弗去，且受禍。」種不用其言，句踐果殺之。其後高祖既滅楚，而韓信、彭越、黥布之徒皆就戮。故有「飛鳥盡，良弓藏；狡兔死，走狗烹」之喻。

> 嗟乎！使可與共患難至于功已成，而後有藏弓烹狗之喻，亦何為而不可？惟其處患難之中，亦未必能共之。此夫差之賜子胥以屬鏤，

〔註99〕錢鍾書將「翻案」分為五大類型，張高評認為「一言以蔽之，不過『反常合道』或『合道反俗』而已。」張氏曾詳論宋代詠史、詠物等詩作的翻案手法。張氏語參見《宋詩之傳承與開拓——以翻案詩、禽言詩、詩中有畫為例》（臺北：文史哲出版社，1990年3月），頁13。

〔註100〕「互見法」是司馬遷塑造歷史人物的重要方法，歷來論者甚眾，僅舉一例。參見張大可：《司馬遷評傳》（南京：南京大學出版社，1997年1月初版2刷），頁238～244。

而項羽之疑范增，至于疽發背以死，二臣死而國亦亡，所以深可悲
也夫！〔註101〕

該文旨在論述，與成就功業後共患難之臣方才見殺相較，一開始就未能共患
難卻早早見殺之臣，更是可悲至極。李綱於文中言及兩類臣子，共患難之後
見殺者：文種、韓信等人；未能共患難而見殺者：伍子胥、范增。文種不聽
范蠡言而見殺，事見《史記・越王句踐世家》。〔註102〕韓信死於呂后之手。事
見《史記・淮陰侯列傳》。〔註103〕諸臣雖同遭不測，但作者仔細辨明兩者有著
是否能「共患難」的不同。對於不能共患難的夫差與項羽，李綱給予批評。
而對於句踐、劉邦誅殺功臣一事，李綱不僅沒有指責，甚至極力為之迴護，
認為「有藏弓烹狗之喻，亦何為而不可？」似以此舉實為無可厚非。由今觀
之，顯然匪夷所思。亦可見李綱為了形塑漢高祖，成為一位英明神武的創業
君主，做出許多「努力」。〔註104〕

　　前引綜論韓信、彭越、黥布的例子，乃李綱為劉邦兔死狗烹譏評所作全
面性地平反。此外，於其他作家亦可見專論個案的作品。王庶〈定傾論・論
行法〉論及劉邦殺彭越事。其文云：

臣竊惟人主威權之出，至於殺戮關軍政，倘罪狀明白，案校詳審，
既已明行，當斷以宸慮，守之不移。不可奪於好惡，使遠近窺測，
有掠美避謗之迹，失忠誠之心，啟讒佞之口，動搖國事。此利害有
不可勝言者。請借古以論之。彭越為漢功臣，相與滅秦滅楚，勳業
甚著，割符為王，爵位尊盛。一召不至，以是為罪，因以誅死。欒
布求殺身明其罪，終以不赦。王恢說武帝伏兵馬邑以誘單于，尉史
迎降，虜得脫去，而武帝罪其不能追獲，以慰士大夫心，雖太后為
言，卒不得免。二主持法無所縱貸，而國勢尊榮，胡夷拱伏，此不
奪之效也。……夫以人臣用師，猶任怨確守，斷行不移，矧於復中
興之業乎！伏望覽漢唐四主之得失，察奸雄之情態，不可狎玩，以

〔註101〕《李綱全集》，卷一四六，冊下頁1384。
〔註102〕滅吳後，越王藉口遣文種獻「伐吳七術」中剩餘的四術給先王，實即以劍賜
　　　　死。見《史記・越王句踐世家》，卷四一，冊5頁1746～1747。
〔註103〕漢高祖得天下，韓信與陳豨密謀造反。未料，在事未成前即就縛於呂后，見
　　　　斬於長樂宮。事見《史記・淮陰侯列傳》，卷九二，冊8頁2628。
〔註104〕類似的例子，另見於李綱論唐德宗與陸贄的作品，文中對德宗亦頗多「迴護」。
　　　　詳參本文第六章第三節。

　　成咎悔，不勝幸甚。〔註105〕

該文旨在主張，當人臣罪狀確鑿後，人主定罪當「斷行不移」而不應有所遲疑。在舉例論證時，王庶引證正反兩組例證。漢之高祖、武帝爲正面例證，而唐之代宗、德宗則爲反面例證。爲省篇幅與緊扣本節主題，筆者僅徵引論高祖、武帝的部分論之。王恢於馬邑之役時，未能追擊單于，漢武帝欲誅之以謝天下。事見《史記・韓長孺列傳》。〔註106〕漢高祖懷疑開國功臣彭越意圖謀反，故誅殺之。事見《史記・魏豹彭越列傳》。〔註107〕據載，王恢爲保三萬漢軍而未追擊單于。由是觀之，其是否當斬尚待商榷。〔註108〕論及彭越，更是有開國大功在先，其是曾助高祖免於彭城之困的重要功臣。而高祖竟然在尚未確知彭越是否眞有謀反之意時，即因太僕、呂后之言而誅之。王庶爲建立劉邦爲人臣定罪時「斷行不移」的果決形象，有意地忽略或簡化彭越見誅的諸多細節，一口認定彭越欲反。如此一來，高祖殺彭越就不再是「兔死狗烹」、「誅殺功臣」的負面示範，反而搖身一變成爲人君宸慮果斷的正面教材。

　　除了對劉邦殺功臣事賦予當代意義之外，尚可見其他例子。前文所論及南渡初期稱許高祖之政論與史論，以其「知人善任」、「軍事謀略」兩項特長爲主要論述重點。而作者們所以側重於這兩點，無非是要高宗以之爲師，激發其奮起抗金的意志。然而有趣的是，筆者依然可以發現，對抗金主張「少忍而遲之」，亦即傾向與金和議者，亦同樣引證漢高祖以支持其論點。程敦厚〈經國十論・量敵〉是顯例，其文云：

> 臣聞敵無常強，由吾有以致其強；敵無常勝，由吾有以致其勝。……
> 今大恥未雪，大難未夷，枕戈嘗膽，以死儷敵，此陛下之職，而亦
> 陛下之責也。臣豈欲陛下忘敵而苟安耶？然敵有堅脆，而時有利鈍，
> 願陛下量敵而相時，苟敵之方堅而時之未利。少忍以遲之可也。況
> 陛下天錫神武，春秋鼎盛，但能修己恤民，強力而不反，則大恥何
> 患不雪，大難何患不夷！以臣觀之，今天下之事，雖漢高帝、唐太

〔註105〕《三朝北盟會編》，卷二○九，頁5上～6上。另見《全宋文》184/330。

〔註106〕漢武帝與匈奴的「馬邑之役」，戰爭經過與韓安國、王恢相關事蹟，見《史記・韓長孺列傳》，卷一○八，冊9頁2861。

〔註107〕彭越爲漢開國功臣。高祖於漢十年伐陳豨造反時，欲徵彭越兵馬卻不至，因而懷疑其亦有反意。最後竟誅彭越三族。事見《史記・魏豹彭越列傳》，卷九十，冊8頁2594。

〔註108〕北宋晚期的李新即曾爲王恢抱不平。本文曾詳論於前，參見第四章第二節。

宗有未能遽辨者。蓋使敵有可投之隙，而時有可爲之機，則食不下咽，燎衣濡首，奔走而赴之，猶恐不及。不然，高帝、太宗亦將養晦含垢，磨以歲月，要夫終之必快其憤，遂其志而已。若務殫其財而竭其力，委常強以張敵之勢，捐常勝以侈敵之功，而吾乃判然示其久弱之形與積負之辱矣。及夫隙至而時來，必將拱手○（目＋比）睨而無所措。此臣中夜念之，不覺涕之流席也。〔註109〕

筆者已論及，該文旨在論述人君面對強敵時當知「量敵」、「相時」。與其積極求戰卻屢戰屢敗，不如「養晦含垢」以待一舉滅敵。〔註110〕前文論述程敦厚以東晉事供高宗鑑戒的部分，此處則著眼於作者如何塑造漢高祖、唐太宗，成爲擅長審時度勢的君主。

古今學者已指出，代古人籌策的虛實法，常常運用於政論與史論寫作中，筆者亦於前論尋得不少例證。〔註111〕程敦厚此文引述高祖、太宗時，同樣運用虛實手法行文，但卻與前論諸例有很大的不同。前論諸例運用虛實法的主要精神，是在「代古人籌策」上。這種「設身處地」爲古人謀畫的論述，很能自出新意、翻空立論，造成文章的新奇感。程敦厚此文則並非爲高祖、太宗兩人謀畫，而是將兩位君主「請」至宋南渡初期。「想像」若身處在宋南渡初期的時空局勢，兩位明君會怎麼做？並以之做爲高宗決策的參考，乃至於做爲「不存在」的師法對象。當然，在程敦厚看來，兩君對於當時混亂局勢，同樣「未能遽辨」，而會選擇「養晦含垢」。南渡初期艱難局勢是「實」，兩位君主於此時「養晦含垢」的決斷是「虛」，雖與習見者不盡相同，但亦稱程敦厚此文以「虛實法」寫作，似無不可。

而此文呈現程敦厚對於漢高祖的推崇，亦幾至無以復加的地步。程敦厚所以會有這番言論，想必是奠基在肯定漢高祖各方面能力，特別是「審時度勢」之上。並以之推想，「若」高祖生在當時，在審度時勢後必然決定「養晦含垢」。很顯然的，任何人都無法起高祖於地下，詢問其對於南宋朝廷的意見。這番「想像」的論調，不過是程敦厚以高祖、太宗爲自己的主張背書而已。程敦厚的想像，可說是後來添加上去的「新事」。而據之對漢高祖所作的稱美，

〔註109〕《新刊國朝二百家名賢文粹》，卷三九，頁11上～下，冊1頁629。另見《全宋文》194/291～292。
〔註110〕詳見本文第四章第三節的討論。
〔註111〕如本文第四章第二節論李新〈武侯論〉。

則是其「新意」。這應是超過歷史記載的本事、本意，而在作者添加的「新事」、「新意」中，賦予漢高祖「當代意義」。

二、漢光武帝特殊的當代意義

　　誠如前論，漢光武帝的中興功業，受到宋南渡初期作者的一致推崇。光武帝諸多事蹟到了當時，皆成為中興事業的典範，值得取法學習。然而，在諸多為眾人津津樂道的史事中，卻鮮少見到關於光武帝信仰圖讖的論述。圖讖信仰對光武帝來說極為重要，他本人即相信自己是藉此復興漢室的。《後漢書》中對光武帝信仰圖讖事記載頗豐，范曄也毫不客氣地再三針砭。以下是頗具代表性的例證。《後漢書·賈逵傳》范曄「論曰」說：

> 鄭賈之學，行乎數百年中，遂為諸儒宗，亦徒有以焉爾。桓譚以不
> 善讖流亡，鄭興以遜辭僅免，賈逵能附會文致，最差貴顯。世主以
> 此論學，悲矣哉！〔註112〕

范曄批評光武帝以圖讖論學，可謂深切悲痛。此即《後漢書》對光武帝信仰圖讖事具體而微的負面評價。

　　南渡初期作者雖少論及光武帝信仰圖讖事，然偶有論及者，對之的評價顯然有別於《後漢書》而別具新意。綦崇禮〈論王霸從光武渡滹沱河事〉云：

> 臣觀光武初至河北，會王郎之亂，求帝甚急。方從薊中晨夜南馳，
> 而郎兵在後，使滹沱之水或不能渡，殆矣。安能中興漢業，綿祀二
> 百，與西京之盛比隆而繼美哉？當滹沱之未濟也，聞候吏之言，眾
> 情危懼，將有離散之憂。王霸詭以冰堅可渡還報，而眾果得濟。雖
> 脫於艱難，實天相之。然非賴霸設權以安眾，則眾以離矣，將誰與
> 之濟乎？或謂冰適得合，幸耳；不然，霸之誤眾，悔可及耶？蓋霸
> 知人情懼不得濟，必生意外之變；若譎眾以臨河次，則阻水待濟，
> 不暇他慮，可得相保。況天時方寒，河冰之結無常，則事或可符，
> 理當有是，則霸之用心也。願帝聞霸言而笑候吏之妄，則已識霸之
> 意矣，茲其大度過人者歟！臣幸得備官太史，與修日曆，而王府舊
> 僚以事迹來上。竊聞陛下初以大元帥起兵相州，將濟河如大名，以
> 圖入援。是時我師單寡，敵騎充斥，滄滑既梗，而賊營牢固，度不

〔註112〕《後漢書·賈逵傳》，卷三六，冊5頁1241。

得前。忽報洹水渡河冰可濟，遂趨洹水路。向晚，候騎言冰已拆。
蓋節近立春，凍當解矣。官屬失色，莫知所爲，未敢以白也。黎明，
前鋒報河冰復合，衆情大悦。時久雪陰晦，及時開霽，天日清明，
陛下乘小車安渡，師徒獨後乘糧車以冰薄不能勝，有陷溺者。既渡，
三軍驩譟。……蓋天以大業付陛下，則神之相之，有非人力所能爲
者。是以中興宋室，同符漢光，祚嗣之隆，未易量也。〔註113〕

該文旨在將宋高宗渡洹水事，與漢光武帝渡滹沱河事相比附，主張高宗與光
武帝相同，成就中興大業實爲天命所繫。綦崇禮撰寫這類「進故事」文章，
應在其任侍講官時。而亦如文中所言，此時綦崇禮亦兼史館修撰一職。正因
身兼二職，綦崇禮必須收集「王府舊僚」所提供的各項高宗事迹，同時亦須
爲高宗進講漢唐故事。這篇作品，即是兩項工作相結合的最佳例證。〔註114〕
漢光武帝渡滹沱河事，已詳於《後漢書・王霸傳》，〔註115〕而高宗渡洹河事，
就《宋史》所見的記載，僅有「（案：靖康元年十二月）乙亥，帝率兵離相州。
丙子，履冰渡河」短短數字。然而，綦作則將此事件始末詳加描述。首先，
在史料保存上，這段文字彌補了《宋史》之不足，此是其顯而易見的價值。
再者，綦氏此文亦呈現時論主張效法漢光武中興，似已到了無所不用其極的
地步。觀察《後漢書》對光武中興的記載，不時可見災異圖讖符命之說，以
之作爲光武帝乃「天命所繫」的依據。綦氏利用職務之便，得知高宗渡洹水
時，河水有「已拆而復合」的「異象」。隨即引發聯想，將之與光武帝渡滹沱
河事相比附。光武渡河後，言辭獎勵王霸。王霸謝曰：「此明公至德，神靈之
祐，雖武王白魚之應，無以加此。」〔註116〕綦氏善用兩人渡河時若有似無的
相似性，以及王霸這段符命之說，在高宗中興事業上大作文章。認爲高宗中
興，亦有「非人力所能爲者」，進而得以「同符漢光」。

由是觀之，綦作與前引諸論實在相當不同。雖然同樣肯定漢光武中興之

〔註113〕綦崇禮《北海集》未見今人精校本。《別集叙錄》謂是集有乾隆翰林院鈔本與
　　　　文淵閣《四庫全書》本。相較之下，後者顯然較易得見。〔宋〕綦崇禮：《北
　　　　海集》（臺北：臺灣商務印書館股份有限公司，1983年，《文淵閣四庫全書》
　　　　本），卷二十，頁9上～10下。另見《全宋文》168/1～2。
〔註114〕綦崇禮任侍講官相關事蹟，諸篇〈進故事〉寫作時間，詳參本文第三章第二
　　　　節的討論。
〔註115〕綦崇禮依進故事撰寫體例，在正式講論前全文徵引之。王霸從漢光武帝渡滹
　　　　沱河事，見《後漢書・王霸傳》，卷二十，冊3頁735。
〔註116〕同前注。

功，但由符命角度論之者，此作應爲僅見。此外，其他作品皆以高宗當積極師法光武帝爲基調，但綦作則謂高宗與光武帝同樣坐擁「天命」，以之「堅定」高宗中興之信心。此番論點亦未見於他作。要之，綦崇禮此作確實別具特色。

值得注意的是，同樣針對光武帝相信符命讖諱，北宋中晚期周紫芝於〈桓譚論〉中，則是毫不留情地大加撻伐，甚至將之與王莽相提並論。周氏認爲，劉秀雖然有中興之功，但在迷信讖諱之說上，則與王莽無異。於是進而稱許桓譚，不論在王莽或劉秀之時，皆有違逆人主好惡的勇氣。〔註117〕批評劉秀迷信讖諱之說，極少見於南渡初期作品中。偶見言及者，亦是如前論綦作，非但未見駁斥之辭，反而藉以「鼓勵」高宗。北宋中晚期與南渡初期間，對於歷史人物評價之差異，不啻千里。

綜合上述，漢高祖與光武帝兩君在南渡初期政論與史論中，具有其當代意義。這是無庸置疑的。但其中卻有幾個特殊的案例，值得我們注意。前述諸例，或對原有事蹟重新評價，以翻案法立論；或直接想像、跳空立意，以虛實法行文。凡此，皆可謂兩帝於南渡初期所具有之當代意義中，幾個特殊的例子。

三、朝野不同調——高宗景仰的君主

最後，再另外提出一個問題：南渡初期作家力勸高宗，以漢高祖、光武帝等創業中興君主爲師。那麼，高宗本人的意向又是如何呢？耳邊充斥著這些聲音，高宗究竟有沒有聽進去呢？此屬史學領域之議題，非本文所能詳論。但答案顯然是否定的。朝廷定都臨安而非建康，只求能偏安一隅而不積極北進。最後更與金國簽定紹興和議，這些無疑都是最好的鐵證。

高宗對於歷代中興主，採取什麼樣的態度？僅舉以下資料以明梗概。《繫年要錄》「紹興二年十二月丁酉」條載曰：

> 右諫議大夫徐俯入對。上面諭俯，有合奏稟事，不拘早晚及假，並許入。俯嘗勸上熟讀漢光武紀。上書以賜之曰：「卿近進言使朕熟看世祖紀，以益中興之治。因思讀之十過，未若書一遍之爲愈也。先以一卷賜卿，雖字惡甚無足觀者，但欲知朕不廢卿之言耳。〔註118〕

同書「紹興三年十一月丁巳」條載曰：

〔註117〕《太倉稊米集》，卷四五，頁4上～6下。另見《全宋文》162/224。
〔註118〕《繫年要錄》「紹興二年十二月丁酉」條，卷六一，冊4頁1049。

> 開封府布衣李漢英上書，言國家之弊，在用柔太過，故敵得逞。上
> 曰：「光武治天下以柔，漢室復興。漢英所言狂易，朕不以為忤，聞
> 罷可也。」〔註119〕

以上兩則記載，分別是為了效法光武中興，高宗抄寫《後漢書・光武帝紀》，
認為「讀之十過，未若書一遍之為愈」。以及其對上書批評光武帝者，高宗僅
「聞罷」而不加理睬。由這兩次表現看來，高宗頗有重視光武帝之意。但是，
實際情形卻有待更深入考察。史學家劉子健論及南宋君主應付控制言官的幾
個手段，包括：「敷衍」、「調護」、「抑言獎身」、「控制」等。〔註120〕前引「抄
書」或「聞罷」的作為，絕對談不上效法光武帝，充其量或許只是高宗為敷
衍言官的手段罷了。

　　除此之外，我們也可以藉由高宗景仰的君主來觀察此問題。據方震華考
察，紹興和議之後，高宗曾多次推崇「和戎」的漢文帝，指責唐太宗不如漢
文帝。〔註121〕支持方氏論點最重要的一則史料，是和議後高宗與秦檜君臣間
的對話。本文亦徵引如下。《繫年要錄》「紹興十一年八月甲戌」條云：

> 上諭大臣曰：「和議既定，定治可興。」秦檜對曰：「以陛下聖德，
> 漢文帝之治不難致。」上曰：「朕素有此志，但寡昧不敢望前王。」
> 檜曰：「漢文帝文不勝質，唐太宗質不勝文。陛下兼有之。」上曰：
> 「唐太宗不敢望漢文帝，其從諫多出矯偽。」檜曰：「文帝能容申屠
> 嘉，而太宗終恨魏徵。其為真偽可見。」上曰：「朕謂專以至誠為上。
> 太宗英明有餘，誠有未至也。」檜曰：「太宗之用智，誠不及文帝之
> 性仁也。」上曰：「然。」〔註122〕

方氏認為這段話的意義在於：「（筆者案：高宗）真正意圖在於貶抑貞觀的傳
統，以宣示求和的正當性。」誠哉斯言。此外，筆者亦注意到，高宗自謂其
對於漢文帝的景仰，是「素有此志」的。由此可想見當紹興和議之前，士大
夫諸多力勸取法漢高、光武的言論，高宗想必充耳不聞。對唐太宗「從諫」
為「真偽」的指責，或也表明如今公開宣示以漢文帝為師，反對取法唐太宗
（或也包括漢高、光武），此舉雖非「從諫」，但卻達到「至誠」的標準。

〔註119〕《繫年要錄》「紹興三年十一月丁巳」條，卷七〇，冊5頁1178。
〔註120〕劉子健：〈南宋君主和言官〉，《兩宋史研究彙編》（臺北：聯經出版事業公司，
　　　　1997年4月初版2刷），頁13～16。
〔註121〕〈唐宋政治論述中的貞觀之政——治國典範的論辯〉，頁44～45。
〔註122〕《繫年要錄》「紹興十一年八月甲戌」條，卷146，冊9頁2343～2344。

比較前引史料，不論臣子對漢光武是推崇或批評，高宗顯然一律採取敷衍唐塞的態度。可見光武帝在高宗心目中，似乎地位不高。而高宗對於漢文帝的讚美，是經過與唐太宗比較而來的，這就顯得深刻得多。

高宗本人對前代君主的好惡，應能對其政治決策，起著潛移默化的作用。這屬於史學研究的範疇，但其研究成果，卻也相當值得本文借鏡。若將史學界與本章研究成果合觀，明顯可觀察到，南渡初期朝野間對於前代君王的評價，有著相當大的差異。

第四節　兼論奏議、詩、詞對漢高祖與光武帝的評價
——以李綱作品爲主的討論

本文以政論與史論爲研究對象。古文中其他文體，如奏議；或文章以外的其他文類，如詩、詞等等。凡此種種，皆非本文所著力處。然而，除政論與史論外，以上文體、文類，內容亦莫不涉及歷史與時政。以奏議而言，誠如本文第一章所論，這種「相鄰文體」與論說體很難斷然二分。奏議論時政同時，經常以古人古事爲論證依據。以詩、詞而言，詠史詩詞歌詠古人古事，常即是作者藉之隱微議論時政的方式。要言之，本文雖以政論與史論爲研究對象，但若全然捨棄與之在評論歷史、時政的內容上，有若干類似的奏議與詠史詩詞。此舉對資料收集以旁證本文論點來說，實不無遺憾。

儘管奏議與詠史詩詞對於本文有旁證之效，若要將所有南渡初期政論與史論作者此類作品全數納入討論，則恐失之蕪蔓。職是之故，重要問題在於本文選擇何人作品做爲旁證。茲以如下簡表，呈現翻檢南渡初期諸家作品的結果：

作者＼作品數量	奏　議	詠史詩〔註123〕	詠　史　詞
胡安國（1074～1138）	約 2 卷	2 首	無詞作傳世
王庭珪（1080～1142）	未及 1 卷	約 10 首	無
綦崇禮（1083～1142）	約 5 卷	無	無詞作傳世

〔註123〕關於諸作家詠史詩的數量，李綱、蘇籀、劉子翬、胡宏等人的統計數字，乃參考季明華之研究。詳參氏著：《南宋詠史詩研究》（臺北：文津出版社，1997年 11 月），頁 4～9。其餘則爲筆者的粗略統計。

李綱（1083～1140）	約 38 卷	15 首	8 首（其中 1 首僅存殘句）
李彌遜（1089～1153）	約 4 卷	2 首	約 1 首
蘇籀（1091～？）	約 3 卷	4 首	無詞作傳世
王庶（？～1142）	約 1 卷	無	無詞作傳世
張浚（1097～1164）	約 13 卷	2 首	無詞作傳世
胡寅（1099～1157）	約 9 卷	1 首	1 首
范浚（1102～1151）	未及 1 卷	約 5 首	無詞作傳世
劉子翬（1101～1147）	約 1 卷	8 首	無
胡銓（1102～1180）	約 5 卷	4 首	約 1 首
胡宏（1105～1161）	1 卷	4 首	無詞作傳世
程敦厚（？～？）	約 1 卷	無	無詞作傳世

　　基於以下幾點理由，本節選擇李綱作爲討論的重心。其一，由此簡表觀之，可知李綱同時在奏議、詠史詩、詠史詞的創作擁有較佳成績，創作量明顯大過於其他南渡初期作者。其二，目前學界對李綱生平事蹟、作品繫年的研究成果較爲詳盡，〔註124〕筆者可藉此比對李綱諸作品由北宋晚期到南渡初期間的演變現象。其三，其他作家則因詩、詞篇數太少，以及難以確知其寫作時間的緣故，很難作爲本文旁證資料。而諸家的奏議，較沒有這兩方面問題。

　　斟酌資料的輕重後，則需考慮如何以之旁證本文論點的問題。筆者認爲，南渡初期政論與史論特別推崇漢高祖、光武帝的現象，極富時代特色。政論與史論如此，與之類似的奏議與詠史詩詞是否如此？顯然值得深入考察。

　　總的來說，本節將以李綱之奏議、詠史詩、詠史詞爲討論重心，並兼及其他作家之奏議。觀察以上作品如何評價漢高祖與光武帝。

一、李綱之奏議與詠史詩、詠史詞

（一）李綱之奏議

　　較之於南渡初期，李綱於北宋晚期所作奏議不多。最重要的作品，應是於宣和元年（1119）京師大水後所作之〈論水災事乞對奏狀〉、〈論水便宜六事奏狀〉、〈論水事待罪奏狀〉等篇。李綱因此事首度遭貶，監南劍州沙縣（今

〔註124〕對李綱生平事蹟、作品繫年最爲詳盡的研究，應首推趙效宣之《宋李天紀先生綱年譜》（臺北：臺灣商務印書館股份有限公司，1980 年 6 月）。本節所引李綱生平與作品，若無特別說明，則皆據趙氏年譜繫年之。

福建沙縣）稅務。觀察諸篇奏議，所論集中於水災後應行事宜，與軍國大事較無關係，內容皆未涉及漢高祖、光武帝，自然就無所謂如何評價的問題。

靖康之難時，李綱寫作大量的奏議。高宗於建炎元年（1127）五月即位，除李綱爲尚書右僕射兼中書侍郎。在五月間的赴闕路途中，李綱作有〈上皇帝封事〉。在這初次向高宗上陳的奏議中，李綱即已論及漢高祖、光武帝的中興創業功績。其文曰：

> 恭儉者，人主之常德也；英哲者，人主之雄材也。繼體守文之君，則恭儉足以優於天下；至於興衰撥亂之主，則非英哲不足以當之。惟其哲，故見善明，足以任君子，而不爲小人之所間；惟其英，故用心剛，足以斷大事，而不爲小故之所搖。在昔人君體此道者，惟漢之高祖、光武，唐之太宗，本朝之藝祖、太宗爲然。臣願陛下深考漢唐三帝與藝祖、太宗之所創業中興大過人者，了然於胸次，物至而應之，則天下之事雖未底績，固已定於心術之中矣！〔註125〕

在趕赴行在，正式發表對當時局勢的具體主張之前，李綱藉此文向高宗提出最高指導原則式的建議。於此段所列舉的，包括漢高祖、光武、唐太宗、宋太祖、太宗等，皆是漢、唐、宋三代之「英哲」人主，無不擁有「創業中興大過人者」的功績。李綱以對諸帝的崇敬，以及企望高宗取法的急切心情，作爲全文的結束。

李綱最重要的奏議作品——〈十議〉，上陳於同年六月至行在之時。〔註126〕其中〈議國是〉、〈議修德〉兩篇明確論及漢高祖。〈議國是〉作爲〈十議〉之首，有揭示首要主張的作用。全文反對唯務和議，主張能戰能守，可說是系列作品中最爲重要的一篇。作者對劉邦在楚漢相爭時的作爲頗爲推崇，其文云：

> 臣愚雖不足以知朝廷國論大體，然竊恐猶以和議爲然也。何哉？二聖播遷，陛下父兄沉於虜廷，議者必以謂非和則將速二聖之患，而虧陛下孝友之德，故不得不和。臣竊以爲不然。夫爲天下者不顧其親，顧其親而忘天下之大計者，此匹夫之孝友也。昔漢高祖與項羽戰於滎陽、成皋間，太公爲羽軍所得，其危屢矣。高祖不顧，其戰彌力，羽不敢害，而卒歸太公。然則不顧其親而戰者，乃所以歸太

〔註125〕《李綱全集》，卷五六，冊中頁 628。
〔註126〕包括有：〈議國是〉、〈議巡幸〉、〈議赦令〉、〈議僭逆〉、〈議僞命〉、〈議戰〉、〈議守〉、〈議本政〉、〈議責成〉、〈議修德〉等篇。

公之術也。晉惠公爲秦所執，呂郤謀立子圉以靖國人，其言曰：「失君有君，群臣輯睦，甲兵益多。好我者勸，惡我者懼，庶有益乎！」秦不敢害而卒歸惠公。然則不恤敵國而自治者，乃所以歸惠公之術也。〔註127〕

此段文字，李綱旨在反駁議者以二聖北狩爲由力主和議之說，認爲此說實爲「匹夫之孝友」。爲了支持其論點，李綱援引兩個歷史事件爲論據。其一，秦晉韓之戰中，晉惠公爲秦所執。事見於《左傳·僖公十五年》。〔註128〕其二，楚漢相爭中，劉邦父親爲項羽所執。事見於《史記·高祖本紀》。〔註129〕眾所周知的是，楚漢兩軍相持不下期間，項羽曾以欲烹煮劉父脅迫劉邦投降。殊料，劉邦竟謂：「吾翁即若翁，必欲烹而翁，則幸分我一桮羹。」〔註130〕李綱不顧劉邦此舉可能受到的批評，推崇其乃「不顧其親而戰」。此說似乎欲勸籲高宗，暫將徽欽二帝之安危拋諸腦後，一切以能戰爲要。李綱寫作時刻意地略去劉邦近乎泯滅人性的言論，亦頗有美化其「不顧其親」惡言之意圖，爲高宗立下師法對象。

〈議修德〉作爲〈十議〉的最末篇，總結系列作品的意味濃厚。其文曰：

方今國家新罹夷狄之禍，百度多廢，四方未寧，乃天意民心去就之際，伏望陛下日新盛德，以感動之，體堯之仁以覆民，躬舜之智以察物，卑宮室，菲飲食以法大禹之儉，遠聲色，遺貨利，以法成湯之明。至於日昃不遑暇食，如文王之憂勤；一怒而安天下之民，如武王之果毅。豁達大度，同漢高祖之用人；聽言如流，同唐太宗之納諫。勿以小減爲無益而弗爲，勿以小累爲無傷而弗去。日慎一日，新而又新。思宗社之危，而不忘之於寤寐；念父兄之辱，而欲見於羹墻。出於至誠，悠久不息，則天意民心，自然感動，以圖中興有不難也。〔註131〕

詳觀全文，李綱以堯、舜、禹、湯、文、武等儒家聖王，與後世之漢高祖、

〔註127〕《李綱全集》，卷五八，冊中頁635～636。

〔註128〕〔周〕左丘明著，〔晉〕杜預注，〔唐〕孔穎達正義：《春秋左傳正義》（臺北：新文豐出版公司，1988年7月，影印阮刻《十三經注疏》本），卷十四，頁2上～13下。

〔註129〕《史記·高祖本紀》，卷八，冊2頁371～378。

〔註130〕《史記·項羽本紀》，卷七，冊1頁328。

〔註131〕《李綱全集》，卷五九，冊中頁645。

唐太宗並列，對後兩位君主的推崇，可說到了無以復加的地步。列舉這些君
王，無非是希望高宗能汲取諸家所長，「以圖中興」。李綱任相期間，高宗甫
即帝位，南宋朝廷在金人的威脅下，極為危殆不安。在如此局勢下，李綱於
〈十議〉提出遷都、巡幸、改革軍制、澄清吏治、嚴懲僭位者張邦昌及受偽
命官員等具體主張。除此之外，關於或戰守或議和的「國是」問題，以及高
宗的「帝範」對象，這類較具體策略更高一層的議題，李綱皆以漢高祖為例
證。由是可見李綱對高祖之重視。

　　除以上三篇甫任相時之作外，李綱其後之多篇涉及「中興」、「和戰」等
重大議題的奏議，同樣維持著對漢高祖、光武帝的極高評價，屢見引證於作
品之中。諸如：紹興五年（1135）作有〈奉詔條具邊防利害奏狀〉、紹興六年
（1136）作有〈論中興箚子〉、紹興八年（1138）作有〈論建中興之功箚子〉
等篇。〔註 132〕更有甚者，李綱還將高祖、光武事蹟集結成書，謂之《漢唐三
帝紀要錄》，以之進獻高宗。所謂「漢唐三帝」，乃指漢高祖、光武與唐太宗。
是書已佚，今僅見序文。〔註 133〕由序文吾人可知其編輯要旨，即在「以古為
鑑，揆今之宜，或有取焉。」顯然是希望高宗能取法三帝事蹟。

　　由寫作奏議到編輯書籍，李綱可說是無所不用其極地，希望高宗能借鑑
史上中興創業之事蹟，也突顯了漢高祖與光武帝在其心目中的重要地位。最
後，要補充說明的是，除了高祖與光武外，諸如夏少康、周宣王、晉元帝、
唐憲宗等君主，也常見於李綱奏議中。然而正如政論與史論所呈現的現象，
高祖與光武確實仍是其中最受關注的兩位。

（二）李綱的詠史詩、詠史詞

1. 詠史詩

　　誠如前述，南渡初期的李綱於政論、史論與奏議中，不遺餘力地推崇漢高
祖。然而，翻檢其詩作後，吾人卻發現於北宋晚期，李綱也曾對高祖提出批評。
高祖歷來擁有為人寬宏大度的讚譽，李綱於〈高祖〉詩中卻大翻其案。詩曰：

　　　　落魄劉郎仗眾謀，無心將將卻成優。誰言大度能容物？舊怨還封羹
　　　　頡侯。〔註 134〕

〔註 132〕各篇分別見於《李綱全集》，卷七八、八一、九四，冊中頁 793～805、818～
　　　　　819、915～916。

〔註 133〕〈漢唐三帝紀要錄序〉，《李綱全集》，卷一三七，冊下頁 1312～1313。

〔註 134〕《李綱全集》，卷十二，冊上頁 142。另《李綱全集》作「無心將將卻成憂」，

李綱於宣和元年（1119）十二月至沙縣貶所，翌年（1120）十月北歸。此詩作於謫居沙縣期間。李綱以封姪劉信爲「羹頡侯」事，直言劉邦器量狹小，難忘「舊怨」。〔註135〕「落魄」、「無心」兩句，亦是強而有力地批評。與日後李綱推崇漢高祖器量寬宏之言論相較，差距不啻千里。南渡以後，似未見李綱專論漢高祖之詩作。偶有涉及者如〈讀留侯傳有感〉，也不再見到如〈高祖〉詩中直言不諱的批判聲音。詩末四句曰：

> 誰言劉季田舍翁，只聽人言本無有。但能信用子房謀，何妨抱持戚
> 姬日飲酒。〔註136〕

此詩著重描寫張良發跡與戰功，談到劉邦的部分僅有前引數句。此處未見對其的批評，反而頗有肯定「信用子房謀」的意味。

2. 詠史詞

翻檢李綱詞作，吾人可見創作於北宋晚期的作品。諸如：〈江城子·再遊武夷，至晞眞館，與道士泛月而歸〉一首（《全宋詞》2/906）、〈江城子·池陽泛舟作〉二首、〈望江南·過分水嶺〉六首（《全宋詞》2/906～907）、〈水龍吟·次韻和質夫、子瞻楊花詞〉一首（《全宋詞》2/908），以上同樣作於謫居沙縣期間。諸闋主要內容或爲貶謫地遊歷，或爲北歸時經過，皆非詠史作品，自然未見論及漢高祖、光武帝事。

論及李綱的詠史詞作，則當以南渡初期諸闋最具代表性，諸如：〈水龍吟·光武戰昆陽〉、〈念奴嬌·漢武巡朔方〉、〈喜遷鶯·晉師勝淝上〉、〈水龍吟·太宗臨渭上〉、〈念奴嬌·憲宗平淮西〉、〈雨霖鈴·明皇幸西蜀〉、〈喜遷鶯·眞宗幸澶淵〉（《全宋詞》2/900～901）等作。此外，則尚見〈水龍吟〉殘句，據唐圭璋認爲原題爲「漢高□鴻門」。（《全宋詞》2/899）茲舉〈水龍吟·光武戰昆陽〉爲例，其詞曰：

> 漢家炎運中微，坐令閏位餘分據。南陽自有，眞人膺曆，龍翔虎步。
> 初起昆城，旋驅烏合，塊然當路。想莽軍百萬，旌旗千里，應道是、
> 探囊取。
>
> 豁達劉郎大度。對勍敵、安恬無懼。提兵夾擊，聲讙天壤，雷風借
> 助。虎豹哀嗥，戈鋋委地，一時休去。早復收舊物，掃清氛祲，作

> 疑爲偶誤。今從《四庫全書》本《梁溪集》逕改之。

〔註135〕《史記·楚元王世家》，卷五十，冊6頁1978。

〔註136〕《李綱全集》，卷十八，頁240。

中興主。(《全宋詞》2/900)

詞作上闋述漢室中衰，劉秀繼起於南陽，以及爲下闋昆陽大戰預作準備。下
闋則寫劉秀於昆陽大勝王邑、王尋之事蹟。據《後漢書》記載，王莽軍隊潰
敗時，「會大雷風，屋瓦皆飛，雨下如注，滍川盛溢，虎豹皆股戰」。〔註137〕
這看似天助劉秀的現象，李綱亦將之寫入詞中。誠如學者所論，李綱或詠漢
武、晉師、太宗、眞宗等，「都是對抗北方異族，大振漢人威聲的光榮歷史」；
或詠光武、憲宗等，「均一再強調『中興』」。〔註138〕由這些內容看來，李綱藉
詞詠史的目的，顯然是爲抒發南渡初期時對抗異族激切情緒，激勵自己之外，
也同以激起其他讀者抵禦金人、力圖中興的愛國情操。若諸作能與奏議一般
上達天聽，確乎也有「以詞爲策」的作用。〔註139〕雖然李綱詠漢高祖的詞作
僅存殘句，然由其他闋看來，內容主旨應相去不遠。較之於詠史詩，李綱於
詞作中不吝惜對漢高祖、光武帝，乃至於其他中興創業君主的稱揚。

　　綜上所論，李綱於北宋晚期所創作的奏議、詩、詩，少見論及漢高祖、
光武帝的內容。而到了南渡初期，作品中卻屢屢引證、歌詠高祖、光武，乃
至於其他創業中興君主。如此演變，正與本文研究政論、史論所呈現之現象
如出一轍。

二、其他南渡初期作家之奏議

　　不僅僅是李綱於南渡初期倡議中興大業的創作，屢引證高祖、光武爲例，
其他作家亦復如斯。如此一來，遂形成一股頗爲特殊的時代風氣，值得我們
注意。本節在探討李綱作品之後，再舉其他同期政論與史論作家之奏議爲例
說明。諸家奏議所論至爲廣泛，幾乎囊括了所有時政議題。上至軍國大事，
下至地方庶務，可說無一不包。爲使討論焦點集中，故本文選擇以倡議中興
之奏議爲研究對象。

　　胡寅於建炎三年（1129）九月，作有〈上皇帝萬言書〉，其文曰：

　　　　自古衰亡，固不足道，請以中興者言之。夏少康、周宣王、燕昭王、
　　　　越勾踐、漢光武，莫不任賢使能，修政事，治軍旅，而其奮發刻厲，

〔註137〕劉秀於昆陽大勝王尋、王邑事蹟，詳參《後漢書・光武帝紀》，卷一上，頁5
　　　　～9。
〔註138〕黃文吉：《宋南渡詞人》（臺北：臺灣學生書局，1985年5月），頁224～225。
〔註139〕李淑芳《宋室南渡前後詩詞衍變研究》（高雄：國立高雄師範大學國文研究所
　　　　博士論文，2001年3月），頁335。

期於必成者，則又本於憤恥恨怒之意，不能報怨，終不苟已，所以
光復舊物，各稱賢君。未有乘衰微決絕之後，竊竊焉因陋以爲榮，
施施焉苟且以爲安，而能久長無禍者也。

古人稱中興之治者曰撥亂世反之正。秦不正而甚亂，漢高祖反之正
而興焉。王莽不正而甚亂，光武反之正而興焉。隋不正而甚亂，唐
太宗反之正而興焉。唐末五代不正而甚亂，我太祖皇帝反之正而興
焉。（《全宋文》189/207～224）

建炎三年間，高宗爲躲避金人南下的追擊，於江南一帶逃竄。胡寅上此萬言
書，旨在籲請高宗罷和議，並擘畫中興之策。在此宏篇鉅制中，胡寅除了具
體提出五項「綱紀國家之事」外，更於文章開頭與結尾時，兩度提到歷來之
中興主。這在文章寫作上，頗有提綱切領、總結重點、反覆強調的作用。要
之，在諸多具體建議之外，還是請高宗多多師法前代中興主各種事蹟。不僅
如此，胡寅於詳論各項建議時，實亦屢以高祖、光武爲例證。由開頭至結尾，
可說不斷地見到兩君於文中反覆出現。紹興二年五月，胡寅另有長篇奏議〈應
詔言十事疏〉，可惜今日僅見殘文傳世。全文開始同樣列舉歷來中興之主，其
名單與〈上皇帝萬言書〉幾乎完全相同，僅僅在最末多了唐肅宗。且雖然兩
文創作時間相隔三年，行文語氣卻如出一轍。由此可見，幾位中興主在胡寅
心目中，一直有不可取代的典範地位，值得高宗師法。

李彌遜作有〈紹興五年被召上殿箚子〉，其文云：

臣聞光武起南陽，一年而破新室；肅宗起靈武，一年而復兩京；元
帝起建康，數月而君臣之禮定，遂成東晉之基。事雖不同，皆謀深
志定，力行而不疑，故功效之成，如此其速也。（《全宋文》180/188）

面對主和主戰雙方爭執不下，朝廷常有朝令夕改的現象。李氏該文旨在論「定
志」之重要，即針對此而來。漢光武、唐肅宗、晉元帝等君，皆爲屢見於前
引之中興主。李氏認爲其所以能成功，關鍵即在於「定志」。

張浚於紹興九年正月，作有〈論和議利害箚子〉。其文曰：

漢高祖起兵之四年，侯生侍太公、呂后以歸，軍皆稱萬歲。已而羽
解而東歸，漢王引兵西歸，張良、陳平諫曰：「今漢有天下大半，而
諸侯皆附，楚兵罷食盡，此天亡之時。不因其機而取之，所謂養虎
自遺患也。」漢王從之。古人爭天下，必審夫機會。時不再來，追
咎莫及。高祖知羽之寡恩少義，其和不可恃也，又知夫從我將士日

夜望尺寸功，求其顯著，人心之不可沮也。故雖再敗固陵，甘心不
悔。茲二事者，足以爲今之戒矣。（《全宋文》187/390）

紹興八年（1138）十一月，在高宗與秦檜的主導下，宋金達成初步的和議。主
戰的張浚極力反對，因而在隔年正月即上陳此篇奏議。張浚援引楚漢相爭中，
劉邦違背與項羽「中分天下」之約事，見《史記・項羽本紀》。〔註140〕劉邦當
時聽從張良、陳平的建議，不顧盟約而追擊引兵東歸的項羽。這也使得項羽
最後難逃敗亡命運。張浚在與金和議後重提此事，確乎有認爲高宗亦應毀約
北伐，力圖中興。

紹興十一年（1141）蘇籀作有〈面對論和戰箚子〉，其文云：

逮夫中古豪傑之主，唐文皇之討頡利，漢高帝之賂冒頓，措置愜當，
罔非偉績，亦各斟酌時宜，廟算多得。……陛下此際熟復長慮，合天
下之耳目而察之，豈無最遠之見聞？歷古今之成敗而推之，豈無最長
之方略？時攻而攻，時賂而賂，文皇之雪恥非難，高帝之大度何怯？
不廢兩塗，隨事而愼用之。戰而非窮武挈禍，豺狼之群駭而遠遁；賂
而非偷安目前，黿鼉之性藹然馴服。（《全宋文》183/228～229）

宋金紹興和議簽定於紹興十一年十一月。由此篇奏議內容看來，應作於和議
簽定之前。對於金人，蘇籀是文旨在提出「時攻而攻，時賂而賂」之彈性作
法。這是反對無條件和議，更反對屈膝請和的主張。論者認爲：「（該文）雖
以議和爲基調，但也不忘戰備，伺機恢復，這與秦檜以賣國爲目的的議和有
本質區別」、「這是以議和爲名，行積極備戰之實。」〔註141〕值得注意的是，
蘇籀此處徵引漢高祖事蹟，特別關注到高祖得天下之後的「平城之圍」。漢七
年（B.C.200），以冒頓單于爲首的匈奴軍圍高祖於平城。高祖脫困後爲求安定，
歲奉匈奴、約以和親。事見《史記・匈奴列傳》。〔註142〕與其他作家留心高祖
英勇戰功不同，蘇籀注意到高祖也有「賂敵」求和的策略。以此爲例證，使
得蘇籀「時攻時賂」的主張，更具說服力。

　　以上已略舉數篇倡議中興之奏議，文中皆徵引漢高祖、光武爲例證，以
加強作者論點。不同時期、局勢，面對不同的問題，論者皆能在高祖、光武
的事蹟中，找到適合的範例，以之引證到文章之中，並藉由奏議「上達天聽」。

〔註140〕《史記・項羽本紀》，卷七，冊 1 頁 330～331。
〔註141〕詳參舒大剛：《三蘇後代研究》（成都：巴蜀書社，1995 年 12 月），頁 145。
〔註142〕《史記・匈奴列傳》，卷一一○，冊 9 頁 2894～2895。

誠如前論，我們在政論與史論中已發現高祖、光武屢受援引的現象。而無獨有偶的是，奏議似乎如出一轍。論者所援引的例證，自然不僅僅限於漢高祖、光武帝兩位君王。但這兩位無疑是眾多足資取法之事例裡，最受論者所關注的焦點。

再回過頭觀察詠史詩、詞。早在宋代以前，楚漢相爭中的人物與事件，即廣為詩人所傳唱。張高評認為，北宋詠史詩對之特別留心，〔註143〕且繼承西漢史學「過秦」、「戒漢」之主題。〔註144〕反觀南渡初期政論與史論作家，雖亦留有內容相近之詩作、詞作傳世，除前論李綱諸篇什外，尚見有胡宏〈陳平〉、〈項王〉、〈韓信〉、〈張良〉等篇。然整體而言，分量著實不豐。南渡初期詩詞涉及漢高祖，乃至於其他中興君主之例，似不如政論與史論來得豐富且具備時代特色。〔註145〕

第五節 小 結

經由第一節的考察，可知由北宋中晚期至南渡初期，政論與史論對漢高祖的評價實存在著改變。由多元趨向一致，由褒貶互見到推崇備至，是這個變化的主要基調。南渡初期作者們異口同聲地推崇漢高祖。不論是由早已為人所熟知的「知人善任」立論，抑或是為配合當時戰事需要由「軍事謀略」出發，兩者乃筆者所能見之論述大宗。而在此之外，亦見少數為劉邦洗刷誅殺功臣惡名的論點。在引證史實時，作者們選取劉邦於楚漢相爭時相關事蹟為主，而少見得天下後事。在建立論點時，則將漢所以得天下之原因，歸之於劉邦各方面卓越的能力。凡此和北宋中晚期時眾人議論呈現多元紛紜評價，實有著明顯不同。由是觀之，南渡初期時漢高祖創業君主英勇神武的評價得到延續，甚可謂得到極大化的發展。而其他負面的評價，則變得微不足

〔註143〕詳參張高評：〈古籍整理與北宋詠史詩之嬗變——以《史記》楚漢之爭為例〉，《自成一家與宋詩宗風——兼論唐宋詩之異同》（臺北：萬卷樓圖書股份有限公司，2004年11月），頁163。

〔註144〕詳參張高評：〈南宋詠史詩之新變——以三大詩人詠史為例〉，《遨遊在中古文化的場域——六朝唐宋學術研討會論文集》（臺北：里仁書局，2004年11月），頁256。

〔註145〕參考季明華統計與筆者翻檢所得，南渡初期詩作所呈現之現象，如正文所述。此外，與政論、史論相較，為詩作繫年的難度較高。吾人很難確定該詠史詩，是否確實作於南渡初期間。

道。這是作者們爲高宗樹立師法對象時，對歷史人物評價所作的延續與改變。
而漢高祖與唐太宗，兩位創業君主的軍事成就同時被強調，成爲敘述時的側
重點。這更體現於戰事緊迫的南渡初期，政論與史論有著反應時代需求的特
色。

　　經由第二節考察，呈現了南渡初期政與論史論特別重視漢光武帝，對其
之評論如雨後春筍般繁盛的榮景。這顯然是有別於北宋中晚期的。由「隱」
至「顯」，由受到冷落到齊聲推崇，是這個變化的主要基調。南渡初期諸作，
皆在諫請宋高宗全方面地效法漢光武帝各項成就，包括：規謀遠慮、募兵、
定計、易俗、詔令切要等等。作者們無不由光武帝眾多中興事蹟中，選擇切
合當時需要，值得高宗取法者，援引爲論述時的論據。如此一來，除能證明
論點外，亦是高宗中興的「教材」。而有趣的是，吾人亦可發現如前論綦崇禮
的作品。由今觀之，不免覺得綦說有些荒誕。但這卻也忠實地反映出，時論
欲從各方面，無所不用其極地力勸高宗中興的意圖。最後若與晉元帝相較，
我們更能肯定在歷代中興主中，漢光武帝受到最廣泛、最一致的推崇。

　　經過第三節的考察，呈現南渡初期政論與史論中幾個特殊的例子，賦予
漢高祖、光武帝兩人特殊的當代意義。所以稱之爲「特殊」，實因諸例在建構
當代意義時，透過翻案與想像等方式而來的。李綱、王庶兩人，對漢高祖誅
殺功臣事大翻其案，不僅對之展現極大的「包容力」，認爲此舉無可厚非。更
有甚者，竟認爲此舉亦值得高宗「取法」。綦崇禮則是將光武帝迷信圖讖事，
結合宋高宗的親身遭遇，試圖奠定其成就中興事業的「信心」。最後，儘管諸
人發表再多的言論，諫請高宗取法漢高、光武。但高宗本身，卻依舊最爲推
崇漢文帝及其和戎政策。

　　經過第四節的考察，爲本文主要課題提供了兩項旁證。其一，由李綱北
宋晚期至南渡初期的奏議、詠史詩、詠史詞論之；其二，由其他南渡初期作
家之奏議論之。筆者嘗試觀察以上兩者如何評價漢高祖與光武帝。本文認爲，
北宋晚期至南渡初期間，李綱奏議、詠史詩詞對漢高與光武評價的轉變現象，
與政論、史論的演變現象若合符節。此外，其他南渡初期作家的奏議，亦在
宋金不同局勢下，咸以漢高、光武之中興創業事蹟，作爲反對屈己議和的有
力例證。這兩個現象，皆與本文觀察政論與史論演變所得到的結果相近，或
可相互發明。

第六章　北宋中至南渡初期政論與
史論寫作手法的演變現象

　　《文心雕龍・論說》揭示「論」體之寫作要領，主張：「義貴圓通，辭忌枝碎，必使心與理合，彌縫莫見其隙；辭共心密，敵人不知所乘；斯其要也。」〔註1〕劉勰論「義」，即指「論」之內容思想而言；論「辭」，即指「論」之形式技巧而言。易言之，針對「論」體，劉勰同時由寫作內容與手法兩方面論之。筆者加以取法。本文第四、五兩章，主要探討政論與史論之內容思想，第六章則研究其寫作手法。與前論相同，本章嘗試描繪出由北宋中至南渡初期，政論與史論在寫作手法上的演變現象，且討論重心仍以南渡初期為主。

　　由整體觀之，南渡初期相較北宋中晚期作品，有以下三層轉變。其一，轉為直截；其二，轉為激憤；其三，更多的比興寄託之作。由個別作家觀之，則亦見許多特殊的寫作手法。本章將逐一論述這些現象。

第一節　轉為直截──南渡初期政論與史論寫作特色
之一

　　南渡初期政論與史論的寫作特色，當以政論「直截了當」的論述最為顯著。據筆者觀察北宋中晚期政論，得見後人「曲折」、「多變」、「以曲作直」、「以無為有」、「隱微」，乃至於「纖巧」等等評價。這些批評話語很明顯地表

〔註1〕　〔梁〕劉勰著，王更生注譯：《文心雕龍讀本》（臺北：文史哲出版社，1997年10月初版6刷），頁334。

示，北宋中晚期政論作家為求文章富有變化，因而窮盡各種寫作手法。反觀
南渡初期，則幾乎未見後人相近的批評話語。直接觀察作品，亦無如此多變
的創作手法。舉目所見，反而是「論點、論證、結論」，一氣而下的論述方式
蔚為大宗。而論證方法，又以舉例論證為最多。文中引證歷史人物、事件，
作支撐論點之論據，可說屢見不鮮。本文認為，南渡初期政論當以「直截了
當」為最主要的寫作方式。

　　以下分別論述北宋中晚期與南渡初期之政論，並著重突顯後者。

一、北宋中晚期政論：曲折、多變、隱微

　　蘇洵的〈審敵〉，大力批評北宋以歲幣賂敵換取和平的作法，是其論夷狄
之勢的名篇。〈審敵〉以「反對賂敵」為中心思想之外，文中也分別論及數個
論點。其中「今者夷狄憂在內」，為作者開篇首要論述的，文云：

> 中國內也，四夷外也。憂在內者，本也；憂在外者，末也。夫天下
> 無內憂，必有外懼。本既固矣，盍釋其末以息肩乎？曰未也。古者
> 夷狄憂在外，今者夷狄憂在內。釋其末可也，而愚不識方今夷狄之
> 憂為末也。古者，夷狄之勢，大弱則臣，小弱則遁，大盛則侵，小
> 盛則掠。吾兵良而食足，將賢而士勇，則患不及中原，如是而曰外
> 憂可也。今之蠻夷，姑無望其臣與遁，求其志止於侵掠而不可得也。
> 北胡驕恣為日久矣，歲邀金繒以數十萬計。曩者，幸吾有西羌之變，
> 出不遜語以撼中國，天子不忍使邊民重困於鋒鏑，是以虜日益驕，
> 而賄日益增，迨今凡數十百萬而猶慊然未滿其欲，視中國如外府。
> 然則，其勢又將不止數十百萬也。夫賄益多，則賦斂不得不重；賦
> 斂重，則民不得不殘。故雖名為息民，而其實愛其死而殘其生也。
> 名為外憂，而其實憂在內也。外憂之不去，聖人猶且恥之；內憂而
> 不為之計，愚不知天下之所以久安而無變也。〔註2〕

作者扭轉了一般人夷狄為「外憂」的觀念，認為「今者夷狄憂在內」。主要關
鍵即在於，對外輸出高昂的歲幣，在國內已成為百姓賦稅沈重的負擔。除此
論點之外，尚包括有：匈奴於景德之敗後，恐有大勝；今日承平無事，在於
匈奴有大欲；當今夷狄之勢，如漢七國之勢；匈奴僅是虛張聲勢，朝廷當與

〔註2〕　〔宋〕蘇洵著，曾棗莊、金成禮箋注：《嘉祐集箋注》（上海：上海古籍出版
　　　　社，2001年4月初版2刷），頁13～14。

之一戰。全文篇幅宏偉，筆者無法盡引詳論，僅能提出文中重要論點。蘇洵即是用以上數個論點，支撐起「反對賂敵」的中心思想。如此寫作手法，可說極盡曲折之能事。明人楊慎論此文起首幾句時，曾云：「先設疑起，婉曲有致」。〔註3〕以設問開頭，確實與開門見山的破題不同，從而多了一分婉曲。楊氏又言：

> 篇中議論精明，且斷制斬切；文勢聯絡，且婉轉委曲。抑揚頓措之
> 妙，節節自見。〔註4〕

楊氏所謂的「婉轉委曲」、「抑揚頓措」，所指應即是蘇洵不一語道破「反對賂敵」的主旨，反而論述諸多其他主張。主旨則是要在眾多論點的烘托之下，方得以豁然開朗。

　　蘇軾〈策斷一〉亦是論述北方二虜的作品，本文曾徵引討論。〔註5〕蘇軾與其父的論述方式，自然是各有千秋。然而，兩者卻也有著極盡曲折的共同點。〈策斷一〉文云：

> 今夫庸人之論，則曰勿為禍始。古之英雄之君，豈其樂禍而好殺。唐
> 太宗既平天下，而又歲歲出師，以從事於夷狄，蓋晚而不倦，暴露於
> 千里之外，親擊高麗者再焉。凡此者，皆所以爭先而處強也。當時羣
> 臣不能深明其意，以為敵國無釁而我則發之。夫為國者，使人備己，
> 則權在我，而使己備人，則權在人。當太宗之時，四夷狼顧以備中國，
> 故中國之權重。苟不先之，則彼或以執其權矣，而我又鰓鰓焉惡戰而
> 樂罷，使敵國知吾之所忌，而以是取必於吾。如此，則雖有天下，吾
> 安得而為之。唐之衰也，惟其厭兵而畏戰，一有敗衄，則兢兢焉縮首
> 而去之，是故姦臣執其權以要天子。及至憲宗，奮而不顧，雖小挫而
> 不為之沮。當此之時，天下之權，在於朝廷。伐之則足以為威，舍之
> 則足以為恩。臣故曰：先發而後罷，則權在我矣。〔註6〕

蘇軾此文主張，宋廷應重新奪回發動戰事的主動權。若能「先發後罷」，則「權」

〔註3〕　〔明〕楊慎：《三蘇文範》（臺南：莊嚴文化事業有限公司，1997年6月，《四
　　　　庫全書存目叢書》本），卷三，頁9上。
〔註4〕　據《嘉祐集箋注》頁24，此段評論引自楊慎《三蘇文範》。然查考是書，並未
　　　　得見。姑且轉引之。
〔註5〕　詳見本文第四章第一節。
〔註6〕　〔宋〕蘇軾著，孔凡禮點校：《蘇軾文集》（北京：中華書局，1999年7月初
　　　　版5刷），頁282～283。

必歸之於我，北方二虜自然平定。筆者所引此段以前，蘇軾實已將其旨意說明清楚，全文應可到此爲止。殊料，作者再以當時「庸人之論」，展開另一段討論。時有所謂「勿爲禍始」的輿論，這是與蘇軾「先發後罷」，積極求戰的主張背道而馳的。蘇軾以唐太宗爲例，謂其平定天下後，依舊「歲歲出師」，攻伐夷狄、高麗。此舉雖受時臣不解，卻也因積極求戰的態度，「使人備己，則權在我」，故得以國家安定，外患不侵。

唐太宗出師夷狄、高麗的是非功過，這是屬於歷史評價的問題。蘇軾讚美唐太宗出兵，稱此舉有穩定國家的功效，顯然是持肯定的評價。羅大經由文章寫作的角度審視，認爲這是蘇軾「以曲作直」的寫法，文云：

> 《莊子》之文，以無爲有；《戰國策》之文，以曲作直。東坡平生熟此二書，故其爲文，橫說豎說，惟意所到，俊辨痛快，無復滯礙。……其論屬法禁也曰：「商鞅、韓非之刑，非舜之刑，而所以用刑者，則舜之術也。」其論唐太宗征遼也，曰：「唐太宗既平天下，而又歲歲出師，以從事於夷狄。蓋晚而不倦，暴露於千里之外，親擊高麗者再焉。凡此者，皆所以爭先而處強也。」其論從眾也，曰：「宋襄公雖行仁義，失眾而亡。田常雖不義，得眾而強。是以君子未論行事之是非，先觀眾心之向背。謝安之用諸桓，未必是，而眾之所樂，則國以乂安。庾亮之召蘇峻，未必非，而勢有不可，則反成危辱。」凡此類，皆以曲作直者也。葉水心云：「蘇文架虛行危，縱橫儵忽，數百千言，讀者皆如其所欲出，推者莫知其所自來，古今議論之傑也。」〔註7〕

蘇軾文章源自《莊子》、《戰國策》二書，歷來論者不少。此處所以不憚其煩地徵引羅大經所有論「以曲作直」的文字，是在提供讀者觀察之資。觀察羅氏所舉蘇文例證，不論是論商韓之刑、君子從眾，抑或是〈策斷一〉中的唐太宗出師，皆有戰國策士徒馳口舌、縱橫捭闔之嫌。以唐太宗爲例，其於平天下後屢屢出師，確易遭受好大喜功的批評。但蘇軾卻在「先發後罷，權則在我」的前提下，扭轉了對唐太宗原有可能的批評，且大加稱揚。所有歷史故實，幾乎可讓蘇軾任意趨遣，在正論反論、橫說豎說、「以曲作直」之後，爲其文章之新意所用。讓人讀來，確有「俊辨痛快，無復滯礙」的審美感受。羅大經文末徵引葉適之說，蘇軾所以能「架虛行危，縱橫儵忽」，應即在其能

〔註7〕 〔宋〕羅大經撰，王瑞來點校：《鶴林玉露》（北京：中華書局，1997 年 12 月，《唐宋史料筆記叢刊》本），乙編卷三，頁 167～168。

善用「以無爲有」、「以曲作直」的文章作法。〔註8〕

　　除了三蘇之外，蘇門學士的作品也可作爲北宋中期之例證。秦觀策論有不少論兵之作，茲以〈奇兵〉爲例。文云：

> 臣聞萬物莫不有奇。馬有驥，犬有盧，畜之奇也。鷹隼將擊，必匿其形，虎擬而後動，動而有獲，禽獸之奇也。天雄、烏喙、菫葛之毒，奇於藥。繁弱、忘歸，奇於弓矢。鸞鵜、莫邪，奇於刀劍。雲爲山奇。濤爲海奇。陰陽之氣，怒爲風，交爲電，亂爲霧，薄而爲雷，激而爲霆，融散而爲雨露，凝結而爲霜雪，天地之奇也。
>
> 惟兵亦然，嚴溝壘，盛輜重，傳檄而出，計里而行，剋期而戰，此兵之正也。提百一之士，力扛鼎而射命中者，緣山航海，依叢薄而晝伏，乘風雨而夜起，恍焉如鬼之無迹，忽焉如水之無制，此兵之奇也。兵之道莫難於用奇，莫巧於用奇，莫妙於用奇。何以言之？凡用奇之法，必以正兵爲主，無正兵爲主而出者，謂之孤軍。孤軍勝敗，未可知也。霍去病所將，常選有大軍繼其後，是以深入而未嘗困絕。李陵提步卒五千，轉鬬單于於漠北，而無他將援之，其擒宜矣。故曰：莫難於用奇。〔註9〕

〈奇兵〉旨在論用兵當出奇制勝之理。全文甚長，此處僅以首兩段爲例。然僅由這一部分，即可看出秦觀馳騁辭采之功夫。首先，秦觀列舉天地萬物皆各有其「奇」，以之說明兵亦有「奇兵」。再者，則以「莫難於用奇」、「莫巧於用奇」、「莫妙於用奇」分作三端，展開全文論述。引文僅舉一例，以概其餘。由是觀之，全篇可謂辭采豐富，論述工穩。朱剛總評秦觀策論之政見與寫作手法時，認爲：

> 秦觀五十策，於政見而言大抵不過「似智而非智」，其成就唯在文章之「纖巧」。恐怕作文之時，也未必眞求解決問題，而祇求立說之巧。但論事之文，能做到篇篇這樣「纖巧」，其尋思、布置的功夫實在非同一般。

朱氏詳盡地分析秦觀五十篇作品的論述方式，而得出其策論「纖巧」的結論。

〔註8〕　此段論述，曾參考王基倫說法。詳參氏著：〈蘇軾對史事本意的追求──從《刑賞忠厚之至論》談起〉，《長江學術》2007年1月，頁85～91。

〔註9〕　〔宋〕秦觀撰，徐培均箋注：《淮海集箋注》（上海：上海古籍出版社，2000年11月），卷十六，冊中頁614～615。

〔註10〕說法大體可從。由此看來，〈奇兵〉中分條列項的分析方式，是秦觀策論的慣用手法。而其所謂的用奇之「難」、「巧」、「妙」三端，就似乎僅能停留在理論層面的分析了。

至於北宋晚期的作品，本文則以〈歷代論〉中〈兵民〉為例，看蘇轍如何對王安石新法中的軍事政策，特別是保甲法的批評。其文曰：

> 及五代之際，而黥涅之兵分佈內外，於是兵、民判矣。使民出其賦以養兵，兵盡其力以衛民。民有耕耨之勤，而兵有征戍之勞，更相為用，而不以相德，此固分兵、民之本意也。……凡凶人勇夫，皆萃於軍中，然後人人各得其歸。故雖凶旱水溢，天下小小不寧，而盜賊不起，較之漢、唐之間，十不三四，天下陰享其利，而不知其故也。然儒者方且攘臂而言民兵之便。民力既盡於養兵，而又較版圖，數丁口，使之執干戈，習戰陣，奪其農時，而齊之以鞭朴。民有怨心，而責其效死以報國，求信其私說而不卹後害。嗚呼，其亦未之思歟？〔註11〕

〈兵民〉旨在提出「兵民分立」的主張。蘇轍認為，人人才分各有不同，不論經商、從軍、務農者，皆應「各得其歸」。而五代兵制，是蘇轍心中最能符合「分兵、民之本意」者，其使人皆得有所歸，而天下也因此「盜賊不起」。作者援引五代兵制，用意即在與文中的「儒者」及其主張的「民兵之便」，亦即「兵民合一」相對照。在兩相比較之後，蘇轍顯然是否定後者，由「民力既盡於養兵」至全文最末，所言咸為兵民合之弊病。本文認為，蘇轍雖未指名道姓，然此處所批評的，正是王安石與他的保甲法。

古今兵役制度雖然複雜，但大體來說，或可區分為徵兵制與募兵制兩端。北宋國初兵制因襲五代，亦採取兵民分立的募兵制。〔註12〕鄧廣銘認為，王安石施行保甲法的終極目標，即在於將當時制度由募兵制改變為徵兵制。〔註13〕

〔註10〕詳見朱剛：〈論秦觀賢良進策〉，《新宋學》1輯，2001年10月，頁45～59。

〔註11〕〔宋〕蘇轍著，陳宏夫、高秀芳點校：《蘇轍集》（北京：中華書局，1999年7月初版2刷），冊3頁1012。

〔註12〕《宋史‧兵志》曰：「召募之制。起於府衛之廢。唐末士卒……國初因之。或募土人就所在團立，或取營伍子弟聽從本軍，或募饑民以補本城，或以有罪配隸給役。」詳參〔元〕脫脫：《宋史》（北京：中華書局，1997年6月初版4刷），卷一九三，冊14頁4799。王曾瑜進一步認為，兩宋軍源雖非純粹由募兵制而來，但也「大都採用招募的辦法」。詳見氏著：《宋朝兵制初探》（北京：中華書局，1983年8月），頁207。

〔註13〕鄧廣銘：《北宋政治改革家王安石》（石家莊：河北教育出版社，2001年5月

蘇轍爲反對王安石此項主張，於文中援引五代兵制，且對之進行必要的選擇、重組，以特別強調其「兵民判矣」所帶來的各項好處。對於五代兵制可能的缺失，爲符合文章立意，蘇轍顯然是有意地略去不論。在這選擇、遺忘的過程中，蘇轍得以推崇五代兵制。同時刻意隱去其名，隱微地批評王安石「兵民合一」的保甲法。

　　其他已見於第四章，北宋晚期諸篇論對外關係之史論，如蘇轍〈漢文帝〉、唐庚〈察言論〉、李新〈武侯論〉、〈韓長孺論〉等篇，也是史論隱微言事之例。

　　綜上所論，北宋中晚期之政論與史論，可說是具有曲折、多變、隱微的寫作特色。

二、南渡初期政論：直截了當

　　與北宋中晚期之曲折、多變、隱微相較，南渡初期作品則顯然直截了當得多。前文論蘇洵〈審敵〉、蘇軾〈策斷一〉等篇，皆以曲折、婉轉、以曲作直行文。而同樣論及對外關係的政論，南渡初期作品展現出全然不同的樣貌。

　　李綱留下許多極力主張對金抗戰的政論，前文已有不少討論。此處以〈迂論・論除天下之患如治病〉爲例，文云：

> 善除天下之患者，如良醫之治病，視其輕重緩急而爲之方，以其病之小者，易其病之大者，而徐圖之。病在虛寒，則必以熱藥補焉，熱不免于有過，則徐思所以涼之。病在實熱，則必以寒藥瀉焉，寒不免于有過，則徐思所以溫之。故治洞泄者，必至于痢，而治強陽者，必至于羸；皆以小易大，徐圖之而後安。欲一投藥而遂無患者，無有也。

> 方楚、漢之爭，爲高祖之患者，項羽而已。漢兵追楚至固陵，而韓、彭之兵不至，高祖謀于張良，良曰……若良者，可謂能知以小易大、除患之術矣。

> 今天下之大患，在金人與蠭起之盜賊，其勢非復方鎮之制而假之權，不足以捍禦。〔註14〕

以醫病喻醫國，是政論與史論中常見的譬喻論述方式。李綱文中以良醫「小

<hr />

初版 2 刷），頁 237。

〔註14〕　〔宋〕李綱著，王瑞明點校：《李綱全集》（長沙：岳麓書社，2004 年 5 月），
　　　　　卷一五三，冊下頁 1433～1434。

病易大病」的治療方式，比喻張良深知「以小易大、除患之術」的道理。首先，李綱提出「除天下之患如治病」的論點。再者，援引張良「固陵之策」作爲論證依據，最後，則提出「復方鎮之制而假之權」的方式，用以解決當時外患與盜賊問題。全文論點、論據、結論，相當明確而直接了當。

李綱論兵之作，也能見分析細膩周詳的一面。〈迂論・論天下強弱之勢〉：

> 天下之勢在強弱。有能強者，有不能強者；有能弱者，有不能弱者；有強而示之以弱者，有弱而示之以強者。能強能弱者王，不能強不能弱者亡。強而示之以弱者，其兵多勝；弱而示之強者，亦能以全其國。

> 故秦以虎狼之威，據關中金城之固，蠶食諸侯，卒滅六國而并天下，此能強者也。太王居豳，狄人攻之，事之以皮幣、珠玉、犬馬而不能免，去居岐山之下，而從之者如歸市，此能弱者也。……審強弱之勢而善用之，天下庶幾乎可定。〔註15〕

與前篇不同，李綱此篇顯得比較冷靜。文中分析天下強弱之勢，共析作六種不同情形，並指出其間「王」、「亡」的不同。在確立論點之後，李綱廣徵博引多則歷史事件，分別爲六種形勢舉例論證。本文無法遍引詳論，僅以「能強者」、「能弱者」爲例說明。但僅僅由此，已可想見李綱對於戰史之熟悉，方得以強弱之勢爲準則，爲複雜的戰爭事件歸納分類，理出頭緒。最後，得出善用強弱之勢方能定天下的結論。李綱此作，仍舊是清楚明晰地直陳其事，將論點建立在具體事例之上，沒有任何曲折變化。與前論秦觀論兵之作，顯然大不相同。

〈迂論〉諸篇中，仍可見這類直截了當、不假曲折之作，如〈迂論・論創業撥亂之主用人〉、〈迂論・論天人之理〉、〈迂論・論大將之才〉、〈迂論・論兵機〉、〈迂論・論創業中興之主〉、〈迂論・論主之明暗在賞刑〉、〈迂論・論志〉等等皆是。〔註16〕餘者尚多，本文無法逐一列舉。要之，除少數個案外，李綱〈迂論〉諸篇大體是直截了當論事的。

胡安國、胡宏父子，分別作有〈時政論〉、〈中興業〉兩組系列政論。無獨有偶的是，父子兩人之作，寫作手法亦頗爲相近。首先，提出該文最主要的論點。再者，舉出論據加以證明。最後，論述高宗時期事務，結合前論以

〔註15〕《李綱全集》，卷一五三，冊下頁1434。
〔註16〕正文所列舉諸篇，分別見於《李綱全集》，卷一四五至一四七。

收藉古鑒今之效。本文僅舉一例說明之。胡宏〈中興論・屯田〉曰：

> 師旅之興，常患糧食乏絕。故楚、漢爭敖倉，王世充、李密爭洛口。
> 三國之時，江、湖、海、岱，王公十數，多以乏食而自破。惟曹操
> 知時務之要，募民屯田，置典農之官，于是所在倉廩豐實，征伐無
> 運糧之勞，兼併群雄，強于天下。
>
> 方今江北漢南郡縣，土地膏腴，率多荒廢，遺民艱食，死亡幾盡。
> 宜如曹操列置田官，專典農事，募民屯田，下巴、蜀之粟，出巴、
> 蜀之牛，以給貧民，使安生事。民聞之，必競來歸。有三利焉：富
> 國彊兵，一也；消弭群盜，二也；行師省轉輸之勞，三也。不然，
> 江北郡縣應使無幾，不堪調發，財盡而怨，怨極而叛。怨叛之民，
> 不可復使，可不慮哉！此誠與典之所當務也。〔註17〕

此文要旨正如文題與篇首所示，即在論糧食乏絕之患與屯田之要。全文不長，
首先，舉出糧食乏絕之患。與此同時，已為文後屯田之要預作準備。再者，
引證以曹操募民屯田為主的事例。再次，則提出對今日應屯田「江北漢南」
的建議。最後，則以屯田「三利」作結。由是觀之，可說段落清楚，層次井
然。胡安國父子其餘作品，大多數呈現如是安章謀篇的方式。

　　李綱之外，王庶是另外一位具有作戰經驗的政論作家。其〈定傾論・論
兵〉文云：

> 臣山西人也，雖自少學讀書，而風漸氣染，馳馬試劍，亦兵之是好。
> 及遭艱難，蒙陛下委任，假以兵權，以為戎虜可以氣吞，功名可以
> 唾手取也。分薄數奇，跋前躓後，訖無所成立。閒居退處，歷觀古
> 人用兵之說，乃知兵之未易云也。左氏曰：「兵猶火也，弗戢將自焚。」
> 兵之不可好也如此。《易》之〈革〉曰：「除戎器，戒不虞。」兵之
> 不可去也又如此。雖然，大抵用兵之說有三焉：兵貴合不貴離，兵
> 貴精不貴眾，兵遺速不貴久。……更願陛下養威蓄銳，俟時之至，
> 合大兵，驅精卒，赫文武之一怒而不留行，則氛妖靜，境土復，諸
> 夏安，陛下可以垂拱無為矣。其數出易動，乍勝乍負，兵家之大忌
> 也。望陛下深軫聖念，天下幸甚。〔註18〕

〔註17〕　〔宋〕胡宏著，吳仁華點校：《胡宏集》（北京：中華書局，1987年6月），頁
　　　　　211。

〔註18〕　〔宋〕徐夢莘：《三朝北盟會編》（上海：上海古籍出版社，1987年10月，影

由文章伊始，即可見王庶自述曾受命帶兵事蹟。《宋史·王庶傳》謂其：「高宗即位，除直龍圖閣、鄜延經略使兼知延安府。累立戰功，進集英殿修撰，陞龍圖閣待制，節制陝西六路軍馬。」〔註19〕由此更可見一斑。隨後，王庶首先建立兵「不可好」、「不可去」，以及貴在「合、精、速」的論點。再者，由理論分析及戰史實例論證。最後，則隱然批評宋廷作戰策略不當。前文已詳論，此處從略。〔註20〕由是觀之，王庶此篇亦是直截了當提出主張之例。王庶〈定傾論〉諸篇，如〈定傾論·論節概〉、〈定傾論·論詔令切要〉、〈定傾論·論行法〉、〈定傾論·論先計後效〉、〈定傾論·論賞罰〉等篇，亦復如斯。〔註21〕

　　要補充說明的是，王庶文謂：「數出易動，乍勝乍負，兵家之大忌也。望陛下深軫聖念，天下幸甚」。這看似套語的結尾，由曾經領兵作戰的王庶說出，顯得特別地深刻。

　　與李綱、王庶不同，范浚未曾有過軍事經驗。雖然如此，其也曾論用兵奇正之術。〈用奇〉、〈揆策上〉、〈揆策下〉三篇，皆是此一主題。〈用奇〉前文論之已詳，〔註22〕此處以〈揆策下〉爲例說明。文云：

> 甚哉，兵久之難也。千里饋糧，内外騷動，老師費財，從古患之。……此高祖之用奇也。……此曹操之用奇也。今王師出征，以順討逆，以義討不義，兵眾將強，不寡不弱，固有萬全之勢，然賊未敗走，理必相持，不出奇謀，未見其利。臣所謂擣其虛，敗其銳，誠爲至計。然苟未可圖，則宜以諸軍綴賊，使不得動，別遣奇兵萬人，由間道襲取負海諸郡，以駭京東，賊徹緣淮之備以自救，則震擾可擊，使其終不敢動，則我遂盡取京東，此亦漢高之奇也。……此亦曹操之奇也。〔註23〕

范浚主張「用奇」，此篇則謂用兵不當久，兩項軍事理念間實密切相關。首先，

印清光緒許涵度刻本），卷二一○，頁7上～8下。另見《全宋文》184/341～342。
〔註19〕《宋史·王庶傳》，冊33頁11545。此外，本傳中尚見王庶於秦隴一帶，與金人交戰的具體事蹟，更可見其作戰經驗。
〔註20〕詳見本文第五章第二節。
〔註21〕正文列舉諸篇，悉見於《三朝北盟會編》，卷二○九。
〔註22〕詳見本文第六章第一節。
〔註23〕〔宋〕范浚：《范香溪先生文集》（上海：上海書店，1984，《四部叢刊續編》本），卷十二，頁10上～11上。另見《全宋文》194/90～91。

在文章開始時馬上道出旨意，即所謂「兵久之難」。再者，以漢高祖、曹操兩人用奇之術爲例論證。最後，在提出「擣其虛，敗其銳」的用兵原則後，更具體地陳述「由間道襲取負海諸郡」等作戰策略，謂之「漢高之奇」、「曹操之奇」。綜觀全篇，范浚未曾曲折言事，而是直陳其說，論點、論據、結論一氣而下。文中所獻具體作戰策略，高宗是否眞的實行，若是，其成效又如何？這些似皆不得而知。儘管如此，范浚〈擣策下〉等作品，是爲了解決當時軍事問題而作，有極強的針對性。這是可以確信的。然而就筆者觀察，范浚之政論應是同時期最爲曲折變化者。〔註24〕這篇直陳其說的作品，置諸范浚政論中是較爲特殊的。

　　張浚的〈中興備覽〉系列政論，寫作手法更是直截。以下舉〈中興備覽·議間諜〉爲例說明之。其文云：

> 自古用兵，莫先於料敵，而間諜之發，本以爲之輔耳。故能察見虛
> 實，分別情僞，莫有失者。若夫今日，聞某處聚兵，即發兵以應之，
> 明日又聞某處聚糧，即又發兵以應之，是惑於聞聽，而常制命於敵
> 矣。臣願異時邊警有急，當先料之於心，無或輕出號令，則失誤鮮
> 矣。（《全宋文》188/104）

或因是直接面陳高宗之作，諸篇篇幅皆相當短小，至多近五百字，而絕大多數僅百餘字。與其他諸家動輒上千字之長篇大論，實在相距甚遠。此外，也可能因爲篇幅極短之故，作品常見僅講述作者某個觀念、主張，隨即嘎然而止，而未有任何論證過程。

　　透過本節比較後得知，北宋中晚期政論與史論作品，以曲折、多變、隱微的寫作手法爲其主要特色，最受後人注目，得到許多相關評價。而論及南渡初期，則多數作家以直截了當的手法創作政論，不假太多經營篇章的技巧，純粹一氣而下，直論其事。

第二節　轉爲激憤——南渡初期政論與史論寫作特色之二

　　南渡初期政論與史論另一項寫作特色，在於作者政論中所體現之感情，較北宋中晚期更加激憤濃烈。究其原因，應有以下兩點。首先，以直截了當

〔註24〕本章第四節將詳論之。

手法寫作的作品，應較曲折、多變乃至於隱微者，更加容易毫無阻礙地渲洩情感，使得讀者感受到直露的憤激之情。這點觀察，實與前節所論關係甚密。再者，與北宋中晚期相較，南渡初期朝廷處於風雨飄搖的危急存亡之秋。南渡初的和戰問題和北宋中的邊釁困擾，雖皆與異族入侵有關，但顯而易見的是，兩者之嚴重迫切程度，不啻天壤。我們可由政論中，感受到士大夫對時局前所未有的極度憂心。士大夫急欲救亡圖存的情緒，藉由政論抒傾倒而出。由以上兩點觀之，無怪乎南渡初期政論感情激憤濃烈。

　　以下將逐一討論，南渡初期作者如何透過政論作品，表達救亡圖存的激憤情緒。若北宋中晚期有足資參照，以突顯南渡初期特色之作，亦兼論之。

一、李　綱

　　首先，本文以李綱爲例說明。李綱〈迂論・論立國在於足兵〉云：

> 天子曰萬乘，諸侯曰千乘，大夫曰百乘。有天下國家者，所以保民，未嘗不以兵之眾寡爲差。孔子曰：「足食足兵，民信之矣。」又曰：「以不教民戰，是謂棄之。」《傳》曰：「苟非聖人，內寧必有外患。」又曰：「出則無敵國外患者，國恒亡。」夫立國在於足兵，棄民在於忘戰，有外患者憂懼而知戒，無外患者安肆而自偷，此四者國之存亡所繫也。故夫天下方當強盛之時，卒然有不庭不虞之變，莫之能禦，而遂至于不振者，多由於恃安而忘戰，馴致使然。唐有安史之亂，晉有劉聰、石勒之禍，皆出於極治全盛之日，以王師抗賊，無異驅赤子以搏虎狼，豈非蹈此患哉！
>
> 國家自澶淵之役，與契丹盟好，承平無事，民不識金革百有餘載。至崇寧、大觀以來，極熾而豐，文恬武嬉，偷取安逸，兵之闕者不補，卒之惰者不練，將帥之選不精，誅賞之柄不明，干戈朽，鈇鉞鈍。而金人一旦乘間竊發，將士愛死而望風奔北，生民無辜而肝腦塗地，士大夫聞語戰，則魂褫魄喪，色若死灰，惟以遁逃偷生爲得計。恃安忘戰，馴致之弊，一至于此。眞可爲長太息流涕而痛哭也。豈特中國爲然。契丹自昔以兵力雄於朔方，耐饑寒，習攻戰，便騎射，制屬諸部，其享國尤爲久遠。自與中國盟好之後，慕華風，革舊俗，棄氈裘，襲紈綺，捐湩酪，嗜茗飲，去穹廬，處宮殿，奢淫無度。國人化之，無復英鷙強忍之氣，故金人得以奮其詐力，且和

　　且戰，不數年而卒滅其國。

　　由是觀之，國雖安，忘戰必危，而孔子謂以不教民戰爲棄之，孟子
　　以無外患爲必至於亡國者，豈虛言哉！〔註25〕

筆者所以大篇幅地全文徵引李綱此作，乃因其很能體現出南渡初期與北宋中期作品間的差異。誠如文題所言，李綱此文旨在論立國在於足兵。此外，首段在建立論點時，由足兵衍生出「足兵／忘戰」、「知戒／自偷」等，四項「存亡所繫」之要。再者，則以唐代與本朝之禍亂爲例，論證忘戰、偷安足以亡國。最末，則再舉華化後的契丹爲例，論證同樣的道理，導出「國雖安，忘戰必危」的結論。要之，李綱此文未見繁複多變的論證技巧，僅只是以論點、論據、結論三者構成。可說相當直截明白。

　　若再審視李綱所舉之例證，並將之與北宋中期蘇軾的名篇〈教戰守策〉比較，當不難見出李綱作品特殊的時代意義。蘇軾〈教戰守策〉廣爲世人所熟知，但爲比較方便，略引一段如下：

　　夫民亦然。今者治平之日久，天下之人，驕惰脆弱，如婦人孺子不
　　出於閨門，論戰鬬之事，則縮頸而股慄，聞盜賊之名，則掩耳而不
　　願聽。而士大夫亦未嘗言兵，以爲生事擾民，漸不可長。此不亦畏
　　之太甚而養之太過歟？〔註26〕

此段是蘇軾描述時人忘戰、畏戰的文字，今日讀來，還可想見當時婦人孺子與士大夫，人人畏戰過甚而使國家失去戰力的情形。前引李綱作品，由「國家自澶淵之役」以下，則深刻描述崇、觀以來，各種文恬武嬉的亂象，甚至是靖康年間金人大軍壓境後，將士貪生怕死，生民無辜送命，士人遁逃偷生的慘劇。李綱藉由多組排比句，包括：「兵之……，卒之……」、「將帥……，誅賞……」、「干戈朽，鈇鉞鈍」、「將士……，生民……」，營造出此番亂象與慘況，已見深刻有力，並蓄積飽滿情憤。蘇軾作品雖有類似表現，但情緒顯得不如李綱亢奮激昂。此外，同樣形容士人畏論兵事，李綱以「魂禠魄喪，色若死灰，惟以遁逃偷生爲得計」言之，較於蘇軾謂「未嘗言兵，以爲生事擾民，漸不可長。」亦可見李綱用字遣辭之濃烈。蘇、李兩人作品相較，吾人不難感受到，李綱之作無疑具備更豐沛的悲憤情緒。這想必是因爲，李綱擁有眞正面對、抵禦外族入侵的經驗使然。除此之外，李綱對契丹因忘戰而

〔註25〕《李綱全集》，卷一五〇，冊下頁 1413～1414。
〔註26〕《蘇軾文集》，冊 1 頁 264。

亡國的分析，更是歷史發展下眞實的體會反省。這也是北宋中期士人，在面對北方強大遼國的威脅時，怎麼樣都料想不到的。要之，李綱此作深具時代特色，文中「眞可爲長太息流涕而痛哭也」，眞可謂最爲激憤的時代之音。

前節曾論及〈迂論・論除天下之患如治病〉，吾人亦能由之見出李綱之激憤之情。其文云：

> 今天下之大患，在金人與蠭起之盜賊，其勢非復方鎮之制而假之權，不足以捍禦。而議者乃憂方鎮之制行，將有尾大不掉之患，若唐室然。亦可謂不知輕重緩急之理，欲除患而弭亂，其可得乎？嗚呼，安得以子房固陵之策告之！〔註27〕

誠如前論，全文旨在提出「復方鎮之制而假之權」的方式，用以解決當時外患與盜賊問題。本節所引爲全文最末段，李綱提出「議者」的反對意見，隱然揭示當時對於恢復方鎮制度（或是如何抗金與治盜的方式），正反雙方曾有過激烈的爭論。由最後對於議者不知輕重的大力批評、深沈感慨，以及宣揚理念、起身辯難的急切心情，讀者可以感受到，李綱撰文時雖退居在野，人微言輕，但似乎仍然對自己恢復方鎮之制這帖除患藥方，抱持有相當大的信心。

再如〈迂論・論治天下如治病〉，與前例相同，皆以治病爲喻論時政，亦同樣是篇充滿激憤情緒的作品。其文云：

> 膏粱以養氣體，藥石以攻疾病，此有生之所同也。今有人焉，不幸而有疾，外爲邪淫之所傷，内致氣血之羸耗，則善醫者必爲之聚毒藥，治鍼砭，惟邪淫之務去，雖血氣之羸，不得已焉。邪氣去而正氣生，然後疾病可愈，氣體可充。今不治藥石，而欲以膏粱攻疾病，豈理也哉？治天下者，何以異此？故仁恩教化者，膏粱也；干戈斧鉞者，藥石也。牧善良、拊彫瘵，必有文治，則膏粱用焉；鋤強梗、戡禍亂，必有武功，則藥石施焉。二者各有所宜，時有所用，而不可以偏廢者也。

> 今天下之病亟矣，夷狄猾夏，盜賊干紀，曠古所無。此正修武備、協民力、捍患御侮、濟危亡以圖安存之時，雖不免於勞擾，豈得已哉！而議者不深維其故，濟一事，出一令，則以勞擾爲言，而沮格之。至于夷狄之所踐踏，盜賊之所焚掠，出沒數路，幾半天下，未

〔註27〕《李綱全集》，卷一五三，冊下頁 1433～1434。

及之地，常岌岌然，則恬不加恤，而不復議論，敢問此何理也？

夫天下幾路，一路幾州，一州幾縣，日復一日，偷取目前之安，當其可爲之時不爲，而今日殘一縣，明日破一州，後日亡一路，不加料理，而曰姑隱忍之，以待夷狄之自悔悟，而盜賊之自銷弭。正猶得危篤之疾，不治藥石，而欲望其自愈，寧有是理哉？

夫病在皮膚，此鍼砭之所及也；病在腑臟，此湯劑之所及也；至于骨髓，則扁鵲望之而走矣。及是而悔，不亦晚乎？〔註28〕

李綱以爲，時局已病入膏肓，不可再用「仁恩教化」的「膏粱」，而應施以「干戈斧鉞」的「藥石」。李綱以治病喻治天下，前兩段在主張「膏粱」、「藥石」兩者不可偏廢。而轉入第三段以後論今之天下，則明顯表現出激憤情感。作者主要藉由三次激問與三次層遞，方得以達到此效果。

先論激問法。李綱以「敢問此何理也？」「寧有是理哉？」兩次提問，斥責議者「沮格」救亡及「隱忍」蠻夷之非。最後，再藉扁鵲觀人事蹟，反問「及是而悔，不亦晚乎？」以批評宋廷如今之偷安、輕忽。以上三次激問，雖問而不答。然而，答案皆在問題之背後，實不需要作者多作說明，讀者自然體會。如此一來，即能強調作者主張，並激發讀者反思。此外，此三次激問尚且隱然呼應首段，「今不治藥石而欲以膏粱攻疾病，豈理也哉？」李綱全文即在批評，時人以苟且偷安心態面對金人入侵之不合「理」。〔註29〕

再論層遞法。全文第四段中，運用「天下幾路，一路幾州，一州幾縣」、「今日殘一縣，明日破一州，後日亡一路」，分別是遞降與遞升的兩次層遞法。前者重點，在起始之「天下」。後者雖未言及，然亡一路之後，亡「天下」實已不言自明。職是之故，不論或升或降，作者皆欲表達對天下將亡的憂心。最後，同樣藉扁鵲事蹟，製造了自「皮膚」、「腑臟」到「骨髓」，如此由淺入深的層遞效果，使讀者或能預見將病入骨髓之深的宋廷。〔註30〕

總的來說，此篇密集地使用三次層遞修辭、三次激問修辭，作者成功地渲洩滿腔憂慮、激憤之情。讀者一氣而下讀來，視聽無不爲之聳動不已。

〔註28〕《李綱全集》，卷一五〇，冊下頁1414。

〔註29〕「激問」爲「設問」修辭中的一種。關於「設問」修辭格的定義與效果，詳參沈謙：《修辭學》（臺北：國立空中大學，1996年11月，修訂版2刷），頁258～259、268。

〔註30〕關於「層遞」修辭格的定義與效果，詳參黃永武：《字句鍛鍊法》（臺北：洪範書店有限公司，2002年7月，增訂二版），頁143～147。

前論三篇以外，李綱〈迂論・論天人之理〉針砭當時人事不脩，而悉歸之於天的心態；〈迂論・論江表〉批評偷安南渡，恃江以爲固。這兩篇同樣表現濃烈激憤之情。〔註31〕

二、胡安國、胡宏父子

胡安國〈時政論・定計〉前已略略論及，主要說明該文如何極力推崇漢高祖與光武帝。〔註32〕今從觀察此篇情緒抒發的方向討論，文云：

> 臣聞自昔撥亂興衰者，必有前定不移之計，而後有舉必成，大功可就。……此齊侯、晉文前定之計也。……此高帝、光武前定之計也。……此唐太宗前定之計也。其成霸王之業宜矣。陛下總師履極，于今六年，而謀議紛紜，計畫未定。以建國都，則未有一定必守不移之居；以討亂賊，則未有一定必操不變之術；以立政事，則未有一定必行不反之令；以任官吏，則未有一定必信不疑之臣。奕者舉棋不定，不勝其耦，況立國而不定乎？難平者事也，易失者時也，捨今不圖，悔後何及！惟人主廣覽兼聽，而不可以自專，惟宰相擇材使能，而不可以自用。伏望特命大臣，條具方今撥亂興衰之策，各盡底蘊，畫一進呈。先示臺諫從臣，許令疏駮。仍集凡百執事議于朝堂，詢謀僉同，靡有異論。然後斷自宸衷，定爲國是。〔註33〕

此處討論，著重呈現此文的論述方式。首先，胡氏於題目與篇首，皆直接簡要地突顯「前定不移之計」爲治亂之要的論點。再者，胡氏以齊恒公、晉文公，漢高祖、光武帝，以及唐太宗五位撥亂興衰之主爲論據。這是本文所曾詳論者，故不贅引。再次，胡氏以極其激昂高亢的音調，批評高宗即位六年來「計畫未定」之過失。胡氏連用四個「以……未有一定……」的排比句，批評「建國都」、「討亂賊」、「立政事」、「任官吏」等等。凡此種種，確實爲當時無法迴避的重大議題。四個排比句一氣而下，再加以「捨今不圖，悔後何及！」作者很成功地將其急欲救亡扶傾的激昂情緒，推向了最高點。最後，胡氏提出下詔大臣條具策略以獻的具體辦法。綜觀全文，胡氏以論點、論據、

〔註31〕 正文所舉兩篇，分別見於《李綱全集》，卷一四五、一五二，冊下頁 1379、1428。

〔註32〕 詳參本文第五章第二節。

〔註33〕 〔明〕黃淮、楊士奇編：《歷代名臣奏議》（上海：上海古籍出版社，1989 年 10 月，影印永樂本），卷四七，頁 1 上～2 上。另見《全宋文》146/108。

結論三段論證的方式進行，讓人清楚明白。文中激昂的情緒渲洩，則使人讀之悚然而驚，愴然而悲。

胡安國子胡宏亦主張「定計」，同樣也留下了令人動容的作品。〈中興業‧定計〉文云：

> 王者，必定都以繫遠近之心，漢祖據關中，光武據河內，先固形勢
> 之地，以立根本，然後親帥三軍，東征西戰，身犯失石，未嘗一日
> 安坐而守也。今外有必報之仇，內有僭叛之寇，誠能廣天地之量，
> 立致遠之志，與士卒均勞苦，收俊傑而用之，激勵諸將自將而行……
> 如此，則軍聲大振，檄召江北諸鎮，誰敢不至？待之以誠信，約之
> 以法度，示之以賞罰，誰敢不從？〔註34〕

該文旨在論「定都」的重要，並提出上、中、下三計，以之做為對宋廷軍事決策的具體建議。然而，此段非本文此處所論重心，為省篇幅，未及徵引。胡宏同樣在題名與文章首句，即點明全文旨意。再者，作者援引歷史事件為證，漢高祖據關中與漢光武據河內兩例，已見於前論其父〈時政論‧定計〉之中。最後，則提出具體建議。文中反覆大聲疾呼「誰敢不至」、「誰敢不從」，檄文所召之江北諸鎮，似乎已至胡宏面前一般。看來胡宏對於自己主張的執行成效，十足充滿信心。當然更重要的是，我們從這反覆的呼告語氣中，同樣感受到慷慨激烈的情緒。〔註35〕

值得提出來比較的，是北宋中期蘇軾所創作的〈思治論〉。此篇主張「規摹先定」，與胡安國父子所謂的「定計」，意義相去不遠。在所論內容相近的基礎上，應更能突顯情緒抒發之不同。為比較方便，徵引一段如下：

> 今治天下則不然。百官有司，不知上之所欲為也，而人各有心。好大
> 者欲王，好權者欲霸，而媮者欲休息。文吏之所至，則治刑獄，而聚
> 斂之臣，則以貨財為急。民不知其所適從也。及其發一政，則曰：姑
> 試行之而已，其濟與否，固未可知也。前之政未見其利害，而後之政
> 復發矣。凡今之所謂新政者，聽其始之議論，豈不甚美而可樂哉。然
> 而布出於天下，而卒不知其所終。何則？其規摹不先定也。〔註36〕

〔註34〕〔宋〕胡宏著，吳仁華點校：《胡宏集》（北京：中華書局，1987年6月），頁213。筆者將斷句稍作更動，並不影響文意。

〔註35〕關於「呼告」修辭格的定義與效果，詳參《字句鍛鍊法》，頁114。

〔註36〕《蘇軾文集》，冊1頁116。

蘇軾此段旨在批評，新政所以窒礙難行之因，在於「規摹不先定」。觀察此段，雖仍可想見蘇軾對新政之不滿。但總體而言，其情緒顯然不及南渡初期，胡安國父子批判宋廷未能「定計」兩篇，那樣的激憤高昂。

胡氏父子的其他作品，仍見有渲洩激憤之情者。如胡安國〈時政論·尚志〉論高宗所當堅持之志，在於「恢復中原」、「掃平邊境」等等。胡宏這類作品較其父爲多，尚有〈中興業·易俗〉、〈中興業·練兵〉、〈中興業·罷監司〉、〈中興業·整師旅〉、〈中興業·官賢〉、〈中興業·知人〉等篇。諸篇之共同特色在於，作者皆以激憤語氣作爲全文結尾。如論易俗，謂「何兵不彊？何賊不殄？何強暴不治？而中興之業成矣。」論練兵，謂「何桀賊之不滅，黠寇之不膺，中興之無望乎？」論知人，謂「庶幾謀謨有定，政令有經，紀綱可正，而寇賊可滅，中興可望矣。」〔註37〕諸篇文末多言「中興之業」，或直陳、或反詰，要之都在認爲，若能朝廷依據自己的意見，則必然可成中興之業。與此同時，亦流露作者激昂的情感。

三、王庭珪

王庭珪是論南渡初期盜賊問題的重要作者，代表作〈盜賊論〉上下篇已見於前論。〔註38〕此處著重討論下篇所蘊的含激憤情感，其文云：

> 近時士大夫習聞苟簡，慮不及遠，皆謂虞盜已息，可以奠枕，此最誤國之大者。或謂賊雖未滅，姑以寬朝廷之憂，未爲失也。獨不見唐末咸通之盜耶？……若謂爵賞可以收賊心邪？……則爵賞果不足以收賊心矣。若謂盜賊已降，便可無事邪？……然則，盜賊來降，果可以保其不叛乎？若謂賊未破而先言破賊，皆近世之常事，何足怪耶？……諸君奏賊不實，其禍遂至如此。嗚呼！皆前世欺罔誤國之明驗，奈何取其轍而復蹈之，以爲可行也哉！
>
> 古人有言曰：「殺人者不死，傷人者不刑，民無所畏，亂莫大焉。」今盜賊殺人如麻，而賞之以官，蓋自古未有大亂之世刑賞失柄，而能有爲者也。惟賢人君子及其尚可以有爲之時而圖之，過是則恐災稔禍變，天下靡靡，日轉潰腐，遂至於不可支持，然後徐起而圖之，則已晚矣。（《全宋文》158/242～243）

〔註37〕未免逐一注解煩瑣，以上胡宏諸語請參見《胡宏集》，頁208、212、214。

〔註38〕詳見本文第四章第四節。

誠如前論，王庭珪極力反對當時宋廷招安群盜的策略，其〈盜賊論〉上下兩篇，皆以此為主要基調。筆者所引此段，王氏以之駁斥時人苟且之說。對於時人謬論，王庭珪分為四段，逐一援引唐末民亂為殷鑑，加以大力批評。以第一段為例，作者提問：「或謂賊雖未滅，姑以寬朝廷之憂，未為失也。獨不見唐末咸通之盜耶？」文後旋以招討宋威事為鑑。其餘三段，無非以相同手法行文。如此一來，王氏已藉由設問法自問自答的過程，蓄積豐沛的情感。最後，王庭珪不願朝廷重蹈覆轍，不願未來為時已晚而追悔末及。其蓄積於胸廓，滿腔慷慨激昂的情緒，就於此刻全數噴薄而出。

　　北宋中期雖亦有盜賊問題，但不如南渡初期嚴重。〔註39〕蘇軾曾由防患於未然的角度論述此課題，為比較方便，徵引〈策別安萬民六〉一段如下：

> 夫大亂之本，必起於小姦。惟其小而不足畏。是故其發也常至於亂天下。今夫世人之所憂以為可畏者，必曰豪俠大盜。此不知變者之說也。天下無小姦，則豪俠大盜無以為資。且以治平無事之時，雖欲為大盜，將安所容其身，而其殘忍貪暴之心無所發洩，則亦時出為盜賊，聚為博弈，羣飲於市肆，而叫號於郊野，小者呼雞逐狗，大者椎牛發塚，無所不至，捐父母，棄妻孥，而相與嬉遊。凡此者，舉非小盜也。天下有釁，鉏耰棘矜相率而剽奪者，皆嚮之小盜也。〔註40〕

蘇軾對於盜賊問題，主張「去姦民」。其認為亂世之豪俠大盜，皆起於平日之小盜姦民。故力主去姦民，以求防微杜漸。筆者所引此段，即是蘇軾分析盜賊起於姦民的文字。在此之後，蘇軾以今昔對比的方式，認為昔日三代聖君果斷不疑，故能盡除小姦。然而今日人君，卻因失之過寬，使得小姦小盜得以發展。蘇軾分析盜賊的起因，並直指當日之失，甚而預言未來，該文最後說道：「而萬世之後，其尤可憂者，姦民也。」我們可說，蘇軾很冷靜地分析問題，點出禍端。

　　雖然只是簡要的比較，但仍可見出南渡初期論盜賊作品，呈現著較為激切的情緒。

四、范　浚

　　雖為應制科考試所作，范浚諸篇政論仍可見表現激憤之情者。最有代表

〔註39〕第四章第四節曾引今人研究，說明南渡初期盜賊之嚴重。
〔註40〕《蘇軾文集》，冊1頁265。

性的，應爲〈廟謨下〉，其文云：

> 今王師討伐，固將攻中原，清大憝，以悉復祖宗故地，然根本所恃，實在江左。彼東晉得一祖逖，猶能使黃河以南盡爲晉土，況陛下有腹心爪牙之眾乎？臣所未知者，廟堂所以圖功之謀爲如何耳。陛下雖有腹心之臣籌於帷幄，然引之爲策士者誰乎？倚以爲屏蔽者誰乎？俾專分闈可以破虜如祖逖之當石勒者誰乎？可使之率銳師佐進討者誰乎？陛下當與腹心之臣議於廟堂之上，審我狗地鬪國者才爲如何？訓兵總眾者才爲如何？彼所出者何策，我所出者何策？彼所固守者何地，我所固守者何地？吾將所以破彼者何人，彼所以當吾將者何人？孰賢孰否，孰智孰愚，孰強孰弱，孰勇孰怯？彼己洞見，則勝負之勢，未戰而已分矣。〔註41〕

此篇論廟謨，旨在主張「計勝於未戰，尚謀之道也」，及患「圖功者無其謀」。前引此段，即在批評今之廟堂無圖功之謀。觀察此段不難察覺，文中頻繁地運用排比結合激問的寫作手法。「……者誰乎？」的激問句型，一連四句排比而下。答案雖未直言，然卻也呼之欲出，無非是高宗腹心之臣雖多，但卻仍無圖功之謀。緊接著，則是「……爲如何」句、「彼所……我所……」句、「孰……孰……」句等等，一共十二句排比句。其背後的答案，則是宋廷其實並無洞見彼己的能力。正因朝廷既無圖功之謀，又無知彼己之明，無怪乎淪爲今日偏安局面。由是觀之，這少見之大篇幅結合了排比、激問的段落，實即爲范浚對宋廷深刻之批判，並蘊含著個人激憤不已的感情。

范浚於〈更化〉一文，批評高宗之失在於「不更化」。文中運用大篇幅的排比句，批評「薦舉」、「考課」、「稅賦」之失，吾人亦能感受到其激憤情緒。〔註42〕這點實與〈廟謨下〉相近。此外，〈形勢下〉、〈節費〉兩篇亦有表現，本文不贅。

五、王 庶

王庶〈定傾論〉系列政論作品中，亦見有不少情緒激憤之作。數篇中應以〈定傾論・論戰守〉較具代表性。其文云：

> 兵不可一日忘於天下也久矣，用之之道蓋亦多端，以臣觀之，亦無

〔註41〕《范香溪先生文集》，卷十二，頁3下～4上。另見《全宋文》194/84。
〔註42〕《范香溪先生文集》，卷十一，頁10上～12下。另見《全宋文》194/80～81。

深遠甚高難行之事，大率不過戰守兩端而已。交鋒接刃以決生死者，戰也；增陴浚隍，效死勿去者，守也。國家內外養兵無慮百萬，竭天下之羽革漆鐵，以爲兵之器械；空天下之倉庫杼軸，以充兵之衣食。宜乎鎧仗犀利，士氣振發，戰則勝，守則固。而乃膚功未奏，寸土未復，何耶？凡以不知戰守之道。未嘗聲金鼓也，未嘗列行陣也。聞敵之至，即曳兵而走，豈知所謂戰哉？未嘗修城郭也，未嘗立宗廟也。聞敵之至，則委而去之，豈知所謂守哉？〔註43〕

對於金人，王庶並不絕對主戰，而是兼主可戰可守的。〔註44〕〈論戰守〉由題名及文章開始，即明確表達此立場。綜觀全文，王庶其實並未能提出可行策略。然而，「交鋒接刃……豈知所謂守哉？」一段，王庶卻表達了對國家能戰能守的信心，以及針砭時人不知戰守之道的膽怯愚昧。作者連續運用「竭天下……空天下……」的長句對，「未嘗……也」四句，以及「豈知……」兩個激問句，營造出頗爲強烈的氣勢，寫來確實熱血奔騰。

其他篇章，如〈定傾論・論節概〉謂「國家之恥何患乎不刷？君父之讎何患乎不報？」〈定傾論・論擇相〉以連續七次設問句，質問高宗與宰相相處之道。王庶問題連番而出，越問越細，似有責備的意味。凡此，亦是情緒高昂的激憤濃烈之筆。

綜觀本節所引例證，筆者認爲，南渡初期政論中直接批評時政的部分，特別容易見出作者激憤之情。這些段落，常見以「而今」、「今之」、「國家」、「朝廷」云云爲始。爾後，作者通常接連不斷地運用排比、設問、呼告、直陳、層遞等等手法，使得文句寫來筆力萬鈞、氣勢盛大。與此同時，亦傾注以急欲救亡圖存的熱切感情，及對時政顛倒失序的強烈批判。這些政論作品，也正因這些寫作手法，及藉之所賦予的特殊情感，而顯得有別於北宋中晚期。周明論說理文章中的情感時認爲：

說理文章固然要以理服人，但也不排除以情動人。沈德潛主張「議論須帶情韻以行，勿近傖父面目」（《說詩晬語》），說的雖是詩歌創作，其精神對于議論文章也是適用的。〔註45〕

筆者認爲，以上所論南渡初期政論，實即議論政事外，作者同時發抒救國激

〔註43〕 《三朝北盟會編》，卷二一〇，頁5下～6下。另見《全宋文》184/338～339。
〔註44〕 王庶「設險防衛」的主張，可見本文第四章第三節的討論。
〔註45〕 周明：《中國古代散文藝術》（南京：江蘇教育出版社，1994年12月），頁243。

憤情緒之作。作爲讀者,則很容易爲其救亡圖存的愛國之情所打動。

第三節　比興寄託——南渡初期政論與史論寫作特色之三

　　南渡初期政論與史論的第三項寫作特色,爲「比興寄託」。據筆者觀察,南渡初期政論與史論所引證的歷史人物、事件,其於作品中發揮的功能,不僅僅是習見的「垂鑒示訓」,由正面或反面的事例證成論點;也不僅僅是用以大翻其案,表現作者閱史評史獨具隻眼之處。除此之外,尚見有作者藉之興發個人情志,寄託幽微心曲的用意。職是之故,這些作品除論說文所應具備的「析薪」、「破理」之美外,更富涵「比興寄託」之美。

　　論者認爲,《文選》所收錄之「論」文已見此特色,而北宋中期諸家亦有延續。〔註46〕本文則指出,此脈絡於南渡初期未曾斷絕,而在諸家作品中,尤以李綱表現最爲突出。其他作家如王庶、范浚等人也有佳作。而整體說來,政論與史論運用「比興寄託」手法的現象,似較北宋中晚期更爲明顯。

一、李　綱

　　李綱〈迂論〉有許多藉歷史人物與事件寄託個人身世之感,作品的歷史敘事與作者之生命經歷交融爲一的例子。李綱〈迂論〉的創作背景,已見於前文說明。〔註47〕在這層基礎認識之上,閱讀李綱諸篇政論與史論,吾人不難體會作者雖未明言,卻已昭然若揭之心曲。

　　這層隱藏在作品字裡行間的寄託之意,又略可分爲兩類討論之。期待君

〔註46〕本節所論,受李紀祥與柯慶明啓發,特此說明之。詳參李紀祥:〈中國史學史的兩種「實錄」傳統〉,《漢學研究》21:2,2003 年 12 月,頁 367～390。柯慶明:〈「論」、「説」作爲文學類型之美感特質的研究〉,國立臺灣大學中文系、國立成功大學中文系「六朝唐宋學術研討會」編輯小組編輯:《遨遊在中古文化的場域——六朝唐宋學術研討會論文集》(臺北:里仁書局,2004 年 11 月),頁 5～62。文中「《文選》所錄「論」文」云云,說見柯氏文。孫立堯認爲:「政論中論史也可視爲中國文學比興傳統的一種特殊表現,史的内容在政論之中往往充當一種『比興』的角色。」孫説也能與李、柯兩人說法相發明。孫氏:〈宋代史論的文學化〉,程章燦編:《中國古代文學文獻學國際學術研討會論文集》(南京:鳳凰出版社,2006 年 1 月),頁 375。要之,都在強調政論史論所舉事例,有著比興寄託的審美作用。

〔註47〕詳參本文第三章第二節所論。

臣遇合，此其一。期待人主納言，此其二。

（一）寄託「君臣遇合」之意

筆者在以往的研究中曾指出，〈迂論〉諸篇所論議題甚廣，包括君臣關係、軍事兵務、地方制度，以及對抗外患、治理盜賊、朝代興衰等。其中又以「君臣關係」最爲重要。在探討此議題時，李綱對於歷代君臣不論是正面稱許或負面批評，皆旨在表達「君臣遇合」的期待。〔註48〕甫任相七十餘天即遭貶斥的李綱，於貶謫期間寫作〈迂論〉諸篇，對於君臣緊密無間的遇合，懷抱著相當深刻嚮往之情。以下的討論，將著重李綱於諸政論與史論中，如何利用對於歷史人物與事件的敘事與評價，寄託其個人身世之感。

李綱於作品裡大量運用國史中君臣遇合的典故，有專論一朝一組君臣者，如〈迂論·論諸葛瑾〉。其文云：

> 諸葛瑾仕於吳，而亮爲蜀相，權嘗遣瑾使蜀通好，與亮公會相見，退無私面。而亮亦嘗使于吳，權欲使瑾留之，瑾曰：「弟亮已失身於人，委質定分，義無二心。亮之不留，猶瑾之不往也。」其後有讒瑾者，謂其密遣人與備、亮相聞，權曰：「孤與子瑜有死生不易之誓，子瑜之不負孤，猶孤之不負子瑜也。」於是以人言疏示瑾，而瑾亦表論天下君臣大節一定之分。若權者，可謂能信其臣；若瑾者，可謂明於事君之義矣。由權、瑾以觀先王之時，君臣相與之盛，至于得盡其心，又可以想見其風采也。〔註49〕

諸葛瑾、諸葛亮兄弟二人，分事孫權、劉備二主。雖然兄弟二人皆曾奉命出使鄰國，卻不曾因兄弟至親之情而害君臣相與之義。捨棄諸葛亮，李綱文中著重描寫諸葛瑾事蹟，認爲其不曾有二心，孫權亦不會對之起疑。事見《三國志·吳書·諸葛瑾傳》。〔註50〕文末，主張「君臣相與」首在雙方能「得盡其心」，此外更以遙想其風采作結。不論是對人君人臣言行的取材敘事，抑或是文末對人君「能信其臣」，人臣「明於事君之義」的個別評價，又或是君臣「得盡其心」的總評，以及「想見其風采」的感性結語，在在都寄託了李綱

〔註48〕 詳參拙作：〈李綱《迂論》「君臣關係」議題探析〉，《宋代文學研究叢刊》15期，2008年8月，頁418～424。

〔註49〕 《李綱全集》，卷一四九，冊下頁1404。

〔註50〕 〔晉〕陳壽撰，〔南朝宋〕裴松之注：《三國志·吳書》（北京：中華書局，2002年2月，2版16刷），卷五二，冊5頁1233。

對孫權、諸葛瑾君臣遇合的無限神往。在李綱眼中，高宗與孫權、諸葛瑾與自己，則雙雙合而為一了。

亦見橫跨歷朝君臣之作，如〈迂論・論唐三宗禮遇大臣〉。其文云：

> 昔楚昭王病于軍中，有赤雲如鳥，夾日以飛。太史以謂：「是害于王，然可移於將相。」昭王曰：「將相，孤之股肱也，今移禍，庸去是身乎？」弗聽。孔子在陳聞之，曰：「楚昭王通大道矣。其不失國宜哉！」
> 夫病亟而不肯移禍於股肱，則其平日之所以禮遇之者可知矣。此乃昭王之所以能復國也。吾於肅、代、德宗亦云。〔註51〕

全文論唐肅宗、代宗之待李光弼、郭子儀，及唐德宗之待李晟、馬燧。李綱在記述三宗禮遇諸大臣之事蹟後，發表總結看法，認為：「如肅、代之暗弱，德宗之猜阻，非有過人之聰明，而其所長如此，宜乎其能復國也。」質言之，三宗所長即在善待人臣，方能在安史之亂後的唐代，撐起中興事業。而筆者所以引錄前文，實因李綱以之作結，更能突顯其身世之感。

在評論唐代三帝王事蹟後，李綱原可以結束全文，然卻天外飛來一筆，敘述楚昭王病于軍中，不願移禍將相之事。事見《史記・楚世家》。〔註52〕李綱以觀微知著的視角，推論楚昭王必然能禮遇將相，並認為唐代三帝擁有同樣的特質，而這正是諸君「復國」的重要憑藉。李綱敘述三帝善待人臣事蹟，實已能寄託對君臣遇合的期待。然必須說明的是，文末引述楚昭王事，不僅非蛇足之舉，更可說是全文文學興味的來源。此事因「赤雲如鳥，夾日以飛」、病痛「可以移於將相」的相關記載，而略帶神異色彩，頗有「好奇」、「傳奇」意味。〔註53〕李綱藉由楚昭王事，來遙想其與唐代三宗皆能禮遇大臣，「所以能復國」之因，並於同樣處於復國中興時期的當下，投以切身感懷。易言之，若宋高宗亦能如此禮遇人臣（筆者案：實包括李綱自己），中興宋室指日可待。正因楚昭王事富涵「傳奇」特性，使得全文在原有的作者身世感懷外，更添文學性。又如〈迂論・論偏霸之主專任其臣〉，其文云：

> 夫以孫策、苻堅，區區割據一方，非得其臣而委任之，如此猶不足

〔註51〕 《李綱全集》，卷一四九，冊下頁 1408。

〔註52〕 〔漢〕司馬遷撰，〔南朝宋〕裴駰集解，〔唐〕司馬貞索隱，張守節正義：《史記・楚世家》（北京：中華書局，2003 年 7 月，2 版 18 刷），冊 5 頁 1717。

〔註53〕 「好奇」實為司馬遷《史記》筆法之一。詳參張高評：〈《史記》筆法與《春秋》書法〉，《春秋書法與左傳學史》（臺北：五南圖書出版公司，2002 年 1 月），頁 75。

以有爲。況大于此者乎？

> 然策謂「我能用昭之賢，功名豈不在我？」堅黜免譖毀猛者，使得
> 盡其智力。亦可謂有國之明主矣。不然，得不以昭爲收名，而懼猛
> 之專權哉？由是觀之，古之興王，其君臣之相與，如伊、呂之遇湯、
> 武，風雲感會，可以想見其盛也。〔註54〕

全文旨在論偏霸之主須任其臣，方得以維持其霸業。文章首先即以孫策任張
昭、符堅任王猛爲例說明，最後方才提出主要論點，轉而論人主「得其臣」、
「委任之」之重要。文末，以想見仁君賢臣相遇盛況作結時，不單單以孫、
符君臣爲例，更引述「伊、呂之遇湯、武」事蹟。如此一來，不僅提高對孫、
符兩君的評價，使之達到了儒家聖王的層次，更爲李綱所嚮往的君臣相遇盛
況，添加崇高的理想性。

論及其他作品，如〈迂論・論節義〉以漢之汲黯、唐之蕭瑀、顏眞卿爲
例，此三人皆能持守節義於鉅大變故之際，因而得到人主「社稷臣」、「忠臣」
的評價。李綱則謂之「疾風知勁草」、「歲寒後凋」。作者雖未明言，所舉無疑
也是君臣能遇的事例。〔註55〕李綱在兩宋之際動盪局勢中，特別留心於盡忠
守節的人臣與知人善任的人主，確乎表達無限神往。而李綱要人主「深察」
諸人事蹟，實即對自己「忠而見棄」的遭遇發不平之鳴。

除以上人君善任、人臣盡忠的君臣遇合事蹟外，李綱也運用君臣不遇的
反面事例，從中寄託懷抱。〈迂論・論黨錮之禍〉云：

> 凡黨事始自甘陵、汝南，成于李膺、張儉，海內塗炭二十餘年，諸
> 所蔓衍，皆天下善士，而漢亦自此季矣。大抵朝廷清明，賢俊在位，
> 有以制服小人，則天下治安，而爲國家之福。朝廷昏微，姦邪得志，
> 必須誣陷君子，則天下危亂，而爲國家之禍。……使遇其時，其功
> 蹟豈易量耶！此非膺、儉之不幸，乃漢室之不幸也。〔註56〕

在敘述李膺、張儉等黨人坐廢入獄等事蹟後，李綱認爲朝廷之「清明」或「昏
微」，是君子小人誰能得位，天下治安或危亂的關鍵所在。文末，則感嘆漢室
之不幸。並且假想，入黨籍的李、張二人若能「遇其時」的功績。文章明爲
漢室之不幸與李、張之不遇發慨，然顯而易見的是，作者藉此實爲寄託對宋

〔註54〕《李綱全集》，卷一四九，冊下頁1406。
〔註55〕《李綱全集》，卷一五○，冊下頁1411。
〔註56〕《李綱全集》，卷一五一，冊下頁1423～1424。

室不幸與自身不遇之悲。李綱為李、張發感慨，實即為自身發感慨。此例之外，〈迂論・論君臣之分〉則縱論秦、漢、唐三朝君臣不遇事例，其文云：

> 古者君臣雖有尊卑、上下之分，而不若後世之邈然遼絕也。……
> 至秦則不然，尊君而抑臣，阻法度之威以臨之，無復有尊德樂道、
> 誠文相接之意。其君抗然于上，而視其臣如胥吏僕隸然，初無愛
> 敬之心。其臣眇然于下，而視其君如天之不可視，雖為之輔相者，
> 亦有所畏避而不得以自盡。故李斯、去疾之徒，朝為丞相，至暮
> 一言不合，則具五刑而誅之。其餘孰不畏罪持祿，欺謾而取容哉？
> 漢興，以高祖之賢，而蕭何不免縲紲；以文帝之仁，而周勃不免
> 對吏。景帝誅周亞夫，武帝誅翟青、劉屈氂等數人，而東漢三公
> 動輒下獄，蓋循秦之弊使之然也。太宗之待房、杜，明皇之待姚、
> 宋，憲之待裴度，武宗之待李德裕，可謂善矣，惟其君臣相遇之
> 難，而法度相去遼絕，猶襲秦之遺風，此德業之盛，所以不能及
> 于隆古。而至於庸君，則賢者疎而易去，諛佞之待取容而易合，
> 良以此歟。〔註57〕

全文首句即揭示旨意，在於批評後世君臣不僅不能遇合無間，而更陷於「邈然遼絕」之判然二分。李綱將其原因，歸究於秦人「尊君抑臣」，秦君以「法度之威」臨臣。表達主要論點後，李綱將秦、漢、唐前後近千年歷史中，人君未能善待人臣的事例，以極為簡要的敘事方式全盤托出。舉目所見，皆是君臣不遇後，人臣所受到的不平，甚至是殘酷對待。這些臣子包括有：李斯、馮去疾、蕭何、周勃、周亞夫、翟青、劉屈氂等人。就連在唐太宗、玄宗底下的房、杜、姚、宋等諸臣，李綱同樣為之大抱不平。身在貶謫處境的李綱，對於經歷類似遭遇的歷代人臣，想必更能掬起一把心酸淚，寄予更多的同情。

其他如〈迂論・鼂錯王恢〉，則全文以大量篇幅，論秦穆公、唐憲宗善於任人、用人，對比漢景帝、武帝不善此道。文中直接評價鼂、王兩人，僅僅文末一句：「錯以忠，恢以無罪，而世又不能知之，是可悲也夫！」〔註58〕雖然所占篇幅相當有限，但理勢強盛、情感充沛，可說是畫龍點睛之筆。吾人也由此見出，同樣因忠見棄，無罪見放的李綱，寄託心曲於鼂、王兩人。

〔註57〕此篇《李綱全集》與《全宋文》的斷句不盡相同。本文認為《全宋文》本較為合理，詳參《全宋文》172/154。

〔註58〕《李綱全集》，卷一四九，冊下頁1404。

（二）期待人主納言

李綱於建炎元年六月任相後，多次針對國事提出諫言。而其中最爲重要者，莫過於〈十議〉諸篇。〔註59〕據今人研究，高宗對於李綱諫言，起初多能接納並施行之。然而，似乎自高宗有意巡幸東南，李綱極論此事不可開始，君臣雙方意見不時相左。之後，高宗之意向遂逐漸傾於黃潛善。李綱與黃潛善政治立場的衝突，在各具體事件意見上的對立，也就不時發生。〔註60〕最後，終在任相七十餘日後遭罷。任相末期，李綱之諫言已漸不受高宗重視；罷相之後，其任何言論更是難以上達天聽。如是處境之下，無怪乎李綱對於人主納言抱有期待之情，對於歷史上納諫人君與善諫人臣的事蹟，遂常寄託無限身世之感。

本文認爲，此類作品以〈迂論・論西北東南之勢〉最有代表性。其文云：

> 蓋天下形勢，西北高而東南下，……此地勢然也。西北之人強壯堅忍，耐勞苦，而習用兵，……東南之人柔脆剽輕，不習戰陳。……此人事然也。地勢、人事如此，而又有所謂天時者焉。當其可爲之時而不爲，則失機會，故謀畫之臣，聽納之君，因時定策，間不容髮，此劉敬所以脫輓輅以建金城之安，留侯贊之，高祖即日駕西都關中而不疑也。〔註61〕

全文旨在比較西北與東南，在「地勢」、「人事」兩方面的差異，並認爲西北遠較東南爲勝。此處要注意的，是文末論「天時」一段。劉敬以一介平民，脫輓輅、衣羊裘，卻得到劉邦接見賜食，倡談定都關中的想法。更在朝中群臣皆主張都周的情形下，因爲張良的從旁支持，而得到劉邦的肯定。〔註62〕當時罷相梁谿的李綱，同樣以在野的身分力陳國家定都之計。而早在高宗建炎元年，朝中群臣對於皇帝駐蹕地的爭執中，李綱駐蹕南陽，求保中原的主張，即未能得到高宗認同。最後，高宗選擇聽從黃潛善、汪伯彥的意見，巡幸揚州，以求自保。〔註63〕兩相對照看來，劉邦能力排眾議，察納布衣劉敬的諫言，必定讓李綱心嚮往之。李綱顯然是以劉敬自許自況，且以漢高祖的

〔註59〕〈十議〉所包括的篇章，詳參本文第五章第四節。

〔註60〕以上對於李綱任相期間的敘述，詳參趙效宣的研究。氏著：《宋李天紀先生綱年譜》（臺北：臺灣商務印書館股份有限公司，1980年6月），頁86～102。

〔註61〕《李綱全集》，卷一五一，冊下頁1421。

〔註62〕劉敬進言事，詳參《史記・劉敬叔孫通列傳》，卷九十九，冊8頁2715。

〔註63〕《南宋初期政治史研究》，頁71～74。

察言納諫期許宋高宗。〔註64〕由是觀之，全文就不僅僅是以知性地取法、鑑戒等方式，從照見國家興亡規律的角度運用歷史記載，更傾注作者個人對於前代君臣深切嚮往的感興力量。在比較西北與東南形勢之後，特別援引劉敬故事，看似只呼應了前引定都北方諸例的其中之一，但其實另有深意。

另見專論一朝一組君臣之作，如〈迂論‧唐德宗任陸贄〉。其文云：

> 唐史稱德宗在危難時，聽陸贄謀，及已平，追仇盡言，怫然以讒倖逐，猶棄梗然。其所以不亡者幸也，是不然。德宗在奉天，及巡狩山南，事無纖細，必以訪贄，而贄納忠論諫，無所回隱，帝多從之。故興元戡難，爪牙宣力，而贄之助爲多，則德宗不可謂不善聽納。惟其在危難時能聽納，此乃所以不亡也。至危難已平，追仇盡言，雖賢君有所不免，故太宗失于魏鄭公，而況德宗中才以下之主乎？夫有始有卒者，其惟聖人。思其上者不得，而又思其次，則後世之主如德宗者，亦未易得也。〔註65〕

全文旨在駁斥，《新唐書‧陸贄傳》贊語「德宗之不亡，顧不幸哉！」的批評。〔註66〕李綱顯然仍推崇德宗之善納諫言，並認爲此乃其不亡的主因。與此同時，陸贄「納忠論諫，無所回隱」的善諫形象，當然受到肯定。由文末所言看來，德宗雖非李綱心目中，最理想的善納諫言君主，但也難能可貴，故謂：「後世之主如德宗者，亦未易得也。」可以想見的是，李綱應是藉著唐德宗事蹟，寄託對高宗納言的期待之情。〔註67〕

歷史上亦見人主由原來的拒絕人臣諫言，事後卻追悔不已而重新重視之，並給予賞賜的事例。與人主單純善納諫言相較，這樣的例子顯然更具戲

〔註64〕 同樣於文中運用劉敬的相關事蹟，李綱以之自況，蘇軾卻以之自嘲。兩者間大不相同，正可突顯出北宋中期、南渡初期作者的不同心態。詳參本文第七章「綜論北宋中至南渡初期政論與史論特色」。

〔註65〕 《李綱全集》，卷一四九，冊下頁1409。

〔註66〕 〔宋〕歐陽修、宋祁著：《新唐書‧陸贄傳》（北京：中華書局，1975年2月），卷八二，冊16頁4932。

〔註67〕 李綱此文仍有一段值得讀者玩味之處。文謂「至危難已平，追仇盡言，雖賢君有所不免，故太宗失于魏鄭公，而況德宗中材以下之主乎？」唐太宗對於魏徵、德宗對於陸贄，都曾「追仇盡言」。李綱雖主張人主應察納諫言，但這些背德的行爲，對他來說似乎又是可以原諒的。這種近乎爲人主「迴護」的言論，另見於李綱論漢高祖的作品中，詳見本文第五章第三節。由是觀之，李綱希望高宗納諫，似已到了「渴求」的程度。儘管事後，人主很有可能「追仇盡言」，亦在所不惜。

劇性。李綱結合劉邦／項羽與曹操／袁紹的事蹟，作有〈迂論・論主之明暗在賞刑〉。節錄論曹操／袁紹的部分如下：

> 主之明暗，國之興亡，觀其賞刑則知之。……
>
> 曹操征烏桓，羣臣諫之不從，引軍出盧龍塞，道不通，塹山堙谷五百餘里，遂克之。既還，問前諫者，厚賞之。曰：「孤乘危以徼倖，雖得之不可爲常。諸君之諫，萬安之計也，是以相賞，後勿難言。」而袁紹之南攻，田豐說之曰：「曹操善用兵，雖少未可輕也。不若以久持之。今決勝敗于一戰，若不如志，悔無及矣。」不從。豐懇諫，紹以爲沮眾，械繫之。紹軍既敗，謂左右曰：「吾不用田豐言，果爲所笑。諸人聞吾敗，當相哀。惟田別駕當幸其言之中也。」遂殺之。賞刑如此，然則操安得不興，而紹安得不亡也？
>
> 蘇軾有言：「爲明主謀而不中，不惟無罪，乃有賞。爲庸主謀而中，賞固不可得，而禍隨之。吾今乃知孟德、本初所以興亡者。」眞知言歟。〔註68〕

該文文題與文章伊始，即非常清楚地一語道破全文旨意：人主之明暗在賞刑。爲支持此論點，李綱運用舉例、對比論證的方式，連續運用兩組歷史上的人君，作出「善於賞刑的明主／昧於賞刑的昏君」對比，他們分別是「劉邦／項羽」、「曹操／袁紹」。〔註69〕曹操不顧諫言而執意征討烏桓，不幸困於道中。成功脫困後，曹操賞賜沮征烏桓諫者。事見《曹瞞傳》。〔註70〕官渡之戰前，田豐曾力勸袁紹「以久持之」，不可與曹操決一死戰。田豐不幸言中袁紹的失敗，卻也招來殺身之禍。事見《三國志・魏書》。〔註71〕文章最末，李綱引述了蘇軾對於曹、袁興亡的評論作爲結束。〔註72〕蘇軾評論同樣製造了「明主／庸主」，在刑賞上的極端對比。以前人要言不煩的論斷作結，可謂警策精要。組合劉項、曹袁兩組例子，皆謂在諫者能「謀而中」的相同基礎上，明主與

〔註68〕《李綱全集》，卷一四七，冊下頁1390～1391。另，點校者將「吾今乃知孟德、本初所以興亡者」句，視爲李綱所言，察此語實出於蘇軾，詳參文後所論。今逕改之。

〔註69〕李綱文中尚引證劉邦賞要敬事與項羽斬韓生事，爲省篇幅，本文未及徵引。選擇徵引文中引證曹操與袁紹的部分，在爲方便與文末蘇軾的評論合觀。

〔註70〕《三國志・魏書・武帝紀》，卷一，冊1頁29～30。裴松之注引《曹瞞傳》。

〔註71〕《三國志・魏書・袁紹傳》，卷六，冊1頁200～201。

〔註72〕《蘇軾文集》，冊5頁2018～2019。

昏君對其或刑或賞的態度，卻是如此截然不同。這種敘述方式，具備供日後人主同時取法與鑑戒的雙重意義。與此同時，亦寄託對曹操所「厚賞」之「前諫者」的欣羨。反觀爲袁紹所殺的田豐，則因其與李綱之遭遇相近，兩人諫言同樣不受人主重視。對於田豐，李綱更是寄予無盡悲愴之意。

類似的作品尚見有〈迂論・論諫〉，其文云：

> 禮上諷諫，而下直諫。……方舜、禹之時，都俞賡歌于廟堂之上，所以諷諭以相儆戒者，可謂至矣。其稱「無若丹朱傲，惟慢遊是好」。「朋淫于家，用殄厥世」，亦何傷于直！故仲虺之稱湯以「從諫弗咈」、「改過不吝」爲善；而太保之訓武王，以「不矜細行，終累大德」爲非。若然者，豈非事明君，諷諫足以悟主，而直諫亦不傷于道乎？至于桀殺關龍逢，紂殺比干，則事暗君，直諫足以殺身，而欲以諷諫有補于事，蓋亦難矣。由是觀之，諷諫施於明君而不害于直，直諫施于暗君而無事於諷者，必至之理也。〔註73〕

此文旨在讚許明主善納委婉隱誨之諷諫，批評暗主殺害直言極諫之賢臣。李綱稱美三代之時明君在位，人臣不論直言進諫或是主文譎諫，都能達到規勸目的。其所根據的，是《僞古文尚書》中的記載，包括：〈虞書・益稷〉、〈商書・伊訓〉、〈商書・仲虺之誥〉、〈周書・旅獒〉諸篇。〔註74〕而相反的，三代暴君在位，則人臣因諫言而亡身者亦有之。例如：夏桀殺關龍逢事，見於《韓詩外傳》；〔註75〕商紂殺比干事，見於《史記・殷本紀》。〔註76〕李綱舉三代聖王與暴君爲例，即在闡明文旨，論明君暗主對人臣諫言絕然不同的態度。除此之外，論明主時，李綱尚以漢文帝納馮唐、張釋之、袁盎之諷諫爲例。論暗主時，李綱則又列舉多位誅殺諫臣者，包括：漢之元帝、成帝、哀帝、靈帝，唐之高宗、中宗、僖宗等人。誠如前論〈迂論・論主之明暗在賞刑〉，本文除對明主、暗主的讚許與貶斥外，與此同時，因爲相近的人生際遇，李綱應寄託著個人之悲愴，於諸多見棄遇害之忠臣烈士。

〔註73〕《李綱全集》，卷一五四，冊下頁 1443。另是篇《李綱全集》中少部分標點有誤，如「故仲虺之稱湯以從諫，弗咈改過，不吝爲善」。今逕改之。

〔註74〕諸篇詳參〔漢〕孔安國傳，〔唐〕孔穎達正義：《尚書正義》（臺北：新文豐出版公司，1988 年 7 月，影印阮刻《十三經注疏》本）。

〔註75〕賴炎元註譯：《韓詩外傳今註今譯》（臺北：臺灣商務印書館股份有限公司，1972 年 9 月），卷四，149～150。

〔註76〕《史記・殷本紀》，卷三，冊 1 頁 108。

（三）其　他

除以上兩項外，亦見李綱其他寄託之意。如〈迂論・論元帝肅宗中興〉曰：

> 東晉以區區疏屬起江表，披荊棘，立朝廷，有王導以爲腹心，有顧
> 榮、賀循、紀瞻以從人望，有郗鑑、陶侃、溫嶠之屬以處方鎮，保
> 綏東南，捍禦西北，其後符堅以百萬之師入寇，而謝安區處將帥，
> 以偏師破之。晉之享國百有餘年，自今觀之，亦未易可輕也。〔註77〕

東晉與南宋兩朝，雖然時間相距近八百年，卻皆因外族入侵中原而偏安。李綱認爲東晉所以能立足江南，最爲關鍵的原因，在於東晉擁有王導等能臣。這很值得南宋取法借鏡。李綱此處顯然言此喻彼，有所寄託。其未明言之意，無非是南宋朝廷欲穩定當時局勢，亦需要自己以及其他能臣相佐。文中絕大多數篇幅在比較東南與朔方之形勢，並得到「東南卑遠」、「朔方形勝」的結論。〔註78〕藉此，李綱認爲，與東晉同處卑遠東南之地的南宋，人主亦需要善任能臣，以穩固形勢原本就不佳的大局。易言之，東晉需要王導，正如南宋需要李綱一般。很明顯的，王導於本文不僅僅是用以舉證之事例，更是李綱心曲之寄託。此外，全文論述晉、唐國勢中衰與中興，於南宋初年詳論此事，實深具時代意義。特別是文末明言「晉之享國百有餘年，自今觀之，亦未易可輕也」，以東晉作爲當代借鑒的意圖相當明顯。

關於李綱運用比興寄託手法的問題，最後仍有一例值得討論。本文前已論及，李綱於紹興五年（1135）曾以上言者的身分，應詔作有〈中興至言〉政論數篇。惜諸篇皆佚而未能傳世，現僅序文得見。〔註79〕因這篇序文頗能說明問題，故不憚煩瑣，再度徵引如下：

> （高宗）臨御以來，迄今十年。……昨者被奉詔旨，條具邊防利害，
> 雖竭愚慮以塞清問，猶未能盡其區區所欲言者。夙夜精思，至忘寢
> 食。謹以己見撰成〈中興至言〉十篇，輒敢繕寫投進，以塵乙夜之
> 覽。……昔賈山作〈至言〉，借秦爲喻，以感悟文帝，班固稱其言正
> 而善指事意。今臣此書，持論不敢太高，惟務可行；立議不敢激訐，
> 惟務當理。引古以證今，自下以及上，竊自比爲賈山，故以〈中興

〔註77〕《李綱全集》，卷一四七，冊下頁1391。
〔註78〕詳見本章第四節所論。
〔註79〕詳見本文第三章第二節。

　　　至言〉命篇。〔註80〕

李綱於序文中，特別言及漢代的賈山，引起筆者的關注。《漢書・賈山傳》云：

　　　賈山，穎川人也。……孝文時，言治亂之道，借秦爲諭，名曰〈至
　　　言〉。

又，班固贊語曰：

　　　春秋魯臧孫達以禮諫君，君子以爲有後。賈山自下劘上，鄒陽、枚
　　　乘游於危國，然卒免刑戮者，以其言正也。〔註81〕

對照《漢書・賈山傳》與〈中興至言序〉可知，李綱對於賈山〈至言〉的認
識，咸襲自於其本傳。而更重要的，自然是李綱闡明〈中興至言〉寫作動機，
即在效法賈山「借秦爲諭」，寫作「引古以證今」的政論，甚至借用「至言」
二字爲自己作品命名。除此之外，李綱在人格精神上，進一步以賈山自比自
期。不論是作品或是行事，李綱取法前人的意圖再明顯不過。而也正因這在
寫作策略、人格典範的雙重師法之意，吾人更加確信，李綱實寄託了無盡悠
長的個人懷抱，於賈山的言行事蹟之中。特別是賈山寫作〈至言〉，以「感悟
文帝」的作爲，更成爲李綱於紹興五年應詔上言的學習典範。李綱自覺地效
法賈山，其背後必然隱藏著希望高宗也能效法漢文帝之意。更進一步說，吾
人今日雖未能得見〈中興至言〉的全部內容，但卻不妨大膽地推測：前引系
列作品之寫作自白，既然已富蘊寄託之意，亡佚諸篇理應會不斷地運用這類
「比興寄託」的手法，藉古人古事以論證立說之外，同時寄託個人感慨，言
輔國之志，抒幽憤之情。

　　前引政論與史論，爲支持所主張的論點，李綱引證諸多歷史上君臣遇合
／不遇與君主納諫／拒諫之事蹟。僅就其於論說文中之作用論之，凡此無非
爲垂鑒後世的事例。然而，若再結合李綱甫遭貶謫的身世遭遇論之，則以上
作品似不僅僅是論說文，甚可說是感情飽滿的抒情言志作品。歷史上這些事
蹟在甫遭貶斥的李綱讀來，無不觸動其幽微的內心世界，成爲其寫作政論與
史論，表達政治主張、針砭人物的最佳例證。李綱雖然鮮少於〈迂論〉中明
白表達，但確實寄託著對於高宗乃至於後世人主的期許或鑑戒。而對於人臣，
特別是與獲貶的李綱遭遇相近者。讀史撰文之際，李綱對其想必油然興起一

〔註80〕　《李綱文集》，卷一三九，冊下頁 1330～1331。
〔註81〕　前引傳文見〔漢〕班固撰，〔唐〕顏師古注：《漢書・賈山傳》（北京：中華書
　　　　　局，1996 年 5 月初版 9 刷），冊 8 頁 2327。贊語則見，冊 8 頁 2372。

股悲憫情緒。此時李綱於主客之間，亦即自身與歷來見棄甚至見殺之忠臣間，應產生「同情共感」、「交感爲一」的創作美感經驗。這種近似詩歌中「興」的寫作方式，對於讀者來說，則有著「意在言外」、「言不盡意」的閱讀美感效果。〔註82〕

　　郭預衡論李綱奏議作品，視之爲「堅持抗戰的士大夫」的「言事論政之文」。〔註83〕本文則認爲，李綱貶謫時期〈迂論〉諸篇應可稱爲「詩人言志抒情之論」。

二、其他作家

　　除了李綱〈迂論〉之外，吾人尚可見其他作家之史論與政論，在引證敘述歷史人物、事件時，不僅有垂鑒後世之意，更寄託著個人情志。以下分別以王庶、范浚作品爲例。

　　誠如前文所論，王庶原提舉江州太平觀，於除知鄂州之前，方得以有機會向高宗面陳〈定傾論〉諸篇。〔註84〕其首篇〈定傾論·論節概〉曰：

> 天下之士，自墮於苟偷委靡不振之地，爲日久矣。士夫之志忠義者，
> 方國家閒暇時，招之不來，麾之不去，奸臣賊子聞其風聲，已自膽
> 落。是以能消禍亂於未萌，破奸宄於未作。不幸國家有緩急安危之
> 變，則仗節死義，隕身喪家而無恨，故名節之士，乃治世之膏粱而
> 亂世之藥石也。昔戰國之士，如伍員之於吳，以父兄之讎怨，於楚
> 之君臣，義不戴天，卒能破楚入郢，鞭平王之墓。自今觀之，凜凜
> 然猶有生氣。使後世之士皆如伍員之忠，則國家之恥何患乎不刷，
> 君父之讎何患乎不報哉？〔註85〕

全文旨在論名節之士，不論在國家閒暇或危急之時，皆有相當的重要性。王庶所引證之事例，爲伍員替父兄報仇，發墓鞭楚平王屍之事，見於《史記·伍子胥列傳》。〔註86〕王庶所以引證此例，很明顯地是欲藉伍員報仇的激烈手

〔註82〕此處所論，受李紀祥所論啓發。詳參氏著：〈中國史學中的兩種「實錄」傳統——「鑒式實錄」與「興式實錄」之理念及其歷史世界〉，《漢學研究》21:2，2003年12月，頁367～390。
〔註83〕郭預衡：《中國散文史（中）》（上海：上海古籍出版社，2000年3月），頁568。
〔註84〕王庶〈定傾論〉創作背景，詳參本文第三章第二節所論。
〔註85〕《三朝北盟會編》，卷二〇九，頁2下。另見《全宋文》184/328。
〔註86〕《史記·伍子胥列傳》，卷六六，冊7頁2176。

段，諫請高宗激起當時天下士之「節概」。此外，更值得深究的是，由王庶不禁發出「凜凜然猶有生氣」的由衷讚嘆，不難見出其必然對伍員事蹟相當嚮往，並傾注了個人無限感懷。引文末王庶對「後世之士皆如伍員」的期許，質言之，實爲王庶對伍員的自我投射與寄託之意。

王庶〈定傾論・論政事本末〉云：

> 昔周宣王之復古也，內修政事，外攘夷狄。惟內修政事，故能外攘夷狄。苟政事不修，則夷狄交侵矣，安能攘之哉？金人腥穢吾中國十年矣，而我攘之不能去，何也？其未修政事耶。……孟子曰：「蓋亦反其本矣。」又謂梁惠王曰：「王如施人政於民，省刑罰，薄稅斂，深耕易耨。壯者以暇日修其孝弟忠信，可使制梃以撻秦楚堅甲利兵矣。」又謂梁襄王曰：「天下定於一，不嗜殺人者能一之。」又謂齊宣王曰：「今王發政施仁，使天下仕者皆欲立於王之朝，耕者皆欲耕於王之野，商賈皆欲藏於王之市，行旅皆欲出於王之塗，孰能禦之？」今能如孟子之言，修其政事，則正氣實，邪氣不能入。彼夷狄不待攘之而自攘，區區復古之宣王，何足爲今日道！臣故曰：「兵雖不可去，然非所先也。」惟陛下留神省察，勿以爲書生迂闊之言而略之也。〔註87〕

全文旨在論南宋當時，「內修政事」、「外攘夷狄」兩者究竟孰先孰後的問題。顯然，王庶主張「內重外輕」，以內修政事爲先。爲了支持這個論點，王庶主要援引了周宣王中興以及孟子之勸諫作爲論據。周宣王由召穆公、周定公輔佐，政事修明，頗有文武成康遺風。此外，更能外攘夷狄，討伐侵擾周朝的戎、狄和淮夷。〔註88〕《詩經・大雅・烝民》之小序謂：「任賢使能，周室中興焉。」〔註89〕文中引述之孟子勸諫諸王施行仁政的言辭，則咸出自《孟子・梁惠王上》。〔註90〕王庶認爲，宣王中興的關鍵在於內修政事。「內修政事」爲因，「外援夷狄」爲果，兩者間存在著因果關係。此外，王庶進一步期許高

〔註87〕《三朝北盟會編》，卷二一○，頁7下～頁8下。另見《全宋文》184/340。
〔註88〕《史記・周本紀》卷四，冊1頁144。
〔註89〕〔漢〕毛亨傳、鄭玄箋，〔唐〕孔穎達疏，《毛詩正義・大雅・烝民》（臺北：新文豐出版公司，1988年7月，影印阮刻《十三經注疏》本），卷十八之三，頁11上。
〔註90〕〔漢〕趙岐注，〔宋〕孫奭疏：《孟子注疏・梁惠王上》（臺北：新文豐出版公司，1988年7月，影印阮刻《十三經注疏》本），卷一上、下。唯部分文字有脫落，不知原因爲何。

宗更應取法乎上，以孟子施行仁政的理念爲終極目標。作者運用這兩則例子，
即在解釋上古君王施行仁政後，對內政事得以修明，是施政的根本，此爲
「因」。而在此之後，對外克服夷狄則是水道渠成之事，此爲「果」。凡此治
國原則，顯然是要以之供同樣面對內憂外患的高宗取法。

值得注意的是，從文中大量地引用孟子言論看來，王庶應篤信孟子學說。
更有甚者，王庶似乎也隱約以孟子自期，欲以其出入經史的言論，說服高宗
以內修政事爲要務。易言之，孟子勸諫諸王，正如王庶自己此時此刻正力勸
高宗一般。這股欲以仁政平定亂世的理念，以及讀《孟子》後以之自許的個
人感興，王庶皆由撰寫此文時，特別是大談特談孟子學說時得到抒發。由文
末王庶的憂慮看來，這番在任何時代都似乎有些陳義過高的言論，確實不免
招來「書生之見」的譏謗。陶晉生曾指出，這種「內重外輕」的主張，由太
宗以來即不間斷。甚至到了女眞人兵臨城下，仍有人力倡內修政事較外攘夷
狄爲重要。﹝註91﹞由是觀之，王庶此番論調，其實有其歷史淵源，並不孤立。

最後，本文以王庶〈定傾論‧論圖治〉爲例，其文云：

> 臣聞唐太宗撥亂之主也，既即大位，魏徵勸行仁義，及以十漸議之，
> 太宗嘗力行其言，卒成貞觀之績。明皇圖治之君也，纂成丕緒，姚
> 崇以十事說之，切中時病，明皇勵精聽納，故開元之政無愧前人。

﹝註92﹞

王庶此篇文末，曾明白表示希望高宗接納〈定傾論〉諸篇，「苟尺寸之長有所
裨益，望斷自宸衷，勿牽眾議而力行焉。或迂疏無用，稍涉誕謾，褺就誅責，
亦未爲晚。」由創作背景與〈定傾論‧論圖治〉所言看來，王庶雖未明說，
然應視其進獻的〈定傾論〉，即爲今日之「十議」與「十事」。亦應於兩位善
諫名臣——魏徵、姚崇身上，寄託了個人神往與感興之情。

王庶之外，范浚也值得我們留意。誠如前論，范浚於紹興二年間曾應舉
制科，留下有〈進策〉五卷二十五篇。在諸篇政論之中，本文認爲〈節費〉
頗能見出范浚個人興寄之情。其文云：

> 理財之要，莫先於節費。……臣觀漢孝文貽匈奴書，其辭不過曰：
> 「皇帝問匈奴大單于無恙。」其遺不過繡袷、綺衣、赤綈、綠繒、

﹝註91﹞陶晉生：《宋遼關係史研究》（臺北：聯經出版社，2002 年 7 月初版 5 刷），頁
　　　　111～115。
﹝註92﹞《三朝北盟會編》，卷二一○，頁 2 下。另見《全宋文》335～336。

黃金、犀毗等物耳，然而賈誼猶曰：「足反居上，首顧居下」，又曰：「何忍以帝王之號爲戎人諸侯，勢既卑辱，而禍不息，長此安窮。」至爲流涕。使誼復生今日，見吾中國金繒入虜廷者如此其腆，虜人之凌縱如此其甚，殆將痛哭而未已也！……臣願省冗官之大費以益募兵，省遣使之大費以賞戰士，則不必商功利，而用或幾乎足矣。〔註93〕

全文要旨如文末所言，即爲主張「省冗官」、「省遣使」。賈誼〈解縣〉篇中，爲反對漢文帝賂匈奴，而有「足反居上，首顧居下」的比喻。事見《漢書‧賈誼傳》。〔註94〕於論省遣使之費時，作者藉賈誼之喻，作爲反對高宗賂金之論據。若再更深入觀察體會，作者引賈誼事蹟，絕非僅爲當今取法之用。本文認爲，作者將個人懷抱寄託於歷史人物。范浚與賈誼，於此文實已相互交融爲一。文謂「使誼復生今日……殆將痛哭而未已也」，賈誼自然不可能死而復生，取而代之的是，范浚即爲當今之賈誼。在數百年後，范浚與賈誼立場一致，同樣反對賂敵。由是觀之，假設情形下賈誼復生今日之哭泣，即眞實世界中范浚之哭泣。范浚與賈誼兩人，此刻已「交感爲一」，密不可分了。

　　在結合作家之生平仕宦經歷，以及其所身處的時空環境之後，重新檢視其政論與史論作品。吾人不難發現，原本僅僅作爲論說文中，支持論點的諸多論據事例，其實蘊藏作家個人情志。易言之，作者不僅利用事例說理、言事、論政，更藉之「言志」、「抒情」，與寄幽微心曲於其間。特別是〈迂論〉諸篇，李綱藉之言志、抒情的例子更多。由是觀之，前論政論與史論，似與詠史詩頗有相近類似之處，未嘗不可稱之爲「詩人言志抒情之論」。

第四節　南渡初期作家個別寫作手法特色

　　本章除探討北宋中至南渡初期政論與史論，在寫作手法上的整體演變現象外，亦於此節論述諸位作家之個別特色何在。本節選擇幾位呈現明顯個人特色的作家，諸如：李綱、胡安國、胡宏、范浚等人，作爲主要研究對象。其餘作家若有特出作品，亦列入討論。

〔註93〕《范香溪先生文集》，卷十五，頁2下～3上。另見《全宋文》194/112。
〔註94〕《漢書‧賈誼傳》，冊8頁2240。

一、李　綱

　　若謂李綱於南渡初期作家中，有別於諸家之最重要因素，則莫過於前文所論的「比興寄託」寫作手法。而除此之外，李綱亦大量地運用「比較」的手法寫作，成爲吾人觀察其作品最易見到的特出之處。雖說比較人物、事件之高下得失，是評價史實再常見不過的方式。然而較之於其他作家，李綱運用此法的頻率，確乎高出許多。〔註95〕

　　觀察〈迂論〉系列作品，吾人可將李綱用以比較的對象，略分爲以下幾類。凡此，亦是李綱所關注的議題。

（一）比較人君

　　〈迂論〉中涉及歷代人主比較的篇章不少，茲舉〈迂論・論順民情〉爲例說明。其文曰：

> 古之有天下國家者，未嘗不因其民之情而用之。……然則聖王之所以重其民者如此，其可忽乎？
>
> 至秦則不然，以貴爲在己而不可亡，以賤爲在民而不足聽，一切阻法度之威以臨之，焚詩書、殺豪俊，以愚黔首，制爲峻刑酷法，使民皆愁苦而無聊，思爲亂者十室而九，故山東盜賊群起而秦遂亡。
>
> 至高祖約法三章，除秦苛政，而百姓歸心，因思歸之士，還定三秦，遂破項籍。其後蕭何、曹參爲相，知民之疾苦，順流而與之更始，遂安海南。然則拂民之與因民，其效概可見矣。〔註96〕

全文要旨正如開頭所言，「因其民之情而用之」爲治國之要務。文後，即標舉三代聖王重其民之例。而值得留意的，則是前文所引段落，內容在記述秦始皇之暴政與漢高祖之仁政。作者如此進行歷史敘事，其用再明顯不過，即是以對比方式，欲突顯秦始皇之「拂民」及漢高祖之「因民」。高下得失，不再需要作者多言，讀者已了然於胸。

　　其他比較人君得失的篇章尚多，例如〈迂論・論光武太宗身致太平〉，認爲漢光武、唐太宗知君道，而後唐莊宗則反之。〈迂論・論人主之剛明〉主張漢宣帝、唐宣宗爲明君，而相較之下漢元帝、唐文宗則是暗主。〈迂論・論保

〔註95〕筆者曾論李綱「運用『對比』突顯『君臣遇合』之期待」，同時兼及史學家與文章評論者，論比較、對比歷史人物、事件的意義。詳參拙作：〈李綱《迂論》「君臣關係」議題探析〉，頁425～427。

〔註96〕《李綱全集》，卷一五三，冊下頁1437。

天下之志〉認爲周武王、齊桓公有保天下之志，反觀隋煬帝、陳後主卻連身且不保，又遑論天下。〈迂論・論忠智之臣仁明之主〉指出唐太宗、玄宗爲仁明主，而唐高宗、德宗卻是暗忍主。另外，〈迂論・論天下之勢如奕棋〉、〈迂論・論主之明暗在賞刑〉、〈迂論・論創業撥亂之主用人〉幾篇，比較劉邦與項羽，曹操與袁紹，則見於本文其他章節的討論。此處不贅。

綜觀以上比較人君的篇章，李綱實欲藉之表達，理想人君應具備何種能力、要素。諸如：順應民情、知君道、懷保天下之志，仁明、得勢、知人善任等等。

（二）比較人臣

〈迂論〉系列作品中，李綱藉比較人臣事蹟以說理的篇章亦多，數量僅次於前項。本文以〈迂論・論郭子儀渾瑊推誠待敵〉爲例說明，其文云：

> 僕固懷恩誘吐蕃、回紇數十萬入寇，郭子儀單騎見回紇于涇陽，復脩舊好，遂破吐蕃于靈臺，唐室以安。而馬燧信吐蕃尚結贊之辭，爲之請盟于朝，德宗命渾瑊會盟平涼，而虜劫盟，瑊僅以身免，官屬皆陷。二者皆出于至誠，而成敗之勢異，何也？子儀之智，足以料敵，而燧、瑊不然故也。……自古智不足以料夷狄，而一以誠待之，未有不爲害者也。〔註97〕

全文主旨誠如文末所示，在於論推誠待敵之外，將領還需具備智謀，方能成事。文中郭子儀收回紇、破吐蕃，是誠智兼具之正面例證。反觀渾瑊，則在結盟時無所防備，而爲吐蕃所劫，最後僅以身免。兩兩相較之下，優劣立判。另〈迂論・論張子房郭子儀之誠智〉中，同樣推崇郭子儀誠智兼具，並將之與張良並稱。〔註98〕可見李綱對郭子儀頗爲傾心。

其他則如〈迂論・論荀彧〉，在同樣爲曹操所殺的條件下，認爲荀彧「其死也巧」，另以孔融「其死也戇」對比之。〈迂論・論將相先國事忘私怨〉中，對比將相在國事之下，如何處理個人私怨的問題。文以蕭何、曹參與郭子儀、李光弼等人，作爲「以國事忘私怨」的代表。相較之下，張延賞、李晟與劉仁軌、李敬玄等人，則是「修怨逞憾，不恤國事」者。

李綱比較人君時，咸以之主張其御下所應具備的能力。而觀察李綱比較

〔註97〕《李綱全集》，卷一四六，冊下頁1386。

〔註98〕李綱謂：「自古立功名者多矣，漢唐以來，未有若子房、子儀之懿者也。有志之士，可不景慕而師仰之哉！」詳參《李綱全集》，卷一五一，冊下頁1419。

人臣的篇章，論待敵、論事君、論與同僚相處等等，議題似乎較為多元。

（三）比較地理形勢

李綱主張對金抗戰、中興宋室。而在戰事之中，地理形勢無疑乃取得勝利的重關鍵之一。對於地理形勢的討論，李綱亦以對比的方式進行。〈迂論・論元帝肅宗中興〉曰：

> 然五胡亂華，神州天府鞠爲犬羊之區，雖忠臣志士發憤經略，卒不能復，則以元帝興于江左故也。安史亂唐，盜據神器，賊勢鴟張，而不數年間王師克復，兇徒逆傳，掃殄幾盡，則以肅宗治兵于靈武故也。……則雖天時人事不同，亦其所處之勢使然。〔註99〕

全文論晉元帝與唐肅宗之中興事業，兩君成敗之因素自然錯綜複雜，而李綱則謂「所處之勢」最爲緊要。元帝興于東南卑遠之地，故最終無力北伐，只能偏南一隅；肅宗興于西北形勢之地，故能平定安史之亂，以定天下。

其他如〈迂論・論形勝之地〉詳論漢高祖、漢光武、曹操、唐高祖等君，因據形勝之地而成就功業。文末則輕輕點出項羽、李密失敗之因，即在於斯。前文已論及的〈迂論・論西北東南之勢〉，援引歷代由北方兼併南方的朝代爲正面例證，主張西北形勢優於東南，更是顯例。〔註100〕

除以上三項外，實尚得見李綱比較其他歷史人物、事件，以闡述其主張。例如論友情，則於〈迂論・論交深〉中，並陳張耳、陳餘間「交深望重」及管仲、鮑叔牙間「交深望輕」，以比較前後兩者之差異。又如論將領治軍，則於〈迂論・論李廣程不識爲將〉中，以李廣之「非常」對比程不識之「兵家常道」。又如論戰事，則於〈迂論・論兵機〉中，比較曹操官渡之勝與赤壁之敗。

綜上所論，雖比較法乃論說文寫作之常法，本不足爲奇。但李綱〈迂論〉諸篇廣泛地運用此法，確實有別於同期諸家而具特色。〔註101〕

二、胡安國

若論胡安國政論與史論之寫作手法，則當以廣泛運用《春秋》學最具特

〔註99〕　《李綱全集》，卷一四七，冊下頁1391。

〔註100〕　〈迂論・論西北東南之勢〉、〈迂論・論形勝之地〉兩篇，詳見本文第四章第三節所論。

〔註101〕　以上論李綱運用「比較」法諸例，皆見於《李綱全集》，卷一四五至一五四。為免煩瑣，不逐一加注。

色。此外，頻頻以連鎖法破題，亦值得注意。以下分別說明之。

（一）運用《春秋》學

胡安國爲兩宋之際重要的《春秋》學者，著有《春秋傳》三十卷，今人稱之《春秋胡氏傳》。是書爲胡安國奉敕所撰，成於紹興五年至六年間（1135～1136）。〔註102〕本文所論之〈時政論〉諸篇，則撰於紹興元年至二年間（1131～1132）。論者指出，《春秋胡氏傳》有「寓宋」之說。〔註103〕本文認爲，〈時政論〉諸篇運用《春秋》之學，其目的亦如出一轍，無不以《春秋》寓宋，作爲時政之方針。脫稿於《春秋傳》之前的〈時政論〉諸篇，或可謂爲胡安國潛心撰述《春秋》學著作之先聲。

以下分別說明〈時政論〉中，胡安國幾種運用《春秋》學的方式。

1. 運用春秋時期典故

運用記載於《春秋》、《左傳》中之歷史事件，應是諸法中最爲直接者。例如〈時政論·立政〉論「正三綱」時曰：

> 三綱，軍國政事之本，人道所由立也。三綱正則基於治以興，三綱淪則習於亂以亡。按《春秋》華督有不赦之惡，魯、鄭、齊、陳同會于稷，以成其亂，受賂而歸，而天子不討，方伯不征，咸自以爲利也。不知百官象之有大不利焉。……《春秋》備書于策，明三綱之重，爲後世鑑，深切著明矣。昨者胡塵犯闕，邀請二聖，而立張邦昌僭竊名號，援引契丹立晉事跡用爲證例，分遣使人宣諭諸路，
> 直下赦令，倍行恩賞，原其用心，與華督動其惡無異。〔註104〕

全文旨在論三綱對國家之重要。胡安國引證《春秋》「桓公二年春」所記載，「王正月，宋督弒其君與夷及其大夫孔父」及「三月，公會齊侯、陳侯、鄭伯于稷，以成宋亂」事。《左傳》解釋此段經文，謂「君子以督爲有無君之心，而後動於惡，故先書弒其君。」〔註105〕華督（筆者案：即《春秋》之宋督）奪孔父之妻，而有弒君作亂之罪。《左傳》以「有無君之心」，大加抨擊華督。

〔註102〕宋鼎宗論胡安國《春秋胡氏傳》甚詳。參見氏著：《〈春秋〉胡氏學》（臺北：萬卷樓圖書有限公司，2000年4月）。

〔註103〕同前書，「第四章《春秋》寓宋說」，頁149～212。

〔註104〕《歷代名臣奏議》，卷四七，頁13下～14上。另見《全宋文》146/121～122。

〔註105〕宋督弒君事，見〔周〕左丘明著，〔晉〕杜預注，〔唐〕孔穎達正義：《春秋左傳正義·恒公二年》（臺北：新文豐出版公司，1988年7月，影印阮刻《十三經注疏》本），卷五，頁3上～5下。

由前引看來，胡安國乃借用華督之罪，以之批評當時僭竊名號、自立為王的張邦昌。認為張邦昌與華督毫無二致，同樣「有無君之心」。華、張二人的無君之心，自然是嚴重違背三綱的行為。胡安國此文以華督弒君作亂、三綱淪亡為鑒戒，主張要依法嚴辦當時此類罪行，「以正人心，息邪說」。如此三綱得以維繫，軍國政事方能確立。

另外，〈時政論・定計〉旨在論人主撥亂興衰，必有「前定不移之計」。文中以齊桓公、晉文公為例，認為兩君之「前定之計」，乃「修內政，張四維，率師不遣上卿，伐國不動大眾，孝民懷生，示信討貳」。〔註106〕此篇亦為引證春秋時期典故之例。

2. 強調夷夏之防

《春秋》一書，特重夷夏之防，此正符合受到外族勢力威脅的南宋朝之需求。〈時政論〉諸篇，亦見強調夷夏之防之作。如〈時政論・恤民〉中，論除暴一段。其文云：

> 保國以得民為本，固本以恤民為務，恤民以除暴為先。蠻夷猾夏，自外為暴者也；寇賊姦宄，自內為暴者也。近歲已來，外阻內訌。除外暴者多主通和之議，竟為金人所誤，不敢用兵，而金人用兵毒遍中國，常自若也；除內暴者多用招安之策，又為盜賊所誤，不敢用兵，而盜賊用兵毒遍天下，常自若也。夫《春秋》之法，荊舒亂華，則是膺是禦，不與結盟；亂賊肆惡，則是誅是討，不列於會。以此見聖人之情矣。〔註107〕

全文旨在主張掃除內暴與外暴，為恤民之第一要務。胡安國對外主戰，對內反對招安。其理論依據，誠如夫子自道，即是來自《春秋》之法。《春秋》與三傳界嚴華夷，已是學界定論。〔註108〕然而要說明的是，文中「荊舒亂華，則是膺是禦」句，並非典出《春秋》經傳，而是出自《詩經・魯頌・閟宮》篇。〔註109〕雖然如此，胡安國此文強調夷夏之防的說法，應可謂之源自於《春秋》經傳。

此外〈時政論・建都〉篇中，主張定都建康之重要，由華夷居處風俗之

〔註106〕《歷代名臣奏議》，卷四七，頁1下。另見《全宋文》146/108。

〔註107〕《歷代名臣奏議》，卷四七，頁7上～下。另見《全宋文》146/114～115。

〔註108〕可參張高評：《左傳導讀》（臺北：文史哲出版社，1995年10月，再版2刷），頁128～129。

〔註109〕《毛詩正義・魯頌・閟宮》，卷二十之二，頁10下。

別論。文謂：「國勢一統不可以數分，國都一定不可以數動，與匈奴居穹廬，逐水草，無城郭宮室宰朝之禮者異矣。」〔註110〕胡氏雖未明言，但很明顯的是以夷夏之防為思想基礎的。

3. 解釋《春秋》書法

胡安國於〈時政論〉中解釋《春秋》書法，有不同於歷代學者的獨到見解。此為運用《春秋》學以撰文的又一個例子。〈時政論·設險〉曰：

> 凡立國建都，必設險以守，而後國可保。按《春秋》書晉師伐虢，滅下陽，邑不言滅而此獨書滅者，下陽，虞虢之塞邑也。塞邑既舉，則虢已亡矣。聖人特書示後世設險守邦之法。……臣竊以謂欲保江左，必都建康，欲守建康，必有荊峽。〔註111〕

誠如引文首尾所言，本文旨在主張建都保國，首當「設險以守」，並論述荊峽對於建康之重要。與〈時政論·建都〉相同，本文亦組織提供當時取法、鑑戒兩方面的歷史事件。在鑑戒方面，胡安國由《春秋》書法來談。《春秋》僖公二年曰：「虞師、晉師滅下陽。」胡安國解釋經文中「滅」字的書法，認為其富有深意。其意在表達下陽實非一般小邑，而是虞、虢兩國的要塞，具有重要戰略意義。下陽失守，虞、虢兩國實已與亡國無異。值得注意的是，此處解經方式與《左傳》、杜預、孔穎達釋「取、滅、入」等字書法全然不同。〔註112〕胡安國應是利用對《春秋》經新的解釋，賦予「晉師伐虢」事足供宋廷鑑戒的意義。這顯然是以往所無的。

〔註110〕《歷代名臣奏議》，卷四七，頁2上～下。另見《全宋文》146/109。
〔註111〕《歷代名臣奏議》，卷四七，頁2下～3上。另見《全宋文》146/110。又，引文中「坐談而伯」句，《歷代名臣奏議》本作「坐談西伯」，應誤。今從《全宋文》逕改之。
〔註112〕《春秋左傳正義·僖公二年》，卷十二，頁五上，經曰：「虞師、晉師，滅下陽。」晉杜預注曰：「『滅』例，在襄十三年。」《春秋左傳正義·襄公十三年》，卷三十二，頁二上，傳曰：「凡書『取』，言易也。用大師焉，曰『滅』。弗地，曰『入』。」杜預注曰：「敵人距戰，斬獲俘馘，用力難重，雖邑亦曰『滅』。」可見杜預認為《左傳》襄公十三年對於「取、滅、入」等字書法的解釋，可以適用於僖公二年。而杜預進一步解釋時，則謂「取、滅」二字的運用，並不在受攻伐者國之大小，而取決於攻伐者「用力」程度。難者書「滅」，易者書「取」。唐孔穎達疏文的觀點，亦與杜說同。胡安國以戰略地位決定書法的解釋，明顯與《左傳》、杜預、孔穎達一脈相承的解釋傳統相異，或可謂宋人新經學的體現，同時也是胡安國以《春秋》論時事的展現。凡此涉及宋代經學的討論，非本文之重心，故從略。

4. 其他《春秋》之法

除前論夷夏之防外，〈時政論〉諸篇亦強調其他《春秋》之法。如〈時政論‧覈實〉論勸善懲惡時曰：「按《春秋》之法，治姦惡者不以存沒，必施其身，所以懲惡；獎忠善者及其子孫，遠而不泯，所以勸善。」〔註113〕又如〈時政論‧恤民〉論省官吏時，強調以民為本，文云：「放於《春秋》，以民為重，而大夫次之。」〔註114〕

以上所論，包括引證春秋時期典故，運用夷夏之防等《春秋》之法，以及解釋《春秋》書法等等。凡此，皆為胡安國〈時政論〉諸篇運用《春秋》學以撰文之顯例。

（二）以聯鎖法破題

胡安國另一項值得注意的寫作手法，是以聯鎖法破題。所謂「聯鎖法」，指的是：「用銜尾相接的句法，如連環相扣，或者推原究委，自下而上；或者依因求果，自上而下，造成一種不容間斷的語勢，來表現旺足的氣勢」，能使文句有力。〔註115〕

胡安國〈時政論〉多篇以此法破題，其中最有代表性者，莫過於此系列作品之序文。文曰：

> 臣聞保國必先定計，定計必先建都。建都擇地必先設險，設險分土
> 必先遵制。制國以守，必先恤民。夫國之有斯民，猶人之有元氣，
> 不可以不恤也。除亂賊，選縣令，輕賦斂，更弊法，省官吏，皆恤
> 民之事也。而行此有道，必先立政。立政有經，必先核實。核實者，
> 是非毀譽各不亂真，此致理之大要也。是非核而後賞罰當，賞罰當
> 而後號令行。……〔註116〕

此序文綜論〈時政論〉諸篇寫作緣由，亦可說呈現了胡安國對南渡初期政策之具體構想。易言之，此實為胡安國之政治藍圖。觀察此文不難發現，胡安國確實運用聯鎖法，說明政策之施行次第、先後緩急、因果關係、具體內容。

〔註113〕《歷代名臣奏議》，卷四七，頁16下。另見《全宋文》146/124。又，《左傳》本《春秋》之旨勸善懲惡，可參張高評：《左傳導讀》，頁128。

〔註114〕《歷代名臣奏議》，卷四七，頁12上。另見《全宋文》146/120。關於《左傳》中的「民本思想」，可參郭丹：《左傳漫談》（臺北：頂淵文化事業有限公司，1997年8月），頁43～48。

〔註115〕關於「聯鎖法」的定義與其效用，詳參《字句鍛鍊法》，頁149。

〔註116〕《歷代名臣奏議》，卷四七，頁1上。另見《全宋文》146/107～108。

而在序文後的其他諸篇中，聯鎖法的運用亦是屢見不鮮。其中又以〈時政論・恤民〉最爲頻繁。其文云：

> 保國以得民爲本，固本以恤民爲務。恤民以除暴爲先。……保國以得民爲本，固本以恤民爲務。恤民以擇縣令爲先。……保國以得民爲本，固本以恤民爲務。恤民以輕賦爲先。……保國以得民爲本，固本以恤民爲務。恤民以革弊爲先。……保國以得民爲本，固本以恤民爲務。恤民以省官吏爲先。〔註117〕

全文論恤民諸項工作，包括有：除暴、擇縣令、輕賦、革弊、省官吏等等。每論一項工作，胡安國咸以推究原委，自下而上的聯鎖法破題。

其他例子，則如〈時政論・覈實〉曰：

> 政事紀綱莫大於賞罰，賞罰福威必當於功罪，功罪善惡必審於毀譽，毀譽是非必要於眞僞。〔註118〕

又如〈時政論・養氣〉曰：

> 凡用兵，勝負係於軍旅之強弱，軍旅強弱係於將帥之勇怯，將帥勇怯係於人君所養之氣曲直如何耳。〔註119〕

論覈實、養氣兩篇，皆仍是推究原委式的聯鎖法運用。相較之下，〈時政論・正心〉顯得比較特殊。其文云：

> 治天下者法也，制法者道也，存道者心也。心者身之本也，身者家之本也，家者國之本也，國者天下之本也。〔註120〕

由「天下」至「心」，再由「心」到「天下」。這類一往一復「首尾迴環」式的聯鎖法，讀來較單向式者更加有說服力。胡安國即藉以建立其「心」爲治天下之本的主張。

三、范 浚

若論范浚政論與史論之寫作手法，有以下兩項較具特色。就政論而言，是運用轉折手法。范浚常在文首所接示之論旨闡釋將盡時，再轉折深入、宕開一層。這點與前文所論，當時所習見的直截了當寫作法不同。如此更能見

〔註117〕《歷代名臣奏議》，卷四七，頁 7 上～11 下。另見《全宋文》146/114～120。
〔註118〕《歷代名臣奏議》，卷四七，頁 14 下。另見《全宋文》146/122。
〔註119〕《歷代名臣奏議》，卷四七，頁 18 下。另見《全宋文》146/127。
〔註120〕《歷代名臣奏議》，卷四七，頁 17 下。另見《全宋文》146/

出范浚獨特之處。就史論而言，則是在敘述歷史人物、事件時，以靈活參差的排比句式行文。以下分別論述之。

（一）以轉折法寫政論

范浚政論運用轉折法行文，以〈御將〉最具代表性。其文云：

> 天下久安，兵無素備，人不知武，卒然一旦有盜賊四夷之警，海內騷動，天子與大臣熟視廟堂之上，而不知所為，當饋興歎，思得良將用之。得一武力鼎士，則解衣推食，遇之惟恐不厚；操斧授柄，任之惟恐不專；握手臥內，結之惟恐不至。及夫兵連積歲，變故習熟，而為將者寵亦益加，權亦益盛。……蓋始也遇之惟恐不厚，遽薄其禮則怨；始也任之惟恐不專，遽奪其權則憤；始也結之惟恐不至，遽示以猜則離。怨憤以離，則其為患有不可言者。

> 或謂漢高祖與武帝深見此理而早制之，故高祖之御將，常折其氣於初，結其心於後；武帝之御將，常假之權於外，而折其氣於內。……（高祖）此折其氣於初，而結其心於後也。……（武帝）此假之權於外，而折其氣於內也。

> 然而折其氣，所以制於任用之始，苟以偃然頡頏，則暴折之，又非所以善御人也。惟當推赤心置其腹中，務以誠感，俾之用命，賞罰明信，並用而必行，則御將之長算也。……夫賞重罰輕猶致敗，況賞獨厚而罰不行，則非御將之道也。

> 然人主於將，不但駕御之而已，又當審其才而用之。將固有忠勇可喜者，常失於輕敵而寡謀。……然則忠勇而不知怯者，又當戒以輕敵，亦使將帥知朝廷知之，盡其才也。〔註121〕

〈御將〉要旨一如題目所示，即為論述人主駕御將領之術。文章首段，范浚對變亂時，人主對良將的依賴有很鮮活的刻劃。作者將人主與良將的關係，細分為「遇之」、「任之」、「結之」三種情境。並將人主心中的那股惶恐不安，依上述區分，以排比句式一氣而下地描寫。如此一來，確乎能呈現人主御將時，在各個環節皆不敢大意的謹慎心境。而正因如此，使得將領妄自尊大且難以駕御。

首段揭出將領難以駕御之問題後，作者透過「或謂」句，轉出「折其氣」

〔註121〕《范香溪先生文集》，卷十四，頁 3 上～4 上。另見《全宋文》194/104～105。

的解決之道，並以漢高祖、光武帝爲例證。此即前引第二段。其後，以「然而」句再轉，論「暴折之」非善御人之舉。要之，即提出「折其氣以時」的觀點。此即前引第三段。最後，又以「然」句三轉，除駕御將領外，更深入論「審其才而用之」的重要。此即前引第四段，也是全文最末段。此外，范浚於每段轉折處還運用了「關鎖」的技巧。所謂「關鎖」，即是「文章的分段處加以小結」。這可使文章段落分明，便於讀者閱讀。〔註122〕同時也是作者思路轉折的明顯標誌。文中各段，作者皆有意識地寫下小結。首段以「怨憤以離」句作結，二段則以「此折其氣於初」、「此假之權於外」兩句作結，三段以「夫賞重罰輕猶致敗」句作結。由是觀之，此篇運用三次轉折，范浚方才將與「御將」相關之主張闡釋完畢。很顯然的，與前論直截了當的論述方式，有著相當大的不同。

　　〈御將〉之外，范浚尚有多篇作品運用轉折手法行文。其最常用的方式，即是虛寫一位「議者」（或用「或曰」等等），以之提出不同意見。隨後，范浚再現身駁倒此謬論。此處以〈形勢上〉爲例說明。范浚此篇主張吳、蜀、襄陽僅是「取勝之資」，最後目的在於「據形勢以經略中原」。論畢，范浚卻又藉用「今之議者」引出「北方觀點」，使得論述再向下深入。其文曰：

> 是據形勢以經略中原，正急務也。然吳、蜀、襄陽，可以爲取勝之資，而不足以盡天下之形勢。今之議者皆曰：「長江數千里，實天下之形勢，故魏文帝至廣陵，臨江見波濤洶涌，歎曰：『固天所以限南北也。』苻宏亦云：『晉君臣戮力阻險，長江未可圖也。』豈非天下形勢無踰於長江乎？」臣竊陋之。夫吳之所以不能吞曹氏而據中原，晉之所以不能滅胡醜而復境土者，殆無他焉，正以其謀陋而無復遠略，區區恃長江之險以爲形勢而止耳。〔註123〕

魏文帝伐吳出廣陵，對於長江江水盛大興發感慨事，見於《南齊書·州郡志》。〔註124〕當苻堅南征之計已決，太子苻宏卻力諫長江未可圖事，則見於《晉書·苻堅下》。〔註125〕這兩則來自曹魏與前秦的「北方觀點」，皆認爲長江乃「未

〔註122〕關於「關鎖」的意義與作用，詳參周振甫：《文章例話·寫作編（二）》（臺北：五南圖書出版有限公司，1994年5月），頁111。

〔註123〕《范香溪先生文集》，卷十三，頁3上～下。另參《全宋文》194/93～95。

〔註124〕〔梁〕蕭子顯：《南齊書·州郡志》（北京：中華書局，1972年1月），卷十四，冊1頁255。

〔註125〕〔唐〕房玄齡等撰：《晉書·苻堅下》（北京：中華書局，1974年11月），卷

可圖」的天險，北方勢力實難輕易渡江南下。而「今之議者」利用這「天所以限南北」的歷史知識，正好提供南宋君臣鞏固所在地，以求偏安自保的理由。更何況，這是由北方勢力所提供的觀點，主張偏安者，更可以之作爲最佳論據，認爲長江是保全南方的最佳屛障。然而，范浚顯然對此論調相當不以爲然。范浚批評東吳與東晉「無復遠略」，其實正直指當時南宋的偏安心理。此處隱然呈現當時對於「國是」的激烈論戰。

文中「今之議者」援引歷史上的北方觀點，主張應偏安自保。范浚則藉批評歷史上「謀陋」的南方勢力，主張應積極北伐。前引文後，甚至出現有「然則爲今之計，詎可恃長江如吳晉之陋乎？必將尅復神州，不失舊物」句，此番激昂的言論。由是觀之，則范浚於襄陽設險的主張，似不僅僅爲了護衛臨安而已，而更是要爲恢復中原作準備。雙方皆各自引述歷史知識，建立己方論點。藉由范浚激昂的口吻，不難想像當時兩造針鋒相對的場景。若就寫作手法觀之，「今之議者」所帶來的，正是文章另一翻波瀾起伏。宕開一層的深入論述，讓人有「絕處逢生」、「行到水窮處，坐看雲起時」的美感經驗。

其他作品如〈廟謨下〉、〈廟謨上〉、〈募兵〉等篇，同樣有虛擬的「議者」角色，以幫助文意轉折深入。〔註126〕

（二）以參差排比句寫史論

不論政論或史論，作者皆免不了敍述歷史人物與事件，以作爲立論依據或批評對象。這些敍述的部分，實爲史論、政論文學美感的重要來源。柯慶明論史論「序述」的形式美，認爲：

> 另一方面也因「史事」已經由「史書」記繫了，此處只要按讚論之「主題」呈現的需要，來徵取、重組以作「序述」即可，於是就容許了作者，於此種徵取、重組的序述中，有了「綜輯辭采」，「錯比文華」作形式美感之追求與表現的空間。〔註127〕

范浚史論作品中，即常見「徵取」、「重組」既有史事，使之具備「綜輯」、「錯比」之形式美。重組過後的史事，則通常藉由參差的排比句呈現。

范浚〈五代論〉、〈唐論〉、〈楚漢論〉、〈秦論〉諸篇，皆有前述寫作特色。此處以〈秦論〉爲例說明，其文云：

一一四，冊9頁2915。
〔註126〕《范香溪先生文集》，卷十二、十四。另見《全宋文》194/82～85；110～111。
〔註127〕〈「論」、「說」作爲文學類型之美感特質的研究〉，頁23。

秦得兼天下之數，而失所以守天下之道。……嗟夫，權術計數，兵家
有之，縱橫家有之，申商有之，八世所不聞，聖賢所不道。今秦以數
取天下既甚陋，又欲以數守之。收天下鋒鏑，鑄之咸陽，以虞下叛，
而不知奮白挺者足以為戎首。焚滅詩書，撥棄古文，以愚其民，而不
知溺儒冠者足以建大號。罷侯置守，郡縣六服，以銷尾大之禍，而不
知乘時蠭起者皆窮巷逋亡之匹夫。堅長城以遮胡寇，而不知出匕首、
槌屬車者近起於肘腋。禁偶語以防民言，而不知道旁觀東遊者謂「可
取而代」。此其所以取天下，僅再傳而亟失之也。〔註128〕

〈秦論〉旨在論秦「以數守天下」之非。觀察前引，范浚敘述秦以數守天下
諸多事蹟時，很明顯的即是「徵取」、「重組」史書記載，使之具備形式美之
例證。作者連用了五次「而不知」的句型，但句句字數長短不一。在參差不
齊中，仍得見作者刻意「綜輯」文辭後的排比句。五組參差排比句中，得見
收鋒鏑、焚詩書、置郡縣、築長城、禁偶語等等，秦人所以守天下之事蹟；
亦得見陳勝、吳廣、劉邦、項羽、荊軻等等，諸多反秦勢力。凡此種種，無
一不具見於史籍，且讀者皆耳熟能詳。〔註129〕而藉由范浚「錯比文華」的工
夫，使之畢見於此篇。更重要的是，藉由參差排比句，使原本零星分佈的史
事，在極短的篇幅中呈現，讓人一氣而下地讀來，感受到其盛大綿延的文氣。

　　范浚另一篇作品〈周論〉，在化用史實以寫作參差排比句的表現上，亦頗
為精彩。其文云：

或者過周東遷，謂為失計。是知周自東遷而衰，不知東遷非所以致
衰也。……謂洛邑形勢不如西周之據函崤、界褒隴耶？則以德致人，
賢於負固，而西阻九河，東門于旋，豁險要阨，猶足守也。謂洛邑
土地不如西周之為九州上腴、天地奧區耶？則陰陽之所和，異於偏
方，而沂洛背河，左伊右纏，交灌沃衍，猶足富也。謂東遷不足以
朝萬國耶？則赤芾金舄，宣王固嘗會諸侯矣。謂東遷不足以撫四夷
耶？則堅車齊馬，宣王固嘗攘夷狄矣。謂東遷致王室之陵夷耶？則
日蹙百里，周道為已衰。謂東遷致王威之微弱耶？則下堂見諸侯，
君尊為已替。謂東遷致伯國之盛強耶？則膠舟不復，甚於問鼎輕重。

〔註128〕《范香溪先生文集》，卷四，頁4上。
〔註129〕正因范浚〈秦論〉此段所舉，應皆為世人所熟知之史實。故本文不再詳舉諸
　　　　事件出於史籍何處。讀者諒焉。

謂東遷致外侮之憑陵耶？則四夷交侵，甚於戎伐凡伯。然則東遷何尤，而以爲失計乎？〔註130〕

〈周論〉此段之要旨，在於駁斥周室東遷乃造成其衰亡主因之說。作者以「（或、議者）謂」句引出八種衰亡說法，並逐一加以駁斥。駁斥的內容，不少即化用史實而來。如「赤芾金舄」、「堅車齊馬」事，典出《詩經‧小雅‧車攻》；〔註131〕如「下堂見諸侯」事，典出《禮記‧郊特牲》；〔註132〕如「膠舟不復」事，典出《史記正義》。〔註133〕凡此，皆在指出東都亦爲形勝之地，及周室衰亡徵兆實肇始於東遷以前，用以駁倒議者所謂東遷爲周室衰亡主因之說。此例與〈秦論〉相近，作者運用一連串的提問與反駁，「綜輯」、「錯比」而成參差錯落、兩兩爲一組的排比句，讓人感受到強盛的說理氣勢。

范浚其他史論作品，亦可見運用參差排比句式的寫作手法。如〈楚漢論〉中，綜論漢初三傑，實皆役於劉邦御下之術而不自知。又如〈唐論〉中，以連續的反詰語氣批評唐太宗。以上兩篇，亦爲顯例。〔註134〕

四、胡 宏

與范浚相同，胡宏亦頻繁地運用參差排比句行文。不同的是，范浚用於史論，而胡宏則用於政論〈中興業〉諸篇之中。茲舉數例說明之。〈中興業‧易俗〉曰：

> 近世以來，行義凋損，政事殆廢，風俗薄惡，人民囂頑。子弟變父兄者有之，爲王臣而從盜者有之，爲諸生而獻敵庭者有之，卒弒其守者有之，民殺其令者有之，執親之喪而謀從王事者有之，以卑賤而徼訐動搖尊長者有之。……
>
> 夫已往之事，當今之覆轍也。人君鑑乎此三者，知當今之務在乎革易風俗。則當立至公之心，彰禮義之門，謹人倫之政，嚴上下之分，以消悖逆；用賢能，杜私謁，絕貨略，務實去華，信賞必罰，以消背畔；不開越訴之端，以消徼訐；干進者黜之，恬退者拔之，以崇

〔註130〕《范香溪先生文集》，卷四，頁1下～2上。另見《全宋文》194/53～54。
〔註131〕《毛詩正義‧小雅‧車攻》，卷十之三，頁4下。
〔註132〕〔漢〕鄭玄注，唐孔穎達等正義：《禮記正義‧郊特牲》（臺北：新文豐出版公司，1988年7月，影印阮刻《十三經注疏》本），卷二五，頁14上。
〔註133〕《史記正義》轉引《帝王世紀》所載。詳參《史記》，卷四，冊1頁135。
〔註134〕《范香溪先生文集》，卷四。頁7上～10上。另見《全宋文》194/58～60。

廉恥。……〔註135〕

此文旨在論當今革易風俗之重要，並運用了許多錯落參差的排比句行文。論近世風俗之惡時，胡宏以「爲……而……有之」、「弒（殺）其……有之」、「而……有之」等三組排比句組合而成。論人君當鑑乎漢高祖、光武帝、晉元帝三君後，提出革易風俗的具體作法，則排比四句「以」字句，並於其間夾雜以五字句、三字句、四字句、六字句等對偶句。整體讀來，全文有近半篇幅，是以前引這類整齊中有參差的排比句行文的。

除此文外，〈中興業・官賢〉、〈中興業・練兵〉兩篇亦見相近的手法。〔註136〕

五、胡　銓

與胡安國相同，胡銓亦於創作中運用《春秋》學素養。本文以史論〈吳楚論〉爲例說明。其文云：

> 《春秋》志夷狄，於吳楚獨詳，以爲吳、楚皆大國也。吳爲封豕長蛇，薦食上國，而楚奄有荊蠻，凌轢中夏獨甚，故聖人謹而志之，常防其漸而懲其僭竊桀驁也。成七年，吳伐郯，始見於經。十五年，會於鍾離，則始與中國通好而已。至哀十三年會於黃池，則已駸駸逼華夏矣。故聖人書始，其始伐郯，欲中國制御其漸。然而不少忌憚，卒有黃池之盟。惡中國不能攘夷狄，使吳得以主夏盟也。不書公會晉侯及吳子於黃池，不與夷狄之盟中國也。……
>
> 由是觀之，申之會、黃池之盟，吳楚之張大，於是甚矣。向使中國制之得術，何至是哉？聖人於二國，獨始終而詳志之，以爲後之興衰撥亂者之戒也。故曰：撥亂世反之正，莫近於《春秋》。〔註137〕

全文旨在揭示《春秋》「撥亂反正」之大義。胡銓認爲孔子詳盡記載吳楚兩國，爲的是「常防其漸而懲其僭竊桀驁」。全文甚長，前引僅以論吳之部分爲例。胡銓藉著論《春秋》記載吳國勢力之發展過程，強調聖人之「書」與「不書」間，自有其褒貶之春秋大意。論楚一段雖未及徵引，然亦採相同方式。文末，

〔註135〕《胡宏集》，頁208～209。

〔註136〕胡宏集》，頁209、212。

〔註137〕〔宋〕胡銓：《胡澹庵先生文集》（臺北：漢華文化事業公司，1970，影印清道光十三年胡文思重刊本），卷一，頁5上～6下。另見《全宋文》195/294～295。

揭示《春秋》供後人鑑戒吳、楚二國，以及其書「撥亂反正」之意。綜觀全文，胡銓顯然以《春秋》學爲基礎撰文。而是篇實爲當時受外族欺凌的南宋所作，此意似乎也昭然若揭。〈吳楚論〉之外，胡銓另於〈水戰論〉、〈復古王者之制論〉等文中提及《春秋》。此外，胡銓尚有專著《春秋集善》一書，由此更可見其對《春秋》用功之深。〔註138〕

　　胡銓尚有一文值得吾人留意，其〈漢宣帝論〉曰：

　　善乎！班生之論曰：「孝宣功光祖宗。」愚不暇並舉文、景、武、昭之事，略條陳高帝之成敗而論之，於孝宣竊有所喜，而復有所恨，蓋恨其不如高帝之寬容大度，而喜其功光於高帝者四也。

　　客有過而歎曰：「吁！三王以來，撥亂英雄之主，未有如高帝者也，而以爲孝宣之功過之。咄哉，子之迂也！」

　　愚曰：「然，人能碎千金之璧，不能無失聲於破釜；能搏猛虎，不能無變色於蜂蠆之螫。客不能無怪於吾言似矣，而未知高帝、孝宣所以爲優劣也。……

　　愚故曰：「於孝宣竊有所喜者，此也。」

　　客曰：「若如所云，則孝宣果中興之賢主也，而謂不及高帝之寬容大度，又何以辨之？」

　　曰：「孝宣所最優者，信賞必罰，高帝所不及也。……然而高帝於賞罰則以寬容大度得之，孝宣則以煩碎苛察失之。……愚故竊有所恨者此也。」

　　客唯唯，請畢其說，愚於是不復論。〔註139〕

本文前已論及，胡銓此文旨在推崇漢宣帝，詳論宣帝之所以優於高祖的原因。〔註140〕除了闡明胡銓對於高祖、宣帝的評價外，必須特別注意此文的寫作手法。胡銓此篇，運用了「主客對話」手法，營造出主客兩人討論漢高祖、漢宣帝的場景。在一來一往的對話中，胡銓（主）表達了對於兩帝的優勝劣敗的判斷。而虛設的「客」，其作用則在以提問的方式，推進全文思路進展。在

〔註138〕楊萬里爲胡銓撰寫行狀，言及其曾著有《春秋集善》一書。今已佚。詳參〈胡公行狀〉，《全宋文》240/46。
〔註139〕《胡澹庵先生文集》，卷二，頁12上～16下。另見《全宋文》195/311。
〔註140〕詳參本文第五章第一節。

本文之前的討論中，也能見到作者以「虛實」的手法，設定「議者」、「論者」這類虛構人物，使得文意能流暢推展。雖然如此，卻也未曾見得這種「主客問答」，以多次往來反覆對話所建立的場景。此舉與習見之論說文有很大的不同，似乎濡染了辭賦的作法。要之，胡銓此篇不論是在貶抑高祖的論調上，或是在問答的寫作手法上，都是饒富特色的作品。

本節旨在突顯，南渡初期作家政論與史論特殊寫作手法。這些作家包括：李李綱、胡安國、范浚、胡宏、胡銓等人。以上所論現象，雖未能成為一股時代風潮，以代表當時整體特色。但因其作法特殊，仍值得我們注意。

第五節　小　結

本章探討北宋中至南渡初期政論與史論寫作手法的改變，可得幾點結論如下。

首先，當以政論由曲折轉為直截的演變現象最為顯著。北宋中晚期政論，後人多賦予「曲折」、「多變」乃至於「纖巧」、「隱微」的評價。反觀南渡初期作品，則絕大多數作家以直截了當的方式論政。常見的作法，不外乎是「論點、論證、結論」一氣而下的篇章結構。而論證方式，則是引經據典，採用舉例論證法為大宗。與前兩期相比，南渡初期作品確實轉為直截了當。

第二個轉變的現象，在於南渡初期政論所蘊涵之情緒，轉為激憤濃烈。在這類作品中，常見作者調動各種修辭手段，諸如：排比、設問、呼告、直陳、層遞等等，使得文句寫來更加有力、文氣盛大。與此同時，作者亦傾注以急欲救亡圖存感情，及對時政顛倒失序的強烈批判。

第三個轉變的現象，在於南渡初期政論與史論運用「比興寄託」手法，較北宋中晚期為明顯。在這類作品中，作者利用歷史人物與事件，並不單純作為說理論證時的論據，而更寄託以個人幽微心曲於其間。就筆者觀察，這類作品以李綱〈迁論〉諸篇最有代表性，吾人可稱之為「詩人言志抒情之論」。而其他作家如王庶、范浚等人，亦有此類佳作傳世。

除以上整體的觀察外，本章亦論個別作家政論與史論的特殊寫作手法。如李綱頻繁運用比較法，胡安國以《春秋》學入文，范浚政論常帶轉折，胡銓以「主客對話」寫史論等等，都值得吾人注意。

吾人研究文學作品，不外乎由內容思想與形式技巧兩端入手。本文第四、

五兩章，已由寫作內容的角度加以探討。本章所關注的，即是寫作手法層面。
結合兩者，方能更完整地呈現，北宋中至南渡初期政論與史論在作品本身的
演變現象。

第七章 結 論

一、綜論北宋中至南渡初期政論與史論特色

　　在經過前文由社會背景、作者、作品等方面，詳論北宋中至南渡初期政論與史論的各種演變現象後，我們得以對各期作品有較完整的認識。此處將以之爲基礎，再進一步綜論。筆者要說明兩個問題。其一，如何簡明扼要地描述，各期作品所以異於他期的特出之處何在，亦即各期之總體特色爲何？其二，若將南渡初期政論與史論置於散文史長河之中，其又具有什麼意義，能得到如何的定位，亦即其散文史地位爲何？誠如前論，此處仍將著重於南渡初期作品。試分述如下：

　　綜觀前論北宋中期諸家作品，可得以下幾點觀察：在作品方面上，政論與史論大體呈現兩者兼具的分配情形，未見偏重於其中一類。在作者身分上，以應試者爲最多，亦兼有其他身分。在表現手法上，行文皆極盡曲折、多變能事，大大展現其文學創作技巧。我們雖不能抹殺北宋中期作者，其撰文時懷有針砭時政的理想與熱情。但也不能忽略，這些作品大多是應試之作，作者們抱持求取功名的創作心態，並力圖展現高超寫作技巧，這是再自然不過的。關於這點，可以由蘇軾的自白得到印證。蘇軾〈答李端叔書〉云：

> 軾少年時，讀書作文，專爲應舉而已。既及進士第，貪得不已，又舉制策，其實何所有。而其科號爲直言極諫，故每紛然誦說古今，考論是非，以應其名耳。人苦不自知，既以此得，因以爲實能之，故譊譊至今，坐此得罪幾死，所謂齊虜以口舌得官，眞可笑也。然世人遂以軾爲欲立異同，則過矣。妄論利害，攪說得失，此正制科

人習氣。〔註1〕

該文作於元豐三年（1080）歲末，當時蘇軾謫居黃州。書中謂少年讀書作文，不過專爲應舉。特別是對於制科，蘇軾謂自己染上了「制科人習氣」，看來更是後悔不已。蘇軾所以如此悔恨，想必與經歷烏臺詩案，甫因言得罪有關。值得注意的，是蘇軾運用「齊虜以口舌得官」典故的方式，與李綱恰恰相反。李綱以劉敬力陳定都事自況。〔註2〕反觀蘇軾，則以劉敬因言得禍，受高祖言辭汙辱自嘲。同樣一位歷史人物，不同作者、不同處境下，有著全然不同的運用方式，賦予南轅北轍的意義。蘇軾藉由劉敬，表達對早年憑藉著「口舌」（即創作政論與史論），求取功名利祿的後悔之意。藉由這段自白，我們可說，爲應舉制科所作之政論與史論，作者總帶有求取功名的心態。而前引「紛然誦說古今，考論是非，以應其名耳」、「妄論利害，攪說得失」云云似爲蘇軾自謙之辭，卻也是間接的表示，應舉諸子於創作政論與史論時，必須窮盡各種創作手法，以曲折多變的方式縱橫古今人事，方能「妄論」與「攪說」以「應其名」，且得到主考官的青睞。

　　觀察前論北宋晚期作品，可以發現以下現象：就作品而言，諸作以就史論史的史論爲多，而非論今人今事輔以引史爲證的政論。例如：蘇轍有〈歷代論〉四十餘篇系列作品，又如李新有〈韓長孺論〉、〈武侯論〉等篇。其二，就作者身分而言，諸作家皆身在遷謫或退居的處境。如當時蘇轍退居穎川，唐庚謫惠州，李新則在「流落以終」的情形下撰寫政論與史論。其三，就表現手法而言，作者多藉論古人古事的史論爲保護傘，方得以「隱微言事」的方式論今人今事。如此雖未能倡所欲言，卻也不失爲在遷謫退居時期的言事良策。

　　論及南渡初期諸家作品，在作品方面上，以政論爲主，史論較爲少見。在作者身分上，以上言者爲最具特色。在表現手法上，則皆能直截了當地表達旨意與情感，少見曲折多變或隱微言事的創作手法。此外，諸家作品或爲應詔上言力圖振興之作，或爲退居時排遣憤悶之作，與北宋中期相較之下，確實少了場屋之文的功利意味。更重要的是，國難當頭之時，作者爲了救亡圖存而激憤言事，使得此期作品所蘊情緒更加飽滿充實，讀之常令人慷慨激昂。對此，王綺珍已有論及：

〔註1〕〔宋〕蘇軾著，孔凡禮點校：《蘇軾文集》（北京：中華書局，1999 年 7 月初版 5 刷），冊 4 頁 1432。

〔註2〕本文曾論及李綱以劉敬力陳定都事自況，詳參本文第六章第三節。

富於鼓動性，又富於邏輯性，有很強的藝術感染力。較之北宋大家
們刻意爲之的策論，在藝術成就上是有過之而無不及的。〔註3〕

王氏所謂的「鼓動性」，應即謂文中激烈的情感，不僅鼓動南渡初期時人，亦
感染現在讀者。北宋「刻意爲之」的策論，指的自然是科舉場屋之作。若要
提高南渡初期作家之地位，謂其在藝術成就上超越北宋大家。此舉要完全扭
轉文學史上穩固己久的典範，誠屬不易。無怪乎王氏主張自發表以後，似未
見有人認同、補充其說。但若謂南渡初期作家，少了「刻意」、「功利」心態，
多了更加熱切的情緒，則當不爲過。前舉范浚諸例雖爲其應制科的作品，但
他也在得知秦檜秉政之後，主動放棄仕途。最後，以李綱爲主的作家，於政
論與史論中將歷史人物、事件，寄託以個人心志。如此一來，這些由歷史資
料庫中所擷取，原來僅用以支持論點的論據，變得更富有作者個人情感色彩。
它們不再僅僅是一則則事例，更是作者寄寓幽微心曲，抒發懷抱，甚至用以
「言志」、「抒情」的憑藉。這樣的作品，我們可以藉以直探作者內心深處，
也就更蘊涵著無限的文學感興。本文認爲，應可謂之爲「詩人言志抒情之論」。

在綜合前文諸多比較之後，筆者藉以下表格簡略呈現，北宋中至南渡初
各期政論與史論於諸方面的表現情形，如此一來，可總覽各期特色與其間的
演變現象。

項目 現象 時期	作者主要身分	作　品	主要表現手法
北宋中期	應舉者	史論、政論兼具	曲折多變
北宋晚期	遷謫退居者	史論爲主、政論較少	隱微言事
南渡初期	上言者	政論爲主、史論較少	直截了當 情緒激憤 比興寄託

經過以上討論，最後應確立宋南渡初期政論與史論在散文史上的地位。
對此，郭預衡已有明晰的勾勒，其論兩宋之際、南宋之初文章時云：

國難臨頭，幾乎人人言事論政。北宋初年以來的文人好發議論的傳
統，這時得到了進一步發揚。

〔註3〕 王綺珍：〈南宋散文評價中的幾個問題〉，《文學遺產》1988 年 4 期，頁 79。

在一個時期裡，這類文章作者之多，超過了以往任何時代。例如在宗澤、李光、趙鼎、趙綱等人的文集中，主要都是言事論政之文。現存的宋文選本如《南宋文範》中，這類文章也占多數。這是空前的歷史現象，在一個時期裡，言事論政，是群眾性的，是前所未有的。〔註4〕

郭氏在論紹興和議之後的文章時說：

> 宋金達成和議。……秦檜當權，上疏請禁「私史」。文禁甚嚴，人多恐懼。……兩宋之際，建炎年間的那種放言無忌的文章不多了，那種據事紀實的文章也不多了。〔註5〕

郭氏對於宋南渡初期至紹興和議間，言事論政文章的發展過程，已有如上描述。本文則在此基礎之上，由諸多方面論證郭氏的宏觀判斷。包括有：促進政論與史論寫作的關鍵因素、作者身分、作品主要議題、寫作手法等等。當然，筆者最後發現，南渡初期的言事論政作品，不僅僅是北宋「好發議論」的簡單重複，也不僅僅是數量眾多而已。而是在上述各個方面，有其獨具的時代特色。

最後，筆者認為，南渡初期政論與史論的總體特色與散文史地位，應如下文所示：

> 政論與史論的創作，在北宋中期由三蘇父子為代表，是極度興盛的時期。北宋晚期時，卻走入了低谷。靖康之難後，時局動盪。南渡初期由李綱等抗金志士為代表，是創作再度興盛的時期。然而，就在紹興和議確立之後，又再度走向低潮。南渡初期，可以說是繼北宋中期後，政論與史論創作的又一個高峰。但南渡初期並非簡單地複製前代成就，而在各方面獨具時代特色。

> 總體來說，南渡初期的政論與史論，是以直截、激憤、興寄的筆調，力主宋室中興的時代之音。

二、本文研究成果

北宋中期六大家的創作成績，代表著古典散文史上的高峰。文學史的發展不曾斷絕，在六大家令人仰之彌高的成就之後，特別是現今學者較少關注的南宋作者，如何繼踵前人，開創新的格局，應是值得討論的問題。在此涉及作家作品至為廣大眾多的課題中，筆者採「分期」、「分體」的方式，選擇

〔註4〕 郭預衡：《中國散文史（中）》（上海：上海古籍出版社，2000年3月），頁395。
〔註5〕 《中國散文史（中）》，頁601。

宋南渡初期政論與史論為初步的研究對象。並將之置於散文史發展歷程中觀
察，注意北宋中期至南渡初期的各種演變現象，亦兼及演變因素的考察。要
之，筆者所欲解答的問題，即為：北宋中至南渡初期政論與史論的演變現象
何在？南渡初期之總體特色為何？文學史地位又為何？

筆者由影響政論與史論創作之因素、作者、作品等方面，考察演變現象。
政論與史論的發展，於北宋中期為極盛，於北宋晚期為低谷，於南渡初期時
再造高峰，於高宗後期則再度走下坡。簡言之，呈現著：「極盛→低谷→高峰
→低谷」的演變格局。以下分別詳述本文數項結論。

（一）宋代政論與史論創作總體來說是相當繁榮的。但由北宋中至南渡
初期，卻也因不同因素而有高低起伏的變化。因為靖康之難的刺激與下詔言
事的推動等緣故，使得南渡初期成為北宋中期後新的創作高峰。

宋代政論與史論創作的整體繁榮，導因於以下幾點：士大夫「同治天下」
的政治觀，經世致用的文學觀，史學特盛的學術環境，以及興盛的出版事業。

政論與史論創作，於北宋中期達到極盛，關鍵因素在於進士科、制科考
試。特別是制科的穩定舉行，更產生眾多精品。於北宋晚期時，因為制科停
開，以及新黨重新掌權後，對詩賦、史學的學術禁令，使得政論與史論創作
成績銳減。於南渡初期時，政論與史論創作再度達到高峰。這應歸因於以下
兩點。首先，靖康之難帶來無比鉅大的衝擊，激起士大夫言事論政的熱情。
再者，朝廷再度廣開言路，頻繁地詔群臣言事。此期皇帝下詔求言的次數、
頻率，遠高過於宋代其他時期。求言的緣由，亦無一不與當時危急的政治局
勢息息相關。將此兩項原因合而觀之，亦無不可。這使得政論與史論創作，
在質、量上都得到極大的成長。宋金和議之後，秦檜專權，創作則又不如以
往興盛。政論、史論與政治、歷史關係密切的特殊性質，使得其發展之興衰
與否，在在與國史上重大事件密不可分。

（二）就作者主要身分而言。北宋中期以「應舉者」為主，北宋晚期以
「遷謫退居者」為主。至南渡初期，除以上兩者外，則尚可見「上言者」的
身分，因而有別於前期。

北宋中期政論與史論創作繁榮，作者身分亦相對多元，包括應舉者與眾
多身分各不相同之非應舉者。而相對來說，應舉者中參加制科考試者，留下
了最多最好的作品，如蘇軾、蘇轍等人。北宋晚期的作者數量大幅減少，多
數為「遷謫退居者」，且皆為北宋中期之餘緒，多與蘇氏、蘇門有所淵源，如

唐庚等人。南渡初期作者，亦見有應舉者、遷謫退居者的身分，並留下不少佳作，例如李綱於貶謫時所作的〈迂論〉十卷。但與前期相較之下，應以「上言者」最具有時代特色，如胡安國〈時政論〉、胡宏〈中興業〉、李綱〈中興至言〉、張浚〈中興備覽〉、王庶〈定傾論〉等作家作品。凡此，都是篇數眾多、體制恢宏的鉅著，都是在南渡初期國家危急存亡之秋，士大夫積極參與國事的產物。此實南渡初期有別於以往的特殊之處。本期作家多學宗元祐，傳記資料中留有向二蘇、二程學習的記錄。此外，彼此間交遊甚密，詩文酬唱，往來不絕。這些現象，也是前期所未見，並且有創作具有一定影響。

（三）就作品內容與手法而言。南渡初期作品所論，可歸結爲「中興」議題。其對於漢高祖與光武帝，有著異口同聲的極高推崇。而直截了當的論述策略，激憤濃烈的情緒渲洩，以及比興寄託的抒情方式，則爲其常運用的寫作手法。以上種種，皆與前期不同。

與其他幾項相比，本文以較多的篇幅討論作品內容的問題。政論與史論所涉及議題眾多，筆者以「對外關係」爲主要論述對象。北宋中期作品以尹洙、蘇氏父子、蘇門後學爲代表，主要批評對外關係持續穩定而「天下無事」之後，當時朝廷輕忽武備、時人苟且偷安的不良風氣。於北宋晚期作品中，吾人得見對於宋廷「聯金滅遼」策略的正反不同意見。而到了南渡初期，國家處在多事之秋，政論與史論所談，最重要者無非和戰問題。其他則有軍事、治盜、濫賞、民生經濟等議題。凡此，皆可謂之爲「中興」議題，皆是士大夫憂心國事，積極參與政治的體現。政論與史論之主要議題，隨著時勢政局而有所變動，由針砭怠惰歪風到倡言中興恢復，這是顯而易見的。對於南渡初期，本文較詳盡地呈現中興議題的各種不同內容。除了可以和史學界對於此期的研究，相互呼應與補充之外，更可以具體說明，學者所謂南渡初期多「言事論政」之文，其所論內容究竟爲何。

在人物評價上，筆者以漢高祖、光武帝爲主要代表，亦論及唐太宗、晉元帝，觀察北宋中期至南渡初期，諸君王於政論與史論中受到的評價，產生什麼演變現象。就創業君主漢高祖而言，呈現由多元趨向一致，由褒貶互見到推崇備至的現象。產生於北宋中晚期的多元觀點，到了南渡初期，只有創業主英勇神武的評價得到極大化，其他負面的批評相形見絀。同爲創業主的唐太宗，有著相類似的改變現象。就中興君主漢光武帝而言，則可見由「隱」至「顯」，由受到冷落到齊聲推崇的轉變。於北宋中晚期，光武帝並未受作者青睞。而到了

南渡初期，卻一躍成為屢受徵引、贊譽的常客。晉元帝亦有中興君主之稱，卻
呈現褒貶互見的評價。相較之下，更可知漢光武帝受到最高規格的推崇。以上
是變化的主要基調。若合而觀之，南渡初期時，漢高祖與光武帝兩位君主，皆
受到政論與史論廣泛徵引，備受各家讚揚。我們甚至可以發現，作者以各種創
作手法，只為扭轉、創造高祖與光武帝的評價，並形塑為宋高宗創業中興的學
習典範。與北宋中晚期不同，這顯然是符合時代需求的演變。然而，儘管諸人
發表再多的言論，諫請高宗取法漢高、光武。但高宗本身，卻依舊最為推崇漢
文帝及其和戎政策。最後，亦兼論李綱之奏議、詠史詩詞，對於漢高祖、光武
帝如何評價的問題。本文認為，北宋晚期至南渡初期間，李綱諸作對兩帝評價
的轉變現象，實與政論與史論所呈現者若合符節。

　　就寫作手法上，北宋中至南渡初期政論與史論有三個演變現象。其一，
政論由曲折轉為直截的演變現象最為顯著。絕大多數南渡初期作家以直截了
當的方式論政，與北宋中晚期多變、曲折、隱微的方法大不相同。其二，南
渡初期作者藉由各種修辭手段，使得政論所蘊涵之情緒轉為激憤濃烈。其三，
南渡初期政論與史論運用「比興寄託」手法，較北宋中晚期為明顯。這類作
品中的歷史人物與事件，不僅是用以證成論點，更是作者寄託心曲的所在。
本文認為，李綱〈迂論〉諸篇最有代表性，並謂之為「詩人言志抒情之論」。

　　（四）綜合以上演變現象，本文認為：南渡初期的政論與史論，在各方
面有別於前代而獨具特色，是繼北宋中期之後又一創作高峰。要之，是以直
截、激憤、興寄的筆調，力主宋室中興的時代之音。

三、未來研究展望

　　經過本文所有討論，筆者尚留有諸多未盡之處，有待未來繼續開展。首
先，應再探討「主和者」的作品。不可諱言的，筆者的研究有偏重「主戰者」
言論之嫌。吾人雖常言，南渡初期乃至於整個南宋，主和主戰兩派意見始終
相持不下。但就南渡初期政論與史論來看，現存作品則確實以主戰言論居大
宗，主和之作僅為偶見。對這些少數作品，筆者也曾作過零星的討論。其實，
本文的偏頗也是其來有自。主和者之作，今日幾未能得見。若以胡銓奏議名
作〈戊午上高宗封事〉中，所乞斬的三位主和者——秦檜、孫近、王倫而言。
秦檜於《全宋文》中，僅留下兩卷作品，且幾乎全是詔令、奏議、表狀等。(《全
宋文》182/1～30）孫近現存作品則更少，僅有一卷，亦多為奏議之作。(《全

宋文》145/143～157）。使金的王倫，則更是未見作品傳世。會有這種現象，勢必因爲三人長期以來被視爲罪大惡極之人，道德操守、國家忠誠度上有著極大缺陷。導致其作品不僅不受後人珍視，更反而受人摒棄。以上三人之外，當時尚有多位主和者。〔註6〕諸人作品是否同樣亡佚大半，則有待考察。若作品幸能傳世，則其主張爲何？其運用史實的方式爲何？都值得再探討，進一步與主戰者作品比較。如此一來，不僅可呈現兩派人馬相去甚遠的意見，更重要的，是作品中爭奪歷史詮釋權的過程。雙方各持不同主張，如何運用史實支持自己的論點，特別是對於相同史實，各自的解讀、詮釋方式爲何？值得我們留意。

再者，筆者欲藉此拓展、深化古典散文的研究。由南渡初期政論與史論開始，在共時的研究上，可以探討同時期書啓、贈序、序跋、雜記等等，論說體以外其他十餘種文體。以求能全盤觀照南渡初期散文，避免落入過於注重論說體的偏失。儘管前人屢屢強調，此期以言事論政作品最富時代特色。筆者也是視之爲重要基礎，在此之上開始較深入的探討。然而，我們確實也不能落入前輩學者所劃定的框架中，聲嘶力竭地爲之鼓吹，卻混然不自知。持續注意南渡初期論說體之外的其他文體，全面研究此時期，作爲目前成果的補充，乃至於修正。對於其他文體的研究，我們也需將關注時間，拉長至整個南宋。世人長期以來，批評南宋散文「文氣冗弱」。王綺珍認爲，文氣冗弱之作「從體例上看，也多表現在記敘性文字尤其是碑志作品中。」〔註7〕誠如王氏所說，我們只要隨意檢視南宋碑誌、銘誄、行狀等等文體，可以輕易地發現，動輒數千字、上萬字的作品。與散文史上名作比較起來，這些過度的長篇大論，的確顯得「文氣冗弱」。雖然這些作品可讀性不高，但我們卻必須要正視其史學價值。諸多人物生平事蹟，全賴如此鉅細靡遺的記載，方得以流傳至今。此一現象，是否即爲文體觀念、敘事方式轉變的重要線索，值我們深思。易言之，我們不能因碑誌作品冗長、不易閱讀，而輕易地冠以「冗弱」的譏評。而應深入探求此表象，背後所潛藏的深層意義。

此外，在歷時的研究上，則可以向南宋中期、晚期發展。呂祖謙（1137

〔註6〕 錢建狀作有「主和派人士師友情況」表，詳列秦檜等三人在內的 33 位主和者。詳參氏著：《南宋初期的文化重組與文學新變》（廈門：廈門大學出版社，2006年 10 月），頁 218～226。

〔註7〕 王綺珍：〈南宋散文評價中的幾個問題〉，《文學遺產》1988 年 4 期，頁 82。

～1181）、辛棄疾（1140～1207）、陳亮（1143～1194）、葉適（1150～1223）
等重要作家，都有豐富的政論與史論創作。以上諸家作品雖已見研究成果，
但仍有深入討論的空間，特別是針對政論與史論發展演變的分體散文史探
討。對南宋中期言事論政之文，郭預衡將之分爲詩人之文與學者之文，共舉
出十一位作家。我們幾乎可說，南宋中期是繼北宋中期之後，超越南渡初期，
下一個政論與史論創作臻至極盛的時期。南宋中期如何展現有別於以往的時
代特色，值得我們注意。若論及南宋晚期，一般皆認爲文天祥等人作品，同
樣表現出抗戰、愛國、民族精神云云。由是觀之，似乎與南渡初期、南宋中
期，並沒有什麼不同。顯然落入千人一面，扁平膚淺的觀察。然而，陳平原
卻認爲：「至於宋元易代，孤臣孽子或以身殉國（如文天祥），或隱居出世（如
鄭思肖、鄧牧），其表達忠心發抒孤憤的文字，大都眞切感人，只是更接近於
獨白而不是對策，故與此前的言事之文頗有區別。」〔註8〕陳氏主張，可能限
於篇幅與體例，未能鋪展詳論。此說或可作爲研究宋元之際作品的參考，再
加以檢證。

　　總而言之，南宋散文的研究風氣已逐漸打開，其中尚有豐富的學術礦藏，
等待有志之士共同開採探掘。

〔註8〕 陳平原：《中國散文小說史》（臺北：二魚文化事業有限公司，2005 年 7 月），
　　　　頁 120。

附論：北宋中至南渡初期政論與史論讀者現象演變考察一隅

——以蘇軾作品為主的討論

一、前　言

　　本文欲由時代、作者、作品、讀者等四個方向，探討北宋中期至南渡初期的史論文演變現象。然而，由於文獻資料及其他限制，對於讀者接受現象的研究，筆者目前僅能以「附論」的形式呈現於此處，而未能撰寫獨立之專章詳論。

　　前文謂研究讀者現象，有著「文獻資料」的限制，實非筆者推託之遁辭。若就本文所著力考察的南渡初期作品觀之，其與讀者相關的各種接受史料，實在相當缺乏。況且，就算南渡初期作品確實留有接受史料，其出現的時間可能遲至南宋中期乃至以後。本文欲討論北宋中至南渡初的讀者現象，這些文獻已超出筆者設定的時間斷限。

　　取南渡初期作品之讀者現象而代之，本文認為蘇軾作品之讀者現象是比較好的研究課題。理由如下：首先，蘇軾不僅作有堪稱典範的諸多政論與史論，更連帶引起時人及後人觀點各異、材料豐富、形式多樣的接受活動史料。在本文所論前後約八十年的時間中，蘇軾作品的讀者活動，即已呈現多變的起伏過程，值得我們研究。此外，若欲擴增篇幅全面地討論，本文曾經論及之全數作家作品的讀者接受現象，則恐有資料貧乏、備多力分、焦點渙散之弊。基於以上原因，本文選擇以蘇軾政論與史論為主，探討其於北宋中期至

南渡初期的讀者接受史。〔註1〕以此權作爲整體現象研究之一隅。

　　鄔國平論及選擇閱讀接受的研究對象時，可能會有的兩個局限。其一是：「名家名作擁有更多被闡釋的機會，其意義也更加容易得到豐富，因而他們（它們）變得更加有名。」〔註2〕誠哉斯言。以之檢視前文所述，本附論研究對象的選擇策略時，筆者似乎也落入了這個局限。儘管如此，放棄研究資料豐富的名家，而在中小家中鑽研，似乎又失之過偏。更何況，就連蘇軾這樣的名家，其散文讀者接受現象的研究，較之於蘇詩、蘇詞來說，也是相對不足的。因此，本文仍就選擇蘇軾作爲研究對象。

　　近二、三十年來，由於西方「接受美學」研究方法的輸入，中國古典文學研究者，興起了對於「讀者」現象的系列研究。這方面的討探，在古典詩歌上已取得不少成績。〔註3〕陳文忠曾提出研究古典詩歌接受史的三個方面，其文云：

　　　　以普通讀者爲主體的效果史研究；以詩評家爲主體的闡釋史研究；
　　　　以詩人創作者爲主體的影響史研究。〔註4〕

其實，此三方面施之於古典散文接受史的研究，似無不可。陳氏即極力主張，將接受史的研究，擴展至包括散文以外的其他中國古典文學。〔註5〕以下即借鏡古典詩歌接受史研究的三個方面，觀察蘇軾政論與史論的讀者活動，並分爲北宋中期、北宋晚期、南渡初期三小節討論之。

二、北宋中期

　　北宋中期是本文所論的第一階段，同時也是政論與史論最爲豐富多彩的

〔註1〕　筆者曾討論蘇軾〈刑賞忠厚之至論〉「闡釋史」相關課題。詳參拙著：〈蘇軾《省試刑賞忠厚之至論》闡釋史一隅〉，《東方人文學誌》，1 卷 3 期，2002 年 9 月，頁 139～156。

〔註2〕　詳參鄔國平：《中國古代接受文學與理論》（哈爾濱：黑龍江人民出版社，2005 年 11 月），頁 7。

〔註3〕　陳文忠認爲：「楊文雄的《李白接受史研究》，當是中國學者研究中國古代詩人接受史的第一部專著。」詳見氏著：《中國古典詩歌接受史研究》（合肥：安徽大學出版社，1998 年 8 月），頁 4。另見楊文雄：《李白接受史研究》（臺北：五南圖書出版有限公司，2000 年 3 月）餘者尚多，茲不贅舉。

〔註4〕　《中國古典詩歌接受史研究》，頁 14。

〔註5〕　陳文忠：「接受史方法與古典文學研究」，《中國古典詩歌接受史研究》，頁 26～29。

時期。我們可於此期發現各種讀者接受現象。

就評論家而言，他們應是蘇軾的首批讀者。在蘇軾應進士科以前，曾經在父親蘇洵的帶領下，與弟蘇轍一同謁見過張方平。清人王文誥《蘇文忠公詩編註集成總案》云：

> （筆者案：至和二年 1055）公作〈正統〉三論。時公爲文獨觀前世盛衰之跡，與其一時風俗之變，自三代以來頗有論著，而折衷於賈誼、陸贄之論議，務取實用，不爲空言。因以所業謁方平，方平一見，以國士待之。〔註6〕

張方平雖未能留下對蘇軾〈正統論〉的批評意見，但由「以國士待之」，或已可推知其評價必然相當之高。或許可說，張方平較歐陽修早一步地發現蘇軾。〔註7〕

蘇軾於嘉祐二年（1057）應進士科時，作有名篇〈刑賞忠厚之至論〉。眾所周知，當時該文在主考官間引起相當大的波瀾。本文無需遍舉相關記載，僅以時間最早者爲例。趙令時《侯鯖錄》曰：

> 東坡先生召試直言極諫科時，答〈刑賞忠厚之至論〉有云：「皋陶曰殺之三，堯曰宥之三。」諸主文皆不知其出處。及入謝日，引過，詣兩制幕次，歐公問其出處，東坡笑曰：「想當然爾。」數公大笑。〔註8〕

此即廣爲後人所傳頌，蘇軾「三殺三宥」與「想當然爾」的軼事，宋人筆記小說記載此事者甚多。〔註9〕據《宋會要》，此年以歐陽脩知貢舉，王珪、梅摯、韓絳、范鎮等人同知貢舉。〔註10〕易言之，前引趙氏筆記中的「數公」，

〔註6〕〔清〕王文誥：《蘇文忠公詩編註集成總案》（臺北：臺灣學生書局，1987 年10 月初版 3 刷），卷 1 頁 10 上。

〔註7〕楊勝寬有此一說，詳見氏著：〈張方平與蘇軾的契心之交〉，《中國文學研究》1992 年 4 期，頁 33～38。另，謝佩芬簡要地總結了張方平與蘇洵父子三人的交游情形，詳參氏著：〈張方平文學史地位新探〉，張高評主編：《宋代文學之會通與流變》（臺北：新文豐出版社，2007 年 3 月），頁 265。

〔註8〕〔宋〕趙令時著，孔凡禮點校：《侯鯖錄・墨客揮犀・續墨客揮犀》（北京：中華書局，2002 年 9 月），卷 7，頁 178。蘇軾此文爲應進士科之作，而非制舉賢良方正直言極諫科，趙氏說法有誤。詳見拙作的討論，〈蘇軾《省試刑賞忠厚之至論》闡釋史一隅〉，頁 142。

〔註9〕其他記載可見曾棗莊、曾濤編：《蘇文彙評》（臺北：文史哲出版社，1998 年5 月），頁 129～132。筆者曾有相關研究，詳前引拙作，頁 141～146。

〔註10〕《宋會要・選舉》，一之一一。

至少就應有歐陽脩等數位主考官。而諸人對於蘇軾政論典出的討論，亦應是
該文最早的讀者接受活動。

　　進士及第後，蘇軾於嘉祐六年（1061）應制舉賢良方正直言極諫科。誠
如前章所論，所有應制舉考生，皆需進繳詞業進卷。這些作品，絕大多數即
爲政論與史論。蘇軾進繳詞業進卷的記載，可見其夫子自道之語。〈上吳內翰
書〉曰：

　　　　今年春，天子將求直言之士，而某適來調官京師，舍人楊公不知其
　　　　不肖，而采其鄙野之文五十篇奏之。〔註11〕

文中的「舍人楊公」，指的是楊畋。由引文看來，蘇軾即是受到楊畋的推薦，
方得以應考制舉。其實不僅是蘇軾，就連蘇轍亦同受其舉薦。〔註12〕可見楊
畋對二蘇兄弟，頗有知遇之恩。除了楊畋之外，就蘇軾於獲許應制舉後的上
書觀之，似乎亦曾以部分的詞業進卷，請求富弼、曾公亮、吳奎等人的指正。
如〈上富丞相書〉曰：

　　　　軾也西南之匹夫，求斗升之祿而至於京師。翰林歐陽公不知其不肖，
　　　　使與於制舉之末，而發其猖狂之論。是以輒進說於左右，以爲明公
　　　　必能容之。所進策五十篇，貧不能盡寫，而致其半。觀其大略，幸
　　　　甚。〔註13〕

由文末數語，或可推知蘇軾以詞業求見的情形。儘管楊、富、曾、吳諸人，乃
至於前引之張方平，對蘇軾所進獻的政論與史論，未能留下隻言片語的批評資
料。但由蘇軾上書的求教語氣，以及作爲文壇晚輩、應舉考生的身分來看，諸
人對蘇軾作品提出意見，是很有可能的。因此，雖未見諸人評論資料傳世，也
不應將諸人視爲普通讀者。本文仍將以上現象，視爲評論家的接受史。

　　以上所論，皆爲蘇軾應舉時所接觸到的讀者，或爲知遇者、薦舉者、主
試者，諸人似未能直接留下評論資料。於北宋中期，這類富涵文學批評意義

〔註11〕　此文未見於《蘇軾文集》、《蘇軾佚文彙編》，今轉引自《東坡紀年錄》。詳見
　　　　〔宋〕傅藻編，吳洪澤點校：《東坡紀年錄》（成都：四川大學出版社，2003
　　　　年1月，《宋人年譜叢刊》本），冊5頁2828。
〔註12〕　蘇轍〈上兩制諸公書〉說：「今年春，天子將求直言之士，而轍適來調官京師，
　　　　舍人楊公不知其不肖，取其鄙野之文五十篇而薦之，俾與明詔之末。」其中
　　　　的「舍人楊公」，指的亦是楊畋。詳見〔宋〕蘇轍著，陳宏夫、高秀芳點校：
　　　　《蘇轍集》（北京：中華書局，1999年7月初版2刷），冊2頁389。
〔註13〕　〔宋〕蘇軾著，孔凡禮點校：《蘇軾文集》（北京：中華書局，1999年7月初
　　　　版五刷），冊4頁1377。

的文獻並不多見，〔註14〕以下試舉兩例說明。李之儀〈跋東坡帖〉云：

> 東坡從少至老，所作字聚而觀之，幾不出於一人之手。其於文章，
> 在場屋間與海外歸時，略無增損。豈書或學而然，文章非學而然邪？
> 〔註15〕

秦觀〈答傅彬老簡〉云：

> 蘇氏之道，最深於性命自得之際；其次則器足以任重，識足以致遠。
> 至於議論文章，乃其與世周旋，至粗者也。閣下論蘇氏而其說止於
> 文章，意欲尊蘇氏，適卑之耳。〔註16〕

李、秦兩人與蘇軾關係之密切，無需於此贅述。李之儀將蘇軾文章與書法相較，藉以論積學問題；秦觀特別推崇蘇軾「性命自得」境界，認爲其「議論文章」實爲「至粗者」。前者論作者創作問題，後者直接品評作品高下得失，兩人視角不同，對蘇軾史論文的評價自然大不相同。

就普通讀者而言，他們應是蘇軾政論與史論最爲廣大一群接受者。蘇軾各種作品於生前即廣受大眾歡迎，進而引起出版刊行的風潮。曾棗莊羅列各種蘇軾著述生前刊行情形，對此論之已詳。〔註17〕本文僅以蘇軾自道之語說明，蘇軾〈答陳傳道〉五首之三曰：

> 某方病市人逐利，好刊某拙文，欲毀其板，矧欲更令人刊耶！〔註18〕

蘇軾對好利書賈深惡痛絕，甚至說出「毀版」的重話。雖然如此，卻也體現蘇軾在世時即擁有廣大讀者的風行熱潮，若再輔以曾氏所提供洋洋灑灑十餘種的「著作目錄」，後人對此更能深刻認識。

要進一步追問的，是這些廣受眾人閱讀的作品，是否包括政論與史論？本文認爲，答案是肯定的。這點可由蘇轍論其父兄作品流傳之廣的言論說明，其〈北使還論北邊事箚子〉五道之一云：

〔註14〕 評論蘇軾的文學批評資料，似自南宋孝宗之後始漸繁興。翻檢《蘇文彙評》所收錄之資料，常見以呂祖謙（1137～1181）《古文關鍵》或其他南宋評論家爲開端。由此或可見一斑。詳參是書，頁128～194、380～434。

〔註15〕 〔宋〕李之儀：《姑溪居士前集》（臺北：臺灣商務印書館股份有限公司，1983年，《文淵閣四庫全書》本），卷三八，頁4上～下。

〔註16〕 〔宋〕秦觀著，徐培均箋注：《淮海集箋注》（上海：上海古籍出版社，2000年11月），冊中頁981。

〔註17〕 詳見曾棗莊：《蘇軾研究史》（南京：江蘇教育出版社，2001年4月），頁62～78。

〔註18〕 《蘇軾文集》，冊4頁1575。

一、本朝民間開版印行文字，臣等竊料北界無所不有。臣等初至燕
京，副留守邢希古相接送，令引接殿侍元辛傳語臣轍云：「令兄内翰
（作者自注：謂臣兄軾。）《眉山集》已到此多時，内翰何不印行文
集，亦使流傳至此？」及至中京，度支使鄭顗押宴，爲臣轍言：先
臣洵所爲文字中事迹，頗能盡其委曲。及至帳前，館伴王師儒謂臣
轍：「聞常服茯苓，欲乞其方。」蓋臣轍嘗作〈服茯苓賦〉，必此賦
亦已到北界故也。臣等因此料本朝印本文字，多已流傳在彼。其間
臣僚章疏及士子策論，言朝廷得失、軍國利害，蓋不爲少。兼小民
愚陋，惟利是視，印行戲褻之語，無所不至。若使盡得流傳北界，
上則洩漏機密，下則取笑夷狄，皆極不便。〔註19〕

此段文字，已屢爲論者所徵引，用以說明三蘇父子作品流傳之廣。除了宋朝
國內之外，就連北地遼國亦能見到三蘇作品。蘇轍特別舉出章疏策論，強調
其流傳國外的危害，更是別具深意。由蘇轍對其父兄作品流傳至廣的親身經
驗與危機意識，以及對唯利是圖小民的批評，本文認爲，蘇軾（實亦包括蘇
洵、蘇轍）策論應是在國內廣爲人所閱讀後，方有機會再進一步傳至國外。

就創作者而言，蘇軾對於蘇門諸子，在各種文體創作上的啓發與影響，
歷來論者亦夥，無需於此贅述。〔註20〕此處要著重說明的，則是專就創作向
蘇軾請益，且得到其熱情回應的作者──王庠。

王庠（1071～？），字周彦，榮縣（今屬四川）人，《宋史》有傳。王庠
曾與謫居嶺南的蘇軾書信往來，内容主要討論文章創作的問題。王庠向蘇軾
求教的書信，〈與東坡手書〉曰：

自元豐來，先帝患文章陋甚，幸公救敝扶衰，黃、晁、秦、張輩從
而和之，士方回悟而又變取士之法矣。某，門人也，君子愛人之心，
必有以教之。使審是而知其歸，則丐求善誘之言，今不可憚。謹繕
寫近所爲文一編附獻，非敢以爲文也。藉爲求教之資而已。（《全宋
文》145/115）

這則文獻有幾個值得注意之處。首先，黃、晁、秦、張已爲王庠並稱，「蘇門

〔註19〕《蘇轍集》，冊 2 頁 747。
〔註20〕關於這個問題，馬東瑤研究蘇門六君子時主張：「蘇門諸君子接受並發揮了蘇
軾重『意』的觀念，而他們對於『意』的一致強調同樣體現了他們的自立意
識。」餘者尚多，僅舉一例說明。詳參氏著：《蘇門六君子研究》（北京：北
京大學出版社，2005 年 3 月），頁 28。

四學士」的稱號此時似已隱然成形。再者，文中亦言及取士之法改變的問題，可惜王庠未能詳述。最後，即是王庠曾以文章向蘇軾求教的眞實記錄。幸運的是，蘇軾的回應完整地保留下來。蘇軾〈與王庠書〉曰：

> 前後所示著述文字，皆有古作者風力，大略能道意所欲言者。……若所論周勃，則恐不然。平、勃未嘗一日忘漢，陸賈爲之謀至矣。彼視祿、產猶几上肉，但將相和調，則大計自定。若如君言，先事經營，則呂后覺悟，誅兩人，而漢亡矣。軾少時好議論古人，既老，涉世更變，往往悔其言之過，故樂以此告君也。儒者之病，多空文而少實用。賈誼陸贄之學，殆不傳於世。老病且死，獨欲以此教子弟，豈意姻親中，乃有王郎乎？三復來聞，喜抃不已。應舉者志於得而已。今程試文字，千人一律，考官亦厭之，未必得也。如君自信不回，必不時所棄也。又況得失有命，決不可移乎？勉守所學，以卒遠業。〔註21〕

又〈與王庠五首〉之一曰：

> 寄示高文新詩，詞氣比舊益見奇偉，粲然如珠貝溢目。非獨鄉閭世不乏人爲喜，又幸珍材異產，近出姻戚，數日讀不釋手。每執以告人曰：「此吾家王郎之文也。」老朽廢學久矣，近日尤不近筆硯，見少時所作文，如隔世事、他人文也。足下猶欲使議論其間，是顧千里於伏櫪也。〔註22〕

蘇軾兩封與王庠書信，皆作於遠謫儋州之時。特別是前封未能徵引的段落，更是歷敘遷謫路程之艱辛。王庠於蘇軾謫居時去信慰問、求教，蘇軾則於回信中大吐苦水並熱心指導，可見兩人深厚情誼。此外更重要的，當然是文中對於文章創作的諸多探討。蘇軾回信時，專門針對王庠文章「所論周勃」的部分，以及當時「儒者之病」、「程試文字」，乃至於自身「少時所作文」「好議論古人」等等，提出批評乃至於暗自悔恨。由第二封書信看來，除了熱情地指導寫作外，蘇軾更是相當賞識王庠作品。由是觀之，王庠與蘇軾所討論的，必然是政論與史論及相關創作問題無疑。而王庠創作，亦必然受到蘇軾深刻的影響。〔註23〕

〔註21〕《蘇軾文集》，冊 4 頁 1423。
〔註22〕《蘇軾文集》，冊 5 頁 1820。
〔註23〕王庠留有十餘篇，收錄於《全宋文》145/121～140，數量不可謂不多。若要深

綜觀前論，北宋中期可以發現評論家、普通讀者、創作者等各種接受活動，確乎呈現豐富的蘇軾接受現象。

三、北宋晚期

誠如前章所論，北宋晚期徽宗朝選舉制度與學術風氣，因爲新黨長期執政而產生相當大的轉變。不僅僅是元祐黨人遭遇清算，元祐學術也難逃受打壓的命運。蜀學作爲元祐學術的組成部分，也就受到壓抑。徽宗朝時，史學備受禁抑，以及蘇軾各種作品遭到查禁，自然很難公開地傳頌流行。雖然如此，古今皆然的是，政治力量從來控制不了文化思潮的自由發展。蘇軾作品在政府明令禁止之下，卻也禁愈嚴而傳愈廣。曾棗莊在研究蘇軾著述於兩宋時期刊刻情形後，總結地說：

> 從蘇軾去世到北宋滅亡僅有 27 年，但這 27 年與南宋 153 年相比較，蘇軾亡靈的處境雖有天淵之別，而對蘇軾著述的熱心刊刻卻毫無二致。〔註24〕

歷史上有許多蘇軾詩文禁而不絕的記載，我們都可以視之爲最鮮活的讀者接受活動。例如，吾人常見徽宗朝實行蘇軾作品禁令，人們在「上有政策，下有對策」情形下，無奈只能偷偷收藏、閱讀。關於這方面，前人論述已詳。〔註25〕本文僅舉一例說明，楊萬里〈杉溪集後序〉曰：

> 中更群小崇姦絀正，目爲僻學，禁而錮之，蓋斯文至此而一厄也。惟我盧陵有瀘溪之王（筆者案：王庭珪），杉溪之劉（筆者案：劉才邵）兩先生，身作金城，以郭此道。自王公游太學，劉公繼至，獨犯大禁，挾六一、坡、谷之書以入，晝則度藏，夜則繙閱。每伺同舍生息燭酣寢，必起坐吹燈，縱觀三書。逮暇，或哦詩句，或續古文，每一篇出，流布筆轂，膾炙薦紳，紙價爲高。〔註26〕

楊氏序文中的「目爲僻學，禁而錮之」，衡諸前後文意，指的即是徽宗朝查禁元祐學術情事。而據周必大爲王庭珪所撰行狀的記載，此事當在崇寧三年至

入探討王庫如何受到蘇軾影響，如何呈現在現存作品之中，則需另外撰文討論。
〔註24〕 《蘇軾研究史》，頁 118。
〔註25〕 如林岩：「王學的尊崇與『元祐學術』的禁廢」，《北宋科舉考試與文學》（上海：上海古籍出版社，2006 年 12 月），頁 232～241。
〔註26〕 〔宋〕楊萬里著，辛更儒箋校：《楊萬里集箋校》（北京：中華書局，2007 年 9 月），冊 6 頁 3351。

五年（1104～1106）間。〔註27〕王庭珪、劉才卲兩人於太學求學時，私藏、偷讀歐陽脩、蘇軾、黃庭堅諸人作品。此外，似亦有模仿習作流傳於當時。楊氏序文非常鮮活、生動的記載，讓人重新回到當時禁令雖嚴，但時人卻越發不能抗拒蘇軾等人作品的歷史現場。

　　除了閱讀與習作之外，吾人亦見徽宗朝諸家注釋蘇詩，以及詩話家討論蘇詩的情形。對此，學界已由文獻學、文學批評諸方面展開討論。〔註28〕這些涉及蘇詩的問題，非本文所應詳論，此處僅舉出此現象說明。

　　綜上所論，吾人雖未能得見北宋晚期時，與蘇軾直接相關的讀者接受活動記載。但藉由上述蘇軾整體作品的收藏、模仿、注釋、編選〔註29〕等等讀者接受活動，皆在不受予許的政治、學術禁令中，以隱密的方式持續進行。我們還是可以推測，其作品應有著同樣的遭遇。

四、南渡初期

　　誠如前章所論，欽宗解除長久以來的元祐學術禁令，而隨著宋室南渡，學術風氣逐漸轉向的氛圍下，原本遭查禁的蘇軾著述，也在此期恢復刊行出

〔註27〕周必大〈左承奉郎直敷文閣主管台州崇道觀王公廷珪行狀〉（《全宋文》232/204，又《全宋文》作「廷珪」，此處暫從之。）曰：「崇寧癸未（二年，1103），舍法取士，公一試右諸生。……明年（三年，1104）貢辟雍。時方錮史學，禁士人說詩，公獨與顯謨閣直學士劉公才卲吟誦自若。丁父憂，家事一付弟姪，縣榜其里曰『清節』。」據蕭東海考察，王庭珪父於崇寧五年（1106）捐館。可見王、劉兩人於太學中誦讀蘇軾作品事蹟，應在崇寧三年至五年間。林岩亦曾推論此事時間，謂「當發生於崇寧、大觀之間」，應誤。詳參蕭東海：《王庭珪年譜》（成都：四川大學出版社，2003年1月，《宋人年譜叢刊》本），冊6頁4010。《北宋科舉考試與文學》，頁239。

〔註28〕文獻學方面，曾棗莊援引清人王文誥、阮元說法，曾謂：「蘇詩四注本、五注本皆出現在北宋末，而且不止刊刻一次。」詳見《蘇軾研究史》，頁118。文學批評方面，李貞慧則結合北宋末詩註、詩話討論，詳見氏著：〈蘇軾詩在北宋末年的流傳及其意義——以東坡詩註及宋人詩話爲中心的觀察〉，《清華中文學報》1期，2007年9月，頁133～169。

〔註29〕《四庫全書總目》論《宋文選》認爲，該集因「當時蘇文之禁最嚴」之故，未選錄三蘇文章。然而，祝尚書認爲此書「當刊行於黨禁之前，很可能在元祐間」。本文從祝說，故未詳論此例。雖然如此，觀察徽宗朝詩文選本對作品的取捨，說明當時元祐學術禁令之嚴，這應是可行的作法。筆者尚未能尋獲這類詩文選本，故附論於此。詳見〔清〕永瑢等撰：《四庫全書總目》（北京：中華書局，2003年8月初版七刷），卷一八七，冊下頁1695欄中。祝尚書：《宋人總集敍錄》（北京：中華書局，2004年5月），頁44。

版的自由。而就在這段時間，對於蘇軾的接受活動來說，發生值得我們注意的事件。北宋已成形的《東坡六集》，於南渡初期加入以蘇軾制科策論爲內容的《應詔集》後，正式成爲後世所熟知的《東坡七集》。

蘇軾全集如何由其生前的《東坡六集》，演變成爲南渡以後的《東坡七集》。對於此發展過程，學者已有深入的討論。簡要的說，由《東坡集》四十卷、《後集》二十卷、《奏議》十五卷、《內制》十卷、《外制》三卷、《和陶詩》四卷組合而成的《東坡六集》，蘇軾生前曾親自編輯整理，而初次記載於蘇轍爲其兄所撰寫的墓誌銘之中。南渡之後，元祐學術禁令解除，原本的《東坡六集》再加入《應詔集》十卷，成爲《東坡七集》。這個重大變化，初見於晁公武《郡齋讀書志》（以下簡稱「晁志」）中。〔註30〕南渡初期雖有其他書目傳世，但皆爲斷簡殘編，所存相當有限。吾人於這些書目中，未能見到《東坡七集》著錄。〔註31〕晁志終成於宋孝宗淳熙七年至十四年（1180～1187）之間，〔註32〕因此可以確定的是，《東坡七集》必然成書於這段時間以前。

若要更加精確地考察，《東坡七集》究竟於何時出版刊行，則需經過以下幾個過程。首先，必須先借重陳振孫《直齋書錄解題》對於《東坡七集》的著錄，其文云：「杭、蜀本同，但杭無《應詔集》。」〔註33〕由是觀之，就陳氏所見宋代蘇軾全集版本中，《東坡七集》是由蜀地刊行，僅見「蜀本」有《應詔集》而已。

再者，因《東坡七集》由晁志首次著錄，故了解晁志的成書過程，有助於吾人的考察。據孫猛的研究，晁志成書過程，可分爲「未刊稿」、「初刊本」、「補正本」三個重要階段。未刊稿成形於紹興二十一年（1151），晁氏作有自序。此未刊稿成書重要憑據之一，則是晁氏任職於四川都轉運司時的上司——

〔註30〕 文中關於《東坡六集》演變爲《東坡七集》的詳細過程，詳參《蘇軾研究史》，頁119～120。亦見於劉尚榮：〈宋刊蘇軾全集考〉，《蘇軾著作版本論叢》（成都：巴蜀書社，1988年3月），頁1～2。

〔註31〕 據喬衍琯考察，南渡後朝廷爲訪求圖書，陳騤編有《中興館閣書目》、張攀編有《中興館閣續書目》。然而，兩部書目今日所存相當有限，其中亦未見著錄《東坡七集》。詳見喬氏：《宋代書目考》（臺北：文史哲出版社，1987年4月），頁9～13。另見趙士煒輯考：《中興館閣書目輯考》、《中興館閣續書目輯考》（北京：現代出版社，1987年11月，《中國歷代書目叢刊》本），頁361～470。

〔註32〕 晁志的成書時間，依據〔宋〕晁公武撰，孫猛校證：《郡齋讀書志校證》（上海：上海古籍出版社，2005年9月初版2刷），〈前言〉頁1。

〔註33〕 〔宋〕陳振孫著，徐小蠻、顧美華點校：《直齋書錄解題》（上海：上海古籍出版社，2005年8月），卷十七，頁502。

一井度所贈予的五十篋圖書。關於井度的藏書過程，晁氏〈郡齋讀書志序〉
謂：

> 南陽公（筆者案：即井度）天資好書，自知興元府至領四川轉運使，
> 常以俸之半傳錄。時巴蜀獨不被兵，人間多有異本，聞之未嘗不力
> 求，必得而後巳。歷二十年，所有甚富。〔註34〕

由此可見蜀地之得天獨厚，以及井度藏書之勤奮與豐富。晁氏於日後知榮州
時，方才獲贈這批圖書。晁氏於紹興十四年九月以前即在四川任職，又於紹
興二十一年前知榮州。井度應當在紹興十四年至二十一年之間，將畢生庋藏
圖書贈予晁公武。〔註35〕

再次，晁氏既然接受了井度的贈書，晁志未刊稿又成於蜀地。由是觀之，
晁志理應收錄不少蜀地出版圖書。祝尚書認爲：「《郡齋讀書志》所著錄的書，
絕大多數是蜀本，大體上可以看作宋代蜀版書目。」〔註36〕這些圖書中，收錄
包括《應詔集》的蜀本《東坡七集》，祝氏已指出此事「於情理尚合」。〔註37〕

職是之故，本文認爲此蜀本《東坡七集》，不論是井度所贈，或爲晁氏於蜀
任官時所訪得，皆應在紹興十四年前出版刊行。得到這樣的結論，即能說明在
南渡初期，蘇軾策論專集《應詔集》業已附於七集問世。如此一來，理應擁有
不少讀者群，並引起井度或晁公武的注意，將之納入收藏、撰寫讀書志。

除了由版本文獻學的角度，探討南渡初期蘇軾政論與史論的讀者接受現
象外，尚可藉一則廣受今人所注意的史料，來探討此問題。陸遊於《老學庵
筆記》卷八記曰：

> 建炎以來，尚蘇氏文章，學者翕然從之，而蜀士尤盛。亦有語曰：「蘇
> 文熟，喫羊肉。蘇文生，喫菜羹。」〔註38〕

〔註34〕晁志自序，詳見《郡齋讀書志校證》，冊上頁17。另，晁志有「衢本」、「袁本」
傳世，兩傳本序文內容大同小異。就此段引文而言，僅在井度蒐羅書籍時間
有差異。衢本作「二十年」，袁本作「十餘年」。今擇一微引之。

〔註35〕以上對於晁公武生平、晁志成書過成的研究，皆依據孫猛：〈晁公武傳略〉，《郡
齋讀書志校證》，頁1257～1265。孫猛：〈郡齋讀書志衢袁二本的比較研究—
—兼論郡齋讀書志的成書過程〉，《郡齋讀書志校證》，冊下頁1392～1403。筆
者尚見其他研究成果，皆不如孫氏詳盡，不贅舉。

〔註36〕祝尚書：〈晁公武與宋代四川圖書業〉，《中國典籍與文化》，1995年1期，頁
23～25轉19。

〔註37〕詳參《別集敘錄》，頁405。

〔註38〕〔宋〕陸遊撰，李劍雄、劉德權點校：《老學庵筆記》（北京：中華書局，2005
年4月，《唐宋史料筆記叢刊》本），卷八，頁100。

此則陸遊筆記確實廣爲人知，文中所記當時俗諺，今人更是朗朗上口。經過本文考察，則當可由圖書出版刊行的角度，解釋爲何蘇文於南渡初期，得以「翕然從之」的大盛。此外，還可進一步思考這則筆記所呈現的地域性問題。陸遊強調「蜀士」特別崇尚蘇氏文章，前文則論「蜀地」刊行附有《應詔集》之《東坡七集》。這些「蜀士」、「蜀地」才有的特殊現象，應能相互印證。

最後，尙有一點值得附帶論之。祝尙書曾提出：「《應詔集》究爲何人何本所補，尙待研究」的問題。〔註39〕其實不僅如此，何以《應詔集》中的策論，早在蘇軾二十六歲應制舉之後即寫成，卻一直沒有與其他詩文一同刊行。而要在南渡以後，才於蜀地出版。蘇軾生前既然有可能編輯《東坡六集》，何以不將這些策論作品納入集中。這同樣令人不解。

五、結語：由顯而隱，再而大顯

對於蘇軾政論與史論讀者接受活動來說，觀察《蘇文彙評》所收的評論資料可以發現，約略要到南宋呂祖謙（1137～1181）《古文關鍵》以後，方能得見在數量、質量皆較可觀的成長。作爲中國最早的文章評點總集，確乎有其標志性的意義。而在此之前，由北宋中期至南渡初期的現象已如上所述。北宋中期時，蘇軾於科舉初試啼聲時給眾人帶來的驚喜，以及自由學風與政治環境下的出版活動，都讓蘇文接受活動繁榮昌盛。北宋晚期時，蘇文在政府的明令禁止下，接受活動雖有禁而不歇的現象。但不可否認的，是以較爲隱密的方式進行著。南渡初期時，蘇文弛禁，《應詔集》得以附入《東坡七集》正式刊行問世，必然將帶動起新的蘇軾政論與史論閱讀熱潮。或可說，這是爲呂祖謙日後的評論活動預作暖身了。

王基倫論北宋古文運動時，曾云：「古文運動日漸興盛，來自民間誦讀教化的力量不可小覷。」〔註40〕爲民間所誦讀之文，當然包括了蘇軾的作品。總結蘇軾影響力至廣至深的原因時又說：

> （筆者案：蘇軾）仕宦游歷，漂泊南北，既擴大了空間版圖，也受
> 到朝廷皇帝的同情目光。下至市井小民，上至達官貴人，眾人都成
> 了蘇文的讀者。後世詩話、筆記頗多記述蘇軾事蹟，并高度肯定蘇

〔註39〕詳參《別集叙錄》，頁406。
〔註40〕王基倫：〈蘇軾散文創作與接受活動探析〉，莫礪鋒編：《第二屆宋代文學國際研討會論文集》（南京：江蘇教育出版社，2003年6月），頁736。

軾的文學成就，并非偶然。〔註41〕

誠哉是言。各種人生閱歷，成爲開拓了蘇文（或蘇軾所有作品）讀者群的最佳助力。同時也留下豐富多彩的讀者接受活動。

《蔡寬夫詩話》有所謂的「文章隱顯，固自有時」之說。〔註42〕此說是針對宋初以降，白居易、李義山、唐彥謙、李白、韋莊、杜甫等人，在不同時期所受到的高低不同評價而來。而所以有些起伏，主要還是歸因於審美風向的轉變。本文所論的蘇軾政論與史論作品（抑或是其所有作品），在北宋中至南渡初期間，雖曾受到政治力量的壓抑，但由純粹審美風向的角度來看，則可謂受到持續地推崇，改變似乎不大。這也才能說明，何以論者認爲蘇軾著述的出版刊行，兩宋以來未曾改變熱烈現象。

最後，借用蔡氏「文章隱顯」的話，並將原意稍作更動。綜上所論，本文認爲，北宋中期至南渡初期蘇軾的讀者接受活動，呈現著「由顯而隱，再而大顯」的起伏變化過程。

〔註41〕〈蘇軾散文創作與接受活動探析〉，頁 737～738。
〔註42〕詳參郭紹虞：《宋詩話輯佚》（臺北：華正書局有限公司，1981 年 12 月），頁399。

參考書目

編輯說明：

1. 本參考書目分爲七大類。包括：「古人著作」、「今人著作」、「學位論文」、「期刊論文」、「論文集論文」、「重要工具書」、「重要網路資源」。

2. 「古人著作」，別立「宋人別集、總集」項，餘依四部分類，各類則以朝代先後排序。「今人著作」亦大略依四部分類，各類則以出版時間排序。

3. 「學位論文」、「期刊論文」、「論文集論文」三類，皆以出版時間排序。

4. 本參考書目登載引用於本文中之著作、論文，其他著作、論文則擇要錄之。

一、古人著作

（一）宋人別集、總集

1. 〔宋〕范仲淹著，〔清〕范能濬編集，薛正興校點：《范仲淹全集》，南京：鳳凰出版社，2004 年 11 月。

2. 〔宋〕歐陽修著，李逸安點校：《歐陽修全集》，北京：中華書局，2001 年 3 月。

3. 〔宋〕李覯著，王國軒校點：《李覯集》，北京：中華書局，1981 年。

4. 〔宋〕蘇洵著，曾棗莊、金成禮箋注：《嘉祐集箋注》，上海：上海古籍出版社，2001 年 4 月初版 2 刷。

5. 〔宋〕曾鞏著，陳杏珍、晁繼周點校：《曾鞏集》，北京：中華書局，2004 年 11 月初版 3 刷。

6. 〔宋〕王安石：《王臨川全集》，臺北：世界書局，1988 年 10 月。

7. 〔宋〕蘇軾著，孔凡禮點校：《蘇軾文集》，北京：中華書局，1999 年 7 月初版 5 刷。

8. 〔宋〕蘇軾著、郎曄注：《經進東坡文集事略》，臺北：世界書局，1992 年 3 月，三版。

9. 薛瑞生：《東坡詞編年箋證》，西安：三秦出版社，1998 年 9 月。

10. 鄒同慶、王宗堂：《蘇軾詞編年校注》，北京：中華書局，2002 年 9 月。

11. 〔宋〕蘇轍著，陳宏夫、高秀芳點校：《蘇轍集》，北京：中華書局，1999 年 7 月初版 2 刷。

12. 〔宋〕李之儀：《姑溪居士前集》，臺北：臺灣商務印書館股份有限公司，1983，《文淵閣四庫全書》本。

13. 〔宋〕秦觀撰，徐培均箋注：《淮海集箋注》，上海：上海古籍出版社，2000 年 11 月。

14. 〔宋〕張耒撰，李逸安、孫通海、傅信點校：《張耒集》，北京：中華書局，2005 年 5 月初版 3 刷。

15. 〔宋〕李新：《跨鼇集》，臺北：臺灣商務印書館股份有限公司，1983 年，《文淵閣四庫全書》本。

16. 〔宋〕周行己著，周夢江箋校：《周行己集》，上海：上海社會科學院出版社，2002 年 12 月。

17. 〔宋〕劉安節：《左史集》，清光緒二年（1876）瑞安孫氏詒善塾刊本。

18. 〔宋〕唐庚：《眉山唐先生文集》，臺北：臺灣商務印書館股份有限公司，1975，《四部叢刊三編》本。

19. 〔宋〕唐庚：《唐先生文集》，北京：書目文獻出版社，1988 年，《北京圖書館古籍珍本叢刊》影印宋刻本。

20. 〔宋〕王庭珪：《盧溪文集》，臺北：臺灣商務印書館股份有限公司，1983 年，《文淵閣四庫全書》本。

21. 〔宋〕周紫芝：《竹坡詞》，臺北：臺灣商務印書館股份有限公司，1983 年，《文淵閣四庫全書》本。

22. 〔宋〕周紫芝：《太倉稊米集》，臺北：臺灣商務印書館股份有限公司，1983 年，《文淵閣四庫全書》本。

23. 〔宋〕綦崇禮：《北海集》，臺北：臺灣商務印書館股份有限公司，1983 年，《文淵閣四庫全書》本。

24. 〔宋〕李綱著，王瑞明點校：《李綱全集》，長沙：岳麓書社，2004 年 5 月。

25. 〔宋〕李彌遜：《筠谿集》，臺北：臺灣商務印書館股份有限公司，1983 年，《文淵閣四庫全書》本。

26. 〔宋〕蘇籀:《雙溪集》,臺北:華聯出版社,1965 年,《粵雅堂叢書》本。

27. 〔宋〕張浚:《中興備覽》,臺北:藝文印書館,1955 年,《百部叢書集成》本。

28. 〔宋〕胡寅著,容肇祖點校:《崇正辯‧斐然集》,北京:中華書局,1993 年 12 月。

29. 〔宋〕劉子翬:《屏山集》,臺北:臺灣商務印書館股份有限公司,1983 年,《文淵閣四庫全書》本。

30. 〔宋〕范浚:《范香溪先生文集》,上海:上海書店,1985 年 2 月,《四部叢刊續編》本。

31. 〔宋〕胡銓:《胡澹庵先生文集》,臺北:漢華文化事業公司,1970 年,影印清道光胡文思重刊本。

32. 〔宋〕胡宏著,吳仁華點校:《胡宏集》,北京:中華書局,1987 年 6 月。

33. 〔宋〕楊萬里著,辛更儒箋校:《楊萬里集箋校》,北京:中華書局,2007 年 9 月。

34. 〔宋〕朱熹著,郭齊、尹波點校:《朱熹集》,成都:四川教育出版社,1997 年 5 月初版 2 刷。

35. 〔宋〕陳亮著,鄧廣銘點校:《陳亮集》,北京:中華書局,1974 年 12 月。

36. 〔宋〕佚名輯:《新刊國朝二百家名賢文粹》,上海:上海古籍出版社,1995～2002,《續修四庫全書》影印宋書隱齋刻本。

37. 傅璇琮主編:《全宋詩》,北京:北京大學出版社,1991 年。

38. 唐圭璋編:《全宋詞》,北京:中華書局,1998 年 11 月初版 7 刷。

39. 曾棗莊、劉琳主編:《全宋文》,上海:上海辭書出版社,2006 年 8 月。

（二）經 部

1. 〔漢〕毛亨傳、鄭玄箋,〔唐〕孔穎達疏,《毛詩正義》,臺北:新文豐出版公司,1988 年 7 月,影印阮刻《十三經注疏》本。

2. 〔漢〕孔安國傳,〔唐〕孔穎達正義:《尚書正義》,臺北:新文豐出版公司,1988 年 7 月,影印阮刻《十三經注疏》本。

3. 〔漢〕鄭玄注,唐孔穎達等正義:《禮記正義》,臺北:新文豐出版公司,1988 年 7 月,影印阮刻《十三經注疏》本。

4. 〔周〕左丘明著,〔晉〕杜預注,〔唐〕孔穎達正義:《春秋左傳正義》,臺北:新文豐出版公司,1988 年 7 月,影印阮刻《十三經注疏》本。

5. 〔漢〕趙岐注,〔宋〕孫奭疏:《孟子注疏》,臺北:新文豐出版公司,1988 年 7 月,影印阮刻《十三經注疏》本。

6. 〔魏〕何晏注,〔宋〕邢昺疏:《論語注疏》,臺北:新文豐出版公司,1988

年 7 月，影印阮刻《十三經注疏》本。

7. 楊伯峻編著：《春秋左傳注》，臺北：洪葉文化事業有限公司，1993 年 5 月。

8. 賴炎元註譯：《韓詩外傳今註今譯》，臺北：臺灣商務印書館股份有限公司股份有限公司，1972 年 9 月。

（三）史 部

1. 徐元誥撰，王樹民、沈長雲點校：《國語集解》，北京：中華書局，2002 年 6 月。

2. 〔漢〕司馬遷撰，〔南朝宋〕裴駰集解，〔唐〕司馬貞索隱，張守節正義：《史記》，北京：中華書局，2003 年 7 月，2 版 18 刷。

3. 〔漢〕班固撰，〔唐〕顏師古注：《漢書》，北京：中華書局，1996 年 5 月初版 9 刷。

4. 〔漢〕劉向集錄，范祥雍箋證，范邦瑾協校：《戰國策箋證》，上海：上海古籍出版社，2006 年 12 月。

5. 〔晉〕陳壽撰，〔南朝宋〕裴松之注：《三國志》，北京：中華書局，2002 年 2 月，2 版 16 刷。

6. 〔南朝宋〕范曄撰，〔唐〕李賢等注：《後漢書》，北京：中華書局，2001 年 5 月初版 9 刷。

7. 〔梁〕蕭子顯：《南齊書》，北京：中華書局，1972 年 1 月。

8. 〔梁〕沈約：《宋書》，北京：中華書局，1974 年 10 月。

9. 〔後晉〕劉昫等撰：《舊唐書》，北京：中華書局，1975 年 5 月。

10. 〔唐〕房玄齡等撰：《晉書》，北京：中華書局，1974 年 11 月。

11. 〔宋〕歐陽修、宋祁著：《新唐書》，北京：中華書局，1975 年 2 月。

12. 〔宋〕司馬光編著，〔元〕胡三省音注，標點資治通鑑小組校點：《資治通鑑》，北京：中華書局，1992 年 4 月初版 8 刷。

13. 〔宋〕晁公武撰，孫猛校證：《郡齋讀書志校證》，上海：上海古籍出版社，2005 年 9 月初版 2 刷。

14. 〔宋〕徐夢莘：《三朝北盟會編》，上海：上海古籍出版社，1987 年 10 月，影印清光緒許涵度刻本。

15. 〔宋〕徐夢莘：《三朝北盟會編》，臺北：文海出版社，1962 年 9 月，影印清光緒越東集印本。

16. 〔宋〕李幼武撰：《四朝名臣言行錄》，北京：北京圖書館出版社，2006 年 10 月，《宋代傳記資料叢刊》影印清道光元年洪氏續學堂刻本。

17. 〔宋〕李心傳撰，徐規點校：《建炎以來朝野雜記》，北京：中華書局，2006

年 3 月初版 2 刷。

18. 〔宋〕陳振孫著，徐小蠻、顧美華點校：《直齋書錄解題》，上海：上海古籍出版社，2005 年 8 月。

19. 〔宋〕楊仲良：《通鑒長編紀事本末》，臺北：臺灣商務印書館股份有限公司，1981 年，影印《宛委別藏》本。

20. 〔宋〕王稱：《東都事略》，臺北：文海出版社，1979 年 7 月，《宋史資料萃編》本。

21. 〔元〕馬端臨：《文獻通考》，臺北：臺灣商務印書館股份有限公司，1987 年 12 月。

22. 〔元〕脫脫：《宋史》，北京：中華書局，1997 年 6 月初版 4 刷。

23. 〔明〕黃淮、楊士奇編：《歷代名臣奏議》，上海：上海古籍出版社，1989 年 10 月，影印永樂本。

24. 〔清〕王夫之：《宋論》，北京：中華書局，2003 年 11 月。

25. 〔清〕徐松輯：《宋會要輯稿》，臺北：新文豐出版公司，1976。

26. 〔清〕永瑢等撰：《四庫全書總目》，北京：中華書局，2003 年 8 月初版 7 刷。

27. 〔清〕陸心源輯撰：《宋史翼》，北京：中華書局，1991 年 12 月。

28. 〔清〕趙翼著，王樹民校證：《廿二史劄記校證（訂補本）》，北京：中華書局，2001 年 11 月初版 2 刷。

29. 〔清〕黃以周等輯注，顧吉辰點校：《續資治通鑑長編拾補》，北京：中華書局，2004 年 1 月。

30. 〔清〕吳任臣撰，徐敏霞、周瑩點校：《十國春秋》，北京：中華書局，1983 年 12 月。

（四）子　部

1. 〔漢〕賈誼著，閻振益、鍾夏校注：《新書校注》，北京：中華書局，2007 年 10 月初版 2 刷。

2. 〔南朝宋〕劉義慶撰，〔梁〕劉孝標注，楊勇校箋：《世說新語校箋修訂本》，北京：中華書局，2006 年 6 月。

3. 〔宋〕歐陽修著、李偉國點校：《歸田錄》，北京：中華書局，1997 年 12 月初版 2 刷，《唐宋史料筆記叢刊》本。

4. 〔宋〕蘇轍著，俞宗憲點校：《龍川略志·龍川別志》，北京：中華書局，1997 年 12 月初版 2 刷，《唐宋史料筆記叢刊》本。

5. 〔宋〕趙令畤著，孔凡禮點校：《侯鯖錄·墨客揮犀·續墨客揮犀》，北京：中華書局，2002 年 9 月，《唐宋史料筆記叢刊本》。

6. 〔宋〕李心傳撰，徐規點校：《建炎以來朝野雜記》，北京：中華書局，2000年7月，《唐宋史料筆記叢刊本》。

7. 〔宋〕陸遊撰，李劍雄、劉德權點校：《老學庵筆記》，北京：中華書局，2005年4月，《唐宋史料筆記叢刊》本。

8. 〔宋〕洪邁著，孔凡禮點校：《容齋隨筆》，北京：中華書局，2005年11月，《唐宋史料筆記叢刊》本。

9. 〔宋〕吳曾：《能改齋漫錄》，臺北：新興書局，1988，《筆記小説大觀》本。

10. 〔宋〕葉適著，中華書局編輯部點校：《習學記言序目》，北京：中華書局，1977年10月。

11. 〔宋〕葉紹翁著，沈錫麟、馮惠民點校：《四朝聞見錄》，北京：中華書局，1997年12月初版2刷，《唐宋史料筆記叢刊》本。

12. 〔宋〕羅大經撰，王瑞來點校：《鶴林玉露》，北京：中華書局，1997年12月，《唐宋史料筆記叢刊》本。

13. 〔明〕唐順之：《稗編》，臺北：臺灣商務印書館股份有限公司，1983年，《文淵閣四庫全書》本。

14. 〔清〕何焯著，崔高維點校：《義門讀書記》，北京：中華書局，2006年6月初版3刷。

15. 〔清〕焦循：《里堂家訓》，上海：上海古籍出版社，1997年，《續修四庫全書》本。

16. 〔唐〕孫思邈撰，〔宋〕林億等校正：《孫眞人備急千金要方》，臺北：臺灣商務印書館股份有限公司，1975年，《四部叢刊》三編本。

17. 〔清〕黃宗羲原著、全祖望補修，陳金生、梁運華點校：《宋元學案》，北京：中華書局，1986年12月。

（五）集　部

1. 〔梁〕劉勰著，王更生注譯：《文心雕龍讀本》，臺北：文史哲出版社，1997年10月初版6刷。

2. 《文體序説三種》，臺北：大安出版社，1998年6月。

3. 〔宋〕劉克莊撰，王秀梅點校：《後村詩話》，北京：中華書局，1983年12月。

4. 〔宋〕胡仔：《漁隱叢話》，臺北：廣文書局，1967年6月，影印道光己酉《海山仙館叢書》本。

5. 〔明〕楊慎：《三蘇文範》，臺南：莊嚴文化事業有限公司，1997年6月，《四庫全書存目叢書》本。

6. 〔清〕劉開：《劉孟塗集》，上海：上海古籍出版社，1997，《續修四庫全

書》影印姚氏檗山草堂刻本。

7. 〔清〕王士禎著、張宗柟纂集，戴鴻森校點：《帶經堂詩話》，北京：中華書局，1982 年 11 月初版 2 刷。

8. 〔清〕儲欣：《唐宋十大家全集錄》，臺南：莊嚴文化事業有限公司，1997年 6 月，《四庫全書存目叢書》本。

9. 〔清〕吳楚材、吳調侯選：《古文觀止》，北京：中華書局，1959 年 9 月。

10. 〔清〕王文誥：《蘇文忠公詩編註集成總案》，臺北：臺灣學生書局，1987年 10 月初版 3 刷。

11. 〔清〕吳曾祺，楊承祖點校：《涵芬樓文談》，臺北：臺灣商務印書館股份有限公司股份有限公司，1998 年 6 月，臺二版。

二、今人專著

（一）經　學

1. 侯家駒：《周禮研究》，臺北：聯經出版事業股份有限公司，1987 年 6 月。

2. 張高評：《左傳導讀》，臺北：文史哲出版社，1995 年 10 月，再版 2 刷。

3. 郭丹：《左傳漫談》，臺北：頂淵文化事業有限公司，1997 年 8 月。

4. 宋鼎宗：《〈春秋〉胡氏學》，臺北：萬卷樓圖書有限公司，2000 年 4 月。

（二）史　學

1. 〔日〕荒木敏一：《宋代科舉制度研究》，東京：東洋史研究會，1969 年 3月。

2. 陳寅恪：《元白詩箋證稿》，臺北：里仁書局，1981 年 1 月。。

3. 梁啓超：《中國歷史研究法五種》，臺北：里仁書局，1982 年 1 月。

4. 王曾瑜：《宋朝兵制初探》，北京：中華書局，1983 年 8 月。

5. 帥鴻勳：《王安石新法研述》，臺北：正中書局，1982 年 3 月，臺二版。

6. 杜維運：《清代史學與史家》，臺北：東大圖書股份有限公司，1984。

7. 劉子健：《歐陽修的治學與從政》，臺北：新文豐出版公司，1984 年 10 月，補正再版。

8. 聶崇岐：《宋史叢考》，臺北：華世出版社，1986。

9. 趙士煒輯考：《中興館閣書目輯考》、《中興館閣續書目輯考》，北京：現代出版社，1987 年 11 月，《中國歷代書目叢刊》本。

10. 蔡世明編：《歐陽脩的生平與學術》，臺北：文史哲出版社，1986 年 9 月，修訂再版。

11. 喬衍琯：《宋代書目考》，臺北：文史哲出版社，1987 年 4 月。

12. 劉尚榮：《蘇軾著作版本論叢》，成都：巴蜀書社，1988 年 3 月。

13. 陳樂素主編：《宋元文史研究》，廣州：廣東人民出版社，1988 年 9 月。

14. 王世宗：《南宋高宗朝變亂之研究》，臺北：國立臺灣大學出版委員會，1989 年 6 月，《文史叢刊》82。

15. 黃寬重：《南宋軍政與文獻探索》，臺北：新文豐出版公司，1990 年 7 月。

16. 何忠禮：《宋史選舉志補正》，杭州：浙江古籍出版社，1992 年 3 月。

17. 陳植鍔：《北宋文化史論》，北京：中國社會科學出版社，1992 年 3 月。

18. 安平秋、章培垣主編：《中國禁書簡史》，臺北：竹友軒出版有限公司，1992 年 2 月。

19. 趙雅書主編：《宋史教學研討會論文集》，臺北：國立臺灣大學歷史學系，1993 年 4 月。

20. 〔日〕尾崎康著，陳捷譯：《以正史爲中心的宋元版本研究》，北京：北京大學出版社，1993 年 7 月。

21. 黃寬重：《宋史叢論》，臺北：新文豐出版社，1993 年 10 月。

22. 李弘祺：《宋代官學教育與科舉》，臺北：聯經出版事業股份有限公司，1994 年 6 月。

23. 〔美〕賈志揚：《宋代科舉》，臺北：東大出版社，1995 年 6 月。

24. 〔日〕寺地遵著，劉靜貞、李今芸譯：《南宋初期政治史研究》，臺北：稻禾出版社，1995 年 7 月。

25. 張其凡：《宋初政治探研》，廣州：暨南大學出版社，1995 年 10 月。

26. 杜維運：《史學方法論》，臺北：三民書局，1995 年 9 月，13 版。

27. 周愚文：《宋代的州縣學》，臺北：國立編譯館，1996 年 3 月。

28. 宵慧如：《北宋進士科考試內容之演變》，臺北：知書房出版社，1996 年 10 月。

29. 苗書梅：《宋代官員選任與管理制度》，開封：河南大學出版社，1996 年 6 月。

30. 張大可：《司馬遷評傳》，南京：南京大學出版社，1997 年 1 月初版 2 刷。

31. 劉子健：《兩宋史研究彙編》，臺北：聯經出版事業股份有限公司，1997 年 4 月初版 2 刷。

32. 何忠禮、徐吉軍：《南宋史稿（政治軍事和文化編）》，杭州：杭州大學出版社，1999 年 4 月。

33. 祝尚書：《宋人別集敘錄》，北京：中華書局，1999 年 11 月。

34. 張玉春：《〈史記〉版本研究》，北京：商務印書館，2001 年 7 月。

35. 鄧廣銘：《北宋政治改革家王安石》，石家莊：河北教育出版社，2001 年 5

月初版 2 刷。

36. 游彪：《宋代蔭補制度研究》，北京：中國社會科學出版社，2001 年 9 月。

37. 陳寅恪：《金明館叢稿二編》，北京：生活・讀書・新知三聯書局，2001 年 7 月。

38. 朱瑞熙：《嚘城集》，上海：華東師範大學出版社，2001 年 8 月。

39. 陶晉生：《宋遼關係史研究》，臺北：聯經出版事業股份有限公司，2002 年 7 月初版 5 刷。

40. 王曾瑜：《岳飛和南宋前期政治與軍事研究》，開封：河南大學出版社，2002 年 10 月。

41. 曹金華：《漢光武帝劉秀評傳》，南京：江蘇古籍出版社，2002 年 12 月。

42. 中國軍事史編寫組：《中國歷代戰爭年表》，北京：中國人民解放軍出版社，2003 年 1 月。

43. 陳振：《宋史》，上海：上海人民出版社，2003 年 4 月。

44. 余英時：《朱熹的歷史世界——宋代士大夫政治文化的研究》，臺北：允晨文化實業股份有限公司，2003 年 6 月。

45. 黃寬重：《史事、文獻與人物——宋史研究論文集》，臺北：東大圖書公司，2003 年 9 月。

46. 〔日〕清水茂著，蔡毅譯：《清水茂漢學論集》，北京：中華書局，2003 年 10 月。

47. 四川大學古籍整理研究所編：《宋集珍本叢刊・書目提要》，北京：線裝書局，2004 年 5 月。，冊 108。

48. 祝尚書：《宋人總集叙錄》，北京：中華書局，2004 年 5 月。

49. 杜維運：《中國史學史（第三冊）》，臺北：杜維運出版，三民書局經銷，2004 年 6 月。

50. 陶晉生、黃寬重、劉靜貞：《宋史》，臺北：國立空中大學，2004 年 12 月。

51. 林時民：《統帥與鑰匙：中國傳統史學十五論》，臺北：稻鄉出版社，2005 年 8 月。

52. 張富祥：《宋代文獻學研究》，上海：上海古籍出版社，2006 年 3 月。

53. 張祥浩、魏福明：《王安石評傳》，南京：南京大學出版社，2006 年 6 月。

54. 鄧小南：《祖宗之法——北宋前期政治述略》，北京：三聯書店，2006 年 9 月。

55. 胡奇光：《中國文禍史》，上海：上海人民出版社，2006 年 10 月。

56. 汪榮祖：《史家陳寅恪傳（增訂版）》，臺北：聯經出版事業股份有限公司，2006 年 11 月，二版 4 刷。

57. 舒仁輝：《〈東都事略〉與〈宋史〉比較研究》，北京：商務印書館，2007年1月。

58. 〔宋〕傅藻編，吳洪澤點校：《東坡紀年錄》，成都：四川大學出版社，2003年1月，《宋人年譜叢刊》本。

59. 〔宋〕黃去疾編，刁忠民校點：《龜山先生文靖楊公年譜》，成都：四川大學出版社，2003年1月，《宋人年譜叢刊》本。

60. 〔宋〕魏峙編，吳洪澤點校：《直講李先生年譜》，成都：四川大學出版社，2003年1月，《宋人年譜叢刊》本。

61. 趙效宣：《宋李天紀先生綱年譜》，臺北：臺灣商務印書館股份有限公司股份有限公司，1980年6月。

62. 嚴杰：《歐陽脩年譜》，南京：南京出版社，1993年11月。

63. 王智勇：《張方平年譜》，《宋代文化研究（第三輯）》，成都：四川大學出版社，1993年11月。

64. 舒大剛：《蘇籀年譜》，成都：巴蜀書社，1995年12月，《三蘇後代研究》本。

65. 鄭永曉：《黃庭堅年譜》，北京：社會科學文獻出版社，1997年8月。

66. 李震著：《曾鞏年譜》，蘇州：蘇州大學出版社，1997年12月。

67. 孔凡禮：《蘇軾年譜》，北京：中華書局，1998年2月。

68. 祝尚書：《尹洙年譜》，成都：四川大學出版社，2003年1月，《宋人年譜叢刊》本。

69. 邵祖壽：《張文潛先生年譜》，成都：四川大學出版社，2003年1月，《宋人年譜叢刊》本。

70. 馬德富：《唐庚年譜》，成都：四川大學出版社，2003年1月，《宋人年譜叢刊》本。

71. 蕭東海：《王庭珪年譜》，成都：四川大學出版社，2003年1月，《宋人年譜叢刊》本。

72. 曾棗莊：《李之儀年譜》，成都：四川大學出版社，2003年1月，《宋人年譜叢刊》本。

73. 劉德清：《歐陽脩紀年錄》，上海：上海古籍出版社，2006年7月。

（三）子　學

1. 唐翼明：《魏晉清談》，臺北：東大圖書股份有限公司，1992年10月。

2. 王立新：《胡宏》，臺北：東大圖書公司，1996年2月。

3. 牟宗三：《中國哲學十九講》，臺北：臺灣學生書局，1997年1月初版7刷。

4. 王立新：《開創時期的湖湘學派》，長沙：岳麓書社，2003 年 4 月。

（四）文 學

1. 張相：《古今文綜》，臺北：中華書局股份有限公司，1962 年 7 月，臺一版。

2. 馮書耕、金仞千：《古文通論》，臺北：國立編譯館，1979 年 4 月，三版。

3. 郭紹虞：《宋詩話輯佚》，臺北：華正書局有限公司，1981 年 12 月。

4. 中華文化復興運動推行委員會主編：《中國散文之面貌》，臺北：中央文物供應社，1984 年 5 月。

5. 朱任生：《古文法纂要》，臺北：臺灣商務印書館股份有限公司，1984 年 9 月。

6. 李德身：《王安石詩文繫年》，西安：陝西人民教育出版社，1987 年 9 月。

7. 陳必祥：《古代散文文體概論》，臺北：文史哲出版社，1987 年 10 月。

8. 萬陸：《中國散文美學》，鄭州：中州古籍出版社，1989 年 6 月。

9. 〔美〕M.H.艾布拉姆斯著，酈稚牛、張照進、童慶生譯，王寧校：《鏡與燈：浪漫主義文論及批評傳統》，北京：北京大學出版社，1989 年 12 月。

10. 張高評：《宋詩之傳承與開拓——以翻案詩、禽言詩、詩中有畫為例》，臺北：文史哲出版社，1990 年 3 月。

11. 姜濤：《古代散文文體概論》，太原：山西人民出版社，1990 年 6 月。

12. 程千帆、吳新雷：《兩宋文學史》，上海：上海古籍出版社，1991 年 2 月。

13. 王夢鷗：《傳統文學論衡》，臺北：時報文化出版企業有限公司，1991 年 4 月，版初 2 刷。

14. 褚斌杰：《中國古代文體學》，臺北：臺灣學生書局，1991 年 4 月。

15. 郭預衡：《歷代散文叢談》，太原：中西教育出版社，1991 年 10 月，再版。

16. 瞿兌之：《中國駢文概論》，劉麟生主編：《中國文學八論》，鄭州：中州古籍出版社，1991 年 11 月。

17. 王兆鵬：《宋南渡詞人羣體研究》，臺北：文津出版社，1992 年 3 月。

18. 何寄澎：《北宋的古文運動》，臺北：幼獅文化事業公司，1992 年 8 月。

19. 周振甫：《文章例話·寫作編（二）》，臺北：五南圖書出版有限公司，1994 年 5 月。

20. 周明：《中國古代散文藝術》，南京：江蘇教育出版社，1994 年 12 月。

21. 祝尚書：《北宋古文運動發展史》，成都：巴蜀書社，1995。

22. 劉一沾、石旭紅：《中國散文史》，臺北：文津出版社，1995 年 6 月。

23. 舒大剛：《三蘇後代研究》，成都：巴蜀書社，1995 年 12 月。

24. 陳柱：《中國散文史》，北京：東方出版社，1996 年 3 月。

25. 孫望、常國武：《宋代文學史》，北京：人民文學出版社，1996 年 9 月。

26. 沈謙：《修辭學》，臺北：國立空中大學，1996 年 11 月，修訂版 2 刷。

27. 李明華：《南宋詠史詩研究》，臺北：文津出版社，1997 年 11 月。

28. 曾棗莊、曾濤編：《蘇文彙評》，臺北：文史哲出版社，1998 年 5 月。

29. 陳文忠：《中國古典詩歌接受史研究》，合肥：安徽大學出版社，1998 年 8 月。

30. 高海夫主編：《唐宋八大家文鈔校注集評》，西安：三秦出版社，1998 年 9 月。

31. 劉若愚著，杜國清譯：《中國文學理論》，臺北：聯經出版事業股份有限公司，1998 年 9 月初版 5 刷。

32. 仇小屏：《文章章法論》，臺北：萬卷樓圖書有限公司，1998 年 11 月。

33. 熊禮匯：《先唐散文藝術論》，北京：學苑出版社，1999 年 1 月。

34. 高步瀛選注：《唐宋文舉要》，上海：上海古籍出版社，1999 年 5 月初版 3 刷。

35. 曾棗莊：《三蘇研究》，成都：巴蜀書社，1999 年 10 月。

36. 錢鍾書：《管錐編》，北京：中華書局，1999，再版 7 刷。

37. 楊文雄：《李白接受史研究》，臺北：五南圖書出版有限公司，2000 年 3 月。

38. 郭預衡：《中國散文史（中）》，上海：上海古籍出版社，2000 年 3 月。

39. 謝敏玲：《蘇軾史論散文研究》，臺北：萬卷樓圖書有限公司，2000 年 5 月。

40. 王水照：《王水照自選集》，上海：上海教育出版社，2000 年 6 月。

41. 王水照主編：《宋代文學通論》，高雄：高雄復文圖書出版社，2000 年 6 月。

42. 曾棗莊等著：《蘇軾研究史》，南京：江蘇教育出版社，2001 年 4 月。

43. 陽平南：《〈左傳〉敘戰的資鑑精神》，臺北：文津出版社，2001 年 10 月。

44. 蕭慶偉：《北宋新舊黨爭與文學》，北京：人民文學出版社，2001 年 6 月。

45. 何寄澎：《典範的遞承：中國古典詩文論叢》，臺北：文史哲出版社，2002 年 3 月。

46. 楊慶存：《宋代散文研究》，北京：人民文學出版社，2002 年 9 月。

47. 羅宗強：《玄學與魏晉士人心態》，天津：南開大學出版社，2003 年 3 月。

48. 袁行霈、聶石樵、李炳海等著：《中國文學史》，北京：高等教育出版社，2003 年 7 月。

49. 朱迎平：《宋文論稿》，上海：上海財經大學出版社，2003 年 10 月。

50. 劉師培：《中國中古文學史講義（含《漢魏六朝專家文研究》、《經學教科書》、《兩漢學術發微論》)》，北京：中國人民大學出版社，2004 年 9 月。

51. 張高評：《自成一家與宋詩宗風──兼論唐宋詩之異同》，臺北：萬卷樓圖書股份有限公司，2004 年 11 月。

52. 沈松勤：《南宋文人與黨爭》，北京：人民出版社，2005 年 3 月。

53. 馬東瑤：《蘇門六君子研究》，北京：北京大學出版社，2005 年 3 月。

54. 劉衍：《中國古代散文史論稿》，海口：南方出版社，2005 年 4 月。

55. 陳滿銘：《篇章結構學》，臺北：萬卷樓圖書股份有限公司，2005 年 5 月。

56. 陳飛主編：《中國古代散文研究》，福州：福建人民出版社，2005 年 6 月。

57. 陳平原：《中國散文小說史》，臺北：二魚文化事業有限公司，2005 年 7 月。

58. 鄔國平：《中國古代接受文學與理論》，哈爾濱：黑龍江人民出版社，2005 年 11 月。

59. 黃霖主編、寧俊紅著：《20 世紀中國古代文學研究史·散文卷》，上海：東方出版中心，2006 年 1 月。

60. 譚家健：《中國古代散文史稿》，重慶：重慶出版社，2006 年 1 月。

61. 祝尚書：《宋代科舉與文學考論》，鄭州：大象出版社，2006 年 3 月。

62. 鄭芳祥：《出處死生──蘇軾貶謫嶺南文學作品主題研究》，成都：巴蜀書社，2006 年 8 月。

63. 章必功：《文體史話》，上海：同濟大學出版社，2006 年 9 月。

64. 錢建狀：《南宋初期的文化重組與文學新變》，廈門：廈門大學出版社，2006 年 10 月。

65. 林岩：《北宋科舉考試與文學》，上海：上海古籍出版社，2006 年 12 月。

66. 方孝岳：《中國文學批評·中國散文概論》，北京：生活·讀書·新知三聯書店，2007 年 1 月。

67. 郭預衡：《郭預衡自選集》，濟南：山東文藝出版社，2007 年 1 月。

68. 吳叔樺：《蘇轍史論散文研究》，臺北：萬卷樓圖書有限公司，2007 年 11 月。

69. 胡可先：《唐代重大歷史事件與文學研究》，杭州：浙江大學出版社，2007 年 12 月。

70. 張高評：《印刷傳媒與宋詩特色》，臺北：里仁書局，2008 年 3 月。

71. 馬茂軍：《宋代散文史論》，北京：中華書局，2008 年 4 月。

72. 曾棗莊：《宋文通論》，上海：上海人民出版社，2008 年 12 月。

73. 孫立堯：《宋代史論研究》，北京：中華書局，2009 年 4 月。

三、學位論文

1. 李淑芳：「李綱詩詞研究」（高雄：國立高雄師範大學國文研究所碩士論文，1994 年 6 月。

2. 李淑芳：「宋室南渡前後詩詞衍變研究」（高雄：國立高雄師範大學國文研究所博士論文，2001 年 3 月。

3. 朱乃潔：「蘇洵政論散文研究」（臺北：臺北市立師範學院應用語言文學研究所碩士論文，2003 年 6 月。

4. 郭宗南：「蘇轍史論文研究」（臺南：國立成功大學中國文學研究所碩士論文，2003 年 6 月。

5. 白瑞明：「三蘇史論初探」（南昌：南昌大學中國古代文學專業碩士論文，2005 年 5 月。

6. 吳建輝：「宋代試論與文學」（南京：南京大學中文系，中國古代文學專業博士論文，2005 年 6 月。

7. 陳秉貞：「三蘇史論研究」（臺北：國立臺灣師範大學國文研究所博士論文，2006。

四、期刊論文

1. 金中樞：〈北宋科舉制度研究〉（上），《宋史研究集》11 輯，1979 年 7 月，頁 1～71。

2. 金中樞：〈北宋科舉制度研究〉（下），《宋史研究集》12 輯，1980 年 7 月，頁 31～112。

3. 金中樞：〈北宋科舉制度研究續（上)〉，《宋史研究集》13 輯，1981 年 10 月，頁 63～188。

4. 林瑞翰：〈宋代制科考〉，《國立臺灣大學歷史學系學報》8 期，1981 年 12 月，頁 67～82

5. 郭預衡：〈北宋文章的兩個特徵〉，《社會科學戰線》1985 年 3 期，頁 300～310。

6. 曾棗莊：〈論《全宋文》的文體分類及其編序〉，《四川古籍整理出版通訊》1987 年 5 期，另見《全宋文》360/240～275。

7. 王綺珍：〈南宋散文評價中的幾個問題〉，《文學遺產》1988 年 4 期，頁 77～83。

8. 楊勝寬：〈張方平與蘇軾的契心之交〉，《中國文學研究》1992 年 4 期，頁 33～38。

9. 張希清：〈北宋貢舉登科人數考〉，《國學研究》2 卷，1994 年 7 月，頁 393
   ～425。

10. 祝尚書：〈晁公武與宋代四川圖書業〉，《中國典籍與文化》1995 年 1 期，
    頁 23～25 轉 19。

11. 張高評校讀，陳致宏、林湘華整理：〈民國三十五至八十五年臺灣地區宋
    代散文研究目錄〉，《古典文學通訊》29 期，1997 年 5 月，頁 7～12。

12. 譚家健：〈近十年中國古典散文史研究著作述要〉，《書目季刊》31：4，1998
    年 3 月，頁 90～99。

13. 朱剛：〈論秦觀賢良進策〉，《新宋學》1 輯，2001 年 10 月，頁 45～59。

14. 鄭芳祥：〈蘇軾《省試刑賞忠厚之至論》闡釋史一隅〉，《東方人文學誌》，
    1 卷 3 期，2002 年 9 月，頁 139～156。

15. 楊宇勛：〈宋代的布衣上書〉，《成大歷史學報》27 號，2003 年 6 月，頁 1
    ～54。

16. 張海鷗：〈宋文研究的世紀回顧與展望〉，《文學評論》2002 年 3 期，頁 49
    ～58。

17. 李紀祥：〈中國史學史的兩種「實錄」傳統〉，《漢學研究》21：2，2003
    年 12 月，頁 367～390。

18. 謝佩芬：〈三蘇研究論著目錄（上）（1913～2003）〉，《書目季刊》38：4，
    2005 年 3 月，頁 43～128。

19. 謝佩芬：〈三蘇研究論著目錄（下）（1913～2003）〉，《書目季刊》39：1，
    2005 年 6 月，頁 51～94。

20. 周樑楷：〈歷史意識是種思維方式〉，《思想》編輯委員會：《歷史與現實》，
    臺北：聯經出版事業股份有限公司，2006 年 7 月，頁 125～162。

21. 沈章明：〈二十世紀以來蘇洵研究論著目錄補遺〉，《書目季刊》40：2，2006
    年 9 月，頁 45～54。

22. 王基倫：〈蘇軾對史事本意的追求──從《刑賞忠厚之至論》談起〉，《長
    江學術》2007 年 1 月，頁 85～91。

23. 陳友冰：〈中國大陸宋文研究綜論（1979～2006）〉，《漢學研究通訊》26：
    1，2007 年 2 月，頁 1～12。

24. 王啓發：〈在經典與政治之間──王安石變法對《周禮》的具體實踐〉，《湖
    南大學學報（社會科學版）》21：2，2007 年 3 月，頁 11～18。

25. 李貞慧：〈蘇軾詩在北宋末年的流傳及其意義──以東坡詩註及宋人詩話
    爲中心的觀察〉，《清華中文學報》1 期，2007 年 9 月，頁 133～169。

26. 方震華：〈唐宋政治論述中的貞觀之政──治國典範的論辯〉，《臺大歷史
    學報》40 期，2007 年 12 月，頁 19～55。

27. 鄭芳祥：〈李綱〈迁論〉「君臣遇合」議題探析〉，《宋代文學研究叢刊》15 期，2008 年 8 月，頁 411～437。

五、論文集論文

1. 胡昌智：〈由鑒戒式的歷史思想到演化式的歷史思想——一個中國近代史學史的初步觀察〉，國立中興大學歷史系中國通史教學研討會編輯：《中西史學史研討會論文集》，臺中：國立中興大學歷史系，1986 年 1 月，頁 141～179。

2. 王德毅：〈宋代史學的教學〉，趙雅書主編：《宋史教學研討會論文集》，臺北：國立臺灣大學歷史學系，1993 年 4 月，頁 127～139。

3. 柯慶明：〈關於文學史的一些理論思維〉，國立臺灣大學中國文學系編：《臺靜農先生百歲冥誕學術研討會論文集》，臺北：國立臺灣大學中國文學系，2001 年 12 月，頁 183～208。

4. 郭英德：〈論文學史敘述的原則、對象和方法——以中國古代文學史的撰寫爲中心〉，輔仁大學中國文學系、中國古典文學研究會主編：《建構與反思——中國文學史的探索學術研討會論文集》，臺北：臺灣學生書局，2002 年 7 月，頁 27～51。

5. 王基倫：〈蘇軾散文創作與接受活動探析〉，莫礪鋒編：《第二屆宋代文學國際研討會論文集》，南京：江蘇教育出版社，2003 年 6 月，頁 720～738。

6. 洪本健：〈北宋士大夫的謫宦遷徙與散文創作〉，莫礪鋒編：《第二屆宋代文學國際研討會論文集》，南京：江蘇教育出版社，2003 年 6 月，頁 641～649。

7. 柯慶明：〈「論」、「說」作爲文學類型之美感特質的研究〉，國立臺灣大學中文系、國立成功大學中文系「六朝唐宋學術研討會」編輯小組編輯：《遨遊在中古文化的場域——六朝唐宋學術研討會論文集》，臺北：里仁書局，2004 年 11 月，頁 5～62。

8. 張高評：〈南宋詠史詩之新變——以三大詩人詠史爲例〉，《遨遊在中古文化的場域——六朝唐宋學術研討會論文集》，臺北：里仁書局，2004 年 11 月，頁 247～279。

9. 張高評：〈印本文化與南宋陳普詠史組詩〉，國立成功大學中文系、國立臺灣大學中文系編：《知性與情感的交會：唐宋元明學術研討會論文集》，臺北：大安出版社，2005 年 7 月，頁 201～240。

10. 孫立堯：〈宋代史論的文學化〉，程章燦編：《中國古代文學文獻學國際學術研討會論文集》，南京：鳳凰出版社，2006 年 1 月，頁 368～382。

11. 戴偉華：〈北宋文士與兵學關係述略〉，沈松勤主編：《第四屆宋代文學國際研討會論文集》，杭州：浙江大學出版社，2006 年 10 月，頁 161～172。

12. 謝佩芬：〈張方平文學史地位新探〉，〈張高評主編：《宋代文學之會通與流變》，臺北：新文豐出版社，2007 年 3 月，頁 251～293。

六、重要工具書

1. 譚其驤：《中國歷史地圖集・宋遼金時期》，北京：中國地圖出版社，1996 年 6 月。

2. 龔延明：《宋代官制辭典》，北京：中華書局，1997 年 4 月。

3. 《中華大典》工作委員會、《中華大典》編纂委員會：《中華大典・文學典・宋遼金元文學分典》，南京：江蘇古籍出版社，1999 年 9 月。

4. 王德毅：《宋人傳記資料索引》，臺北：鼎文書局股份有限公司，2001 年 6 月，增訂三版。

5. 曾棗莊主編：《中國文學家大辭典：宋代卷》，北京：中華書局，2004 年 9 月。

七、重要網路資源

1. 中央研究院漢籍電子文獻資料庫 http://www.sinica.edu.tw/~tdbproj/handy1/

2. 網路展書讀 http://cls.hs.yzu.edu.tw/

附錄一：宋南渡初期政論與史論作家、作品表

胡安國 1074～1138	〈定計〉、〈建都〉、〈設險〉、〈制國〉、〈恤民〉、〈立政〉、〈覈實〉、〈尚志〉、〈正心〉、〈養氣〉、〈宏度〉、〈寬隱〉（案：以上〈時政論〉）
王庭珪 1080～1142	〈盜賊論・上篇〉、〈盜賊論・下篇〉
綦崇禮 1083～1142	〈論衛文公晉悼公事〉、〈論《左傳》長勺之戰〉〈論齊晏嬰和與同之對〉〈論趙盾舉韓厥事〉、〈論陳平降漢事〉、〈論王霸從光武渡滹沱河事〉、〈論唐房玄齡創業守文對〉、〈論唐貞觀開元循吏之治〉、〈論唐李絳仇士良語〉、〈論唐李絳任賢對〉、〈論唐李元素按令狐運獄事〉、〈論德宗不能用陸贄〉、〈論唐文宗用人〉、〈論唐裴諝問権酤利對〉、〈論仁宗御書〉、〈論仁宗知人之明〉、〈論王汾免解不降等事〉
李綱 1083～1140	〈論創業撥亂之主用人〉、〈論骨鯁敢言之士〉、〈論君臣相知〉、〈論君子小人之勢〉、〈論君子小人之分〉、〈論天人之理〉、〈論大將之才〉、〈論兵機〉、〈論英雄相忌〉、〈論共患難之臣〉、〈論裴行儉李晟行師〉、〈論社稷臣功臣〉、〈論郭子儀渾瑊推誠待敵〉、〈論創業中興之主〉、〈論天下之勢如奕棋〉、〈論李廣程不識為將〉、〈論主之明暗在賞刑〉、〈論元帝肅宗中興〉、〈論志〉、〈論封建郡縣〉、〈論方鎮〉、〈論兵〉、〈論帥才〉、〈論非常之功〉、〈論宰相〉、〈論三國之勢〉、〈論諸葛孔明六事與今日同〉、〈論鼂錯王恢〉、〈論諸葛瑾〉、〈論忠智之臣仁明之主〉、〈論偏霸之主專任其臣〉、〈論魏文帝獻神藥〉、〈論節制之兵〈論將〉、〈論唐三宗禮遇大臣〉、〈論唐德宗任陸贄〉、〈論節義〉、〈論忠孝〉、〈論荀彧〉、〈論立國在於足兵〉、〈論治天下如治病〉、〈論保天下之志〉、〈論將相先國事忘私怨〉、〈論盜〉、〈論張子房郭子儀之誠智〉、〈論變亂生於所忽〉、〈論西北東南之勢〉、〈論女禍〉、〈論孔文舉〉、〈論虞舜高光之有天下〉、〈論黨錮之禍〉、〈論人主之剛明〉、〈論光武太宗身致太平〉、〈論治盜賊〉、〈論形勝之地〉、〈論江表〉、〈論范蠡張良之謀國處身〉、〈論秦隋之勢相似〉、〈論君臣之分〉、〈論霍光李德裕〉、〈論除天下之患如治病〉、〈論天下強弱之勢〉、〈論用兵〉、〈論料敵〉、〈論順民情〉、〈論交深〉、〈論管鮑之交〉、〈論將之專命稟命〉、〈論土崩瓦解蠶食魚爛之勢〉、〈論諫〉、〈論史〉（案：以上〈迂論〉）

李彌遜 1089～1153	〈衛鞅以強國之術說秦孝公〉、〈韓宣惠王欲用公仲公叔爲政〉、〈張儀以商於之地獻楚王〉、〈王翦取荆請美田宅，蕭何守關中買田地以自污〉、〈袁盎言絳侯非社稷臣〉、〈張釋之奏犯蹕當罰〉、〈馮唐言文帝不能用頗牧〉、〈景帝誅鼂錯〉、〈武帝作沈命法〉、〈狄山議和親〉、〈張騫使月氏〉、〈嚴助請救東甌〉、〈公孫弘禁民毋得挾弓弩〉、〈徐樂言土崩瓦解之勢〉、〈吾丘壽奏起上林苑〉、〈何武召見廬江長史〉、〈光武聽臺盜自相糾摘〉、〈賈復逸寇恂友〉、〈寇恂斬高酸使皇甫文〉、〈岑彭水戰破蜀兵於荆門〉、〈竇融等歸光武〉、〈董宣殺湖陽蒼頭〉、〈光武徵周黨等至京師〉、〈班超斬虜使〉、〈陳珪說魏武圖呂布〉、〈魏武破袁紹〉、〈魏武征三郡烏丸〉、〈荀彧郭嘉言曹袁勝敗〉、〈陳羣勸魏明帝罷力役〉、〈孫策有兼并之志〉、〈劉備取蜀〉、〈諸葛亮嚴刑治蜀〉、〈譙周諫後主〉、〈王導請元帝引江南之望〉、〈熊遠疏〉、〈唐方鎮及神策軍〉、〈屈突通事兩君〉、〈太宗以事出李勣〉、〈狄仁傑感悟武后卒復唐嗣〉、〈郭汾陽不懷私忿〉、〈段秀實圖朱泚〉、〈陽城上疏論裴延齡罪〉、〈李絳對憲宗用賢〉、〈光啓時契丹不敢近邊〉（案：以上〈議古〉）
蘇籀 1091～？	〈媮風〉、〈民情〉、〈進取〉、〈論將〉、〈刑禮〉、〈鑑裁〉、〈任將〉、〈知人〉、〈伯夷頌〉（案：以上〈雜著〉）
王庶 ？～1142	〈論節概〉、〈論襄漢〉、〈論詔令切要〉、〈論湖賊〉、〈論行法〉、〈論先計後效〉、〈論賞罰〉、〈論行法〉、〈論虛實用度〉、〈論敵人強弱〉、〈論圖治〉、〈論立政〉、〈論擇相〉、〈論戰守〉、〈論用人〉、〈論政事本末〉、〈論兵〉、〈論形勢〉（案：以上〈定傾論〉）
張浚 1097～1164	〈中興備覽序〉、〈議征伐〉、〈議用兵〉、〈議姑息〉、〈議間諜〉、〈議指揮諸軍〉、〈議固結人心〉、〈議駕馭將帥〉、〈議名器〉、〈議親近之人〉、〈議君子小人〉、〈議分別邪正〉、〈議彈擊〉、〈議任人〉、〈議撫恤侍衛之人〉、〈議堂吏〉、〈議軍器〉、〈議民兵〉、〈議諸州兵官〉、〈讀宣政人才〉、〈議刑罰〉、〈議大勢〉、〈議將帥之情〉、〈議假竊威權〉、〈議道理〉、〈議讒間〉、〈議進取〉、〈議太原〉、〈議朋友〉、〈讀大軍屯駐〉、〈議出使〉、〈議均節〉、〈議練兵〉、〈議祿稟之制〉、〈議行師〉、〈議親民之官〉、〈議堅忍立事〉、〈議忠臣良臣〉、〈議皇極之道〉、〈議進退人才〉、〈議聽言之難〉（案：以上〈中興備覽〉）
胡寅 1099～1157	〈中興十事家君被召命子姪分述所見〉
范浚 1102～1151	〈周論〉、〈秦論〉、〈六國論〉、〈楚漢論〉・〈唐論〉、〈五代論〉、〈孔子聞詔論〉、〈夷齊諫武王論〉、〈叔孫通知當世要務論〉、〈魏鄭公願爲良臣論〉、〈房杜不言功論〉、〈魏徵勸太宗行仁義論〉、〈聖人百世之師論〉、〈策略〉、〈應天〉、〈遠圖〉、〈任相〉、〈更化〉、〈廟謨上〉、〈廟謨下〉、〈用奇〉、〈揆策上〉、〈揆策下〉、〈巡幸〉、〈形勢上〉、〈形勢下〉、〈用人〉、〈朋黨〉、〈封建〉、〈御將〉、〈賞功〉、〈勸武〉、〈募兵〉、〈節費〉、〈議錢〉、〈平糴〉、〈實惠〉、〈除盜〉

劉子翬 1101～1147	〈堯舜〉、〈禹〉、〈湯〉、〈文王〉、〈周公〉、〈孔子〉、〈顏子〉、〈曾子〉、〈子思〉、〈孟子〉、〈維民論上〉、〈維民論中〉、〈維民論下〉〈漢書雜論上〉、〈漢書雜論下〉
胡銓 1102～1180	〈漢高帝論〉、〈漢宣帝論〉、〈漢相論〉、〈吳楚論〉、〈水戰論〉、〈禁衛論〉、〈興聖統在擇將相論〉、〈復古王者之制論〉、〈進冒頓不與東胡土地故事〉、〈進唐服帶故事〉、〈讀左氏雜記〉
胡宏 1105～1161	〈太公〉、〈劉項〉、〈韓彭〉、〈黥布〉、〈景帝〉、〈晁錯〉、〈周亞夫〉、〈唐太宗〉（案：以上〈史論〉）、〈易俗〉、〈官賢〉、〈屯田〉、〈練兵〉、〈定針〉、〈知人〉、〈罷監司〉、〈整師旅〉（案：以上〈中興業〉）
程敦厚 ?～?	〈汲黯類孔北海論〉、〈孔光亡西漢論〉、〈量敵〉、〈正俗〉、〈練兵〉、〈正俗〉、〈生財〉（案：以上《經國十論》）、〈危言策〉

附錄二：北宋晚期政論與史論作家、作品表

蘇軾 1036～1101	〈論武王〉、〈論養士〉、〈論秦〉、〈論魯隱公〉、〈論隱公里克李斯鄭小同王允之〉、〈論管仲〉、〈論孔子〉、〈論周東遷〉、〈論范蠡〉、〈論伍子胥〉、〈論商鞅〉、〈論封建〉、〈論始皇漢宣李斯〉、〈論項羽范增〉
蘇轍 1039～1112	〈堯舜〉、〈三宗〉、〈周公〉、〈五伯〉、〈管仲〉、〈知罃趙武〉、〈漢高帝〉、〈漢文帝〉、〈漢景帝〉、〈漢武帝〉、〈漢昭帝〉、〈漢哀帝〉、漢光武上〉、〈漢光武帝下〉、〈隗囂〉、〈鄧禹〉、〈李固〉、〈陳蕃〉、〈荀彧〉、〈賈詡上〉、〈賈詡下〉、〈劉玄德〉、〈孫仲謀〉、〈晉宣帝〉、〈晉武帝〉、〈羊祜〉、〈王衍〉、〈王導〉、〈祖逖〉、〈苻堅〉、〈宋武帝〉、〈宋文帝〉、〈梁武帝〉、〈唐高祖〉、〈唐太宗〉、〈狄仁傑〉、〈唐玄宗憲宗〉、〈姚崇〉、〈宇文融〉、〈陸贄〉、〈牛李〉、〈郭崇韜〉、〈馮道〉、〈兵民〉、〈燕薊〉（案：以上〈歷代論〉）
李新 1062～？	〈孫武論〉、〈蕭何論〉、〈韓長孺論〉、〈王允論〉、〈武侯論〉、〈龐法擬魏臣論〉、〈鍾會論〉、〈姚崇論〉、〈汾陽優於保皋論〉、〈唐李晟論〉、〈西晉論〉、〈唐治不過兩漢論〉、〈霍光論〉、〈汲黯論〉
周行己 1067～？	〈兩漢興亡〉、〈風俗盛衰〉、〈孔門四科兩漢孰可比〉、〈論晏平仲〉
劉安節 1068～1116	〈論兵〉、〈論君臣同心〉、〈論州群立學皆置學官〉、〈論名節〉、〈論用人〉、〈義勝利爲治世論〉
唐庚 1071～1120	〈名治論〉、〈存舊論〉、〈辨同論〉、〈禍福論〉、〈辨蜀論〉、〈正友論〉、〈察言論〉、〈憫俗論〉、〈議賞論〉〈三國雜事篇上〉、〈三國雜事篇下〉
葛勝仲 142 1072～1144	〈南齊論〉、〈梁論〉、〈陳論〉、〈論魏博〉、〈論彰義〉、〈論鎮冀〉、〈論盧龍〉、〈論澤潞〉、〈齊論〉、〈外戚論〉、〈衛青論〉
王庠 1071～？	〈許由遜議〉、〈伊尹論〉、〈辨夔論〉、〈仲尼日月論〉、〈司馬遷論〉、〈鍾會論〉、〈諫論〉、〈述學〉、〈述行〉、〈制行論〉、〈禮義論上〉、〈禮義論下〉、〈聽訟論〉、〈諫論〉

周紫芝 1082～1155	〈緜論〉、〈伯夷論〉、〈介之推論〉、〈漢高帝論〉、〈晁錯論〉、〈司馬遷論〉、〈桓譚論〉、〈王昭君不賂畫工〉、〈西漢日食五十有三〉、〈周昌相趙王如意〉、〈朱虛侯欲立齊王為帝〉、〈衛青不殺蘇建〉、〈朱建受辟陽侯祝論〉、〈王恢議伐單于〉、〈公孫述聘譙玄不至〉、〈竇武論〉〈荀彧論〉、〈曹操殺孔融荀彧〉、〈蔡琰蓬首救董祀〉、〈魏主不殺高允〉、〈五星聚東井〉、〈魏主遇旱輟食三日〉、〈謝胐不受解璽之詔論〉、〈宋衡陽王〉、〈宇文融論〉、〈唐文宗出宗女二人〉、〈褚遂良對飛雉〉、〈太宗得秘讖〉、〈韋見素助楊國忠〉、〈頡利殺唐儉〉、〈周世宗平江南〉、〈救奢論〉、〈正俗論〉、〈稗官論〉、〈五德論〉
李綱 1083～1140	〈三帝論〉、〈三教論〉、〈災異論〉、〈朋黨論〉、〈制虜論〉、〈禦戎論〉、〈理財論上〉、〈理財論中〉、〈理財論下〉、〈非權〉、〈救偏〉、〈原正〉、〈原中〉、〈貴畏〉、〈貴和〉、〈戒怠〉、〈戒貪〉